LA MAISON DES CHAGRINS

DU MÊME AUTEUR

La Tristesse du Samouraï (prix *Le Point* du polar européen 2012), Actes Sud, 2012 ; Babel noir n° 73.
La Maison des chagrins, Actes Sud, 2013.
Toutes les vagues de l'océan, Actes Sud, 2015.

Titre original :
Respirar por la herida
Éditeur original :
Editorial Alrevés, SL, Barcelone

ISBN 978-2-330-05640-7

VÍCTOR DEL ÁRBOL

LA MAISON DES CHAGRINS

roman traduit de l'espagnol
par Claude Bleton

BABEL NOIR

Pour Aurelia.
Prends soin de nous, où que tu sois, comme tu l'as fait ici durant ce court miracle qu'est la Vie.

Douleur des mères qui à travers champs sèment les épis de la désillusion, douleur des enfants toujours abandonnés.

FEDERICO GARCÍA LORCA,
Élégie à Rosalía de Castro, 1919.

La seule expérience radicale possible sur laquelle on puisse compter, c'est la mort.

JOSEP FORMENT,
Arthur Rimbaud : la beauté du diable.

PROLOGUE

Un paysage ne ment pas, mais le regard le déguise, ce qui le rend toujours différent, comme s'il devenait un reflet de notre état d'âme.

Un panneau délavé sur le bord de la route de Tolède annonçait l'entrée du village. Il n'était pas beau, il n'avait même pas l'église romane qu'on trouve dans les moindres villages. Mais il était sur la carte et il existait. On devinait au loin une tache sombre au milieu de rien, flanquée d'immenses étendues de champs dorés. Eduardo monta le volume de la radio et se plongea dans la musique de Miles Davis, comme si *Blue in Green* n'avait été composé que pour lui permettre d'apprécier ce moment hors du temps. Le son strident de la mélodie et le crépitement de la cigarette qui se consumait sous son nez l'aidaient à se sentir bien, c'était plus que ce qu'il pouvait obtenir la plupart du temps. La bouteille de whisky à moitié vide qui roulait sous le siège avait fait le reste. Mais on ne peut pas vivre dans une chanson, pas plus qu'on ne peut vivre dans une voiture qui sent le tabac, avec la boîte à gants pleine de vieux tickets de parking qu'il oubliait toujours de jeter.

Il baissa la vitre et jeta son mégot. Il ralentit et son cœur se mit à battre plus fort. De l'autre côté de la route, il y avait un chemin qui semblait ne mener nulle part. Le macadam disparaissait sous des couches de plus en plus épaisses de poussière et au bout de quelques mètres la route disparaissait, comme si la terre l'avait avalée, remplacée par un chemin plein de nids-de-poule. À la fin, ce chemin aussi finit par se dissoudre. Il n'y avait plus rien, à part une friche où prospéraient des buissons aussi grands que des cathédrales. À en juger par la sécheresse des traces et par les mauvaises herbes qui proliféraient, il y avait belle lurette que plus personne ne se souciait d'exploiter ces terres. L'atmosphère d'abandon était complétée par un vieux tracteur, carrosserie délavée et gros pneus dégonflés et à demi enterrés. Une clôture entourait le champ et une grosse bâtisse. La maison et le champ se regardaient avec indifférence ; ils semblaient aussi inséparables qu'une peinture et son encadrement.

Eduardo ferma les yeux. Il humait la campagne. Les odeurs trompent et les paysages mentent, se dit-il, la gorge serrée. Il prit le bouquet de dahlias sur le siège du passager et lissa le papier pelure qui l'enveloppait. Il n'avait pas d'odeur, même la couleur était délavée, comme si à mesure qu'il approchait de sa destination tout devenait de plus en plus factice. Il sortit lourdement de sa voiture et se massa le genou.

La nuit tombait et les oiseaux volaient en rase-mottes, cherchant les insectes à la surface d'un ruisseau parallèle à la route secondaire. Les broussailles gouttaient encore comme un drap étendu, doucement bercé sous le ciel rougeâtre, surveillées par les hauteurs de la sierra. Eduardo se laissa glisser en bas du talus, entre la chaussée et le ruisseau. Le lieu était inhabité et silencieux, quelques mètres plus loin le cours d'eau décrivait une courbe prononcée pour contourner un gros rocher d'où on pouvait voir, au loin, le profil des faubourgs de Madrid.

C'était là que tout était arrivé.

Il se déchaussa, retroussa son pantalon et rentra pieds nus dans l'eau paisible et fraîche. La sensation de froid lui donna un coup de fouet et lui fit monter le sang à la tête. Il avança dans l'eau jusqu'aux genoux. De minuscules cristaux lui mordaient la peau, mais il tint quelques minutes, le regard perdu dans les roseaux de la rive opposée. Il essaya de repérer des vestiges de l'accident, mais en vain. Rien, pas un morceau de pare-brise, pas une empreinte de pneu, pas une tache, comme si la terre ou le ruisseau avaient tout simplement avalé les preuves de ce qui s'était passé et retrouvaient le calme qui durait depuis des siècles. Eduardo prit un peu d'eau dans le creux de la main et la laissa couler entre ses doigts. Elle n'avait pas la couleur cramoisie qu'elle avait quatorze ans plus tôt. *La seule expérience radicale possible sur laquelle on puisse compter, c'est la mort*, murmura-t-il, se rappelant les mots de réconfort d'un ami à l'enterrement. Des mots de réconfort qui ne consolent pas, des amis qui n'en sont plus. Des paysages qui effacent les vestiges d'une tragédie. Des dahlias sans odeur, sans couleur.

Un jour comme un autre, une seconde semblable à la précédente, qui ne laissait en rien présager qu'elle serait le dernier instant de bonheur de sa vie. C'était une pensée absurde, mais s'il avait su, s'il s'était seulement douté de l'accident, sans pouvoir l'éviter, il les aurait embrassées plus fort, il aurait choisi des mots moins ridicules, moins banals que ceux d'une dispute. On a toujours quelque chose à dire quand il n'est plus temps de le dire.

Le tonnerre fit vibrer l'air et de grosses gouttes commencèrent à tomber, formant des ondes amples autour d'Eduardo. Elles éclataient comme des balles de caoutchouc sur les épaulettes de son manteau, ou glissaient sur son front et coulaient sur ses joues. Il était tard et il avait fait un trop long détour. Il devait rentrer. À vrai dire, il ne savait où aller, mais il ne pouvait pas rester là plus longtemps. “Je dois rentrer”, se répéta-t-il en séchant les larmes qui affleuraient à ses yeux irrités.

Parfois, les larmes de la douleur doivent rester à l'intérieur.

Il jeta le bouquet de dahlias, ces fleurs qu'Elena adorait, et pendant quelques minutes il contempla le ruisseau qui les emportait. Puis il retourna à sa voiture et quitta les lieux sans se retourner.

1

Six mois auparavant. Janvier 2005.

Eduardo s'approcha de la fenêtre. De l'autre côté de la rue, l'aire de jeux était déserte ; c'était étrange, les balançoires qui oscillaient sans personne dessus, les bancs mouillés sans les grands-parents, les flaques d'eau dans le sable sans personne pour y barboter… Les jours de pluie accentuaient sa conviction qu'une distance infranchissable le séparait de ce qui semblait important pour les autres. Et rien ne pouvait atténuer cette sensation.

Il se retourna : dans la pièce, des étagères en Formica, des classeurs archipleins, des manuels de médecine légale et un géranium à l'agonie, dans un pot en terre.

Il ferma les yeux. Quand il les rouvrit, Martina était toujours derrière son bureau, impénétrable. Son visage donnait l'illusion de la douceur ou de la fragilité. En effet, on était immédiatement attiré par son sourire, mais Martina souriait peu. Le jeu de lumière d'une lampe atténuait la dureté de l'expression de ses lèvres pincées.

— Vous allez écrire tout ce que je dis ?

Elle acquiesça en croisant les bras.

— C'est à cela que servent le carnet et le stylo-bille.

— Vous ne feriez pas mieux de signer le rapport de visite et de renouveler mon ordonnance ? On se quitterait bons amis. Nous savons tous les deux que ces entretiens sont une perte de temps, docteur.

Martina remonta ses lunettes. Son stylo-bille tremblait de façon imperceptible entre ses doigts. Quelle sorte de parfum utilisait-elle ? Il y avait sûrement un composant citrique, très atténué. Ce n'était sûrement pas un parfum qui en disait long sur elle.

— Ce n'est pas du tout mon avis. Pour moi, ce que nous faisons ici est important, très important.

Eduardo savait qu'elle mentait ; dans ces cas-là, pour être convaincant, il faut dominer les expressions du visage, mais tout le monde n'en est pas capable : la doctoresse avait un regard trop sceptique. Il ne l'appréciait guère. Question d'empathie. Dès le début, leur relation avait été malaisée, comme un couple mal assorti : deux êtres forcés de vivre deux heures ensemble tous les mois en se disputant et en campant chacun sur ses positions.

Il caressa la surface lisse du bureau, traçant le parcours sinueux d'un fleuve imaginaire sur une fine couche de poussière.

— D'accord. Que voulez-vous que je vous raconte, cette fois ?

Pendant quelques instants, Martina fixa les yeux sur les cicatrices de ses poignets. Eduardo s'en rendit compte et les cacha sous les revers de sa chemise.

— Comment se passe l'adaptation à la vie courante ? demanda la doctoresse, qui s'en tenait au scénario écrit.

"*La vie courante*, sacrée expression", se dit Eduardo.

— J'habite dans un immeuble de la rue San Bernardo, le loyer n'est pas cher, l'endroit tranquille et la propriétaire une brave femme. Elle ne pose pas de questions. Je peins des portraits sur commande pour Olga et je gagne assez pour me débrouiller. Je pense que ça ne va pas si mal.

— Et du côté de vos sentiments ?

— Mes sentiments sont à leur place, ne vous inquiétez pas.

— Et quelle est cette place ?

— Une place bien à l'abri.

Martina nota quelque chose, croisa les doigts sur son carnet et le regarda avec curiosité. Feinte ou réelle, comment savoir ?

— Et côté cauchemars ?

Eduardo appuya les pouces sur ses paupières.

— Écoutez, docteur, vous voulez vraiment qu'on continue comme ça ?

— Pourquoi ne me décrivez-vous pas vos rêves ? insista Martina.

Eduardo eut une moue dubitative.

— Je ne sais pas. Ce ne sont jamais les mêmes.

— Racontez-moi le dernier.

— Je ne sais même pas par où commencer.

— Par le début.

"Les cauchemars n'ont ni début ni fin", songea Eduardo.

Dans le sien, un enfant marchait sous la pluie. Son visage était flou, comme l'esquisse d'un portrait sur lequel une éponge humide aurait délavé les couleurs et les contours. Il avait sept ou huit ans. Il était sur un chemin boueux, pieds nus, torse nu, il ne portait qu'un pantalon effiloché. On devinait ses côtes sous la crasse de sa peau, et un réseau de veines qui montaient comme les branches d'un arbre, des jambes jusqu'au cou. Elles palpitaient toutes en même temps, on aurait dit un magma souterrain. Il regardait le sommet de la colline, pressentant que quelque chose allait arriver.

Un homme surgissait de la brume en courant, ravagé par la panique, poursuivi par deux molosses écumants qui avaient des colliers à clous et des yeux jaunes. L'homme se retournait et ses enjambées avaient beau être puissantes, les chiens réduisaient de plus en plus vite la distance qui les séparait. Ils allaient bientôt le rejoindre.

Enfin, après une cavalcade angoissante jusqu'au pied de la colline, l'homme s'arrêtait, bras écartés : il n'y avait plus rien à faire, ou bien il était fatigué de fuir. C'était sa façon de dire qu'il ne bougerait plus, qu'il n'irait nulle part ailleurs. Sans doute surpris, les chiens avaient ralenti, ils avançaient maintenant vers lui avec des mouvements de rôdeurs. Ils grognaient et retroussaient les babines. L'homme et les bêtes se mesuraient, à quelques mètres de distance, et finalement, poussés par l'instinct, les molosses lui sautaient dessus. Ses mains le protégeaient à peine des premières morsures. L'attaque le terrassait et les chiens se lançaient dans une boucherie confuse de mâchoires, de craquements d'os, de piétinements et de cris.

En quelques secondes, ils l'avaient mis en pièces, mais il respirait encore. Un filet de sang coulait au coin de ses lèvres et brillait au contact de la pluie. Il regardait le ciel et souriait d'un air bienveillant, dans son agonie ; puis il avançait la main, écartait les doigts, les refermait, serrait un poing qui n'avait rien de menaçant, au contraire il traduisait la volonté de saisir l'air, de s'y agripper pour continuer de respirer.

— Satisfaite ? Vous me donnez mon ordonnance, pour mes médicaments ?

— Quelle est sa signification, d'après vous, Eduardo ?

Il haussa les épaules.

— C'est vous la spécialiste, c'est écrit là, sur votre diplôme. Moi, je suis le cobaye.

Martina regarda discrètement sa montre. La consultation prendrait fin dans cinq minutes, le patient suivant était déjà dans la salle d'attente. Elle était ravie de se débarrasser d'Eduardo. Cet homme la dérangeait.

En remplissant les ordonnances avec un air administratif, elle lui conseilla sur un ton neutre de ne pas abuser de l'alcool s'il prenait du Risperdal. Eduardo ne fit aucun commentaire mais la doctoresse entrevit une ombre inquiétante dans son expression. Parfois, les regards d'Eduardo étaient comme des poings qui vous frappaient au creux de l'estomac.

— C'est tout. Nous nous reverrons le mois prochain.

Eduardo plia l'ordonnance et la glissa dans sa poche.

— Peut-être. Au revoir, docteur.

Par la fenêtre, Martina regarda Eduardo traverser la rue en traînant la jambe droite.

“J'aurais dû choisir n'importe quel autre travail de merde”, se dit-elle.

Elle revint à son bureau et relut les notes qu'elle avait prises sur son cahier en se mordillant la lèvre inférieure, un petit répit pour s'éclaircir les idées. D'un trait ferme, elle écrivit :

Eduardo Quintana, septième entretien de contrôle. Au bout de huit mois, il montre toujours les mêmes symptômes : anxiété, déni et sentiment d'autodestruction. Conclusion : instable.

“Madrid, bonjour. Il est sept heures du matin, ce dimanche est froid et brumeux. Il pleut à verse et vous êtes sur Radio Ciudad. Et vous écoutez naturellement votre émission préférée, *Encore un jour de pluie*, de Peter White !”

Eduardo alluma sa lampe de chevet et contempla les formes fantasmagoriques que l'abat-jour dessinait au plafond. Il s'assit, les coudes sur les cuisses, et laissa son regard ensommeillé errer dans la pièce.

L'appartement était modeste, mais ne manquait de rien : un téléviseur, un lit plutôt confortable, quelques tableaux sans intérêt posés contre le mur, une grosse armoire à glace, un petit frigo à côté d'un petit réchaud et une salle de bains avec douche et lavabo qui fuyait. Il y avait tout ce qu'il fallait, mais cela ne lui donnait aucun confort. Il régnait dans cet appartement cette atmosphère de tristesse typique des lieux impersonnels, et de ceux qui les habitent. Eduardo aurait pu mourir sur place, le lendemain il aurait suffi de changer les draps pour effacer entièrement sa présence.

La plupart de ses affaires personnelles étaient toujours emballées dans les cartons qu'Olga l'avait aidé à rapporter du garde-meubles où elles avaient été conservées pendant quatorze ans. Dans un coin s'entassait une pile de livres sur la peinture, qu'il ne lisait plus, et sa précieuse collection de vinyles rangés par ordre alphabétique, à côté du vieux tourne-disque. Ces disques étaient la seule chose à laquelle il tenait encore. Le jazz, le blues, la soul constituaient la bande sonore de son enfance, même si son père à sa mort lui avait laissé cette collection en héritage pour qu'il apprenne à l'apprécier. L'enfance n'était plus le foyer d'Eduardo, et ne le redeviendrait jamais, mais au moins cette musique était *sa* musique.

Il chercha une cigarette à tâtons et l'alluma. La première bouffée lui embrasa les bronches. Il allongea le bras et ses doigts trouvèrent le contour rugueux d'une bouteille de vodka, presque vide. Il vida d'un trait ce qui restait et sentit sa tête exploser. Son cerveau cessa de fonctionner pendant quelques secondes. Il ferma les yeux et se concentra sur le solo de Peter White à la radio. Ce n'était pas la paix, mais presque, même si son père soutenait que rien n'était comparable au saxophone de Dexter Gordon dans *It's You or No One*. Mais son père n'était plus là.

Il avait envie de vomir, la gueule de bois lui avait noué l'estomac et son foie aurait sa peau, mais pas assez vite. Il n'avait qu'une seule envie, rester au lit à écouter ses vieux disques et laisser filer cette journée comme les précédentes, sans laisser de traces. Mais c'était impossible. Il devait se lever, se traîner jusqu'à la cuvette des WC et lutter contre la constipation, se laver, préparer le petit-déjeuner, manger au moins la pomme qui noircissait dans la corbeille en osier, consacrer un peu de son temps à ranger l'appartement, l'aérer, vider les cendriers, nettoyer les cochonneries dans l'évier. Alors, avec un peu de chance, il trouverait peut-être un peu d'énergie pour travailler sur une des commandes d'Olga.

Il ôta son pyjama et le plia méticuleusement avant de le poser sur la panière et d'ouvrir le robinet de la douche. Les tuyauteries protestèrent mais finalement jaillit un jet passablement chaud. Il ne durerait pas longtemps, car l'immeuble était ancien et avait besoin de réparations que personne ne semblait vouloir envisager ; l'eau chaude provenait d'un cumulus commun, et si quelqu'un ouvrait sa douche en même temps dans un appartement voisin, on pouvait se retrouver tout savonné, sans eau pour se rincer.

Le front appuyé contre un carreau fendu, il resta sous le jet rachitique pendant que le savon glissait entre ses jambes et disparaissait au fond du bac. Il massa son genou droit, enflammé comme une outre. Une énorme cicatrice le traversait de part en part et même si la peau s'était régénérée autour de la blessure, la chair s'était enfoncée comme une faille aspirée par un tremblement de terre.

Quand il touchait ce bout de chair morte, il avait l'impression de caresser un temps auquel il ne voulait plus penser.

Il resta sous la douche jusqu'à ce que la tuyauterie émette un râle et que l'eau cesse de couler. En ouvrant le paravent qui faisait fonction de séparation entre la salle de bains et la chambre, il vit que Graciela avait glissé un mot sous sa porte.

J'ai entendu de la musique, j'en déduis que tu es réveillé. J'ai fait du café, si tu as envie de partager l'insomnie.

Graciela était la propriétaire, mais Eduardo soupçonnait que ce n'était pas son vrai prénom. Inventer un nom était un moyen facile d'inventer une vie. Quoi qu'il en soit, ce n'était pas son affaire.

Il s'habilla lentement, pantalon de tergal et chemise plutôt froissée. En voyant le résultat devant la glace, il tordit le nez. Il ne se donna pas la peine de se raser, il se contenta d'arranger ses cheveux avant de sortir. Il n'avait personne à impressionner. Plus personne.

L'appartement de Graciela était au bout du couloir. Un espace interdit à la plupart des locataires, à moins que Graciela n'accorde son autorisation, mais elle n'avait jamais l'occasion de l'accorder ; la patronne avait besoin d'un espace privé pour retrouver cette part d'elle-même qu'elle ne montrait pas en public.

La porte de la réception était entrebâillée : un livre ouvert posé sur un fauteuil à rayures, un peu plus loin un guéridon avec un verre de vin à moitié vide où flottaient deux mégots, l'un d'eux enduit de rouge à lèvres. Devant la porte de la chambre, des chaussures à talons et une robe jetée par terre montaient la garde. La veille au soir, Eduardo avait entendu Graciela en compagnie d'un inconnu. Ils semblaient contents, l'inconnu riait beaucoup, un rire qui ressemblait à un hoquet et Graciela lui disait de parler moins fort, mais elle avait l'air aussi contente que lui. Peu après, il cessa de les entendre. La nuit avait peut-être été longue et s'était terminée, comme tous les rendez-vous de la patronne, en tragédie.

— Tu es là ? dit-il en haussant le ton pour se faire entendre.

Graciela ne l'entendit pas. Elle était dans la salle de bains, devant son miroir, drapée dans une serviette. Elle avait largement dépassé la quarantaine, mais Eduardo ne lui avait jamais demandé son âge et elle n'en parlait jamais. En tout cas, elle n'était pas belle, et ne l'avait sans doute jamais été, sauf que maintenant elle semblait s'être résignée. Elle avait probablement connu une époque où elle avait envie de se maquiller ou d'aller de temps en temps chez le coiffeur, une époque où quelqu'un avait éveillé en elle cette nervosité qui précède un rendez-vous : choisir une robe, des chaussures, un bijou, essayer quelques sourires, prévoir des sujets de conversation si la catastrophe du silence explosait en plein repas. Mais cette époque, si elle avait existé, était maintenant révolue.

Graciela respirait maintenant l'air de la solitude non voulue, ce moment critique où sa vie avait emprunté une voie de garage. Les rides de son front portaient les cicatrices des mauvaises décisions, des malentendus ou des mensonges, des déceptions et des amertumes qui, les uns après les autres, l'avaient écartée des hommes. Elle semblait accepter son rôle de propriétaire, gérer un vieil immeuble, rêver pendant ses heures creuses derrière le comptoir de la réception, même si ses rêves finissaient immanquablement dans le cendrier, plein de mégots et de mouchoirs en papier froissés.

Par la porte entrouverte, Eduardo la vit ouvrir la serviette avec précaution, comme si elle avait du mal à la décoller de sa peau. Graciela dégagea un rond sur la surface embuée du miroir pour examiner une cicatrice profonde et rose qui avait bon aspect, propre. À l'endroit de cette blessure, il manquait le sein. Pendant quelques minutes, Graciela s'observa, s'inspecta en réalité, comme si elle avait du mal à s'habituer à ce déséquilibre. Elle caressa sa blessure, cherchant peut-être le souvenir du toucher, des sensations turgescentes de la poitrine perdue.

Puis, le visage dans les mains, elle se mit à pleurer, les coudes au bord du lavabo.

Eduardo faillit entrer dans la salle de bains, mais les larmes de Graciela le retinrent. Qu'aurait-il pu lui dire ? De quel droit s'ingérer dans son intimité ? Il ne connaissait presque rien de sa vie, sauf qu'ils partageaient plusieurs formes de solitude.

Il revint sur ses pas et se dirigea sans bruit vers la sortie, mais avant de quitter l'appartement, il sentit sur la nuque un regard qui l'immobilisa. Sara, la fille de Graciela, l'observait, plantée au milieu du passage. Eduardo leva la main et la petite lui rendit son salut. Tous deux admirent tacitement qu'il ne s'était rien passé.

— Ce n'est pas un bon jour, dit Eduardo.

La petite acquiesça.

— Non, en effet.

Se promener dans les rues désertes à cette heure indécise où tout peut encore arriver redonnait un visage à la ville de Madrid, cachait ses misères et permettait de croire à sa clémence. Eduardo marchait lentement, maître de ses pas, sans les cris ni le vacarme auxquels il ne s'était pas encore entièrement habitué après quatorze années d'absence. Il reconnaissait les rues, mais il s'y sentait encore un étranger.

“Ça te dirait, qu'on aille chercher un trésor ?” lui demandait son père d'une voix rauque, forgée par des années de consommation des mêmes cigarettes qui avaient fini par le pousser dans la tombe. Chercher des trésors, c'était aller le dimanche fureter dans les étals du marché aux puces, dans le flot qui sortait des bouches de métro, qui se répandait dans les rues Roda, Fray Ceferino, place Cascorro et rue Ribera de Curtidores. Les anciens torrents qui descendaient vers le Manzanares étaient un foisonnement bruyant et charmant, les gens passaient des étals aux bars, des petits trésors d'occasion aux verres de vin et aux tapas.

Cette foule l'excitait quand il était petit. Il ouvrait des yeux comme des soucoupes pendant que son père lui expliquait l'histoire du soldat Eloy Gonzalo, un enfant de l'Assistance qui était devenu un héros de la guerre de Cuba ; et l'histoire des anciens abattoirs où le sang des bêtes sacrifiées teintait de rouge les rues escarpées. Eduardo écoutait, songeur, il n'avait aucun mal à imaginer les stands des barbiers ambulants, des camelots, des brocanteurs, des tanneries, l'abattoir municipal, des choses qui n'existaient plus mais contribuaient encore à l'ambiance du marché. "Voici notre médina médiévale", disait son père tout fier en serrant sa main très fort, pour que la foule ne l'entraîne pas hors de sa portée.

Tout cela avait changé. Les choses, le paysage. Le regard.

Il entra dans un bar à côté du parc du Retiro. Il était encore tôt et les tables étaient vides. Au comptoir, deux clients accoudés semblaient avoir vécu une nuit difficile. Le garçon regardait la télévision fixée au mur d'un œil morne. Eduardo commanda un whisky sans glaçon. Il était à peine huit heures du matin et il n'avait pas encore déjeuné, mais le serveur n'était pas étonné, il en avait vu d'autres.

— Pas mal de choses à oublier, hein ?

Eduardo se passa nerveusement la main dans les cheveux. Le menton râpeux, semé de poils blancs, soulignait les mâchoires tombantes et la bouche trop petite. Une peau blanche qui virait facilement au rouge quand il était mal à l'aise, ce qui arrivait chaque fois qu'il était forcé d'avoir une conversation non souhaitée ou un peu trop longue. Il avait le regard fuyant et insomniaque d'une souris qui cherche à se rendre invisible. De temps en temps, un détail attirait son attention et ses yeux lançaient une lueur atténuée qui permettait d'entrevoir l'homme qu'il avait été autrefois. Mais bientôt l'ombre qui recouvrait tout retombait.

— Quel que soit ton chagrin, je ne crois pas que ton foie mérite une telle punition, cher ami.

Eduardo fit la grimace, manière d'éloigner l'intrus. Il vida son verre et attaqua sans hâte la côte de Moyano jusqu'à la fontaine d'*El Ángel caído*. Il s'accorda un répit sur le piédestal en granite octogonal sur lequel était posée la sculpture.

— "Par son propre orgueil, il est précipité du haut du ciel avec toutes ses armées d'anges rebelles pour ne plus jamais revenir. Il agite alentour ses regards qui reflètent la douleur la plus profonde, la consternation la plus vaste, la superbe la plus funeste et la haine la plus obstinée", récita-t-il à voix basse, se rappelant un vieux professeur de l'Académie des beaux-arts qui encourageait ses étudiants à observer le corps de bronze étranglé par des serpents marins et, surtout, l'expression pleine d'une intensité dramatique et d'un sentiment qui reflétaient fidèlement les vers de Milton dans son *Paradis perdu*.

Tout dans cette sculpture respirait la paix : l'espace, le temps, le personnage même.

Eduardo connaissait cette sensation : la paix, exaspérante et perpétuelle, la conviction que rien ne peut changer. Même s'il ordonnait à ses jambes de se déplacer vers la droite, d'un, deux ou trois mètres, d'atteindre le mur, d'opérer le mouvement inverse et de retourner vers ce mur. Il avait la conviction qu'il ne bougeait pas, qu'il ressemblait à cette sculpture pétrifiée. Cette absence de pensées minuscules et quotidiennes, leur concentration en une seule, redondante, grotesque et obsédante, sa doctoresse l'appelait folie.

Mais il n'était pas fou. Il était seulement mort.

Il déambula sans se presser, son sac de dessin en bandoulière, en direction du palais de Cristal. D'une façon ou d'une autre, ses pas l'amenaient toujours là. Il aimait à s'asseoir pendant des heures au bord de l'étang et à observer les cyprès chauves, fasciné par ces arbres au tronc lisse et mince, qui pouvaient prendre racine dans le fond boueux.

Il se rappela la dernière fois qu'il était venu ici avec Elena et Tania.

Elena était très jolie, dans un jean moulant qui s'arrêtait au-dessus de la cheville et un haut à bretelles où le noir et le blanc étaient éparpillés sur le tissu presque par hasard.

— Pourquoi es-tu tombée amoureuse de moi ? murmura Eduardo en caressant ce souvenir.

Il posait souvent cette question à Elena, qui répondait toujours par un rire joyeux, sincère, et l'embrassait sur les lèvres sans répondre. Jamais elle ne lui avait donné une raison ; elle se contentait de le rendre l'homme le plus heureux du monde.

Il ramassa un caillou et le lança sur la surface étale de l'étang en espérant faire des ricochets. La pierre lisse rebondit deux fois et disparut en laissant un rond qui ne tarda pas à disparaître aussi. Eduardo sourit en se rappelant les concours qu'il faisait avec Tania. Elle gagnait toujours, ses cailloux traversaient l'étang d'une rive à l'autre. Elle était mal à l'aise dans son corps en pleine mutation, une transformation qui l'effrayait et la laissait perplexe en même temps. Tania avait quatorze ans et ses grands yeux exprimaient déjà une révolte qui se manifestait par ses mesquineries, elle était provocatrice, insolente et contradictoire, et il ne savait comment y faire face. Si elle en avait eu le temps, elle aurait dépassé sa mère en beauté et en tempérament.

Une autre essence d'arbre, les marronniers, robustes et fermement ancrés dans la terre, longeait la rive droite. En relevant la tête, Eduardo vit une femme à travers la lucarne que dessinaient les feuilles et les branches. Elle fumait distraitement, sous la végétation luxuriante, en contemplant la surface de l'étang. De profil, elle avait le genre d'expression que donne une réflexion profonde. Un peu de désillusion ou de tristesse affleurait à ses lèvres, sorte de partie émergée de l'iceberg de ses pensées. Le visage était fin, comme s'il relevait d'une longue maladie. Une gabardine marron était posée sur sa cuisse, assortie à sa jupe et à son pull-over, de la même couleur que ses chaussures à talons. Son épaisse chevelure noire retombait sur son épaule dans un désordre adolescent.

Pendant une longue minute, Eduardo l'observa. Il savait reconnaître un visage exceptionnel. Il sortit son bloc de dessin et un fusain de son sac, et esquissa le profil à grands traits avant que disparaisse cette image de l'authenticité. Sans être consciente d'être observée, cette inconnue lui offrait un petit recoin de sincérité, lui montrait qui elle était beaucoup mieux que si elle avait posé nue pour lui sur le canapé de sa chambre. Quand on se sait regardé, même notre désir de vérité contient la graine du mensonge.

Quand elle se sentirait épiée, cette expression ingénue de décence sincère s'envolerait. Et avec elle s'évaporerait à jamais l'image d'Elena qu'Eduardo venait d'évoquer. Elena était morte. Et pourtant, plus il contemplait la silhouette de cette femme, plus il était perplexe, tant cette présence le troublait. En effet, d'une certaine façon cette femme *était* le reflet exact de son épouse, son image déformée de l'autre côté d'un miroir invisible. Comme si on avait arraché sa peau pour habiter un autre corps et continuer à vivre.

Le mirage dura de précieuses minutes. Enfin, d'un geste souple, la femme rassembla sa chevelure et ses yeux croisèrent ceux d'Eduardo. Pendant un dixième de seconde, elle resta la même, comme si ses pupilles étaient encore accrochées au fond de l'étang sans le voir, brillant d'une chaleureuse douceur. Puis ce regard se dissipa, laissant place à une litanie confuse de plaintes.

La femme reprit brusquement sa gabardine et s'éloigna sous les arbres.

Eduardo s'approcha de l'endroit que la femme venait d'occuper, regarda ce qu'elle venait de regarder et respira l'air, au cas où il serait resté une trace de son parfum. Il n'y avait rien.

De retour dans son appartement, il posa une toile sur son chevalet. Il y avait longtemps qu'il n'avait pas éprouvé cette hâte, ce besoin de capter quelque chose avant qu'il s'estompe, conscient que chaque seconde écoulée laissait l'image partir en fumée.

Le lendemain matin, il retourna au palais de Cristal en espérant la revoir. Il attendit des heures et finit par comprendre qu'elle ne reviendrait pas. Il s'en alla, se moquant de sa solitude qui le poussait à rechercher la chaleur d'une personne inventée.

Il se dirigea vers la station de métro la plus proche, résolu à tout oublier. Sur le quai, on entendait un fond musical qui rappelait Schubert. Les rails luisants disparaissaient au fond d'un tunnel obscur. Il n'y avait qu'Eduardo et un jeune homme aux traits orientaux, assis à l'autre extrémité du banc. Le jeune homme portait un petit sac en bandoulière et tenait entre ses jambes un de ces chats en plastique aux couleurs vives qu'on vend dans les bazars chinois et qu'on appelle les *chats de la chance*. Il portait un long pardessus noir, ce qui mettait en relief la pâleur de son visage ovale, oriental, presque enfantin. Ses ongles étaient peints en noir et un fin trait de maquillage de la même couleur soulignait la paupière inférieure. Le tout assorti aux cheveux, aussi sombres que ses vêtements, et coiffés de façon chaotique. Bizarrement, ce jeune homme ne le quittait pas des yeux.

Eduardo lui rendit son regard tout en regrettant d'avoir choisi cette place, alors qu'il avait tout le quai à sa disposition, et il eut soudain l'impression que l'autre lui adressait une sorte de reproche : “Les marques sur tes poignets sont vieilles, le besoin de te suicider aurait-il disparu ? J'ai entendu dire qu'il faut avoir une volonté de fer pour se suicider.”

Eduardo rougit et se leva pour fuir ce type bizarre.

“Tu ferais mieux de te mêler de tes oignons !”, pensa-t-il en le fixant du regard.

Le jeune homme ne parut pas gêné par cette réaction. Étrange, ce silence où deux inconnus semblent se dire beaucoup de choses sans prononcer un seul mot.

— On se connaît ? finit par demander Eduardo.

Le garçon n'eut pas un geste de la tête, pas un haussement de sourcil. Mais cette immobilité de statue donna à Eduardo la réponse qu'il attendait.

La rame arrivait. Les yeux du garçon se détournèrent brièvement et il se leva. Il sourit comme s'il s'amusait de la perplexité de cet homme déjà âgé qui, cependant, semblait ne pas comprendre l'évidence.

Eduardo le regarda monter dans le wagon. Quand la rame repartit, il s'aperçut que le garçon avait oublié le chat chinois sur le banc.

Graciela était assise à la réception et lisait un magazine de mode à la lueur d'une petite lampe, qui donnait à son visage un air de papillon de nuit. Elle portait un jean usé et une chemise à manches courtes froissée, avec une petite tache de café sur le col ; elle avait les jambes croisées et balançait sa mule au bout de son pied. En voyant Eduardo, elle releva son menton pointu et posa son magazine.

— Je t'attendais pour notre café.

Eduardo rajusta machinalement le col de sa chemise. Le souvenir de la poitrine amputée de Graciela le troublait.

— Désolé. Olga m'a demandé de passer la voir à la galerie. Elle veut que je fasse des croquis des habitants anonymes de Madrid.

Dans le monde qu'il avait inventé pour les autres, Eduardo était encore un peintre de renom qui travaillait sur un thème qu'il comptait exposer dans une des galeries d'Olga. C'était un mensonge assez crédible si on ne lui posait pas trop de questions.

— Tu as dîné ? Je peux te préparer quelque chose. Je n'aime pas dîner seule, et toi tu devrais avaler un plat chaud avant d'aller te coucher, lui lança-t-elle sans lui donner le temps de réfléchir.

Eduardo essaya d'être aimable. Graciela ne l'intéressait pas du tout, il n'avait pas l'intention d'être ajouté à la liste de ses échecs. Mais il n'était pas obligé d'être sincère. Parfois, la vérité ne sert qu'à être brutal.

— Je suis très fatigué, je veux surtout m'allonger – en réalité, il pensait à la bouteille à moitié vide qui éait sur la commode de sa chambre. Un autre soir, peut-être.

Graciela se frotta le front, l'air épuisé. Ses cheveux très courts avaient des restes de teinture qui décoloraient les racines et laissaient deviner les cheveux blancs qu'elle prétendait cacher. Elle soupira et fronça le nez sillonné de petits traits rougeâtres.

— Tu as encore bu ? À ce rythme, tu n'es pas près de trouver une solution à tes problèmes, dit-elle laconiquement.

Eduardo n'avait pas envie de se disputer avec Graciela, et il changea de sujet.

— Et Sara, comment va-t-elle ?

— Elle a passé une sale nuit, mais elle dort, maintenant. C'est curieux, mais en se levant elle a commencé par me demander de tes nouvelles. Je ne comprends pas pourquoi, mais je reconnais qu'elle t'a pris en affection. Tu devrais passer plus souvent.

Eduardo hocha la tête. Lui aussi s'était pris d'affection pour la fille de Graciela. Elle avait treize ans, un de moins que Tania quand elle était morte.

— Donne-lui ça quand elle se réveillera.

— Un chat de la chance chinois ? s'étonna Graciela.

Eduardo haussa les épaules.

— C'est un drôle de type qui l'a oublié dans le métro. J'ai pensé que ça plairait à Sara.

Graciela regarda l'objet sans beaucoup d'intérêt.

— Sans doute. Vous aimez tous les deux des choses bizarres… Si tu changes d'avis, passe à la maison.

Eduardo n'avait pas l'intention de changer d'avis. Ils le savaient tous les deux.

2

La salle d'exposition occupait le sous-sol d'un bâtiment ancien. Il régnait une odeur de cendre mouillée et de vieux meubles. Quelques visiteurs circulaient au milieu des œuvres exposées. Olga déambulait sans vraiment s'intéresser aux peintures. Tout au plus pinçait-elle les lèvres avec une vague curiosité quand l'une d'elles attirait son attention.

"Enfin, merde, Eduardo, où es-tu passé ?" se demanda-t-elle. Il était censé être l'artiste et donc être présent. Quand il arriva, avec une demi-heure de retard, elle lui lança un regard teinté d'irritation et d'étonnement. Eduardo était en manches de chemise, pas rasé. Il avait les cheveux en bataille et des cernes aussi profonds que des abîmes.

— Quelle tête ! Et en plus, tu es en retard.

— Comme tous les ivrognes ! répondit Eduardo avec une ironie qu'il réservait à sa galeriste.

— Ne prends pas cet air souffreteux avec moi, je t'en prie, coupa Olga en soufflant une bouffée d'air du coin des lèvres, comme si elle fumait.

Certains hommes pouvaient trouver inquiétant ou désagréable qu'une femme soit trop intelligente, trop belle et trop sûre de sa beauté. Olga concentrait toutes ces craintes masculines. Elle faisait plus d'un mètre quatre-vingts et son pantalon moulait des hanches étroites et des cuisses dotées de solides quadriceps. Une sportive à l'air hautain et masculin. Cet aspect viril éveillait chez ceux qui ne la connaissaient pas le soupçon qu'elle était lesbienne. C'était une brune de science-fiction, elle avait un air robotisé, accentué par une coupe de cheveux très courte, presque rase sur la nuque, avec une longue frange qui lui retombait sur les yeux, dont la couleur variait entre le gris et le bleu, en fonction de la lumière. Elle avait cet aspect hiératique et irritable qu'ont ceux qui ne résistent pas à la frustration. Elle donnait l'impression d'être une personne distante.

Eduardo regarda le public. À peine une demi-douzaine d'oisifs qui s'étaient mis à l'abri de la pluie et qui tuaient le temps en attendant une éclaircie.

— Ce n'était peut-être pas une bonne idée de m'engager sur ce projet. On dirait que mes tableaux ne suscitent pas beaucoup d'enthousiasme.

Olga fronça les sourcils.

— Le temps a passé. Il faut rappeler aux gens qui tu étais.

Eduardo regarda ses mains comme si on les avait cousues à ses poignets. Quelque part dans le passé, ses doigts et son esprit s'étaient définitivement séparés, une sorte de court-circuit interne.

— Ma spécialité, maintenant, ce sont les portraits à la chaîne, Olga. Je touche tant par dessin et tu les vends aux grandes surfaces. Voilà ce que je suis, un fabricant de churros à la chaîne.

Pour on ne sait quelle raison, Olga voulait absolument remettre Eduardo sur des rails qui n'existaient plus.

— Tu as encore le besoin de créer de grandes choses.

Faux. Son temps était passé. Et cette exposition d'œuvres récupérées par Olga était son chant du cygne, son dernier sursaut d'inspiration.

À l'époque, les plus grands critiques avaient été fascinés par ces portraits. Ils avaient découvert avec enthousiasme un jeune talent d'à peine vingt ans, capable d'une œuvre novatrice. Ils n'avaient jamais rien vu de tel. Ces portraits n'étaient pas conventionnels, ils n'appartenaient à aucune école, et relevaient d'une mythologie personnelle indéchiffrable. Dans ces tableaux, Eduardo se dénudait de façon impudique, les titres délirants de ses œuvres en témoignaient : *Démiurge* : Dieu se coupant les veines avec une Gillette dans un appartement, face au golfe de Rosas. *Hippocampe* : un cerveau transpercé par des aiguilles au-dessus d'une cuvette, devant un poste de télévision. *Zéphyr* : femme nue précipitée du haut d'une falaise… Ces peintures étaient déconcertantes, presque autant que l'attirance qu'elles semblaient exercer sur le public d'alors, surpris par la précision des personnages, par leur douleur viscérale reproduite à grands traits de fusain, les ombres des regards, les corps contorsionnés, d'un noir aussi profond que déprimant. On se demandait d'où sortait ce peintre.

Olga montra une huile de dimensions modestes, peu mise en valeur, sous une arcade mal éclairée ; une femme au bout d'une corde, le regard tourné vers le sol où se trouvait la chaise qu'elle avait utilisée pour atteindre la poutre. On aurait dit que cette femme souhaitait désespérément remettre les pieds sur cette chaise, qu'elle regrettait son acte. Sur son visage, on sentait la panique, mais il était trop tard. Le peintre n'avait pas l'intention de la sauver.

— Je crois que celle-ci promet. Je vais sans doute la vendre à une boutique d'art anglaise, qui la trouve très suggestive. Qu'en penses-tu ?

Eduardo ne s'intéressait pas à cette huile : la scène était dramatique, en partie à cause de la teinte ocre, de la profondeur du regard de la femme et de la torsion du corps. Le désespoir et le chagrin qui poussent à des actes irréparables. Un tableau que personne ne voudrait acheter.

— Les gens se demandent encore pourquoi tu as arrêté de peindre, soudain, du jour au lendemain. Tu as gardé un coup de patte exceptionnel, peu commun, très plastique, très juste. Ces tableaux, ces instantanés, sont si beaux qu'ils en deviennent…

— Répugnants ?

Résigné, Eduardo avait complété la phrase pour elle.

— Tu sais que parfois tu es vraiment chiant ?

— Oui, je sais.

Olga sortit une carte de visite de son sac et la montra à Eduardo. Un carton de luxe, une matière gaufrée et une calligraphie pleine d'arabesques.

— Cette fois, j'ai décroché un truc super pour toi. Une bonne cliente, prête à payer un prix à la mesure de ton talent. Ça t'intéresse ?

Eduardo était peu enthousiaste. En réalité, il se contentait des commandes qu'il avait pour vivoter, et il n'en voulait pas davantage. Il exécutait scrupuleusement mais sans passion ce qu'Olga lui demandait, livrait les huiles en temps voulu et ne prenait pas trop cher, mais il s'en tirait à peu près bien.

Il lut la carte de visite. Gloria A. Tagger.

— Qui est-ce ?

— Vraiment, tu ne la connais pas ? Son nom ne te dit rien ?

Eduardo prit un air d'ignorance complète.

— C'est une violoniste mondialement connue. Mariée avec Ian Mackenzie, le réalisateur. Tu sais, c'est lui qui a fait *Ce que cache ton nom*, un documentaire sur la diaspora juive après la Seconde Guerre mondiale. On dit que c'est la vie de son épouse qui l'a inspiré.

— Je suis au regret de dire que la musique classique n'est pas ma tasse de thé. Ma collection de disques me suffit. Quant au cinéma, je suis hors jeu depuis un bon bout de temps.

Olga le regarda comme s'il était un extraterrestre.

— Gloria A. Tagger est passée à la galerie il y a deux semaines. J'allais fermer, mais j'ai décidé de la recevoir. Dès le premier instant, j'ai senti une forte attirance pour elle ; elle est entrée et s'est aussitôt emparée de l'espace, tu comprends cela ? C'est le genre de personne qui remplit tout par sa présence, sans rien dire ni rien faire, simplement du fait de sa volonté, avec classe. On sent qu'elle est habituée à être admirée depuis longtemps. Quand je lui ai demandé ce qu'elle cherchait, pour l'orienter, elle a promené un regard un peu déçu sur le mobilier, elle n'a même pas voulu s'asseoir ni ôter sa gabardine.

— A-t-elle au moins acheté quelque chose ?

— En réalité, c'est toi qu'elle venait voir, tes tableaux, je veux dire. Elle a demandé à voir tes derniers portraits et je lui ai montré ceux qui ne sont pas encore vendus. Elle les a examinés avec un regard d'experte, pourtant elle n'avait pas l'air d'une professionnelle. Elle a posé quelques questions avisées, sur la technique, le cadrage, et elle a voulu voir les photographies des modèles. Au bout d'une demi-heure, elle a dit qu'elle voulait t'engager.

— Tu l'as prévenue que je ne suis plus sur le marché ? lui rappela Eduardo avec une pointe de sarcasme qui dissimulait à peine l'angoisse dans sa voix.

Olga prit un air soucieux, d'attente inquiète.

— Elle peut te donner une seconde chance, Eduardo. Depuis que tu es sorti de Huesca, tu n'as fait que boire et gâcher ton talent avec des commandes pour des gens qui ne sauraient pas distinguer un Vélasquez d'une étiquette de pastis. Tu ne peux pas continuer comme ça. Trop de temps s'est écoulé. Quatorze ans, c'est suffisant comme pénitence.

Eduardo ne répondit pas, le regard dans le vague. Olga ne parvenait pas à déchiffrer ce regard flou.

— En quoi consiste sa proposition ? demanda-t-il finalement, prudent.

— Elle ne me l'a pas dit, sauf qu'il s'agit d'un portrait. Elle s'est butée et a répété qu'elle ne parlerait qu'avec toi. Elle m'a donné sa carte et je lui ai promis que tu passerais la voir demain à la première heure.

— Drôle de promesse, tu ne sais même pas si je vais la tenir !

Olga sourit avec indulgence et leva les deux mains pour couper court à toute protestation d'Eduardo.

— Parce qu'elle m'a donné pour toi une avance des plus convaincantes.

Elle sortit une enveloppe de la poche de son pantalon et saisit le chèque qu'elle contenait.

— Tu as vu le montant ? Une somme astronomique, et ce n'est qu'une avance.

— Tu as accepté cet argent ? Pourquoi ?

— Parce que je lui ai dit que tu étais un bon professionnel et que, quelle que soit sa demande, tu serais à la hauteur.

— En ce cas, tu as menti.

Olga posa ses lèvres sur la joue amorphe d'Eduardo. Des lèvres froides qui laissaient un dépôt trop épais de rouge.

— Non, pas du tout. Tu es excellent, et tu vas le prouver à cette bonne femme pourrie de fric et de glamour. Et maintenant, j'ai du travail, dit-elle en s'éloignant.

Un couple de touristes japonais réclamait sa présence ; il voulait des explications sur une des peintures d'Eduardo.

Eduardo apprécia le goût des Japonais. Ils s'étaient arrêtés sur *Promenade au bord de tes yeux*. Sans aucun doute une belle œuvre, où on voyait Elena se promener le long de la plage. On voyait la brise marine dans le gonflement de la robe.

Il avança mentalement la main et caressa le souvenir d'un soir d'août à Cadaqués :

La tramontane soufflait fort et rendait désagréable une promenade sur la plage et dangereux de s'éloigner à la nage du rivage. L'osier d'un panier de fruits se mêlait à l'odeur des citrons, le sparte des espadrilles au salpêtre, le murmure des vagues aux rires d'enfants qui jouaient au ballon. Elena se promenait à quelques mètres de la crique, entre les rochers, et contemplait la mer, perdue au bout de cet horizon qu'elle essayait de réduire à un silence obstiné. Ils pourraient vivre toujours ainsi, se disait Eduardo en la regardant, au milieu de cette paix sans épines, entourés d'un soleil somptueux, de pinèdes, dans cette crique au cœur des silences complices de chacun dans son monde, se protégeant l'un l'autre. C'était un désir impossible dans sa conception même, mais merveilleux à imaginer.

— Eduardo, ça va ?

La voix d'Olga le secoua comme un acide corrosif. Il avait la main sur la poignée de la porte, les yeux rivés sur la lithographie qui était toujours sur le comptoir, mais l'image s'était à nouveau figée et les Japonais avaient disparu.

Non. Ça n'allait pas, mais il esquissa un sourire forcé avant de prendre congé.

— J'irai voir cette cliente, mais je ne te promets rien.

Il ralentit avant d'arriver au carrefour. Sur le bas-côté droit, on voyait dépasser les roues d'un camion. Les pneus tournaient dans le vide et la poussière n'était pas encore retombée. L'accident avait dû survenir quelques minutes plus tôt. Si Eduardo avait roulé un peu plus vite ou le camionneur plus lentement, il aurait certainement été impliqué dans cet accident. Les hasards avaient toujours eu un rôle déterminant dans sa vie.

— Que s'est-il passé ? demanda-t-il à un gendarme.

— Vous ne le voyez donc pas ? répliqua l'agent de mauvaise grâce.

Le camion transportait des cochons destinés à l'abattoir. Quand le véhicule s'était renversé, les bêtes avaient été coincées dans la ferraille des cages, d'autres avaient été éjectées et gisaient, étripées, à plusieurs mètres à la ronde. Néanmoins, le pire, dans ce spectacle dantesque, c'étaient les hurlements des cochons à l'agonie. Leurs lamentations déchirantes vrillaient le cerveau d'Eduardo, tels des poignards qui lui sectionnaient les nerfs.

— Par pitié, ne peut-on achever ces bêtes et mettre un terme à leurs souffrances ?

Le gendarme lui lança un regard d'impuissance.

— Il faut attendre l'arrivée du vétérinaire de la compagnie propriétaire. Si nous les sacrifions, nous serons sûrement accusés d'avoir gâché la *marchandise*.

— Mais c'est absurde.

Le policier haussa les épaules avec fatalisme.

— On vit dans un pays absurde.

— La circulation va être coupée longtemps ?

Le garde civil regarda négligemment sa montre.

— Une heure, peut-être deux.

Il aurait aussi bien pu dire un mois ou un an. Eduardo ouvrit la boîte à gants et montra un papier à l'agent.

— Je cherche le lotissement Mayoral, rue Doctor Ochoa.

L'agent le regarda un peu surpris, un simple battement de paupières qui se traduisit par un regain d'égards et une attitude plus déférente, une raideur soudaine des épaules et du menton. Les riches mettent toujours les pauvres sous tension, et "ce type n'a pas l'air d'un banquier, mais avec ces gens on ne sait jamais".

— Vous n'en êtes pas loin. Prenez ce chemin de terre, c'est un raccourci qui zigzague entre les trous du terrain de golf. Quand vous arriverez à la guérite du gardien, on vous indiquera la rue. Le seul problème, c'est que vous devez y aller à pied. Le chemin est défoncé et, avec un utilitaire comme le vôtre, vous ne passerez jamais. Ou alors, vous devrez attendre que la circulation revienne, l'accès au lotissement par la route est à deux kilomètres.

Eduardo sonda sa patience. Il ne pourrait supporter une minute de plus la puanteur de chair grillée et les hurlements des bêtes.

— Je vais laisser la voiture à l'entrée du chemin et je continuerai à pied, merci.

Le garde civil opina du chef en regardant le ciel.

— Vous devriez vous dépêcher, sinon vous aurez la pluie.

— Je prends le risque.

Il se gara à l'entrée du chemin pentu et entreprit l'ascension, le souffle court, s'arrêtant souvent pour respirer. À peine avait-il parcouru le tiers du chemin qu'il se mit à pleuvoir. Au début, un crachin maussade et timide, ce qui incita Eduardo à continuer, mais quelques minutes plus tard il pleuvait à verse : il voyait flou et parfois même le chemin disparaissait complètement. Maculé de boue jusqu'aux sourcils, il admit qu'il était inutile de chercher un refuge, aussi continua-t-il de monter sans se presser, résigné et ulcéré. Sale et trempé jusqu'aux os, il ne risquait pas de faire une entrée triomphale chez Gloria A. Tagger.

Il arriva enfin à l'entrée du lotissement, une très haute grille recouverte de lierre rougeâtre. À côté de l'entrée, il trouva une sonnette et une pancarte qui insistait sur la férocité des chiens de garde. À travers le lierre, il repéra la lentille d'une minuscule caméra de sécurité, qui s'ouvrait et se refermait comme un œil bionique.

— Qu'est-ce que vous voulez ? aboya une voix métallique dans l'interphone.

— Je viens voir Mme A. Tagger, rue Doctor Ochoa.

Eduardo fut soumis à un interrogatoire en règle sous la pluie. Il dut fournir nom, prénom, numéro de sa carte d'identité et donner une brève explication sur son état lamentable et son arrivée sans aucun véhicule. Quand le gardien invisible parut satisfait des renseignements obtenus, il lui ordonna d'attendre, sans lui dire combien de temps ni pourquoi. Et il pleuvait toujours.

Un quart d'heure plus tard survint une femme aux hanches larges et aux bras puissants, sous un gigantesque parapluie noir. Elle était en chemise, manches retroussées, et portait un tablier qui descendait jusqu'à ses bottes en caoutchouc.

— C'est vous, le peintre qui vient de Madrid ? demanda-t-elle en criant pour couvrir le bruit de la pluie.

Eduardo acquiesça et la femme, après avoir ouvert la grille avec une commande à distance, le pria de la suivre.

Le lotissement était un immense terrain de golf, avec ravins, ponts et lacs artificiels, collines vertes ondoyantes et semées de luxueuses demeures modernes en pierre de taille. En haut d'un promontoire isolé se dressait une vieille maison de campagne. On comprenait qu'autrefois cette bâtisse avait été une ferme, et qu'il y avait des champs semés à la place du terrain de golf. Les anciens propriétaires avaient probablement vendu leurs terres à prix d'or à l'époque de la spéculation.

La femme conduisit Eduardo vers une petite esplanade de gravier ratissé où un bassin débordait en émettant des sons de tambour. Au fond, on distinguait en partie la façade et un escalier couvert de feuilles mortes qui menait à la porte principale, sous un portique à colonnes. Sous la pluie, l'endroit semblait aussi évanescent qu'une chimère. Les gouttes en tombant tissaient le silence et lui donnaient une réelle consistance.

Ils entrèrent par un espace qui semblait avoir été autrefois une dépense ou une écurie. L'intérieur était accueillant : une cheminée de grandes proportions aux parois noircies abritait un feu qui se consumait lentement ; le bois sifflait sous l'écorce de chêne et répandait une chaleur très agréable. Un grand miroir sur le manteau décuplait l'espace et l'image affligeante d'Eduardo.

— J'ai un aspect déplorable, murmura-t-il.

La femme le lui confirma sans détour d'un mouvement de tête énergique.

— Vous feriez mieux d'enlever vos vêtements, vous risquez la pneumonie. Je vais vous apporter de quoi vous changer.

Malgré cette affirmation, Eduardo n'osa pas enlever ses vêtements quand il se retrouva seul. Il se contenta de poser sa veste sur un banc en fer forgé et de regarder la pièce posément. Cinq minutes plus tard, la femme apporta une serviette propre, des chaussettes en laine et des bottes de montagne à grosse semelle, ainsi qu'un pull-over épais à col roulé en laine bleue et un vieux pantalon en velours.

— Qu'est-ce que vous attendez pour enlever vos vêtements ? Vous voulez mourir de froid ? reprocha-t-elle à Eduardo sur un ton aigre. Je crois que ces vêtements vous iront. Ils sont à M. Ian, mais madame insiste pour que vous les enfiliez, et monsieur ne s'y serait pas opposé. J'ai l'impression que c'est un peu grand pour vous, mais il n'y a rien d'autre. Prenez votre temps et réchauffez-vous. Là, sur la droite, vous avez un lavabo, si vous voulez vous laver, et ne vous inquiétez pas pour vos vêtements, laissez-les ici, je vais m'en charger.

Eduardo eut à peine le temps de grommeler un vague merci. Il huma le parfum du linge propre, usé mais de bonne qualité, un toucher doux et agréable, il se rinça la figure dans l'évier en pierre et se déshabilla, ne gardant que son linge de corps. Les vêtements qu'on lui prêtait étaient en effet un peu grands pour lui, surtout le pantalon, beaucoup trop long (ce Ian devait avoir deux têtes de plus que lui), mais le pull-over était confortable et quand il enfila les chaussettes sèches et les bottes, il poussa un soupir de soulagement. Il s'habilla tranquillement et s'assit pour attendre.

Quelques minutes plus tard, la femme revint et lança un regard inquisiteur. D'après son expression, l'allure d'Eduardo dans cette tenue d'emprunt devait être comique.

— C'est déjà mieux, dit-elle cependant. Madame vous attend en haut. Je vous accompagne.

Ils traversèrent un grand vestibule meublé en style tolédan ; quelques sculptures en bronze réfugiées dans les coins n'avaient toujours pas trouvé leur place. Les murs étaient décorés de portraits : visages altiers, regards troubles et ambigus. Les tons chromatiques très pâles créaient la sensation qu'ils étaient des spectres rayés de la vie, dont il ne restait que l'ombre, prisonnière de ces cadres dorés.

La femme marchait en tête d'un pas décidé, ouvrant une succession de portes qui donnaient sur des pièces également bigarrées. À mesure qu'ils avançaient, le temps perdait tout son sens, comme si les horloges étaient une hérésie intolérable en ce lieu qui respirait le renfermé, la tristesse. On aurait dit un musée sans vie.

— Mme Tagger vit ici ?

— Madame et monsieur ont acheté la maison et toutes les terres il y a quelques années, à un constructeur ruiné. Mais ils sont absents presque toute l'année et la maison reste fermée.

Eduardo ne posa pas d'autres questions, mais il se dit qu'acheter une maison ne faisait pas de vous le propriétaire. Elle a besoin d'être habitée pour devenir un foyer, et celle-ci n'en était pas un. À quoi bon acheter une maison et la remplir d'œuvres d'art si ce n'était pour y vivre ? Il supposa que les gens comme Gloria A. Tagger avaient besoin de donner du sens à un lieu, de l'expliquer.

Ils arrivèrent dans une grande pièce. La femme le planta là et disparut, laissant la porte entrebâillée.

La salle était accueillante, sans rien de superflu. Sur un bureau, il y avait des partitions griffonnées, un pot rempli de crayons de couleur. À l'autre bout, on voyait un habitacle vitré entièrement fermé, un espace insonorisé. À l'intérieur, il y avait une banquette et une table de mixage, des équipements d'enregistrement, des haut-parleurs, un écran d'ordinateur éteint et un cendrier qui fumait encore, quelqu'un y avait sans doute travaillé peu de temps auparavant.

Un tableau de grandes dimensions retint son attention. Ce n'était pas un portrait ordinaire, mais une scène peinte à l'huile et teintée d'une violence ambiguë. Une femme regardait un jardin dont on ne reconnaissait que quelques branches de myrte et d'oranger, et il y avait dans ses yeux rétrécis une irritation aqueuse et une fatigue profonde, peut-être la conséquence de la grossesse qu'on devinait sous la main qui tenait son ventre. À droite, son époux lui lançait un regard hiératique, comme si la grossesse de sa femme était un péché qu'elle devait purger et qu'il pardonnait à contrecœur.

— Vous connaissez ce tableau ? dit une voix dans son dos.

Eduardo se retourna.

Il cligna des yeux, comme s'il était ébloui par le soleil. Il mit quelques secondes à comprendre que cette femme était celle qu'il avait vue dans le parc du Retiro. En réalité, et c'était le plus surprenant, on aurait dit qu'elle provenait d'une autre dimension, un dédoublement.

Mais elle ne paraissait pas le reconnaître.

— Je suis Gloria A. Tagger. Que vous arrive-t-il ? Vous êtes tout pâle.

— Non, non. Tout va bien.

— Il vous plaît ? demanda Gloria en montrant le tableau d'un air blasé.

Elle s'approcha si près qu'elle frôla son épaule. Elle portait un sweater à col roulé couleur marengo qui moulait son buste comme une sculpture. Ses vêtements filtraient un parfum délicat, qu'il ne sut identifier mais qui envoûtait les sens. Sa silhouette était d'une minceur extrême et sa cigarette tremblait entre ses doigts.

— *Les Époux Arnolfini*, de Jan Van Eyck. En vérité, la peinture flamande est magnifique, mais elle ne m'a jamais ému, admit Eduardo.

— Je déteste tout particulièrement ce tableau, approuva Gloria, et son regard fixa le visage perplexe d'Eduardo, comme pour le radiographier. Cette femme parlait par les yeux, et ses brefs battements de paupières étaient autant de points et de virgules.

— Il est possible que la raison de votre répulsion soit qu'elle *ne transmet* rien de bon. Regardez la femme : sa vie est une tragédie, une médiocrité qui engourdit son esprit, son désir d'être libre, comme avaient été libres ses actes avant de tomber enceinte. Voyez comme elle regarde le jardin qu'on aperçoit dans le dos de l'époux. Supporter l'existence entre ces murs, au milieu des bruits quotidiens sans y participer, recluse comme une bonne sœur, condamnée à la pesanteur des routines au moment du petit-déjeuner, de la toilette, du coucher, doit être insupportable pour elle. Examinons maintenant l'époux : il a un regard de dément, peut-être soupçonne-t-il que ce fils n'est pas le sien ; qu'elle l'a trompé. Et il se demande comment lui faire payer cet outrage. Chaque détail est troublant, tant il est concis : la double pointe du foulard sur la tête de l'épouse, les bagues à l'index et l'annulaire, les plis de la chemise noire de l'époux, la sensation d'inconfort du surplis qu'ils portent tous les deux, les couleurs terreuses et opaques des mystiques, le stoïcisme à la fois cadavérique et suggestif de leurs visages.

Gloria lança à Eduardo un regard d'admiration mal dissimulé.

— Vous peignez les portraits, ou vous les écrivez ?

Eduardo sourit.

— Le pinceau est peut-être moins loin de la plume qu'on ne le dit.

À côté de la fenêtre, il y avait deux fauteuils séparés par une petite table avec une cafetière, deux tasses et un pot de lait en faïence qui fumait. Gloria l'invita à prendre place.

Il pleuvait toujours et dans la pièce la température était assez basse, bien qu'il y ait quelque part, certainement, un radiateur allumé. Gloria servit le café, qu'ils burent en silence ; elle souriait et se montrait affable, ses manières étaient douces, mais en réalité elle n'avait pas l'air d'être là : son sourire et son regard étaient les restes statiques d'une présence sans âme, comme la première fois qu'Eduardo l'avait vue, assise devant le palais de Cristal.

— Si ce n'est pas indiscret, que vous est-il arrivé à la jambe ?

Eduardo réfléchit une seconde en cherchant ses mots.

— Un accident de la circulation.

Gloria le regarda, ses yeux ne trahissaient aucune émotion. Pendant quelques secondes, son visage resta attentif, Eduardo allait peut-être ajouter quelque chose à cette phrase qui, sans être fausse, était incomplète. Mais il ne dit rien de plus et le visage de Gloria se relâcha, un peu déçu.

— Elle vous fait encore mal ?

— Ah oui, même si les médecins affirment que c'est une douleur somatique !

Il n'en était pas si sûr. On pensait que les terminaisons nerveuses étaient mortes et qu'il ne devait plus rien sentir, mais ce n'était pas vrai. En touchant sa cicatrice, il pouvait presque retrouver la douleur horrible qu'il avait ressentie au moment de l'accident.

Gloria regarda les mains d'Eduardo, à plat sur ses genoux. Elle reposa délicatement sa tasse sur la petite table, détourna un moment son beau profil vers un petit secrétaire français où se trouvait un tourne-disque, et posa de nouveau les yeux sur Eduardo.

— Ça vous dérange si je mets un peu de musique ? Elle m'aide à penser et me détend.

Elle sortit un disque de sa pochette en le tenant avec précaution pour ne pas poser les doigts sur les sillons.

Elle descendit l'aiguille et resta quelques instants à le regarder tourner, tournant le dos à Eduardo, pour s'assurer d'un hochement de tête qu'en effet l'appareil fonctionnait quand il émit les premières notes. Elle baissa le volume et la mélodie devint un léger et agréable bruit de fond.

— Vous aimez ? C'est le *Concerto, pour violon en sol mineur*, opus 26 de Bruch.

Eduardo écouta quelques mesures, les yeux mi-clos. Cette mélodie lui semblait particulièrement romantique, et plutôt gaie.

Gloria lui tendit la pochette du vinyle. On y voyait une jeune fille de profil, assise sur un tabouret, jambes croisées. Une main posée sur la cuisse tenait un violon, l'autre tripotait distraitement un fin collier doré avec un scapulaire.

— C'est vous.

— Nous sommes des personnes différentes au cours de notre vie. Vous ne croyez pas ? Cette fille, sur la pochette, ce n'est pas moi, ce n'est que mon corps, qui appartenait à une autre Gloria, vingt ans plus jeune. Il s'agit d'un enregistrement spécial pour l'Orchestre de Budapest. J'avais vingt ans et je n'aurais jamais dû accepter ce défi, je n'étais pas prête, mais évidemment je n'étais pas non plus prête à le reconnaître et à agir en conséquence.

— La musique classique n'est pas mon fort, mais je dirais que c'est un morceau magistralement interprété.

Gloria sourit avec indulgence.

— Écoutez-le à fond. Dans chaque création, l'artiste laisse un bout de son âme. Mais si vous en cherchez un ici, vous ne le trouverez pas.

Eduardo eut du mal à pénétrer dans les fourrés de ce morceau, parfois aussi compact qu'un roc, parfois aussi liquide que des gouttes de pluie sur le carreau de la fenêtre. Il commençait par un *allegro vivace*, suivi d'un long interlude, qui se diluait peu à peu sans à-coups. En effet, il croyait percevoir une légère irritation de la violoniste, on aurait dit qu'elle était mal à l'aise, ou que les notes de la partition ne cessaient de mettre son talent à l'épreuve. Cependant, à mesure que le morceau avançait, la main de l'interprète était de moins en moins évidente, elle se détendait, se laissait entraîner dans un autre monde et perdait toute conscience d'elle-même jusqu'à la fin de la pièce.

Gloria enleva le disque aussi délicatement qu'on prend un nouveau-né, l'essuya et le remit dans sa pochette.

— Alors ?

— Je crois comprendre ce que vous voulez dire, répondit Eduardo en observant le mouvement circulaire de la cigarette que Gloria tenait entre l'index et le majeur.

Les gestes de cette femme ne ressemblaient à rien de tout ce qu'il avait connu. Elle semblait interpréter une danse subtile qui finissait par émousser la volonté d'autrui.

— Vraiment ? Gloria étira ses précieux doigts et les contempla à contre-jour, comme des appendices surgis du néant qu'elle aurait pu toucher par le truchement de la mélodie. Je gagne ma vie avec la musique, mais je n'ai jamais cessé d'avoir l'impression d'être une menteuse ; je m'approprie ce qui ne m'appartient pas, et mes désirs violentent la création des autres. Je n'ai jamais écrit une seule partition.

— Ma galeriste m'a dit que vous aviez un travail pour moi ; un truc spécial.

— *Un truc spécial ?* C'est une façon de parler.

— J'ai vu le chèque que vous m'avez donné à titre d'acompte. C'est une grosse somme, et je pense que vous saviez déjà, en le remplissant, que je ne suis plus un professionnel de la peinture.

— Je sais.

— Alors, si vous savez qu'il y a longtemps que je ne suis plus un peintre coté, qu'attendez-vous de moi ?

Gloria ne répondit pas. Elle se contenta de lui lancer un regard profond et calme. Puis elle se leva, ouvrit le tiroir d'une commode et prit une photographie récente. Elle la contempla un instant et ses yeux brillèrent.

— Voici mon fils. Qu'en pensez-vous ?

Eduardo examina la photographie qu'elle lui avait tendue.

La plupart des gens sont gênés devant un objectif, leur visage se fige, devient aussi dur qu'une cuirasse sur laquelle rebondit la lumière, ou bien se décompose dans un sourire absurde, presque enfantin ; de toute façon, il est forcé et irréel. Mais ce n'était pas le cas de ce garçon, sur la photo. Sans être aussi beau que sa mère, il distillait une assurance qui subjuguait l'appareil. La photographie exprimait une rivalité évidente, un duel entre l'objet et l'objectif, une lutte pour voir lequel l'emporterait. Et de cette rivalité était née cette image d'un jeune aux cheveux châtains, beaucoup plus mince que ne l'exigerait un corps sain, dégingandé, comme s'il avait grandi en désordre, bras longs et jambes osseuses, engoncé dans un duffle-coat kaki au col effiloché, un badge du *Walk of Life* de Dire Straits sur l'épaule droite, un jean délavé, des pommettes saillantes, comme des montagnes escarpées surmontées de quelques poils qui ne pourraient jamais accéder à la dignité de barbe fournie, même s'il s'entêtait à ne jamais se raser.

— Pas de doute, ce jeune homme est très séduisant.

Gloria reprit la photographie et ses pupilles frémirent, tel le reflet d'une flamme de cristal.

— Il avait dix-sept ans, un garçon brillant, un avenir prometteur. Il est mort il y a quatre ans.

Quatre ans plus tôt, les flashs d'information à la radio alertaient les automobilistes que plusieurs rues avaient été coupées près du palais de Oriente, à la suite d'un gros accident de la circulation ; une Mercedes s'était encastrée dans la vitrine d'une boutique de mariage. La police municipale barrait l'accès pour faciliter le travail des ambulances et des pompiers. Le chauffeur qui avait causé l'accident puait l'alcool. Il était hébété et une blessure ouverte sur son front saignait abondamment, mais il était hors de danger. Un pompier découpait le toit du véhicule avec de lourdes cisailles hydrauliques, tandis qu'un médecin du SAMU lui posait un collier en soutenant la tête, comme s'il manipulait un précieux vase en porcelaine de l'époque Ming ou un flacon de nitroglycérine. Un mannequin en costume de mariage avait la moitié du corps en travers de la vitrine, la tête brisée, de travers sur l'épaule, et il avait perdu sa perruque. De loin, le réalisme était saisissant. On voyait des costumes partout, sur le capot, dans les flaques, sur le trottoir. Des robes de mariée, des gilets brillants aux boutons en tissu, des pantalons serrés, des vestes où les piqûres n'étaient pas encore faites.

Sous la voiture, on voyait dépasser quelqu'un. Il avait perdu sa chaussure et son pied était trempé de pluie. La voiture lui avait roulé dessus et l'avait écrasé entre la carrosserie et le macadam. Ce jeune homme balbutiait en regardant le conducteur qu'on transportait sur un brancard dans une ambulance, mais il ne faisait que cracher des caillots de sang.

À quelques mètres de là, au milieu du passage piéton, un policier municipal s'agenouillait devant une petite forme étendue sur le dos. Le corps du policier empêchait les curieux de l'identifier. De loin, on aurait dit un chien de taille moyenne. Mais aucun policier n'aurait fait du bouche-à-bouche à un chien ou n'aurait désespérément essayé un massage cardiaque. Des témoins portèrent la main à la bouche, consternés, quand le policier au visage bouleversé se résigna et demanda une protection thermique pour envelopper ce corps. Une rafale souleva le plastique, découvrant le visage blafard, qui semblait assoupi, sans aucune trace de violence, d'une fillette d'à peine six ans.

Une équipe médicale transporta le corps du jeune homme dans une ambulance. Il restait sur le sol une tache de sang obscur et une chaussure écrasée.

Quelqu'un demanda si l'état du garçon était grave. On lui dit qu'il était mort, comme la fillette.

Morts, tous les deux.

Quand on lui annonça la nouvelle au téléphone, Gloria remercia poliment, avec une voix étrangère à ce qu'elle venait d'entendre, comme si elle n'avait pas compris, et pas osé demander des explications. Elle resta assise sur le lit, regarda le téléphone sans vraiment le regarder et reposa le combiné dans lequel on n'entendait plus qu'un bourdonnement intermittent. Ses yeux, ahuris et déconcertés, s'accrochèrent à la corbeille à fruits, à la table de la cuisine qu'elle voyait par la porte entrouverte de sa chambre. Elle s'approcha de la fenêtre, toujours perplexe : son corps tremblait et elle avait du mal à tenir sur ses jambes, elle sentait que ses os s'étaient brisés en mille morceaux. Elle regarda la rue piétonne, les gens aller et venir, la circulation qui bourdonnait dans le lointain, le ciel couvert, les toitures luisant de pluie. Un jour comme un autre. Et soudain tout l'atteignit cruellement. Absolument tout.

— Perdre un enfant, c'est comme si on vous amputait le corps d'une partie essentielle dont l'absence est aussi douloureuse que si vous l'aviez encore. Comme la douleur somatique que vous éprouvez aux terminaisons nécrotiques de votre genou. Je suis sûre que vous voyez ce que je veux dire.

Gloria évalua l'impact de ses propos, les laissa s'enfoncer dans son cerveau et les ressortit, toujours incertaine.

Eduardo avait le sentiment de ne pas être très loin de là, et que, quoi qu'il arrive, il ne serait jamais plus proche de cette femme qu'en cet instant. Deux solitudes qui se heurtaient avant de rebondir. C'était absurde, mais ce pressentiment le rendait triste.

— Je suis désolé.

Gloria ferma les yeux. Quand elle les rouvrit, elle crut que son ventre venait d'exploser.

— Vous êtes désolé ? C'est tout ce que vous trouvez à dire, Eduardo ?

— Que pourrais-je dire d'autre ?

Soudain, le regard de Gloria devint aussi tranchant qu'un silex.

— Franchement, j'espérais qu'entre nous tous ces mots seraient inutiles.

— Que voulez-vous dire ?

— J'ai mené mon enquête. Vous avez perdu votre femme et votre fille il y a quatorze ans, dans un accident de la circulation également… Nous sommes des morts vivants. Voilà pourquoi je vous ai demandé de venir, voilà pourquoi je veux vous commander un portrait, que vous êtes le seul à pouvoir faire.

Eduardo pâlit et se frotta la nuque.

— Faire le portrait d'une personne qui n'est plus, honnêtement, cela revient à peindre un paysage de mémoire. Ce n'est pas le paysage, mais un mirage déformé par le souvenir.

Gloria sortit d'un tiroir un article d'un journal financier remontant à quatre ans en arrière. On y voyait la photographie d'un cadre dynamique, épaules larges et épaisse chevelure rousse.

— Ce n'est pas le portrait de mon fils que je veux, mais celui de son assassin.

3

Dans sa cellule, à côté de la tête de lit en métal de sa couchette, Arthur avait ouvertement collé une photographie de son voyage de noces. Deux jeunes amoureux, enlacés et souriants, avec ce rire niais et ostensible des gens prêts à croire aux cœurs en folie, quand la joie ouvrait à tous les espoirs, à l'avenir.

L'avenir : un événement qui avait cessé d'exister.

Arthur, vingt-cinq ans, grand, costaud, cheveux roux battus par le vent, laissait entrevoir sous ses mèches des yeux durs comme du quartz. Andrea, une dizaine d'années de plus, mais l'âge n'était pas encore une barrière entre eux, éclatant de rire sur un mot qu'Arthur avait oublié. Il était drôle, à cette époque, il savait l'amuser, la rassurer. Elle s'accrochait à son bras pour ne pas se laisser gagner par le vertige de ce qui devait pour eux ressembler à un rêve.

L'avenir : les sentiments qui grandissent, moisissent, chavirent.

Arthur se demandait quels sentiments il avait encore pour son épouse. Sur cet instantané heureux, rien n'était dit sur les secrets qu'un être aimé cache à l'autre, ce qu'il n'a jamais voulu partager avec elle. Tout ne peut pas être dit, il est des régions ténébreuses auxquelles personne n'a accès. En définitive, sa relation avait survécu grâce aux distances qu'ils prenaient périodiquement, et aux silences. Sans Aroha, le seul élément qui les maintenait unis, leur relation n'aurait pas tenu.

En toile de fond, on devinait Alger "la Blanche", les maisons étincelantes de la Casbah vues de la mer. Par contraste, la Méditerranée paraissait d'un bleu indigo. Arthur regrettait les hibiscus, les rosiers, les magnolias de sa maison de Bab-el-Oued, sa façade chaulée et ses volets peints en bleu. Elle était petite et inconfortable, mais avait une vue superbe sur une partie du port ; derrière, il disposait d'un recoin sous un eucalyptus où il passait des heures à lire et à écrire de la poésie. Parfois, il ne faisait rien, il s'adossait au tronc pendant des heures entières, le regard dans le vague, et si on le dérangeait, il se retournait, l'air vaguement égaré, envahi par un désarroi et une solitude qui impressionnaient.

Arthur n'était pas un homme facile à comprendre. Il avait toujours l'air vulnérable, comme si le fait d'être le dernier de quatre enfants lui avait laissé des séquelles : le petit avec lequel personne ne se soucie de grandir ou de jouer, et qui doit apprendre à se débrouiller dans la vie. Ses cheveux épais et drus, ses sourcils roux et l'esquisse de barbe qui affleurait sous son menton, c'était un héritage de son père, dont il ne gardait presque aucun souvenir. Mais il n'avait pas seulement hérité d'une ressemblance physique presque parfaite. Il avait aussi son caractère.

Arthur était un pied-noir, un Européen né en Algérie quelques mois avant la signature des accords d'Évian, par lesquels de Gaulle reconnaissait l'Indépendance des Algériens et remettait le pouvoir au FLN. Une trahison impardonnable pour son père, un Français d'origine espagnole. Les grands-parents d'Arthur s'étaient installés en France en 1938, après le naufrage de la IIe République, fuyant les armées franquistes. C'est à Argelès-sur-Mer que naquit Luis Fernández, le père d'Arthur, lequel fêta l'événement, le drapeau français dans une main et le drapeau espagnol dans l'autre, comme son père avait eu le privilège, à la libération de Paris, de descendre les

Champs-Élysées sur le char *Guadalajara*, où tout l'équipage était espagnol.

Des années plus tard, devenu lieutenant parachutiste du général Massu, le père d'Arthur participa au premier rang à la bataille d'Alger, en 1956 et 1957. Une guerre sale et innommable où, aux attaques terroristes du FLN contre civils et militaires, Massu et ses hommes ripostaient par la torture et les exécutions sommaires ; une guerre qui changea radicalement le caractère de son père. Quand de Gaulle rendit la *province* (pour son père, comme pour beaucoup d'autres Français, l'Algérie n'avait jamais été un protectorat comme le Maroc, mais une province parmi d'autres de la Ve République), le lieutenant Fernández rejoignit les putschistes de l'OAS et entra dans la clandestinité sous les ordres du général Salan.

Arthur se rappelait son enfance, courant pieds nus dans le labyrinthe des ruelles de la Casbah, la place des Trois-Horloges, les vendeurs de fruits et les stands du marché Triolet, les portes du palais du Dey, ses cavalcades dans le vieux port artificiel, parmi les marchands sous bannière française qui tous les jours approvisionnaient la ville ; bien qu'il soit né dans une Algérie indépendante, les sigles de l'OAS étaient encore visibles, et pendant des années il arriva fréquemment qu'une mule chargée d'explosifs éclate en pleine rue, ou qu'un passant soit assassiné place des Martyrs, d'une balle dans la nuque, forfait commis par des dissidents, souvent des militaires comme son père, ou des bandits corses, des maffieux, les redoutables *barbouzes*, engagés par le gouvernement pour les éliminer. Arthur se rappelait avoir vu une voiture mitrailler un fonctionnaire qui revenait de la poste centrale, devant le minaret de la mosquée Djemmá el-Jedid. Avant de mourir, ce fonctionnaire avait écrit de son propre sang, sur la façade de la mosquée, d'un blanc immaculé : *La France n'abandonnera jamais ses enfants*. La France, sans doute pas, mais le père d'Arthur laissa sa famille dans le dénuement. En 1964, la police l'arrêta alors que son fils avait à peine deux ans, le condamna pour terrorisme et l'envoya purger sa peine en France.

Arthur ne le revit jamais.

Des années plus tard, lors de son voyage de noces avec Andrea, Arthur retourna voir la vieille maison de Bab-el-Oued et visita la mosquée. Alger avait changé, le port s'était agrandi, le vieux village de Kouba avait été absorbé par la ville et partout surgissaient des quartiers résidentiels, des maisons, des villas. La partie ancienne s'étendait de la Casbah jusqu'à la porte du Fleuve, et même au-delà, elle avait conservé un peu du style colonial, mais largement perdu son âme, c'était maintenant le coin le plus *chouchouté* de la capitale. La mosquée avait été restaurée, et le boulevard était abondamment fleuri, orné de fontaines et de hauts palmiers. Des inscriptions plus récentes, que des ouvriers s'efforçaient de faire disparaître sous une épaisse couche de chaux, avaient remplacé le sang de ce fonctionnaire sur le mur de la mosquée ; l'ennemi n'était plus l'OAS, mais al-Qaida ou tout autre groupe terroriste. Les sigles et le sang qui éclaboussaient les murs de la mosquée avaient changé, mais Alger saignait toujours.

En même temps, Alger était une ville prometteuse, pour qui savait saisir sa chance, ce qu'il avait su faire.

Arthur s'était enrichi grâce au gaz et au pétrole. Alger était maintenant la ville des hommes d'affaires, des hôtels de luxe, du lycée français et des amitiés qui menaient leurs enfants vers les écoles turques, égyptiennes et saoudiennes, des cabarets et des discothèques privées dont les portes étaient gardées par des policiers en dehors de leur service, qui complétaient leur salaire en étant gardes du corps ou chauffeurs occasionnels, des plages privées au club des Pins et Moretti. Les grosses réceptions, les hommes importants qui avaient besoin de lui pour un petit coup de pouce, les femmes qui succombaient à ses charmes, les sorties en voiture décapotable. Un lieu de perdition pour mieux se retrouver.

Pour son compagnon de cellule, en revanche, cette ville était très différente. Ibrahim l'entendait parler des merveilles d'Alger avec un air incrédule. Lui aussi était algérien, et cette concitoyenneté les prédisposait à une certaine complicité, mais Ibrahim était né à Annaba, rien à voir avec les hommes d'affaires d'Alger. La ville qu'il connaissait était une sorte de tache industrielle qui dévorait les vieux quartiers et les villages, et démolissait lentement les vénérables demeures du centre, livrées aux griffes des spéculateurs, tandis que les riches se déplaçaient vers les quartiers résidentiels d'El-Sahel. Une ville triste, chaotique et nostalgique. Mais aussi un haut lieu pour les bouqalates, pour la musique chaabi et pour les jeux de proverbes échangés entre les vieux de Dar-el-Djiren. Le père d'Ibrahim avait été un des meilleurs interprètes soufis de flûte en roseau turque, qu'on appelait le *ney*. Sa réputation dans le monde arabe fut l'égale par le passé de celle des figures de la pop en Occident. Les enregistrements du principal instrument de la musique sacrée des *mevlevis* soufis résonnaient parfois à la nuit tombée dans la cellule, et ses accents remplissaient les couloirs silencieux de ce corps de bâtiment, arrachant des larmes à l'homme le plus dur de la prison.

De cette somme de contradictions naquit entre les deux hommes un sentiment qui ressemblait à l'amitié. Arthur n'appartenait pas à la prison. Il n'était que de passage, c'était évident dans ses paroles et ses actes. Il connaissait les règles et les respectait, mais n'essayait pas de se faire bien voir des gardiens ou des prisonniers. Sa personne de confiance, Diana, se démenait dehors, il s'agissait juste de tenir le coup sans compliquer les choses ; la remise de peine, lui avait dit l'avocat qu'elle avait engagé, serait effective dans quelques semaines. Le délai était assez court, mais après trois longues années, chaque minute d'attente devenait éternelle.

Son seul soutien était Ibrahim. Une vieille cicatrice traversait de part en part le visage de son compagnon de cellule et lui coupait en deux l'œil gauche, ce qui donnait à son visage un air terrifiant qui ne correspondait en rien à ses manières toujours raffinées et discrètes. Ibrahim était un des rares hommes qui, par-delà la peur, imposait le respect aux détenus. Arthur l'admirait. À condition de ne pas parler politique, Ibrahim le protégeait de l'ensemble des prisonniers. Il ne demandait rien en échange, il agissait de la sorte pour une raison connue de lui seul.

— Tu dois retourner auprès de ton épouse, répondait-il laconiquement quand Arthur lui demandait pourquoi il l'aidait.

Cependant, la portée de son ombre ne suffisait pas à protéger Arthur de tout mal.

Ce soir-là, au réfectoire, Ibrahim avait le nez dans son plateau. Au menu, une soupe de courge et une volaille assaisonnée d'une sauce épaisse et savoureuse. Arthur dînait de bon appétit, mais Ibrahim se contentait de boire de l'eau, observant sans plaisir les prisonniers de la table qui trempaient leur pain dans leur assiette pleine.

— Tu n'as rien dit de tout le repas, et tu n'as pas avalé une bouchée. Qu'est-ce qui te passe par la tête ? lui demanda Arthur.

Ibrahim esquissa un sourire triste qui découvrit le trou rongé d'une gencive malade entre deux dents jaunâtres qui tomberaient sans tarder. Il avait la dentition d'un boucanier, et quand il souriait, rarement, son aspect devenait encore plus redoutable.

— En vieillissant, on mange moins, on dort moins, en définitive on vit moins. Le seul plaisir qui reste aux vieux, c'est la musique, et encore, celle-ci s'éloigne lentement de notre cervelle.

En dépit de ses propos, Ibrahim ne ressemblait pas à l'homme faible et pieux qu'il feignait d'être. À presque soixante ans, il avait encore un corps noueux, agile et dur comme une tige de bambou. On ne savait pas grand-chose de lui. Des bruits couraient, des légendes qu'il ne se donnait la peine ni de confirmer ni de démentir, ce qui épaississait le mystère qui l'entourait. On le considérait comme un homme tranquille, sans vices, presque ascétique, dans la cour il ne se liait guère aux autres détenus et évitait les conflits. Cependant, Arthur l'avait vu se battre dans les douches. Un jeune prisonnier avait essayé de le frapper avec une brochette de cuisine à la suite d'un conflit obscur lié aux codes carcéraux.

Le jeune homme s'était peut-être senti offensé par un simple regard ou un mépris qui dehors n'aurait pas eu d'importance, mais en prison tout prenait des proportions extrêmes, et le détenu voulait sans doute prendre l'ascendant sur les autres en affrontant Ibrahim, qui était vieux, ce qui avait dû le convaincre qu'il était une proie facile. Il ne tarda pas à comprendre son erreur : Ibrahim le désarma à mains nues avec une aisance étonnante, le terrassa d'un coup de genou dans les testicules et lui écrasa la tête contre le ciment. L'assistance vit même l'infortuné perdre plusieurs dents. Ibrahim aurait pu le tuer sur place, froidement. Toutefois, il s'abstint, non pas parce qu'on cherchait à l'en empêcher, mais simplement parce qu'il en avait ainsi décidé.

Tout en discutant ce soir-là au réfectoire, Ibrahim accordait la moitié de son attention à Arthur ; l'autre moitié surveillait les personnes et les objets qui l'entouraient, à la manière d'un rôdeur sans intentions claires. Il vacilla et Arthur crut qu'il allait perdre l'équilibre, mais il parvint à se rétablir. Il aimait à paraître sans défense.

— Tu ferais bien de te préparer, l'Arménien est arrivé, dit-il entre ses dents en se collant à l'oreille d'Arthur.

Ses gencives malades chargeaient son haleine. Arthur lança un bref coup d'œil à l'autre bout du réfectoire.

— Ils sont nombreux.

Ibrahim fit un décompte rapide des hommes qui étaient en face et calcula que leurs chances de sortir indemnes du petit réfectoire étaient maigres, si les sbires de l'Arménien décidaient de les attaquer. En douce, il vérifia la présence familière d'une brochette qu'il avait bricolée dans sa cellule, et qu'il gardait toujours dans le bas de son pantalon. Ce n'était pas grand-chose, mais s'il parvenait à repousser sauvagement les premiers, les autres reculeraient et il s'en sortirait. Il savait manier une arme blanche, imprimer à la poignée un mouvement rotatif pour lacérer la chair sans l'arracher ni provoquer trop de déchirures. Il le savait, car il l'avait expérimenté sur sa propre personne. Ses souvenirs d'enfance et d'adolescence étaient gorgés de cris qui le confirmaient. Le souvenir de ces cris tendit tous ses muscles, et il se prépara à la lutte.

L'Arménien était assis au milieu de ses hommes, tel un César au regard mauvais, entouré de sa cohorte de gardes prétoriens. De près, on aurait dit un homme inoffensif. Il était si mince que ses tendons saillaient, comme des cordes qui rattachaient les os aux muscles ; il avait le teint basané, les cheveux courts et la nuque dégagée. Il portait de petites lunettes de lecture sans monture, qu'il glissait invariablement dans sa poche de chemise. Il n'était ni plus grand ni plus petit que la moyenne. Mais il était très dangereux. Cet homme était le pontife de cette prison. Il était responsable d'une quinzaine d'assassinats, presque tous perpétrés à l'intérieur des prisons, parfois exécutés de sa propre main, mais le plus souvent confiés à ses hommes. Il avait la réputation d'être parcimonieux et d'apprécier les petits plaisirs. Certains justifiaient ces petites vanités par son âge avancé ; d'autres assuraient qu'il avait toujours aimé rendre de menus services. Certains méprisaient sa manie, un secret de Polichinelle, de *protéger* tout beau jeune homme qui venait d'arriver ; en échange de cette protection, il faisait de ce garçon sa petite pute personnelle. Beaucoup disaient tout bas qu'il était devenu un vieux satyre répugnant, grand amateur d'amants de plus en plus jeunes. Il contrôlait à son gré la prison et vouait une haine farouche à Arthur. Car il avait un compte à régler avec lui et s'était juré que seule la mort d'Arthur viendrait le solder.

Mais la présence d'Ibrahim l'incita à la prudence. Ce soir-là, il ne se passa rien, ni les suivants.

Arthur ne demandait qu'à croire que tout danger était écarté.

— Il a peut-être oublié cette histoire, hasarda-t-il.

— Plutôt croire que la mer Arabique se retrouve à sec, le détrompa Ibrahim. Tu as tué sa fille de six ans. Si c'était la mienne, je n'oublierais jamais l'homme qui a commis cet acte, même sous la terre, même au bout de mille vies.

Arthur déplorait cette mort plus que toute autre chose. Il ne cessait d'y penser. Mais il ne pouvait revenir en arrière ni changer ce qui avait été accompli.

— C'était un accident, et maintenant je le paie.

Ibrahim le dévora des yeux. Il avait parfois ce regard auquel rien ne pouvait échapper. Il caressa lentement, comme s'il explorait une zone nouvelle, la profonde entaille à sa joue. Il n'avait jamais dit comment elle avait été causée.

— La fatalité est une bonne excuse, Arthur. Cela n'empêche pas que nous vivons toujours avec nos erreurs, car c'est nous, et nous seuls, qui en sommes la cause. En tout cas, dire que tu ne voulais pas faire ce que tu as fait ne suffit pas aux yeux de l'Arménien. Tôt ou tard, il te trouvera.

— J'étais ivre, il pleuvait, j'ai perdu le contrôle de ma voiture.

Ibrahim ébaucha une grimace qu'on aurait pu croire méprisante, mais elle n'exprimait que de la lassitude. Instinctivement, son regard chercha la photographie qu'Arthur avait accrochée au chevet de son lit. Il contempla longuement la silhouette d'Andrea et, pris de vertige, il ferma les yeux. Le destin avait un curieux sens de l'humour, se dit-il en s'abstenant de répondre à Arthur.

En dehors des souvenirs tourmentés, sa seule consolation, entre ces murs, c'étaient les étoiles. Quelle merveille de regarder en l'air quand les pieds étaient trop lourds ! Ils aimaient s'asseoir et partager une cigarette en regardant par la fenêtre la portion de firmament entrevu entre les bâtiments grillagés et la violente beauté des astres dansant au-dessus de leur tête. Le spectacle de la Création enlève tout sens aux disputes insignifiantes des êtres humains, aux remords, aux péchés les plus atroces qu'on a pu commettre. Peu importe si tout se ramène à des réactions en chaîne, à des taches solaires, des explosions de novas ou d'eau gelée qui voyage en météorites, à des minéraux, des atomes, de l'énergie, de la matière ou de l'antimatière. Nous faisons partie de l'Univers. Il n'y a ni amour ni haine, ni émotion ni sens ou prédestination dans notre existence. Nous sommes un hasard qui aurait pu ne pas avoir lieu, un alliage mathématique improbable.

Tel était l'état d'esprit d'Arthur, semaine après semaine, discutant et bavardant avec Ibrahim, lisant de la poésie, attentif aux mouvements des hommes de l'Arménien, tapi dans ses souvenirs, attendant des nouvelles des avocats que Diana avait engagés pour le tirer de là. Pendant ce temps, il se réfugiait dans ses cahiers.

Pendant ces trois années qu'il venait de passer en captivité, il s'était remis à écrire. Au début, il avait eu du mal, autant ouvrir un robinet fermé depuis des années et attendre avec impatience que l'eau se décide à couler, et attendre encore, quelques gouttes, quelques vers maladroitement écrits, quelques images confuses, mais peu à peu l'ancien brio revenait à son esprit, et les engrenages du vers se remirent à tourner, d'abord timidement, et de plus en plus hardiment. En quelques semaines, le jeune poète qu'Arthur avait tué trop tôt émergea de ses cendres. Il avait du mal à combler sa soif de lecture dans la bibliothèque du centre pénitentiaire, aussi se fit-il apporter une partie de la sienne, et surtout les poèmes de Rimbaud.

Ibrahim observait avec un sourire déconcerté cette invasion progressive et silencieuse de l'espace par le truchement d'une armée de livres et de cahiers.

— Je n'aurais jamais imaginé qu'un poète sommeillait en toi, avoua-t-il.

Arthur approuva.

— D'une façon ou d'une autre, nous avons en nous tous les hommes possibles. Pourquoi permettre à certains de vivre et étouffer les autres ? Voilà un mystère non résolu.

La nouvelle arriva fin janvier. La réduction de peine déposée par ses avocats au ministère de la Justice avait été soumise au Conseil des ministres, lequel pour se prononcer sollicitait l'avis de l'autorité judiciaire.

Avant de quitter sa cellule, Arthur rajusta machinalement son nœud de cravate en s'observant du coin de l'œil dans le reflet de la fenêtre. Il se sentait étranger dans ces vêtements après tout ce temps. Le col dur de la chemise effleurait sa barbe drue à hauteur de la pomme d'Adam, et il sentait sa veste peser sur ses épaules avachies. Il avait mis un beau costume, contre l'avis de son avocat, qui avait aussi désapprouvé la cravate, "cela donne un air trop arrogant, ça ne plaît pas aux juges". De même, il lui avait conseillé de ne pas se raser ce matin-là. Les cernes et la barbe poivre et sel de trois jours lui donneraient un air fragile, perturbé, comme s'il avait passé une nuit blanche, inquiet de son sort. Arthur avait refusé de suivre ses instructions. Il balaya d'un geste de la main une poussière inexistante sur son revers et pendant une seconde son regard s'attarda sur l'alliance en or blanc qui brillait à son annulaire.

Il n'était plus le même. Chacun avait l'air différent, mais restait le même, ce qui aurait dû lui donner de l'énergie quand sa main se posa sur la serrure de la porte, qu'il ne se décidait pas à actionner.

— Tout va bien se passer, le rassura Ibrahim, qui l'avait aidé à s'habiller.

— Tu crois ?

Le musulman sourit en découvrant sa bouche ravagée par la pyorrhée.

— Bien sûr ; tout se passe toujours bien pour les riches, et tu l'es, non ? Alors, tu n'as pas de souci à te faire.

Arthur serra Ibrahim dans ses bras.

— Tu es un vrai ami.

Ibrahim ne répondit pas, mais l'ombre lourde de son regard s'en chargea. Il se tourna vers la porte entrouverte de la cellule.

— Il vaudrait mieux que tu causes une bonne impression, dehors.

L'audience avait été fixée à onze heures du matin, mais le transfèrement avait été avancé d'une heure pour éviter le harcèlement de la presse.

— Ce n'est pas facile, lui dit son avocat qui avait déjà enfilé sa robe.

L'os sous les pommettes tendait sa peau blafarde et lui donnait l'air d'être un anorexique nerveux. Il ramenait sans arrêt sa frange en arrière d'un geste énergique qui secouait sa montre de luxe, on aurait dit qu'il portait un bracelet à grelots. Il était gaucher et écrivait avec un stylo en or. Il répandait un doux parfum de citron et une petite odeur de café et de cigarette blonde. Il parlait posément, comme s'il participait à une réunion de travail, énumérait les points qui devaient être abordés en les notant sur son carnet, et suivait le plan de la pointe de sa plume.

— On vous paie pour ça, pour que tout soit facile, répliqua Arthur.

Il n'appréciait pas du tout l'air faussement maniéré de l'avocat, sa théâtralité débordante.

— Le fait que les deux victimes soient si jeunes, en particulier la fille, ne joue pas en votre faveur, monsieur Fernández. En outre, on m'a annoncé aujourd'hui que les avocats de la mère du garçon avaient déposé une plainte au ministère pour protester contre la procédure de remise de peine. La mère demande que la condamnation soit menée à son terme.

De temps en temps, il regardait Arthur par-dessus ses lunettes design pour s'assurer qu'il avait bien compris ce qu'il voulait dire. En réalité, il ne regardait pas son client. Arthur n'était qu'un objet pour lui, un problème à résoudre de la façon la plus brillante possible.

Arthur serra les dents.

— Et qu'est-ce qui joue en ma faveur ?

L'avocat se racla la gorge.

— En premier lieu, que je sois votre défenseur. Avec un peu de chance, j'obtiendrai du juge qu'il vous impose une série de mesures préventives et vous pourrez sortir de prison jusqu'à la levée définitive de votre condamnation. Si dramatiques qu'elles soient, ces morts étaient accidentelles, un homicide par imprudence, et vous avez déjà purgé les trois quarts de la peine.

Pour la énième fois, l'avocat rejeta en arrière sa mèche rebelle et haussa les épaules comme s'il avait oublié un détail mineur.

— Ce qui pourrait aussi jouer en votre faveur, c'est d'évoquer l'histoire d'Aroha, bien sûr uniquement dans le cas où ce serait absolument nécessaire.

— Pas question, murmura Arthur en lançant un regard perçant à l'avocat. Je croyais avoir été clair : pas question de faire la moindre allusion à ma fille.

L'avocat observa Arthur avec surprise, comme s'il ne comprenait pas qu'on puisse chercher midi à quatorze heures.

— Écoutez, vous voulez sortir, n'est-ce pas ? C'est pourquoi vous versez des honoraires à mon cabinet, une jolie somme, et c'est aussi pourquoi on m'a demandé de vous représenter aujourd'hui. Je dois utiliser toutes les armes en votre faveur que permet la loi. Le juge aura peut-être besoin qu'on lui rappelle le contexte, les circonstances qui vous ont amené au jour fatidique de cet accident.

— J'ai dit non, il n'y a rien à ajouter, répéta Arthur, inflexible.

L'avocat secoua la tête avec résignation, l'air de dire "c'est vos oignons".

La salle du tribunal était petite. Sur une estrade qui grinçait sous les pas, une table en contreplaqué derrière laquelle étaient assis le juge, le procureur et un greffier. Sur la gauche, il y avait une femme assez jeune qui prenait des notes et consultait un petit livret rouge qui devait être le Code pénal. C'était l'avocate de l'accusation qui représentait Gloria A. Tagger, la mère du garçon écrasé. Du côté de la famille de Rebeca, la fillette de six ans qui était morte aussi dans cet accident, il n'y avait personne. Son père, l'Arménien, avait envoyé une lettre au juge où il déclarait ne pas croire à la justice de l'État, mais uniquement à la sienne. Et d'une façon ou d'une autre, ajoutait-il, il s'arrangerait pour qu'elle s'accomplisse.

À une autre table identique, étaient assis l'avocat d'Arthur et un clerc qui lui soufflait quelque chose à l'oreille en regardant par en dessous comme un vulgaire colporteur de ragots. Ils étaient tous revêtus de ces lourdes robes noires qui prétendaient inspirer peur ou autorité. Ou les deux à la fois. Sur le mur opposé, un portrait du roi pris à l'occasion de la rentrée judiciaire, et deux drapeaux. Le tout aseptisé, silencieux, protocolaire. Sur les chaises destinées au public, il n'y avait pas beaucoup de monde, deux jeunes gens, peut-être des étudiants de la faculté de droit avec leur classeur, bien résolus à ne pas perdre une miette du spectacle.

La séance commença et quand ce fut le tour de l'avocat d'Arthur, celui-ci s'adressa au juge en souriant avec une certaine condescendance. Il déchaussa lentement ses lunettes, un effet théâtral outrancier et claqua les lèvres avec un air d'ennui.

— Mon client a été condamné à quatre ans et demi de prison à cause de la mort de Ian Mackenzie Tagger et de celle de Rebeca Luján Montes ; il en a déjà purgé la moitié plus un tiers, la commission des prisons a émis des rapports favorables, et il a versé les indemnisations financières imposées pour chacune des familles touchées par ce double accident dont nous connaissons les conséquences tragiques, dans lequel il a été l'instrument, puis été condamné pour homicide par imprudence le 18 janvier 2001. Mon client est un membre éminent de la société, un chef d'entreprise connu, sans antécédents pénaux, il a un domicile fixe, des moyens de subsistance suffisants et il peut offrir toutes les garanties que le tribunal pourra exiger, rendre son passeport ou verser une caution conforme au droit, ou accepter toute autre mesure de contrôle qu'on voudra lui imposer. En définitive, mon client a largement et ouvertement montré son repentir. Donc, compte tenu de sa situation personnelle, nous pensons que sa demande de réduction de peine présentée au ministère de la Justice mérite d'être prise en considération. Je vous remercie.

D'autres interventions se succédèrent, favorables ou pas. On présenta des rapports d'experts, de psychiatres et de psychologues, et les preuves du versement des indemnisations aux familles des défunts. Le tribunal prit note des objections des avocats de la famille opposée à la remise de peine, il y eut une suspension de séance pour délibérer et les plaidoiries finales. Les uns et les autres parlaient dans un jargon juridique qui finit par devenir un bourdonnement monotone dont les mots n'étaient même pas prononcés avec un minimum d'emphase par les deux parties. Chacun n'avait qu'une idée en tête, suivre la procédure avec une rigueur scrupuleuse.

Arthur ferma les yeux pour s'isoler. Il n'était guère affecté. Assis sur le banc, encadré par deux agents de police, il n'avait pas l'impression d'être concerné par ce qui se passait devant lui. Il avait beau avoir le premier rôle, semblait-il penser, les personnages secondaires lui avaient ravi la vedette en l'isolant, et le résultat final ne dépendait plus de lui. Il regarda les photographies que les experts avaient prises le jour de l'accident, et qu'ils disposaient, numérotées, sur un panneau en liège à roulettes qu'un agent avait placé de façon que tous puissent les voir. Les spécialistes citaient des formules mathématiques, invoquaient des calculs de trajectoire et de freinage, des hypothèses et des chiffres que les uns contestaient et les autres approuvaient en fonction de leur obligation de démontrer la culpabilité ou l'innocence.

Rien de tout cela ne le concernait. Personne ne pouvait se douter de ce qui s'était réellement passé en ce matin pluvieux.

Deux heures plus tard, l'audience était levée. Tout avait été décidé.

L'avocat d'Arthur lui sourit, comme s'ils allaient partir tous les deux en pique-nique sur la plage à la sortie du tribunal.

— Ça s'est bien passé. Moi, à votre place, je ferais mon baluchon.

Il prétendait être drôle, mais le regard étincelant d'Arthur figea son rire.

— Pourquoi êtes-vous si content, maître ? J'ai tué deux personnes, et on va me remettre en liberté. Ne dit-on pas qu'on choisit d'être avocat parce qu'on croit à la justice du système ?

— Exactement, je crois au système. C'était un accident. Vous étiez ivre, il pleuvait des cordes, et la chaussée n'était pas en bon état. Ils ont commencé à traverser avant que le feu des piétons passe au vert. Cette accumulation d'erreurs a mené à une fin tragique.

— C'est à cette conclusion que vous ont mené vos réflexions ? demanda Arthur avec ironie en montrant le carnet de l'avocat. J'ai lu le dossier, pas besoin de le répéter comme un perroquet. Je ne suis pas le juge, vous n'avez pas besoin de jouer un rôle devant moi, vous pouvez faire beaucoup mieux. Avec votre air d'être au-dessus du bien et du mal, vous croyez pouvoir *m'absoudre de mes péchés*, uniquement parce que vous m'avez rencontré deux fois ?

Il vit que l'avocat s'énervait.

— Je n'ai pas à vous juger. C'est au juge de le faire, en toute impartialité.

— Mais putain, tu n'en as aucune idée !

— Vous n'avez pas besoin d'être vulgaire, Arthur.

— Bien sûr que si ! C'est la seule chose civilisée que je puisse m'autoriser.

Les dernières nuits en prison, il ne put fermer l'œil. Chaque heure, chaque minute était une reconstitution en miniature de ces autres nuits si terribles, quand il avait l'impression qu'elles ne finiraient jamais. Il discutait et fumait avec Ibrahim et lui vouait un attachement honteux, gâché par l'évidence que son argent et ses influences le sortiraient de là bien avant que la simple routine judiciaire se penche sur son compagnon de cellule. Ils n'avaient jamais mentionné les raisons pour lesquelles l'un et l'autre étaient là, n'avaient jamais essayé de justifier leur innocence ou leur culpabilité. En prison, évoquer certaines choses était de mauvais goût et, une fois dehors, elles perdaient tout leur sens, il n'était donc pas nécessaire de les mettre en mots.

Souvent, quand l'aube se levait, il ne dormait toujours pas. On distinguait des nuages rougeâtres au loin, signes d'orage. Les projecteurs de l'enceinte étaient braqués sur la cour déserte et sur les bancs collés aux murs. Un chat suivait la corniche sans se presser, conscient qu'il était dans son domaine. Sur la droite, on voyait la vague silhouette d'un gardien qui faisait sa ronde avec sa lampe. Dans une heure, la sirène retentirait et tout ce monde de fausse tranquillité volerait en éclats. D'autres bruits, les sons quotidiens qui insidieusement avaient contribué à sa réclusion, rendaient à cet univers toute sa normalité : les grilles de la galerie, les pas du garde-chiourme, la toux des détenus dans les cellules voisines… même la mélodie d'un transistor qui s'insinuait sous la porte métallique comme un murmure lointain.

Arthur s'assit au bord de la couchette et posa ses pieds nus sur le ciment peint en vert. D'autres que lui avaient dû prendre ce sol pour une prairie. Il était froid. On distinguait à peine le corps d'Ibrahim dans l'obscurité, enlacé à son oreiller. Arthur l'écouta respirer et se retourner dans son sommeil. Il mit à profit le court moment que le sommeil de son compagnon lui accordait pour écrire une lettre en toute intimité.

Il la ruminait depuis des jours, et le besoin de la rédiger était devenu impérieux quand il avait appris sa libération prochaine. Le bon sens lui soufflait qu'il pouvait se dispenser de ces quelques lignes, qu'elles pourraient même nuire à ses intérêts. C'est idiot de frapper le sol quand la poussière est retombée, sauf si on a envie de la voir remonter en l'air. Et il n'avait aucune envie de remuer des blessures qui n'étaient pas cicatrisées. Mais alors, que voulait-il ? Il n'était même pas certain de ses propres intentions quand, à la faveur de la faible lueur des projecteurs qui parvenait à sa fenêtre, il s'appuya sur le rebord et se mit à écrire. Il aurait pu attendre d'être sorti de cette cellule, mais l'envie n'aurait plus été la même. Il devait l'écrire entre ces quatre murs, devant ces barreaux, avec l'odeur de prison qui imprégnait les couvertures, le linge et la peau, avant que tout cela s'évapore comme si rien n'était jamais arrivé.

Il écrivit pendant vingt minutes sans chercher ses mots : ceux-ci se déposaient sur le papier en bouillonnements confus, une véritable hémorragie.

Quand il eut fini, il était soulagé. Il glissa la feuille dans une enveloppe et s'étendit sur la couchette, les yeux grands ouverts. Il pouvait encore dormir une heure.

Mais quelque chose le poussa à se redresser. Il avait entendu le claquement métallique du verrou de la porte.

Il se tourna vers le petit rectangle de lumière au sol et comprit que quelque chose ne tournait pas rond. Ce n'était pas l'heure de l'appel, et de toute façon les gardiens n'entraient pas dans une cellule sans prévenir. Il réveilla silencieusement Ibrahim et lui montra la porte. Sous le rai de lumière se profilait une ombre.

Prudemment, comme si on voulait entrer par surprise, le verrou céda et la porte métallique s'entrouvrit. L'ombre gigantesque qui se projetait sur la couchette n'était pas celle d'un gardien. D'ailleurs, ceux-ci n'avaient pas le crâne rasé ni de tatouages de toiles d'araignée sur la figure. L'inconnu tenait quelque chose dans la main droite, un poinçon ou un verre effilé, et il fut déconcerté de voir sa victime debout devant lui, et cet instant de doute permit à Arthur d'esquiver le premier coup que l'agresseur porta. En rencontrant le vide, l'intrus se figea pendant un dixième de seconde.

Arthur profita de cette infime hésitation de l'attaquant pour se déplacer et, sans laisser à l'autre le temps de réagir, il lui envoya un violent coup de poing dans les reins. Comme dans une scène surréaliste de film muet, l'agresseur porta la main à son côté et ses mâchoires s'agitèrent, il voulut hurler mais aucun son ne sortit de sa bouche. Ce coup aurait anéanti n'importe quel être normal, mais ce géant ne s'avouait pas vaincu. Il serra les dents, sauta sur Arthur et le plaqua contre le mur. Arthur était plus grand que la majorité des détenus du bâtiment, mais il avait l'air d'un gringalet entre les mains de ce monstre. Il frappa de toutes ses forces les oreilles de son agresseur et essaya de lui enfoncer les doigts dans les yeux, ce qui n'entama ni la force ni la détermination de cette brute, qui grogna furieusement, tel un sanglier blessé, jouant du couteau, qu'Arthur avait du mal à esquiver.

Soudain, l'agresseur ébahi sentit ses pupilles se dilater, comme si son regard explosait. Il émit un bref gargouillement et cracha un caillot de sang sur Arthur avant de s'effondrer, sans vie. À l'autre bout de la cellule, Ibrahim contemplait le dernier râle qui secouait le corps de l'inconnu, un pic planté dans la nuque. Ibrahim tremblait aussi, les muscles de son cou étaient encore sous la tension de l'attaque. Il passa ses doigts tachés de sang sur son visage, on aurait dit que la grotte desséchée de sa cicatrice était devenue un fleuve cramoisi. Il s'accroupit à côté du corps pour faire le constat.

— Il est mort ? demanda Arthur, le souffle court.

Ibrahim acquiesça et réfléchit en accéléré.

— Les gardiens ne vont pas tarder, il faut absolument se débarrasser de *ça*. Si on t'associe à ce qui vient de se passer, tu ne pourras plus sortir par la grande porte.

Ils échafaudèrent un plan et l'exécutèrent dans un silence absolu. Ils enveloppèrent le corps dans un drap et le traînèrent hors de la cellule. Le bâtiment avait trois galeries et leur cellule était au troisième étage. Toutes les galeries donnaient sur une zone en forme de puits de lumière où les prisonniers jetaient boîtes de conserve, mégots et autres cochonneries. Ibrahim poussa le corps dans le vide. Le cadavre s'écrasa sur le sol en ciment, comme un sac de pommes de terre lancé d'une charrette. Puis ils s'enfermèrent dans leur cellule en prenant soin de ne pas faire de bruit.

— Les caméras ont dû tout enregistrer, dit Arthur, soucieux.

Peu lui importait la vie de l'homme qu'ils venaient de jeter dans le vide comme un déchet. La seule chose qui le préoccupait, c'était sa liberté.

— J'en doute, le rassura Ibrahim. C'était un homme de main de l'Arménien, et son chef a dû soudoyer le garde de service, qui a activé l'ouverture de la porte de la cellule. Ce tueur n'était pas de ce bâtiment, et donc le garde devait attendre qu'il en ressorte pour réactiver la sécurité.

— Que va-t-il se passer quand le cadavre sera découvert ?

Ibrahim haussa les épaules. L'ignorance d'Arthur l'énervait, il avait la peau trop fine et délicate pour survivre seul dans un univers carcéral.

— Il ne va rien se passer. Il ne se passe jamais rien. On sauvera les apparences, on feindra d'ouvrir une enquête, on trouvera peut-être une tête de Turc, mais l'affaire tombera très probablement dans l'oubli. Quoi qu'il en soit, tu seras loin, et personne ne t'associera à ce qui vient de se passer, rassure-toi.

Ibrahim lavait le sang qu'il avait sur les mains dans l'évier, puis il mit dans un petit sac le drap qu'ils avaient utilisé pour transporter le cadavre et le cacha sous le matelas. Soudain, il déployait une énergie inattendue. Il semblait avoir une vision claire de la marche à suivre.

— Je te dois la vie. Quand je serai dehors, je ferai tout ce qui sera en mon pouvoir pour te rendre la pareille.

Ibrahim fit la grimace et sa cicatrice se creusa.

— Oui, bien sûr que oui.

Au matin, tout le monde savait ce qui s'était passé, sans exception : depuis le garde qui s'était laissé soudoyer pour ouvrir la cellule, jusqu'au prisonnier qui venait d'arriver et qui avait vu à travers les interstices d'une fenêtre Ibrahim et Arthur traîner le cadavre et le jeter dans la cour intérieure. Tous savaient que cet ours mort était un homme de main de l'Arménien. Mais personne ne dirait rien, pas de commentaires, pas de ragots. Il y a des courants sous la surface. Des courants qui circulent dans le même sens que la réalité, mais dont on ne parle jamais, constitués de sous-entendus, de regards et de gestes ébauchés. Les gardiens soumirent les cellules à une fouille en règle, Ibrahim fut convoqué chez le directeur de la prison, suivi d'Arthur et d'autres prisonniers. Motus et bouche cousue : tout le monde jouait les abrutis. Peu à peu, un semblant de routine reprit ses droits dans le bâtiment, une attente immobile pendant laquelle se multiplièrent les paris concernant la date où Arthur et Ibrahim, son garde du corps, perdraient la vie. Seul un naïf aurait dit que ces derniers événements n'auraient aucune conséquence. En prison, la naïveté n'a pas droit de cité.

Le 3 février, une fonctionnaire amena Arthur dans les bureaux de l'administration. Le directeur voulait le voir. À l'époque, Ordóñez était un des plus jeunes directeurs des prisons espagnoles, avare de mots, travailleur discret et efficace, juste mais intransigeant, un homme aux idées claires qui savait prendre les décisions nécessaires et les mener à terme, quoi qu'il arrive. Un homme, par ailleurs, extrêmement élégant. Quand Arthur entra, le directeur consultait quelques papiers, adossé à une étagère, il lui lança un regard bref et perspicace, tendit le bras en montrant un siège et congédia la fonctionnaire d'un geste.

— Asseyez-vous.

Arthur restait debout, les mains dans les poches de son pantalon. Il se demandait quel genre de relations il aurait pu avoir avec Ordóñez, à l'extérieur de ces murs ; ils n'auraient sans doute jamais pu être amis, mais ils auraient peut-être réussi à se témoigner un minimum de respect.

— Asseyez-vous, je vous prie, répéta le directeur, cette fois sur un ton moins péremptoire.

Arthur accepta à contrecœur de s'asseoir au bord de la chaise.

— Je suppose qu'il est inutile de vous reposer des questions sur le détenu qui est mort dans votre bâtiment ?

Arthur regarda le plafond, fraîchement repeint, il sentait encore la peinture. Puis il explora machinalement la pièce, les classeurs métalliques, les dossiers dans des chemises de couleurs différentes, le téléphone sur le bureau, entre un portrait du roi et une photo du directeur avec deux fillettes si blondes qu'on aurait dit qu'elles étaient albinos. Un homme normal, se dit Arthur. Père de deux jumelles, et qui mange des bonbons à l'orange, se dit-il aussi en repérant les papiers de bonbons dans le cendrier.

— Je suis si triste que j'en ai perdu le sommeil, si c'est le sens de votre question.

Le directeur se raidit. Il n'aimait pas les sarcasmes. Il n'aimait pas Arthur.

— Arrêtez vos idioties, vous n'êtes pas dans votre cellule, vous n'avez pas besoin de jouer les durs.

— Je ne sais rien, je l'ai déjà dit, à vous comme à vos enquêteurs. Je ne sais absolument rien sur la mort de ce gorille, sauf que c'était un homme de main de l'Arménien. Pourquoi tout ce cirque autour de ce sac de merde ? C'était un salopard qui violait les petites filles et enfonçait des éclats de verre dans leur vagin. C'est un soulagement que ce porc ne rôde plus dans le coin.

Le directeur l'interrompit d'un geste agacé.

— Je m'inquiète parce que quelqu'un a balancé ce sac de merde dans ma cour. Et je connais mieux que vous les antécédents de tous les détenus, vous n'avez pas besoin de me les rappeler, et encore moins de me prêcher la morale. Il se trouve, que je le veuille ou non, que cet homme était sous ma garde, sous ma responsabilité. Et je n'ai pas l'intention de laisser ce centre devenir le saloon d'un western où chacun peut se faire justice. Je sais des choses, mais je ne peux pas les prouver, alors je suis bien obligé de les accepter telles qu'elles sont, mais n'allez pas penser une seconde que je suis un imbécile, Arthur – cet homme ne comprenait pas, ne cherchait pas à comprendre certaines subtilités. Pendant que vous purgiez votre peine, nous avons essayé de vous protéger le plus possible, en particulier de l'Arménien, mais la sécurité à cent pour cent n'existe pas, et je dois m'occuper d'un millier de détenus, voilà pourquoi, en toute sincérité, je suis ravi que vous partiez. Pour moi, ce sera un casse-tête en moins.

— Que je parte ?

— Je viens de recevoir du ministère l'ordonnance de mise en liberté. Vous avez des amis haut placés, Arthur.

Ordóñez desserra son nœud de cravate, une cravate de soie bleue assortie à sa chemise impeccable. Sans demander si cela dérangeait, il alluma une cigarette et s'appuya sur le bureau, ramenant à hauteur de son bras un cendrier en verre qui contenait déjà deux mégots. Le directeur expulsa lentement une bouffée de fumée épaisse sans le quitter des yeux. Arthur sentit qu'Ordóñez en avait marre des gens dans son genre, mais qu'il essayait de sauver les apparences, ce qui était tout à son honneur.

— Je n'ai pas besoin de vous mettre en garde contre l'Arménien. Ne croyez pas qu'en franchissant ces grilles vous serez hors d'atteinte de cet homme. Au contraire, à l'extérieur vous serez beaucoup plus exposé qu'ici : ce type a des tentacules à longue portée. Prenez vos précautions, préoccupez-vous de votre propre sécurité, vous voyez ce que je veux dire, et regardez bien derrière vous.

— Je vous sais gré de vos recommandations. J'en tiendrai compte.

Le directeur n'était pas convaincu. Il regarda sa montre-bracelet, dans le plus pur style des cadres supérieurs débordés.

— Très bien, signez ces papiers et allez récupérer vos affaires à la caisse. Vous passerez la nuit dans le bâtiment d'accueil et demain vous serez transféré au tribunal de Castille… Ah, autre chose : au moindre faux pas, vous revenez ici.

Arthur signa les papiers et se dirigea vers la porte. Il eut l'impression que le directeur contemplait ses mouvements en silence. Arthur se retourna soudain.

— Vous aussi, vous pensez que je suis un fils de pute, et que si je n'avais pas d'argent je pourrirais ici pour ce que j'ai fait. Je me trompe ?

Ordóñez scruta Arthur avec curiosité. Il eut un bref sourire, comme s'il trouvait la question drôle. Et amère.

Arthur fut raccompagné par la même femme dans le secteur des prisonniers. En passant devant la grille entrouverte d'une cellule, il vit l'Arménien de profil, penché à la fenêtre. Se sentant observé, ce dernier tourna lentement la tête. Leurs regards se croisèrent froidement.

L'Arménien sourit. Oui, bien entendu, il était déjà au courant de la libération. Mais il ne semblait pas s'en formaliser.

— On se reverra.

4

— Elle veut que tu fasses le portrait de l'homme qui a tué son fils ?

Eduardo acquiesça, le regard perdu dans la tasse de café qu'Olga lui avait préparée. Elle était assise sur le marbre, jambes croisées, balançant son pied nu. Elle n'était pas coiffée et sa frange lui retombait sur les yeux, sorte de rideau bouclé. Sa chemise de nuit de soie bleue avait glissé sur l'épaule droite et laissait deviner la naissance du sein, mais elle ne semblait pas se soucier de ce détail. Elle fumait devant la vaisselle sale qui remplissait l'évier.

— C'est ce qu'elle a dit.

— Encore une folie ? demanda Olga avec un sourire ironique, beaucoup moins offensant à cette première heure du matin, sans maquillage ni rouge à lèvres, qu'il ne l'aurait été deux heures plus tard.

Eduardo reposa la tasse sur le marbre.

— Je n'en ai pas l'impression, répondit-il en examinant une fibre du dossier rembourré de la chaise.

Olga lança un sifflement admiratif.

— À ta mort, tu devrais faire don de ton cerveau à la science. Il est sûrement aussi plein de labyrinthes que celui de cette Tagger.

— Très drôle.

Eduardo se sentait toujours un peu mal à l'aise en présence d'Olga.

— Je parle sérieusement. Ça frôle la perversité.

Eduardo soutint héroïquement le regard de reproche de cette femme de trente ans, cheveux teints, reflets auburn et sourcils épilés (pour quelle étrange raison devait-on les épiler si on les redessinait ensuite au crayon ?). Il avait soudain l'intuition qu'il avait eu tort de lui dire qu'il acceptait la commande de Gloria. Elle aurait dû s'en réjouir, d'autant qu'elle allait toucher une belle commission. Mais au lieu de cela, assise par terre, elle fumait à moitié nue et le regardait comme s'il était stupide ou idiot, se demandant si elle devait s'énerver ou se moquer de lui.

— Ça ne me semble pas si échevelé.

Olga ramena entre ses genoux la courte chemise de nuit qui montrait ses jolies jambes.

— Alors, explique-moi, parce que je ne comprends pas. Si quelqu'un tuait mon enfant, je ne voudrais surtout pas avoir le portrait de son assassin. Je serais peut-être tentée de le tuer, de l'étriper, ou simplement de l'effacer de ma mémoire, mais surtout pas d'avoir son visage sous les yeux en permanence.

Eduardo laissa errer son regard sur le carrelage gris et usé. Dans un coin, les brillantes chaussures rouges à hauts talons d'Olga contrastaient avec la saleté incrustée dans les joints.

— Tu n'as pas d'enfants, tu ne peux donc pas en perdre. Voilà pourquoi tu ne comprends pas.

Olga sourit méchamment. Un masque difforme que démentait son regard brillant.

— Tu n'es pas obligé de jouer les fils de pute avec moi. Je le sais, que je n'ai pas d'enfants, et que je ne pourrai jamais en avoir. De plus, je suis ta galeriste, et j'ai bien l'intention de toucher mon dû, je t'ai trouvé ce boulot, et je ne me pose donc pas de questions sur ce que tu fais, j'essaie seulement de le comprendre.

— Il ne s'agit pas d'un quelconque portrait, ça ne servirait à rien. Gloria espère que je vais lui donner l'âme de cet homme, une carte de sa géographie qui l'aide à supporter la mort de son fils.

— Alors, tu n'as qu'à lui conseiller de s'acheter un livre de bien-être, ou de se mettre au yoga, que sais-je encore…

— Elle a besoin de tout savoir sur lui, sans limitation, tu comprends ? Pour dessiner son portrait, je devrai entrer en contact avec lui, l'approcher comme Gloria ne pourrait jamais le faire.

Olga était songeuse. Elle s'y entendait suffisamment en peinture pour percevoir les raccourcis qu'Eduardo empruntait pour vendre des mirages, non pas la réalité de ce que voyaient les yeux des clients, mais la satisfaction de leurs désirs. Eduardo les aidait à croire à ce qu'ils avaient envie de croire. Si une fille insipide était regardée avec un amour maternel, il réussissait cet effet sans altérer la réalité du modèle, il insufflait un éclat dans le regard mort d'un amant pour lui donner l'air exalté, il créait une beauté physique dans un corps sans grâce en élevant au niveau de l'art le jeu des ombres, et le résultat était toujours celui qu'on attendait. Cependant, le portrait souhaité par Gloria était différent. Elle voulait qu'Eduardo enferme dans une cage de traits une personne vivante, qui se battrait pour se rebeller contre son créateur et échapper aux limites de la toile.

Elle détourna les yeux. Elle avait l'impression que ceux d'Eduardo la jugeaient et se moquaient de sa feinte indolence. Elle avait envie de dire quelque chose, mais ne savait comment s'y prendre. Elle réfléchit, hésita, comme on se décide à sauter dans un fleuve sans savoir si on pourra en ressortir, et se fia à sa bonne étoile.

— Elle te plaît, cette Gloria A. Tagger, n'est-ce pas ? murmura-t-elle comme si elle se posait la question à elle-même, puis elle prit appui sur un genou pour se relever.

Eduardo rougit, visiblement gêné.

— Ça ne te regarde pas.

— Oh si. Tu étais très bon quand la peinture était essentielle pour toi ; en réalité, tu es devenu génial quand tu as rencontré Elena, mais cette femme que tu t'inventes, cette Gloria, ce que tu voudrais faire d'elle n'est pas réel. Elena est morte, et aucun mirage ne te la rendra.

Eduardo lui lança un regard furieux.

— Toi aussi tu veux me psychanalyser ? D'accord, accompagne-moi à mon rendez-vous avec le Dr Martina jeudi prochain et tu pourras lui exposer tes théories.

Olga agita les mains comme si elle voulait effacer ce qu'elle avait dit.

— Allons, calme-toi ! Je crois simplement qu'il y a un truc pas sincère chez cette femme, un truc qui ne me plaît pas ; soudain, tout est coïncidence ! Tu commences par la rencontrer au parc, et quelques jours plus tard, elle entre dans ma galerie…

Depuis qu'elle avait vu Gloria A. Tagger, elle avait un vague pressentiment, la démangeaison d'un danger, trop longtemps oubliée. Elle n'avait aucune raison objective de sentir ce nœud dans la gorge et cette pression sur l'estomac, mais elle sentait impérativement qu'il ne fallait pas baisser la garde.

Elle se sentait gênée, peut-être même stupide, regrettant peut-être d'avoir abordé certains sujets avec lui.

— Elle sait que tu as perdu Elena et Tania dans un accident ?

— Oui, elle le sait, c'est sans doute pour cette raison qu'elle veut que je peigne ce portrait. Je suis déjà passé par là, aussi espère-t-elle que je pourrai la mener au bout du tunnel.

— Tu peux vraiment y arriver ? Tu crois que tu es sorti du tunnel, toi ?

— Je n'ai aucune envie d'en parler avec toi.

— Il faudra bien que tu en parles avec quelqu'un. Il y a quatorze ans qu'elles sont mortes. Tu as passé les treize dernières années de ta vie enfermé, pas seulement physiquement, mais dans ce moment où vous rentriez de Cadaqués. Tu n'as rien surmonté du tout, et maintenant tu me racontes que tu vas devenir la lumière de cette femme. Ça ne tient pas debout.

Eduardo trouva une cigarette froissée au fond de sa poche. Il la redressa, l'alluma pour se détendre et regarda autour de lui, comme s'il cherchait quelque chose. Olga suivit son regard et sut de quoi il s'agissait.

— Il est huit heures du matin, Eduardo.

— La vie est courte, dit-il.

— Comme tu voudras.

Il y avait des verres quelque part, mais il ne se rappelait pas où. Finalement, il en dénicha un, plutôt sale, le rinça dans l'évier et se versa une vodka sans glace ni citron, qu'il but d'un trait, mais il en renversa quelques gouttes par terre. Sa main tremblait. Il avait soudain cet air fuyant qui maintenait les autres à distance.

Olga était près de la fenêtre, mécontente. Quatorze ans après, elle sentait qu'elle avait toujours une dette envers Eduardo. Elle lui apportait du linge propre et laissait souvent deux billets de cent en repartant, elle acceptait même d'aller prendre un verre de temps en temps dans les bouges bruyants et sordides qui puaient le tabac pour lui tenir compagnie. Mais en échange elle attendait un minimum de considération et d'estime, qu'il lui refusait systématiquement.

— Tu m'inquiètes, Eduardo.

Eduardo s'était resservi. Cette fois, il buvait sans précipitation. Retranché derrière le bord cannelé du verre, il observait Olga, se demandant qui elle était réellement, pourquoi elle était soudain apparue dans sa vie. Sans les commandes qu'elle décrochait pour lui, Eduardo aurait fini veilleur de nuit dans un parking souterrain, à lire de mauvais romans et à prendre du café à la machine, à manger des sandwichs sous cellophane et à fumer avec ennui jusqu'à la fin de ses jours. Il n'était pas moins vrai qu'elle avait été la seule à se mobiliser quand il avait été interné à Huesca. Elle venait les jours de visite et tous les deux épuisaient les vingt minutes autorisées de communication, assis l'un en face de l'autre, séparés par l'épaisse vitre sale, où les souffles et les empreintes imprimés à la surface attestaient qu'ils ne pouvaient se toucher, sans rien se dire, se regardant à peine. Ils renouvelaient ce rituel une fois par mois, toujours le même jour, à la même heure, et aucun des deux n'attendait rien, ne demandait rien. De temps en temps, elle lui envoyait du tabac, des magazines, des livres sur la peinture et des vêtements neufs. Un beau jour, elle cessa d'aller le voir et les paquets peu à peu cessèrent aussi d'arriver. Elle ne dit pas pourquoi et il ne posa pas de questions. Simplement, il cessa de l'attendre.

Quand il ressortit libre, treize années plus tard, Olga l'attendait sur le parking. Et Eduardo ne demanda pas davantage pourquoi.

— Tu n'as pas à t'inquiéter, ni à me prendre en pitié, ni à me protéger. Je serais ravi que tu me laisses tranquille.

Olga tenta un regard dédaigneux, en réalité un mépris déguisé qui était dirigé contre elle.

— Tu as raison. La prochaine fois que tu auras envie de te couper les veines, va frapper à une autre porte. Si tu as décidé de te pourrir ce qui te reste de vie ou de tomber amoureux de fantômes, ce n'est pas mon problème. Et maintenant, si tu veux bien, j'aimerais être seule.

Elle raccompagna Eduardo, ouvrit la porte, et se retourna à demi sur le seuil.

— Tu ne m'as jamais demandé pourquoi, dit-elle, le regard bouillant sous les cils, pas plus grands que ceux d'une fillette sans l'artifice du Rimmel.

— Que veux-tu dire ?

— J'aurais pu aller voir la police, mais au lieu de foncer au commissariat le plus proche, c'est à toi que j'ai tout raconté. Tu ne m'as jamais demandé pourquoi je m'étais comportée de cette façon. Ni pourquoi j'allais te voir au sanatorium, ou pour quelle raison j'y ai brutalement renoncé. Tu n'as même pas été étonné de me voir sur le parking le jour où on t'a libéré… Tu ne m'as jamais rien demandé.

Eduardo médita froidement sa réponse. De l'essaim confus de pensées et de soupçons qui engourdissait son esprit, il réussit à tirer quelques mots pour formuler une réponse.

— Je n'ai peut-être jamais eu envie de connaître les réponses.

Cette nuit-là, Eduardo eut du mal à trouver le sommeil, comme d'habitude. Il ne dormait jamais profondément, et ses rêves étaient des corps à corps dont il sortait épuisé. Néanmoins, cette fois, au lieu des cauchemars, ce furent les cris au bout du couloir qui l'obligèrent à ouvrir les yeux. Des cris atroces, des rugissements bestiaux. Mais ces hurlements terrifiants n'étaient pas ceux d'un animal. Eduardo les entendait à intervalles réguliers.

Il alluma, chaussa ses pantoufles et ouvrit sa porte, sachant qu'il n'y aurait personne dehors. Malgré le bruit, aucun locataire ne proposerait son aide, personne ne voulait savoir ce qui se passait ; ou alors cette scène pourrait alimenter les commérages de ceux qui épiaient derrière leur judas.

Graciela était devant son appartement. Tous deux se regardèrent sans rien dire. Elle rejeta ses cheveux en arrière, un geste exaspéré, et ses lèvres tremblèrent.

— Elle s'est réveillée.

Ses yeux imploraient son aide.

Eduardo entendait les cris frénétiques de Sara. Graciela essayait de calmer sa fille sans oser entrer, en lui disant des mots tendres et persuasifs, sans lâcher la poignée, mais la voix de Sara enfla et finit par exploser dans un mélange de pleurs et de rires, d'insultes et de menaces incompréhensibles. On entendait des coups, des cris, des objets cassés, et finalement Eduardo écarta Graciela et ouvrit la porte, très inquiet. Sara était hors d'elle ; ses yeux brillaient comme ceux d'un aveugle qui regarde directement le soleil, ils avaient un éclat extraordinaire et destructeur. Dès qu'elle vit l'entrebâillement, elle s'y engouffra. Elle n'avait qu'une idée, gagner la rue, s'échapper de la maison, c'était son idée fixe.

Graciela lui saisit les bras, mais Sara se débarrassa d'elle en jouant des pieds et des dents. Elle avait la force d'un adulte, quand elle avait ces crises de colère. Eduardo déjoua deux tentatives de morsure, mais ne put esquiver un coup de pied sur son genou blessé. Il réprima un cri de douleur et immobilisa Sara par-derrière avec une prise dont la fille ne pouvait se dégager, en dépit de ses contorsions de serpent.

— Appelle l'ambulance ! cria-t-il à Graciela, qui s'était soudain avachie, comme si toute sa force s'était éteinte avec cette relève. Graciela, je t'en prie, appelle les urgences ! répéta Eduardo, la respiration hachée.

Quarante minutes plus tard, Sara dormait lourdement dans un lit de l'hôpital. Son corps mince et nerveux, si semblable à celui de sa mère, respirait sous le drap. Il n'y avait plus trace du serpent qui quelques minutes plus tôt la secouait si violemment : il ne s'était rien passé, aurait-on dit. C'était une fille normale, peut-être un peu pâle, les veinules de ses yeux très visibles, un rictus sur les lèvres. En tendant l'oreille, on pouvait entendre le grincement de scie de ses dents serrées, mais rien d'autre. La lumière de la lampe de chevet projetait sur le mur blanc le profil de son corps en déroute.

— Les sédatifs la feront dormir quelques heures, mais ils ne peuvent freiner le vertige de ses pensées.

Elle est en ébullition, je sens sous sa peau le fleuve de lave qui embrase son cerveau, dit Graciela, la main sur le front contrit de sa fille, en écartant sa frange en sueur.

Au matin, Sara se réveillerait comme si une partie de son corps était restée au fond du sommeil ; elle mettrait des jours à le récupérer complètement.

— Les infirmières savent s'en occuper. Tu as entendu le docteur. Il vaut mieux la garder en observation cette nuit, lui dit Eduardo.

Elle s'inclina, sans forces. Eduardo la suivit du regard jusqu'à l'armoire de la chambre, observant ses mouvements machinaux : ouvrir l'armoire, sortir la trousse, les vêtements de rechange, les mettre sur les cintres… Chacun de ses gestes était un effort surhumain pour ne pas s'effondrer. Eduardo lui prit des mains la petite valise, toujours prête en cas de crise, juste avant qu'elle lui échappe.

— Laisse, je m'en charge.

Alors, elle fondit en larmes. Hélas, au lieu de jaillir à flots, comme une délivrance, elles restèrent contenues, à petites doses. Sans raison précise, Eduardo lui caressa la bouche avec son pouce, un geste qui voulait effacer son désespoir et remplacer le baiser qu'il ne pouvait lui donner. Il toussa et secoua la tête à la manière des hindous. Un signe affirmatif qui était en même temps une négation.

Graciela s'écarta et sécha ses larmes du revers de la main.

— Il y a des années que c'est ainsi. Et je n'en peux plus, je suis épuisée. Parfois, je pense qu'elle a pris ma vie en otage, mais je me rends compte que ce n'est pas vrai, que je la culpabilise inutilement. En réalité, bien avant sa naissance j'avais déjà renoncé à tout.

Elle parlait à voix basse, sur un ton las, sans réfléchir à ce qu'elle disait, mais sans empêcher les mots de sortir de sa bouche.

— Et le père ?

Graciela esquissa un geste vague de la main.

— Son père était très beau – cette réponse spontanée la fit ricaner. N'est-ce pas triste que ce soit la seule chose que je puisse dire de l'homme qui m'a mise enceinte ? J'ai toujours eu un faible pour les connards aux yeux verts qui refusent de grandir. Il a tenu un mois avec nous, peut-être deux, il a promis qu'il s'occuperait de Sara et je sais qu'il a essayé d'accepter la situation quand les médecins nous ont dit qu'elle ne serait jamais une fille normale. Pendant un temps, il a voulu être plus ou moins un père, mais sans succès, et c'est cela l'important. Il m'a trompée, et peut-être au début se sentait-il coupable, peut-être avait-il des remords quand une fille lui taillait une pipe sous notre porche pendant que je veillais Sara qui ne pouvait dormir et ne cessait de pleurer, pendant que je désespérais de comprendre ce qui lui arrivait. Mais il a vite oublié ce sentiment de culpabilité. Un beau jour, il est parti. Sans dire au revoir. Il nous a effacées de sa vie. Il y a des gens comme ça, tu sais ?

— Tu rencontreras quelqu'un, répondit Eduardo, qui se croyait obligé de répondre un truc de ce genre.

Graciela méritait un meilleur sort. Mais après tout, il était convaincu que la chance n'a rien à voir avec les choix des gens. Graciela accueillit sa réponse forcée avec un sourire contraint.

— Il y a eu d'autres hommes, bien sûr. Il y en a toujours si tu n'es pas trop exigeante… Tu savais que j'ai subi l'ablation d'un sein il y a six mois ? dit-elle en le regardant dans les yeux, l'air de ne pas y toucher, comme si elle évoquait un détail mineur. Eduardo rougit et ne répondit pas. La plupart prennent peur quand j'enlève le rembourrage, pourtant je les préviens ; ils ne peuvent cacher une grimace castratrice en voyant la cicatrice. Quelques-uns surmontent le choc, et rares sont ceux qui ne lui accordent aucune importance. Mais quand ils découvrent l'existence de Sara, même ces derniers s'effraient, ravalent leurs belles paroles et prennent leurs jambes à leur cou dès qu'ils ont pigé l'ensemble de la situation. Franchement, j'ai cessé d'espérer.

"On espère toujours quelque chose, jusqu'au moment où on abandonne", se dit Eduardo, qui ne soupçonnait pas l'ampleur du ressentiment et de la secrète espérance contenus dans les propos de Graciela.

— Mais toi, tu n'as pas peur, dit-elle en regardant Eduardo avec curiosité. Je sais que tu m'as vue dans la salle de bains. En réalité, je voulais que tu le voies. Et tu n'as pas peur des crises de Sara, tu sais comment la prendre. Elle t'aime bien, et il est évident que tu as de la tendresse pour elle.

Eduardo lui demanda de ne pas poursuivre. Mais Graciela fit la sourde oreille, elle l'attrapa par le coude pour l'empêcher de partir, son regard de naufragée et ses mains désespérées cherchaient à le retenir.

— Je sais que tu as perdu ta femme et ta fille, et je sais que pendant toutes ces années tu n'as voulu être avec personne. Mais nous avons tous le droit de recommencer, Eduardo. Tu es un homme gentil, et moi je ne veux pas me sentir mourir encore une fois.

Eduardo détacha délicatement mais fermement la main refermée sur son coude. De grandes taches rougeâtres affleuraient sous ses oreilles.

— Je ne suis pas gentil, Graciela. Tu ne sais rien de moi.

— J'en sais assez.

— Non, tu ne sais rien. De grâce, arrêtons cette conversation. Je dois partir ; il faut que je me lève tôt demain.

Graciela lui lança un regard triste. Triste pour elle, pour Sara, pour lui. Elle dissimula sa mélancolie en déplaçant légèrement un pot de fleurs sur une étagère.

— Un bouquet de fleurs séchées, c'est très proche de la perception que nous avons de l'éphémère, tu ne crois pas ?

Eduardo regarda ces fleurs, c'étaient des roses, fraîchement coupées. On les avait coupées pour qu'elles meurent dans ce pot, pour contempler leur agonie.

— Embrasse Sara de ma part quand elle se réveillera.

— Je n'y manquerai pas.

Graciela effleura sa joue dans un simulacre de baiser. Son épais maquillage donnait un toucher velouté à sa peau.

Il quitta la chambre. Elle ne le retint pas, ne lui demanda pas de rester un peu plus longtemps, de l'embrasser quelques secondes. Elle relèverait la tête et irait de l'avant, comme elle l'avait toujours fait, seule avec Sara. Mais elle avait parfois tant besoin d'un peu d'amour, de quelques gouttes de tendresse, de compagnie.

Qu'est-ce que l'amour ? Rien. Un sentiment évanescent. Une chose que nous croyons avoir mais qui ne nous a jamais appartenu.

M. Who regardait sur l'écran de l'ordinateur la phrase qu'il venait d'écrire. Il était cinq heures du matin et il ne pouvait dormir. Il avait essayé, mais le lit était comme un linceul et lui comme un cadavre qui sondait l'obscurité, les yeux grands ouverts. Fatigué, égaré et insomniaque, il se leva et regarda à travers les fentes du volet. Le quartier était désert, éclairé par un réverbère sur la place entourée de vieux oliviers qu'on ne sait qui, à la mairie, avait voulu planter là, sur une petite place entourée de béton. Les voitures garées avaient du givre sur les vitres. Il se rassit en slip à son bureau et chercha dans ses tiroirs des cigarettes chinoises au nom imprononçable et à la saveur trop forte qu'il fumait depuis que Chang lui avait raconté que c'était la marque des *vrais* Chinois. M. Who avait décidé d'être un *authentique* Chinois, coûte que coûte. Et il apprenait vite.

— En fin de compte, c'est en toi, tu as juste besoin de le réveiller après une longue période d'oubli, le sermonnait

Chang, l'homme chargé de superviser ses progrès ; et donc fumer des cigarettes chinoises et renoncer à sa marque américaine de blondes light n'était pas le pire qui puisse lui arriver.

Who se frotta le front en pliant le cou à droite et à gauche, à la manière des lutteurs. Il revint devant l'ordinateur et laissa ses doigts en suspens quelques secondes au-dessus des touches, comme un pianiste au début de son récital. Il effaça ce qu'il avait écrit, une sorte de poème pour Mei qui finalement lui avait paru naïf et infantile. Il soupira et composa le code d'accès de sa boîte mail secrète, celle que Maribel ne pouvait repérer ni ouvrir (elle jurait ses grands dieux qu'elle n'entrait pas dans son intimité, qu'elle n'oserait jamais le faire, mais M. Who avait tendu des pièges invisibles pour découvrir que sa mère farfouillait dans les pages qu'il visitait, qu'elle entrait dans son courrier et qu'elle lisait ses SMS). La boîte mail secrète était une idée de Chang, c'était là que le patron du restaurant lui envoyait les adresses des nouveaux clients.

Il avait un message, daté d'une dizaine de minutes. Un hôtel, près de la rue de la Montera. Apparemment, M. Who n'était pas le seul à avoir des insomnies. Il nota l'adresse et effaça l'historique de son courrier.

Il descendit à la cuisine en traînant des pieds, s'assit, un Coca-Cola à la main, fixa la pendule métallique du mur et vida la canette en sentant le poids nauséabond des bulles dans l'estomac. Il laissa tomber la cendre d'une nouvelle cigarette dans la canette, écouta le chuintement quand elle atteignit le fond, y mit aussi son mégot et jeta le tout dans la poubelle, qu'il referma soigneusement avant d'aérer la cuisine en ouvrant la porte et la fenêtre. Maribel ne supportait pas l'odeur de tabac, et même si elle savait que Who était maintenant un fumeur invétéré, celui-ci essayait de faire croire le contraire ; en tout cas il évitait de fumer en sa présence, par respect. Cependant, malgré toutes ses précautions, il ne tarda pas à entendre craquer le parquet du salon et le ronron mécanique du fauteuil roulant qui approchait de la cuisine.

— Désolé, je ne voulais pas te réveiller, je voulais juste boire quelque chose.

— Et fumer une de tes infectes cigarettes... répliqua Maribel en apparaissant sur le seuil et en chassant l'air d'un revers de main.

Elle portait un peignoir en soie artificielle avec des motifs floraux très accusés, une sorte de kimono qu'elle mettait parce que M. Who le lui avait offert pour ses soixante ans. Elle activa le levier de la chaise et s'approcha du marbre de la cuisine. M. Who la devança et versa de l'eau dans la bouilloire.

— Tu as dormi combien ? Deux heures ? Je t'ai entendu rentrer, il était très tard, demanda Maribel en laissant retomber sa main sur ses genoux. Sous la soie rouge du kimono on devinait des cuisses contractées et atrophiées, il y avait dysfonctionnement entre son tronc et son thorax bien formés, sveltes, et ses jambes inutiles. Sur le côté de la chaise on voyait dépasser la pochette de la sonde, avec un peu d'urine. Maribel s'en rendit compte et la cacha pudiquement sous un pan du kimono.

— À peu près, répondit Who en guettant la bouilloire en ébullition. M. Chang est très occupé avec le restaurant, et il ne peut s'occuper de nous et des cours qu'après la fermeture, quand on a nettoyé la cuisine.

En réalité, il était resté trop longtemps chez une cliente *spéciale*, ensuite il avait raté son bus pour revenir à Madrid. Il avait dû faire du stop et marcher pendant des kilomètres, mais ça en avait valu la peine. Les riches, ça vaut toujours la peine.

— C'est méritoire, tant d'efforts de la part de ton chef, de t'apprendre à écrire le mandarin, dit Maribel avec une ironie non dissimulée.

— Chang est un patriote, il ne renonce pas à ses racines, répliqua M. Who, et il ne veut pas que je les oublie.

Who servit le thé fumant dans deux tasses en porcelaine, ajouta une petite cuiller de sucre à sa mère et porta sa tasse à ses lèvres en soufflant au bord.

Machinalement, Maribel avança un doigt et écarta sa mèche.

— Dans le quartier, on dit que Chang n'est pas seulement patriote. D'ailleurs, ce mot ne m'enchante pas. La plupart des aventuriers et des débauchés cherchent toujours à se draper dans une bannière.

M. Who sourit avec tendresse, ses yeux brillèrent et lui rendirent cet air innocent qu'il avait perdu depuis longtemps, surtout depuis qu'il avait décidé de devenir M. Who, de fumer des cigarettes chinoises et de s'habiller en noir.

— Toi non plus, tu ne veux pas perdre tes racines, ni celles de tes parents et de tes grands-parents... Et je ne dirais pas que tu ressembles à une aventurière ou à une débauchée.

— Je suis de Murcie, et je suis à Getafe depuis si longtemps que je fais partie du paysage, alors n'essaie pas de me manipuler, répliqua Maribel, mécontente. Je connais Chang mieux que toi. Ton père a monté son petit commerce de numismatique et de philatélie et moi l'atelier de danse classique. À la même époque, Chang achetait les sous-sols de l'immeuble et montait son restaurant. Disons qu'il a été plus pragmatique, il l'a toujours été en affaires, et il a suffisamment prospéré pour nous piquer l'école et le commerce de timbres. Ces trente dernières années, il n'a cessé de prospérer, mais il n'a jamais voulu nous rendre notre local.

— M. Chang a un profond respect pour toi, il le dit toujours. Tu ne devrais pas te montrer aussi rancunière.

Maribel caressa le bord de sa tasse. Évoquer le passé et le rattacher au présent pouvait être aussi épuisant qu'explorer un labyrinthe dont on ne connaîtrait qu'une partie. Quant à essayer de convaincre son fils de se méfier de Chang, c'était peine perdue. Ce qui l'inquiétait, c'était ce changement inattendu dans sa tenue et dans son comportement ; s'habiller en noir, se maquiller les yeux, se vernir les ongles, se couvrir le corps de boucles et de colifichets, et même de tatouages. Il avait vingt-deux ans et découvrait sa propre métamorphose : ça, elle pouvait l'admettre, il explorait son corps et se demandait quel genre de personnage inventer ; mais ce qui la préoccupait, c'était cet entêtement soudain à ce qu'il appelait *découvrir ses racines*.

On ne lui avait jamais caché qu'il avait été adopté, ce qui était par ailleurs évident. Teo et elle avaient décidé qu'un jour ils devraient lui dire, s'il en manifestait le désir, qui étaient ses parents biologiques et d'où il venait. Maribel avait toujours su que tôt ou tard ce moment viendrait, celui des questions, et elle était préparée à une transition tranquille, mais son fils voulait franchir ce pont trop vite. Depuis qu'il suivait ce vieil homme, il était devenu taciturne et réservé. Il ne lui parlait presque plus, ou alors Maribel se rendait compte qu'il était ailleurs. Il passait de nombreuses nuits dehors, rentrait parfois avec l'air d'avoir perdu quelque chose d'important, un vide décourageant dans le regard, et il mettait longtemps à retrouver son sourire habituel. Teo aurait su affronter le problème, mais il n'était plus là, et elle se sentait débordée.

M. Who regarda le fond vert de sa tasse et plissa les paupières.

— Aujourd'hui, je suis allé au cimetière, je suis allé voir papa, dit-il pour changer de conversation.

Maribel regarda son fils, déconcertée. Who parlait peu de Teo, et il allait rarement le voir.

— Je pense que c'est une bonne chose.

M. Who redressa le menton et joignit ses doigts aux ongles vernis derrière la tête.

— Parfois, je t'entends pleurer, dans ta chambre.

Maribel soupira, contrariée, et ramena une mèche grisonnante derrière l'oreille.

— C'était l'homme que j'aimais, celui que j'avais choisi pour vivre ma vie, et nous avons eu vingt ans de bonheur. On ne peut oublier une telle chose.

— Moi, je m'en souviens à peine. Pour moi, il est une chambre fermée, cette porte que tu ne me permets pas d'ouvrir.

Ce n'était pas un reproche, mais une évidence. Who n'avait pas le droit d'entrer dans la chambre de Maribel.

— Ma douleur m'appartient, et pas question de la partager. C'est tout ce qui me reste de ton père.

— Mais je *devrais* pouvoir me le rappeler. J'essaie, mais je n'y parviens pas. Avec les années, c'est un flou qui s'éloigne, comme si rien n'était jamais arrivé.

Maribel secoua la tête avec tristesse et finit son thé. Elle posa la tasse dans l'évier et avança son fauteuil auprès de son fils.

— C'est sans doute inévitable que tu passes par là, tes changements, tes questions, tes doutes. Mais franchement, je préférerais en faire l'économie.

M. Who se leva et croisa les bras.

— Que ferais-tu si tu pouvais revenir en arrière ? Tu m'adopterais encore ? Tu ferais vraiment ce voyage pour aller me chercher ?

Maribel lança à son fils un regard incrédule.

— Pourquoi me poses-tu toutes ces questions ? Dans quel but ? Bien sûr que oui, tu es mon fils, je t'aime, et je me sens fière de l'homme que tu deviens, mais tu changes si vite que ça m'effraie.

M. Who rougit et détourna la tête, visiblement mal à l'aise. Du coin de l'œil il regarda l'heure à la pendule.

— Désolé, excuse-moi, mais j'ai à faire, dit-il en quittant la cuisine.

Les réverbères étaient toujours allumés, mais le jour s'était déjà levé. Un camion-benne vidait un conteneur et quelques mètres plus loin une dame promenait son yorkshire, ou plus exactement elle le traînait par sa petite laisse. À la station de taxis, deux hommes discutaient à mi-voix en échangeant des cigarettes, et au kiosque à journaux, du côté droit de la Puerta del Sol, l'employé déballait les piles de journaux du jour. M. Who n'eut pas besoin de marcher beaucoup pour arriver au numéro 123. Un hôtel bon marché. Il sonna à l'interphone et quelques secondes plus tard une voix lui dit de monter directement à la terrasse. L'ascenseur était vieux, modèle cage, et l'immeuble avait une loge de concierge, qui était encore fermée.

Pendant que l'ascenseur montait en ahanant, étage après étage, il essaya d'imaginer le rendez-vous qui l'attendait. L'expérience lui avait appris que les élucubrations étaient une perte de temps, mais il ne pouvait retenir une petite dose d'anxiété, dans les minutes qui précédaient la rencontre. Normalement, les clients avides d'expériences plus agressives ou bizarres allaient dans le local caché derrière le restaurant de Chang, plus discret. Personne ne voulait courir le risque que les cris alertent un voisin bien-pensant qui préviendrait la police. Que cette personne ait préféré un rendez-vous dans un hôtel du centre le rassurait. Il s'agissait peut-être d'un petit-bourgeois, ou d'une personne exerçant une profession libérale, médecin, avocat, écrivain ou musicien. Une clientèle plutôt facile, et parfois même agréable. Elle avait des goûts sexuels beaucoup plus conventionnels qu'on ne pouvait l'attendre dans ce milieu.

Il avait rencontré un chanteur à succès, connu pour être violent et pratiquer tous les vices possibles, image qui l'accompagnait dans ses promotions et ses tournées, mais dans l'intimité il était un petit chaton paisible qui quémandait des attentions que sa réputation de maudit ne lui permettait d'obtenir que dans la clandestinité. Who avait une estime sincère pour ce client qui préférait jouer pour lui de douces balades sur sa guitare espagnole plutôt que des morceaux frénétiques et épuisants ; et avant de le payer, il lui faisait toujours promettre de répandre le bruit qu'il était le plus grand dégénéré et débauché de tout Madrid.

Il avait l'espoir de trouver quelque chose de similaire en poussant la grille de l'ascenseur, au dernier étage. La porte de la chambre était entrouverte, mais Who préféra frapper.

— Je suis sur la terrasse, dit une voix féminine.

Il s'agissait donc d'une femme. Bon, ce n'était pas si rare qu'une femme réclame ses services, et pour l'essentiel ça ne changeait pas trop de ce qu'un homme pouvait attendre de lui.

Il passa de la clarté de l'extérieur à la pénombre intérieure. Il flottait une odeur de café et de savon de bain. À l'inverse de ce que laissait prévoir la façade défraîchie de l'hôtel, la chambre était jolie, un peu minimaliste, ce qui donna à Who une impression de froideur : des murs blancs et nus, des meubles bas de gamme. À la télévision, une chaîne musicale jouait un morceau de la violoniste Vanessa-Mae, sur un arrangement de Vangelis.

La femme était accoudée à la balustrade d'une petite terrasse, le regard fixé sur l'horizon grisâtre de Madrid et sur la forêt d'antennes chaotiques et effilées.

— Une belle vue de la ville, dit M. Who en guise de salut.

Elle caressa ses bras nus et tourna le cou lentement, montrant son profil encore assoupi et ses cheveux en bataille sur le front. Elle portait une chemise de nuit à bretelles cramoisie qui rehaussait un physique qui avait un peu perdu de sa fermeté. Elle était pieds nus et appuyait la plante du pied droit sur son pied gauche. M. Who remarqua que chaque orteil était peint d'une couleur différente. Cette femme était un peu fantasque, voilà qui lui plaisait.

— Tu es mieux sur les photos, dit-elle avec véhémence. Elle détailla Who avec un mélange de tristesse et de détermination. Quel âge as-tu ?

— Vingt-quatre ans, mentit Who sans sourciller. Il savait que cet âge intermédiaire chassait tous les préjugés, et il les paraissait. Mais si tu préfères je m'en vais, ajouta-t-il avec une touche d'aigreur.

Elle lui rendit son regard de façon ambiguë et finit par dessiner un sourire de clémence. Elle attira contre elle le corps du jeune homme. En réalité, il était beaucoup plus beau que sur les photos du Web. En caressant son visage androgyne, elle sentit une pointe de remords, de lassitude, qu'elle oublia vite quand il la saisit par la taille et l'embrassa lentement dans le cou.

— Je veux que tu m'embrasses sur la bouche. C'est inclus dans le tarif? demanda-t-elle avec une cruauté contenue, qui en réalité traduisait le désespoir du chien qui se mord la queue.

M. Who contempla ces yeux à demi cachés au fond de cernes profonds et haussa les épaules.

— Embrasser sur la bouche est une chose très intime, presque comme prononcer son nom devant un inconnu.

— Je m'appelle Rocío, ça te suffit ?

Au lieu de répondre, M. Who appuya les doigts sur le ventre de la femme et l'embrassa sur les lèvres. Il sentit qu'elle réagissait avec impatience.

Les gestes de certains amants sont animés d'une colère voilée, ils se sentent coupables de ce moment de jouissance qu'ils s'accordent, rongés par les doutes et les reproches. Ainsi s'abandonnait la femme sur le canapé. Elle empêcha même le jeune prostitué de lui enlever sa chemise de nuit. Elle ne voulait rien concéder de son intimité à cet inconnu, dont pourtant les mouvements insolents et les regards la déconcertaient.

Who l'observa posément. Elle n'était plus de la première fraîcheur ; sans doute s'était-elle habituée à la loi du marché, au laisser-aller des sentiments, au bonheur de ne rien donner et, en revanche, de tout exiger. Payer pour baiser lui conférait certains droits qui l'excitaient, la certitude de se savoir un objet, un obstacle sur le chemin de l'amant engagé pour une raison précise, l'argent qui attendait sur la table. Le désir était donc charnel ; le sexe, concret, la peau, surexcitée, mais le cœur restait à l'abri, hors de toute blessure, vieille ou nouvelle.

— Tout va bien ? demanda M. Who.

Il connaissait ce sentiment abstrait, cette rigidité des hanches, ces baisers qui ressemblaient trop à des morsures, et cette indifférence à ses caresses. Il regrettait de constater qu'en dépit de ses efforts, il ne pouvait briser le bloc de glace dans lequel quelqu'un avait dû congeler autrefois le cœur de cette femme. Il n'avait qu'à s'appliquer, être un technicien consciencieux et adroit. Un orgasme, voire deux, pas plus. C'était tout ce qu'on lui demandait, ce matin-là.

— Tout va très bien, dit la femme en enlevant sa petite culotte. Et maintenant, on pourrait baiser, au lieu de bavarder ?

Who se referma sur lui-même, dans sa coquille, pour être invulnérable. À peine s'était-elle déshabillée, qu'elle se contenta d'ouvrir quelques boutons de la chemise du jeune homme, exposant au regard une partie de son torse tatoué, et de libérer sa verge sans lui laisser le temps d'ôter son pantalon et ses chaussures. À la fin, elle s'écarta, le visage crispé. Si elle avait joui, elle ne le montrait absolument pas.

— Je peux utiliser la salle de bains ? demanda Who.

La femme montra une porte au bout du couloir d'un air maussade.

M. Who s'enferma et envoya un regard sombre au miroir. Au bout de quelques minutes, il se sentit profondément perdu et sec, exsangue. Peu à peu, son sang se remit à circuler dans ses veines et sa peau reprit des couleurs. Tôt ou tard, se dit-il, il devrait arrêter de travailler pour Chang. Mais il lui fallait encore quelques milliers d'euros. Et Mei avait besoin de lui.

Il revint dans la chambre. La femme fumait, assise sur le lit, les jambes croisées sur la courtepointe. Une bretelle tombait de son épaule, découvrant une partie de son buste. À côté d'elle, des billets pliés. M. Who les prit sans les compter.

— Je te laisse ma carte, au cas où tu aurais besoin de moi.

La femme hocha lentement la tête, sans le regarder. Et Who se rendit compte qu'elle pleurait.

— Ça ne va pas ?

La femme se pencha et lui lança un regard profond. Très lentement, elle dégagea l'autre bretelle et laissa tomber sa chemise de nuit jusqu'à la taille. Il vit un sein tombant, une aréole rosée, et une cicatrice à l'endroit où aurait dû se trouver son homonyme.

— En fait, je ne m'appelle pas Rocío. Je m'appelle Graciela.

Who se retrouva dans la rue avec soulagement. Le trottoir était bien arrosé, et deux putains se pavanaient, robes rouges très moulantes et pleines de taches, bottes montantes vernies à talons vertigineux.

Nous sommes tous seuls. Absolument seuls, songea-t-il.

5

La gouvernante lui adressa un sourire entendu et le conduisit dans un salon qu'Eduardo ne connaissait pas. On entendait le *Clair de lune*, de Debussy, mais le piano à queue qui présidait était muet, ce qui créait une étrangeté magique. Les empreintes de quatre mains étaient imprimées sur la fine couche de poussière qui recouvrait le couvercle du clavier. Il se plut à imaginer que ce morceau était interprété par un duo de fantômes dont la poussière dénonçait les doigts invisibles. Gloria était adossée à une bibliothèque et lisait un papier. En voyant Eduardo, elle eut un sourire forcé et le rangea dans le secrétaire.

— J'ai cru que vous ne reviendriez pas, que vous aviez acquis la conviction que j'étais complètement folle.

— J'ai décidé d'accepter votre commande, répondit Eduardo sans chercher à la détromper.

— Je suis ravi de l'entendre. Une cigarette ?

Gloria lui tendit un paquet d'une marque hongroise, commandé directement à Budapest, et elle s'assit de biais sur une chaise qui semblait peu confortable. Ce n'était pas une position propice aux confidences. Gloria avait des griffures au cou, un bleu sous l'oreille et des marques aux bras, comme si on l'avait immobilisée avec violence.

— Vous avez eu un accident ? Ou bien j'arrive au mauvais moment ?

— Il n'y a jamais de mauvais moments pour recevoir ce qu'on attend, Eduardo, répondit-elle de façon obscure.

Eduardo toussota et s'appuya de tout son poids sur le genou sain. Gloria ne l'avait pas invité à s'asseoir. Au contraire, elle l'observait avec un recul un peu frivole. Il ignorait la cause de ce changement d'attitude, mais il essaya de l'excuser ; on est prêt à ignorer les offenses quand l'offenseur nous séduit. Or, cette femme le séduisait, mais il ne savait pas vraiment pourquoi.

— Je ne peux rien vous promettre, Gloria. N'attendez pas de moi plus que ce que je peux vous offrir. Mais je ferai de mon mieux.

Gloria le regarda comme s'il était le gibier à attraper lors d'une chasse ; un animal quelconque de la forêt, abasourdi et effrayé par les aboiements des chiens et le vacarme de la chasse.

— Si tu dois travailler pour moi, il vaudrait mieux commencer par se tutoyer.

Les trois semaines suivantes, Eduardo vint presque tous les jours dans cette maison. En général, Gloria était de bonne humeur et le recevait dans une pièce ou dans son bureau, ou bien, si le temps variable de février le permettait, dans le jardin désolé qui entourait la maison, où un étroit sentier conduisait à une peupleraie arrosée par un ruisseau qu'enjambait un pont de pierre branlant. Parfois, ils parlaient d'art, de peinture, de musique ou de cinéma, parfois ils se perdaient en anecdotes quotidiennes, en événements d'actualité auxquels ils feignaient de s'intéresser. De toute façon, ils évitaient leurs tourments, les ulcères à fleur de peau, et zigzaguaient comme le ruisseau.

Gloria avait du mal à parler de ce qui la tuait, la douleur de la perte de Ian, son fils. Bien plus, elle ne trouvait pas de mots pour cette autre douleur, profonde et nécrosée, qu'Eduardo entrevoyait sous ses silences. Certains êtres sont capables de supporter toute une vie, jusqu'à la mort, sans en avoir conscience, ce poids qui leste les jours, ce malaise vague qui les rend sauvages ou mesquins, ou les deux à la fois, bref, malheureux. Des êtres qui ignorent l'origine de cette douleur intime, et l'assument au quotidien, comme les migraines ou les courbatures. Mais parfois survient un événement, peut-être trop tard pour la soulager, qui soudain en donne la clé, même s'il n'est plus temps de la guérir.

Un matin, de bonne heure, ils quittèrent le jardin arrière et se dirigèrent vers un kiosque à musique qui n'avait sans doute pas été utilisé depuis longtemps. Les escaliers en bois étaient couverts de crevasses et la toiture conique était en partie effondrée. Gloria tenait le bras d'Eduardo sans s'appuyer, un geste de complicité plutôt qu'une manifestation de faiblesse. Cette femme dégageait beaucoup de choses, nostalgie ou tristesse, mais à l'évidence elle n'inspirait pas le besoin d'être secourue. Parfois, les femmes feignent d'être faibles pour que les hommes ne se sentent pas menacés.

Eduardo se laissa conduire docilement vers un banc, sous un chêne au tronc sec et tordu. Il faillit caresser le beau profil de Gloria, si semblable et si différent de celui d'Elena, mais la lâcheté immobilisa ses doigts au fond de la poche de sa veste. Pendant quelques secondes, tous deux regardèrent devant eux, tout proches l'un de l'autre, sans mot dire. Eduardo entendait battre son cœur, à un rythme différent de celui de Gloria.

— Je viens parfois prononcer ici à haute voix le nom de mon fils, dit soudain Gloria. J'ai l'impression d'invoquer sa présence, c'est de la folie, je le sais. Mais sans un nom à répéter, il ne resterait aucune trace de son passage dans le monde. Quand je l'appelle, son visage m'apparaît entre les arbres, dans une chambre, assis au premier rang pendant un concert. Je vois son visage d'enfant, ses boucles rebelles, je caresse le velours de ses yeux, je me laisse bercer par sa voix, et il me semble qu'il est toujours là, avec moi, prêt à affronter le monde et à rattraper ses rêves.

Elle pouvait encore le sentir bouger dans son ventre, mal installé dans l'utérus, son désir de sortir par cette journée torride et particulièrement sèche de 1984, dans les montagnes de Cáceres. Gloria et Ian, son époux, s'étaient rendus aux fêtes patronales d'Aldea del Campo, le village de sa grand-mère. Le chêne choisi cette année-là par les jeunes du village était de dimensions étonnantes. Le plus gros tronc qu'on ait jamais vu. Il fut porté par deux charrettes jumelées, tirées par deux attelages d'ânes, jusqu'à la place de la mairie. Il resterait là jusqu'au soir de Noël, sur un tapis de branches sèches, en attendant qu'on y mette le feu. Ian était perché sur une de ces charrettes, pleines de racines, et il filmait, enthousiaste et excité, saluant comme s'il était ministre. Il était radieux. Gloria lui renvoya un sourire qui lui coûta les yeux de la tête, agrippée à son ventre gonflé. Le bébé ne cessait de donner des coups de pied. Gloria était hors jeu et, à mesure qu'approchait le moment de l'accouchement, les douleurs, les suffocations et les vertiges s'intensifiaient, mais elle voulait faire bonne figure pour ne pas gâcher la fête à son mari.

Du coin de l'œil, elle cherchait sur la place, derrière la foule, le panneau indicateur du dispensaire qu'elle avait repéré, au cas où son fils aurait l'idée d'arriver sur la poussière rougeâtre de la place d'un petit village de montagne, à plus d'une centaine de kilomètres d'une ville disposant d'un hôpital normal où on aurait pu la prendre en charge en cas d'urgence. Au début, elle avait pensé qu'elle pourrait tenir jusqu'au soir, qu'elle aurait le temps de retourner à la ville qui avait de vrais hôpitaux. Mais maintenant, elle en était moins sûre. Elle n'aurait pas dû cacher que le matin même à l'hôtel elle avait ressenti des douleurs un peu plus fortes que la normale : si ce n'étaient pas encore des contractions, elles y ressemblaient beaucoup.

— Je savais que ce serait un garçon. Personne ne me l'avait dit, je n'avais pas voulu que le gynécologue me dévoile le sexe, mue par une sorte de superstition familiale ; mon grand-père disait toujours qu'il ne faut attendre que ce que l'on reçoit. Mais je savais que je portais un beau garçon, en bonne santé, et qu'il serait musicien, comme tous les hommes de ma famille et comme moi-même. Je n'avais encore rien dit à Ian, car il avait toujours voulu une fille, et je ne voulais pas le décevoir par avance. Ce n'était pas un secret délibéré, du moins au début, mais une de ces intuitions qu'on tait, parce qu'on n'a jamais trouvé le bon moment pour les dire.

Eduardo n'était pas certain d'avoir compris. Entre Elena et lui, il n'y avait jamais eu de secrets.

— L'essentiel, c'était que mon fils naîtrait et vivrait de nombreuses années. Voilà ce que je demandais à la Vierge de los Remedios, la patronne de cette fête de village, quand Ian s'approcha, les cheveux en désordre, en sueur, la chemise ouverte. Il tenait un verre en plastique rempli de vin âpre et mauvais. Je l'avais rarement vu aussi heureux. Il m'expliqua avec enthousiasme qu'on avait eu une belle idée de monter jusqu'à ce village reculé, il rassemblait un matériau magnifique que la BBC lui achèterait certainement ; soudain, il se rendit compte que quelque chose ne tournait pas rond. "Ça va ? Tu as l'air fatiguée." Je répondis que j'allais bien, je ne voulais pas gâcher son plaisir, mais le début de mon sourire tourna soudain à la grimace.

Elle eut à peine le temps de saisir le bras que son époux effrayé lui tendait.

Ambulance et hôpital n'étaient plus à l'ordre du jour. Ce fut un long accouchement, parsemé d'angoisse et d'agonie.

Pendant ce temps, Ian attendait derrière la porte qui séparait le cabinet du dispensaire. Quand l'infirmière sortait, Gloria l'entrevoyait entre les rideaux. Il tuait son inquiétude en grattant l'osier d'une chaise, pour s'isoler des cris qu'il entendait de l'autre côté. Une demi-heure plus tard, la sage-femme sortit, encore en costume de fête patronale, les manches de sa chemise retroussées au-dessus du coude et un tablier ciré, éclaboussé de gouttes obscures. Ian s'écarta, essayant de prendre un air serein, attentif au regard sévère et accusateur de la femme. "Comment va-t-elle ?" demanda-t-il sur un ton neutre, comme s'il demandait le temps qu'il ferait le lendemain. La sage-femme l'écarta d'un geste brusque et prit dans une vitrine un paquet de gazes stériles. "Mal, très mal", répondit-elle d'un air furieux, puis elle regarda le fond de la pièce, mesurant ses mots pour exprimer avec exactitude ce qu'elle voulait dire. "Peut-on savoir ce que vous aviez dans la tête ? Emmener une femme dans cet état sur cette route du diable pleine de virages et mal goudronnée ! Vous n'avez pas vu qu'elle était sur le point d'accoucher et qu'ici on est au bout du monde ?" Ian rougit. La sage-femme secoua la tête comme un bélier prêt à attaquer. Elle aurait volontiers matraqué ce crétin qui n'avait pas de sens commun. Avant de retourner dans la salle de travail, elle lui lança : "L'ambulance est en chemin, mais elle en a encore pour une demi-heure. Si tout se complique, je ne sais pas ce qui va se passer. Si vous croyez aux miracles, c'est le moment de prier !"

Gloria laissa échapper un rire ironique :

— Imaginer Ian en prière ? Impossible. Un anglican sans Dieu, un sujet de Sa Majesté décoré de la croix de Saint-Georges, arrogant, imprévisible, agenouillé devant le Christ d'un petit village perdu dans les montagnes. Ça ne serait jamais arrivé. En tout cas, aucun de nous n'est mort ce matin-là. Je suppose que nous avions trop envie de vivre, de nous connaître.

À sa naissance, Ian pesait à peine plus qu'un moineau, son petit corps était fragile et son teint triste. Il pleura à peine. En le regardant de près, Gloria sentit une lézarde s'ouvrir dans sa gorge.

— J'ai compris qu'il avait quelque chose d'anormal. Le médecin me le reprit tout de suite, très inquiet. L'enfant avait une couleur de cendre fraîche, une faiblesse autour du cou et derrière la nuque. Plus tard, quand on a fait des examens à Madrid, on m'a dit que je l'avais trop retenu pendant l'accouchement et que pendant quelques minutes il avait été privé d'afflux sanguin.

Gloria s'interrompit et regarda Eduardo. Il n'y avait pas de porte dans ses yeux.

— J'ai privé mon propre fils d'afflux sanguin, j'ai eu peur de mourir avec lui. Dans ces instants de panique, j'aurais échangé sa vie contre la mienne, je voulais vivre à tout prix. Et maintenant, je donnerais ma vie pour qu'il soit là, encore un peu là. On m'a dit que cet accouchement traumatisant laisserait des séquelles difficiles à prévoir sur Ian. Tu le crois, toi ? *Des séquelles difficiles à prévoir*.

Sa voix tremblait.

— J'aimais mon fils sans conditions, par-dessus tout. Mais une chose m'horrifie. Je commence à oublier ce qu'il était vraiment, son odeur, son contact, sa voix. C'est cela, l'oubli, n'est-ce pas ? Et c'est la véritable mort.

Elle finit par relever la tête. Son regard rampa vers Eduardo, derrière ses lunettes à monture d'écaille qui lui donnaient l'air d'une intellectuelle, d'une femme intelligente, un peu hautaine. Eduardo ne put s'empêcher de la trouver belle, elle avait cette expression de *Madonna* de Michel-Ange. C'était la première fois qu'il éprouvait le désir irrésistible de l'embrasser, le premier désir érotique en quatorze ans, suscité par une autre femme qu'Elena. Il n'avait jamais trompé son épouse, l'idée même ne l'avait jamais effleuré, même si parfois Elena lui cassait les pieds et le punissait pour des bêtises, "ne me touche pas". Et elle ? L'avait-elle trompé, en avait-elle eu la tentation, l'envie ? Fantasmait-elle sur d'autres hommes quand ils étaient ensemble ?

Étrangère à ce flot de pensées qu'elle éveillait chez Eduardo, ou feignant peut-être d'être absente, elle ouvrit son secrétaire et lui montra ce qu'elle lisait quand Eduardo était entré.

— C'est une lettre de l'homme qui a tué mon fils. Le facteur vient de l'apporter :

Gloria (quelle hésitation stupide, de ne pas savoir comment m'adresser à vous, dois-je commencer par chère madame, évidemment pas, il vaut mieux maintenir une certaine distance, ou proposer un rapprochement par le biais du tutoiement...)

À l'heure qu'il est, vous savez sans doute que le Conseil des ministres a signé ma demande de remise de peine. Je vis mes dernières heures, mes dernières minutes dans cette prison, d'où je vous écris cette lettre avant que le jour se lève, tandis que mon compagnon de cellule ronfle dans la couchette supérieure et que la lumière des projecteurs de la cour est la seule chose qui me permette de suivre mes mots sur le papier. Au loin, j'entends les aboiements d'un chien, il semble furieux, peut-être à cause de l'énorme lune qui a l'air mordue derrière le mur. J'entends aussi tousser et chuchoter ; franchement, ici, les murs ne sont pas aussi épais qu'on pourrait le croire. Et je tiens à vous écrire maintenant, dans les sensations avec lesquelles j'ai vécu ces dernières années, dans le même cadre, parce que j'ai la certitude qu'en franchissant la porte de la prison tout commencera à être oublié, à l'instant même où mes pieds fouleront la liberté. Bientôt la marque de cette expérience sera devenue un moment éphémère, un trou noir dans ma mémoire que je ne cesserai de reconstituer et de défigurer complètement, je le réduirai à de la littérature, à des anecdotes à décrire à ceux qui ne savent rien de ce qui se passe ici.

Je sais que vous me haïssez. Il ne peut en être autrement, je comprends que vous ayez lutté jusqu'au bout, d'abord pour qu'on m'inflige la peine la plus lourde possible, ensuite pour que je la purge intégralement. C'est le moins que vous puissiez faire, le moins que je pourrais faire si j'étais vous. Je peux donc comprendre qu'à l'instant où vous verrez cette enveloppe et le nom de l'expéditeur vous la déchiriez sans l'ouvrir ; mais j'espère que la curiosité, la répulsion et le mépris que vous avez pour moi vous inciteront à lire ces mots hâtivement écrits. J'aurais aimé les prononcer devant vous, face à face, mais il y a longtemps que j'ai abandonné l'espoir que vous veniez me voir en prison comme je vous l'ai demandé plusieurs fois dans ma première année de détention, d'ailleurs mes avocats m'ont prévenu qu'il m'est absolument interdit de vous approcher ou de vous contacter à partir du moment où je serai libéré, cette lettre est donc mon seul recours.

J'avais beaucoup de choses à vous dire, mais les mots deviennent féroces quand la colère les commande. Et vous avez assez souffert, vous allez souffrir tout le reste de votre vie. Comme moi. J'en suis désolé pour vous, Gloria, et je le regrette pour moi, pour nous deux. Je voulais que vous sachiez que ma liberté est aussi ma pénitence. Les grilles derrière lesquelles je vais vivre n'ont rien à voir avec l'acier, et aucun geôlier ne pourra me les ouvrir. Cela vous consolera peut-être.

Rimbaud a écrit :

> Qu'est-ce pour nous, mon cœur, que les nappes de sang
> Et de braise, et mille meurtres, et les longs cris

De rage, sanglots de tout enfer renversant
Tout ordre ; et l'Aquilon encor sur les débris.

Effacez-moi de votre cœur, Gloria, dès aujourd'hui, dès maintenant, avant que par la suite mon poison finisse par vous contaminer mortellement.

Bien à vous

Arthur Fernández.

Lentement, Gloria reprit la lettre des mains d'Eduardo et la regarda longtemps. Au lieu de la relire, elle la regardait, imaginant peut-être Arthur penché sur le rebord de la fenêtre, écrivant à la lueur d'un projecteur du pourtour de la prison.

— On l'a remis en liberté… et c'est tout ce qu'il a à me dire.

Eduardo contempla longtemps ce regard. Il était vide, tel un rocher gigantesque qui empêchait la lumière de passer. Sans violence ni brusquerie, Gloria déchira la feuille, plusieurs fois, et la réduisit en pièces minuscules qui tinrent dans son poing fermé. Elle se leva et écarta les doigts. Les bouts de papier se répandirent en toute anarchie.

Que sont les mots quand on ne peut pas les entendre ? Des enclumes, des marteaux qui empêchent la douleur de mourir.

Gloria se trompait. La véritable mort n'était pas l'oubli, mais le souvenir perpétuel, l'impossibilité d'échapper à l'instant fatidique, qui à force de se répéter finissait par s'inventer, comme un film dont on connaît le dénouement, car on l'a vu des centaines de fois, auquel on ajoute à chaque projection un nouveau détail, une nouvelle épine pour entretenir la souffrance. Eduardo aurait préféré ne pas penser aux lèvres d'Elena pendant que Gloria parlait, ne pas penser à sa dentition parfaite…

Il ne pouvait même pas oublier ça. Pendant très longtemps, il avait conservé sa brosse à dents sur l'étagère, il la voyait tous les matins, avec ses poils blancs et son manche anatomique, à côté du rince-bouche et du fil dentaire. Il avait fini par croire qu'elle resterait toujours, cette brosse à dents, à demi tombée comme un cygne dans le verre, effleurant la sienne.

La mort, c'était avoir coincé dans un cercle rouge le jour du calendrier où étaient mortes son épouse et sa fille, compter mortellement les minutes qui approchaient de ce moment, entendre le tic-tac de l'horloge, comme si le décompte du temps était la seule chose qu'il avait pu faire entre deux anniversaires. Pendant quatorze ans.

On était en été. Fin août 1991. Ils firent l'amour dans les draps, lentement. Eduardo éjacula sur le ventre d'Elena et retomba, le souffle court. Elle lui laissa le temps de récupérer, ils fumèrent et recommencèrent, cette fois à la façon d'Elena, de façon démesurée, presque violente, une lutte où les baisers succédaient aux morsures et les caresses aux gestes brusques ; un jeu de fauves où, à travers les gémissements et les impertinences à l'oreille, ils entrevoyaient les coutures qui unissaient leurs âmes avec plus de force que tout autre lien.

— Nous pourrions rester ainsi pour toujours, dit Eduardo.

Ils auraient dû se rhabiller, car Tania allait bientôt rentrer, pourtant ils restaient étendus, laissant les liens de leur peau se dénouer tout seuls, sans hâte. Eduardo posa la main sur la courbe de hanche d'Elena. Ses doigts glissèrent dans la vallée, s'arrêtèrent sur sa vulve et s'immobilisèrent, effleurant la fente du vagin, sentant la chaleur de son sexe.

— Bien sûr, pourquoi pas ? répondit Elena en mordillant la pointe rosée de son téton.

Ils échangèrent un rire complice et se turent, leur souffle à l'unisson, elle posa la tête sur son ventre, il caressa distraitement son épaule couverte de taches de rousseur. Eduardo embrassait d'un seul regard la nature entière de sa femme. Seuls ses yeux pouvaient exprimer ce qu'il éprouvait pour elle ; les mots déformaient, abîmaient ces moments. C'est pourquoi il la regardait fixement quand ils faisaient l'amour, parfois lentement, en suivant un rythme tremblant et contenu, parfois sauvagement, toujours sous l'impulsion des ongles d'Elena plantés dans ses reins. Il avait besoin de la regarder, pour la pénétrer aussi par les yeux, et pour qu'elle le regarde aussi, hallucinée, comme s'ils partageaient tous les deux le même fantasme avant d'atteindre l'extase, pour annuler toute pensée, et uniquement ressentir.

Elena n'avait pas seulement éveillé en lui l'attirance physique, le désir primitif et viscéral. Après tant d'années de mariage, rien d'essentiel n'avait changé. Certes, les nuances de la folie s'étaient adoucies, ils avaient limé les arêtes coupantes de la frénésie pour se situer sur un plan plus serein ; à l'exploration sauvage des premières années, au désir de conquérir cette géographie à coups de machette, avaient succédé un apprentissage consciencieux, une méthodologie pour lire les cartes, relever les vallées et les fleuves qu'il gravait dans sa mémoire à la manière d'un topographe. Les surprises n'étaient plus brutales ni déconcertantes, c'étaient maintenant des découvertes différentes, des filets d'eau qui de temps en temps affleuraient à la surface quand on grattait le sol. Il n'avait pas à forcer le chemin ; il avançait et le chemin se découvrait sans pudeur. Et son chemin, c'était Elena.

— Nous pourrions vivre toujours ainsi, s'exclama-t-elle, reprenant les mots d'Eduardo, en sautant sur ses pieds. Sa robe lilas était suspendue par deux pinces au fil tendu devant la fenêtre. Le vent la soulevait et laissait entrevoir des lambeaux de paysage abrupt, les rochers, la plage, les barques amarrées aux piquets plantés sur le rivage. Le temps et l'espace étaient merveilleusement insaisissables, les sons de l'extérieur parvenaient, enveloppés dans la délicate et belle lumière du couchant.

Eduardo se redressa et prit le verre d'eau sur la table de chevet. Il en but une longue gorgée et soupira en regardant le plafond. Les longues pales du ventilateur tournaient paresseusement et brassaient l'air chaud de la chambre.

— Nous devrions prendre une douche et nous habiller. Tania va arriver. Au fait, je ne l'ai pas vue de toute la matinée.

— Elle doit être au village avec ses amis. Aujourd'hui, ils fêtent le départ. Laisse-la profiter de ses dernières heures de vacances.

Eduardo fronça les sourcils. Pour lui, Tania était encore ce petit corps devant lequel il devait se pencher s'il voulait lui dire un mot, et il se réfugiait dans une vague ignorance, un *ne pas chercher à trop en savoir* quand une réaction de sa fille lui montrait qu'elle lui avait glissé entre les doigts. Pour Elena, en revanche, sa fille était un concentré de petits et grands dilemmes qu'elle devait résoudre au fur et à mesure. C'était parfois une tâche épuisante et irritante, mais à d'autres moments sa relation avec sa fille était pleine de satisfactions secrètes, de confessions, de craintes partagées, de retours à travers elle aux croisées de chemins de sa propre adolescence.

— Elle a presque quatorze ans ; crois-moi, elle en sait plus qu'il n'y paraît sur sa frimousse.

Tania rentra à la nuit tombée, mais ce n'était pas le plus énervant pour Eduardo. Il finissait de mettre ses livres dans son sac de voyage, et Elena posait les chaises de la cuisine sur la table.

— Tu pues le tabac et l'alcool ! On peut savoir quel genre de fêtes tes copains organisent ?

Le caractère de Tania était beaucoup plus direct que celui de son père. Elle avait la réplique facile et insolente, ne fuyait pas les conflits, cherchait même tous les prétextes pour mesurer ses forces, inconsciemment, croyant que le monde était un décor où mettre en scène ses désirs. Mais ce soir-là, elle ne sut contrôler ses réactions. Passer de l'ambiance festive entre amis – musique, joint et gin – à celle du domicile paternel fut trop brutal, elle n'avait pas pris le temps de changer de registre, d'enfiler la robe appropriée.

— Fiche-moi la paix, je ne suis plus une gamine qui encaisse les sermons d'un rabat-joie.

— Tu ne me parles pas comme ça ! Je te demande des explications.

— Comment veux-tu que je te parle, avec la langue des sourds-muets ? Parce que c'est à ça que tu ressembles !

La gifle arriva de nulle part, fendit l'air en sifflant et explosa avec fureur sur la bouche de Tania qui ne s'y attendait pas. Elle recula de deux pas, plus sous l'effet de la surprise que de la violence du coup. Un silence lourd s'abattit, comme si personne, et Eduardo moins que sa femme et sa fille, ne s'attendait à une telle réaction. Il regarda sa main, étrange objet qui avait été animé d'une volonté propre pendant un dixième de seconde. Elena ne broncha pas, les lèvres crispées, et Tania balbutia quelques mots parfaitement audibles que son père préféra ne pas entendre, *tu es un fils de pute*, avant de courir s'enfermer dans sa chambre, avec un claquement de porte qui fit trembler les fondations de la maison.

— Je ne sais pas ce qui m'a pris, murmura Eduardo en se tournant vers Elena.

C'était la première fois qu'il portait la main sur sa fille. Mais ce n'était pas le plus grave, et la question n'était pas de savoir si elle l'avait mérité, ou s'il regrettait déjà son geste. S'il avait pu remonter le temps, sans doute se serait-il retenu. Ce qu'il n'était pas prêt à avouer, même à lui-même, c'est que cette gifle à sa fille l'avait vraiment soulagé.

Elena le regardait, un mot ou un commentaire suspendu à ses lèvres, qui voulait sortir, mais qu'elle essayait de retenir.

— Ne t'avise plus de porter la main sur ma fille, dit-elle finalement, sur un ton froid, tranchant, sans l'ombre d'une indulgence.

Eduardo sentit vaciller sur ses bases le cercle parfait qui les unissait, les loyautés n'étaient pas aussi absolues qu'il le pensait.

Ils quittèrent Cadaqués de bonne heure, avant le lever du jour. La première heure fut tendue, Eduardo au volant, songeur, attentif à la circulation, mais en réalité plongé dans un mélange confus de sensations dont il aurait aimé parler. Elena regardait par la fenêtre, le front contre la vitre, mais rien dans son expression ne laissait filtrer ses pensées ; à l'arrière, Tania était bercée par une somnolence inquiète dont elle émergeait parfois pour foudroyer son père du regard, dans le rétroviseur.

À mi-chemin, ils s'arrêtèrent sur une aire de repos où il y avait une station-service et une construction en forme de cabane en bois, qui abritait restaurant et cafétéria. Ils étaient près d'une ville, sur la route de Tolède. Ils auraient pu aller plus loin, mais Eduardo avait besoin de se reposer. Il y avait des odeurs de moisson. On entrevoyait une peupleraie tapissée de feuilles. Un endroit vraiment joli, inattendu.

— Si on se prenait en photo tous les trois ? proposa Elena d'un air exagérément enjoué. Tania était attablée devant elle, et s'amusait à décoller le bois archisec de la table avec les ongles. Eduardo était allé chercher des sandwichs au self-service du restaurant.

— Pour montrer quoi ? demanda-t-elle en ironisant. Que mon père est un vrai crétin ?

— Nous pouvons montrer que j'ai une fille irresponsable, qui ne sait ni mesurer ni apprécier la liberté qu'elle a, ni combien son père l'aime ; nous pouvons aussi montrer la stupidité de ta mère, qui croyait que tu étais assez mûre pour admettre que tout le monde peut se tromper. En fin de compte, tu es encore une gamine.

— Il m'a flanqué une baffe ! protesta Tania.

— Oui, c'est vrai. Il n'aurait pas dû. Mais dis-moi, combien de baffes nous donnes-tu tous les jours avec tes insolences, tes silences, tes mépris ? Et nous les acceptons parce que tu es notre fille, parce que la vie est ainsi faite, parce que nous comprenons que tu as besoin de te sentir forte…

Tania prit un air las.

— Arrête ton char, maman.

Cette fois, c'est Elena qui haussa le ton.

— J'arrêterai quand il le faudra, en attendant tu te tais et tu m'écoutes. Tu crois avoir le droit de juger ton père, mais tu ne sais rien de lui, tu t'en fiches. J'ai connu cet homme avant que tu existes dans ma pensée, j'ai mal de le voir souffrir à cause de toi, de ton égoïsme. Je sais que c'est dur, qu'il doit y avoir de la casse quand on cherche sa place, mais tu pourrais lui faciliter les choses, c'est tout ce que je te demande. Je ne veux pas être coincée entre l'arbre et l'écorce par ta faute. Tania, tu ne peux pas me forcer à choisir continuellement entre vous deux, ce n'est pas juste. Tu as toute la vie devant toi, pourquoi cette hâte à le défier ?

À ce moment-là, Eduardo apportait un plateau de sandwichs et des sodas. Mère et fille se turent. Eduardo, soudain embarrassé par son plateau, se demanda où s'asseoir. Elena lui fit une place et lui tapota la jambe sous la table. Ce geste fut pour lui le meilleur des antidotes.

— Je crois que ta fille a quelque chose à te dire.

Tania regarda sa mère, vexée, mais Elena lui renvoya un regard inflexible.

— Désolé, papa, je n'aurais pas dû te répondre de cette façon, mais parfois tu m'énerves tellement…

Eduardo sourit, remonta ses lunettes sur son nez. Le pire était passé.

— Je crois que j'ai déjà entendu cette phrase des millions de fois dans la bouche de ta mère.

La paix ne revient jamais entièrement après la bagarre, la tranquillité n'est plus la même, il y a encore des choses à dire, des arêtes sous la surface, qui piquent comme des épines, mais quand on essaie de les contourner, tout peut se passer à peu près bien. Cet accord tacite leur permit de manger dans le calme, d'évoquer les anecdotes des vacances qui n'étaient pas encore finies mais qu'on racontait déjà avec nostalgie. Elena insista pour faire la photo dans la peupleraie, ce serait le couronnement de ces vacances qui, avec le temps, seraient mentionnées avec attendrissement, on passerait ce dernier incident sous silence.

— Faisons cette photo.

Eduardo choisit une pierre pour poser l'appareil branché sur le déclencheur à retardement et tous trois cherchèrent un cadre vraiment agréable. Ils rirent et adoptèrent différentes poses, en se bousculant et en faisant les plaisanteries habituelles. Mais ils avaient beau rire, Eduardo n'oublierait pas cette étrange sensation qu'il avait eue en donnant une gifle à sa fille, le premier geste de violence de sa vie, l'étonnement de découvrir qu'il pouvait faire du mal à ceux qu'il aimait le plus.

Ils reprirent la route. Eduardo conduisait lentement, la fenêtre entrouverte pour que l'air le maintienne éveillé, tandis qu'une partie de ses pensées passait en revue les inévitables corvées qui l'attendaient pour revenir à la routine quotidienne, des actes insignifiants mais nécessaires : rebrancher les compteurs d'électricité et de gaz, demander au président de la copropriété de rouvrir l'eau, faire les lessives, ranger les valises, laver la voiture. Elena et Tania dormaient sur la banquette arrière, l'une contre l'autre sous la couverture de voyage. Il les regarda dans le rétroviseur, si différentes, si semblables, maintenant qu'elles ne pouvaient se savoir observées, qu'elles ne pouvaient mettre aucun masque, qu'elles étaient à la merci de leurs émotions.

Et soudain, toutes ses pensées volèrent en éclats, montrant combien elles étaient superflues.

Un choc très violent secoua la voiture à l'arrière. Il eut l'impression qu'il décollait, qu'une force centrifuge irrésistible lui arrachait les mains du volant et les pieds des pédales. En même temps, ou juste après, mais dans une simultanéité qui abolissait tous les instants, une secousse terrible, de droite à gauche et de haut en bas, le précipita contre le plancher de la voiture, contre les valises, contre le cric et contre un truc mou qui ne pouvait être que le corps de sa femme ou de sa fille, qui avaient été projetés en avant.

Une idée se fraya un chemin comme une langue de feu, dans la panique d'Eduardo. Il s'agissait d'un accident, il était dans cet accident, pantin inerte ballotté par des va-et-vient incontrôlés. Il vivait cet accident.

Une douleur horrible lui transperça le genou, si intense qu'il n'aurait imaginé qu'elle pouvait exister. D'autres chocs suivirent, puis le pare-brise explosa en mille morceaux, la voiture dévala un ravin, brisant tout ce qu'elle rencontrait sur son passage, et enfin tout redevint calme et silencieux.

Un calme et un silence irréels.

Il sentit sur son visage l'humidité du ruisseau. L'eau entrait par le pare-brise cassé. À tâtons, il défit sa ceinture de sécurité, mais impossible de bouger. Il était à plat ventre, sa tête vrombissait comme un mixeur, rien n'était à sa place, ses yeux ne voyaient rien, ses mains ne touchaient rien. Il voulut se lever, mais il poussa un hurlement de douleur. Un bout de métal, effilé comme la pointe d'une lance, lui traversait le genou et le clouait littéralement au plancher tordu de la voiture. Il voyait à peine, la fumée et le sang lui troublaient la vue. Il tendit les mains et sentit quelque chose. Des cheveux, humides, une tête, inerte, le cou d'Elena, tranché. À quelques centimètres, elle le regardait sans vie, avec une sorte de pudeur honteuse. Eduardo voulut se lever, la déplacer, en vain. Il laissa retomber la tête en arrière et pensa à Tania. Où était-elle, dans cet amas de métal et de plastique, de verre, de vêtements et de fumée ? Il essaya de l'appeler mais seul un caillot de sang sortit de sa bouche. Sa fille n'était plus dans la voiture.

C'est alors qu'il la vit se traîner comme un ver sectionné, laissant derrière elle un sillage de sang. Elle rampait très lentement, sa robe était en lambeaux. Elle s'immobilisa, la tête et le tronc sur la rive, les jambes dans l'eau. Eduardo tenta de la rejoindre, mais il avait la jambe traversée par un bout de ferraille et presque tous ses os cassés. Il la vit encore ramper, et s'arrêter. Les yeux grands ouverts. Elle eut des convulsions, vomit du sang et ne bougea plus.

Eduardo ne pouvait que contempler son agonie.

Dans les semaines qui suivirent l'accident, Eduardo fut plongé dans un coma artificiel. D'après les médecins, c'était le seul moyen pour lui de supporter la douleur d'un corps qui avait été réduit en purée. La liste des os cassés et des organes touchés était impressionnante. Après plusieurs opérations, la plupart des articulations retrouvèrent leur mobilité, sauf le genou droit, irrécupérable, qu'ils allaient remplacer par une prothèse délicate. Au bout de quelques jours, ils avaient stabilisé la rate et les fonctions rénales, et bien qu'il ait toujours une sonde et perde encore du sang, il commença d'ingérer des liquides. Les bleus sur son visage lui donnaient un air amorphe, il avait la rétine de l'œil droit entaillée, il avait perdu plusieurs dents et on lui avait recousu le lobe de l'oreille gauche. Par miracle, ses cicatrices ne seraient pas visibles, à part quelques coupures profondes à l'arrière du crâne qui disparaîtraient avec le temps. Il ne marcherait plus jamais avec facilité, il ressentirait douloureusement jusqu'à la fin de ses jours les plaques et les broches qui avaient remis sa jambe en état. Mais ce n'était pas le pire.

Le pire était de continuer de vivre. Peu à peu, il cessa d'entendre les voix des infirmiers et des médecins, attentif aux mouvements de ses lèvres, à ses dents sales où les restes de nourriture se collaient sous les gencives, à ses filets de salive, ce genre de choses. Ces déconnexions avec la réalité le plongeaient dans une couche plus profonde, gagnaient en espace, en ampleur, en fréquence, et il avait de plus en plus de mal à les contrôler. Lentement, il s'enfonça dans un puits noir dont rien ni personne ne pouvait le tirer.

On le sortit des soins intensifs et on l'installa dans une chambre individuelle, surveillée vingt-quatre heures sur vingt-quatre par une caméra qu'un veilleur contrôlait en permanence au bureau de l'étage. À intervalles réguliers, un psychologue de l'hôpital lui rendait visite, parfois accompagné d'un membre de l'Association des victimes d'accidents de la route. L'équipe médicale craignait une tentative de suicide. On lui administrait tous les jours une forte dose de calmants et d'antidépresseurs qui le plongeaient dans une léthargie dont il ne voulait pas sortir. Il marchait à peine et n'avait aucune envie de faire les exercices de rééducation qu'on lui indiquait, il ne mangeait pas et dormait le plus souvent. Il ne cherchait même pas à appeler quand il avait envie d'uriner, quand le sac collecteur était plein et les draps souillés.

Quand il était réveillé, il se laissait aller, il entendait les questions des médecins – "Vous avez mal ici ? Et là ?" – et répondait par de légers hochements de tête qui ne signifiaient ni oui ni non. Il accueillait dans l'indifférence les petites tapes d'encouragement des amis qui venaient le voir, souhaitant qu'ils s'en aillent et le laissent tranquille.

Il se rappelait la dernière visite de l'agent de police qui s'occupait de son affaire. C'était un dimanche après-midi, et l'hôpital était presque désert.

Le policier était debout, dans un costume un peu froissé, gilet et cravate assortis. Il se balançait sur ses jambes comme s'il allait perdre patience. Son parfum se mêlait aux odeurs de la chambre et le résultat était pesant et désagréable. Il dit à Eduardo que l'accident avait été provoqué par un véhicule qui les avait emboutis par l'arrière. Selon les résultats de l'enquête de la police de la route, il s'agissait probablement d'un 4x4 : le conducteur avait sans doute grillé un stop avant de heurter le côté de la voiture d'Eduardo à une vitesse excessive. Dans un premier temps, le chauffard s'était arrêté pour porter de l'aide, mais en constatant la gravité de l'accident il avait dû prendre peur et s'enfuir. La police avait étudié les éraflures sur la carrosserie de la voiture d'Eduardo pour essayer de définir le modèle, mais l'eau avait effacé les traces de peinture ; elle n'avait trouvé qu'un morceau de cataphote et des empreintes de pneu. Pas grand-chose, avait-elle admis. Le coupable ne serait sans doute jamais retrouvé, à moins qu'un témoin ne se manifeste, ne se rappelle avec précision la plaque d'immatriculation ou ce qu'il aurait vu de l'accident, chose hautement improbable dans un endroit aussi peu fréquenté. En tout cas, l'encouragea l'agent, on avait lancé des avis de recherche dans les commissariats et dans la presse.

— On trouvera peut-être un indice qui nous mettra sur la trace des coupables. Mais vous devez vous dire une chose, Eduardo, même si nous le retrouvons, s'il a eu le temps de réparer sa voiture, ce sera sa parole contre la vôtre et on le relâchera. *In dubio pro reo*, c'est le nom de ce principe. Mais ne vous inquiétez pas, je ne suis pas du genre à m'avouer vaincu. Je ne supporte pas l'impunité, vous savez.

Eduardo l'écouta à peine.

Un matin se présentèrent les fonctionnaires du tribunal. Ils apportaient les papiers de sa femme et de sa fille dans une enveloppe et un tas de documents à signer. Eduardo y jeta un vague coup d'œil. Il venait d'avoir une hémorragie assez laide et il avait un œil très rouge. Il se détourna, écœuré, et serra l'oreiller contre lui. Le simple fait de prononcer une phrase, de demander de l'eau, de se lever pour aller aux toilettes l'épuisait.

Vinrent ensuite les démarches auprès des pompes funèbres. Elena n'avait pas de famille, ils n'étaient pas assurés pour ce genre de choses, trop vivants pour envisager la possibilité de mourir ; il n'y eut donc qu'une cérémonie discrète et civile. Les corps furent incinérés et on les lui remit dans une urne. Les frais vidèrent les petites économies d'Eduardo, mais il s'en moquait ; c'est son père qui s'occupa des préparatifs : prévenir les amis, recevoir les condoléances des proches, se charger des fleurs et de la paperasse à l'état civil. Pendant ce temps, Eduardo était prostré, regardant le monde sans le voir, par la fenêtre de l'hôpital.

Il sortit quatre mois plus tard, emportant les affaires de ses êtres aimés dans une main et l'urne dans l'autre. Les bruits quotidiens glissaient sur sa peau comme les rayons du soleil, sans le toucher. Les voix des passants, les klaxons des autobus, les bavardages sur les terrasses des bars, tout lui parvenait amorti, comme s'il était au fond d'une piscine et entendait un écho assourdi qui rendait tout irréel. Son père l'attendait sur le trottoir d'en face, dans un taxi, portière ouverte. Eduardo l'ignora et s'éloigna, traînant sa valise avec la sensation d'être un mort marchant sur la terre des vivants.

Il cessa de peindre, de gagner sa vie, de sortir, de se laver. Il avait parfois des hallucinations auditives, qu'il identifia plus tard comme telles, qui le rendaient incapable de distinguer des sons normaux. C'était du réel, il y avait les sons et les infrasons, et il devait être attentif aux deux. Par exemple, il pouvait écouter un morceau complexe de Gordon, les vibrations de sa musique, et dans le même temps une partie de son cerveau écoutait le bruissement des ailes d'une libellule tournoyant autour de son oreille, et pourtant la libellule n'était pas là, même si Eduardo était parfaitement conscient de ses battements d'ailes. Ainsi commença-t-il à perdre ce qui ne l'aidait plus à comprendre, la raison. Sa tête devint une chambre noire et fermée, où il cohabitait avec des ombres sans nom. Des ombres qui l'effleuraient, l'effrayaient et le chassaient du lit, trempé de sueur et criant dans la nuit.

Les choses qui l'entouraient, les gens qu'il croisait dans l'ascenseur, au supermarché, dans la rue, les conversations qu'il entendait ou avait, tout cela n'avait plus de sens, c'étaient les pièces disparates d'un puzzle, des nuances de couleurs, des formes qui ne trouvaient pas le bon engrenage pour créer une réalité suffisamment crédible. Pendant des semaines, il contempla les portraits de Lucian Freud, qu'autrefois il admirait tant. Ses tableaux l'attiraient toujours avec autant d'intensité, mais ils avaient maintenant une sorte d'envoûtement pervers. Il tenta de s'y retrouver, mais ses tableaux qui l'avaient encouragé à être un peintre des âmes, à représenter les ombres qui habitaient ses modèles, le précipitaient maintenant, avec leurs regards froids et impitoyables, dans un désespoir profond. Des regards qui le fixaient, le perforaient et le transperçaient avec un rire sardonique. L'autoportrait de Freud accroché dans son bureau n'était plus son frère d'inspiration, mais son bourreau. À cette époque, il envisagea d'en finir avec cette démangeaison du sang qui coulait dans ses veines. La vie, la vie dans son corps, sous sa peau, l'indisposait, lui était insupportable.

6

Arthur traversa le grand hall du bâtiment, une carte de visiteur épinglée sur le revers. Tout le monde semblait affairé ; en le reconnaissant, certains lui adressaient un salut poli, d'autres feignaient de ne pas l'avoir vu, mais la plupart l'ignorèrent sans complexe. Il avait beau être l'associé majoritaire dans l'entreprise, rares étaient ceux qui le croyaient capable d'avoir le cran de revenir en sortant de prison. Pour ses employés, Arthur était un pestiféré.

Au milieu des bureaux, décalé, mal à l'aise, indécis, il devina l'épaisse silhouette de Nadia Rueda. Sa vieille directrice de production lui adressa un geste en levant le bras. Se réjouissait-elle de le voir de retour? Difficile à dire, mais Arthur sourit, aussi soulagé qu'un naufragé qui trouve une bouée au milieu de l'océan.

— Joli costume, lui dit Nadia sans vraiment lui prêter attention, en lui serrant vivement la main et en lui collant un baiser sonore sur la joue.

Rueda était, dans tous les sens du terme, une femme très énergique.

Ils prirent l'ascenseur jusqu'au dernier étage. Comme s'il était l'invité, Rueda l'introduisit dans son ancien bureau et referma derrière elle d'un coup de talon. Arthur regarda ce qui avait été sa table de travail. Rueda l'utilisait maintenant pour empiler les dossiers.

— Depuis ton départ, on n'a trouvé personne qui t'arrive à la cheville ; on dirait les paroles d'un de ces foutus boléros, mais c'est la vérité. Je pensais que tu prendrais quelques mois sabbatiques ; nous le pensions tous, ici.

— Après tout, c'est toujours mon entreprise à quatre-vingts pour cent, n'est-ce pas ? Je voulais voir comment ça marchait depuis que je suis parti.

Rueda lui fit signe de prendre place dans le nouveau fauteuil design suédois, qui était non seulement hors de prix, mais apparemment inconfortable. Arthur aurait préféré son vieux fauteuil giratoire en cuir à dossier en bois, grinçant et fragile, mais habitué à son poids. Apparemment, ce siège n'existait plus, ou il était relégué au fond d'un débarras.

Rueda le mit au courant.

— J'ai organisé pour cet après-midi une réunion avec les associés minoritaires, et j'ai préparé un résumé des livres comptables pour que tu puisses les étudier avec le conseiller fiscal. Tu vas voir que les choses vont moyennement bien.

Rueda ouvrit un tiroir, prit une feuille de papier et la posa sur la table, en la désignant avec emphase du bout de l'ongle. Les petits coups secs de l'émail sur la feuille perçaient le tympan d'Arthur comme le vrombissement d'une abeille.

— Tu as fait du bon boulot ici, Nadia.

Rueda s'assit sur le rebord du bureau, les doigts croisés entre ses jambes, elle avait l'air d'une prêtresse qui va donner une mauvaise nouvelle ; elle leva les yeux vers la pendule, derrière eux, et se tourna ensuite vers Arthur.

— En réalité, je n'ai pas fait grand-chose. Avant d'être incarcéré, tu as donné les pleins pouvoirs à Diana. Maintenant, c'est la filiale des États-Unis qui gère tes affaires, j'ai les mains liées. Je me borne à déglutir ce qu'elle a mâché pour nous.

— J'ai agi au mieux, cela ne signifie pas que je t'ai écartée, tu restes essentielle pour moi, répondit Arthur avec une raideur exaspérante et mal assurée.

Rueda éclata d'un rire blessant.

— Tu n'as pas besoin d'être poli. Les grosses séniles dans mon genre sont encombrantes à tout point de vue. La vieillesse, c'est une belle saloperie, hein ? Tu crois que ça ne va jamais arriver, et soudain, paf ! débarque une panthère noire, jolie et siliconée, qui parle l'espaglish, et on te raye de la liste. Mais je ne suis pas encore morte, merde...

— Personne n'a dit le contraire.

Rueda ravala sa salive.

— Je suppose que tu te sens trahi, et je ne peux pas t'en vouloir. Plusieurs fois, j'ai failli aller te voir en prison, mais finalement je n'en ai pas eu les ovaires. Les images de cette fillette de six ans, celles du gamin écrasé sous la voiture, et toi menotté et ivre. Ah merde, Arthur, ce que tu as fait, ce qui s'est passé... Nous avons tous fini par penser que tu étais un beau salopard.

Arthur écoutait sans sourciller, sans laisser voir la moindre émotion. Il savait ce que pensait Nadia, et les autres. Même les meilleurs, les plus fidèles, les plus honnêtes, se demandaient comment il avait pu tomber aussi bas ; ils se livraient à un petit examen de conscience et découvraient non sans appréhension que cela pouvait aussi leur arriver : une mauvaise passe, un geste de désespoir et tout était perdu : le travail, les amis, les relations, la lucidité.

— ... Mais c'était un accident, et je n'aurais pas dû te juger, je n'aurais pas dû me laisser entraîner, je te connais depuis la création de cette entreprise !

— Bah, c'est de l'histoire ancienne ! dit Arthur avec un sourire forcé qui se voulait amical.

Rueda acquiesça sans le croire. Il était atteint, il se sentait trahi, elle le voyait à son regard trouble.

— Vraiment ? Ici, on raconte que tu prépares une chasse aux sorcières, et depuis qu'on sait que tu es sorti de prison, beaucoup ont commencé à rassembler leurs affaires. Moi j'en ai déjà emballé la moitié.

Arthur se tourna vers la fenêtre, où la lumière lui rappelait les jours mornes à l'université, quand son regard se perdait derrière l'hiver, ignorant le professeur de grec qui s'égosillait en essayant d'expliquer l'importance d'un discours de Platon dans la dialectique moderne. "Ce que je vous dis ne vous intéresse pas, monsieur Fernández?" lui criait le professeur qui tremblait d'impuissance devant un élève aussi distrait, mais tellement doué. La voix de sa directrice était aussi cette pluie, cette voix qui récoltait les pensées en attendant que le temps s'éclaircisse.

— Laisse-moi le temps de me remettre dans le bain. Après, on verra. En attendant, j'ai besoin de toi, tout de suite, pour un truc qui n'a rien à voir avec tes fonctions habituelles.

— Si tu veux coucher avec moi, je te signale que je ne suis pas épilée, lâcha Nadia Rueda.

Ils éclatèrent de rire, et ce rire parut remettre les choses à leur place.

— En prison, je partageais ma cellule avec un détenu qui s'appelle Ibrahim. Il m'a sauvé la vie, je lui ai promis de m'occuper de sa situation judiciaire. Je veux savoir s'il est possible de le sortir de prison. J'aimerais l'avoir auprès de moi.

— Quel délit a commis ton ami ?

Arthur haussa les épaules.

— Je m'en moque, Nadia.

— Tu ne lui dois rien, à cet homme. Tu n'es pas un repris de justice, tu diriges une entreprise qui brasse des millions d'euros : envoie-lui une boîte de chocolats avec un mot de remerciement, mais ne fréquente pas ces gens-là.

Arthur se rappela les paroles de sa mère quand il était enfant, pied-noir, fils d'un lieutenant emprisonné en France pour terrorisme, mais fils d'un militaire quand même. Les enfants des Européens ne pouvaient entrer dans la Casbah, ni jouer avec les petits Algériens près des murs de la mosquée de Djemmá el-Kebir. Sa mère, ses frères et lui-même vivaient du produit de leurs ventes au marché de la Triade, des bobines, des piles, des meubles de la maison, et même du linge ; ils récoltaient tout juste de quoi manger, il n'y avait pas d'électricité dans la maison, ni de téléphone, mais c'était sans importance.

Dans leur misérable appartement, il y avait le portrait entouré de fleurs du général Salan, signé de sa main : *"Semper fidelis."* Dans l'armoire, sa mère conservait les tenues d'apparat, les uniformes de campagne, les bottes cirées, les ceintures de cuir aussi brillantes que les boucles, et une infinité de décorations de son père pour ses actions pendant la guerre d'Algérie... Ils n'avaient rien à manger, mais "La France aime ses enfants, même s'ils s'égarent", disait sa mère chaque fois qu'elle recevait le misérable chèque que l'État continuait de lui envoyer, personne ne savait jusqu'à quand. C'est pourquoi ils devaient rester fidèles à l'idéal du lieutenant Fernández : ils n'étaient pas la racaille, ils étaient différents, meilleurs, et ils ne devaient pas se lier à ces pouilleux du port qui s'accrochaient aux camions d'alimentation pour voler une pomme ou un morceau de savon en brandissant un drapeau du FLN et en chantant cet hymne ridicule des parias de l'Algérie nouvelle.

Il s'était écoulé du temps depuis cette époque, beaucoup. Mais sans doute pas assez.

Arthur lança un regard hostile à Rueda, elle n'était pas coupable, mais elle avait le tort de se trouver là. Il n'était plus un enfant qui accepte docilement des conseils inutiles et bien intentionnés. Cette vieille ne savait rien, comme tous ceux qui l'avaient regardé avec mépris quand il était arrivé. Ils ne pouvaient pas comprendre les liens qui se nouent dans une cellule.

— Occupe-toi de ça en priorité, si tu veux continuer de travailler ici. Ah, et annule la réunion de cet après-midi.

Envoie-moi les informations à mon hôtel. Quand j'aurai étudié les livres, nous pourrons nous réunir. Je n'aime pas aborder une partie sans connaître toutes les cartes… Autre chose, quand je reviendrai, je veux retrouver mon vieux fauteuil, liquide-moi cette abomination nordique.

Rueda mit et ôta nerveusement ses lunettes, suspendues autour du cou par un cordon fuchsia. Elle voulut répondre, mais d'un geste de la main Arthur lui imposa silence.

— Maintenant, laisse-moi seul, je te prie.

Il décrocha le téléphone et composa un numéro.

Il devait être tard à Chicago, mais Diana était sûrement au bureau, exigeante et implacable, exploitant ses pauvres boursiers, les pressurant comme des citrons, étudiant les graphiques lumineux et variables des marchés internationaux, à la fermeture des bourses de Tokyo, Sydney, Hong Kong ou Londres. Deux minutes plus tard, il entendait sa voix suave, l'accent anglais de son castillan, qu'elle n'avait jamais réussi à domestiquer, bien qu'elle ait vécu de nombreuses années à Madrid.

— Arthur, ça y est, tu es libre !

Arthur sentit un chatouillement dans la gorge, une chaleur ancienne, comme le souvenir qu'on a d'une braise devant une cheminée éteinte. Il eut une pensée fugitive pour une de ces nombreuses nuits face à la mer, partageant avec Diana les belles lunes estivales de la Côte d'Azur. Il l'imagina face au rivage, fumant, le regard dans le vague, les yeux en amande, les longs cils, et lui, entourant sa taille mince par-derrière, caressant sa peau noire et luisante, douce et lisse, la choyant du regard, pensant à la chance qu'il avait d'être désiré (aimé, c'était trop demander) par une femme comme Diana. Leur vie d'amants n'avait été que cela pendant des années, regards, sourires, peu de mots, beaucoup de caresses. Rencontres furtives quand elle venait en Espagne sous prétexte de traiter une affaire ou quand il allait aux États-Unis sous un prétexte aussi vague.

— Oui, je suis sorti. Merci de t'être occupée de tout.

— Des problèmes avec la paperasse ? La voix de Diana, plus que son ton, était un peu pressante ; Américaine avant tout pragmatique, elle semblait très occupée. Peut-être un client dans son bureau, assez important pour le recevoir à sa demande, mais assez insignifiant pour le faire attendre, pendant qu'elle bavardait au téléphone. Elle n'était plus comme avant, sa voix n'avait plus la nervosité d'une collégienne.

— L'avocat que tu m'as envoyé a été très efficace. Je t'en remercie.

— Pas la peine, c'est toi qui paies la note. Et tu vas voir, elle est salée.

C'était étrange, décourageant, que sa première conversation en liberté avec son ancienne amante soit gâchée par un échange pénible de banalités.

— Pas une seule visite en trois ans, c'est trop sévère, tu ne crois pas ?

Un silence. Un silence épais. À l'autre bout du fil, il entendait la respiration oppressée de Diana, cette respiration hachée qu'il entendait après l'orgasme ou dans les discussions tendues.

— Je n'étais pas préparée à ce qui est arrivé, Arthur. Et je ne le suis toujours pas.

Il entendit un claquement. Diana allumait une cigarette. Ainsi donc, elle s'était remise à fumer. Il regretta que son ex-maîtresse ait retrouvé l'instinct de vie en son absence. Pour lui, ce n'était pas aussi simple. Renouer avec la vie, réapprendre les vieilles routines, ce n'était pas évident.

Il regarda son reflet dans la porte vitrée. Il était devenu une vraie merde, jusqu'alors, il ne s'était pas rendu compte à quel point il s'était détérioré.

— J'ai changé, Diana. Comme nous tous.

— Je suis en plein travail, je ne peux pas te parler, répondit Diana.

Sa voix était lointaine et enfouie.

Arthur se sentit blessé. Il fit une pause et sa voix retentit à nouveau, mais cette fois elle était forte et assurée ; le ton impératif d'un chef qui attend une réponse précise.

— Comme tu voudras… Où en est la demande que je t'ai faite ? Quelle est la situation ?

— Je m'en occupe. Mais je t'ai prévenu quand nous en avons parlé : Guzmán n'est pas une porte qu'on peut refermer facilement quand on a décidé de l'ouvrir.

— Ne t'inquiète pas. Envoie-moi ce Guzmán à Madrid le plus tôt possible.

Il y avait encore quelque chose à dire, que Diana voulait absolument savoir.

— Tu vas aller voir Andrea ?

Arthur chercha une réponse. Il s'attendait à cette question inévitable, mais il ne savait comment l'affronter. Il mentit :

— Je ne le sais pas encore.

Bien sûr que si, bien sûr qu'il le savait.

En raccrochant, il sentit la fatigue s'abattre sur lui. Si quelqu'un était entré dans son bureau à cet instant, il aurait trouvé un homme usé, prostré dans un fauteuil au design inconfortable, un roi sur un trône d'argile. Si ce témoin involontaire avait croisé son regard, il aurait sans doute reculé, troublé, et refermé la porte le plus doucement possible. La tristesse d'Arthur n'était ni résignée, ni mélancolique, ni nostalgique. C'était un poing serré qui tournoyait dans le vide sans trouver personne sur qui frapper.

Il demanda un taxi et montra au chauffeur l'adresse imprimée sur un dépliant satiné qu'il avait sorti de la poche intérieure de sa veste.

— C'est à plus de soixante-dix kilomètres, protesta l'homme.

Arthur desserra son nœud de cravate et se concentra sur les grandes verrières de son entreprise. Derrière les vitres, il devinait les regards de ses employés qui l'épiaient. Les lettres du nom de la société occupaient toute la façade du premier étage, *Incsa*, une des plus grosses gestions de fonds d'investissement de la zone euro. Tout cela lui appartenait en majorité, mais il ne s'en était jamais senti propriétaire.

— À sept cents kilomètres, ce serait pareil. Conduisez et montez le volume de la radio. J'aime cette chanson.

Plus personne n'écoutait Charles Aznavour. *Mourir d'aimer.* Il se rappelait sa mère, assise devant le tourne-disque, les rideaux tirés, les doigts crispés sur un mouchoir froissé.

Les parois de ma vie sont lisses

Étrange, cet Aznavour, un Arménien.

Je m'y accroche mais je glisse
Lentement vers ma destinée
Mourir d'aimer

Sa mère pleurait l'absence du lieutenant Fernández, comme une collégienne, et peu lui importait qu'il ait trop joué du ceinturon avec elle-même et avec ses fils, ou que l'aîné ait perdu un œil parce que la boucle avait fait éclater le globe oculaire. Il était ce disque qui tournait dans le noir, cette musique, cette voix :

Tandis que le monde me juge
Je ne vois pour moi qu'un refuge
Toutes issues m'étant condamnées
Mourir d'aimer

Peu importait si au moment de passer à table il avait posé son pistolet chargé à droite de son assiette, regardant par la fenêtre comme un chien traqué, le canon de l'arme tourné vers ses enfants.

Mourir d'aimer
De plein gré s'enfoncer dans la nuit
Payer l'amour au prix de sa vie
Pécher contre le corps mais non contre l'esprit

Sa mère pleurant pendant que le disque tournait en gondolant sous l'aiguille. Elle savait qu'un jour on le relâcherait, et elle l'attendait, dans sa robe à bretelles rouge à carreaux blancs, les cheveux en chignon comme il les aimait. Elle l'attendrait, après avoir repassé son uniforme, mis ses galons sur la manche, ses décorations, et exposé ses médailles.

Laissant le monde à ses problèmes
Les gens haineux face à eux-mêmes
Avec leurs petites idées
Mourir d'aimer

Mais c'est un télégramme qui arriva. Deux phrases courtes, laconiques. Définitives. En 1969. On entendait Aznavour, et des îles du port montait la puanteur d'un cargo battant pavillon égyptien. Les enfants de la rue jouaient au cerceau, au ballon, à se bagarrer, à être des parachutistes et des patriotes du FLN. Pas Arthur. Lui, assis devant sa mère, la voyait s'accrocher à la poignée de la porte pour ne pas s'évanouir. Arthur ramassa le télégramme tombé par terre. Le lieutenant n'était plus en prison, il avait été libéré quelques mois plus tôt, mais au lieu de revenir auprès de ses enfants il avait préféré se précipiter auprès de son père putatif, en exil, auprès de son général Salan, à Málaga, où se cachaient les survivants de l'OAS. C'est là que le trouvèrent des mercenaires arméniens qui travaillaient pour les services secrets. Ils ne gaspillèrent même pas une cartouche. Ils le traînèrent à la plage, les mains liées, lui brisèrent le crâne à coups de pelle et jetèrent son corps à la mer. La marée l'emporterait peut-être jusqu'en Algérie.

Deux semaines après le message arriva une note de l'administration militaire. La veuve devait prendre en charge les frais de l'enterrement si elle voulait récupérer le corps. En outre, elle n'aurait officiellement plus droit à une aide de l'État. Mais sa mère n'était plus elle-même, elle n'écoutait plus rien, n'attendait plus rien. Sauf ce disque, cette chanson, cette voix :

Puisque notre amour ne peut vivre
Mieux vaut en refermer le livre
Et plutôt que de le brûler
Mourir d'aimer

Il regarda le parking presque vide, au-delà du mur couvert de lierre, ce n'était pas un mur qui empêchait d'entrer ou de sortir, il soulignait simplement la ligne discrète entre deux réalités, dedans et dehors, ici et là, et le lierre et les massifs invitaient simplement à franchir une limite. Une douce brise agitait les feuilles tombantes des bananiers. De l'autre côté du mur de clôture, il y avait une rue bordée de maisons serrées, toutes semblables, mêmes toitures en tuiles rougeâtres, mêmes murets en pierre surmontés de haies bien taillées. Exactement la photo du dépliant publicitaire de la résidence, comme si on l'avait prise du même endroit, à la même heure. La résidence Paraíso : comme son nom l'indiquait, un *paradis*, un endroit idyllique comme un autre pour mourir sans trop de dérangement.

La lumière du soir donnait à la chambre une tonalité pâle et accueillante qui atténuait la réalité des objets et leur consistance : les vêtements d'Andrea sur le lit, la brosse pleine de cheveux sur la coiffeuse, les sabots en plastique modestement alignés devant la marche qui donnait sur la terrasse. Il fut cependant déconcerté de voir le crucifix au chevet et une petite Bible sur la table de nuit. Il y avait aussi un verre d'eau à côté d'un tube de comprimés bleus. L'ombre d'un doute assombrit l'expression d'Arthur. Oui, ils avaient tous changé, comme il l'avait dit à Diana quelques heures plus tôt. Andrea aussi, sans nul doute. Il respira l'odeur d'une chemise posée sur le dossier d'une chaise. Au moins, l'odeur de sa femme était toujours la même, trois ans plus tard.

Andrea était dans le petit jardin, où elle s'occupait des plants de tomates. Elle travaillait un lopin de terre, plongeait les mains dans le sol humide, coupait les pointes jaunies des feuilles sèches, arrosait, retournait, explorait les racines, contemplait un petit ver grimpant sur une tige. Du mouvement. Sentir cette effervescence. Pour elle, la vie se résumait à cela. Quelle chance !

Une jeune fille en uniforme bleu clair de la résidence entra et lui demanda si tout allait bien, avec un sourire de commande.

— Tout va bien, merci, répondit Arthur mécontent.

Toutes les prisons se ressemblent, peu importe la couleur de la peinture des cellules.

La fille regarda par la fenêtre et adopta une attitude édifiante :

— Votre épouse est ravie d'être avec nous, ne vous inquiétez pas. Elle est passionnée d'horticulture et il faut reconnaître qu'elle se débrouille très bien.

— C'est bon de le savoir, répondit-il en observant Andrea qui se penchait et nouait des feuilles à un roseau planté dans le sol.

— Elle va mieux, vraiment. Elle ne crie presque plus la nuit et les cauchemars sont en régression, ajouta la fille avec une secrète fierté, comme si elle était en grande partie responsable de cette amélioration.

Arthur lui lança un regard mauvais. Pour qui se prenait-elle ? Elle n'allait quand même pas le supplanter dans la vie d'Andrea ?

— Laissez-moi seul, je vous prie.

Il ouvrit le rideau et s'appuya sur le rebord. Le vent froid qui descendait de la montagne le mordit au visage. Il alluma une cigarette en feignant d'ignorer qu'il était strictement interdit de fumer dans l'établissement. Si pour une fois les règles n'étaient pas respectées, ça ne dérangerait personne ! Le monde était plein de règles absurdes.

— Andrea…

Elle regarda Arthur comme si elle le voyait pour la première fois.

— Tu es toujours aussi belle, ajouta-t-il avec un mélange d'amour et de tristesse.

Il mentait. La farce était assez convaincante pour ne pas se sentir coupable, à condition de ne pas regarder le pyjama sale d'Andrea, de ne pas voir qu'elle avait les cheveux trop longs et coupés à la serpe, d'ignorer les ongles cassés et rongés, et ses yeux sans vie. Ce spectre n'était qu'un point de suspension au bout du souvenir d'une femme qui n'existait plus, même si elle en conservait quelques traits. Il ne restait rien de la jeune épouse de la carte postale, de ce voyage à Alger où ils avaient partagé rues et souvenirs adoucis de l'enfance. Elles étaient loin, les nuits dans le désert à fumer du cannabis sur les tapis de sable fin, à la lueur d'un feu qui ne s'éteignait jamais complètement avant l'aube, gavés d'amour, à l'abri des dunes.

— Tu m'as manqué.

Elle repoussa sa tentative de la toucher. Elle essayait de le regarder avec mépris, sans y parvenir vraiment. Elle trouva peut-être Arthur plus mince, plus triste, plus âgé. Mais elle ne dit rien.

— C'est vrai, j'ai pensé à toi chacun de ces jours.

Andrea chercha une réponse blessante, insultante : “Moi, sûrement pas, foutu salopard.” Mais elle ne dit rien. Parfois elle voulait parler, mais aucun son ne sortait. Elle ne trouvait pas les mots, le ton, le moment. Peut-être se taisait-elle parce que le silence contenait tout implicitement, parce qu'elle s'était habituée à assister à sa propre vie comme une spectatrice de pierre. Parler était une perte de temps. Respirer était inévitable, mais elle pouvait ravaler ses mots. Ce qu'elle voulait, c'était qu'on la sorte de là, pas de la chambre, du jardin ou de la clinique. De sa tête. Que quelqu'un l'arrache à sa tête, à son corps, à ses tripes, et l'emmène quelque part où n'existait aucune Andrea, car elle n'avait plus ni l'envie ni la force d'être ce qu'elle était ni de ne plus l'être. Manger, se lever, se coucher, bâiller… Elle ne se préoccupait même plus de son hygiène ; si l'employée traînait un peu trop au téléphone avec son fiancé portoricain, ou suivait béatement un feuilleton à la télévision, Andrea faisait ses besoins sur elle. Elle ne protestait pas, même si elle était inondée de merde, ne sourcillait pas, jusqu'à ce que la puanteur alerte l'employée qui devait changer ses couches, de mauvaise humeur, en l'insultant, “cochonne, salope”, en lui flanquant une gifle si personne ne la voyait, ce qui n'émouvait guère Andrea.

Cette démission était résolument volontaire. C'était la pénitence qu'Andrea s'était imposée à elle-même. Parfois, elle pleurait sans raison apparente dans la salle commune du centre, pendant que les patients participaient à des jeux de société, lisaient le journal ou regardaient la télévision. Sur sa chaise, elle se tournait vers la fenêtre jusqu'à ce que ses yeux rougissent, alors les larmes jaillissaient paisiblement, glissaient sur son visage, le long du nez, dans le cou, et tombaient sur ses mains croisées. Même dans son mutisme, les médecins devinaient le moment où elle perdait toute envie de vivre : quand elle tremblait, même si la température intérieure était agréable, ou quand elle serrait les lèvres fortement et refusait de manger sa soupe. Alors, il fallait augmenter la dose de sédatifs, ou l'enfermer dans sa chambre en prenant garde de ne rien laisser à sa portée qui puisse la blesser.

En voyant combien la douleur avait dévoré Andrea, il était presque impossible de l'imaginer dans son bureau de l'université de Paris, assise, le dos très droit, corrigeant des copies au crayon rouge, entourant de cercles épais les fautes et les erreurs de ses étudiants, d'un air inflexible : "Ces jeunes ne voient pas que la poésie de Rimbaud ne peut pas être lue exclusivement par l'esprit. On ne peut le comprendre que si on met tous les préjugés de côté... Pour l'amour de Dieu, qu'est-ce qui arrive aux jeunes d'aujourd'hui ? Ils n'osent donc pas penser en toute liberté ?" Elle formulait ses pensées avec véhémence, y compris lors de ces longues promenades entre la rue Saint-Sulpice et Notre-Dame, promenades qui se terminaient toujours à la terrasse d'un café des quais de Seine, où ils passaient des heures comme si le temps leur appartenait, fumant agréablement, emmitouflés dans leur veste, bonnet et écharpe, Andrea parlant de son véritable amour, la poésie de Rimbaud, toute sa vie.

Dans ces moments-là, le rôle d'Arthur consistait à être attentif à un geste d'elle, lui signifiant qu'elle voulait encore un demi, ou un paquet de cigarettes qu'il courait chercher au bureau de tabac le plus proche. "Parfois, j'ai l'impression que tu m'as épousé uniquement à cause de mon prénom", plaisantait Arthur. Et Andrea le regardait avec une sorte d'extase mystique, avant de lui caresser la joue avec une certaine condescendance : "Aussi parce que tu es français, et poète", complétait-elle en riant. Des rires qui ouvraient la voie à tous les désirs et à tous les paradis qu'un homme pouvait imaginer.

Quand ils s'étaient connus, il avait vingt ans, venait de s'inscrire comme auditeur libre à la faculté des lettres, et elle était adjointe du professeur Cochard, à la Sorbonne.

Elle avait trente ans. Mais à l'époque cela ne l'avait pas empêché de tomber fou amoureux d'elle. Il avait su au premier coup d'œil, avant même de l'approcher, qu'elle était aussi une fille d'Alger. Aucune femme ne pouvait être aussi belle, peau bronzée, cheveux longs semés de flocons de neige, large bouche, toujours prête à rire et à rimer, loin des blanches constructions de sa ville bien-aimée.

Il neigeait avec élégance à Paris la première fois qu'il la vit. Pour lui, la neige était toujours une danse mystérieuse de cristaux qui allaient et venaient au rythme d'une musique secrète, préparant les rues à un film de retrouvailles et de nostalgies, même si les passants s'efforçaient de se protéger sous d'épais cache-oreilles ou sous des bonnets de laine, insensibles au paysage qui pour eux était quotidien et inconfortable. Sur les quais de Seine, on amarrait les bateaux-mouches qui tanguaient sans touristes, tandis que les garçons de café chassaient les flocons comme des mouches. Il la vit alors dans son long manteau et son bonnet un peu bancal, regardant le jeu d'un chien qui sautait en essayant de mordre les flocons de neige qui erraient sur son museau. Loin du monde, assise sur un rebord, elle bougeait à peine et finirait bientôt par devenir une statue couverte de neige, elle aussi. Arthur la regarda un bon moment, jusqu'à ce qu'enfin elle le remarque.

S'il pouvait effacer le présent, il savourerait le souvenir des nuits que la ville leur offrit, les clubs de musique les plus discrets, les odeurs de transpiration de leurs corps épanouis, dansant au milieu de putains joyeuses et tristes à la fois, leurs promenades au petit matin au Trocadéro pendant qu'un trompettiste jouait des morceaux de Miles Davis en marquant la mesure à la pointe d'une chaussure usée sur le trottoir jonché de mégots. À chaque coin de rue, une histoire à l'huile et au vinaigre ; ils échangèrent des baisers, s'aimèrent dans les escaliers de secours de vieux immeubles.

Où était cette Andrea? Qui était ce sac d'os, cette vieille décatie, cet amalgame de muscles et de peau sans âme qui la remplaçait?

— Je veux te ramener à la maison, à *notre* maison. Nous retournerons ensemble à Alger.

Elle détourna la tête dans un mouvement nerveux, spasmodique. Ses yeux, autrefois brillants, erraient maintenant d'un côté à l'autre, vides. Il faisait un peu froid et elle pressa ses bras contre ses genoux en cachant ses mains dans les manches de sa veste en laine qu'elle avait enfilée par-dessus son pyjama. De profil, ses cils tombaient de leur propre poids, comme les branches d'un arbre chargé de fruits, de jolis cils sur des yeux morts.

Arthur avança d'un pas et voulut lui caresser l'épaule, mais Andrea recula, effrayée. La main tremblante d'Arthur rencontra le vide. Après quelques secondes d'hésitation, il pressa la main d'Andrea.

— Je sais que c'était de ma faute, Andrea. Si j'avais été ici, avec vous, si je m'étais rendu compte de ce qui se passait sous mes yeux, j'aurais pu l'éviter. Mais je n'ai pas perdu espoir. Maintenant, c'est différent. Je réussirai à ramener Aroha.

Andrea regarda les doigts de son époux qui l'emprisonnaient comme des griffes. Elle éprouvait le désir irrésistible de le gifler, de le mordre, de le frapper.

Il y a une partie de la vérité qui ne peut être mesurée ni évaluée, et il est impossible de savoir sa proportion de mensonge. En cet instant, il est difficile de regarder qui parle, car en confrontant le regard au mouvement de la bouche, les pièces ne coïncident plus. Elle savait qu'Arthur lui mentait, encore une fois. Boucher le trou qu'avait laissé Aroha par autre chose, n'importe quoi, une maison, un yacht, une voiture, un bijou, un livre idiot, et feindre qu'il ne s'était rien passé.

— Lâche-moi.

Au lieu d'obéir, Arthur serra le poignet encore plus fort, comme s'il voulait imprimer dans sa peau les marques de sa présence perdue.

— Je ne peux pas changer le passé. Mais je me bats pour récupérer notre famille, revenir au début, prendre un nouveau départ.

Andrea le regardait, mais ne le voyait pas. La silhouette d'Arthur brodée au fond de ses pupilles n'était guère différente des plants de tomates du jardin. Lentement, elle écarta ce bâillon doigt après doigt, comme si la main était d'une rigidité cadavérique. Sans rien dire, elle reporta son attention sur un pot renversé et ignora Arthur comme s'il n'était plus là. Elle fit un effort énorme pour qu'il ne la voie pas pleurer.

La dernière des choses qu'elle souhaitait, c'était que cet homme la console de l'avoir aimé aussi fort qu'elle le méprisait maintenant.

Le téléphone de la chambre sonna plusieurs fois avant qu'Arthur décroche, il se séchait les cheveux avec une serviette trop rêche qui avait le logo brodé de l'hôtel.

— Pourquoi as-tu mis tout ce temps à répondre ? le fusilla sans préambule une voix inconnue, masculine.

— Qui est à l'appareil ?

— Tu es Arthur Fernández ?

Arthur répondit par l'affirmative. Le ton à l'autre bout du fil était impératif, un espagnol avec un léger accent qu'il ne pouvait situer géographiquement.

— J'ai besoin que tu ailles à la *Casa de la Panadería*. Tu sais où c'est ?

— Bien sûr que oui, mais si vous ne me dites pas qui vous êtes, je vais raccrocher.

— C'est Diana qui m'envoie. Je suis Guzmán. Je t'attends dans vingt minutes. Essaie d'être à l'heure ou tu ne me trouveras pas.

— Pourquoi tant de hâte ?
— Tu devrais le savoir. Tu m'attendais.
— Tu ne veux pas venir à l'hôtel ?

La seule réponse fut le son brusque et granulé à l'autre bout de la ligne. On lui avait raccroché au nez.

Arthur regarda le combiné pendant une bonne minute, perplexe, avant de le reposer.

Il dut faire un détour pour atteindre la Plaza Mayor. Il y avait beaucoup de rues en travaux, Madrid se réinvente sans cesse, on dirait une ville qui n'est jamais terminée. Pour comble, il tomba sur une foule vociférante qui descendait vers le siège de la région en brandissant des pancartes et en criant des slogans difficiles à comprendre. Il pleuvait, ce qui ne décourageait pas les manifestants, sous des plastiques et des parapluies multicolores. Le long du défilé, les policiers antiémeute observaient le flot humain d'un air rogue.

Il arriva avec cinq ou dix minutes de retard. La Plaza Real était presque vide. Les chaises des terrasses s'entassaient sous les galeries couvertes. Des badauds fumaient en regardant la pluie d'un air mélancolique. Cet endroit le plus souvent plein de vie, avec ses cafés bruyants et pleins à craquer, et son marché les samedis et dimanches où les gens échangeaient des timbres, des livres et des pièces de monnaie, avait un air de nostalgie, coincé dans les réminiscences italiennes de sa belle architecture. Arthur chercha du regard ce qu'on appelait de façon populaire la *Casa de la Panadería*. Elle se trouvait entre les deux tours de la face nord de la place, sous les anciens balcons royaux où les rois bourbons assistaient aux pièces de théâtre ou aux exécutions qui se déroulaient sur la place.

Il attendit un peu, allant et venant, mais personne ne le remarqua. Il vit deux passants, une dame dont l'énorme parapluie occupait sauvagement l'espace, un Japonais qui regardait le ciel avec l'air de se sentir escroqué, un chien crotté et deux gamins qui pataugeaient dans les flaques. Sous les arcades, il y avait de petits commerces, certains murés, deux ou trois en activité. Autrefois, ces établissements aux plafonds voûtés avaient été des ateliers d'orfèvres et d'artisans, des gargotes et des lupanars, et même des cellules de l'Inquisition. Arthur entra dans les commerces, dans une petite boutique de souvenirs et une mini-épicerie bolivienne. Nulle part on ne le remarqua. Il quitta les arcades, furieux.

C'est alors qu'un type s'approcha, taille moyenne, rien de notable, profil ordinaire, à un détail près : la main qui tenait un énorme parapluie noir avait la peau grillée, et il manquait la première phalange du petit doigt.

— J'allais partir, tu es en retard.

Arthur éprouva une répulsion presque immédiate devant cet inconnu. Sa voix sourde, comme s'il parlait sous une voûte, ne cadrait pas avec son apparence inoffensive. C'était ce qui le rendait inquiétant et désagréable. Ou alors c'était son haleine.

Guzmán mâchait un chewing-gum à la menthe et fumait du tabac brun.

— Allons ailleurs, où nous pourrons parler tranquillement.

Ils entrèrent dans un bar, à quelques rues de la place. Il n'y avait pas beaucoup de clients et on avait l'impression d'être dans un pub fréquenté le matin par les employés, et les étudiants qui n'avaient pas envie d'étudier. Cependant, l'odeur des nuits fébriles imprégnait les murs et le rembourrage couleur moutarde des tabourets. Guzmán s'accouda au comptoir d'un air rogue et se secoua les cheveux comme un chien. Il cala son parapluie dégoulinant entre ses jambes et se frotta les mains.

— Quel temps pourri. On croit qu'ici le soleil brille en permanence, se plaignit-il.

En voyant le serveur leur sourire, il lui fit signe d'approcher. Il était habitué à donner des ordres et à être obéi à la minute.

Arthur commanda un café noir. Guzmán le regarda du coin de l'œil avec un sourire moqueur et demanda un double gin avec deux glaçons.

— Un peu tôt pour se mettre à boire.

Guzmán approuva, tourna son verre tube et observa les effets kaléidoscopiques que la lumière du comptoir dessinait sur les glaçons.

— C'est un peu tard pour prendre un café, et j'ai du mal à trouver le sommeil si je prends trop de caféine. Je supporte mal le *jetlag*, dit-il avec un sourire ironique.

Assis devant sa consommation, un coude sur le comptoir, Guzmán, si c'était vraiment son nom, ressemblait à ces types qui peuvent somnoler dans n'importe quel recoin obscur en grignotant des pistaches et en buvant sans quitter leur verre des yeux, et soudain s'effondrer sur le zinc. Il prit un paquet de cigarettes chiliennes et en offrit une à Arthur.

— C'est de la merde, mais c'est tout ce que j'ai trouvé dans ma dernière ville.

Arthur refusa et lui signala qu'il était interdit de fumer. Guzmán regarda autour de lui, faussement dégoûté. Il alluma sa cigarette et lança une bouffée en avançant la lèvre inférieure en guise de tremplin. Il avait les dents sales et baladait son chewing-gum avec la langue.

— Quel pays pourri. On croit qu'ici c'est la fête en permanence, sangria et tout le bastringue, répéta-t-il écœuré. C'est la dégringolade, comme dans les pires années de la Loi sèche, dit-il comme s'il était vraiment un maffieux du Chicago des années 1920.

Le parapluie n'étant plus un obstacle, Arthur put observer l'individu en détail. Avait-il les yeux couleur miel, ou était-ce l'éclairage du comptoir, son reflet dans l'iris, qui donnait l'impression que cet homme avait un regard différent ? Arthur nota mentalement de demander à Diana où elle l'avait connu. Il ne devait pas avoir lu plus d'une douzaine de livres dans sa vie, mais il était astucieux, il avait l'astuce des survivants. Il était de ces gens qu'on classe parmi les "beaux moches" : l'apparence faussement négligée et le nœud de cravate de travers. Guzmán avait la main droite dans sa poche et on entendait le son rugueux d'un papier entre ses doigts. Arthur eut l'impression que le type avait quelque chose à lui montrer, mais qu'il différait perfidement le moment de le faire. Il ne semblait pas conscient du temps. La réalité se réduisait pour lui à l'observation du liquide transparent de son verre.

En regardant la main mutilée qui tenait le verre tube, Arthur se rappela le commentaire de Diana.

— Diana m'a parlé de tes méthodes.

Guzmán esquissa un sourire.

— La renommée est une menteuse. Toutes les légendes mentent, et la mienne n'est pas une exception. Nous inventons la vérité en fonction de nos besoins. Je ne suis pas le monstre dont tu as entendu parler ; mais il m'est utile que les autres le croient. Dans mon travail, on ne compte pas, si on n'a pas la réputation d'avoir étripé son meilleur ami. D'ailleurs, c'est vrai, je l'ai fait. Et qu'est-ce que tu en as à foutre de ma façon de travailler ? On m'a demandé de venir, et me voici.

— Diana t'a dit ce que j'attends de toi ?

Guzmán lança une longue bouffée au plafond et gratta la pierre de son briquet à coups d'ongle, faisant jaillir des étincelles.

— Tu veux que je retrouve ta fille.

— Et tu crois que c'est possible ?

Guzmán lui lança un regard condescendant. Les riches comme Arthur pouvaient l'acheter, mais pas le tromper ; il avait mené son enquête avant d'accepter la proposition de Diana. Les êtres humains sont imprévisibles, pensa-t-il. Nous pouvons nous raccrocher à n'importe quoi, à un espoir, un souvenir, un objet, et le protéger de notre vie s'il nous permet de maintenir un fil de sagesse au milieu de la folie. Il sortit une enveloppe de sa poche et la fit glisser du bout des doigts jusqu'à la tasse de café.

— Le rapport de police sur la disparition de ta fille. Des andouilles, comme on pouvait s'y attendre. Il dit qu'elle a disparu il y a quatre ans, quand elle était encore mineure, mais aujourd'hui elle devrait avoir vingt et un ans, ce qui veut dire, si on la retrouvait, qu'elle pourrait décider de ne plus revoir ses rupins de parents. Il faut avouer que la police ne s'est pas donné beaucoup de mal pour la retrouver. Quand on veut retrouver quelqu'un, on le retrouve. Mais ta fille s'était enfuie bien avant, n'est-ce pas ? Avec un étudiant londonien qu'elle avait rencontré à Heathrow, avec qui elle a filé au pays de Galles. L'histoire a duré trois semaines ; à seize ans, elle s'est échappée de l'internat suisse où tu l'avais inscrite en cure de désintoxication, on la perd pendant quatre mois, jusqu'à ce qu'elle ait vidé son compte en banque ; à dix-sept ans, elle a cassé le nez de sa prof d'équitation et elle a disparu deux mois quelque part au Portugal... etc. Avec ces antécédents, et avec tout ce que j'ai pu rassembler sur ses esclandres dans la presse du cœur, ça ne m'étonne pas que la police ait choisi d'autres priorités.

Arthur se redressa sur son tabouret et regarda durement Guzmán. Il reposa sa tasse dans la soucoupe, sur une auréole de café séché.

— Tu es ici pour ça, pour la retrouver et me la ramener à la maison.

Guzmán chercha un cendrier du regard. N'en voyant pas, il laissa tomber son mégot dans son verre et leva le doigt pour commander une autre consommation.

— Je suis un bon, mon vieux, mais je ne suis pas le magicien d'Oz. Il s'est écoulé quatre ans.

— Et alors, qu'est-ce que tu fiches ici ?

Guzmán émit un petit ricanement, comme s'il se racontait une bonne histoire :

— Je dois chercher un lapin blanc ?

Le serveur apporta une nouvelle consommation. Il avait l'air mécontent, il se racla la gorge et dit à Guzmán qu'il était interdit de fumer. Guzmán hocha la tête lentement, ses petits yeux dans les siens. Ce dernier battit des paupières, balbutia une excuse et s'éclipsa.

— Je peux la retrouver, mais ça coûte cher, très cher. Et j'ai besoin de savoir jusqu'où tu es disposé à aller. Je n'aime pas faire les choses à moitié.

— Jusqu'où il faudra. Peu importe si tu dois aller la chercher en enfer, répondit-il avec détermination en observant la main massacrée de Guzmán.

Guzmán eut une grimace ironique. Il imaginait les types auprès de qui ce père désespéré avait gaspillé sa fortune : des manipulateurs, des mecs intelligents et sans scrupule, des vendeurs de fumée tous aiguillonnés par la même convoitise. Mais lui n'était pas comme ça. Il ne s'arrêtait jamais, devant rien, avant d'avoir atteint son objectif.

— Ça peut nous mener très loin, mon vieux. Tu serais surpris de la quantité de gens qui réclament une réponse, et quand tu la leur donnes ils se figent sur place. Non, le sang se refroidit vite, et j'ai besoin de savoir que cela n'arrivera pas dans cette affaire, sinon je repars par où je suis venu. Il est bon que nous ramions tous dans la même direction, et encore mieux si nous sommes animés de la même conviction.

— Je veux que ma fille revienne chez moi. Il n'y a rien d'autre à dire.

Guzmán but une gorgée de sa boisson, claqua des lèvres et approuva. Ils étaient donc arrivés à un accord.

— Nous pourrions commencer par toi : j'ai entendu dire que tu as eu un sale accident. Un garçon et une fillette sont morts.

Les paroles de Diana revinrent à l'esprit d'Arthur. Guzmán était une porte qu'il ne pourrait pas refermer à son gré une fois ouverte. Il chassa cette voix.

— Cela n'a rien à voir, et de plus c'est hors de ta compétence.

Guzmán secoua lentement la tête.

— Tout a à voir, nous sommes connectés, l'effet papillon et toutes ces conneries, tu ne le savais pas ? Par ailleurs, tant que je n'aurai pas retrouvé ta gamine, tout ce qui te touche est de ma compétence. Donc allons-y, raconte-moi ta version de ce qui s'est passé.

Arthur réfléchit. Il leva la main et commanda une bière.

— Je crois que je vais fumer une de tes cigarettes.

Guzmán lui en tendit une :

— … Au fait, Tagger n'est pas un nom juif ?

7

L'Espagnol était une pièce unique, un stradivarius fabriqué entre 1682 et 1687. À plusieurs reprises, ce violon avait appartenu à la famille Tagger pendant plus d'une centaine d'années. La famille l'avait perdu à la fin de la Seconde Guerre mondiale, et Gloria A. Tagger était parvenue à le ramener dans le patrimoine familial presque par hasard. Et soudain elle l'avait cédé, contre une somme modique, à la collection de stradivarius palatins du palais royal. Gloria n'avait pas besoin d'argent, aussi personne n'avait compris pourquoi elle avait décidé de ne plus jamais toucher cette pièce unique et étonnante, à la recherche de laquelle son grand-père, son père et elle-même avaient consacré une partie de leur existence.

Les techniciens du Patrimoine national ouvrirent la vitrine délicatement, en utilisant des gants. Malgré les certificats d'authenticité et les papiers que les experts avaient déjà utilisés, il fallait faire des examens de certification complémentaires. Un stradivarius était un objet presque liturgique, voire alchimique, et devait être traité comme tel. Ses sonorités étaient considérées comme uniques, mais les examens aux rayons X et les analyses du spectre du vernis de sa surface révélaient qu'il n'avait pas toujours été traité avec égards. Le violon avait été soumis à de sévères variations et modifications depuis son origine, le manche et le cordier avaient été changés plusieurs fois, le vernis aussi. La seule chose intacte, et néanmoins affligée de cicatrices révélées par les études, c'était le corps en érable. Ce violon, qu'on allait bientôt emporter en fourgon blindé dans les vitrines du palais royal, était un peu la carte des décennies les plus tumultueuses de la toujours mystérieuse et peu connue famille Tagger, qui avait donné, excusez du peu, trois grands concertistes.

Pendant que les spécialistes s'appliquaient sous le regard attentif d'un notaire et de l'avocat de la compagnie d'assurances de l'État, Gloria glissa un œil sur une vieille photographie encadrée d'un jeune homme en uniforme militaire allemand de la période de l'entre-deux-guerres. On aurait dit un Prussien dépourvu de tout sens de l'humour, impassible, qui sentait sûrement le tabac pour pipe et étalait de belles dents de citadin, toutes à leur place, un luxe pour l'époque. Gyula A. Tagger était son bisaïeul.

— Peu de gens le savent, mais j'ai du sang balkanique, et juif. Le plus curieux, c'est que les juifs hongrois descendent en grande partie de ces juifs espagnols, les séfarades, expulsés par la reine Isabelle au XVe siècle.

— C'est étrange que ton bisaïeul ait servi dans l'armée allemande, dit Eduardo qui l'accompagnait ce matin-là.

Gloria avait voulu qu'il soit témoin de ce transfert. Eduardo n'en voyait pas la raison, mais il avait compris que c'était important pour elle, et il était venu sans demander d'explications.

Gloria hésita avant de poursuivre.

— C'est ainsi. Il renia ses origines, comme les marranes au temps des Rois Catholiques et, comme tous les convertis, il fut le pire des bourreaux contre ses semblables. Il changea de nom et de prénom, échafauda un nouveau passé, et s'il l'avait pu il aurait aussi changé son sang. En toute légitimité, ce violon lui appartenait, et j'imagine qu'il doit tordre ses moustaches prussiennes en voyant ce qu'on lui fait subir. Les Tagger sont nés au bord du lac Balaton, à l'ouest du Danube hongrois. À l'époque où je suis née, en 1968, l'histoire de mon bisaïeul et de *L'Espagnol* était un conte nébuleux. Comme mon père, je suis née à Madrid, et ce n'est qu'à ma vingtième année, quand le gouvernement hongrois nous a invités à la commémoration du centenaire de l'Orchestre de Budapest, que j'ai découvert les détails de mon passé hongrois, nazi et juif.

On aurait dit que cette association l'amusait, mais il n'en était rien. Elle s'éloigna de la table où les spécialistes analysaient les parties du violon, à la manière des médecins légistes.

— La première chose que fit mon père en atterrissant à Budapest, ce fut de m'emmener voir la tombe de mon grand-père. Je me rappelle que la nuit tombait, près du lac ; les bains de cette station balnéaire étaient fermés et l'embarcadère vide. Les familles venues de Budapest résidaient dans les pensions au milieu des vignobles, à l'ombre des silencieux monts Bakony. Une douce brise berçait les barques. À l'époque, mon père venait d'avoir quarante-cinq ans. Je me le rappelle, assis sur l'embarcadère, contemplant les reflets des nuages rougeâtres sur le lac sans avoir conscience de l'écoulement du temps. Il balançait ses pieds nus, assis sur les planches humides de la passerelle. De là, on voyait la rive septentrionale. Dans les zones marécageuses poussaient quantité d'ajoncs, et on voyait les toitures en chaume. "Tout a commencé ici", me dit-il en me regardant d'une drôle de façon. Je crois que c'est ce matin-là, sur le lac Balaton, qu'il m'a raconté pour la première fois l'histoire de mon bisaïeul Gyula, de son fils, mon grand-père, et de *notre* violon.

Gloria s'approcha de la vitrine où ne restait que le support rembourré du stradivarius. Elle souriait en évoquant ce soir-là où, assise sur un embarcadère désert, à côté de son père, elle l'écoutait avec fascination raconter l'histoire de ses ancêtres. Ce voyage avait été, pour de nombreuses raisons, inoubliable.

— Au début des années 1940, l'armée hongroise, alliée de Hitler, avait perdu beaucoup d'hommes sur le front russe et peu à peu la balance penchait en faveur des Alliés, aussi le gouvernement hongrois entamait-il des pourparlers pour signer une paix séparée. En dépit de leur caractère secret, tout le monde était au courant et la présence allemande était de plus en plus agressive. Ils allaient envahir le pays, c'était une question de temps, et le sentiment antigermanique était de plus en plus fort. En revanche, sur ordre de mon bisaïeul Gyula, mon grand-père et mes grands-tantes accueillaient les Allemands blessés pour les soigner. Il était courant de voir chez eux des groupes d'officiers allemands en permission ou convalescents. Certains avaient le visage horriblement défiguré, de terribles brûlures ou un membre amputé. Mon grand-père, influencé par les idées de son père, ne pouvait se retenir d'avoir pitié pour ces jeunes enjoués et blonds qui, naguère, avaient une belle vie dans leur ville allemande, avec leur épouse, leur fiancée, leurs enfants.

Eduardo acquiesça, intéressé par l'histoire que Gloria lui racontait.

— La guerre était un malheur pour tous, dit-il en se rappelant que pendant la guerre civile son grand-père s'était battu pour défendre l'Alcázar de Tolède, tandis que son frère prenait d'assaut cette même colline.

Gloria esquissa un sourire.

— Même en temps de guerre, les jeunes ont très envie de vivre. En 1943, mon grand-père était un brillant violoncelliste du premier Orchestre de Budapest. Son père, mon bisaïeul, avait été auparavant interprète d'opéra sous le chancelier Bismarck, il avait même joué avec *L'Espagnol* à Berlin devant de hautes autorités nazies, comme Goering et Himmler, avant la guerre.

Personne ne se doutait que l'impeccable dossier militaire et musical de mon bisaïeul cachait une lointaine origine juive, il s'était appliqué à effacer toutes les traces, qui ne furent reconstituées que longtemps après. Grâce à cela, son fils était dispensé de service militaire et jouissait d'une autorisation spéciale, en tant que musicien.

Gloria avança deux doigts et souleva le rideau de la fenêtre. Dehors, les journalistes, équipés de trépieds, appareils et micros, attendaient l'arrivée du secrétaire d'État à la Culture pour une conférence de presse conjointe. La remise du violon au Patrimoine était assez importante pour que les hommes politiques daignent se déplacer pour être pris en photo avec Gloria.

— Dis-moi, Eduardo, tu n'as jamais imaginé avoir d'autres parents, être né à Tripoli par exemple, au lieu de Madrid ? Ta vie, tout ce qu'elle est maintenant, ce qu'elle a été jusqu'à présent, aurait pu être différente, juste parce que ton père ou ta grand-mère aurait choisi un autre compagnon. Une telle décision marque les générations futures, non ?

Eduardo n'avait jamais eu de telles idées. Et c'était une question trop complexe pour y répondre par une banalité. Mais Gloria n'attendait pas de réponse. Elle parlait, réfléchissait à haute voix.

— Au cours de ce voyage au lac de ses origines, mon père m'a emmenée voir la tombe de mon grand-père, comme je te l'ai déjà dit. Mais il m'y a emmenée pour une autre raison : contre toute attente, la tombe voisine de celle de mon grand-père n'était pas celle de ma grand-mère. Mon grand-père était devenu veuf longtemps avant sa mort, et je n'ai pas connu ma grand-mère, mais je savais son nom. Elle s'appelait Carmen de los Desmayos et elle était née en 1920 à Aldea del Campo, dans la province de Cáceres, où elle était aussi enterrée. Mais la pierre tombale que mon père m'a montrée à côté de la tombe de mon grand-père était celle d'une femme qui s'appelait Álenka W. T., née à Budapest en 1924 et décédée du côté de la frontière avec la Roumanie, en 1944. Mon père se baissa et caressa la surface moussue qui avait rempli le creux entre les deux tombes, assez proches l'une de l'autre pour se donner la main sous terre.

La gouvernante entra en s'essuyant les mains à son tablier. Elle observa les spécialistes quelques instants en se demandant pourquoi il fallait cacher un bout de bois sous une peau de chamois, comme si c'était un bébé qui risquait d'attraper froid. Puis elle s'approcha de Gloria et lui murmura quelques mots à l'oreille, qu'Eduardo entendit bien malgré lui. Un certain Guzmán était au téléphone et voulait lui parler. Il se disait journaliste chilien et il espérait pouvoir l'interviewer avant de rentrer à Santiago. Gloria réfléchit quelques secondes. Puis elle dit à la gouvernante de prendre son numéro et de lui donner rendez-vous pour le lendemain.

— De quoi parlions-nous ?

— De ton grand-père et de cette mystérieuse compagne à côté de sa tombe.

Gloria retrouva le fil de la conversation.

— Alejandra, Álek, fut le grand amour de mon aïeul avant qu'il ne rencontre ma grand-mère. Et à en juger par sa volonté d'être enterré auprès d'elle, je dirais qu'elle le resta toute sa vie. Mon père le savait, mon grand-père avait dû le lui révéler, peut-être après la mort de ma grand-mère, peut-être parce que, étant fils unique, mon père était le seul qui pourrait faire respecter sa dernière volonté : être enterré auprès d'Álek. C'était une très belle femme, insouciante et gaie, elle se moquait des horloges et vivait dans un monde qui n'entendait rien aux guerres, aux horaires, aux obligations, aux conventions. Mon grand-père l'aimait peut-être pour cette raison, parce qu'elle était un oiseau qui allait où ses ailes la portaient. Un être aérien.

“Un être aérien”, répéta-t-elle mentalement en secouant la tête. C’est ce que Ian, son époux, avait dit d’elle la première fois qu’ils avaient fait l’amour. Très exactement : “Je t’aime parce que tu es un être libre, un oiseau qui va où ses ailes le portent.” Et elle l’avait cru quand il avait affirmé que lui imposer de changer serait lui arracher ce qui le rendait amoureux d’elle. Or c’était exactement ce qu’il avait voulu faire. La changer. Pourquoi les hommes qui avaient l’air si assurés étaient-ils parfois les plus faibles et les plus craintifs ?

— Alejandra courait un autre risque, très grave : elle était juive, mais à la différence de la famille de mon bisaïeul, la sienne n’avait pas renoncé à ses coutumes, et n’avait pas voulu prendre de précautions. Elle aussi était musicienne, comme mon grand-père. Elle jouait de la clarinette, et ils étaient tombés amoureux en répétant un allegro de Jean-Sébastien Bach. Maintenant, l’orchestre où jouait Álek s’était dispersé, beaucoup étaient morts, d’autres avaient fui pour ne pas être envoyés sur le front russe, et les survivants mendiaient dans les rues et les cafés de Budapest en jouant des pièces de Bach, Mozart, Beethoven ou Wagner, plus au goût des Allemands. Álek détestait les Allemands et son mépris n’était pas moindre à l’égard du traître Gyula A. Tagger, qui bien entendu refusait résolument que son fils continue de la courtiser. Son mépris la rendit imprudente, fière jusqu’à la provocation, surtout quand elle parlait du père de mon grand-père, et quand elle allait à Budapest jouer dans les cafés, où se réunissaient les soldats allemands ; alors, elle entonnait de vieilles ballades magyares, incompréhensibles aux oreilles étrangères, dans lesquelles Álek insérait des insultes contre les nazis, contre leur Führer ou contre le président Horthy et ses sbires parafascistes. Certains l’avaient vue dans les rues de la capitale côtoyer sans honte des Gitans et des juifs qui portaient l’étoile de David, elle leur cédait le passage dans la rue, leur donnait à manger, elle-même refusait de coudre le signe distinctif des juifs sur ses vêtements, ce qui était sévèrement puni. Mon grand-père se disputait avec Álek, il avait même menacé de rompre l'accord secret d'un mariage qui année après année était repoussé à cause de la guerre. Naturellement, c'était une menace vaine – il aimait Álek malgré tous ses défauts et il l'épouserait quoi qu'il arrive –, mais c'était la seule arme qui pouvait ébranler la détermination de sa promise à ne pas se cacher des nazis. Quand mon grand-père feignait de s'en aller pour ne plus jamais revenir au lac, il voyait les yeux gris d'Álek se troubler, douter, mais elle retrouvait un sourire espiègle, le serrait dans ses bras fragiles et l'embrassait. "Tu ne le feras pas, tu ne peux pas vivre sans moi." Et c'était vrai, mon grand-père ne pouvait vivre sans elle, la peur de la perdre le mettait dans tous ses états.

Gloria marqua une pause. Un fonctionnaire qui examinait la surface du violon sous une lumière spéciale lui fit un signe timide. Gloria s'approcha. Il y avait une fente assez récente, et par récente on pouvait comprendre soixante-deux ans, à la base du manche. À première vue, cette blessure était invisible et n'affectait en rien la sonorité ou le maniement du violon, mais le spécialiste devait la signaler dans son rapport. Elle souleva lentement l'instrument à hauteur des yeux et ses pupilles brillèrent sous l'éclat tamisé et rougeâtre du bois. Un instant, le visage de Gloria fut happé par cette lumière. Eduardo retint sa respiration. Il craignait de la briser même en l'effleurant.

— Les nazis ne tardèrent pas à comprendre les paroles des chansons qu'Álek composait en leur honneur dans les cafés de Budapest, où elle était devenue à son insu une sorte de légende vivante. Fin 1943, un ami juif d'Álek fut arrêté par la police secrète hongroise. Et il la dénonça. On n'eut pas besoin de le torturer beaucoup, il suffit de deux doigts brisés et d'une dent cassée pour qu'il dise où elle était, de plus il déclara par écrit qu'Álek était une juive pratiquante et qu'elle bravait systématiquement toutes les lois de ségrégation raciale. Cette trahison ne sauva pas le délateur qui fut exécuté sur-le-champ. On le jeta par la fenêtre d'un cinquième étage et son corps s'écrasa une nuit sur les pavés d'une rue déserte, sans émettre un seul gémissement.

Un peloton de gardes hongrois arriva au petit matin dans le hameau. Pas le temps de fuir. Personne n'offrit de résistance, mais l'aîné des oncles d'Álek, un professeur de musique de l'Académie hongroise, fut tué à coups de pelle par les soldats en état d'ébriété. Le seul délit de l'oncle avait été de demander qu'on le laisse emporter une mallette contenant ses livres avant d'être arrêté. Toute la famille assista à l'assassinat sans pouvoir broncher, paralysés par cette horreur gratuite. Le père d'Álek, très âgé, enfouit son visage dans ses mains noueuses, incapable de voir comment on lynchait son frère, mais les gardes l'obligèrent à regarder. L'infortuné vieillard regarda, jusqu'à ce que ses yeux deviennent tout secs.

Le peloton était commandé par un officier allemand de la SS qui observait les événements à distance, sans quitter sa voiture décapotable, fumant avec une expression vaguement ennuyée ; il donnait un ordre en allemand à un subalterne, que ce dernier transmettait en langue magyare aux gardes, qui l'exécutaient avec zèle. C'était presque un enfant. Un enfant blond, au visage carré et aux yeux aussi bleus et froids que le lac.

— Ils fouillèrent toutes les maisons du hameau pour débusquer Álek. Quand mon grand-père entendit le remue-ménage, il vint voir de quoi il s'agissait. Il avait espoir qu'Álek avait eu le temps d'aller se cacher dans la forêt. Il protesta énergiquement devant l'officier allemand en rappelant le rang de son père, mon bisaïeul, et ses bonnes relations avec les autorités du Reich. Il soutint que ce hameau était pacifique, qu'il collaborait avec les autorités, et que des dizaines d'Allemands passaient leur convalescence dans sa maison. Mais l'officier resta sourd à ses raisons : il avait l'intention de massacrer toute la famille, convaincu que torturer les plus faibles rendrait les hommes plus bavards. Pendant une heure interminable, les cris se propagèrent sur toute la rive du lac.

Gloria s'interrompit, flottant entre deux eaux, celles de la nostalgie et celles de la tristesse. Elle avait sûrement mené son enquête sur cette histoire que lui avait racontée son père, et en avait creusé les détails. Elle la connaissait si bien qu'elle l'avait presque dans la peau.

— Mon grand-père voyait tout, serrait les dents, essayait d'échapper à cette folie, de se rappeler la promenade au bord du Danube, la main dans la main avec Álek, leurs projets avant la guerre, la maison qu'ils envisageaient de construire à côté de la station balnéaire. Mais les cris ne cessaient pas. Personne ne dénoncerait Álek, mais tous le regardaient, le fils du juif renégat, le fils du nazi, tous l'imploraient de mettre fin à cela. Ce qu'il fit : "Je vais vous dire où elle se cache. Je connais son refuge", cria-t-il en s'effondrant par terre, pleurant comme un enfant. Alors, l'officier allemand descendit de voiture et lança un ordre. Les soldats reculèrent, contrariés, comme des chiens à qui on interdit de mordre leur proie. Et mon grand-père conduisit les soldats jusqu'à une mine abandonnée, lieu de leurs rencontres amoureuses. Il les supplia de ne pas lui faire de mal. L'officier sourit, le toisa avec un éclair maléfique dans ses yeux bleus et ordonna la battue. Ils ne tardèrent pas à la trouver. Elle n'opposa aucune résistance, ce qui n'empêcha pas les gardes de la rouer de coups.

Gloria avança doucement vers le canapé, à droite de la fenêtre. Elle caressa l'encadrement doré et argenté du portrait sépia de son bisaïeul et Eduardo eut l'impression que cette caresse ressemblait à un coup de griffe.

— La dernière chose que mon grand-père vit d'Álek fut son frêle corps d'oiseau traîné jusqu'à la voiture de l'officier allemand. Son visage tuméfié saignait comme une chose sans vie. Mais elle trouvait encore la force de sourire. Un sourire qui mettait les gardes en fureur : ils la frappaient à coups redoublés, mais elle relevait la tête et montrait à mon grand-père son sourire de fille espiègle. Ils ne se revirent jamais. Mon grand-père parvint à gagner l'Espagne, où il rencontra ma grand-mère, à qui il ne parla jamais d'Álek, il l'épousa et son fils unique, mon père, naquit en 1948. Celui-ci n'avait que vingt ans, et ma mère, élève du Conservatoire de Madrid, seulement dix-huit, quand je suis née.

— Et qu'est devenu ton bisaïeul ?

Gloria serra les lèvres. Et elle traça un point d'interrogation dans l'air.

— Tu ne m'as pas demandé comment la Gestapo a déniché l'ami qui a dénoncé Álek, comment elle a appris qu'Álek était l'auteur des chansons hostiles au Reich qui circulaient sur des tracts. C'est grâce à lui – Gloria montra l'encadrement argenté. Il l'a dénoncée, sans doute animé par la crainte que mon grand-père et ses sœurs puissent réduire à néant son système de protection, ou peut-être poussé par la haine viscérale qu'il éprouvait pour Álek et sa famille. Mon grand-père ne tarda pas à le comprendre. Quand il l'apprit, il y eut une scène d'une violence terrible. Mon bisaïeul était seul chez lui. Il jouait un morceau de Schubert sur *L'Espagnol*, il le prenait de temps en temps pour se dégourdir les doigts et ne pas oublier le contact avec le bois.

Mon grand-père fit irruption dans la pièce, hors de lui, ils s'insultèrent et en vinrent aux mains. Dans un accès de colère, mon grand-père lui arracha le stradivarius des mains, le jeta par terre et cassa le manche. Il quitta la maison et ils ne se revirent jamais. Mon bisaïeul mourut quelques mois plus tard d'un infarctus alors qu'il se promenait le long du lac. Il paraît qu'on le vit agoniser et réclamer de l'aide pendant qu'il s'étouffait, mais que personne ne voulut se porter à son secours. Aujourd'hui, il est enterré dans une niche du cimetière, loin de mon grand-père et d'Álek.

Derrière les fenêtres, on entendait les journalistes s'agiter et une voiture arriver. C'était le secrétaire d'État à la Culture. Les conservateurs du Patrimoine achevaient leur expertise. Gloria devait descendre pour la conférence de presse conjointe.

Après ce qu'elle avait raconté à Eduardo, elle pouvait difficilement faire bonne figure et afficher un sourire radieux. Ce fut pourtant le cas.

— Et le violon, alors ? demanda Eduardo, alors qu'elle quittait la pièce.

Gloria caressa la vitrine où il avait été replacé après la séance photos.

— Quand j'ai récupéré l'instrument, mon père avait déjà les doigts raides et crispés, incapables de tenir une cuiller.

— Et pourquoi tu veux t'en débarrasser, maintenant ? C'est le violon de tes ancêtres. On pourrait dire qu'il incarnait l'âme de la saga des Tagger.

Gloria se passa la main sur la tempe. Comment en était-elle venue à parler de tout cela ?

— Tu sais, le violon de concert, dans le genre de celui-ci, est très allongé, pas facile à manier pour un débutant. En général, quand on apprend, on en utilise un plus petit, par exemple un trois-quarts, certains violons sont même adaptés à l'apprentissage des enfants. Pourtant, mon fils se débrouillait très bien avec celui-ci. Nous avions même joué ensemble, ici même, dans cette salle, une ouverture de Strauss que mon père adorait : *Die Fledermaus Overture*. Elle nous résistait toujours quand nous l'attaquions ensemble, mais cette fois, au lieu de se battre avec les notes, il se laissa emporter par le violon ; un moment magique. Comprends-moi bien : le violon ressemble à un cheval, c'est un être vivant, rebelle et fier, qui ne se laisse pas dompter par un étranger, sauf s'il reconnaît le toucher de son maître, alors tu peux en tirer le meilleur. C'est ce qui arriva quand mon fils prit le stradivarius de mon bisaïeul : les cordes, le bois, la caisse de résonance reconnurent dans ses doigts un des nôtres, un Tagger. On aurait dit que cette chaîne brisée pendant des décennies s'était ressoudée. Et après ce miracle, deux heures plus tard, Arthur Fernández l'a écrasé dans une rue de Madrid… Je ne peux plus toucher ce violon, ni même le voir, chaque fois que ses cordes vibrent, elles crient de douleur, et ces cris me rendent folle… Je ne l'ai pas encore dit, mais demain je donne mon concert d'adieu. Je ne jouerai plus jamais.

La salle de l'Auditorium national de musique était comble. Les rangées du balcon et le parterre étaient un grouillement de gens cherchant leur place, sur scène l'orchestre n'avait pas encore fait son entrée, mais les partitions et les instruments attendaient. Les grands lustres en cristal émettaient des éclats qui se diluaient à mesure que baissait l'intensité lumineuse. Ce soir-là, Mahler était au programme, les *Kindertotenlieder*, avec l'Orchestre national d'Espagne. Guzmán s'assit. Sur la scène, devant lui, les spectaculaires jeux d'un orgue aux dimensions colossales. Sur la droite, une chaise solitaire, un peu à l'écart de l'orchestre. La place de Gloria, face au soliste. Sur le support, à côté du pupitre, son beau stradivarius brillait d'une lumière propre.

“Comment peux-tu prétendre ne pas aimer une chose que tu n'as jamais vue de tes propres yeux ?” Quelqu'un, une femme, lui avait posé cette question quinze ans plus tôt, tandis qu'il l'aidait à attacher son soutien-gorge, en prenant soin de ne pas effleurer les zébrures qu'il lui avait laissées dans le dos. Il trouvait alors la musique classique ennuyeuse. Il sourit en imaginant ce que dirait cette femme si elle le voyait maintenant…

Les lumières s'éteignirent et l'auditorium fut plongé dans l'obscurité. Gloria entra avec le soliste et le chef d'orchestre, main dans la main. Ils saluèrent et l'orchestre s'installa aussitôt après. Elle avait une élégante robe noire, patron Burda, les épaules découvertes soulignaient la blancheur de sa peau. Elle avait juste un peu de carmin couleur terre et un peu d'ombre sur les yeux. Un haut chignon dégageait son cou sans ornements et mettait en valeur les perles de ses pendants d'oreilles. Elle lança un bref coup d'œil sur les fauteuils d'orchestre, cachés dans la même pénombre que le reste de la salle.

… Cette femme s'appelait Candela, en réalité une jeune fille. C'était au milieu des années 1980, se rappela Guzmán en caressant sa main brûlée. Candela était basque, professeur de musique classique dans une école basque. Et activiste de l'ETA. Elle était allée au Chili acheter des fusils-mitrailleurs au marché noir. Elle expliquait des détails de la vie de Chopin, de Mozart ou de Tchaïkovski aussi facilement qu'elle démontait et remontait un fusil FARA de fabrication argentine.

Le soliste, un ténor de haute taille en costume sombre et nœud papillon assorti, intervint dès les premières notes de l'orchestre :

Maintenant, le soleil se lève, radieux.
Comme si la nuit n'avait pas apporté le malheur.
Tu ne dois pas porter la nuit en toi
Mais la plonger dans la lumière éternelle.

Guzmán observait Gloria. Rien de ce qui se passait ne lui importait, ni la musique, ni la voix du soliste. Gloria avait un visage concentré, presque solide, et le doux va-et-vient de son corps se balançait au rythme des notes, marquait la cadence avec son violon et les recueillait l'une après l'autre.

... Cette Basque avait la même expression teintée de mélancolie. C'est sans doute pour cette raison qu'il tomba amoureux. Elle ne connaissait ni peur ni espoir. Elle n'avait que la musique et sa détermination. C'était beau d'assister à cette débauche d'énergie tournée vers un but unique, comme si rien n'était plus important que cet instant, ce qu'il était en réalité. Elle en vint même à lui avouer qu'elle ne pouvait échapper à ses fantômes qu'en jouant. La musique créait un bouclier invisible que rien, à part sa propre musique, ne pouvait transpercer. Ni les pinces sur les mamelons, ni les coups de serviettes humides sur l'abdomen, ni les menaces. La concentration absolue fermait la porte à toute autre émotion.

À l'entracte, Guzmán sortit fumer. La rue Príncipe de Vergara était éclairée par les réverbères et les lumières de la façade de l'auditorium. Sur le trottoir d'en face, une longue file de taxis attendait patiemment la fin du concert. Guzmán aurait préféré s'en aller : Mahler, c'était trop pour lui, et même s'il pouvait admirer la maîtrise de Gloria, la voix du soliste, la sonorité de l'orchestre et la maestria du chef, il devait reconnaître que cette musique ne lui transmettait pas d'émotions profondes. "Voilà pourquoi on a besoin d'éduquer l'oreille ; les vrais plaisirs ne s'avalent pas comme des hamburgers", lui aurait dit Candela en tripotant ses boucles.

Il n'y avait pas d'étoiles dans le ciel de Madrid. Où est la constellation du Capricorne ?

"Quelle est la constellation du Capricorne ?" lui avait demandé Candela le soir où on lui avait tendu le piège pour l'arrêter au planétarium, et Guzmán, qui était l'appât, se gratta la joue râpeuse et, après une légère hésitation, montra une accumulation d'étoiles dans un coin du firmament, au sommet de la coupole du planétarium. “Elle est là”, dit-il, comme si c’était lui qui avait découvert cette constellation et qu’il la lui cédait, magnanime. Candela avait le parfum de ses vingt ans prêts à dévorer le monde. Guzmán sentit le sein de la fille s’appuyer contre son coude. Le sentir si proche, dans l’obscurité du planétarium, lui causait une douleur difficile à expliquer. Elle le devinait ; elle devinait le remords de la décadence sur le point de devenir monstrueux et mesquin. Et elle l’acceptait volontiers, sans savoir ce qui l’attendait. Elle ne chercha pas à s’écarter de Guzmán, qui lui en sut gré. Le contraire l’aurait précipité dans l’abîme de son abjection. Parfois, nous transformons le naturel en abjection, par réaction. Elle semblait le savoir, aussi se contenta-t-elle de lui passer le pop-corn.

C’était beau de s’imaginer avant sa propre naissance, vivant dans un amas d’étoiles, attendant peut-être depuis l’éternité. Concevoir qu’il existait déjà dans cet immense espace, avant que sa mère et son père l’engendrent, présupposait un mystère presque magique. Guzmán serait resté assis à jamais dans ce fauteuil, explorant du coude les frontières de ce mamelon, sous la lumière mythologique de Jupiter ; en ce cas, cette transgression serait devenue routine et aurait perdu toute signification. Pour des types comme lui, il valait mieux désirer que posséder. S’il n’y a pas d’expectative, il n’y a pas de déceptions. Il écarta le coude à regret et lui planta son pistolet Star dans les reins. “J’appartiens aux services de la DINA, vous êtes en état d’arrestation, mademoiselle.”

Une sonnerie annonça le deuxième acte. Guzmán retourna s’asseoir. Cette débauche de musique l’avait un peu abruti. Gloria semblait fatiguée, et elle devait l’être, car elle se vidait entièrement. Il observa le bout de ses doigts irrités, les doigts qui bougeaient encore de façon indépendante, comme s’ils ne se résignaient pas à retourner à la passivité.

Il trouva facilement sa loge, à la fin du concert. Les fleurs ouvrent les portes plus sûrement que les pinces-monseigneur. Il savait que Gloria aimait les arums. Elle en portait, le jour de son mariage, vingt ans plus tôt, et aussi le jour du divorce, quelques mois après la mort de son fils. Sa carte falsifiée de rédacteur du magazine *Allegro* lui donnait un avantage qui ne durerait pas, quand elle s'apercevrait qu'il ne comprenait rien à la musique. Il ne savait pas exactement ce qu'il cherchait, il avait l'impression de marcher à l'aveuglette sur un champ de mines, en espérant que la chance l'empêcherait de poser le pied sur l'une d'elles. Et Guzmán était un type qui avait de la chance, en dépit de ce que disaient les cicatrices de son corps.

Gloria se recoiffait et elle le salua sans enthousiasme. Après s'être présentés, ils échangèrent quelques mots et Guzmán orienta habilement la conversation, après les inévitables questions et les lieux communs, sur la vie personnelle de Gloria. Pourquoi se retirait-elle maintenant, était-ce à cause de la mort de son fils, au bout de trois ans et demi, etc. Cette femme savait s'y prendre pour éluder les questions, se dit Guzmán : pas une grimace, pas un mot de trop, mais pas une réponse concrète non plus. Il aurait aimé l'interroger dans les sous-sols de la Moneda, sous Pinochet, quelques années auparavant.

— Que pensez-vous d'Arthur Fernández ?

Gloria le regarda froidement.

— Que penseriez-vous de l'homme qui aurait tué votre fils ?

— Mais j'ai cru comprendre qu'il s'agissait d'un accident. Un hasard malheureux.

— Un hasard qui a emporté la vie de mon fils.

Guzmán s'excusa. Il allait considérer que cette escarmouche était terminée avant de devenir suspect par trop d'insistance, quand on frappa à la porte.

Le type qui entra était plus mou que gros et ressemblait à un fonctionnaire blasé. Bien qu'il essayât de le dissimuler en étirant le dos, Guzmán remarqua qu'il boitait de la jambe droite. Il apportait des fleurs, un bouquet d'orchidées. Erreur, mon vieux, se dit Guzmán. Il savait que Gloria détestait les orchidées. Mais à sa grande surprise, elle fit un commentaire élogieux et l'embrassa affectueusement sur la joue.

— Je vous présente un excellent ami, Eduardo. C'est un grand portraitiste. Il a connu le succès, et j'espère qu'il va le retrouver.

Guzmán serra la main molle de ce type qui ne l'intéressait pas. Son intérêt pour la peinture était aussi nul que pour la musique. Mais la conversation prenait un tour intéressant. Eduardo annonça, d'une voix un peu chagrine, qu'il avait vu deux fonctionnaires emporter le violon avec lequel Gloria venait de jouer.

— On a dû vous verser une grosse somme pour que vous vous en débarrassiez, dit Guzmán, un peu au hasard.

Gloria lui lança un regard ironique.

— Pas moins que ce qu'il m'en a coûté pour le récupérer, je vous assure.

— Et comment l'avez-vous récupéré ?

— C'est le genre d'histoires où les hasards se succèdent. Curieusement, c'est un ami de mon mari qui l'a trouvé lors d'une vente à Vienne, il y a cinq ans. Il était en mauvais état, comme si loin de nous il était devenu un objet ordinaire. On avait réparé le manche cassé par mon grand-père, mais c'était devenu un objet sans âme. Par l'intermédiaire de cet ami de mon mari, j'ai chargé un des meilleurs luthiers de Madrid de faire une restauration complète.

— C'est se donner beaucoup de mal pour en profiter cinq ans seulement.

Gloria et Eduardo échangèrent un regard lourd de sens.

— Quoi qu'il en soit, il fait partie maintenant du Patrimoine national. Et c'est une bonne chose… Il est tard et je suis fatiguée, monsieur Guzmán. Je vous remercie de votre visite, mais je crois que c'est assez pour aujourd'hui.

— Ça m'a l'air d'une histoire intéressante qui mériterait un article. La trajectoire de *L'Espagnol* : des champs de la Hongrie aux vitrines du palais royal, à Madrid.

Cette fois, c'est Eduardo qui émit un commentaire désabusé. Il trouvait ce titre trop grandiloquent. Guzmán le regarda comme s'il avait reçu une chiure d'oiseau sur l'épaule. Une fois pour toutes, il n'aimait pas du tout ce sac de merde.

— Possible, mais le sujet le mérite. Il s'adressa à Gloria en se levant : Je ne veux pas vous déranger davantage, juste une chose. Pourrais-je parler à votre mari – il cacha intentionnellement qu'il savait que Gloria était divorcée – et à son ami, celui qui a trouvé le violon à Vienne ?

— Mon mari tourne un film en Australie, et il ne reviendra pas avant six mois.

— C'est étrange qu'il ne soit pas venu à votre concert d'adieu, remarqua Guzmán avec une fausse naïveté.

Gloria se caressa nerveusement le genou.

— Vous ne connaissez pas les Gallois.

— Et que pouvez-vous me dire de son ami. Vous connaissez son nom ?

Gloria acquiesça.

— Je peux vous le donner, mais il ne vous sera pas d'une grande utilité : Magnus Olsen. D'après ce que je sais, il s'est suicidé il y a quelques années.

Guzmán s'étonna.

— Le directeur du groupe d'investissement GRETR ? J'ai lu dans la presse son escroquerie et son procès. Il faut dire que le tsunami déclenché par la faillite de son groupe s'est fait sentir jusque dans les entreprises au

Chili. Mais j'ai du mal à croire qu'il s'est suicidé parce qu'il avait perdu quelques millions d'euros qui ne lui appartenaient même pas.

— Pourquoi pas ? intervint Eduardo. Les remords, peut-être. Il a ruiné des milliers de familles.

Eduardo remarqua la tonalité obscure et la texture vitreuse des lèvres de Guzmán quand il ébaucha un grognement qui prétendait être un rire.

— Nous sommes au XXIe siècle, et on n'est pas au Japon, mon vieux, dit Guzmán en lui lançant un regard qui ressemblait davantage à une morsure à la gorge. Ici, les directeurs qui mènent leur entreprise au désastre ne se suicident pas, ils s'expatrient avec les devises dans un paradis fiscal et ils se moquent du reste. En affaires, il n'y a pas de dignité qui vaille, seuls comptent les résultats. Quoi qu'il en soit, il a emporté ses secrets au purgatoire, ou en enfer, la destination de tous les spéculateurs.

Il se tourna vers Gloria.

— Votre mari est Ian Mackenzie, le réalisateur. Quelle sorte d'amitié pouvait le lier à un spéculateur dans le genre d'Olsen ?

— Il faudra le lui demander quand il reviendra d'Australie, répondit Gloria, imperturbable.

— Je n'y manquerai pas, et une fois de plus merci de m'avoir consacré un peu de votre temps.

Guzmán était songeur. Une indigente écrivait quelque chose sur un mur : SIT TERRA LEVIS. Quelle phrase terrible ; une sorte de condamnation au malheur. Autrefois, Guzmán croyait que le monde attendait quelque chose de lui. Peut-être une étincelle de génie qui le rapproche de cette sorte d'immortalité à laquelle aspirent les peintres, les musiciens, les réalisateurs qui tournent en Australie. Maintenant, il savait qu'il n'en avait jamais été ainsi. Personne n'attendait rien de lui. Il était aussi banal que les autres, un farceur caché derrière un nom, derrière un visage, qui traverserait la vie sans tambour ni trompette. La seule chose que le monde attendait, c'était son effondrement définitif.

C'est pourquoi il repensait à Candela. Elle avait été son dernier train sur la voie de la dignité :

— Allons, Paco, déconne pas, lâche le morceau ! Ça peut durer toute la nuit.

Le Bosch perdait patience. À la DINA, on l'avait surnommé ainsi parce que sa vision infernale du monde rappelait les tableaux du peintre hollandais, auquel son chef vouait un culte étrange. Ce type appréciait Guzmán, ils avaient travaillé ensemble pendant plusieurs années. Mais la nuit, le froid du désert d'Atacama vous donnait une humeur de chien, aussi le Bosch et ses deux acolytes voulaient-ils en finir et rentrer chez eux.

— Où est la fille ? Et en reposant la question il lui envoya un bon coup de pied dans les côtes, un coup violent mais retenu.

Guzmán ne pouvait même pas se protéger, il gisait pieds et poings liés sur le sol, attaché à des piquets. Il savait que le Bosch pouvait frapper beaucoup plus fort. C'était un brave type, en dépit de tout. Il devait montrer à ses hommes qu'il n'y a rien de pire qu'un traître, mais il ne voulait pas rendre cette affaire plus douloureuse que nécessaire.

Il ne dirait rien. Il le savait. Le Bosch et ses hommes le savaient aussi. Mais il y avait un protocole à respecter. La cruauté et la violence doivent être réglementées pour qu'on parvienne à un résultat. À l'école d'officiers, on leur avait appris qu'il était essentiel de ne pas se laisser entraîner par l'instinct. "Nous ne sommes pas des animaux débridés, nous sommes des professionnels", leur disait l'officier chargé des interrogatoires avant de leur expliquer quel voltage peut supporter un homme sur les parties génitales ou une femme qui a une électrode dans le rectum. Pour le Bosch, les formes étaient importantes. Il ne se considérait pas comme un boucher, il n'enlevait même pas sa veste en daim, ne dénouait pas sa cravate comme un vulgaire maton. Il était à peine décoiffé quand il tordait les tripes de ses victimes, il leur accordait même un brin de clémence de sa voix aimable et posée, leur faisait croire que la pitié était possible, et parfois cette vaine espérance déclenchait un sursaut de terreur et elles parlaient plus facilement. Le Bosch était le bourreau qui avait obtenu le plus d'aveux. Guzmán avait été son bras droit, comme ses anciens compagnons qui venaient de l'attacher à un piquet planté dans le sol, tandis que leur chef s'approchait avec un chalumeau qu'il avait toujours dans le coffre arrière de sa vieille Chevrolet bleue immatriculée à Santiago. Guzmán savait ce qui l'attendait. Deux jours plus tôt un autre malheureux, un type qui maintenant devait dormir sous un tas de terre rougeâtre, avait connu dans sa chair le souffle de ce chalumeau. Et c'était Guzmán lui-même qui lui avait lentement cramé le visage.

Crier dans le désert est décourageant. Il n'y a pas d'écho. La voix ne rencontre pas d'obstacles et se perd dans la nuit. Personne ne peut vous venir en aide, de toute façon personne n'oserait s'approcher du halo de lumière que dessinaient les phares de la Chevrolet.

— Une Espagnole, maigre et sans nichons ? Tu vas encaisser tout ça pour cette pute ?

La voix du Bosch serpentait comme une couleuvre vers son esprit. C'était une pommade qui calmait la main en ébullition, les poils qui sentaient la peau de cochon, les ongles qui tombaient des doigts. Il était bon, ce salaud, admit Guzmán, il avait presque pitié de lui, il voulait vous convaincre qu'il n'aimait pas ça, il masquait sa bouche derrière un mouchoir et feignait une horreur bien rodée. Il pouvait dégainer son Beretta et lui tirer une balle dans la tête. Et ça ne serait pas facile d'y échapper. Cela viendrait plus tard, à la fin, et ce ne serait peut-être pas nécessaire.

Ils allaient peut-être le battre à mort et le brûler. On ne peut laisser l'anarchie s'installer dans les rangs de la DINA. Personne ne s'étonnait de le voir descendre tous les soirs au sous-sol, pour interroger la Basque qu'ils avaient coincée trois mois plus tôt au planétarium. Rien de plus normal que les cris, les grognements du bourreau qui la violait, même si les gardes étaient dégoûtés, parce que c'était un petit sac d'os sans nichons. Et c'est cela, justement cela, qui les alerta. Le silence. Quand Guzmán descendait au cachot, on n'entendait aucune *musique*.

— Comment peux-tu être aussi crétin ? Tomber amoureux d'une prisonnière ! Ça arrive dans les feuilletons à la con, pas dans la vie réelle, pas à un de nos meilleurs hommes, merde !!

Candela devait être loin, maintenant, sur les routes qui traversaient ce même désert, qu'on disait infranchissable, mais rien ne l'est quand on a la volonté farouche de vivre. Elle était sauve, entre les mains de contrebandiers qui introduisaient des armes et de la drogue par des routes connues d'eux seuls. À cette heure, sous ce même ciel, elle se rapprochait du salut, mètre par mètre, minute après minute. Sous le même ciel étoilé. Suis la constellation du Capricorne, lui avait conseillé Guzmán. Elle l'avait regardé avec ses yeux extraordinaires, minuscule, effrayée, juste un regard. Où est la constellation du Capricorne ? lui avait-elle demandé. Là-haut, à l'est du Sagittaire. Elle était facile à repérer, début août, il suffisait de tracer une ligne à partir de Véga, de traverser la Voie lactée et d'arriver sur Algedi et Dabih, les cornes de la chèvre marine.

Et il regardait au sud de l'équateur. Il n'y a pas d'endroit plus beau sur terre que le firmament nocturne d'Atacama.

Même la souffrance horrible causée par un couteau sectionnant le prépuce peut donner l'impression qu'elle finira par disparaître. Mais pour le supporter, il ne faut pas s'évanouir, ni laisser les larmes rendre floues ces centaines de milliers d'étoiles qui scintillent au-dessus de son visage grimaçant. Qu'importe que tu cries, personne ne va t'entendre, là-haut non plus. Mais à la différence de l'angoisse du silence d'ici-bas, l'indifférence du firmament est une promesse de paix. Ça va vite passer, et tout ne sera plus rien.

— Il faut cautériser ça, nous ne voulons pas te saigner comme un goret. Allons, vieux, ne sois pas salaud. Si je ne récupère pas cette grue, je vais être dégradé pour t'avoir fait confiance. Et ça n'est pas possible, mon cher. Ma famille doit manger, et mes enfants vont à cette saloperie de collège anglais qui me coûte les yeux de la tête.

Guzmán écoutait le Bosch, l'homme semblait désolé, son couteau et ses mains pleins de sang. Il avait enfilé des gants stériles et s'était retroussé les manches. Il aurait pu céder sa place aux autres, mais le Bosch ne voulait pas le perdre à cause d'un geste maladroit. Couper une bite, c'est comme éplucher une pomme, il faut donner un coup sec, sans rien casser. Guzmán le savait, il avait contribué à augmenter les effectifs d'eunuques clandestins qui grouillaient dans les universités et les colloques d'Amérique latine et d'Espagne. Il était presque reconnaissant au Bosch d'avoir pris les commandes.

"Regarde le ciel, se disait-il. N'écoute pas tes cris. Peu importe qu'on t'arrache un doigt. Les odeurs de chair de l'entrejambe, le sang qui s'évapore sous le chalumeau. Ne meurs pas, regarde le ciel. Là, c'est Orion ? Et celle-là, c'est… ?"

Ah, s'il avait pu retrouver la trace du Capricorne !

Il avait refusé de dénoncer Candela parce qu'il voulait la sauver, ce qui lui coûtait son pénis, un doigt, et une main brûlée. Quelle idée !

Guzmán claqua la langue dans un geste de dépit. Il se faisait vieux, il pensait trop au passé et c'était le signe d'un avenir incertain.

Il était temps de se mettre au travail.

Il n'eut pas trop de mal à retrouver Mía Börjn, bien qu'elle ait changé de nom pour passer inaperçue : Irena Wlörking. Il n'était pas courant de rencontrer dans ce village à moitié inhabité de la Costa Dorada une femme de plus d'un mètre quatre-vingts ayant l'apparence d'une top-modèle nordique. La Blonde, ainsi l'appelaient les clients du bar où Guzmán se renseigna, vivait dans le lotissement *fantôme*. Ils ne savaient pas que cette femme était la veuve de Magnus Olsen, et ils n'avaient sans doute jamais entendu prononcer le nom de son mari. Les gens vivent dans l'ignorance, ce qui facilitait les choses pour des types comme Guzmán.

Pas besoin d'être très perspicace pour comprendre pourquoi cette zone résidentielle portait ce nom. Un ensemble de maisons inachevées, perché sur une colline, loin du village. Les grues des constructions abandonnées se balançaient paresseusement au rythme de leurs contrepoids, telles des girouettes gigantesques, et le paysage n'était que décombres, matériaux de construction, grilles, panneaux rouillés où des promoteurs montraient la reconstitution virtuelle de ce qu'aurait dû être le paradis terrestre, revêtements insonores dans les rues, parcs semés d'arbres exotiques et de palmiers immenses, fontaines et jets d'eau, piscines et jardins méditerranéens, enfants rubiconds, femmes souriantes, chiens bien dressés et maris satisfaits dans leur gros 4x4. La seule chose qui subsistait de cette promesse était une sensation de post-holocauste nucléaire, un abandon maussade qui serait bientôt dévoré par les broussailles et les ordures. Il y avait cependant quelques villas terminées, à peine une douzaine. Ce lot initial avait échappé à l'effondrement de l'entreprise immobilière.

Mía, ou Irena, comme elle se faisait appeler maintenant, occupait la villa la plus proche du mirador qui donnait sur la mer. Si la maison semblait luxueuse de loin, de près elle ne l'était pas du tout. La grille du jardin était rouillée et fermait mal, Guzmán ne trouva pas l'interphone, mais un trou qui n'avait jamais accueilli l'appareil encastré, il poussa donc la grille qui céda avec un grincement désabusé. Le jardin était un vrai chantier, une friche constituée de buissons incontrôlés, d'arbres et de plantes non taillés, de gazon mal entretenu. Dans un coin, il y avait une bicyclette et des jouets. De l'autre côté de la maison, on entendait des cris d'enfants. Guidé par ces bruits, Guzmán découvrit l'arrière du jardin. En s'aidant d'une perche, une femme sculpturale ramassait les feuilles tombées dans la piscine.

— Madame Olsen ?

La femme releva la tête. Pourquoi la surnommait-on la Blonde, dans le village ? Elle avait la peau sombre et basanée, comme une Touareg, et ses cheveux très courts avec une longue frange étaient d'un noir de jais, peut-être teints.

— Qui êtes-vous ? demanda-t-elle aigrement.

Son regard n'avait rien d'amical. Elle avait un visage parfait et sa peau lisse était due à la chirurgie. Elle était sans doute plus âgée qu'elle ne le paraissait. Mais elle avait dû être belle, très belle, dans sa jeunesse ; et elle aurait pu le rester si elle avait vieilli en laissant faire la nature, sans les agressions du bistouri. Mais c'était justement ce qu'appréciaient tant les riches hommes d'affaires qui s'entichaient de filles dans son genre : pommettes hautes, cous sans plis, seins hauts et rebondis, hanches et cuisses sans bourrelets, bref l'homogénéité, la standardisation, et donc l'acquisition d'un statut qui la situait au-dessus des mortels. Guzmán devinait que cette femme avait été un objet décoratif parmi la collection de bibelots opulents et exotiques d'Olsen. Les deux enfants qui gambadaient, d'un blond presque albinos, et le regardaient avec un mépris naissant appris dans les collèges élitistes, avaient été son assurance, sa garantie qu'Olsen ne la chasserait pas du paradis quand, fatigué d'elle, il voudrait choisir une autre top-modèle plus excitante, comme il changeait de voiture.

— J'aimerais vous entretenir quelques instants de votre défunt mari.

Mía, ou Irena, glissa un regard en coin vers ses enfants et lâcha la perche.

— Pas ici. Rentrons.

Guzmán lui emboîta le pas. Il vit au mur un portrait d'Olsen dans une attitude sévère. Il posait à côté de ses enfants, deux ans plus jeunes que maintenant. Curieusement, on ne la voyait pas sur cette photo de famille. Olsen semblait être une personne d'ordre, du genre maniaque et pointilleux, dans son costume droit, cravate impeccable, gilet assorti et boutonné, pochette à rayures diplomatiques. Son regard était dur et ses paupières si petites qu'on aurait dit qu'il n'avait pas de cils.

La veuve lança un coup d'œil à Guzmán, qui était resté debout, les mains dans les poches.

— C'est la police qui vous envoie, ou les créanciers, ou un propriétaire qui se sent escroqué ?

Sa voix fatiguée était chargée de sarcasme. Elle portait des jeans coupés à la diable au-dessus du genou. Elle avait des mollets durs et développés, sûrement grâce au *stepper* relégué dans un coin, à côté de la baie qui donnait sur le jardin, la piscine et la haie mal entretenue, et la lointaine et harmonieuse pellicule de la Méditerranée.

— Et pourquoi pas un ami ? dit Guzmán sans emphase.

— Ne soyez pas ridicule. Mon mari n'avait pas d'amis. Dans le monde de la Bourse, personne n'en a. Ces dernières années, tous ceux qui sont passés ici avaient des comptes à régler avec mon défunt mari.

Guzmán décida d'aller droit au but.

— Je travaille pour Arthur Fernández, voilà la vérité.

Guzmán avait intentionnellement prononcé ce nom lentement, en épiant une éventuelle réaction. Mais elle se contenta de regarder le plafond avec ennui.

— Je me demande bien qui est cette personne. Vous seriez étonné de voir tous les visiteurs qui m'assurent avoir été en affaires avec mon époux. Mais je ne connais rien de ses affaires, elles ne m'ont jamais intéressée et il ne s'est jamais donné la peine de me mettre au courant. Voilà pourquoi je vous conseille de ne pas perdre votre temps avec moi. Il y a un cabinet d'avocats à Barcelone qui s'est occupé de l'inventaire des biens, de la faillite et des dettes. Adressez-vous à eux.

Guzmán lança un coup d'œil furtif à la ronde. Il n'y avait pas d'objets de valeur. Quelques antiquités, deux vases chinois, une sculpture d'un goût douteux, des meubles anciens sans valeur particulière. L'espace était à demi rempli ou à demi vide. Difficile de savoir dans cette maison si on s'installait ou si on s'apprêtait à déménager. Il fit le tour du salon sans but précis. Parfois, il faut cesser de chercher pour trouver, il l'avait appris à son travail, les choses sont là, sous vos yeux, attendant d'être découvertes si on prend le temps de les observer. Il remarqua, sur les étagères d'une petite bibliothèque, des livres sur le cinéma, exclusivement. *Une histoire du cinéma*, de Mark Cousins, *La Chambre noire*, de Marey, *Le Théâtre optique* d'Émile Reynaud, et des traités qui semblaient très anciens.

Dans le jardin, les deux enfants blonds ou albinos se tapaient dessus à qui mieux mieux. Un chien, peut-être un teckel, sautillait entre eux et aboyait en agitant la queue, excité, sans comprendre que ce n'était pas un jeu. Les bagarres entre les humains n'en sont jamais.

— Je ne viens pas pour des histoires d'argent.

— Alors vous êtes policier, détective, journaliste ?

Guzmán secoua la tête en souriant.

— Je vous ai déjà dit que je travaille pour quelqu'un. Je ne cherche pas à vous créer des problèmes, je vous assure.

La veuve le regarda avec méfiance.

— Que voulez-vous, alors ?

— J'ai cru comprendre que votre époux a permis de récupérer un violon de valeur qui appartenait à la famille A. Tagger. Je m'intéresse à la relation entre M. Olsen et cette famille.

La veuve prit un tome d'une encyclopédie sur le cinéma d'après-guerre en Europe. Dans les pages qui parlaient du *Voleur de bicyclette*, de Vittorio De Sica, elle sortit une photographie où on voyait Olsen à son avantage, qui posait la main sur l'épaule d'un individu très grand et corpulent au sourire mou. En bas de l'image, il y avait une dédicace au feutre.

> *To my friend Magnus. Ian Mackenzie. 3/1/1999, Berlin.*

— Il était passionné de cinéma, précisa-t-elle avec un rictus agacé. Il dépensait une fortune pour de vieilles pellicules, des livres, des autographes ou des objets qui avaient appartenu à un acteur célèbre. Il payait des fortunes à toute personne qui lui dénichait des pièces originales. C'est ainsi qu'il a connu Ian Mackenzie, le réalisateur.

Guzmán regarda attentivement la photographie. Bien sûr, le mari de Gloria Tagger était un type élégant, comme l'avait été son fils.

— Magnus l'a rencontré au Festival de Berlin, l'année où il a sorti son film le plus connu – elle espérait que Guzmán comprendrait, mais ce dernier ne voyait pas de quoi elle parlait, aussi dut-elle finir sa phrase à contrecœur, comme si elle énonçait une évidence : *Tout le monde ment*. Un beau succès, en dépit des mauvaises critiques. Pour Magnus, cette photographie était un de ses plus beaux trésors.

— Donc, le lien entre la famille Tagger et Magnus ne vient pas de la musique, mais du penchant cinéphile de votre mari.

— Exactement. À l'origine, Magnus ignorait que Ian était le mari de la violoniste. Il l'a découvert plus tard, quand ils sont devenus amis. Je me rappelle Gloria A. Tagger, que j'ai rencontrée à un dîner, dans les environs de Madrid. C'est là qu'elle nous a parlé de ce violon lié à sa famille depuis des décennies, et de ses tentatives infructueuses pour le récupérer. À l'époque, Magnus était très lié aux milieux qui brassaient de l'argent, et, comme vous pouvez l'imaginer, dans le monde des ventes et des antiquités il y a énormément d'argent en jeu. Je ne crois dévoiler aucun secret en disant que ces galeries et ces hôtels des ventes fonctionnent assez souvent comme de gigantesques machines à laver qui blanchissent l'argent sale. Mon mari était tellement fasciné par Ian et son épouse qu'il remua ciel et terre pour être admis auprès d'eux. Quelques mois après ce dîner, il repéra ce violon dans un hôtel des ventes de Vienne et les Tagger récupérèrent leur précieux instrument à un prix scandaleusement élevé. C'est ainsi que Magnus gagna l'estime de son réalisateur admiré et de Gloria.

— À quoi ressemblait cette amitié ?

— Magnus était membre d'un club de cinéphiles très sélect. Au point que je me suis même demandé s'il ne faisait pas partie d'une société secrète de francs-maçons ou d'une secte. Ils se réunissaient deux fois par mois chez un antiquaire, non loin de notre appartement madrilène, où ils échangeaient des films originaux rarissimes, des livres, des trouvailles, des photographies. Mon époux montrait fièrement à ses collègues du club les photos dédicacées de Ian, il invita même une fois le réalisateur à donner une conférence. Il le promenait comme si c'était un trophée.

— Par curiosité, quelle impression vous a donnée Mme A. Tagger ?

La grimace contrariée de la veuve Olsen n'annonçait pas une opinion très positive.

— Je dirais qu'à l'époque elle et son époux traversaient un peu plus qu'une simple crise de couple. Ils se disputèrent pendant le dîner, ce qui, dans la mesure où nous étions les invités, était plutôt embarrassant. Mais je compris que ces disputes étaient fréquentes, et que ça ne les gênait pas de s'empoigner en public. Elle buvait beaucoup et avait la repartie acerbe. Son époux me faisait pitié, franchement. Il essayait tout le temps de temporiser, mais elle ne cessait de le harceler.

— À quel propos se disputaient-ils ?

— Il était souvent question de leur fils, Ian, que je n'ai d'ailleurs vu qu'une seule fois, un enfant superbe. Un garçon silencieux, renfermé, mais très beau, une élégance qui ne s'apprend pas, un être sensible, cultivé. Je crois que ses parents n'étaient pas d'accord sur son éducation. Ils faisaient vaguement allusion à ses problèmes de santé, il avait une sorte de maladie, mais je n'avais pas vraiment l'impression qu'il était malade. Le père était partisan de l'envoyer cette année-là en internat dans les Alpes autrichiennes, une sorte de résidence ou de sanatorium discret, très élitiste. Gloria refusait catégoriquement cette solution, elle accusait son époux d'inventer cette maladie pour les séparer. Elle assurait qu'il allait bien et qu'en tout cas il pouvait être aussi bien suivi à Madrid ou à Barcelone, qu'il n'était pas nécessaire de l'enfermer dans cet établissement… Il y a plusieurs années, j'ai appris par la presse que l'enfant était mort dans un accident, et que quelques mois plus tard ses parents avaient divorcé.

Guzmán réfléchit. D'après ses calculs, c'était arrivé exactement deux semaines après le suicide de Magnus Olsen. Un an, plus ou moins, après que Mme A. Tagger eut récupéré son violon grâce à son intervention, et que les Olsen et les Tagger se furent liés d'amitié. Mais rien de tout cela ne l'associait à la fille d'Arthur, aux circonstances de sa disparition ou à l'endroit où elle était actuellement.

— Vous avez été très aimable, et je ne vous dérangerai pas davantage. Je vous demanderai juste de me noter l'adresse de ce magasin d'antiquités où votre mari se réunissait avec ses amis cinéphiles.

Mía, ou Irena, se tourna vers la fenêtre qui donnait sur le jardin. Ses enfants continuaient de se chamailler, elle les vit forcément. Mais elle ne réagit pas, comme si elle ne les voyait pas, comme si elle n'était pas là. Puis elle toisa Guzmán comme si elle venait de le découvrir. Elle hésita. Pour la première fois depuis le début de cette conversation, elle ne semblait pas sûre de ce qu'elle devait faire ou dire.

— Vous savez sans doute que Magnus s'est suicidé.

Guzmán le savait, comme tous les gens qui avaient des relations avec le monde de la haute finance.

— Les enfants et moi, nous l'avons trouvé pendu en revenant de faire les courses. C'était horrible. Ce salopard s'est tué en sachant que ses enfants le verraient. Que je le verrais.

Cette fois, c'est Guzmán qui hésita avant de reprendre la parole. Le trouble de la veuve semblait sincère, comme si le corps de son époux se balançait encore devant le visage pétrifié des enfants.

— Ça a dû être horrible, je suis désolé.

Elle fit une étrange grimace, qui résumait sa lassitude de tout ce qui s'était passé.

— Magnus a toujours été un lâche, et il l'est resté jusqu'à la fin. Il a dégagé la piste quand son château de cartes s'est écroulé, et il m'a laissée avec les enfants, toutes ses dettes et ses problèmes. Vous devriez écouter mon répondeur, on y trouve de tout, insultes, menaces de mort, humiliations de toute sorte, adressées à moi ou aux enfants. Personne ne va s'apitoyer sur moi ou sur ma situation… Ce que je veux dire, c'est que ces dernières années je n'ai cessé de courir partout, toujours à fuir, à nous cacher, à cause d'une situation dont je ne suis pas responsable. Ceci est mon dernier refuge, nous n'avons plus d'atouts dans la manche. Si un ennemi de mon mari découvre que je suis ici, il me rendra la vie impossible.

Guzmán lui dit qu'elle n'avait pas à s'inquiéter, qu'il ne dirait rien à personne. Pour il ne savait quelle raison, cette Suédoise lui était sympathique. Peut-être parce qu'il aimait les survivants ; mais s'il n'avait pas eu de mal à la trouver, il en serait de même pour d'autres. Se cacher dans un lotissement fantôme dont le promoteur était Magnus Olsen n'était pas le meilleur choix. En tout cas, ce choix ne l'avait pas gêné. Il prit la feuille où la veuve avait noté l'adresse et prit congé avec un sourire amical, en promettant de ne plus la déranger.

8

L'amitié à éclipses d'Eduardo et Olga avait des inconvénients qu'aucun des deux n'avait prévus. Ils pouvaient discuter, passer des semaines sans se voir et soudain l'un des deux (en général Olga) décrochait le téléphone et appelait l'autre très naturellement. Cette fois, Olga fixa à Eduardo un rendez-vous insolite : à l'intérieur de l'église San Sebastián.

Eduardo s'assit sur un banc de la dernière rangée, d'où il voyait le maître-autel à travers les bougies votives qui brûlaient à des hauteurs différentes sur les chandeliers. Un enfant de chœur préparait le livre des Évangiles sur le pupitre, ouvrait un tabernacle en argent repoussé, sous une statue de Jésus-Christ en plâtre peint, et plaçait avec art le calice et les burettes sur l'autel. La messe allait commencer et Eduardo ne voulait pas rester trop longtemps. Son genou était horriblement douloureux, mais ses gênes anticléricales l'étaient encore plus.

Il n'eut pas à attendre longtemps pour voir Olga dans la pénombre arriver par le couloir latéral, et pour entendre ses talons fins sur les dalles du sol sacré. Elle s'approcha d'Eduardo, l'éclat des bougies illumina son visage.

— Pourquoi on est ici ? demanda Eduardo.

Olga avait sur la tête un joli foulard en soie naturelle. Plus personne ne se couvrait la tête dans les églises, mais Eduardo trouva que le foulard lui imprimait une jolie symétrie.

— J'y viens de temps en temps. Ça m'aide à penser et à être un peu en paix avec moi-même. Il y a des gens qui éprouvent ce genre de choses au sommet d'une montagne, face à la mer ou dans les cimetières. Pour moi, venir ici, ça m'éclaircit les idées.

En s'asseyant, c'était surprenant de voir avec quel soin elle joignait les genoux et étirait le bas de sa robe. Eduardo la regarda avec perplexité.

— Je ne t'imaginais pas dans un lieu pareil.

Olga eut un sourire compréhensif.

— Madrid est plein de naufragés, tu ne crois pas ? Les vagues de sa mer invisible rejettent chaque jour des centaines de désespérés sur son rivage, il y en a partout. Pour moi, ce lieu est une sorte d'arche de Noé. De plus, nous avons tous quelque chose à nous faire pardonner, et ici c'est possible.

Eduardo regarda les rangées presque vides, quelques personnes par-ci par-là, presque toutes avaient largement dépassé la soixantaine. Dehors, il y avait peut-être des milliers de naufragés au bord de la catastrophe, mais la plupart cherchaient d'autres planches de salut pour rester à flot. Un petit drame s'était déclenché du côté de l'autel : l'enfant de chœur allait et venait, portant le vin non consacré dans un flacon, mais en s'écartant pour ne pas bousculer le prêtre qui lissait la nappe en lin de l'autel, il trébucha. Eduardo vit au ralenti le visage d'effroi du garçon pendant que la fiasque de vin tombait et se brisait en mille morceaux en éclaboussant tout l'autel. La scène dura à peine quelques secondes et presque personne ne s'en rendit compte, mais Eduardo lut sur les lèvres du prêtre ce qui lui sembla être un juron – une malédiction ? – en araméen. Eduardo eut pitié de l'enfant de chœur, qui essayait maladroitement de ramasser les éclats de verre.

Il regarda Olga avec une expression à la fois effrayée et résignée.

— Je suppose que je te dois des excuses.

— Pour quelle raison ?

— Ma remarque absurde et méchante de l'autre jour, sur le fait que tu ne peux pas avoir d'enfants… Je me suis comporté comme un con. Je sais que pour toi c'est un sujet brûlant.

Olga approuva avec un naturel apparent. Elle respira et lui adressa un large sourire.

— Où en est le portrait ?

Le changement de sujet impliquait une omission. Eduardo l'accepta.

— J'ai retrouvé l'hôtel où est descendu Arthur, et j'ai fait quelques croquis de loin. Je vais tenter une approche aujourd'hui. Je te tiendrai au courant.

Olga resta silencieuse quelques secondes, essayant de préciser cette vague intuition que tout changeait entre eux à cause de ce maudit portrait.

— À vrai dire, je regrette de t'avoir fourré dans cette histoire. Si je te demandais de laisser tomber, tu ne m'écouterais pas, hein ?

Eduardo la dévisagea avec une franche curiosité. Que lui arrivait-il ? On aurait dit qu'elle n'était plus la même personne. En un sens, il appréciait ce changement, qui distillait un parfum épuré, authentique, mais il n'était pas sûr que cette pureté soit un bon présage. Il avait vu cet aplomb et cette sérénité apparente chez des personnes dont l'intérieur était complètement véreux.

— Pourquoi insister encore ?

Olga ouvrit son sac à main et posa entre eux une enveloppe épaisse.

— J'ai un ami dans la police qui m'a parlé d'Arthur.

— Depuis quand as-tu des amis dans la police ? Je croyais que tu la détestais.

— Je déteste aussi le chou-fleur et de temps en temps je dois en manger. Le type dont tu dois faire le portrait n'est pas n'importe qui. En réalité, Arthur Fernández est un personnage trouble. Il a une des plus grosses fortunes d'Europe et on sait qu'il spécule en Bourse et avec les banques d'affaires. Mais il reste un mystère : comment a-t-il pu forger cet empire ? On dit qu'il a commencé par le trafic de drogue et l'immigration clandestine, tout ce qui était illégal. Il a été impliqué dans plusieurs affaires mais on n'a jamais pu prouver sa participation à des faits délictueux.

Eduardo avait ouvert l'enveloppe. Elle contenait des dossiers photocopiés, des documents sur ses entreprises, des photographies d'Arthur en compagnie de personnages peu recommandables de la grande délinquance, qui ne lui disaient rien.

— Si on n'a pas de preuves contre lui, cela signifie qu'il est innocent au regard de la loi.

— L'innocence dépend souvent des honoraires des avocats, et il a les meilleurs. Tu savais qu'il avait dû quitter précipitamment la France quand il était jeune ? On lui prédisait un grand avenir de poète, il avait même publié un recueil que la critique avait accueilli avec enthousiasme. Mais un beau jour, il a flanqué une raclée à son tuteur à l'université, il l'a presque tué, et il a disparu, avant de refaire surface, dans la peau du chef d'entreprise qu'il est devenu… C'est un parcours très étrange, tu ne trouves pas ? Mais ce n'est pas ce qui m'inquiète le plus.

Olga lui demanda de regarder la dernière page du rapport.

— Je ne savais pas qu'il avait une fille.

— Elle a disparu quelques mois avant l'accident qu'Arthur a provoqué près de la place de Oriente, où le fils de notre cliente a trouvé la mort. Le test d'alcoolémie d'Arthur était positif, le dépistage antidrogue aussi. Ce n'était pas la première fois qu'il avait ce genre de problèmes, son permis lui avait été retiré plusieurs fois pour excès de vitesse, conduite téméraire et infractions au code de la route, j'imagine que les avocats ont décrit l'état d'angoisse et de dépression dans lequel Arthur vit depuis que sa fille s'est littéralement évaporée, pour en faire une circonstance atténuante.

Olga n'était pas très indulgente pour les faiblesses d'Arthur. Elle parlait de lui avec une pointe d'irritation, presque de mépris.

— Je n'aime pas que tu fréquentes ce genre de types, Eduardo. Tu devrais laisser Gloria et lui se débrouiller avec leurs détresses.

Le prêtre fit sonner la clochette. La messe allait commencer. Eduardo regarda l'enfant de chœur. Il était aussi pâle et raide qu'une sculpture vaticane. Cette image du garçon contrit l'attrista. Leurs regards se croisèrent et Eduardo lui sourit. Les choses ne se passent pas toujours bien, ne t'inquiète pas, essaya-t-il de lui dire.

— Je crois que je peux me débrouiller tout seul.

Ils quittèrent l'église. Sous la plaque commémorative en l'honneur de Lope de Vega, Olga alluma une cigarette et ôta son foulard d'un geste nerveux. Le calme qui l'entourait à l'intérieur s'était envolé. Elle redevenait la femme crispée habituelle, celle qui serrait trop son fume-cigarette entre ses doigts et pinçait les lèvres comme si elle en voulait toujours au monde entier et comme si elle allait proférer une insulte.

— Dans l'église, tu as dit que tu viens ici parce qu'on a tous quelque chose à se faire pardonner. Qu'as-tu donc à te faire pardonner ?

Olga recracha la fumée avec colère.

— J'ai dit cela ? L'encens m'aura tourné la tête.

Eduardo se rappela leur première rencontre :

Il y avait quelques semaines qu'il était sorti de l'hôpital et il était encore en convalescence. En l'espace de quelques semaines, il s'était mis à boire beaucoup trop et à se négliger. Son père allait le voir de temps en temps, il apportait du linge propre qu'il achetait au marché et qui ne lui allait presque jamais, car à l'époque Eduardo perdait du poids à un rythme inquiétant, il ne mangeait pas et dormait à peine. Il se bornait à boire et fumer, à fumer et boire. Un jour, son père lui annonça qu'on lui avait diagnostiqué un cancer de l'œsophage. Eduardo était incapable de se rappeler si son père avait eu peur, s'il l'avait dit tranquillement ou s'il l'avait simplement signalé au passage. Il ne voulait pas ajouter d'autres angoisses et d'autres chagrins à la perte d'Elena et de Tania. Il ne se rappelait pas non plus si le médecin qui devait l'opérer avait dit que ça n'en valait pas la peine, car le cancer avait produit des métastases qui avaient gagné le foie et les poumons. Peut-être avait-il dit à voix basse qu'il lui restait trois mois de vie et que le mieux serait un traitement palliatif à base de morphine. Pas de chimio. Il accompagnait son père aux analyses et aux biopsies comme un automate. Il attendait que l'infirmière les appelle, entrait avec lui dans le cabinet de consultation et entendait ce qu'on leur disait sans vraiment l'écouter. Puis il rentrait chez lui. Il n'appelait pas son père, ne lui demandait pas de ses nouvelles. Cela ne l'intéressait sans doute pas. Le plus probable, il le comprenait maintenant, c'était qu'il n'avait plus de place pour la douleur. Il était bloqué.

Le jour où Olga sonna à sa porte, Eduardo pleurait. En réalité, à l'instant précis où il entendit la sonnette, il venait de s'arrêter. Il renifla comme un enfant épuisé par les larmes. Il avait commencé par regarder une par une les pochettes des disques de la collection de jazz que son père lui avait apportée vingt minutes auparavant. "Je veux que tu les prennes", lui avait-il dit : tous, Mildred Bailey, Barbara Lea, George Benson, Armstrong, Gordon, Davis, tous ses trésors. Son père les laissa dans une boîte en carton sur la table de la cuisine. Il embrassa son fils sur le front et repartit. Alors Eduardo s'effondra, il ne pouvait plus feindre d'ignorer ce qu'il savait. Le tourne-disque passait *All the Things You Are* de Charlie Parker quand la sonnette retentit. Eduardo crut que la fille derrière la porte n'était pas une réalité, mais une hallucination, un mirage de plus. Il voulait qu'elle s'en aille, il voulait l'effacer et chavirer entre le saxophone et le piano, s'enfoncer dans cette mer de bulles obscures où on ne peut plus rien attendre. Mais la jeune femme insista et il finit par ouvrir.

À l'époque, Olga était toute jeune, à peine majeure. Elle avait des chaussures de montagne tachées de boue et un parka kaki trempé. Elle avait les cheveux couleur carotte et les cils enduits d'une épaisse couche de Rimmel où les gouttes qui glissaient sur ses joues avaient creusé de profonds sillons noirs. Elle avait de petits seins, comme des tubercules secs. Elle était nerveuse et se frottait les mains comme le font les accros à l'héroïne quand ils sont en manque. Mais Olga n'était pas une junkie en quête de fric, et elle ne réclamait pas une signature pour une cause prétendument solidaire afin de financer un vice quelconque. Elle se présenta brièvement et dit qu'elle avait entendu son histoire à la radio, la mort d'Elena et de Tania quatre mois plus tôt. Elle dit aussi qu'elle vivait tout près du lieu de l'accident, et qu'elle avait vu un truc qu'elle devait lui raconter.

Eduardo la fit entrer. Olga promena un regard distrait sur l'appartement et les disques éparpillés sur la table. Elle accepta le café qu'Eduardo lui proposa, mais elle n'y goûta pas. Elle fumait sans arrêt et laissait tomber la cendre sur le bord de la soucoupe. Elle eut du mal à commencer, tournant autour du pot, mentionnant qu'elle avait vu des portraits d'Eduardo dans une galerie, sans préciser. Inquiétants, mais profonds. C'étaient ses propres termes. Elle aurait peut-être dû dire profonds parce que inquiétants. Elle demanda aussi pourquoi il ne mettait pas de nom à ses portraits anonymes. Parce qu'ils étaient justement cela, anonymes, répondit-il. Personne ne connaît leur nom. Les noms sont des excuses, des inventions derrière lesquelles se retrancher. Elle dit qu'elle comprenait. Eduardo ne la crut pas. Elle était trop jeune, d'ailleurs elle n'était pas là pour parler de ses tableaux. Elle dit aussi qu'elle était étudiante en histoire de l'art et qu'elle voulait se consacrer au commerce du milieu pictural. Il ne la crut pas davantage.

Elle respira, prit son temps : parfois elle aimait descendre jusqu'au ruisseau pour se baigner. En été, c'était un lieu agréable, à l'abri des regards indiscrets. Dans les villages, expliqua-t-elle, c'est mal vu que les femmes – et elle s'incluait dans le lot – se baignent toutes nues. La remarque gêna Eduardo et lui sembla même superflue. Il faillit le lui dire, mais elle le devança en revenant à l'objet de sa visite. Pendant ce temps, la musique de Parker se répandait dans tout l'appartement, mais aucun des deux n'y prêtait attention.

Olga lui dit que, quelques minutes avant l'accident, elle avait vu passer un 4x4 de couleur foncée. Elle l'avait remarqué parce qu'il roulait trop vite, comme s'il connaissait trop bien la piste qui menait au ruisseau, ou comme s'il était fou. Elle n'y pensait plus quand, deux minutes plus tard, elle entendit le fracas terrible d'une collision. Il y avait un virage très serré dans le chemin et si on ne le connaissait pas, on risquait d'aller dans le fossé.

Quand elle arriva au ruisseau, elle vit la voiture d'Eduardo renversée, les roues tournant dans le vide, et quelques mètres plus loin le corps d'une fille. Elle repéra alors le 4x4 arrêté, la portière du conducteur ouverte, en haut du terre-plein. Le chauffeur dévala la pente jusqu'à la fille et se pencha sur elle. Il cria quelque chose, tourna autour du corps, apparemment indécis. Alors, Olga comprit ce qui allait se passer. Elle le comprit, parce que l'homme cessa soudain de se prendre la tête et de se lamenter. Il s'immobilisa, se tourna vers la voiture, regarda autour de lui, s'assurant que personne ne l'avait vu. Il remonta la pente, ramassa un objet qu'elle ne pouvait distinguer, sans doute des bouts de carrosserie ou le

pare-brise du 4x4, et il démarra sur les chapeaux de roues.
— C'est moi qui ai prévenu l'ambulance.

Elle avait aussi fait autre chose, expliqua-t-elle en sortant un papier froissé, une page de cahier scolaire à spirale : elle avait noté le numéro d'immatriculation.

Eduardo pâlit. Il ne savait pas quelle heure il était, mais la température avait beaucoup baissé. Il regarda ce bout de papier comme si c'était une formule alchimique et lui demanda pourquoi elle venait raconter cela quatre mois après. Olga répondit au début qu'elle ne voulait pas se compliquer la vie, qu'elle n'aimait pas la police et n'avait nullement l'intention d'aller voir la justice ou de faire les choses qu'on attendait d'un témoin.

— J'ai déclaré à la police que je n'avais rien vu, mais je ne peux plus cacher ce que je sais. Ce que tu décideras, ça te regarde. Moi, je suis en paix avec ma conscience, mais si tu dis à la police que c'est moi qui t'ai tout raconté, je nierai. Je ne veux pas être embêtée.

C'est ainsi qu'une vie change. Soudain quelqu'un apparaît et la coupe en deux. Plus rien n'est comme avant. Quand Olga apparut, Eduardo était une sorte de météorite qui n'allait nulle part : après être entré en collision avec elle, il changea de direction et fila vers un autre abîme. Cette révélation ne rendrait pas l'incompréhensible plus clair. Il s'enfonçait dans l'obscurité, il accédait à des zones plus profondes et plus noires.

Après son départ, il aurait peut-être dû avertir la police. Lui donner le numéro d'immatriculation et la description de la voiture. Cela aurait peut-être un peu changé les choses, ou même beaucoup. Mais il s'abstint.

— Parfois, je m'en veux de t'avoir raconté ça, dit Olga en regardant le trottoir d'en face.

Ils arrivaient dans la rue Atocha et passaient maintenant devant la maison de la culture de Russie. Un type à la mine sinistre, appuyé à la grille, les mains dans un manteau gris, surveillait les passants. Il n'avait pas l'air d'un guide de musée.

— Tu voulais seulement m'aider, la rassura Eduardo.

Tout cela remontait à treize années en arrière ; il était absurde de chercher des raisons ou des consolations si longtemps après. Et pourtant, Olga tenait encore à se justifier.

— L'enfer est pavé de bonnes intentions... Tu ne pourrais pas laisser tomber cette maudite histoire de portrait ? Je peux te dénicher quelque chose de mieux, je t'assure.

Ils prirent congé et Eduardo lui tendit la joue. Mais Olga l'embrassa sur la bouche. Elle ne savait pas pourquoi, elle avait obéi à une impulsion. Ce ne fut même pas un baiser plein. Au contact de ses lèvres, Eduardo se crispa comme à l'entrée d'une grotte.

Ce soir-là, dans le noir, au fond de son lit, Olga se sentit stupide. Se rappeler qu'elle avait embrassé fugacement Eduardo lui faisait honte, elle se sentait ridicule, et trouvait déplacé ce qu'elle lui avait dit. Elle s'était trop exposée. Heureusement, Eduardo ne pouvait pas se douter de toutes les vies accumulées dans le corps d'Olga ; il était trop aveugle, trop fasciné par le tourbillon de son nombril pour avoir conscience de ce qui l'entourait. C'était peut-être mieux ainsi, se dit-elle en caressant sous son pyjama la cicatrice de l'aine. Le souvenir d'un ancien tatouage qu'elle avait eu du mal à effacer.

Cette cicatrice l'avait conduite dans une ruelle pavée, à minuit. L'adresse notée sur un papier précisait que c'était en sous-sol. Un endroit sordide, obscur et tendu. Elle était squelettique, habituée à supporter le poids de la vie sans pousser une plainte, mais elle n'avait que seize ans et elle était terrifiée.

La femme qui lui prit son manteau avait l'air shootée, elle souriait, la bouche tombante, comme si son maquillage avait fondu de façon grotesque.

— Nuits allègres, matins amers, n'est-ce pas ?

Elle l'introduisit dans une petite chambre. Au milieu, il y avait un brancard à roulettes ; au plafond, une lampe répandait une puissante lumière blanche. Sur une étagère en Formica était aligné tout un matériel chirurgical. La femme voulut la rassurer en lui caressant l'épaule, mais ce contact ne fit qu'accroître le tremblement d'Olga. Elle lui demanda d'enlever sa robe et sa culotte, et lui promit que tout allait être rapide et indolore.

— Bon, ma petite, *on va sortir tout ça* et tu reprendras ta vie comme si de rien n'était.

Mais ce fut horrible, long, pénible et douloureux. Tout se compliqua dès le début, elle lui dit qu'à moins de trois mois, il suffisait d'aspirer. Mais elle lui arracha les entrailles. Olga aurait pu mourir, parfois même elle aurait préféré. Elle refusa de regarder ce que la femme lui montra avant de le jeter dans la poubelle.

— Tu vas t'en remettre. Mais tu devrais aller dans un hôpital, un vrai.

Olga ne l'écouta pas. Elle sortit en sentant qu'elle mourait à chaque pas. Elle avait du mal à tenir debout et avançait en s'appuyant au mur de la ruelle.

Au retour, elle ne put rien dire. Sa mère n'aurait jamais cru qu'un de ses amants l'avait séduite et mise enceinte. Ça ne pouvait pas lui arriver, à elle.

Le père d'Olga mourut quand elle avait treize ans. Un fonctionnaire des prisons préoccupé par le loto du weekend, peut-être angoissé par l'argent qui n'était jamais suffisant, ou par ces maux de tête soudains dont le médecin de la Sécurité sociale ne s'expliquait pas l'origine, qui le rendaient d'une humeur de plus en plus aigre. Elle ne mena pas la vie dure à sa mère, mais ne lui facilita pas non plus les choses. Elle fut une ombre glissant entre les doigts sans laisser la substance d'une chair. Depuis son enfance, Olga devait se contenter d'une apparence de normalité. Mais dans l'intimité son père se cachait, vivait dans son coin sans déranger, ou alors, pantoufles traînantes, en pyjama et robe de chambre, un verre d'eau à la main, il venait s'asseoir devant le journal télévisé et s'endormait au bout de dix minutes. Olga se rappelait quelques phrases de sa mère sur son père, ce qu'ils faisaient ensemble, comment ils s'étaient connus, mais celle-ci ne prononça jamais un seul mot qui donnât une idée de la nature des sentiments qu'elle avait pour lui.

Elle n'étalait jamais ses sentiments en public, les seules lézardes entrouvertes sur sa vie intérieure apparaissaient quand elle se soûlait ou amenait un nouveau copain à la maison, après la mort de son père. Sa mère était très jolie, beaucoup plus que la plupart des femmes qui couchaient avec ce genre d'hommes. Mais il était si facile de se laisser emporter par le découragement, comme si cette vie n'avait pas d'avenir, comme si l'effort de vieillir était simplement dû au hasard et à la démission résignée de sa protagoniste. De telles gens existaient. Des personnes qui ne trouvent pas de raison de vivre, qui n'attendent et ne demandent rien, qui rêvent d'accomplir leurs petites mesquineries sans à-coups.

Le dernier amant en date était un homme qui avait raté sa vie. Il avait à peine la cinquantaine. Il arrivait en costume de serge froissé, avec parfois un bouton de chemise ouvert à hauteur du nombril, comme s'il avait succombé à la poussée de son ventre. Il avait de longues pattes frisées et une petite moustache hitlérienne, un peu tombante du côté droit, on aurait dit une paralysie. Il tenait un paquet de cigarettes Lola dans la main droite et une cigarette entre l'index et le majeur. Il avait les doigts jaunis et les ongles à l'abandon, comme ses vêtements et ses bottines noires boueuses. Au début, il regardait Olga avec indifférence, comme une chose inévitable qui ne méritait pas d'attention. Il avait rarement un sourire, ou alors il était forcé, et il était loin d'être une réussite.

Mais ce regard changea à l'insu de sa mère.

Elle ne se rappelait pas le mois, mais elle savait que c'était un mercredi. Le mercredi, le supermarché livrait les courses pour la semaine. Olga se rappelait le guidon brillant de sa bicyclette appuyée contre la porte, la vieille selle marron et le garçon déchargeant les paniers d'osier pleins à craquer. Le petit ami de sa mère était assis devant elle et la regardait fixement. La pièce était dans la pénombre et la sensation de fraîcheur contrastait avec la chaleur suffocante, blanche et grinçante, de l'extérieur. Sans se presser, il se leva, saisit Olga par la nuque et l'attira fermement contre sa bouche.

Ce fut la première fois, mais il y en eut d'autres, beaucoup d'autres. Au sens strict, on ne pouvait dire qu'il l'avait forcée, il n'y avait pas eu de violence, au moins. En réalité, Olga s'était laissé emporter comme dans un rêve narcotique où rien n'avait d'importance, car elle n'avait pas la volonté de changer les choses ou de s'y opposer, comme si dans chaque baiser, la langue de cet homme lui inoculait un venin paralysant.

Et elle tomba amoureuse de lui. D'un homme marié, qui avait trente ans de plus qu'elle et qui était aussi l'amant de sa mère ; elle commit même la bêtise de tatouer son nom sur son bas-ventre, mais elle aurait fait pour lui beaucoup plus que se tatouer ce symbole inutile sur sa peau. Pendant des mois, elle partagea cet homme avec sa mère sans qu'elle s'en doute. Tous les prétextes étaient bons pour l'appeler, même si c'était parfois la voix de son épouse ou d'un petit enfant qui répondait ; elle subissait ses humiliations, se précipitait comme une chienne en rut dans une chambre minable où il lui avait donné rendez-vous pour la baiser à la va-vite, et plantait les ongles dans sa chair pour ne pas crier quand elle entendait sa mère recevoir la verge de cet homme, de l'autre côté de la cloison.

Jusqu'au jour où ce voyage hallucinogène s'acheva brutalement. Un matin, il lui avait donné rendez-vous dans une misérable pension, sur la route de Villaverde.

Olga avait décidé de lui annoncer la nouvelle après avoir fait l'amour, en fumant une cigarette au lit. Mais *Elle*, la véritable épouse, déboula dans la chambre et cette invasion fit exploser en mille morceaux tout son monde magique, comme la cabine d'un avion soudain dépressurisée. Ils hurlaient. On ne peut pas parler et crier en même temps, tout devient alors irrecevable et chaotique.

Pendant quelques minutes, Olga crut que sa jeunesse gagnerait la bataille, qu'il se battrait et dirait à sa femme tout ce qu'il lui avait chuchoté entre les doigts des dizaines de fois. Mais il trébucha, en réalité il ne livra même pas bataille. Il l'abandonna, sans plus, comme si rien ne s'était jamais passé, comme si elle était une bestiole répugnante qui en voulait à son bonheur conjugal.

— Nous allons avoir un bébé ! cria Olga.

Elle n'avait pas prévu de l'annoncer de cette façon, elle comptait sur la chaleur qui dictait leur rythme, hanche contre hanche, pour le lui dire : “Quitte ta femme et ma mère, maintenant, nous sommes une famille !” Comme si ce bébé était le maillon qui allait les souder. Mais ce cri, animal et désespéré, c'était tout ce qui lui restait, son dernier espoir de le retenir.

Il lui lança le regard dégoûté d'un vieux cacochyme. Et dans ce regard, dans ce dixième de seconde, Olga comprit son immense erreur. Elle sut que l'Amour n'existe pas, que les hommes sont égoïstes et faibles. Elle sut qu'elle haïrait à jamais cet homme qu'elle avait tatoué sur sa peau avec autant de véhémence que l'amour qu'elle éprouvait encore quelques secondes plus tôt.

Il les quitta, elle et sa mère, sans autre forme de procès, il les chassa de sa vie comme on écarte un insecte importun pendant la sieste, d'un revers de main. Finis, les week-ends romantiques, les étreintes improvisées et excitantes à l'arrière de la voiture, les promesses, les poèmes, les petits cadeaux, les appels à minuit ; finis les tatouages, les regards complices.

Et quand sa mère, ivre et perdue, l'appelait en sanglotant la nuit sans comprendre les raisons de son abandon soudain, Olga la regardait et détestait le monde.

Non, Eduardo ne pouvait même pas se douter d'une histoire pareille. Il la regardait toujours avec l'impatience de ceux qui se croient obligés d'expliquer l'évidence. Et l'évidence, c'était que maintenant Olga avait peur.

Elle ferma les paupières et imagina un corps nu, sans défense, mort, gisant sur le sol sale de sa chambre. Son adolescence assassinée.

Comme c'est absurde et insignifiant, un être humain nu et mort. Comme cette rédemption est inutile et sans objet.

9

Selon la tradition, les prières *salat* doivent être dites cinq fois par jour. La plus importante est celle du milieu de l'après-midi. C'était celle qu'Ibrahim pratiquait avec la plus grande dévotion.

Il fut un temps où lui-même dirigeait les prières en commun, c'était autorisé par l'islam sunnite à ses membres versés dans le Coran, ce qu'il était, comme l'avait été son père, un homme au-dessus de tout reproche. Maintenant, Ibrahim se contentait de chercher une surface assez propre pour s'incliner devant un mur orienté à l'est, devant un imaginaire mihrab indiquant la direction de La Mecque. Dans cette cellule, il n'y avait ni imam ni fonctionnaire religieux pour imposer le thème de la prière. Allah ne peut permettre à un homme de Lui parler directement, c'est pourquoi existaient les prophètes et les anges. Mais en prison, il n'y avait ni les uns ni les autres. Ce qu'il avait à dire restait entre Dieu et lui. Même si Dieu ne semblait pas l'écouter.

Il ne pouvait le Lui reprocher. Il ne suffisait pas de se laver le visage, les mains, les aisselles et les pieds pour se sentir purifié, ni de se prosterner sur une natte pour être au paradis. Il ne suffisait même pas d'implorer le pardon pour le mériter, d'ailleurs il ne savait pas ce qu'il désirait. Dès son plus jeune âge, on lui avait appris à mettre une distance spirituelle entre les plaisirs et lui, son seul objectif dans cette vie devait être l'annihilation du moi en

Allah, tous les êtres humains naissent avec deux âmes, humaine et divine, et la vie est un combat continuel, un chemin de perfection où l'humain doit s'effacer devant le divin. Mais Ibrahim savait, après une vie de conflits, que sa foi était fragile et son comportement incohérent. Non, Dieu ne lui faisait plus confiance. Et il n'avait plus confiance en Sa bonté. Pourtant, il adoptait avec solennité la posture *qiyam*, debout, la tête penchée et les mains repliées sur la poitrine, puis il se penchait en avant et se prosternait, les jambes en arrière et le front sur le sol.

Une des sourates préférées d'Ibrahim était la XVIIIe, celle qui mentionnait l'ange déchu, Iblis, le seul qui avait désobéi à Allah. Pendant qu'il la récitait, il ne pouvait s'empêcher de penser à son enfance. À ce qu'on attendait de lui "et lorsque Nous dîmes aux Anges : « Prosternez-vous devant Adam », ils se prosternèrent, excepté Iblis qui était du nombre des djinns et qui se révolta contre le commandement de son Seigneur". À combien de seigneurs avait-il désobéi ? Combien de préceptes avait-il enfreints ? Il n'avait pas honoré la mémoire de ses parents, il avait rempli de larmes la vie de sa mère, et il n'avait pu suivre l'exemple de son frère aîné, martyr entre les martyrs de l'Algérie. Il était un assassin, un trafiquant d'armes, un mercenaire. Un simulateur.

Il tourna la tête vers la couchette vide de son compagnon, Arthur, et allongea les doigts vers la marque laissée par la carte postale de leur voyage de noces. Ibrahim n'avait pas d'enfants, ni d'épouse, ni de famille pour le pleurer à sa mort, personne pour intercéder en sa faveur quand Allah déciderait que son temps était accompli et qu'Il enverrait l'ange de la Mort. Tout cela l'avait plongé dans un rêve. Au fil de ses jours, il découvrait soudain sa vieillesse proche, et il ne savait pas comment c'était arrivé. Il n'y avait pas de paix en lui, il n'y en avait jamais eu, il n'y avait pas davantage de guerre, il ne lui restait que la défaite du sang inutilement versé, les remords, les voix et les visages égarés au fond de lui. Les rêves qu'il avait eus, quand il était enfant, étaient devenus des cauchemars.

Il se tourna vers la porte de la cellule et vit Ordóñez, le directeur, appuyé aux barreaux.

— Je ne sais pas ce que tu as fait, ni comment tu t'es débrouillé, mais tu t'en vas d'ici, dit-il en brandissant l'acte de remise en liberté du tribunal.

Ibrahim regarda le mur nu et dessina par la pensée l'image de cette carte postale au chevet d'Arthur. L'Algérie, Andrea…

Après tout, Allah n'était peut-être pas un père aussi sévère et silencieux que le sien. Apparemment, le Miséricordieux avait le sens de l'humour, un sens de l'humour amer.

Arthur occupait une table du fond, à côté des voilages qui laissaient transparaître les troncs du paseo del Prado. Une douce lumière estompait son profil, comme si son corps à contre-jour donnait deux versions du même homme, sa silhouette massive et l'éclat lumineux qu'elle répandait. Il commanda un petit-déjeuner au serveur et se pencha sur un carnet. Il était tellement plongé dans sa lecture que le garçon dut se racler la gorge plusieurs fois pour signaler sa présence à Arthur, qui dégagea un peu de place pour le plateau. Un bol de café, un œuf dur, une assiette de fruits et deux tartines beurrées.

Un petit-déjeuner relativement frugal, compte tenu de son physique imposant, se dit Eduardo. Installé dans la chaise longue du hall, il avait une vision privilégiée de la salle en général et d'Arthur en particulier, ce qui lui permettait de l'observer, d'étudier ses gestes, d'analyser tranquillement la symétrie de ses traits et sa physionomie.

La première incongruité chez cet homme, c'était son nom. Il rencontrait peu de physionomies assorties à leur nom, parfois elles ne le méritaient pas, ou parfois elles le grandissaient. Par une association d'idées extravagante, Eduardo ramenait tous les Arthur du monde à un patron commun : ils avaient une physionomie aimable, peut-être avec une maladie d'une classe certaine, une faiblesse respiratoire, par exemple, des migraines chroniques ou un souffle au cœur. Il était facile d'imaginer un Arthur blond, aux cheveux souples, aux mains retenues. Surtout si cet Arthur était poète, ou avait prétendu l'être, comme le savait Eduardo. Il s'attendait à trouver un regard fuyant, pas lâche mais plutôt fugitif et explorateur, hypersensible aux détails les plus banals, aux limites de la maniaquerie et de la folie.

Pourtant, rien à voir avec cet homme, en tout cas pas avec son aspect physique ni son maintien. Les vêtements de luxe qu'il portait, costume italien sur mesure couleur terre, cravate en soie assortie, boutons de manchette et montre en titane, adoucissaient à peine la brutalité d'un corps trop costaud, où les muscles faits pour se battre étaient prisonniers de la chemise. Il saisissait de façon peu distinguée l'œuf pour enlever la coquille, et sa main portait franchement son bol de café à ses lèvres sans minauder. Malgré tout, ce qui distinguait le plus Arthur de son nom, c'était le regard, sa façon de lire ce carnet, de se tourner vers le jour de la fenêtre d'un air songeur. Ses réflexions ne semblaient pas être le fruit de la beauté, de quelques vers gribouillés ou d'une idée notée dans un moment d'inspiration. On ne voyait pas non plus de mélancolie ou de nostalgie dans ce regard, mais une expression tendue qui ressemblait à un froid calcul, pesant le pour et le contre, les options, les possibilités et les alternatives envisagées par cette tête puissante et hermétique.

Soudain, le visage d'Arthur se transforma de façon fascinante. Un sourire de voile latine éclaira son visage quand il vit apparaître un autre homme qui capta immédiatement l'attention des clients présents.

Le nouvel arrivant portait une djellaba en coton qui ressemblait à celles que portent les musulmans lors des festivités, avec des liserés dorés de forme végétale au col et aux poignets. Celle-ci lui couvrait les mains et les jambes, mais sous le tissu on devinait un pantalon occidental et des chaussures en cuir. Le visage était atrocement marqué par des cicatrices qui lui donnaient un air redoutable. Cependant, sa façon de ramener dans un tourbillon la manche de la djellaba et de se pencher légèrement en posant la main droite sur le cœur, donnait une impression d'élégance et de douceur éthérée, on aurait dit un danseur plutôt qu'un musulman menaçant de faire sauter la salle entière, ce que craignaient sans doute les commensaux des tables voisines. Son visage balafré distillait un magnétisme indéniable, ainsi que sa distinction quand il prenait un objet ou prêtait une attention sincère à ce qui passait à sa portée. Il semblait qu'un accord tacite instaurait une sorte d'équilibre entre la répulsion pour son visage ravagé et l'admiration pour son élégance innée.

Une seconde, le regard d'Eduardo et le sien se croisèrent. Eduardo se sentit fouillé sans rémission, et aussitôt après, comme s'il dédaignait une menace, l'homme reprit sa conversation animée avec Arthur. Ils se levèrent et quittèrent l'hôtel ensemble.

Eduardo les suivit à distance.

Pendant une bonne partie de la matinée, ils déambulèrent dans les rues de Madrid, entrèrent dans deux ou trois librairies, achetèrent quelques vêtements et s'attablèrent à un bar dans le quartier de Las Letras. On était vendredi et les rues étaient très fréquentées. La place de Santa Ana était un grouillement de terrasses, de vendeurs de boissons et de gens errant sans but apparent. Sous les marquises du Teatro español, un groupe de Sud-Américains faisait de la musique en se mêlant au groupe de touristes russes attentifs aux explications d'une jeune guide qui leur montrait les noms inscrits sur le frontispice du théâtre. À distance respectueuse, une voiture de la police municipale circulait aussi lentement que dans un boléro, un jeune Subsaharien distribuait des publicités pour un bar à tapas, deux Gitanes endeuillées zigzaguaient entre les tables avec leurs inévitables brins de romarin et leurs litanies sur la chance. Tout cela cohabitait sans friction apparente. Un décor simple, si on ne cherchait pas à gratter, qui permettait à Eduardo de se tenir assez près d'Arthur et de son ami sans être repéré. Heureusement, ils n'avaient pas l'air pressé, une aubaine pour Eduardo ; après une longue matinée, son genou le torturait.

Arthur s'arrêta devant le piédestal de la sculpture de Lorca, redressa la tête et croisa par hasard le regard d'Eduardo, qui eut à peine le temps de se tourner vers la vitrine d'une taverne. Arthur ne l'avait sûrement pas reconnu, et il ne se doutait pas qu'il était suivi. Cependant, quand Eduardo tourna la tête, Arthur s'éloignait d'un pas vif vers la sortie est de la place. Pas trace de son ami.

Eduardo accéléra pour ne pas le perdre de vue au milieu de la foule, au mépris des élancements cruels du genou.

Après une petite course, il arriva à l'entrée de la rue où Arthur avait disparu. C'était une ruelle étroite pleine de bars à tapas très fréquentés, trop pour se frayer un passage sans jouer des coudes.

— Merde, saleté d'infirme ! se reprocha-t-il dans un mouvement de colère en se frappant la jambe abîmée, constatant qu'il avait perdu sa proie.

Nadia Rueda avait prévenu Arthur qu'Ibrahim avait été libéré. Et il était là, en effet, devant lui.

Il était content de retrouver son compagnon de cellule, il se sentait rassuré, il partageait avec lui quelque chose de tangible et de réel dans ce monde qui lui donnait encore le vertige. Ibrahim avait aussi l'air d'être quelqu'un d'autre hors de l'environnement gris de la prison. Il semblait briller davantage, et cette tenue en coton brodé lui donnait un air à la fois extravagant et fascinant ; mais son naturel méfiant le maintenait en alerte.

— Ne regarde pas, au fond de la salle il y a un type d'aspect sableux qui ne te quitte pas des yeux.

Arthur ne regarda pas.

— Un homme de l'Arménien ?

Ibrahim écarta cette possibilité après l'avoir observé sans se dissimuler. C'était un drôle de type, mais pas une menace. Le soupçon était une seconde nature chez lui. Il s'attendait toujours au pire avec les gens, ainsi était-il prêt à contrer toute attaque. Rester sur ses gardes en permanence et ne pas tomber dans le cynisme, c'était une question d'équilibre. De son point de vue, les gens n'étaient ni bons ni mauvais, les choses ni bonnes ni mauvaises ; ce genre de manichéisme était bon pour les livres. Lui, il ne voyait que des zones grises, des danses d'ombres, et il essayait de garder un pied de chaque côté.

Arthur admirait sa force de caractère, et la redoutait. Même quand il était aimable, Ibrahim avait un regard perçant qui laissait les gens sans défense. Rien de plus dangereux qu'un homme qui sait qui il est et ce qu'il veut. Et Ibrahim le savait. Il était peu bavard, quand il prenait la parole il semblait soupeser la valeur de chaque mot, s'assurer que rien n'était insignifiant, que chaque syllabe était bien à sa place.

Ils évoquèrent quelques anecdotes sur la prison, parlèrent de la difficulté de devoir se réadapter au monde, mais c'était toujours Arthur qui commençait et finissait les phrases, Ibrahim laissait à peine transparaître ses véritables sentiments. Il était là, il écoutait avec attention, souriait parfois en montrant sa bouche déformée, mais restait toujours en retrait, tel un observateur patient.

Ils se promenèrent ensuite dans Madrid en évoquant Alger : le quartier de Haï-el-Badr, les recoins obscurs du port de l'Agha, les abords de l'avenue Didouche-Mourad et le jardin botanique du Hamma, les téléphériques du palais de la Culture et celui de Notre-Dame-d'Afrique. Quand ils eurent épuisé les souvenirs de ces balades, Ibrahim ramena la conversation sur Arthur, sur son présent, en réalité.

— Comment va ton épouse ? Tu es allé la voir ?

La question, hors de la cellule, avait un accent étrange.

— Pourquoi me demandes-tu cela ?

Ibrahim comprit son erreur et rectifia le tir.

— Quand nous étions enfermés, tu ne cessais de répéter que la première chose que tu ferais en sortant serait d'aller la chercher et de la sortir de Madrid.

— Andrea ne veut pas me voir, elle m'accuse d'être responsable de la disparition d'Aroha, et en un sens elle n'a pas tort.

Ibrahim connaissait l'histoire ; Arthur la lui avait expliquée à satiété. Il connaissait aussi l'effet dévastateur de la disparition de leur fille sur eux deux.

— On ne peut pas dire que j'ai été un père modèle. On croit connaître ses enfants, on croit que notre rôle est de les protéger, de veiller à ce qu'ils ne manquent de rien… Mais il est évident que j'ai échoué.

— Il y a des gens qui ont deux chances dans la vie. Peut-être es-tu un de ces bienheureux. Tu vas récupérer ta fille et ton épouse, et tu t'appliqueras mieux cette fois.

Arthur le regarda avec curiosité :

— Comment peux-tu en être aussi sûr ?

Ibrahim détourna les yeux.

— C'est à toi d'en être sûr, pas à moi.

— Si je pouvais convaincre Andrea… Lui demander une autre chance.

— Fais-le.

Arthur secoua la tête.

— Je t'ai déjà dit qu'elle ne veut pas me voir. Tu ne connais pas mon épouse, je crains qu'elle ne s'enfonce de plus en plus dans ce puits de silence où elle se trouve déjà et que le moment venu, quand j'aurai retrouvé notre fille, je ne puisse plus la faire revenir auprès de nous... Si tu l'avais connue quand elle était jeune, si gaie, si forte !

Ibrahim sourit. Quelque chose brillait en lui et l'éclat remontait dans ses yeux sombres, comme la vision d'un brasier en montagne, dans une grotte, en pleine nuit. Lui aussi, il avait des souvenirs.

— Pourquoi souris-tu de cette façon étrange ? lui demanda Arthur.

La vie avait une curieuse façon d'éprouver les êtres humains, se dit Ibrahim en effaçant ce sourire délateur. Allah jouait aux dés avec les destinées des mortels, dispersait les pièces d'un puzzle qui se recomposait autrement. Certains appelaient cela le hasard, c'était peut-être de la prédestination, il n'en savait rien. Le désir d'être libre et acteur de sa propre vie n'était peut-être qu'un caprice chimérique, une folie humaine.

Parfois, les portes infranchissables sont faites pour être franchies.

— Je pourrais lui parler, si tu veux, dit-il sans réfléchir, poussé par l'instinct.

La proposition surprit Arthur. Il scruta son ami. Pourquoi pas ? Ibrahim était une personne spéciale qui lui avait montré une loyauté sans faille en prison, même si tout ne semblait pas diaphane dans ses intentions. Une fois, Arthur l'avait vu contempler cette photo d'Alger avec Andrea, pensant à Dieu sait quoi, peut-être à sa propre vie ; et un soir il le surprit à l'observer, lui, pendant son sommeil. Arthur eut peur, ce fut la seule fois où il eut réellement peur d'Ibrahim. Il feignit de dormir, sentant sur son visage le souffle de l'autre, devinant son regard profond et tranchant. Néanmoins, s'il était vivant, c'était grâce à Ibrahim, et il le considérait comme son ami. En outre, Ibrahim lui était reconnaissant de l'avoir sorti de prison. Algérien comme Andrea, il avait grandi près de son quartier. À la différence d'Arthur, Andrea ne s'était jamais sentie française, elle aimait Alger autant qu'Ibrahim : s'il existait une personne capable d'être le lien qui maintienne son épouse en liaison avec la réalité, c'était bien lui.

— Oui, pourquoi pas ? Va la voir, parle-lui.

Ibrahim acquiesça, impavide, sans laisser paraître la moindre émotion. Il détourna le regard pour échapper à celui d'Arthur et à cet instant un détail impérieux attira son attention.

— Le type de l'hôtel est de nouveau là, de l'autre côté de la place. Ça ne peut pas être un hasard.

Eduardo se sentait fatigué. Après avoir joué les espions à travers tout Madrid, il transpirait abondamment et son genou était en feu. Il traînait la patte en se disant qu'il fallait être stupide pour poursuivre ainsi un inconnu.

Soudain un porche s'ouvrit au moment où il passait devant. Il eut à peine le temps de voir du coin de l'œil un poing foncer sur son visage. Il eut le réflexe de tourner la tête, mais ne put esquiver complètement le coup. Le poing s'écrasa sur sa mâchoire et l'étourdit. Ses lunettes s'envolèrent. Il n'eut pas le temps de reprendre ses esprits qu'un second coup à l'estomac lui coupa le souffle. C'était précis, un travail de professionnel. Deux mains puissantes le saisirent par les épaules et le happèrent comme s'il était un vulgaire sac de patates. Tout s'était passé en moins de cinq secondes et personne n'avait rien vu.

L'intérieur du porche baignait dans l'obscurité, mais Eduardo pouvait quand même distinguer son agresseur. C'était l'homme à la djellaba. Il voulut protester, mais un nouveau coup, sec et dur, lui écrasa la bouche et lui renvoya ses mots au fond de la gorge. Ibrahim l'avait frappé avec un objet en métal, peut-être une bague ou des clés. Eduardo sentit ses dents bouger, et un goût de sang. Ibrahim lui balança le genou dans le plexus et Eduardo s'effondra. Par terre, il sentit l'avant-bras de son attaquant lui coincer la tête contre le sol, tandis que l'autre main fouillait sous sa chemise et lui arrachait violemment son portefeuille. Ibrahim se redressa, haletant, les cheveux en bataille, mais il aurait pu le frapper encore un bon moment avant d'être vraiment fatigué.

— Tu travailles pour l'Arménien? demanda-t-il à Eduardo en lui montrant sa carte d'identité qu'il avait sortie du portefeuille.

Eduardo leva la main pour demander une trêve. S'il ne s'expliquait pas en vitesse, ce type était capable de le tuer sur place.

— De quel Arménien tu me parles? Je m'appelle Eduardo Quintana, et je suis portraitiste, peintre.

La réponse déconcerta Ibrahim. Il s'accroupit et dévisagea Eduardo, dont le visage enflait à vue d'œil : il ne ressemblait vraiment pas à un tueur de l'Arménien. Il tourna la tête vers la cage d'escalier, plongée dans l'obscurité. Le visage tuméfié d'Eduardo suivit ce regard. La silhouette d'Arthur Fernández surgit de l'ombre.

— Putain, mais qui es-tu?

Le ton était impératif, mais la menace ne vibrait plus dans l'air. Eduardo avait intérêt à trouver une explication. Et vite. Bien sûr, il ne devait pas dire la vérité. Ça aurait tout gâché. Sa cervelle bouillait sous son crâne comme une machine à laver déchaînée.

— Je suis portraitiste, c'est ainsi que je gagne ma vie, et je pensais vous dérober certains traits, faire une esquisse à votre insu.

Tout en parlant, Eduardo grignotait quelques précieuses secondes pour s'adosser au mur et se redresser, non sans difficulté.

Arthur toisa Eduardo comme s'il n'en croyait pas ses oreilles. Il secoua la tête d'un air songeur.

— Tu te fous de moi ?

À cet instant, la lumière de l'escalier s'alluma. Quelques secondes plus tard, une dame âgée en robe de chambre et en pantoufles apparut. En voyant le visage en sang d'Eduardo, elle poussa un cri de souris et fit demi-tour précipitamment.

— Il vaudrait mieux vider les lieux. Cette vieille va appeler la police. Ça ne serait pas bon pour toi qu'on te voie ici, ni pour moi, dit tranquillement Ibrahim en massant la main qui avait frappé Eduardo.

Arthur hésita quelques instants. Il savait qu'Ibrahim avait raison. Mais il sermonna Eduardo :

— Tu ne devrais pas espionner les gens comme un psychopathe.

Ce dernier approuva, encore groggy. Il avait mal partout et envie de vomir.

Ibrahim lui rendit son portefeuille.

— Maintenant, je sais qui tu es, dit-il avec un sourire ironique en gardant la carte d'identité d'Eduardo. Il est bon d'en savoir un peu plus long sur son prochain, on peut en avoir besoin un jour ou l'autre. Moi, à ta place, j'attendrais l'arrivée de la police, qui appellera une ambulance. Tu as peut-être une fracture et cette lèvre n'est pas jolie à voir.

Il s'immobilisa sous le porche en retenant la porte, inspecta l'extérieur comme un chasseur, s'assura qu'il n'y avait aucun danger en vue, et sortit. Arthur lui emboîta le pas et ils disparurent tous les deux.

La police arriva quelques minutes plus tard. Eduardo aurait préféré ne plus être sous le porche, lui non plus, mais après avoir essayé d'atteindre la rue, il se rendit compte qu'il ne pourrait pas aller très loin. Il avait le genou enflammé et chaque fois qu'il respirait, il sentait une douleur perçante au côté droit. Sans doute une côte cassée, aussi fut-il bien obligé de s'asseoir sur une marche et d'attendre les agents et l'ambulance. Il ne dit pas la vérité à la police, du moins par entièrement : il donna une description exacte des événements, mais remplaça la description d'Ibrahim et d'Arthur par une autre beaucoup plus banale et peu identifiable.

Il ne dit pas non plus la vérité à Graciela quand il l'appela au téléphone et lui demanda de venir le chercher aux urgences où une radio avait montré qu'il avait une côte fêlée. À part les hématomes, deux jours de repos et tout serait de nouveau en place. Avec une ordonnance d'analgésiques et trois agrafes sur les lèvres, il s'assit et attendit la venue de sa propriétaire.

— Un type quelconque, je ne saurais t'en dire plus. Il m'a attaqué par surprise et m'a poussé sous le porche. Il voulait sans doute me voler mon portefeuille et ma montre.

Graciela le regarda avec méfiance.

— Ta montre est au poignet et tu as ton portefeuille dans la main.

Eduardo caressa sa joue enflammée. Ibrahim avait la force d'un marteau-pilon.

— Une femme est sortie de chez elle, au premier, quand elle a entendu du bruit. Je suppose que les types ont pris peur et se sont enfuis.

— Et cette raclée, uniquement pour prendre ton portefeuille et ta montre ?

Eduardo repensa à l'expression ironique d'Ibrahim et à sa menace voilée.

— Le monde est plein de méchants… Tu veux bien me ramener à la maison ? J'ai besoin d'autres lunettes.

— Tu as surtout besoin d'un bon repas et d'un peu de compagnie. Ces derniers temps, tu es trop seul et on dirait que la solitude te dévore, lui lança Graciela.

Eduardo n'eut pas l'énergie de protester.

Sara était penchée au-dessus d'une table ronde en formica. Comme tous les gauchers, elle tournait bizarrement son cahier pour dessiner et l'avant-bras était maculé de cires colorées qui tartinaient la page. Elle avait sur son pyjama des éléphants verts qui tenaient des bouquets de ballons multicolores. Un pyjama d'enfant que les filles de son âge auraient carrément refusé de porter. Mais Sara ne leur ressemblait pas. Sur l'étagère, à portée de sa main, était posé le chat de la chance.

— Bonsoir, Sara.

La fille releva la tête et son visage s'illumina. Elle se leva et l'enserra dans ses bras musclés. Ses cheveux effleuraient le menton d'Eduardo. Elle sentait le shampoing et les essences de citron.

— Comment te sens-tu, aujourd'hui ?

— D'après la doctoresse qui la suit, elle va mieux ; nous sommes convaincues qu'en suivant sagement le traitement, elle ira bientôt tout à fait bien, n'est-ce pas, ma fille ? intervint Graciela sur un ton exagérément optimiste.

Sara approuva avec énergie, comme si les hochements de sa petite tête prétendaient confirmer une certitude que ses yeux semblaient démentir. D'autres enfants de son âge ne découvriraient que beaucoup plus tard que les choses n'étaient pas comme on les leur avait prédites, c'est ainsi qu'ils perdraient leur innocence et leur enfance dans ces mensonges ; mais elle avait appris à se mentir depuis très longtemps.

— La doctoresse dit que je pense beaucoup, et qu'il y a des pensées que je ne peux pas mener correctement parce que je suis encore trop petite. J'essaie de ne pas penser, mais celles-ci pensent pour moi et je ne sais pas comment les arrêter.

Eduardo lui caressa le front. Sara venait d'un autre monde, elle vivait ailleurs, et quand enfin les médicaments l'abrutissaient, son cerveau ralentissait, elle quittait sa terre promise et venait visiter cette autre réalité. Comme un fantôme, une moitié qu'elle prêtait aux autres.

— Les docteurs ne savent pas tout, n'est-ce pas ?

La fillette eut un rire complice.

— C'est vrai. Ce que je raconte à Maneki, personne d'autre ne peut le savoir. Mais je peux te le raconter, si tu restes dîner.

Maneki, c'était son chat de la chance.

— L'invitation est tentante, je ne vois pas comment je pourrais refuser, admit-il.

Ce fut une soirée agréable. Grâce au vin et à la compagnie de Sara, assise à côté de lui, et de Graciela, ravie, Eduardo cessa de penser pendant quelques heures à la raclée d'Ibrahim. Il raconta des anecdotes sur son enfance, sur son père, ses disques, les voyages qu'il avait faits dans le Nord, où il avait ses racines. Il ne cherchait pas à impressionner Graciela, en tout cas pas de façon consciente, mais à en juger par l'éclat de ses yeux et par l'air émerveillé qu'elle avait en l'écoutant, le coude sur la table et la joue dans sa paume ouverte, c'était ce qui arrivait.

Soudain, Sara se leva et se dirigea vers la commode.

— Maman, ces vieilles photographies, elles sont où ?

Et sans attendre la réponse elle fouilla tous les tiroirs jusqu'à ce qu'elle tombe sur l'album familial.

Graciela aurait préféré qu'elle ne le trouve pas, que sa fille ne se rasseye pas avec cet air de triomphe et ne l'ouvre pas sous le regard curieux d'Eduardo. Mais il aurait été impossible de la dissuader.

— Regarde, ma mère quand elle était petite, au village.

C'était le portrait d'une fillette, elle commençait à peine à être femme sans passer par cette invention moderne de l'adolescence. Un saut dans le vide, qu'on devinait dans ses yeux aux sourcils non épilés, elle portait une chemise noire pleine de déchirures, et une jupe ample et sale. Sur son sourire indécis, qui n'osait pas être heureux, était gravé un temps perdu. Elle était surprise par l'éclat soudain du flash, nerveuse et gênée par les ordres du photographe qui l'obligeait à poser devant une vieille chaumière à toiture en zinc, près de la porte de la cour ouverte. Une fille qui n'avait pas encore l'éclat flou du regard qui s'interdirait de montrer ses faiblesses.

— J'avais à peine dix ans. Mon Dieu, comme le temps passe, dit Graciela en prenant délicatement la photographie, comme si elle craignait de la déchirer. Elle parlait pour Eduardo. En tournant les pages de l'album, elle frôlait son avant-bras et s'enivrait de la chaleur faussement fortuite de leurs corps.

Eduardo restait imperturbable et affichait un sourire contraint. Parfois, quand il était dans son appartement, il entendait Graciela chanter des boléros de Luis Miguel. C'était joli, et Graciela avait une voix agréable. Des retrouvailles romantiques, des amours impossibles, des passions débordantes. Mais la vie n'était pas un boléro. Il ne voulait pas en savoir plus, il ne voulait pas non plus se rapprocher de Graciela ; il ne voulait pas franchir la porte de la complicité que cette femme et cette fille lui avaient ouverte, bien qu'elles cherchent à l'y pousser doucement, gentiment, mais à l'y pousser quand même.

— On ne dirait pas que c'est toi.

Graciela haussa les épaules :

— Les photographies ne reflètent rien d'autre qu'une image qui avec le temps finit par mourir.

Eduardo regarda Graciela comme un chien regarde la lune. Elle était loin, on voyait son éclat, certes, mais il ne savait rien d'elle et ne voulait rien savoir.

Graciela avait une tête qui laissait présager des larmes. Mais ils continuèrent de feuilleter l'album. Sara se chargea de tourner les pages, laissant à peine le temps de regarder les photos. La vie passait aussi vite, d'instantané en instantané, que dans sa tête turbulente et enfiévrée. Graciela et Eduardo la laissaient faire avec un sourire fatigué. Sara était un tourbillon capable d'épuiser les énergies de tout le monde, toujours en avance, annonçant ce qu'ils allaient voir avant de montrer chaque photo. Parfois, elle inventait des histoires qui n'existaient que dans son imagination, à partir d'un cliché. Ainsi, sa mère et elle étaient allées en Afrique jusqu'aux terres du Nil où figurez-vous qu'une descendante directe de Cléopâtre avait offert à Sara le bracelet en or massif qu'on voyait sur la photo du carnaval de l'an 2000. Et pour être sûre qu'Eduardo la croyait, Sara courut chercher le bracelet dans sa chambre, pour qu'il le soupèse lui-même.

— De l'or massif, en effet, admit-il en feignant d'être étonné.

Sara continua sa promenade vertigineuse dans les pages quand l'une d'elles retint vivement l'attention d'Eduardo.

— Qui est cette fille ?

Graciela caressa le profil d'une jeune fille enceinte, qui montrait son ventre très gros sous une robe indigo à bretelles et volants. Elle but une gorgée de vin, laissa une trace de rouge au bord du verre, le reposa et le fit tourner entre ses doigts en regardant la photographie avec amour.

— Ma mère. Elle s'appelait Esperanza. Quand elle était de bonne humeur, je me rappelle qu'elle me fredonnait des chansons enfantines. Parfois, au crépuscule, épuisées mais heureuses, on s'asseyait ensemble sur un banc de la place qui était devant notre immeuble, dans le quartier de Leganés. Elle me racontait alors les choses que, dans son enfance, elle avait vues au cinéma d'été du village, les édifices gigantesques d'une ville, les klaxons des Ford décapotables, le vacarme des tramways. Elle décrivait tout des actrices, les robes, les coiffures, les maquillages, les longues jambes et les tailles élancées, leur distinction quand elles marchaient, parlaient ou fumaient. Elle me raconta aussi avec une nostalgie qu'elle essayait de ravaler qu'un photographe connu avait voulu la prendre en photo, comme une vedette de notoriété mondiale, mais que son père, mon grand-père, le lui avait interdit.

Ils avaient fini les cigarettes et la bouteille de vin. Sara somnolait dans le fauteuil, enveloppée dans une couverture, enlacée à son inséparable chat de la chance. Graciela referma lentement l'album et le remit dans le tiroir. Elle s'approcha de Sara et écarta la frange qui lui retombait sur les yeux. La petite s'agita, inquiète.

— Elle est fascinée par ce jouet. Parfois, elle regarde parmi tous les vrais chats du quartier celui qui pourrait être pareil à celui-ci, mais elle déclare toute fière qu'aucun autre ne lui ressemble. Elle est persuadée que Maneki comprend ce qu'elle lui dit.

— Ta fille a une imagination débordante, reconnut Eduardo à voix basse.

Graciela approuva. Son mal avait été diagnostiqué comme irréversible, et elle le savait, mais elle ne pouvait s'empêcher d'espérer, quand les symptômes étaient en recul, qu'elle pourrait mener une vie normale. Hélas, tout allait de mal en pis.

— Je me demande souvent pourquoi certains connaissent au moins un instant de bonheur avant de le gâcher, et pourquoi d'autres ne l'atteignent jamais.

Eduardo regarda les reliefs du repas. Il n'était pas la bonne personne pour répondre à cette question.

— Je vais débarrasser, proposa-t-il.

Graciela le regarda faire. Elle savait à quoi il pensait, elle savait toujours à quoi pensaient les hommes dont elle tombait amoureuse, mais elle n'était pas prête à assumer certaines défaites. Elle s'approcha et lui caressa les cheveux, comme s'il était un petit enfant. Elle se pencha et l'embrassa sur les lèvres. Ses lèvres étaient crevassées, froides. Celles d'Eduardo se détournèrent du désir. Graciela recula, un peu honteuse.

— Je ne voulais pas te contrarier.

— Rassure-toi, tout va bien, répondit-il sur un ton apaisant.

Graciela lui lança un long regard fatigué.

— Je ne sais presque rien de toi, le peu que tu as bien voulu montrer, et je ne sais même pas si c'est beaucoup ou peu. Mais pour moi c'est suffisant, Eduardo. Avec nous deux, tu as un chemin, si tu veux. Un nouveau début. Je n'ai pas l'illusion que tu m'aimes. Pas encore, mais peu importe. Je peux attendre.

Eduardo s'était retroussé les manches et il lavait un verre. Un instant il s'interrompit, la mousse du détergent glissa et tomba sur le plan de travail. Il tourna instinctivement la tête à droite. Sara dormait toujours.

— Je ne crois pas que ta fille et toi méritiez de vous encombrer d'un cadavre.

— Ne dis pas cela. Tu n'es pas mort. Même si tu voulais l'être, une chose est sûre, c'est que tu es toujours là. Tu dois garder espoir. De plus, ni ma fille ni moi n'allons remplacer ta famille, nous n'allons pas combler un trou, Eduardo. Moi je te donne une chance, pour nous trois.

Eduardo chercha un torchon propre et essuya patiemment une assiette plate en la faisant tourner comme un volant.

Graciela savait-elle ce que signifie avoir du charme ? Elena en avait. Ce n'est pas une chose qu'on peut acquérir, ni même apprendre. C'est un don, une aura qui enveloppe certaines personnes dès leur naissance. Qui les rend différentes en toutes circonstances, quoi qu'elles fassent, marcher, regarder, respirer, tendre une main ou chanter une chanson. Ce sont des êtres immortels, de petits anges errants qui se faufilent entre nous, car ils ont perdu les ailes de la Première chute et cherchent le chemin du retour au bercail. Si une de ces personnes croisait Graciela et daignait poser un regard sur elle, lui dédier un sourire, il pourrait le comprendre, mais tout ce qu'il pourrait lui dire sur Elena serait vain.

— Il est tard. Je te remercie pour le dîner et la compagnie, mais demain je dois me lever tôt. Je dois y aller.

— Oui, c'est peut-être mieux, concéda Graciela avec la raideur d'un mannequin hors de sa vitrine.

Sans s'en rendre compte, elle avait étalé son rouge à lèvres en passant le dos de la main sur sa bouche.

Eduardo se dirigea vers la porte. Graciela resta à table, elle fumait, le regard perdu, un verre à la main. Eduardo saisit la poignée, mais il se retourna sans la lâcher.

— J'ai tué un homme, Graciela. D'une balle dans la tête. Et sa femme aussi. Et j'aurais aussi tué son fils si on ne m'en avait pas empêché. Voilà à qui tu demandes de dormir nuit après nuit avec toi, collé à ton dos.

Il s'en alla sans attendre la réaction de la propriétaire.

Le soir fleurait bon le mimosa. Le paysage, trop beau pour être vrai, était affligé d'un avant-goût de nostalgie, instant parfait qui à tout moment pouvait se diluer.

— Tu as de la visite.

Andrea fronça les sourcils, mécontente de l'irruption de l'infirmière.

— Je ne veux voir personne, murmura-t-elle.

— Ce n'est pas ton mari, dit l'infirmière en devinant sa pensée.

Autour de l'étang étaient disposés stratégiquement des bancs qui invitaient à laisser le regard errer dans le fond vaseux et sur les poissons rouges et bleus qui parfois émergeaient de l'obscurité et tournaient en rond en mendiant une mie de pain. Autrefois, l'étang était entouré de gazon, mais c'était devenu un pré jaunâtre et desséché.

Ibrahim contemplait l'eau, adossé à un arbre. Arthur l'avait préparé au pire, lui disant qu'il allait se trouver en présence d'une patiente quasiment dans le coma : "C'est frustrant de lui parler, et même ridicule. Elle n'a pas l'air d'écouter, ni de voir, ni d'entendre."

Le froissement d'une feuille le tira de sa songerie.

Andrea approchait d'un pas hésitant. Elle avait une coupe de cheveux maladroite et peu féminine, creusée sur les côtés, ses yeux ne se fixaient nulle part, ses bras pendaient mollement le long du corps et ses épaules tombantes traduisaient tout son relâchement.

Même ainsi, Ibrahim sentit son cœur battre plus vite.

Même dévastée, Andrea n'était pas morte, pas entièrement. La fille qu'il avait connue était toujours là, quelque part derrière ces cils et ce menton un peu tombant qui accompagnait la chute de ses pommettes et de sa bouche. Sa peau était envahie par les rides et des taches pointaient entre les plis ; ses muscles n'étaient plus aussi fermes et entretenus, le triceps s'affaissait et les hanches avaient décroché. Mais c'était elle, il le savait avec autant d'assurance que le jour où il l'avait su en voyant la carte postale du voyage de noces au-dessus de la couchette d'Arthur.

Presque quarante ans plus tard, presque vieux, presque vaincus. Mais ils étaient là, l'un en face de l'autre.

— Salut, Andrea.

Andrea fut surprise par cette voix, étonnamment douce. Cette chaleur raviva un souvenir qui datait de longtemps. Un recoin de sa mémoire crut reconnaître cette voix.

— Nous nous connaissons ?

“Ainsi donc, tu me reconnais. Tu ne sais pas quand, ni où, ni à quel endroit de tes souvenirs je me trouve, mais une part profonde de toi me reconnaît”, se dit Ibrahim avec une joie étrange. Cependant, il ne pouvait répondre par l’affirmative.

— Je crains que non. Mais comme vous je suis né à Alger.

La mention de cet espace commun du passé éclaira brièvement les traits d’Andrea.

— Mon nom est Ibrahim et je suis un ami de votre époux.

Le mirage s’effaça aussitôt. Ibrahim s’attendait à de la méfiance, de l’acrimonie, peut-être à une scène désagréable : il pouvait l’affronter, c’était même souhaitable. N’importe quoi. Mais il ne s’attendait pas à ce regard de pierre.

— Il sait que vous ne voulez pas le voir, voilà pourquoi il m’envoie. Il veut que vous sachiez qu’il fait tout son possible pour retrouver votre fille, et il veut que je m’assure que vous allez bien, que vous ne perdez pas espoir.

Andrea se détourna imperceptiblement vers l’étang. Des feuilles tombées s’agitaient avec inquiétude, soulevées par un vent qui semblait sortir de nulle part. “Il va pleuvoir”, pensa-t-elle. Et cette idée envahit tout : la pluie, les gouttes rebondies, grosses, aussi lourdes que le mercure transparent, la pluie inondant tout, le son du tambour sur le tapis de feuilles mortes et sur les toits, les ondes concentriques sur l’étang, les oiseaux volant follement en quête d’un abri, les nuages descendant de la montagne comme des replis.

— Il va pleuvoir, prononça-t-elle. Ici, la pluie ne pèse pas trop lourd, elle est légère.

— Vous comprenez ce que je vous ai dit, Andrea ?

— Ici, la pluie n’est pas collante, répéta-t-elle en le regardant, avec une supplique au fond du tunnel obscur de ses yeux.

Ibrahim comprit. Il ne put, ne voulut empêcher sa main pleine de crimes de caresser le visage d'Andrea. Aussi brisé que le sien.

— C'est vrai, murmura-t-il, il va pleuvoir. Mais ici la pluie n'est pas comme à Alger, hein ? Ici, l'humidité de la terre émet une vapeur qui asphyxie les poumons.

En disant cela, il se rappela un soir de cet été-là où ils durent courir pour ne pas rater le bus après avoir passé la journée à la plage, elle tenait ses sandales à la main, il avait noué son T-shirt trempé autour de la taille, leurs cheveux noirs et mouillés plaqués au visage, dégoulinant, accrochés à la rampe d'acier de l'autobus, se regardant dans les yeux, l'orage fouettait la toiture métallique du véhicule et le sel de la mer sur leur peau se mêlait à l'odeur de gasoil, sur le chemin de la ville.

Andrea flaira ces doigts qui se posaient sur son visage avec un léger plissement du nez. Cette odeur un peu acide lui évoqua une image : Où ? Quand ? De très vieux autobus, de la ferraille.

Il pensa aux routes de l'intérieur, le long des clôtures, et aux grandes meules de paille enveloppées d'énormes bâches noires pour protéger le foin des gelées. Au-dessus des épis, on voyait les chevaux et les têtes coiffées des journaliers berbères. De temps en temps, la course folle d'un chien soulevait une nuée de cailles affolées. Les faucheurs chantaient des chansons d'Ouajd Karkar en partant au travail, dans les charrettes tirées par des mules nonchalantes. En les croisant, Andrea leur souriait et les plus jeunes se redressaient, chantaient plus fort et saluaient avec leurs grands chapeaux de paille. Le soleil parcourait sans se presser la courbe du ciel au-dessus des champs d'Algérie. Les jours de la moisson étaient merveilleux. Oui, c'était le bon temps ; le passé qui s'invente est toujours meilleur que le présent.

Ibrahim s'écarta doucement de ce visage pétrifié, sentant au bout de ses doigts un flot jailli de son cœur bouleversé. Tous ces souvenirs, à demi inventés, à demi vêtus, à demi vécus, lui avaient donné le courage d'accepter la mission d'Arthur, de dominer sa rancœur et d'aller voir Andrea. Mais maintenant, il n'était plus sûr de rien. Peut-être avait-il espéré qu'elle le reconnaîtrait, qu'elle se jetterait dans ses bras comme lorsqu'ils étaient à peine plus grands que des enfants, alors tout aurait été merveilleux, tout aurait eu un sens et cette démangeaison, cette palpitation douloureuse du cœur aurait perdu sa raison d'être. Mais rien de tout cela n'allait arriver, il le savait.

Andrea se reprit, ramena son bras contre elle, fit demi-tour et s'éloigna sur le chemin bordé de haies basses. Elle s'arrêta, redressa les épaules, se lissa les cheveux et se retourna.

Où avait-elle déjà vu ce visage, même sans cette cicatrice qui le défigurait ? Où avait-elle entendu cette voix qui la remuait de l'intérieur ?

Ce soir-là, Andrea ouvrit le tiroir supérieur du secrétaire et posa sur la table un cendrier en argile assez grossier. Au fond, il y avait une dédicace. *Pour la meilleure maman, le jour de la fête des Mères*. Le dernier cadeau, naïf, de sa fille, quelques mois avant le début de la rupture des liens maternels, de la confiance et de l'ingénuité, à l'orée de cette angoissante période où les enfants découvrent le pouvoir du mensonge et leur propre pouvoir quand ils manipulent les peurs paternelles, quand ils convertissent leurs parents, ces héros, en monstres dont la seule raison d'être en ce monde était de les persécuter en multipliant les interdictions : non aux piercings, non aux discothèques, non au maquillage et bien sûr pas question de parler de sexe à la maison. Ce cendrier noirci en terre cuite, résultat d'un travail manuel au collège, était la dernière chose qui restait de l'innocence d'Aroha.

Elle entrouvrit la fenêtre pour rejeter la fumée. Elle alluma la cigarette qu'elle avait achetée à la gardienne à prix d'or et contempla le croissant de lune. Elle pensait à cet inconnu, à sa main âpre effleurant sa peau, un geste qui ne lui avait causé ni étonnement ni crainte, bien au contraire, une sorte de calme, comme si les épidermes se connaissaient déjà. Pourquoi avait-elle eu la sensation de se retrouver dans ses yeux obscurs comme à la maison, dans un lieu où le mal n'existait pas encore ?

Sa main tournait dans le vide les pages de sa vie, et elle voyait se succéder les décennies, les amis, les décès et les naissances, les fêtes, les voyages et les réflexions de moins en moins profondes, toujours moins elle, toujours plus la routine. Les maîtresses d'Arthur, ses mensonges, ses affaires louches, sa démesure pour accaparer pouvoir, argent, influence. Et elle de plus en plus petite, loin de ce qu'un jour elle avait rêvé. Les années la fatiguaient, de même que les terreurs et les dépressions de son mari, tourmenté par le passé, un passé où l'ombre d'un père invisible en tenue de campagne hantait la maison comme une présence mauvaise.

Deux, trois fois elle tenta de s'éloigner de lui, de divorcer, de recommencer ailleurs, n'importe où, seule, sans avoir à justifier sa vie par la présence d'un homme. Elle eut un amant, un ingénieur de Madrid de l'âge d'Arthur, douze ans plus jeune qu'elle. L'âge était déjà un poids, un mode de vie qui les éloignait inexorablement, un de plus. Mais ça ne donna rien. Andrea n'aima jamais un autre homme qu'Arthur, et le sexe ou la fausse passion étaient des placebos. Elle l'avait trompé pour se venger, quelle idiotie, il ne s'en était même pas aperçu, ou avait feint de ne rien voir.

La terreur en découvrant qu'elle était enceinte, à quarante ans passés. Dans une ville étrangère comme Madrid, sans sa famille, sans un homme qui l'aime plus que ses propres ambitions. Les nuits blanches quand elle regardait son ventre grossir, les disputes, les absences d'Arthur, la première tentative d'avortement avec une overdose de cachets. Elle ne le dit jamais à Aroha, sa fille aurait pris la porte pour soigner tous ses malheurs.

— Qu'est-ce qui vous prend ? Vous savez qu'il est strictement interdit de fumer dans les chambres.

La voix de la gardienne de l'autre côté de la fenêtre la fit sursauter. Elle était sous son nez depuis un bout de temps et elle ne l'avait même pas vue. Andrea écrasa sa cigarette dans le cendrier et referma la fenêtre. Strictement interdit, avait aboyé l'employée. Elle trouvait ça drôle. Interdire quelque chose strictement est une redondance, et donc une inutilité emphatique.

Maintenant, son monde ressemblait à cela, à une emphase de choses inutiles.

Aroha était, avait été dès sa naissance son début et sa fin, son paradis et sa torture. Sa fille avait opéré le miracle ou la malédiction de lui donner une raison de vivre qu'elle avait perdue depuis des années auprès d'Arthur. Sans elle, sans la douleur quotidienne que sa fille savait lui infliger, mais aussi sans l'espoir qu'elle seule pouvait lui insuffler, les jours étaient devenus cette obscurité infinie.

Andrea joignit les mains dans son giron, comme si elle pouvait encore la bercer contre sa poitrine, elle était si petite que c'était attendrissant de la choyer, fragile comme du verre, si faible, avec si peu de cheveux, dormant tout le temps. Elle ne réveillait que sa bouche lorsqu'elle voulait téter, et jamais beaucoup. Et Andrea devait lui donner des tapes sur les fesses pour qu'elle ne se rendorme pas, le mamelon entre les lèvres.

Comment était-elle devenue cette fille contestataire, furieuse contre elle-même, contre tout ce qui l'entourait, et plus particulièrement contre Arthur et elle, cela n'avait pu arriver du jour au lendemain. C'était sans doute le résultat d'une métamorphose dont Andrea n'avait pas eu conscience, tant elle était aveuglée par l'amour inconditionnel, et c'était trop tard quand elle s'en aperçut. C'était ce qu'elle se reprochait le plus, de ne pas avoir vu sa fille s'enfoncer sous la patine de l'orgueil et de la fureur, avec ses caprices d'enfant gâtée et riche qu'Arthur ne voulait jamais refréner. Aroha était devenue vorace, cruelle et exigeante, elle remplissait sa vie de choses, d'objets qu'on obtenait avec de l'argent, mais qu'on perdait pareil, sans laisser de traces.

"Quelles sont ces marques?" lui demanda-t-elle un jour qu'en entrant dans la salle de bains elle vit ces bleus sur les chevilles et sous les oreilles. Ce n'était pas très inquiétant, des marques de doigts, et des sortes de piqûres de puces. Aroha réagit en se cachant derrière une serviette et en criant comme une hystérique que sa mère n'avait pas le droit d'entrer sans frapper, que la salle de bains était *à elle*, et que ce qu'elle avait envie de faire de sa vie ne la regardait pas. Andrea réagit avec une rage débordante, elle cria aussi, intercalant phrases et insultes en français et en arabe, comme si elle voulait prendre ses distances entre son passé et celui de sa fille, *cette sale petite minette des beaux quartiers* qui ne savait pas apprécier sa chance d'être née dans un berceau doré.

Elles crièrent beaucoup, à en perdre haleine. Soudain, Andrea vit son visage décomposé dans la glace embuée et elle eut honte. Car cette rage n'était pas dirigée contre sa fille, mais contre Arthur, qui baisait aux États-Unis depuis des semaines avec cette pute noire qu'il avait engagée ; elle criait parce qu'elle se sentait vieille, abandonnée, épuisée, parce qu'elle avait besoin d'en vouloir à quelqu'un pour que sa tête n'explose pas.

— Je suis désolée, murmura-t-elle dans la solitude de sa chambre, le cendrier d'argile sur ses genoux, assise sur le lit, regardant le mur nu comme s'il était une fenêtre sur le passé, sur cette salle de bains. Aroha dans la baignoire, debout, agrippée à sa serviette comme si elle voulait l'étrangler, les cheveux mouillés dans ses yeux qui la foudroyaient de haine, de chagrin. Qui criaient à l'aide. Mais Andrea était tellement aveugle, frustrée, qu'elle ne sut écouter ce regard, ce qu'il disait, ce qu'il implorait. Qu'elle ne sut comprendre que les cris de sa fille n'étaient ni de la haine ni de la colère, mais de la peur, qu'elle était terrifiée, perdue. Elle lui tendait la main et Andrea l'avait ignorée.

Elle n'aurait pas dû laisser Arthur l'interner dans ce centre genevois. Au retour, elle était différente. Et elle comprit qu'elle l'avait perdue. Elle se mit à sortir avec des amis plus âgés qu'elle. Aroha ne voulait jamais les amener à la maison, ils auraient pu être contaminés par l'amertume qu'on y respirait, c'était ce qu'elle disait.

La dernière fois qu'elle la vit, elle montait dans la voiture de l'un d'eux. La voiture démarra dans un rugissement terrible en soulevant un nuage de poussière. Quand la poussière retomba, la voiture n'était plus là. Et sa fille non plus.

Il y avait quatre ans et cinq mois de cela. Andrea voyait toujours ce nuage de poussière, et espérait voir réapparaître sa fille bien-aimée.

Au bout de quelques minutes, elle se rendit compte qu'elle pleurait, un nœud de larmes furieuses et incontrôlées, sa bouche s'ouvrait et se refermait dans un cri muet, elle avait le nez plein de morve et elle bavait.

Dehors, il se mit à pleuvoir.

10

Le magasin d'antiquités était difficile à trouver, comme si ses propriétaires ne voulaient pas que les passants tombent dessus par hasard, mais seulement après une recherche minutieuse. Il se trouvait tout près de la rue León, aucun panneau sur la porte ou la façade n'annonçait sa raison sociale. Il n'y avait pas de sonnette et la vitre dépolie de l'entrée empêchait de voir l'intérieur. La porte avait deux ferrures garnies de gros clous en forme d'arc de cercle, et une boîte aux lettres en fer anonyme où s'entassaient les dépliants publicitaires et des courriers de la banque. On aurait dit un local abandonné.

Guzmán frappa deux fois à plusieurs minutes d'intervalle, mais personne ne vint ouvrir. Il allait repartir quand l'ouverture fut activée de l'intérieur.

L'air était chargé d'odeurs de bois et de moisi. Il régnait un silence monacal et un lampadaire à abat-jour en verre éclairait chichement une longue voûte le long de laquelle s'entassaient des tableaux, des sculptures, des livres, des meubles et même des vêtements. Personne ne vint l'accueillir, malgré le bruit que fit la porte en se refermant. Au fond, au milieu de tables de tous les styles, de chaises baroques et d'échantillons d'armures, derrière un haut comptoir en bois, un vieillard examinait des monnaies anciennes à la loupe. À côté de lui, un cendrier plein de mégots et des chiffons souillés de teinture. Un nuage de fumée l'enveloppait.

— Bonsoir, dit Guzmán.

Le vieil homme leva à peine la tête, lui adressa un geste vague et l'ignora aussitôt. On aurait dit un personnage du XIXe siècle, comme la boutique. Il avait de petites lunettes rondes sans monture reposant sur des oreilles pointues escortées de pattes presque invisibles, il portait une blouse à col fermé en grosse toile, comme celle des employés de l'industrie textile d'autrefois.

Guzmán feuilleta quelques volumes empilés sur une petite table. C'était une collection des contes de Kipling, une édition des années 1930. Le toucher âpre du papier jauni et les petits caractères bigarrés lui rappelèrent des souvenirs d'enfance. Pas très bons. Il reposa les contes et s'approcha d'un calice à pied d'argent avec incrustations en marbre, une lourde coupe qui avait une inscription en latin, *Sanctus Christi*, et une croix en relief.

— Voudriez-vous bien remettre ça à sa place, lui lança le vieillard. Ce calice n'est pas pour vous.

Guzmán obéit avec un certain embarras, comme s'il était un pickpocket ou un gamin surpris la main dans le sac.

— Excusez-moi, c'était par curiosité. Ce genre d'objet retient toujours mon attention. Je ne peux m'empêcher de penser aux propriétaires d'origine, à leurs histoires.

Le vieillard lui accorda un peu plus d'intérêt. Il avait ôté ses lorgnons et nettoyait machinalement les verres aux pans de sa blouse. Il sortit de derrière le comptoir, plus lourdement que ne le laissait paraître sa silhouette chétive, caressa le bord du calice que Guzmán avait manipulé et y passa doucement un chiffon.

— Vous avez raison d'être curieux. Les choses sont importantes, savez-vous ? Même l'objet le plus insignifiant de cette maison mérite des égards, par exemple tomber entre les mains d'une personne qui sache apprécier sa valeur. Nous avons de tout, ici, depuis les dés d'argent des couturières de la reine Eugénie de Montijo jusqu'à l'attestation de mise en circulation de l'Hispano-Suiza que le roi Alphonse XIII conduisait dans ses nuits folles à Madrid. Il y a des uniformes de l'escadron de hussards, des pistolets du XVIIIe siècle, des retables en parfait état, j'ai même un superbe service de coupes en cristal de Bohême qui a appartenu à l'empereur François-Joseph Ier, et une modeste gouge héritée de mon bisaïeul charpentier qui ne sera vendue que si je trouve la personne qui saura en prendre soin avec toute la ferveur qu'elle mérite.

— Vous avez une variété impressionnante d'objets anciens.

Le vieillard sourit d'un air entendu.

— C'est le propre des magasins d'antiquités. Ici, le temps s'est arrêté depuis belle lurette et il en sera ainsi tant que Dámaso Berenguer s'en occupera. Dámaso, c'est moi, expliqua-t-il en lançant un coup d'œil à la ronde, comme s'il voulait s'assurer que rien n'avait changé de place.

— En réalité, je ne veux rien acheter, répliqua Guzmán.

L'antiquaire plissa les yeux.

— Vous n'avez pas l'allure d'un policier ni d'un détective, dit-il avec méfiance, en regardant la main atrophiée de Guzmán, sans dégoût, juste avec une curiosité un peu malsaine, comme si cette malformation l'attirait. Vous ne ressemblez pas davantage à un inspecteur de la mairie ou des finances, mais on ne sait jamais. Vous voulez voir ma comptabilité, voir ce que peut encore empocher l'administration ? Tout est en règle. On m'a déjà volé tout ce qui peut être volé.

— Je ne suis rien de tout cela, le rassura Guzmán.

— Alors, *qu'êtes-vous* exactement ? Nous sommes tous quelque chose, dans la mesure où ce que nous faisons nous définit, vous ne croyez pas ?

Cette digression du vieillard amusa Guzmán. À l'en croire, Guzmán aurait dû répondre qu'il était un ange déchu, un démon, une sorte de monstre à visage humain.

— Je suis un homme d'affaires, et on m'a dit que vous pouviez m'aider. Je cherche Magnus Olsen. J'ai en ma possession un enregistrement au praxinoscope d'Émile Reynaud, daté de 1877. J'ai cru comprendre que M. Olsen achète très cher toute filmographie originale.

L'antiquaire eut du mal à réprimer une exclamation. Et la méfiance succéda à la surprise. Il scruta Guzmán avec une expression à la fois curieuse et contrariée.

— Si ce Magnus Olsen est un collectionneur privé, pourquoi venir le chercher ici ?

— J'ai consulté plusieurs antiquaires de Madrid. Et tous m'ont renvoyé ici ; on dit que vous lui avez vendu des pièces qui sont d'authentiques œuvres d'art, et qu'en plus vous dirigez un club de cinéphiles très sélect dont Olsen fait partie.

Le vieil homme pinça les lèvres, comme s'il voulait émettre un sifflement, mais aucun son ne sortit de sa bouche. Ses doigts balayèrent l'air avec un rien d'incompréhension.

— À vrai dire, je ne me rappelle pas très bien ce Magnus Olsen. Il est peut-être venu ici, mais il y a longtemps que je ne l'ai pas vu – le vieillard tordit le nez, lissa ses cheveux, mal à l'aise, fit quelques allées et venues pour déplacer des scapulaires et un encrier avec les plumes serties d'or. Quant à ce club de cinéphiles, je me demande bien qui peut vous avoir raconté pareille chose. Il n'a jamais existé, en tout cas pas ici. Les seuls films qui m'intéressent sont ceux où jouait Juanito Valderrama, il y a des siècles de cela, vous voyez. Je crains de ne pouvoir vous aider.

Guzmán haussa les épaules et eut un sourire d'ingénu.

— Ah, c'est bien dommage.

Le vieux hocha lentement la tête en passant sa langue blanchâtre sur sa lèvre supérieure.

— Je pourrais peut-être jeter un coup d'œil sur cette bobine, si vous êtes intéressé. Je ne suis pas spécialiste de cinéma, mais je sais reconnaître une bonne antiquité.

Guzmán pesa le pour et le contre. Un mot de trop, un geste déplacé provoquerait une panne dans ce subtil engrenage de mensonges qui se mettait en marche.

— Je comptais la montrer à Olsen. Et j'espérais que vous me parleriez de son club. Si j'ai bien compris, il est constitué de grands experts, largement capables d'estimer une pièce comme celle que je compte vendre.

— Oui, bien sûr… Vous voyez cela ? Guzmán suivit la direction qu'indiquait le doigt osseux du vieillard – il montrait une pile de cartons avec des inscriptions au feutre, prêts à être déballés. C'est le lot complet d'un héritage mal vendu. Les enfants d'un couple défunt ne voulaient rien savoir du patrimoine accumulé pendant des décennies par leurs parents. C'est plus courant qu'on ne le croit. Les chiots affamés se moquent des souvenirs et de l'histoire des objets, la seule chose qui les intéresse, c'est de vider la maison de ses *vieilleries*. Telle est la vie des vieux interprétée par les jeunes : une accumulation inutile d'objets encombrants, d'expériences et de souvenirs inutilisables. Quelle injustice ! Les objets d'art, les livres les plus vénérables de la bibliothèque et quelques meubles de style napoléonien, je peux les revendre au prix le plus juste ; le reste, je l'entasse pour m'en débarrasser à des prix défiant toute concurrence. Il y a des gens qui croient qu'un antiquaire est une sorte de ferrailleur, vous savez. Ils confondent le vieux et l'ancien, autant confondre la valeur d'une chose avec son prix. Pour qu'un objet devienne une antiquité, le temps écoulé ne suffit pas, on ne mesure pas la valeur des objets au nombre d'années, ce ne sont pas des vins. Une merde restera toujours une merde, même si elle a séché et qu'elle ne sent plus rien.

L'antiquaire rit de son propre humour avec un grincement de lapin, sans grâce. Mais Guzmán resta impassible.

— Quel rapport avec Olsen ?

Le vieillard s'étonna du ton âpre de la question de l'inconnu. Il perçut une pointe de déception, une sorte de séisme de très faible intensité : il en avait connu tellement qu'ils étaient devenus presque imperceptibles. Il n'appréciait pas qu'on puisse manifester plus d'intérêt pour une transaction financière que pour la valeur intrinsèque de ce qu'on voulait vendre.

— Parmi tout le rebut laissé par les héritiers, il y a une jolie boîte des frères Lumière, exposée dans une vitrine pour la première fois en 1867, à Paris. Elle a une valeur incalculable, mais ses propriétaires n'ont pas su la voir, et pour la récupérer, j'ai dû acheter toute cette saloperie. Franchement, je ne crois pas que cet Olsen ou tout autre qui se consacre au monde des antiquités sache estimer ce que vous proposez.

— J'essaierai quand même de le lui proposer. De toute façon, je vous remercie.

Guzmán lui serra la main. Le vieux se gratta le lobe de l'oreille, manifestement nerveux.

— Écoutez, vous ne risquez pas de retrouver ce Suédois, à moins que vous ne soyez médium. J'ai entendu dire qu'il avait eu des problèmes avec le fisc et la justice de son pays, et qu'il avait fini par se suicider. De façon tragicomique, d'ailleurs.

Guzmán feignit de paraître surpris et déçu à la fois.

— Pour quelqu'un qui ne se souvient pas de lui, vous connaissez beaucoup de détails le concernant.

— Votre Reynaud m'a rafraîchi la mémoire... Écoutez, Magnus Olsen était un bon collectionneur, il payait rubis sur l'ongle comme tous les milliardaires excentriques, mais c'était un amateur, et de plus il ne peut plus négocier avec vous. En revanche, moi, je pourrais évaluer votre affaire au plus juste et vous faire une offre intéressante.

Guzmán prit un air perplexe et fit mine de réfléchir. Bien sûr, ces bobines n'existaient pas. Il improvisa donc.

— Vous avez raison. Je vais vous apporter ces bobines, nous arriverons peut-être à un accord. À vrai dire, j'ai besoin de cet argent.

Un type détenant un objet d'une valeur incalculable et prêt à le vendre à un amateur comme ce Suédois pourri, et qui en plus commettait la maladresse de préciser qu'il avait grand besoin d'argent, c'était beaucoup plus que n'en espérait ce vieillard, et la perspective d'une transaction juteuse lui fit voir Guzmán d'un meilleur œil.

— Revenez quand vous voudrez, dit-il en le raccompagnant jusqu'à la porte. Les vieux anachorètes comme moi finissent toujours par reconnaître le besoin de compagnie quand ils ne sont plus capables de remplir leur solitude avec les bruits de leur tête... La vieillesse est silence. Un silence pas très calme et rempli de pièces vides. Nous apprécions les choses de la vie quand elles prennent fin, la compagnie intelligente, les promenades, un bon caca le matin, une chanson qu'on a entendue mille fois sans lui prêter attention...

Guzmán approuva. Il avait déjà un pied dans la rue, quand une chose qu'il semblait avoir oubliée, un détail, le ramena sur ses pas.

— Dites-moi, Dámaso, encore une question. Connaissez-vous Ian Mackenzie ? Il est peut-être venu quelquefois avec Olsen.

— Qui est-ce ?

— Un Gallois, un réalisateur. Vous avez peut-être déjà vu ses films, mais je ne crois pas qu'il y ait Juanito Valderrama en vedette.

Il avait parlé lentement, en regardant fixement le vieillard. Il fut ravi de noter une certaine contraction des muscles sous son vieux masque d'indifférence. Le Bosch le lui avait appris : “Qu'ils sentent le poignard entrer dans la chair avant même de leur expliquer pourquoi. À eux d'anticiper l'horreur que tu es sur le point de déclencher. Qu'ils aient la trouille de toi avant que tu aies remué le petit doigt.”

— Je ne saurais vous dire. Non, sûrement pas, ajouta l'antiquaire avec une assurance un peu précipitée.

Guzmán parut déçu.

— Tant pis, c'était juste pour savoir. Vous m'avez beaucoup aidé, je vous en remercie. Je reviendrai avec les bobines de Reynaud.

Il n'eut pas besoin de se retourner quand il descendit la rue pour savoir que le vieil antiquaire l'observait derrière les vitres sales de sa boutique. Guzmán ressentit cette joie presque instinctive, animale, des limiers qui tombent sur une trace de sang, encore fragile, mais qu'ils ne lâcheront plus tant qu'ils n'auront pas retrouvé leur proie. Personne ne s'effondre la première fois, il le savait par expérience. Mais ce vieux avait commis assez de maladresses pour éveiller ses soupçons. Il n'était pas obligé de mentir à propos d'Olsen, et il s'était contredit de façon pitoyable, car il risquait de perdre une affaire lucrative, qui n'aboutirait jamais, Guzmán n'ayant jamais eu ces bandes. Il avait aussi essayé de le tromper en disant qu'il ne connaissait pas Ian Mackenzie. La salive sèche accumulée à la commissure des lèvres l'avait dénoncé. Mais surtout, et cela excitait son instinct de limier, il avait nié l'existence d'un club privé de cinéphiles, un groupe en apparence anodin.

Les années lui avaient appris à être patient et observateur. Dans les cachots de la Moneda, à Santiago, il s'installait souvent sur un tabouret, derrière la porte, pour observer attentivement les détenus avant de les interroger. Il pouvait passer des heures à accumuler les mégots à ses pieds, à l'affût du moindre signe de faiblesse, de la moindre blessure sur laquelle se précipiter. D'autres préféraient briser la volonté de résistance des suspects par la force brutale, passages à tabac, coups, décharges, estafilades, rats, n'importe quoi. Guzmán ne leur ressemblait pas, il n'était ni un détraqué ni un sadique. Il avait un objectif clair, entrer dans l'esprit du prisonnier, trouver ce qu'il ou elle savait. Bien sûr, la violence était nécessaire. Parfois, après un long supplice, la mort était une chose prévisible et même souhaitable, si on ne pouvait plus rien obtenir du suspect. Mais toujours après une longue et consciencieuse progression, un plan d'attaque sur l'âme du sujet.

Seuls les imbéciles et les tarés mentent sans nécessité. Et ce vieux n'était ni l'un ni l'autre. En d'autres circonstances, quelques coups de tenailles sous les aisselles auraient suffi pour lui faire avouer ce qu'il taisait. Mais on n'était plus dans les années 1980 au Chili, et naturellement l'Espagne n'était plus ce qu'elle était quand il collaborait avec la police de Carrero Blanco, pour lutter contre le terrorisme.

"Les hasards n'existent pas, ils sont une façon différente d'aborder l'ordre des choses, un code qu'il faut déchiffrer", se dit-il.

Il avait soif. Madrid abordait le crépuscule et ses artères, joyeuses et bruyantes, lui proposaient du nouveau à chaque coin de rue. L'occasion d'oublier ce qu'il était. Il se demanda ce que faisait la veuve Olsen au même moment. Peut-être buvait-elle, seule.

Il ne comprenait pas pourquoi cette femme lui rappelait Candela.

La grande salle du pub était agréable. Sur toutes les tables, il y avait un petit pot en pierre grise avec un bouquet de fleurs. Les couleurs des murs étaient irréelles, trop contrastées. Dans un coin, un comptoir orné de miroirs, avec une sonnette qui émettait un son de clochette quand on l'actionnait. À quelques mètres, une autre table, où des noctambules en mocassins et canadiennes en cuir élimé fumaient des joints faits avec un soin tatillon dans une machine à rouler. Ils discutaient de l'art et de la politique à la manière des vases communicants, pendant que les putains grouillaient autour d'eux, beaucoup plus tourmentées que ce que leurs rires et leurs postures ne laissaient entendre. On devinait l'ampleur de l'échec qui les habitait.

D'autres clients avaient un air triste et vaincu, des hommes en cravate et costumes bas de gamme transportaient des mallettes pleines d'échantillons inutiles, des camionneurs aux regards las vidaient une bière en solitaire après s'être rincé la figure à l'aire de repos pour être un peu présentables. Dans un angle, un piano aux touches jaunies, comme les dents d'un vieillard. Le pianiste jouait un pot-pourri de chansons sans saveur ; devant lui, un verre tube à moitié rempli de gin, qu'il buvait entre deux airs, attentif à ne jamais le vider. Quand il le levait, une fille du club venait aimablement le lui remplir. Dans un ou deux ans, ce type serait mort, l'arthrose aurait sans doute paralysé ses doigts, il ne pourrait plus jouer ni tenir le verre dans ses mains, griffes inutiles, pour attirer l'attention de la serveuse.

Guzmán, derrière sa table, ne perdait pas une miette du spectacle, telle une méduse entre deux eaux. Un corps inerte qui ne réagissait que si on venait le déranger.

— On se rappelle une vieille chanson ?

Une femme avec un grain de beauté dessiné au crayon lui souriait du fond de son indolence, regardant le monde derrière ses faux cils, affichant un air railleur et fier qui ne lui servait sûrement à rien.

— Pas vraiment, répondit Guzmán en extrayant ses mots du fond de son esprit.

— Ça te dérange, si je m'assieds avec toi ?

Elle était déjà assise, et Guzmán haussa les épaules. "Les gens devraient se méfier des plantes carnivores, pensa-t-il. Elles ont les couleurs les plus aguichantes et sont en apparence les plus inoffensives." Cette femme l'ignorait sans doute.

Elle dit son prénom, qu'il l'oublia sur-le-champ.

— Nous y voilà : à *l'inéluctable limite du diaphane.*

D'une voix pâteuse, Guzmán lui demanda ce qu'elle voulait dire. Elle sourit, étalant exagérément des dents trop irrégulières pour avoir un air décent.

— Je ne sais pas. Je l'ai entendu à la radio en voiture. J'ai trouvé ça amusant et je l'ai noté. Comme toujours, avec les mots rares ou les phrases que je trouve bizarres. Je les note pour ne pas les oublier.

Elle n'avait pas dit pour les apprendre, pour les comprendre ou pour les utiliser par la suite. Elle avait dit "pour ne pas les oublier".

Guzmán sourit, mû par une curiosité perverse sur le comportement difforme des êtres humains.

— Très bien. Raconte-moi ta vie.

— Il n'y a pas grand-chose à en dire. J'ai été déflorée par un ami de mon père à quatorze ans, avant même un premier baiser, et depuis tout a été de mal en pis, dit-elle en ricanant.

Elle était ivre. Ou feignait de l'être.

Et lui, que faisait-il à quatorze ans, pendant que cet inconnu glissait les mains dans la culotte de… Comment s'appelait-elle ? À quatorze ans, il était un gamin aux sourcils ras et aux cils épais, qui montait sur le manège du poulpe géant, dans les fêtes de quartier. Mais impossible de se rappeler qui avait reçu son premier baiser.

La femme continuait de boire. Elle allongeait une longue liste de fiancés et d'ex-compagnons, de maris et d'amants, relations courtes ou longues, dont le dénominateur commun était d'avoir été compliquées.

— Les hommes ne savent pas me donner ce que je veux.

— Mais sais-tu le leur demander ?

— Moi, j'ai besoin que les hommes me dévorent des yeux les jambes, le cou, les seins. Je veux me sentir désirée et admirée, comme si j'étais une sculpture des jardins royaux de Venise. J'ai besoin de sentir une main nerveuse, *lubrique* – ce mot je l'ai lu ce matin dans la publicité d'une crème vaginale – qui me fasse mouiller.

"Il y a de tout dans ce carnaval", pensa Guzmán. Les gens voudraient vivre d'autres vies, mais bien peu s'y risquent. Elle se moquait bien de savoir s'il l'écoutait. Elle avait juste besoin de se défouler. Elle avait trop bu et il n'était pas son genre ; elle lui proposerait quand même la botte, juste parce qu'elle ne voulait pas être seule.

La femme étala sur un petit miroir à maquillage une ligne de coke, coupa l'asticot en deux et chacun sniffa sa bestiole avec délectation. Au fond de soi, près des peines, la coke devenait réalité. Soudain elle l'embrassa. Je bois du cyanure, pensa Guzmán en sentant l'irruption de sa langue. Il ferma les yeux et but cette ciguë.

Il se laissa emmener à l'étage. La chambre était jolie et le plafond mansardé, recouvert de bois et de grosses poutres en cèdre. Les murs chaulés n'étaient pas lisses, on voyait les protubérances d'une construction en mouvement, comme les kystes graisseux qui éclosent sur les visages des vieux. La moquette était rouge et des miroirs à encadrements dorés reflétaient les anatomies sous tous les angles.

Guzmán s'assit sur le lit, large, mortuaire, avec une courtepointe blanche au crochet qui sentait la propreté sans vie. C'était un lit triste, comme tout ce qui chez les pauvres veut avoir l'air riche. Ce n'était pas le lit d'une princesse, c'était le lit d'une putain, mais il avait un joli dais et des miroirs au plafond qui permettaient de connaître avec exactitude la géographie d'un corps nu.

— Ça va ? lui demanda-t-elle pendant qu'elle se lavait sur le bidet.

Guzmán la regarda avec une profonde tristesse. "On fait toujours du neuf avec du vieux", pensa-t-il. Il se le répéta, essayant de se convaincre de la vérité de cet axiome, sans succès. Il détourna le regard. Elle se glissa dans le lit et sourit. Il pouvait sentir sous ses doigts le battement de son cœur : Boum, boum, boum, comme les pas d'un géant emprisonné dans une cage.

— Puis-je calmer ces cris que tu perçois là-dedans ?

— Tu as un pieu pour me transpercer le cœur ?

Il entendait de l'autre côté de la cloison les gémissements d'un travesti, le démarrage d'un camion sur le parking, les rires des putains dans le couloir, loin, comme au fond d'une piscine. Parfois, il se sentait tout près de la certitude que la vie n'était rien, un délire qui se dissiperait quand il ouvrirait les yeux.

— Tu veux que je te suce ?

Guzmán eut un sourire cruel.

Immobile, les yeux braqués sur l'obscurité dans laquelle il s'enfonçait comme dans une forêt touffue pleine de brume. Il se rappela la voix de Candela, les phares de la voiture du Bosch traversant les particules de sable en suspension dans l'air, le ronflement du chalumeau quand il l'alluma, la tiédeur humide des lèvres des sbires qui le maintenaient en riant. Il ferma les yeux et sentit un autre genre d'obscurité, plus profonde, sans nuances. Il sentit la femme le caresser et baisser la fermeture Éclair de son pantalon. Guzmán serra les paupières, invoqua les doigts de cette professeur de musique basque, le contact de ses mains chaudes sur son prépuce humide, la saveur de sa langue qui le léchait lentement, partant des testicules et suivant avec délice l'orographie de son membre en érection.

La femme s'était figée. Elle regardait la peau brûlée, comme si elle avait ouvert par erreur une porte de l'enfer. Le pénis lacéré et le scrotum vide et brûlé étaient une vérité si crue qu'on aurait voulu ne pas voir ce visage.

— Tu voulais me sucer ? Alors, vas-y, un peu d'imagination ! Un jour, elle a été là pour de vrai, dit Guzmán en partant d'un grand éclat de rire.

“Les gens croient que leur malheur est une horreur absolue. Mais ils finissent toujours par regarder ailleurs quand ils découvrent une terreur encore plus grande", pensa-t-il. La condition humaine est si fragile.

Soudain, il se sentit trop soûl et trop drogué pour rester en équilibre, en tombant il entraîna la lampe de chevet, cassa l'abat-jour et se taillada la main. Il se traîna jusqu'à la salle de bains, laissant derrière lui des gouttes de sang qui éclatèrent en capsules violettes sur le sol. Au ralenti.

Au-dessus de la cuvette des WC, il y avait un liseré en papier avec un oiseau aux ailes bleu et jaune, qui dardait sur lui ses petits yeux marron dans un profond silence. Guzmán suivit du doigt le profil de l'oiseau, remonta son pantalon et se lava les mains, contemplant les filets de sang que l'eau emportait au fond du lavabo.

Quand il quitta la chambre, la femme était assise sur le lit.

Il referma la porte doucement pour la laisser pleurer tranquillement.

11

M. Who recula et lança un coup d'œil dans le sous-sol. Il n'aimait pas ce lieu, il avait l'impression de se retrouver dans les couloirs étroits et confinés d'un sous-marin, et les espaces confinés le paniquaient. Il y avait une longue table recouverte de toutes sortes de pièces détachées. Deux douzaines de femmes, parfois très jeunes, presque des enfants, toutes orientales, travaillaient côte à côte en silence sous de grosses lampes fluorescentes suspendues par des chaînettes aux tuyauteries du restaurant qui était au-dessus de leur tête. Par endroits, les canalisations gouttaient, déposant des auréoles pestilentielles sur la table. L'odeur était pénétrante, un mélange de sueur, de graisses, d'huile industrielle et de cuisine.

Au bout du couloir, il y avait un rideau composé d'épaisses lames en plastique qui estompait les silhouettes, de l'autre côté. À en juger par le vrombissement des machines, il s'agissait d'un atelier de tissage clandestin. Who avait du mal à ne pas franchir ce seuil. Il savait que Mei était là, quelque part dans ce labyrinthe infernal. Il avait entendu des horreurs sur ces ateliers illégaux et sur la situation des personnes qui y travaillaient, mais il ne devait pas y penser, il défaillait à l'idée de ce qui pouvait arriver à Mei, et elle avait besoin qu'il soit fort pour deux. Autrement, il ne pourrait jamais la sortir de là.

Dans l'escalier, Chang prenait congé d'un client et lui serrait la main. Quand Who était petit et que Chang le croisait dans la rue, il le faisait entrer dans l'arrière-boutique du restaurant et l'invitait à prendre un thé et à fumer, ce que Maribel et Teo n'auraient jamais autorisé. Chang savait comment le valoriser. "Tu es des miens", disait-il en lui caressant la tête. Et Who trouvait que c'était le plus bel éloge qu'il ait jamais entendu. Chang était loquace et racontait des événements de son passé à Dalian, une grande ville côtière de la Chine. Il rêvait d'y retourner un jour et de fonder un authentique emporium.

Chang fut le premier à repérer le potentiel de son physique androgyne, et les qualités que Who pouvait développer pour son propre négoce. Il fut le premier à lui proposer de l'argent en échange de services sexuels. M. Who avait alors quinze ans.

Cette première fois, après que Chang lui eut éjaculé dans la bouche, M. Who courut à la salle de bains reprendre son souffle et vomir. Le vieux l'observa froidement, il n'était pas ému, ni même furieux ou amusé. Quand le garçon se fut vidé l'estomac, Chang lui ordonna de se rincer la bouche et de recommencer.

Conséquence de cette nouvelle vie, la ligne qui séparait le bien du mal devint une frontière floue, un no man's land où M. Who errait comme s'il venait d'un monde où on pouvait vivre sans respirer, sans manger ni boire, sans besoins propres. Il s'agissait de rester tranquille et de garder la tête vide. Il cessa de se sentir mal à l'aise, il voulait travailler pour oublier le travail précédent, de plus en plus, à mesure que tombaient les barrières de la pudeur, d'abord, et de la répulsion ensuite ; il finit par devenir un témoin indifférent de soi-même. Envolés, les principes moraux, la culpabilité, les scrupules. Les pensées tournées vers l'extérieur de ces chambres s'assoupirent peu à peu et ne furent plus qu'une soupe poisseuse et importune qu'il essayait d'écarter.

Ayant dépassé la barrière du tourment, avec les années il était devenu un amant lucide et observateur.

Maintenant, il avait une sensation de domination absolue sur ses clients, il était parfois sadique, parfois rassurant, en fonction de leurs demandes. Il pouvait combler leurs besoins sans qu'ils aient à le demander, en se basant sur l'observation continuelle et attentive ; chaque geste, chaque détail cachait quelque chose ; ce langage souterrain lui apprenait ce que cherchaient les hommes et les femmes qui payaient ses services, ce que très souvent ils ne savaient même pas eux-mêmes. Il les satisfaisait tous, il se donnait avec audace, capable de traverser toute armure qu'on mettrait sur son chemin. Voilà pourquoi il demandait cher, et voilà pourquoi il était si précieux pour Chang ; pour cette même raison, le vieux les tuerait sans hésiter, Mei et lui, s'il découvrait que son protégé économisait tout cet argent pour s'enfuir.

Ce jour-là, Chang l'avait invité à manger. Il voulait évaluer ses progrès en mandarin, c'est du moins ce qu'il avait prétendu. Mais quand ils entrèrent dans l'appartement privé que le vieux avait au dernier étage de l'immeuble, celui-là même où son père avait tenu un petit commerce de numismatique et sa mère l'école de danse, il comprit que le vieux voulait autre chose. Ce dernier déposa quelques pétales secs dans le bassin en cèdre et au bout de quelques secondes un parfum végétal se répandit dans la pièce. Il ôta ses chaussures pour passer sur le tatami et il ouvrit une petite boîte métallique d'un geste bienveillant.

— Il est un peu tôt pour se shooter, et j'ai encore deux heures de travail devant moi.

Chang sourit comme un rat, en montrant les dents. Il aimait ce garçon, il l'aimait vraiment. Il avait fait de lui ce qu'on appelait par euphémisme un bon accompagnateur professionnel. Who savait se contrôler, dominer les expressions de son visage et son langage corporel. Un mauvais geste, un regard de travers, une grimace à contretemps, étaient des signes délateurs, plus dévastateurs qu'un mensonge. Et M. Who était, en dépit de sa jeunesse, un grand amant professionnel, le meilleur. Rien en lui ne permettait de prévoir ou de deviner ses pensées ou ses intentions. Mais il ne pouvait pas le tromper, lui, Chang.

— Nous avons le temps, alors viens, assieds-toi auprès du vieux Chang et bavardons un peu, de père à fils, de grand-père à petit-fils, comme tu voudras, dit-il en lui offrant un joint dans la boîte métallique. La voix de Chang ne dépassait pas quelques décibels, et ce petit artifice forçait l'auditeur éventuel à tendre l'oreille.

Un tableau décorait le mur : une prairie exubérante qui se déroulait vers un fleuve lointain. Des paysans à grands chapeaux coniques en paille et aux visages orientaux courbaient l'échine dans les rizières. On ne sait pourquoi, tous les Occidentaux imaginaient ce genre de paysages quand ils pensaient à la Chine. Who venait d'un village frontalier entre la Mongolie et la Chine, son pays avait appartenu à l'un et à l'autre, selon les avatars historiques, mais il ne se rappelait pas avoir jamais vu de tels prés, et encore moins des fleuves comme celui du tableau. La terre qu'il avait connue avant d'arriver en Espagne à l'âge de neuf ans, quand ses vrais parents étaient morts, était sèche et aride, elle sentait la bouse de dromadaire et était balayée jour et nuit par un vent horrible, et aucune colline n'opposait la moindre résistance sur des milliers de kilomètres.

M. Who prit une cigarette dans la boîte et l'alluma. Chang approuva avec ravissement quand il le vit aspirer une longue bouffée, fermer les yeux et relâcher lentement une bouffée épaisse. Le vieux alluma à son tour un joint et s'enfonça dans le coussin. Le fumoir se remplit promptement d'une odeur qui hésitait entre le savon à la rose et le citron. Chang effleura la main de Who. Le jeune homme frémit de façon presque involontaire et Chang sourit secrètement d'avoir infligé cette petite mortification.

— J'ai entendu des rumeurs... On dit que tu en pinces pour une de mes ouvrières.

M. Who ne broncha pas d'un poil.

— Tes ouvrières puent la sueur. Et je suis largement pourvu, côté sexe.

— Très bien, voilà qui me rassure. Que la chance te protège, et qu'il en soit toujours ainsi. Au fait, tu as gardé mon petit cadeau ?

— Je l'ai perdu.

— Tu l'as perdu.

— J'ai oublié ton chat de la chance dans le métro. Désolé.

Chang s'enfonça dans les coussins et contempla la belle spirale de fumée qui se tordait devant ses lèvres.

— Tu es donc un garçon qui se permet d'oublier la chance n'importe où. Quelle veine ! Mais la fortune est capricieuse, elle va, elle vient. Dis-moi, qu'est-ce qui t'inquiète ? Tu travailles beaucoup, plus qu'avant, tu gagnes beaucoup d'argent, tu apprends très vite tout ce que je t'enseigne. Tu ressembles de plus en plus à un véritable homme du continent, mais quelque chose te maintient sous tension, t'inquiète. Tu ne peux rien cacher au vieux Chang. Tu n'as pas de vices à entretenir, d'après ce que je sais, ta mère n'a pas de soucis, mais tu n'arrêtes pas de travailler avec une obstination dévastatrice, comme si tu voulais te cacher de quelque chose, ne pas penser. Je ne comprends pas pourquoi tant de hâte à gagner de l'argent ?

— Il n'y a rien à comprendre. C'est comme ça, tout simplement.

— Tu veux me faire croire que tu agis par amour de l'art ?

Who pensa à Mei, l'imagina dans les sous-sols de l'immeuble, et son corps frémit de tendresse et de colère. Heureusement, il sut garder une expression contrite au lieu d'émettre un gémissement de douleur.

— J'aime mon travail. Nous avons tous un don, chacun le sien. Le mien est d'aimer et de détester à parts égales. Je suis une sorte d'alchimiste.

Chang lança un regard moqueur à Who.

— Et tu vas me donner quoi ?

Il déboutonna son peignoir et écarta les jambes, montrant son pénis et ses testicules rasés.

— Tu penses que la vie est différente, que tu es spécial ; tu crois que le monde te doit une compensation, que la vie a été injuste, que tu dois équilibrer la balance parce que tu as vu mourir ton beau-père sans raison et que ta mère est clouée à vie sur un fauteuil roulant. Je me trompe ? Mais tu n'es pas spécial, mon garçon. Il n'y a rien de prévu pour toi, en dehors de ce que je t'offre. Il n'y a rien de romantique dans ce que tu fais, comprends-tu ? À part la destruction. Et maintenant, ce que je veux, c'est voir mon sperme de vieux asperger ta jolie frimousse de pédé.

M. Who observa attentivement l'ombre du sexe de Chang.

— Maintenant ?

Chang éclata d'un rire qui résonna comme une noix que l'on casse.

— C'est pour ça que je t'ai demandé de venir.

La femme promenait le doigt sur la poitrine agitée de Who. Après tant d'absence, elle se sentait étrangère auprès d'un corps masculin. Elle redressa la tête qu'elle avait appuyée sur le torse du garçon et contempla son profil dur.

— À quoi penses-tu, quand tu as fait l'amour avec une inconnue pour de l'argent ?

Who se glissa hors des draps en écartant le corps nu de la femme avec une douce fermeté. Il cherchait la clarté de la fenêtre. Le soir tombait.

— Je ne pense à rien, répondit Who, qui mentait à moitié. D'ailleurs, nous devrions parler argent.

La femme se caressa les mains. Elle aurait dû se préparer pour ce moment. Le sexe avec un prostitué n'était plus celui de ses désirs anciens. Ce qui venait de se passer dans la chambre n'avait été qu'un succédané convulsif et attristant. Soudain, la présence de cet inconnu la gênait… Pourquoi s'était-elle laissé attirer par ce corps qui n'était qu'un mirage ?

— Bien sûr, je vais le préparer.

— Bon. Je peux utiliser ta salle de bains pour prendre une douche.

— Bien sûr, vas-y.

"Les ponts qui relient le paradis à l'enfer sont minuscules. Tu as un pied d'un côté et l'instant d'après tu es de l'autre. Et tu ne sais même pas comment ça s'est passé", se dit Who en se rappelant les menaces voilées de Chang, ses soupçons sur Mei et sur lui. Il regarda fixement la chaise sur laquelle étaient posés la robe, la culotte en dentelle, les bas, le soutien-gorge. Des vêtements de luxe, excitants. Il comprit qu'il ne pouvait plus continuer comme ça.

Il sortit de la salle de bains, habillé, les cheveux humides. La femme lui lança un regard qui n'avait plus aucune intensité.

— Attends-moi ici. Je vais chercher ton argent.

Who attendit en regardant le diplôme encadré au mur.

Ainsi, cette femme était psychiatre. On dit que les psychiatres sont les guides sur le chemin, les torches qui avancent pour transformer l'obscurité en lumière, le fil d'Ariane pour sortir de nos propres labyrinthes. Pourtant, cette femme ne semblait sûre de rien. Les personnes s'expliquent à travers ce qu'elles font ; les professions ne sont que des déguisements.

Il fit le tour de la pièce. L'appartement était grand, très au-dessus des moyens d'un travailleur ordinaire, mais froid, peu de meubles, lignes minimalistes, du gris et du blanc, de l'acier et du verre. Pas de photographies personnelles, pas de tableaux. Quelques sous-verre avaient encore les images professionnelles des modèles, des enfants, véritables petits chérubins, des hommes et des femmes au sourire postiche et irréprochable. Cet environnement expliquait peut-être mieux la personnalité de sa cliente que le diplôme exposé sur le mur, se dit Who.

Sur la table en verre, il vit un dossier ouvert. Il y jeta un coup d'œil pour tromper l'attente. Mais quelque chose retint son attention. Au sommet d'une pile de documents dépassait un papier officiel avec des cases et des croix, des données personnelles et des appréciations, auquel était agrafée une photographie type carte d'identité. M. Who se pencha et l'examina avec étonnement.

Quand Martina revint, les billets soigneusement pliés dans sa main serrée, la pièce était vide. Le prostitué était parti.

Surprise, elle regarda autour d'elle. Tout était intact, sauf le dossier qu'elle consultait quelques heures plus tôt et qu'elle avait oublié de remettre dans son armoire. Il était à peu près dans la même position. Pourtant, elle se rappelait l'avoir laissé ouvert. Or, maintenant il était fermé.

Elle l'ouvrit et constata que les feuilles étaient mélangées. Après vérification, elle remarqua qu'il manquait la fiche biographique avec la photo d'un patient. Eduardo Quintana.

— Vous n'avez pas bonne mine, Eduardo.

En effet. Il s'était rasé à la va-vite, avait des coupures sur la joue, et par endroits le duvet grisonnant de la barbe ressortait sur la pâleur de la peau. Il avait trouvé une chemise à peu près correcte mais ne s'était pas aperçu que les pointes du col étaient tachées et qu'il manquait un bouton. Le gros nœud maladroit de la cravate n'améliorait pas non plus son état lamentable. On était déjà jeudi ? Sans doute. Il ne se rappelait pas la dernière fois qu'il était sorti du lit. Sa tête allait éclater.

Il lança un regard égaré à Martina. Elle avait une paupière tombante. Il se tordit le cou, pour la regarder sous une autre perspective.

— Vous n'avez pas l'air très fraîche non plus ce matin, docteur.

Martina rougit, rajusta ses cheveux machinalement, redressa le dos et appuya les épaules contre le dossier.

— Vous supportez bien vos médicaments ?

"Je suis constipé, je vomis, je ne bande pas, et on dirait que j'ai toute la journée une semelle de godasse sur la langue." Pourquoi posait-elle ces questions dont elle connaissait déjà les réponses ?

— Oui, très bien.

— Et vos cauchemars ?

— Je n'en ai plus. Je vous assure que je dors comme un loir.

Martina n'en crut pas un mot.

Elle reposa lentement son stylo-bille sur les pages de son carnet et croisa les doigts sur la table. Elle n'avait presque rien noté. Ce jeudi, elle n'avait ni l'envie ni la force de se battre avec Eduardo. Pourtant, après s'être massé le front, elle parvint à sourire.

— Parlons de ce qui s'est passé. Ensuite, je vous donnerai peut-être l'ordonnance.

— Vous le savez. Vous avez mon rapport.

Martina acquiesça.

— Je ne parle pas de l'accident, Eduardo. Je veux entendre ce que vous avez à me dire sur ce qui s'est passé rue de la Montera cinq mois plus tard. Je veux que vous me parliez de vos treize dernières années d'incarcération.

Eduardo voulait oublier, mais c'était impossible, tout le monde vous réclamait le contraire !

— Il n'y a rien à dire, docteur.

— Vous avez tué une personne, Eduardo. Vous lui avez tiré dessus froidement. Il n'y a rien à dire là-dessus ?

Eduardo lui lança un regard dur. Pendant quelques secondes, Martina crut qu'il allait partir. Elle crut qu'elle était allée trop loin, qu'elle l'avait perdu. Mais lentement, comme un train qui peine à se mettre en mouvement, les mots arrivèrent doucement, sur un ton qui était presque un murmure.

— Nous avons tous quelque chose à nous faire pardonner, déclara-t-il laconiquement.

N'était-ce pas ce qu'Olga lui avait dit dans l'église San Sebastián ?

— Vous ne pouvez pas voir les choses d'une façon aussi distante.

— La chair se décompose, comme les souvenirs. Voilà ce que je sais. Elena est morte. Ma fille aussi. J'aurais dû mourir avec elles, ce qui n'a pas été le cas. Et je ne saurai jamais pourquoi. Il se peut que tout soit une simple pièce de monnaie lancée en l'air, un jeu où on ne sait jamais si la chance est côté pile ou côté face.

— La vie est beaucoup plus qu'un hasard. Elle est le résultat de nos actes, Eduardo, et vous ne pouvez pas l'invoquer pour fuir vos responsabilités.

— Si nous savions que la vie est un simple accident et qu'il n'y a rien après, devrions-nous pour autant renoncer à la boire ? Non. Nous viderions quand même ce calice jusqu'à la lie. Et nous en redemanderions. Il y a toujours une raison, quelle qu'elle soit, pour aller de l'avant. Mais cela n'améliore pas les choses, docteur. Les choses arrivent, et nous ne savons pas pourquoi.

— Vous ne croyez en rien ? Vous ne vous demandez jamais si ce que vous faites a servi à quelque chose ? Vous en avez bien gardé des traces.

Eduardo ne savait pas à quoi il croyait. Au genre humain ? À Dieu ? À l'éternité ? Tout le monde croit en quelque chose, paraît-il. Mais aucun credo ne lui convenait. Il n'éprouvait même aucun attachement pour sa propre personne, on ne pouvait plus rien lui arracher. Vivre ou mourir. Cela n'avait guère d'importance. Mais depuis quelques mois, depuis l'apparition de Gloria, la perspective de ce portrait, il avait quelques raisons d'aller de l'avant.

— Vous pourriez me donner un peu d'eau ?

Il aurait préféré demander de la vodka, du whisky, un poison, mais il ne pouvait attendre de la doctoresse qu'un peu d'eau.

Martina ouvrit le petit réfrigérateur de son bureau, dans lequel Eduardo entrevit tout un univers gastronomique : yaourts, fruits, tomate solitaire, et une canette de bière qui s'envola comme une chimère quand elle rapporta une carafe d'eau froide et un verre en plastique.

La doctoresse s'était radoucie. Elle voulait feindre de l'intérêt. "Nous avançons", disait son regard. Eduardo fit semblant de la croire. Il but sans se presser et lui rendit le verre. Martina le remplit à nouveau, avec maladresse. Quelques gouttes tombèrent sur le vernis du bureau. Eduardo prit le verre et le tint à deux mains sans boire, comme si ses doigts cherchaient un peu de chaleur.

— Tuer quelqu'un ne me transforme pas en assassin, dit-il sans conviction.

En réalité, il n'avait pas envie de parler.

Martina scruta son expression et se rendit compte qu'il n'était pas entièrement sincère.

— Alors, pourquoi vous sentez-vous toujours coupable ?

Eduardo la regarda fixement. Ce regard d'horreur froide et d'absence inquiéta la doctoresse.

— Vous feriez mieux de me donner l'ordonnance et de me ficher la paix !

En franchissant la grille du cimetière, Eduardo fut enveloppé par un profond silence. Il était tard, on fermerait dans vingt minutes et l'employé chargé de l'entretien prit un air contrarié. Il regarda ostensiblement sa montre, mais Eduardo n'en tint pas compte. Il aimait cette heure crépusculaire, quand il n'y avait presque plus de visiteurs, quand les ombres s'emparaient des tombes et des columbariums, et recouvraient les pierres tombales. La pluie avait laissé des odeurs de champ fauché. S'il fermait les yeux sans bouger, il percevait le son presque inaudible des feuilles sèches qui se frôlaient en tombant, des gouttes qui glissaient dans l'herbe où les tombes poussaient comme des tiges. Il sentait la terre boueuse sous ses chaussures. Il était heureux dans cette quiétude, entouré de tombes très différentes, certaines avaient des fleurs en plastique, d'autres des bouquets qui languissaient dans leurs pots sans eau.

Il ne savait pas ce qu'il était censé ressentir. La doctoresse avait attendu en vain une poussée de colère, un remords honteux, la confirmation qu'il avait tiré sur cet homme par vengeance. Mais ce n'était pas cela. Et elle ne pouvait pas le comprendre. La seule certitude était qu'au-delà d'un vide proche du calme, il n'éprouvait rien. La mort n'avait pas un sens clair pour lui, il n'avait pas envie d'y penser. Il lança un regard à la ronde et se rappela l'enterrement de son père. Étaient présents plusieurs adultes, lui-même, les cousins, oncles et tantes, frères et sœurs, et autour d'eux les enfants n'arrêtaient pas de se donner des coups de pied et de se pincer pendant que les employés rouvraient la niche familiale, perchés sur un élévateur électrique. Le cercueil et deux couronnes de fleurs étaient sur cette plate-forme. Les adultes étaient bien sages, une attitude irréelle qui contrastait avec les jeux des enfants et les vaines tentatives de leur imposer silence. Les employés piquetèrent à la pioche le ciment désagrégé et descellèrent la dalle. L'un d'eux ratissa un amas de bois putréfié en décomposition et mit le tout dans un grand sac d'ordures industrielles. Les employés essayaient d'être discrets, mais un os rond et gris leur échappa. Cet os avait été sa mère. Ils introduisirent le cercueil en cèdre à moulures dorées orné d'un crucifix et avant de resceller la niche ils posèrent dessus le sac avec les restes qu'ils avaient rassemblés.

C'était cela, la mort.

La tombe qu'il cherchait aujourd'hui était dans un columbarium assez récent, au bout d'une allée en terre battue. L'allée s'arrêtait devant une rotonde surmontée d'un archange en plâtre assez grossier qui présidait ce royaume muet du haut d'une colonne de granite noir, les ailes déployées comme un oiseau en plein vol, le regard aveugle dirigé vers le bas, les bras nus et musculeux tendus vers les tombes, tel un semeur jetant ses graines. La niche était la troisième en partant de la gauche, au troisième niveau sur un total de sept. Quelqu'un avait récemment déposé un bouquet d'azalées dans l'anneau, sur le côté de la pierre tombale.

Teodoro López Egea. Motril, 1946 – Madrid, 1991.

C'était la vie qu'il avait fauchée. Teodoro López Egea était le conducteur du 4×4 noir dont Olga lui avait donné le numéro d'immatriculation. L'homme qui avait provoqué la mort de son épouse, et qui avait pris la fuite comme un misérable pendant que sa fille Tania agonisait en perdant son sang au bord du ruisseau.

Eduardo caressa le rebord de la niche couvert de poussière et regarda sa main. La mémoire n'a besoin que d'une légère poussée pour dévaler la pente : son père l'emmenant dans une carrière désaffectée, la poussière de plâtre qui salissait ses chaussures et lui piquait les yeux.

— Tiens-le bien, par la crosse. Tu sens le contact ? C'est un curieux métal, mais tu finiras par t'y habituer. Maintenant, regarde la mire et vise doucement.

Il n'avait jamais aimé ce revolver Astra avec lequel son père lui avait appris à tirer. Un objet léger mais hostile, inhumain. Qui tue avant la mort. Quand on entend le coup de feu, tout est déjà terminé, plus personne ne peut rien. Eduardo tendit le bras et visa l'ombre que projetait le souvenir d'un père et d'un enfant pratiquant le tir dans une carrière où se répercutait chaque détonation. Comment liquider cette part obscure et insistante qui est soi, qui vit hors de soi et qui vous hante obstinément ? Une arme, qu'elle soit dans la main d'un enfant ou d'un adulte, cela ne fait pas de différence. Les tièdes sont coupables, murmura-t-il en pressant la détente imaginaire. Le chien percuta le vide dans son esprit. Il se rappelait chaque pas, chaque seconde, chaque sensation de la mort de Teodoro López Egea, abattu par un revolver Astra qui dessinait déjà l'aboutissement de son destin des années auparavant, quand il était dans la main d'un enfant entraîné par son père.

On était en hiver, le froid blafard était inscrit sur les visages des passants. Eduardo s'appuya sur un conteneur à ordures et empoigna le revolver à deux mains. Il ne sentait rien, ne voyait qu'un grouillement de gens autour de lui. En même temps, il sentait tout, le contact du revolver sous ses vêtements, le poids du manteau qui absorbait la pluie, sa respiration exaltée, ses battements de cœur, la voix qui martelait dans sa tête comme un tambour : "Vas-y, vas-y, vas-y."

Au milieu de cet océan mouvant de parapluies, il repéra Teodoro López Egea. Il voyait à peine son visage sous un énorme parapluie noir ruisselant d'eau, il était détendu et souriant. Il parlait avec animation à un gamin qu'il tenait par la main, l'enfant était en imperméable et on ne voyait dépasser que le bout de son nez ; de l'autre côté, une femme au corps élancé et musclé tenait un parapluie bleu foncé et lui donnait le bras. Ils étaient heureux, tout allait bien pour eux, ils étaient ensemble : un père, une mère, un fils. Une famille sous la pluie, un jour ordinaire. Rien ne pouvait leur arriver, rien d'inattendu.

La mort moins que le reste. Cette image, loin d'apaiser Eduardo, de l'obliger à reconsidérer sa folie, l'énerva jusqu'à lui couper le souffle. Était-ce là l'image du remords, se sentaient-ils seulement coupables ?

Il était à vingt-cinq mètres, il s'accroupit derrière le conteneur pour rassembler ses forces, releva son revolver, compta jusqu'à trois en respirant profondément. Quand ils furent à sa portée, il sauta devant eux.

Teodoro López Egea regarda avec stupeur le canon du revolver et resta une seconde bouche bée. Puis il se secoua, se dit qu'il n'avait pas vu ce qu'il venait de voir et eut une réaction de panique qui ridiculisa son visage sévère, une honte devant son épouse et son fils. L'homme voulut se retrancher derrière le corps de sa femme. "Lâche", pensa Eduardo. Un lâche qui laisse les autres mourir et qui s'enfuit, qui se cache derrière celle qu'il est supposé aimer, en gémissant, "de grâce, de grâce". Il lui cloua le bec en enfonçant brutalement le canon de l'arme dans sa bouche et en lui cassant plusieurs dents. Il n'avait jamais tiré sur quelqu'un, il ignorait ce qu'on pouvait ressentir quand un coup de feu pénètre dans la chair, la microseconde irréparable où on ne peut plus ordonner au percuteur de revenir à sa position initiale une fois qu'on a appuyé sur la détente.

"Ce n'est qu'un rêve, se dit-il. Vas-y et il se dissipera. Tue-le."

Il tira et il eut la certitude que ce n'était sûrement pas réel. Le son était trop mou, la détonation pas plus forte qu'une allumette qu'on gratte. Il ne sentit même pas le mouvement de recul de la main. Mais la balle qui explosa le crâne était bien réelle. Teodoro s'effondra, comme si on venait de couper les fils invisibles qui le maintenaient debout.

Alors, Eduardo se tourna vers le gamin qui criait, les yeux exorbités. "Tais-toi, tais-toi." La seule façon de le réduire au silence était de tirer sur lui. Mais le corps de sa mère s'interposa entre la balle et le visage du petit braillard. La balle la faucha en plein dos et Eduardo crut que l'arme s'était enrayée. La mère entraîna l'enfant dans sa chute, comme si dans un dernier sursaut elle voulait l'emmener loin de cette rue. Eduardo vit le mince filet de sang qui sortait de la blessure faite à bout portant.

Tout s'était passé en quelques secondes. Les parapluies tourbillonnaient autour des corps, la pluie les inondait en toute indifférence, le sang se diluait, et quelqu'un lui porta un coup violent à la tête, par-derrière.

Tout redevint paisible. La dernière chose qu'il vit fut le corps de l'homme, les yeux ouverts, tournés vers le ciel, l'air songeur, les mains repliées. Et dans la gauche, il tenait des billets tachés de sang et trempés de pluie.

Dans cet instant plein d'horreur où il assimilait la portée de son acte, son esprit enterra l'évidence sous un lourd manteau de silence et d'insensibilité.

12

Graciela dévisagea l'individu qui était devant elle. En dépit de la cicatrice qui le défigurait, il avait dû être un bel homme. Son visage dur semblait avoir dilapidé toutes les joies qui lui restaient, et pourtant ses yeux profonds et perçants inspiraient une sorte de calme nouveau, comme s'il ne restait plus, quand les fureurs de la nature se déchaînaient, que cette beauté destructrice à admirer.

— C'est important, madame. Sinon, je ne vous aurais pas dérangée. J'ai besoin de savoir où est Eduardo.

— Laissez-moi votre numéro de téléphone. Si je le vois, je lui dirai que vous êtes venu.

Ils étaient sur le seuil. Ibrahim occupait tout l'encadrement de la porte et Graciela lui barrait le passage. Elle avait l'intention d'opposer une résistance, même faible, si cet homme se décidait à entrer, mais celui-ci semblait délicieusement aimable, comme si son caractère était le contrepoint de sa physionomie menaçante.

Sara apparut au fond du vestibule, pieds nus, encore en pyjama, avec des étoiles en purpurine qu'elle s'était collée sur les ongles des doigts de pieds. Elle avait passé une mauvaise nuit, elle avait les yeux cernés, les cheveux ébouriffés, et elle tenait dans la main le chat de la chance chinois, cadeau d'Eduardo ; elle ne s'en séparait plus. Elle fut surprise de voir Ibrahim. Mais pas intimidée. Elle fixa cet homme comme si elle voulait l'hypnotiser.

Ibrahim lui sourit.

— Joli chat.

— Jolie cicatrice, tu as dû avoir très mal. Tu la méritais ? répondit Sara.

Graciela allait intervenir, mais d'un coup d'œil Ibrahim l'en dissuada.

— En effet. Elle a fait très mal et je la sens encore aujourd'hui, les cicatrices sont des fleuves souterrains, tu sais ? Comme la lave qui sort des volcans, ils ne s'éteignent jamais. Savoir si je la méritais, cela n'a plus d'importance. Méritée ou pas, je dois vivre avec elle. Et ce chat, qu'as-tu à m'en dire ?

Sara ferma et rouvrit les paupières, et fixa encore Ibrahim. Elle était flattée qu'il l'ait traitée en adulte, mais elle se méfiait encore de lui.

— Il n'est pas chinois, mais japonais. Il s'appelle Maneki. J'aime ce nom, pour un chat. Selon sa couleur, il attire l'argent, le bonheur, repousse les maladies. En réalité, celui-ci est spécial. Grâce à sa façon de me regarder, là-dedans – Sara avait posé l'index sur son front – ça reste tranquille un petit moment.

— Il m'en faudrait un pareil.

— Tu aimes les chats ?

Ibrahim dit oui de la tête. À Meco, il s'était occupé pendant un temps d'un petit chat noir en lui donnant du lait et en le laissant dormir dans ses vêtements. Mais le chat avait grandi et s'était intéressé aux moineaux qu'Ibrahim attirait avec de la mie de pain sur la fenêtre grillagée de sa cellule. Un jour, il surprit le félin en train d'arracher la tête d'un de ces oiseaux. Il fut obligé de s'en débarrasser, mais il préféra ne pas expliquer à la gamine comment il avait procédé.

— Tu vas faire du mal à Eduardo ?

— Je devrais ?

— Non. Lui aussi, il a une cicatrice, mais il ne la méritait pas. Comme maman – Graciela devint livide, ce qui ne semblait pas troubler Sara. Tout le monde a des cicatrices. Mais tout le monde ne les mérite pas.

Ibrahim approuva.

— C'est vrai.

L'immobilité des traits d'Ibrahim dut convaincre Sara, car elle sourit, contre toute attente. Tel était le véritable pouvoir de Sara ; ses états d'âme, anarchiques et changeants, imprégnaient son atmosphère.

Graciela posa une main apaisante sur l'épaule de sa fille, implorant du regard la compréhension d'Ibrahim.

— Je vais dire à Eduardo que vous êtes passé, quand il rentrera.

Ibrahim lui donna une carte avec un numéro de téléphone.

— Dites-lui que M. Arthur veut lui parler, c'est urgent.

Puis il tendit la main à Sara, qui regarda toutes ses callosités avant d'accepter de la serrer, et lui demanda le plus sérieusement du monde :

— Tu as tué beaucoup de chats ?

Il leva les bras, comme pour ôter de l'importance à cette question ; en réalité, Sara l'avait agréablement surpris. En grandissant, elle deviendrait une excellente lutteuse.

— Uniquement ceux qui mangent mes oiseaux. Si ton Maneki ne mange pas de moineaux, tu peux être tranquille.

— Je tiendrai mon chat à l'écart de tes moineaux. Et tu ne feras pas de cicatrices à Eduardo.

Ibrahim éclata de rire franchement. Mais le visage de Sara restait grave.

— Soit, finit par admettre Ibrahim. Accord conclu.

Sara lui serra la main fermement. Ils venaient de sceller un pacte entre gens sérieux et adultes.

Arthur Fernández occupait un magnifique bureau qui donnait sur le paseo de Recoletos. Eduardo admira le bel étalage de livres dans la grosse bibliothèque en acajou ; on remarquait une collection complète de poètes français, parmi lesquels Baudelaire, Rimbaud, Verlaine, et même Mallarmé.

Le chef d'entreprise reçut Eduardo debout. Ibrahim arpentait la pièce, telle une panthère apprivoisée. Il semblait totalement inoffensif et avait une attitude aimable et amicale. Mais Eduardo ne put retenir une contraction de l'estomac en se rappelant la raclée que lui avait infligée cet homme.

— Je vois que les blessures vont mieux, dit Arthur en guise de salut.

— Cela aurait pu être pire, admit Eduardo.

Ibrahim pencha la tête. S'il avait été un chien ou une chauve-souris, il aurait tourné les oreilles vers Eduardo, mais il se borna à lui lancer un bref regard et acquiesça d'un mouvement des paupières.

Arthur l'invita à s'asseoir. La pièce était suffisamment grande pour éviter tout contact, mais Arthur se pencha en avant, envahissant l'espace de son interlocuteur. Eduardo était mal à l'aise, c'était sans doute ce que voulait Arthur.

— Ainsi, vous voulez dessiner mon portrait. C'est bien ce que vous m'avez dit ? Vous êtes toujours intéressé, malgré notre première rencontre un peu *accidentée* ?

— Bien sûr.

Arthur croisa ses doigts puissants et y posa le menton, les coudes sur ses cuisses. Pendant une longue minute, Eduardo supporta son examen sans bouger un muscle de son visage. Pendant ce temps, l'eau de toilette douceâtre d'Ibrahim frôlait sa nuque chaque fois que l'Algérien passait derrière lui, présence invisible mais permanente.

— Vous conviendrez avec moi que cette proposition est un peu bizarre. Vous ne me connaissez pas, vous ne savez rien de moi. Et votre façon de vous présenter, en me suivant à travers tout Madrid, n'était pas très orthodoxe. J'imagine donc que vous avez une bonne raison de me convaincre.

Eduardo avait médité la réponse. Mais ses mots ne s'ordonnèrent pas comme il l'avait prévu.

— Je fais le portrait des personnes qui, pour je ne sais quelle raison, émettent un rayonnement différent des autres, des visages qui ne sont ni vrais ni faux, ni blancs ni noirs : un amalgame de gris. Votre visage, si vous me le permettez, est comme de l'acier. La lumière glisse sur lui sans le traverser ni le réchauffer, elle ne le modèle pas. Elle se contente de le refléter. J'ai lu des choses sur vous dans la presse. Vous êtes un homme riche et célèbre. Mais l'accident de janvier 2001 qui a causé la mort de ce garçon et de cette fille vous a sûrement transformé. J'aimerais savoir en quoi, après ces trois longues années en prison.

Il y eut un silence tendu. Si le commentaire d'Eduardo avait indisposé Arthur, celui-ci n'en laissa rien paraître. Ce dernier finit par se lever et discuter en aparté avec Ibrahim. Ils parlaient à voix basse et en français. Ibrahim quitta le bureau et Arthur revint à son fauteuil, mais il resta debout. Il caressa le cuir avec une certaine brusquerie, comme si ses doigts n'étaient pas habitués à la délicatesse.

— J'espère que cela ne te gêne pas si je te tutoie… Tu veux me connaître par l'intermédiaire d'un tableau ? Allons, tu ne parles pas sérieusement. Tu sais mieux que personne que l'art n'est pas la vérité : "Il n'y a que les mensonges qui nous aident à comprendre la Vérité. L'artiste doit imaginer le moyen de convaincre les autres de ses propres mensonges." Tu sais qui a dit une chose aussi terrible ? Un collègue à toi.

Eduardo connaissait la source : Pablo Picasso. Dans le fond, il était d'accord avec lui. Mais la vérité qu'il recherchait n'était pas une simple métaphore ou une image. Son regard critique suivit le profil d'Arthur. Inconsciemment, il le dessinait déjà dans son esprit. Les Grecs classiques auraient dit que c'était un bel homme, mais il semblait aspirer à plus de profondeur. À une chose qu'un étranger ne pouvait capter. C'était aussi intrigant que captivant.

— L'art, c'est ce qui se rapproche le plus de la psyché humaine. Nous ne pouvons lui mentir.

Arthur sourit, comme s'il ne prenait pas ses paroles au sérieux.

— Je connais ces velléités. J'ai eu les mêmes, un jour. La beauté et la vérité. La concrétion de l'âme humaine dans une phrase époustouflante, dans un coup de pinceau magistral, dans une note magique... Mais je ne crois plus au pouvoir rédempteur de l'art.

— Alors, pourquoi m'avez-vous demandé de venir? demanda Eduardo d'une voix rauque.

Arthur s'assit sur l'accoudoir et croisa les bras. Il regardait Eduardo comme s'il était une petite bestiole.

— En toute logique, moi aussi j'ai enquêté sur toi. Je sais tout : tu as perdu ta famille dans un accident, tu as tué l'homme qui l'a causé, tu as fait treize ans de prison et tu as essayé de te suicider cinq ou six fois... Donc, ma question est la suivante : L'artiste peut-il être dans son œuvre? C'est vraiment moi que tu veux peindre, Eduardo, ou tu veux faire un autoportrait? Qu'est-ce qui nous unit? La perte, la culpabilité, le remords?

Eduardo se sentait idiot.

— Je ne sais pas, franchement, je ne sais pas.

Arthur réfléchissait.

— J'ai aussi découvert que cette idée de portrait ne vient pas de toi. Tu travailles pour Gloria A. Tagger, la mère de l'enfant qui est mort dans cet accident.

Eduardo sentit une bouffée de chaleur à hauteur de la nuque. Il allait répliquer, mais Arthur l'en empêcha.

— Tu savais que Mallarmé a eu un fils, Anatole, mort à l'âge de huit ans ? Mallarmé a écrit des centaines de fragments et de notes pour un poème funèbre qu'il n'a jamais terminé. Le poète voulait ressusciter son fils par son génie, lui redonner la vie que la mort lui avait arrachée. Il ne put jamais l'achever, lui qui pouvait tout par les mots. Il ne parvint jamais à combler ce vide qui laissa *le vent de rien / qui souffle* [...] / *et une vague t'emporta.* Il n'osa même pas écrire que son fils était mort, sinon, il aurait dû reconnaître qu'il en était ainsi : *te le dirai / pas – car alors tu / disparaîtrais – / et je resterais seul / pleurant, toi, moi / mêlé, toi te pleurant.* Je peux imaginer ses heures paisibles sous la chandelle, la plume en l'air. Et son désespoir, la vanité des mots, et sa douleur, nuit après nuit, qui se donnait libre cours.

Il observait Eduardo comme si, ayant tiré de lui ce qu'il voulait, il n'avait plus rien à lui demander.

— La haine que cette femme me voue l'aide à ne pas oublier son fils.

— C'est peut-être, aventura Eduardo, que nos deuils respectifs nous rendent semblables.

Arthur eut un rire grinçant.

— Tu ne sais pas grand-chose de Gloria A. Tagger, n'est-ce pas ?

"Il va refuser", se dit Eduardo avec angoisse.

Mais Arthur ouvrit les mains et hocha la tête.

— Où veux-tu que je pose ?

Cela signifiait qu'il acceptait ; la confirmation de cette idée mit quelques minutes à atteindre le cerveau d'Eduardo.

— Je n'y ai pas encore réfléchi, balbutia-t-il. Chez moi, n'importe où. Au début, je n'aurai besoin que de quelques esquisses. Ensuite, on verra.

— Nous pouvons commencer demain matin, à la première heure.

— D'accord, répondit Eduardo, encore abasourdi.

Arthur lui tendit la main et la serra avec force.

— Tu pourras réaliser mon portrait, mais il y a une condition. Tu me raconteras tout ce que dit et fait Gloria. *Quid pro quo*.

C'était la fin de la rencontre.

Ibrahim attendait derrière la porte. Son expression intéressée montrait qu'il avait écouté une grande partie de la conversation. Il raccompagna Eduardo.

— Tu connais la poésie et la musique soufies ? Elles frôlent la métaphysique, créent des algorithmes qui expliquent l'essence de l'âme humaine, en recourant aux vers, aux nombres, à la métrique… Mais nous échouons en voulant porter cette voix d'authenticité. Nous aspirons tout au plus à l'harmonie, à l'équilibre si on veut… Mais toi, tu veux le portrait d'une chose impossible, mon ami : tu cherches la carte de l'intérieur d'un homme.

Eduardo regarda avec un effroi fasciné les cicatrices de son visage. Deux hommes pleins de cicatrices, se dit-il. Même si elles étaient par essence très différentes. Les siennes étaient les stigmates de la défaite ; celles d'Ibrahim étaient des marques de lutte.

— La laideur est plus révélatrice que la beauté, tu ne crois pas ? dit Ibrahim comme s'il avait lu dans ses pensées. Parfois, nous sommes fascinés par les horreurs que nous répudions, et avec le temps nous finissons par accepter ce qui nous paraissait jusqu'alors insupportable. Les êtres humains sont ainsi, complexes et changeants. Mais j'ai appris une chose : le ressenti le plus profond ne périt jamais, il attend son heure pour refaire surface… Prends garde, peintre. Tu finiras peut-être par trouver le portrait de ton propre enfer. Penses-y quand tu mettras ton pinceau en mouvement.

Il lui tapota l'épaule et retourna vers le bureau d'Arthur.

Eduardo l'entendit émettre un rire si faible qu'on aurait cru un murmure entre ses dents.

Malgré cet accord, les semaines suivantes Eduardo eut du mal à progresser dans son travail.

Arthur n'était pas un modèle ordinaire. On ne savait jamais s'il serait là à l'heure convenue ; parfois, il ne venait pas et ne se donnait pas la peine de prévenir, le laissant avec ses toiles prêtes et ses pinceaux sur le qui-vive. Et quand il venait, il ne pouvait pas rester en place plus de vingt minutes. Arthur détestait l'immobilité, il gesticulait et son rictus se durcissait quand il se sentait observé. Plus Eduardo avançait, plus il se demandait s'il réussirait ce que Gloria lui avait demandé.

Il remuait ces idées pendant son vol à destination de Barcelone. Gloria y était allée pour peaufiner les derniers détails d'une fondation qui porterait le nom de son fils, et en dépit des réticences d'Eduardo, elle avait insisté pour voir les premiers essais. Le siège côté hublot lui permettait de divaguer en laissant son regard se perdre dans les nuages. L'hôtesse échangea le verre vide de whisky pour un plein. Eduardo préférait la vodka, mais il n'y en avait pas à bord. On ne pouvait pas fumer, ni éviter l'infâme parfum de son voisin. Il n'avait qu'une idée en tête : atterrir le plus tôt possible à l'aéroport d'El Prat et prendre une cuite en bonne et due forme. Ivre, il pouvait accepter l'absurdité majeure qu'était sa vie, qui lui était insupportable au point de l'étouffer quand il était sobre.

— Elle est vraiment très belle. Et vous avez un joli coup de crayon, dit son voisin et voyant les esquisses de Gloria qu'Eduardo s'amusait à dessiner.

Dans son regard, Eduardo crut voir de la jalousie. Jalousie pour un fantôme. Elle est aussi parfaite et immuable que l'aura décidé notre esprit.

On ne frappe pas à une porte ouverte, on la pousse et on entre franchement, aussi Eduardo referma-t-il son bloc de dessin, au moment où le pilote annonçait la descente sur l'aéroport de Barcelone. Il voyait tout en bas les crêtes écumeuses des vagues, l'étroite frange de plage et les lotissements de luxe de Gavá, leurs maisons uniformes, avec jardins et piscines. Sur la droite, la ville était coincée entre la mer et la montagne. Vue d'en haut, on aurait dit un lieu idéal. Comme tout ce qu'on observe de loin.

L'hôtel était modeste, mais propre. La chambre était petite, avec son éternelle moquette, mais la terrasse avait une vue magnifique sur le quartier gothique et sur les ruelles du ghetto. Les toits étaient un labyrinthe d'antennes, de linge, de volières et de conduits d'aération. Il prit le temps de défaire ses bagages et de prendre une petite bouteille de vodka au citron dans le meuble bar.

Gloria l'attendait dans vingt minutes. Il avait l'adresse du restaurant, il se renseigna à la réception, ce n'était pas très loin. Il pouvait s'accorder une promenade. À Barcelone, c'était une belle expérience si on voulait tomber amoureux. Comme avec tous les amants, à peine connaissait-on la ville qu'on commençait à en voir les défauts.

Gloria le vit arriver sur le trottoir d'en face et lui adressa un signe de la main. Cette femme avait le pouvoir de se réinventer continuellement, s'étonna Eduardo. C'était peut-être la Méditerranée, la lumière phosphorescente de cette matinée, ou bien sa toilette informelle, en tout cas elle semblait avoir rajeuni de dix ans depuis qu'il l'avait vue dans sa maison des environs de Madrid. Elle cachait ses yeux sous d'énormes lunettes noires, comme les divas, et ses cheveux retombaient librement sur ses épaules. Le vent venu des mouillages du port parait son visage d'un rideau de cheveux mouvants.

Ils se saluèrent affectueusement, Gloria lui caressa même la joue, ce qui l'invitait à une familiarité à laquelle il ne résista pas. Ils empruntèrent une passerelle en bois au ras de l'eau, entre les bateaux de plaisance. Le cliquetis des mâts leur donnait l'illusion qu'ils auraient pu se trouver à Monaco, à Cannes ou à Casablanca, au milieu des cageots et des tonneaux de poisson de la criée, et ils se racontaient tout comme deux vieux amis qui ont trop différé une rencontre longuement attendue. Eduardo pressentait que tout n'était pas vrai, une mise en scène trop léchée, mais il s'en moquait, il se laissait conduire par le rire aimable de Gloria, par l'ambiance maritime, par sa propre illusion. À quoi jouait-il ? Mais quelle importance ? Il n'avait qu'à se laisser conduire par cette femme et croire tout ce qu'elle voudrait.

Le restaurant avait un salon privé, avec une demi-douzaine de tables vides. Le patron les accueillit, ravi de recevoir Gloria dont il se déclara un fervent admirateur, les flatta exagérément et les conduisit dans un agréable recoin, devant une grande baie qui donnait sur les contreforts de la digue et du brise-lames. Les murs étaient décorés de motifs marins, de vieux filets et d'outils de pêche. Au bout de quelques minutes, on entendit un fond musical mélodieux. Assis face à face, le visage faiblement éclairé par une lampe qui plongeait le reste dans la pénombre, il régnait une tristesse qui n'en finissait pas de germer.

Ils bavardèrent pendant quelques minutes de choses et d'autres, voyages, projets, désagréments du quotidien. Eduardo avait l'impression que Gloria évitait le sujet qui les amenait, elle repoussait, peut-être par crainte, le moment de parler d'Arthur. Il n'était pas pressé, même s'il grillait d'envie de lui montrer ses brouillons et ses premières ébauches. Il voulait lui plaire, deviner dans ses yeux un éclair d'admiration.

Olga avait peut-être raison, pourquoi le nier. Il tombait amoureux d'un fantôme.

C'est après le plat de résistance, pendant qu'ils attendaient les cafés, aucun n'ayant pris de dessert, que Gloria lui posa directement la question :

— Je peux le voir ?

Eduardo lança un regard d'approbation à Gloria, dont il voulait s'assurer la complicité.

— Ce ne sont que des essais.

Gloria écouta la justification avec une impatience mal dissimulée. Eduardo écarta les assiettes et sortit ses feuilles de son carton à dessin. Une demi-douzaine d'esquisses qu'il étala sur la table comme un jeu de cartes. On pouvait les regarder comme une séquence de l'écoulement des semaines, des jours, des heures et même des minutes. Sur chaque dessin, on mesurait les nuances de l'état d'âme d'Arthur, et même l'heure à laquelle il avait été croqué, la lumière extérieure et sa disparition progressive, qui émanait du modèle. Sur certaines poses, il portait une chemise noire à col ouvert, la minutie allait même jusqu'à décrire les pincements du nœud de cravate, le fil cassé sur un bouton, les pliures de la cigarette qu'il tenait, on pouvait presque entendre le grésillement du tabac qui se consumait, le son inaudible de la fumée fusant entre les poils invisibles de son nez. Cependant, malgré les détails, il n'y avait rien de banal ni d'anecdotique. Tout servait à l'expliquer, rehaussait une nuance de son corps.

Sur un autre dessin, il était allongé de côté sur un canapé, nonchalamment, une affectation insouciante qui disparaissait aussi à mesure que les séances avançaient, de moins en moins forcées, de plus en plus proches de cette métaphysique à laquelle aspirait Eduardo, comme si au fil des séances le visage d'Arthur et son corps trébuchaient, baissaient la garde pour se montrer tels qu'ils étaient. Eduardo avait un talent indéniable pour le manipuler, cherchant toujours la lumière et le contre-jour qui permettait de faire ressortir, comme sur une radiographie, sa peau, ses yeux, ses cheveux roux, ses lèvres entrouvertes, on pouvait presque entendre sa voix, ce qu'il disait, à l'instant où il était capté par le pinceau. Le murmure grave de ses paroles méfiantes, mécontentes, quand il se rendait compte qu'il était possédé, disséqué, au lieu d'être portraituré.

— Je reconnais que c'est un travail qui m'absorbe entièrement, murmura Eduardo, lui-même attiré par ces planches.

Gloria examinait le travail d'Eduardo comme si elle contemplait un paysage de terres en friche et sans âme. Cependant, au fond de ses yeux brillait une curiosité croissante.

— Comment est-il, de près ? demanda-t-elle, presque honteusement.

Eduardo réfléchit. Il agita le bras sans émettre un son, comme s'il remuait ses pensées pour les remettre en ordre.

— Il vient dans mon studio, on s'assied, on bavarde, on se tait, ensuite il pose, mais jamais longtemps, il est inquiet et fatigue vite. J'essaie de saisir son essence, mais il est peut-être encore un peu tôt pour prétendre y parvenir. Franchement, je crois que la possibilité de le connaître réellement à travers son portrait n'est pas pour demain.

— Mais c'est bien le propos, je t'ai engagé pour ça.

Eduardo se tortilla sur sa chaise.

— Chez lui, rien n'a l'air complètement vrai ou faux. Son regard m'inquiète. On dirait un couteau qui gratte les couches inutiles de l'épiderme, qui écarte les peaux mortes. Il m'observe sans relâche, à tout moment. Et quand il sent que l'intensité de ce regard finira par m'écraser, il feint de penser à autre chose. Mais même alors, je peux entendre le bruit de ses pensées dans sa tête.

Gloria approcha le verre de ses lèvres et but lentement, comme si elle gagnait du temps pour recomposer le masque habituel, dépassionné et distant. Il y avait une tension manifeste, une lutte pour voir qui dominerait qui, au fond d'elle-même. Et de cette tension devrait surgir la véritable Gloria, son image parfaite.

— Pourquoi a-t-il renoncé à sa carrière prometteuse de façon si précipitée ? Il serait devenu un grand poète.

Eduardo fut surpris du ton confidentiel de cette question. Comme si elle éprouvait de l'affection, un tendre chagrin pour l'homme qu'elle était censée haïr.

— Il est arrivé quelque chose de très désagréable avec le professeur qui menait sa carrière. Arthur a dû quitter la France précipitamment.

Gloria semblait être au courant de ce détail. Eduardo se demandait même si elle ne connaissait pas tout ce qui pouvait être connu sur Arthur Fernández. De la même façon, il avait la désagréable sensation qu'elle en savait plus long sur lui que ce qu'elle avait feint de savoir la première fois qu'ils s'étaient rencontrés.

— Il te l'a raconté ?

Eduardo confirma. Les rêves tournent souvent au cauchemar. Il suffit d'un geste, d'une seconde, d'une décision prise sur un coup de tête et un horizon disparaît pour laisser place au suivant.

Arthur venait d'avoir vingt ans, et il était un grand espoir de Cochard, son tuteur et mentor, une situation dans laquelle Arthur jouait le rôle du bon sauvage et l'éminent professeur celui de père spirituel et de maître généreux.

Ce jour-là, à la Sorbonne, il restait peu d'étudiants, on était vendredi, en dernière heure, et on approchait de la fin du trimestre. Le vieux Cochard reçut son meilleur disciple dans la pénombre de son bureau, dans l'aile ouest. Sur la table du vieux professeur, il y avait une photo encadrée où il serrait la main du pape Pie XI, dédicacée par Sa Sainteté. Au mur, au-dessus de la table, un gros crucifix baroque.

Le professeur invita Arthur à s'asseoir de façon peu cérémonieuse. En général, il était distant et hautain avec ses étudiants, mais il se sentait attiré par ce jeune pied-noir, un diamant brut qu'il s'était proposé de tailler avec patience et attention, pour la plus grande gloire des lettres de la République. Cochard ne cessait de parler, humidifiant du bout de la langue ses lèvres au profil sévère, crevassé et tiède, et son haleine sentait le tabac anglais. Il gesticulait beaucoup et insidieusement effleurait l'avant-bras, l'épaule, le biceps d'Arthur. Le jeune homme se dérobait prudemment, mais le vieux se comportait comme si de rien n'était, amusé, condescendant et paternel. Paternel.

— *Ma pauvre barque, brisée dans les rochers, sans voiles égarée, seule parmi les vagues ! Où vas-tu, ainsi perdue ? Où, dis-moi, ainsi enlisée ? Il n'y a pas de désirs sages dans les folles espérances*. C'est de Lope de Vega ; ton père était d'origine espagnole, il ne t'a jamais parlé de Lope ?

— Mon père était français, quoique né en Espagne. Et il savait à peine lire et écrire son nom en espagnol, répliqua Arthur.

Le professeur le regarda de façon étrange.

— Un poète peut être beaucoup de choses, mais il ne peut se permettre la lâcheté. Éprouver l'inconnu doit être le moteur qui t'anime. Allons, Arthur, toi qui admires tant Rimbaud, dis-moi : Que serait-il devenu sans la protection de Verlaine ? Et peu lui importait de se laisser emmener par les expériences de son vénérable mentor !

Sans prévenir, les doigts crochus du vieux Cochard lui emprisonnèrent le visage. Le vieux professeur se pencha sur sa pommette osseuse et l'embrassa avec une humidité blessante.

— Ne faites pas ça, professeur, non, pas ça.

— Ça te gêne, les démonstrations d'affection entre hommes ? lui demanda le professeur avec un sourire lourd de sarcasme.

Ses yeux se voilèrent. Il se revit à Alger, dans la pénombre du matin qui dévoilait peu à peu l'espace de sa chambre. Le regard fixé sur le mur, sur les grains du stuc. Il entendait la voix de Fabien, le cousin venu du continent qui allait s'occuper du rapatriement de la famille. Le cousin riche, disait-il, et tout le monde l'avait cru. Un foutu menteur, pédéraste, qui ne pensa plus qu'à son cul dès qu'il le vit, le cul encore blanc et sans poils d'un enfant que sa mère feignait de ne pas entendre crier, parce que le cousin Fabien était son passeport de retour en France après la mort de son mari. Arthur entendait encore ce vieux porc rattacher sa ceinture après lui avoir mis l'anus en sang, il entendait les grincements des ressorts du lit, les lamentations sourdes de la porte, son propre grognement. Il rêvait de lui arracher le pénis d'un coup de dents, de lui écraser la tête et d'éparpiller sa cervelle dans toute la chambre, de la voir se répandre, rebondir contre le mur. Mais il était paralysé par la peur, par le regard de sa mère, par les papiers à en-tête de la nouvelle République dans le portefeuille du violeur.

Le vieillard approcha ses lèvres et voulut encore l'embrasser dans un mouvement à la fois lascif et réjoui. La réaction d'Arthur fut foudroyante. Il repoussa le vieux dans son fauteuil.

— N'essaie pas de me toucher ! cria-t-il brutalement en le menaçant du poing.

Le visage du professeur était altéré, il exprimait la surprise et l'indignation, sans doute feintes, il devait comprendre la grossière erreur qu'il venait de commettre et pensait aux conséquences que cet acte impulsif risquait d'avoir sur sa réputation parmi le corps professoral de l'Université. Il devait réagir vite, avant que cet inconscient furibond quitte le bureau et raconte partout ce qui venait de se passer.

— Tu ne publieras plus un seul de tes vers ridicules dans ce pays. À la moindre allusion à ce qui vient d'arriver, je me chargerai de te faire renvoyer dans cette porcherie africaine d'où tu n'aurais jamais dû sortir. Foutus singes algériens de sang espagnol.

Arthur, qui se dirigeait vers la porte à grandes enjambées, s'arrêta net. Il serra les poings et pivota sur ses talons. En face de lui, il y avait un grand miroir à moulures dorées, dans lequel il voyait le crucifix, les étagères, le bureau et Cochard lui-même, qui avait un air ridicule, à demi affalé dans son fauteuil, les cheveux gris en désordre sur son visage, ses petits yeux sombres pleins de haine et de peur. Mais ce n'était pas cela qu'Arthur voyait, c'étaient les images de l'enfance, les pas de Fabien, petits pas de bonne sœur, la douleur qui lui transperçait les vertèbres quand ce porc le pénétrait, d'abord avec ses griffes, ensuite avec son pénis crasseux. C'était l'impuissance, l'humiliation de se traîner jusqu'aux latrines, dans la cour arrière sans être vu, et d'enlever son linge de corps souillé pour s'enduire d'iode ; c'était le mépris qu'il se vouait parce qu'il n'avait pas osé tuer son violeur une seule nuit, vaincre sa terreur. "Des misérables, se dit-il, des misérables qui s'accordent le droit de prendre aux autres ce qu'ils veulent sans demander la permission, des misérables prêts à trafiquer avec les illusions d'autrui. Des bâtards sans âme et sans scrupule."

Il aurait pu partir à ce moment-là, oublier ce qui venait de se passer, cracher la salive que le vieux avait posée sur ses lèvres dans un baiser répulsif, mais ce baiser avait violé sa bouche et le brûlait comme un outrage, autant que son regard acide et peureux, autant que ses menaces guerrières. Il saisit au hasard un volume de la bibliothèque, *Le Livre païen*, de Rimbaud, frappa violemment Cochard au visage et ne s'arrêta que lorsque les pages furent arrachées et la reliure maculée de sang.

Sa carrière de poète était définitivement fichue.

— Il lui a fendu les pommettes, cassé plusieurs dents et arraché un œil. Personne n'aurait cru à la version de ce morveux face à celle du professeur blessé.

Personne n'aurait laissé un tel scandale éclater au grand jour. Arthur dut partir, et pas seulement de l'université. Si la police l'avait arrêté en France, un jury l'aurait condamné à une lourde peine, sans pitié ni circonstances atténuantes.

Gloria était déçue. Cette voix distante, ce regard bovin chez Eduardo la blessait, d'autant qu'elle comprenait que c'était son arme préférée pour ne pas céder au sentimentalisme.

— On dirait que tu as pitié de lui.

Eduardo la regarda, surpris de la frivolité de ce commentaire.

— Parfois, une anecdote éveille beaucoup de monstres.

— Combien d'anecdotes ont fait d'Arthur ce qu'il est devenu ?

Eduardo détourna le regard, troublé.

— Que veux-tu dire ? Je ne peux pas haïr cet homme, Gloria. Il ne m'a rien fait.

Gloria ne répondit pas. Pas par des mots. Une rafale fit tinter les battants des fenêtres. Il renversa la tête en arrière et se caressa la nuque, comme si ses pensées avaient été dérangées par le baiser dans le cou d'un fantôme. Lentement, elle retourna les mains d'Eduardo, paumes en l'air, releva les manches de sa chemise et examina les cicatrices de ses poignets. Elle avait dû les voir des douzaines de fois, mais on aurait dit qu'elle ne les avait jamais vues. Elle agit sans adoucir son visage ni même esquisser un geste d'excuse. Peu lui importait la déception qu'il pouvait éprouver, elle suivait son idée.

— Tu as été victime, tu as été bourreau, et maintenant tu es spectateur. Et tu le crois vraiment ?

Cela s'appelait du négationnisme, se dit Eduardo. C'était pour le combattre que Martina lui prescrivait un traitement, un jeudi par mois.

Gloria haussa les épaules avec une pointe de lassitude ou d'ennui qui mortifia Eduardo.

— Ce n'est pas cet homme qui a tué mon fils. Ce visage ne reflète rien d'autre qu'une image de mort. Nous le savons tous les deux.

Eduardo approcha des lèvres sa vodka Schweppes et contempla les bulles effervescentes. Un insecte flottait à la surface du liquide. Ce n'était pas la saison des fourmis volantes, se dit-il, comme si la conversation n'avait pas eu lieu, en saisissant l'insecte entre ses doigts. Parfois, l'esprit trouvait des formes de fuite étranges.

— Tu devrais peut-être solliciter quelqu'un d'autre. Je vais dire à Olga qu'elle te rembourse ton avance. Je ne suis plus très sûr d'être à la hauteur. En ce moment, franchement, je ne suis sûr de rien.

Gloria tordit le nez. Ses doigts s'avancèrent sur la table et caressèrent le relief des veines, sur le dos de la main d'Eduardo, une décharge électrique qui l'émut bien malgré lui.

— Je sais qu'à l'intérieur de cet homme il y a un monstre, je le sais, et je veux le voir affleurer. Et il n'y a que toi qui peux y parvenir.

Eduardo secoua la tête. Un non pas très convaincant, on aurait dit un doute. N'avons-nous pas tous un monstre en nous ? Qui attend le bon moment pour se débarrasser de cette fausse peau qui le dissimule. Arthur, Gloria, lui-même.

— Tu devrais suivre la recommandation d'Arthur dans cette lettre qu'il t'a écrite en prison : efface-le de ta vie, oublie-le, sinon tout ce qui te reste de ton fils, la douleur de l'avoir perdu, il finira aussi par te le voler. Et il ne te restera plus rien. Absolument rien.

Gloria reposa sa serviette, prit une esquisse du portrait d'Arthur, la regarda pendant une longue minute, et la déchira lentement en deux.

— À quoi sert la douleur, si on ne peut la partager avec celui qui te l'inflige ? Je ne suis pas là pour pardonner, Eduardo. J'ai besoin de comprendre, et j'ai besoin de haïr.

Ils marchaient au milieu de la rue sans se regarder, en silence. Ils avaient chacun leurs raisons d'avancer sans prêter attention au monde.

Gloria ne pouvait se fier à personne. Elle était seule, et parfois la solitude lui pesait comme du plomb et l'entraînait au fond d'un puits obscur où elle ne pouvait plus voir ni respirer. Elle ne gardait que ses pensées, sa rage déconcertée et sans but, son désir fou de connaître l'homme qui avait tué son fils. Le connaître, et le voir mourir lentement devant ses yeux, étudier son agonie, distinguer chaque particule de souffrance sur son visage. Tant qu'elle nourrissait cette espérance, son fils continuerait de vivre, lié à lui. Et pour y parvenir, elle comptait sur cet homme mal assuré, brisé. Eduardo marchait à côté d'elle et la regardait avec un fond de déception qui pouvait mettre en miettes l'admiration qu'elle avait su fomenter avec patience pour le circonvenir.

— Tu me raccompagnes à l'hôtel ? Aujourd'hui, je n'ai pas envie d'être seule.

Gêné, Eduardo détourna les yeux pendant qu'elle se déshabillait et se dirigeait vers le lit en l'invitant silencieusement à la rejoindre.

Ils firent l'amour. Et encore, c'était un euphémisme. Gloria lui montra son corps nu sur le drap comme un trait de pinceau délavé, une aquarelle aux tons bleus très pâles. Sans désir mais avec avidité, Eduardo contempla ses courbes, les gros seins un peu tombants, la peau sans éclat, les poils du pubis. Gloria tendit la main et l'attira sans le toucher, les fils invisibles de ses doigts suffisaient pour qu'il se laisse conduire. Tout est inscrit dans la peau, tout.

Ce fut silencieux, laborieux parfois, quand il essaya de la pénétrer, mais son érection était insuffisante. Il maudit le Risperdal, se reprocha de trop boire, mais il devait s'avouer que le visage d'Elena le regardait, dans le fauteuil où s'entassaient les vêtements.

Gloria ne pensait à rien. Pour trouver une utilité à cet exercice nauséabond qui consistait à avancer, s'arrêter et reculer sans cesse pour une chose dont elle ne savait même pas ce que cela pouvait représenter dans le corps d'Eduardo, dans son sexe mou, elle devait se forcer, voir la scène de l'extérieur, sous un certain angle, se demander pourquoi elle se soumettait à pareille atrocité. En tant qu'homme, Eduardo ne l'intéressait pas, le seul qui l'avait intéressée sexuellement avait été son époux, Ian, et depuis son divorce elle n'avait jamais éprouvé le besoin d'avoir une liaison. Bien qu'amoureux, Eduardo n'aurait sans doute jamais exigé d'elle pareil sacrifice. Il se serait contenté de ce qu'elle aurait bien voulu lui donner. Mais les opinions sont des observations à écarter absolument si elle voulait garder Eduardo de son côté ; si elle surmontait la répulsion qu'elle éprouvait devant cette sorte d'abandon prostitué, elle pourrait le convaincre. Le sexe est plus révélateur que le train-train quotidien ; quand les sens et les instincts se déchaînent, on est moins circonspect, on commet des erreurs. On devient malléable. C'est une situation vieille comme le monde.

Une heure plus tard, Eduardo était assis dans le lit défait et contemplait le tableau de Hopper accroché au mur, sans penser à rien de précis. Il se sentait fatigué, pas physiquement, comme une pierre à aiguiser qui a trop servi, comme un objet hors d'usage. Comme un bateau dont les voiles avaient été déchirées par les tempêtes, le caprice des courants et des vents, n'importe qui pouvait le secouer, modifier sa course ou le couler s'il lui en prenait l'envie. Il palpait ses mains, la peau de son visage, son menton. C'était l'odeur de Gloria, de son vagin. Il ne put s'empêcher de déplorer ce qui s'était passé, et la façon dont tout avait été consommé. Il l'entendait maintenant dans la salle de bains, utilisant le savon et le gel en abondance pour se débarrasser de l'odeur d'Eduardo ; penser cela, et savoir qu'il était dans le vrai, l'affligea. À coup sûr, jamais la moindre particule de cette femme ne lui appartiendrait.

Il prit d'assaut le meuble bar et sortit sur la terrasse avec le dernier flacon d'alcool.

Une minute plus tard, il sentit derrière lui la présence de Gloria. Il se retourna avec tristesse et regarda son corps humide, enveloppé dans une serviette de bain. Il eut la vision fugace de Graciela et de son sein amputé.

— Il y a une chose que je ne t'ai pas racontée au restaurant. Arthur sait que le portrait est une commande de ta part. Il a accepté de poser à condition que je lui raconte tout sur toi. En réalité, je n'ai pas grand-chose à raconter. Je ne sais pas qui tu es. Je ne te connais pas.

Le visage de Gloria se durcit comme une pierre lisse, impénétrable.

— Pauvre Eduardo, si aveugle, si perdu… Et que crois-tu savoir sur cet homme que tu commences à admirer ?

13

De retour à Madrid.

Eduardo ouvrit lentement les yeux. Il aurait préféré ne pas se réveiller, rester au lit, attendre la minute suivante, épier les ombres que le fil de la journée projetait sur les murs de son appartement. Mais celui qui tambourinait à sa porte depuis dix minutes ne semblait pas disposé à le laisser tranquille. Il se tira du lit, la bouche pâteuse et les os tuméfiés. Il sentait le rance et en voyant qu'il avait des vertiges il maudit la facilité avec laquelle il pouvait se cacher dans une bouteille de vodka. Sur le tourne-disque crépitait le dernier sillon d'un disque qu'il avait oublié d'enlever. *Kind of Blue*, de Miles Davis. Il regarda par le judas et entrevit une chemise bleue déboutonnée.

— Ouvre, je sais que tu es derrière la porte.

C'était la voix impérative et omniprésente d'Ibrahim.

Eduardo se frotta les tempes, sa tête allait éclater. Il ne savait même pas quelle heure il était, quel jour de la semaine. Le rugissement de son estomac et la faiblesse de ses muscles lui rappelèrent qu'il ne savait pas quand il avait absorbé une nourriture consistante pour la dernière fois. Il entrouvrit la porte sans enlever la chaîne. Juste assez pour apercevoir le visage défiguré d'Ibrahim.

— Que veux-tu ? Je ne suis pas en forme.

Derrière la porte, Ibrahim fronça le nez.

— À en juger par l'odeur, c'est évident. Tu pues, tu es en pleine décomposition. Ouvre ou je défonce la porte. J'ai deux mots à te dire.

Eduardo ouvrit à contrecœur et laissa entrer Ibrahim, qui lui lança un regard sévère et observa l'appartement sale et en désordre en tordant le nez.

— Il y a plus de méthane ici que dans une centrale nucléaire. Si on n'aère pas tout de suite, on risque l'explosion d'un moment à l'autre.

Il ouvrit les rideaux et la fenêtre. Il devait être assez tard, on entendait les enfants dans le parc à la sortie de l'école et les rideaux tamisaient une lumière grenat. Ibrahim prit une boîte de cachets sur la table et lut l'étiquette, puis il huma le réfrigérateur, presque vide.

— Tu es venu pourquoi ? demanda Eduardo, qui avait du mal à articuler, comme si une guêpe lui avait piqué la langue.

Le musulman se lissa machinalement les cheveux. Avant de répondre, il se posta à la fenêtre et observa le trottoir d'en face.

— Il y a une semaine qu'Arthur n'a pas de tes nouvelles, et moi non plus, dit-il, satisfait de ce qu'il avait vu dehors.

Il s'était donc écoulé une semaine, calcula Eduardo, depuis son retour de Barcelone. Cette pensée raviva la douleur cuisante.

Il remplit un verre au robinet et recracha aussitôt cette eau qui avait un goût de chlore. Il chercha ses cigarettes, et finalement récupéra un mégot qu'il alluma en fermant les yeux. Après plusieurs jours de cuite, ses yeux étaient différents, dénaturés, comme s'ils appartenaient à quelqu'un d'autre.

— Je suis allé me renseigner au bureau d'Olga, et elle m'a dit qu'elle ne t'a pas vu depuis des jours, que tu ne réponds pas au téléphone, voilà pourquoi je suis venu. Graciela se fait du souci et Sara a passé deux nuits comme un chien devant ta porte, impossible de la convaincre que tu ne mérites pas ce genre de fidélité. Tu devrais t'inquiéter pour cette enfant. C'est sans doute la seule personne qui a de l'estime pour toi.

Maintenant, cet inconnu tutoyait ses connaissances et était entré dans leur intimité, se dit Eduardo. Cette irruption dans son cercle personnel l'agaça au plus haut point. C'était peut-être une forme diffuse, enfantine et maladive de jalousie.

— Merci pour le conseil, j'en tiendrai compte, voyant de qui ça vient : tu dois avoir une vie sociale très enrichissante, ironisa-t-il.

— Habille-toi, on s'en va. Tu as besoin d'air, et moi aussi. On devrait désinfecter cet appartement.

Eduardo obéit. Il n'avait pas envie de se disputer. Et l'attitude d'Ibrahim disait clairement qu'il n'avait pas l'intention de céder.

Ils allèrent jusqu'à la place du musée Reina Sofía. Comme il faisait beau, les patineurs et les montreurs de marionnettes avec leurs chiens pleins de puces et leurs jongleries maladroites avaient repris possession des escaliers d'accès du musée. Les terrasses des bars voisins se remplissaient de touristes. Derrière la place d'Atocha, l'horizon se teignait de couleurs vives. Eduardo avait l'impression d'être une bulle étrange au milieu de cette vie qui coulait à flots.

Ibrahim traversa la place en deux longues enjambées résolues et imposa sa présence à une table qui venait d'être libérée et que se disputaient des Japonais qui battirent en retraite, intimidés. Le musulman commanda un café. Eduardo, une vodka, double et sans glaçons. Au moment où le serveur repartait, Ibrahim le retint.

— Plutôt un sandwich, laissez tomber la vodka.

Le serveur lança un regard inquisiteur à Eduardo, qui acquiesça, résigné. Ibrahim ne posait pas de questions, ne donnait pas de conseils. Il fallait simplement accepter ce qu'il disait.

— Pourquoi me regardes-tu comme ça ? Je te fais de la peine ?

Le regard d'Ibrahim le gênait. Ils n'étaient pas amis, il n'avait pas le droit de le prendre en pitié. Le serveur apporta la commande.

— Tu m'es sympathique, se contenta de dire Ibrahim en déchirant la pochette de sucre pour le verser dans son café.

Sa façon de le dire, sans y attacher d'importance, ne signifiait pas grand-chose. Il avait liquidé des hommes pour lesquels il avait beaucoup plus de sympathie. En remuant son café, en effleurant la faïence, il regardait par-dessus l'épaule d'Eduardo, inspectait la place et ses abords.

— Nous avons tué quelqu'un ? Tu es tellement tendu qu'on dirait un chat prêt à attaquer ! lui lança Eduardo, énervé.

Son sandwich à la saucisse était toujours intact, dans son assiette. Il avait des nausées chaque fois qu'il le regardait.

Ibrahim lui lança un coup d'œil furtif et pour la première fois esquissa un sourire qui découvrit ses dents abîmées.

— C'est une question idiote, tu ne crois pas ?

En effet, c'était une question idiote.

Eduardo sonda le regard d'Ibrahim. Funèbre, il s'en rendait compte maintenant, comme toujours ; ce vide, il le connaissait aussi, il l'avait expérimenté et il s'y était installé. Il ne distillait ni pitié ni condescendance, ni même l'ombre d'une fraternité hypocrite. Il se contentait de constater une réalité identifiable par eux deux. Les personnes se trahissent parfois entre elles, c'est inscrit dans la condition humaine. Mais rien n'est plus douloureux que la mesquinerie de ceux que nous croyons être de notre côté de façon inconditionnelle.

— Tu as tué beaucoup de gens ?

Ibrahim écoutait par les yeux, lèvres serrées et doigts croisés sur la table.

— C'est quoi, cette question ?

— Je me demandais si les morts te pèsent, c'est tout.

Ibrahim tourna la tête et murmura quelque chose en arabe. Il se rappela la voix d'un imam résonnant dans son cœur adolescent, devant la fosse obscure et profonde où gisait le corps de son père enveloppé dans son suaire. Les paroles de cet homme de Dieu, la virulence et la haine de sa fatwa contre les Français et leurs descendants, pendant que les hommes acquiesçaient et murmuraient des versets de miséricorde et de piété, la tête basse, les armes cachées sous les vêtements. Ils n'étaient pas des assassins, mais des patriotes, des saints, leur répétait l'imam, crachant des flammes par l'enfer de sa salive, qui retombait sur le visage pas encore défiguré d'Ibrahim. "Tuer ne fait pas de nous des assassins, lui répétait l'homme saint, retenant un tremblement de colère de sa main. Pas pour l'Algérie, pour le FLN, pour Dieu." En se rappelant ces paroles, Ibrahim contempla ses mains, déjà vieilles, le sang des hommes qu'il avait tués était incrusté dans sa peau comme un tatouage, mêlé au sien dans un flot invisible qui l'unissait pour toujours à ses victimes. Une mort n'est pas différente d'une autre, et toutes pèsent du même poids quand vient la nuit.

— Je connais des assassins qui n'ont jamais porté la main sur personne, ils vivent parmi nous, ils sont pères ou mères, frères, sœurs, enfants, des gens bienveillants en apparence, des gens de bien qui se rendent à leur travail, remplissent leurs obligations avec une honnêteté scrupuleuse, des gens respectables, souvent aimés et même admirés. Mais je sais reconnaître le chacal quand je le vois tapi au fond de leurs regards ; s'ils en avaient l'occasion, leur instinct se déchaînerait.

— Moi, je suis un assassin, dit Eduardo d'une voix rauque.

Ibrahim regarda Eduardo avec commisération. Un pauvre chien léchant ses propres blessures.

— Toi, mon ami, tu n'es que le fossoyeur. Tuer un homme ne fait pas de toi un assassin.

Quelques semaines plus tôt, chez la doctoresse, Eduardo avait utilisé ce même argument pour se défendre. Mais cette fois il était moins convaincu.

Inconsciemment, il avait pris le sandwich et le mordillait, le regard perdu dans les miettes tombées sur la table.

— Et Arthur ? Parle-moi de lui. Tu le connais, tu es son ami. Tu dirais de lui qu'il est *vraiment* un assassin ?

Ibrahim ne réagit pas à ce coup de griffe ironique. Cela ne l'avait même pas effleuré. Mais il reconnut que ce petit homme à la chemise un peu vieillotte avait à sa façon une dignité qu'il n'avait pas, lui. Il se leva et posa un billet de vingt sur la table.

— Pose-toi la question. Il y a d'abord un portrait qui t'attend. Tiens ton engagement, tu retourneras ensuite dans ton trou, lécher tes vieilles blessures. Tu parviendras peut-être à les cicatriser.

Eduardo dévisagea Ibrahim. Il y avait quelque chose en lui qui ne cadrait pas, mais quoi ?

— Je trouve bizarre que quelqu'un dans ton genre soit si loyal envers un type comme Arthur.

Ibrahim le foudroya du regard.

— La seule loyauté, je la dois à moi-même.

— Mais tu le protèges.

Ibrahim eut un ricanement étrange.

— Pour un artiste, je te trouve bien aveugle, mon ami. Que crois-tu savoir ? L'apparence est un leurre, une duperie pour les niais… Et maintenant, cours vers ton destin, petite souris.

Eduardo le regarda traverser la place et vit sa chemise et son pantalon en tergal se perdre dans la foule.

— Tu veux un exorcisme, mon joli ?

Il était abordé par une Gitane, silhouette noire, fausses dents en or et un brin de romarin à la main. Elles étaient trois et se répartissaient les tables comme un escadron en ordre de combat. Eduardo ne se donna pas la peine d'être aimable. Les salamalecs de la Gitane l'agaçaient. Il se leva, de mauvaise humeur.

— Aucun exorcisme ne peut me protéger, murmura-t-il en écartant la Gitane de son chemin d'un geste brusque.

— Alors je te jette le mauvais œil, misérable ! Tu vas être un misérable toute ta vie, j'en appelle à mes morts !

Eduardo laissa échapper un ricanement rageur ; des passants se retournèrent, le prenant pour un fou.

Le café où Arthur lui avait donné rendez-vous était au début de la rue Fuencarral. En traversant la Gran Vía, il vit deux prostituées qui attendaient le client en fumant, postées à côté d'un photomaton. L'une d'elles lui lança une œillade éteinte, et ses faux cils simulèrent l'ouverture et la fermeture d'un lourd rideau. Eduardo pressa le pas. Les frontières invisibles ne sont parfois que des passages piétonniers. On les traverse et on se croit à l'abri, dans un monde plus supportable.

Il repéra Arthur dans un angle. Il discutait avec quelqu'un. Eduardo le reconnut. C'était le journaliste du magazine *Allegro* qu'il avait vu dans la loge de Gloria quelques semaines plus tôt. Pourquoi était-il avec Arthur ? Eduardo eut un mauvais pressentiment.

Arthur écoutait Guzmán, attentif et muet. Il regardait le mur, comme s'il était le seul à voir ce qu'il y avait derrière les rideaux, une chose horrible, à en juger par la tension des muscles de son visage.

— Tu en es vraiment sûr ?

— Vraiment. C'était lui, le peintre. Il était à Barcelone avec elle, ils ont mangé dans un restaurant. J'ai attendu qu'ils s'en aillent pour y entrer. Sur la table, il y avait une feuille déchirée en deux... Devine quelle image s'est formée quand j'ai rassemblé les deux bouts ? Oui, ton portrait. Ensuite, ils sont allés dans la chambre de Gloria. Je ne peux pas te dire ce qu'ils ont fait pendant une heure et demie, mais je l'imagine.

Il parlait avec un mélange de curiosité et de dégoût, comme s'il avait été témoin d'un acte contre nature, qui n'aurait pas dû se produire. Il était évident que, même pour quelqu'un comme Guzmán, Eduardo ne méritait pas les attentions d'une femme comme Gloria.

Arthur s'enfonça les doigts dans les cheveux et se prit le front à deux mains, essayant de comprendre cette nouvelle tournure des événements. Eduardo et Gloria ? Ce n'était pas logique. Soudain, il regarda Guzmán avec méfiance.

— Pourquoi étais-tu à Barcelone ?

Guzmán caressa les rugosités de sa main brûlée et sourit. Il posa une enveloppe sur la table.

— C'est quoi ?

— J'ai cru comprendre qu'au cours de l'hiver 1990, tu as envoyé Aroha dans un centre à Genève, n'est-ce pas ?

Arthur confirma.

— Voici le dossier médical du fils de Gloria Tagger. Étrangement, quand ta fille est arrivée là, le garçon y était déjà. Ils devaient donc se connaître – Guzmán sonda le visage d'Arthur : Tu ne le savais pas ?

Arthur parcourut le rapport, à peine une page, mais c'était plus que suffisant. Il pâlit, releva la tête et vit l'ironie dans les yeux de Guzmán, qui fumait en lançant sa fumée au plafond. Arthur se rappela la mise en garde de Diana : "Guzmán n'est pas une porte qu'on puisse refermer une fois qu'on l'a ouverte." Arthur ne pouvait plus arrêter ce qu'il avait lui-même mis en branle, il le comprit après avoir vu les petits yeux sombres briller comme ceux d'un prédateur.

— Cette idée ne m'avait pas effleuré. Il doit s'agir d'un hasard.

Guzmán se leva, boutonna sa veste, se tourna vers la porte et sourit en voyant Eduardo.

— Disons qu'il y a un truc qui ne colle pas dans la disparition de ta fille : une gamine rebelle qui fait souvent des fugues, une violoniste dont l'histoire est un roman, son fils que tu écrases par accident, un antiquaire, un requin de la finance… Bon, les hasards n'existent peut-être pas, mais quand il y a une telle concentration, ils deviennent la règle. Tu ne crois pas ? Une porte en ouvre une autre. Et mon boulot est de les franchir toutes.

Eduardo et Guzmán se croisèrent dans l'entrée. Ce dernier salua le peintre d'un geste militaire.

En voyant Eduardo, Arthur sauta de son fauteuil, prit sa veste et lui lança un regard trouble, comme fou.

— J'ai besoin de marcher, on étouffe ici. Sortons.

— Je connais cet homme, dit Eduardo, une fois dehors.

Arthur regardait le ciel comme s'il avait conscience qu'il était très loin du sol.

— Il y a des gens qu'il vaut mieux ne pas connaître, dit-il laconiquement.

Arthur se dirigeait d'un pas vif vers les ruelles du quartier de Malasaña, et Eduardo avait du mal à le suivre.

— Où étais-tu passé ? Je croyais que nous avions un portrait à finir, toi et moi.

Eduardo avait des élancements dans le genou. Il ne pouvait suivre le rythme d'Arthur et de plus il sentait qu'un truc grave était arrivé. Il s'appuya contre un mur et se massa le genou.

— Je vous laisse, Arthur. En réalité, je crois que c'était une mauvaise idée dès le départ.

Arthur s'arrêta et le regarda d'un air ténébreux. C'était bien le mot. Ses regards étaient ténébreux quand quelque chose le dérangeait. C'était sa façon d'indiquer une ligne invisible à ne pas franchir.

— Mme Tagger ne veut plus de tes services ?

C'était donc ça. Il était au courant.

— Ainsi, tu étais son amant. Pourquoi ne me l'avais-tu pas dit ?

Eduardo hésita, regardant les deux bouts de la rue comme un animal acculé (Ibrahim l'avait traité de petite souris, à juste titre).

— Je ne suis pas son amant, mais son outil.

Dans une des ruelles qui débouchaient dans la rue Espíritu Santo, un mendiant en insultait un autre, croassant comme un corbeau et le secouant comme un prunier. Ils se battaient pour un fruit pourri trouvé dans une poubelle. À mesure que la dispute s'intensifiait, leur rage grandissait aussi.

Arthur ne les quittait pas des yeux.

— Pauvre Gloria, une mère détruite… Elle n'a sûrement pas eu beaucoup de mal à séduire un pauvre imbécile comme toi. Je parie que tu es amoureux d'elle. Tous les hommes tombent amoureux de Gloria A. Tagger.

La bagarre entre les mendiants prenait de l'ampleur. Maintenant, ils étaient entrés dans une phase de coups maladroits, lents, mais brutaux. La scène évoquait la peinture de Goya *Duel à coups de gourdin*. Deux loqueteux se frappant dans un endroit désolé, enterrés jusqu'aux genoux. Rien d'honorable, de la force brute, toutes griffes et dents dehors, des coups de pied perfides aux testicules. Ils s'entre-tuaient littéralement, pour une pomme pourrie et un pack de lait périmé. Et aucun des deux ne s'arrêterait tant qu'il n'aurait pas atteint son but. Mais même l'enjeu, la nourriture, finissait par se perdre dans les méandres de la bagarre. Peu importaient les restes répandus par terre. Ce qui les poussait à se battre sans trêve, c'était une rage sans limites, une haine si intense et si profonde qu'elle ne trouvait pas de cris pour s'exprimer. Ils voulaient la mort de l'autre, la mort d'eux-mêmes, ils voulaient tuer leur histoire, leur passé, leurs fantômes, assassiner leur présent et clore leur avenir. Ils espéraient peut-être qu'une intervention extérieure mettrait fin à la bagarre et imposerait une trêve. Mais personne n'intervint.

Eduardo contemplait la scène comme s'il n'était pas là. Arthur et Gloria, Gloria et Arthur. Ils pensaient qu'ils pouvaient tout se permettre, disposer d'autrui à leur aise. Se nuire en empoisonnant leur vie minable, comme si ce poison était le sang qui ne coulait plus dans leurs veines.

— Tu as perdu une fille et tu la cherches. Gloria a perdu un fils et dans une certaine mesure elle le cherche encore. Et moi je suis englué dans cette spirale, ballotté en tous sens contre mon gré. Ça suffit, j'en ai marre.

Arthur regarda Eduardo avec un certain recul, hors de toute pitié, compréhension ou affection.

— Tu as l'impression d'être la victime, dans tout ça. Mais tu n'es pas innocent non plus. Tu es aussi souillé que nous tous. Qu'as-tu à me dire de cet homme que tu as tué ? Et de sa femme, que tu as condamnée au fauteuil roulant ? Tu crois qu'elle a pu prendre de la distance ? Tu crois qu'elle ne te hait pas de toutes ses forces ?

L'arabesque était parfaite dans cet enchaînement de quatre exécutions, l'une après l'autre, sur le mur, juste au-dessus du mannequin qui portait le tulle et les gazes de la robe, et les vieux chaussons renforcés à la pointe, complètement usés. Dans son fauteuil roulant, Maribel tendait docilement le bras droit et le projetait comme une ligne droite sur le mur, les doigts joints, l'index un peu plus haut et le petit doigt dominant une douce cascade. Puis elle pivotait le torse dans un mouvement synchronisé et reproduisait le même geste avec le bras gauche. En regardant les ombres, on pouvait imaginer le léger mouvement de rame des ailes. Les yeux fermés, mais sans serrer les paupières, attentive à donner à sa respiration la bonne dose d'air, elle imaginait que son fauteuil n'existait plus. Ce mouvement de base avait besoin de l'appui du corps de profil, sur une jambe, une succession de *demi-pliés*, jusqu'à ce que la cuisse ne sente plus la pression du corps, tandis que l'autre s'élevait tout droit en arrière jusqu'à la hanche, pareille à une élégante colonne d'air. Ainsi, bras et jambe étirés créaient une longue ligne stylisée. On aurait dit un plein vol auquel pouvait aspirer le corps d'un être humain sans ailes, et Maribel avait connu des centaines, des milliers de fois, cette liberté, ces lignes et ces formes impossibles qui défiaient la gravité.

Elle rouvrit lentement les yeux et sentit de nouveau la pesanteur de la pièce, la pochette d'urine, le tube de la sonde, le contact rugueux du plastique, l'atrophie des muscles inutiles de ses jambes qui tant de fois l'avaient soutenue. Elle regarda la séquence d'exercices immortalisée sur les quatre photographies encadrées au mur. Il s'agissait d'une démonstration de l'école de danse lors d'une tournée à Barcelone. Devant ses trois élèves les plus douées, Maribel réalisait les quatre mouvements dans une robe noire très moulante qui ne laissait apparents que les épaules, les bras et la pointe des chaussons. C'était un exercice difficile, car il était réalisé sur le sol irrégulier et mou de la plage, avec le rivage en toile de fond. Un exercice très douloureux dans ces conditions, qui exigeait un parfait équilibre, de la force et de la persévérance. Cependant, le visage de Maribel, comme celui de ses élèves, ne laissait transparaître aucune hésitation. Grande, cheveux noirs et plats qui retombaient avec élégance sur sa poitrine, on remarquait son regard fixé sur l'infini, comme s'il voyait la barre invisible où s'appuyer. Il émanait d'elle une grande détermination.

Comme cela lui arrivait presque toujours quand elle passait devant ces photographies, accrochées de façon qu'on ne puisse pas les manquer en entrant dans son ancienne chambre, Maribel se caressa la peau. Ces images la mettaient au défi de se rappeler ce qu'elle ne pourrait plus jamais être : jeune, éthérée, belle et libre.

À soixante ans, elle ne devait pas se sentir vieille, les femmes de son âge prenaient soin de leur personne, utilisaient des crèmes et recouraient sans honte à la chirurgie pour garder l'illusion d'une jeunesse qui nichait encore dans leur cœur, à défaut d'être encore dans leur corps. Mais Maribel avait le sentiment d'être une vieille femme millénaire. Sa peau mal oxygénée était squameuse, ses os étaient devenus fragiles par manque d'exercice et ses muscles se délitaient sous un sac de peau, presque liquides. Elle se demanda ce qu'aurait pensé Teo, son époux, s'il l'avait vue dans cet état d'abandon. Pour son mari, sa conquête avait été un long défi, et elle ne lui avait pas facilité les choses, feignant de succomber à son charme puis lui tournant le dos, comme si elle était indifférente à l'amour et obsédée par sa vraie passion, la danse.

Teo fut patient, peu bavard, restant froid et distant, mais il savait persévérer, il avait ce caractère méticuleux et têtu qui en faisait un excellent numismate. Ces qualités, persévérance et patience, ouvrirent une brèche dans le mur de Maribel, et insidieusement la brèche devint crevasse. Elle avait toujours pensé qu'ils vieilliraient ensemble, que leur déclin serait une douce pente descendante, lui avec ses pièces, elle avec ses ouvrages de technique, enseignant par la théorie ce que la fatigue et la loi de la gravité lui interdiraient dans la pratique.

Parfois, elle pensait qu'il était encore possible d'entrer dans la chambre. Elle redoutait de perdre les odeurs si elle laissait pénétrer l'air pollué de l'extérieur. Elle en interdisait même l'accès à son fils. C'était son sanctuaire, le seul endroit où tout restait comme avant que ce misérable lui ravisse les deux choses qu'elle aimait le plus au monde. Sa capacité de voler et le cœur du seul homme qu'elle avait aimé.

Elle ouvrit l'armoire où étaient pendus les costumes et les chemises de Teo. Régulièrement, elle les portait chez son teinturier. Quand l'odeur des vêtements semblait s'évaporer, Maribel prenait le flacon de lotion qu'il utilisait et en imprégnait les cols, les poignets et les manches, en sorte que lorsqu'elle ouvrait l'armoire, c'était comme si son mari venait à sa rencontre : elle humait lentement le parfum des chemises, et son cœur se délectait de cette danse des sens. Teo n'était pas un homme élégant, mais il avait toujours été soigneux et d'une sobriété presque anglaise dans sa façon de s'habiller et de se chausser. Un mocassin italien était posé à côté des brosses et du cirage, adaptés à chaque couleur.

Elle avait aussi gardé un coffret à montres contenant quelques modèles sans grande valeur, d'une esthétique douteuse, assortis aux cravates unies, aux foulards et aux écharpes. Tout était parfaitement rangé, plié, déplié, et replié. Maribel pouvait consacrer de nombreuses heures de la matinée à cette tâche, mais peu lui importait, elle n'avait rien d'autre à faire que se rappeler, plier, déplier et se lamenter.

Au fond de l'armoire, il y avait un sac en plastique noir que Maribel ouvrait rarement, mais elle était incapable de se débarrasser de son contenu. C'étaient les vêtements que portait son mari le jour où son assassin lui avait tiré une balle en pleine tête. La police les lui avait rendus après l'autopsie et elle n'avait voulu ni les brûler ni les jeter à la poubelle, à la différence du manteau qu'elle portait ce matin-là et qui avait un trou noir de poudre, mais presque pas de sang. Dans le sac, elle avait conservé la chemise bleu pâle qu'il aimait porter le dimanche pour aller au centre de numismatique. Le col était un peu râpé, usé, et ils s'étaient souvent disputés, parce qu'elle ne supportait pas de le voir dans cette chemise, mais il ne voulait pas s'en débarrasser, car depuis qu'il avait déniché un aureus de l'empereur

Alexandre Sévère frappé en 223 après Jésus-Christ, c'était devenu sa chemise fétiche. Sur celle-ci étaient incrustées, comme autant de cicatrices, des éclaboussures de sang, des traces des os du crâne, du cuir chevelu et de la cervelle qui s'étaient répandus soudain avec une violence radicale quand la balle était entrée.

Elle conservait aussi la veste en velours usée aux coudes et le pantalon en coton foncé. Il n'était même pas correctement vêtu le jour où ce fou l'avait tué. Et cette idée absurde s'était incrustée dans l'esprit de Maribel au fil de toutes ces années. Comme la dent sur un pivot défectueux, sa cervelle se figeait sur cette obsession chaque fois qu'elle se décidait à ouvrir ce sac et à étaler son contenu sur le lit.

— Tu n'étais pas bien assorti, mais tu n'as pas voulu m'écouter. Ces derniers temps, tu étais distrait et irritable avec tes pièces et tes affaires. Tu ne me laissais même plus choisir tes vêtements.

Presque quatorze années plus tard, elle ne comprenait toujours pas pourquoi certaines personnes qui se croient heureuses sont punies de façon aussi atroce et inattendue. Qui décidait de cela, Dieu, le hasard… ? Pourquoi elle, et pas une autre ? Elle s'était bagarrée ferme toute sa vie, elle comprenait que l'existence est sacrifice, devoir, effort et obstination face aux échecs. La danse classique lui avait donné une discipline, mais lui avait aussi appris qu'en échange on obtenait une récompense. Et elle avait à peine eu le temps d'en profiter, quelques années, les plus belles, lui disaient les amis romantiques et optimistes, les plus irréelles, lui disaient ceux qui ne se laissaient pas abuser par les émotions faciles. Ils n'avaient même pas pu avoir le bébé qu'elle et Teo désiraient tant. Finalement, ils avaient adopté, et même si Maribel s'était vouée corps et âme à l'aimer, en son for intérieur elle avait la certitude douloureuse que son époux ne l'avait jamais pleinement accepté.

— Comme j'aimerais que tu le voies ! Il est devenu un beau garçon, travailleur, intelligent et sensible, mais il a besoin d'un père qui l'aide à franchir le cap de la confusion.

Maribel n'avait pas le courage de se battre contre l'inévitable. Les enfants grandissent, prennent conscience d'eux-mêmes, de façon un peu erronée, et ils s'en vont, physiquement ou pas, peu importe, ils n'appartiennent plus à leurs parents. Les enfants sont un prêt que tôt ou tard il faut rendre à la vie. Ces derniers temps, quand Who la regardait, elle sentait un trouble étrange, comme si son fils attendait quelque chose d'elle, un signe, et comme s'il avait quelque chose à lui dire et ne savait comment s'y prendre. Si elle lui posait des questions, il reprenait le masque d'ange qu'il avait toujours été, l'embrassait sur le front et s'en allait, lourd de tristesse et de démons.

Elle n'entendit pas tout de suite la sonnette. Elle regarda l'heure avec étonnement. Il était trop tôt pour que son fils rentre, d'ailleurs il ne sonnait jamais. Il avait ses clés. C'était peut-être ces deux vieilles dames des témoins de Jéhovah qui passaient la voir tous les après-midi avec leurs magazines et leur prosélytisme, effort louable mais vain dans son cas. Elle se dirigea vers la porte dans son fauteuil roulant, méditant une excuse pas trop vexante pour se débarrasser d'elles.

Mais en ouvrant, elle ne vit pas les deux vieilles dames et leur air béat, elle ne vit pas non plus son fils. L'homme qui la regardait, l'air contrit, était un fantôme surgi du passé. Le visage qui hantait ses cauchemars depuis presque quatorze années.

— Bonjour madame. Je suis Eduardo Quintana.

Le printemps ne tarderait pas, on le sentait à la brise nocturne et aux premiers bourgeons à la cime des arbres, encore trop faibles pour survivre à une gelée matinale. Mei était ainsi, un bourgeon qui ne supporterait pas une nouvelle gelée, se dit Who.

Dans la ruelle qui donnait sur l'arrière de l'immeuble où il habitait, une prostituée travaillait son client. C'était une des filles de Chang. Ils échangèrent un regard de connivence, mais pas de commisération, ils s'occupaient en contrebande de la peine des gens, la rendaient plus supportable et continuaient leur chemin. Ils étaient de cette race, la prostituée et lui. Des ombres sans éclat. Le type pelotait ses fesses avec acharnement en lui léchant l'oreille. La fille ne l'avait pas quitté des yeux. "Allons, pas de sentimentalisme, semblait-elle dire à M. Who. Tu as ta tragédie, moi la mienne, mais cela ne change rien pour nous. Nous ne sommes pas deux amoureux." Il y en a qui disent que les putains aiment l'argent facile. Les imbéciles ! Ils ne savent pas de quoi ils parlent, pensa Who. Imaginer que tel était le destin que Chang réservait à Mei le rendait fou.

Il entra et se déchaussa pour ne pas faire de bruit. Il vit de la lumière sous la porte de la chambre de Maribel. Il faillit lui demander si elle avait besoin de quelque chose, mais il se ravisa. Il l'entendait pleurer. Maribel pleurait toujours seule, et jamais dans le noir. Depuis tout petit, Who avait grandi avec cette tristesse. Il avait aussi appris à savoir quand il valait mieux la laisser seule.

Il revint sur ses pas et monta dans sa chambre.

Il lança sa veste sur le lit défait, s'assit devant l'ordinateur et ouvrit le dossier contenant les photographies scannées qu'il avait gardées de ce premier et unique voyage qu'ils avaient fait tous les trois, par surprise, l'été 1991 : lui, Maribel et Teo, à Minorque. Il pensait les utiliser pour un montage et y ajouter de la musique. Maribel apprécierait cette gentillesse.

C'était un voyage inattendu. Teo ne voulait jamais quitter Madrid. À la rigueur il voulait bien aller à Tolède ou Cáceres, mais jamais plus loin. Pourtant, c'est lui qui apporta les billets d'avion, un beau matin.

Il se souvenait d'un caboteur qui reliait quelques criques de l'île, accessibles uniquement par mer. Sur les photographies, on voyait son père, les lunettes un peu au-dessus des sourcils. Il avait un demi-sourire et tordait ses moustaches comme les vedettes de cinéma. Maribel était à côté de lui. Entre eux deux, un enfant se serrait contre leurs jambes, livide parce que le tangage le rendait malade. La mer l'effrayait. Appuyé au bastingage, il regardait le vol des mouettes surfant sur les crêtes échevelées des vagues qui mouraient, l'une après l'autre, dans un rugissement sourd.

Il avait dû être heureux cet été-là, même s'il ne s'en souvenait pas du tout. En revanche, il se rappelait les jours où il les entendait se disputer et prendre soudain un air détaché quand il les surprenait à la cuisine, comme des personnes entraînées à dissimuler leurs fragilités.

Quatre mois plus tard, Teo était mort et Maribel à l'hôpital, la colonne vertébrale brisée.

M. Who laissa errer le regard jusqu'à ce que soudain ses yeux se posent sur l'ordinateur. Le mur était doublé d'un panneau en bois derrière lequel il cachait ses secrets. Et quelqu'un avait déplacé une lame.

Maribel était dans son fauteuil roulant, à côté du lit, et elle caressait le tulle d'une robe de danse, la dernière qu'elle avait utilisée avant d'avoir les vertèbres brisées. Elle regarda fixement M. Who et ses yeux étaient cristallins, d'une transparence insupportable. Elle se redressa et d'un geste las posa sur le lit la feuille du dossier d'Eduardo que M. Who avait dérobée à Martina. Il y avait aussi la photographie de l'assassin qui avait détruit leur vie sans raison.

— Comment as-tu pu cacher une chose pareille ?

M. Who essaya de la calmer, mais Maribel repoussa ses mains, comme s'il avait la lèpre. Ses lèvres tremblaient et si son expression paraissait implorante, son regard était exigeant et dur.

— Je ne voulais pas raviver tes blessures.

— Tu détiens cela depuis quand ?

— La première fois que je l'ai vu, c'était par hasard, au parc du Retiro. Il dessinait une femme. Je l'ai reconnu aux photographies que tu gardes, aux coupures de journaux qui relatent l'événement. Mais je n'étais pas sûr, aussi je suis revenu le lendemain en espérant le revoir pour m'en assurer. Il était sur le même banc, il avait l'air d'attendre quelqu'un. Pendant des semaines, il est revenu au même endroit, et je l'ai suivi. Je l'observais, j'essayais d'imaginer quel genre d'homme il est. Je n'avais pas de mobile précis, aucun plan, je ne savais même pas ce que je ferais si je l'abordais. Un jour je l'ai approché dans le métro. Je me suis assis à côté de lui, je l'ai regardé, j'ai vu les marques sur ses poignets, ses rides, ses cheveux blancs. J'ai senti son corps et entendu sa voix. Je lui ai parlé, en réalité je l'ai provoqué. Je voulais savoir s'il se souvenait de moi, de nous, mais il n'avait pas de réaction. J'avais souvent imaginé cette scène, ce que je ferais, ce que je lui dirais. Au moment où la rame approchait, je me suis dit que j'allais le pousser, le précipiter sur la voie et voir les roues l'écraser, mais quand le métro s'est arrêté, je n'avais toujours pas bougé. Quelques semaines plus tard, j'ai rencontré quelqu'un. Je suis tombé par hasard sur cette feuille, dans un dossier. Qui explique tout.

Maribel rejeta la tête en arrière, comme si une main invisible lui avait tiré les cheveux, et elle émit un gémissement.

— Pourquoi ? demanda-t-elle en regardant Who avec un mélange d'incrédulité et de surprise.

M. Who s'assit au pied du lit.

— Parce que j'ai besoin de comprendre l'homme qui nous a tués.

Il avait utilisé le pluriel parce que c'était ce qu'il ressentait. Ce jour-là, Teo n'était pas le seul qu'on ait assassiné, il avait été le plus chanceux des trois parce qu'il était mort sur le coup. Mais eux, ils avaient dû continuer de mourir à petit feu, au fil des jours. Il avait neuf ans, et dans cette maison plus jamais n'étaient entrés les jeux, les rires, l'air frais. Maribel s'éloigna de lui, insensiblement, sans brusquerie, de la même façon qu'elle s'éloigna de tout, transformant sa vie en obscurité, identique à l'obscurité permanente de sa chambre. L'amour, le véritable amour, avait pris fin avant d'avoir commencé. M. Who avait appris à s'occuper d'elle à sa façon. Il souriait, et son sourire était différent de celui de Maribel, car si celui de sa mère était une grimace, le sien était plein d'aspirations. Il avait besoin de récupérer son affection, la dévotion dont il avait à peine pu profiter. Mais jamais il ne retrouva cette chaleur, et peu à peu il s'enfonça dans ce monde de sons étouffés, se déplaçant sur la pointe des pieds pour ne pas la déranger. Who cessa d'être un enfant, d'être un adolescent, d'être jeune, pour devenir l'ombre d'une mère invalide.

Maribel le prit par le menton et l'obligea à la regarder en face. Who détourna la tête, il ne voulait pas de la réalité de ce regard inquisiteur.

— Il est venu. Ce matin.

La grimace de Who le défigura complètement.

Il ne s'attendait pas à ça. Il avait la gorge sèche, la rage remontait de l'estomac. Il imagina un instant sa mère, prostrée sur le fauteuil, sans défense devant cet homme.

— Ici ? demanda-t-il, comme si la chose avait été différente si elle l'avait rencontré au supermarché du coin ou sur le trottoir. Et que s'est-il passé ?

— Rien. Il a dit son nom. Nous nous sommes regardés pendant une longue minute, et je lui ai claqué la porte au nez. Il n'a pas insisté, mais je sais qu'il est resté derrière pendant un bon moment. Je l'entendais. Et il est parti.

Maribel regarda la chambre. Le lit, l'armoire, la commode, la vitrine avec les monnaies, l'ambiance paisible, la fiction que rien n'avait changée.

— Je veux que tu mettes un terme à ça, mon fils. Je ne supporte pas que cet homme respire encore le même air que nous. Je ne supporte pas l'idée qu'il puisse revenir.

M. Who se leva.

— Ça ne se reproduira pas. Je te le promets.

14

Un journal traînait sur le comptoir, annonçant en première page un incendie tragique dans un immeuble proche. La concierge avait interrompu sa lecture en voyant entrer Guzmán. C'était une femme sans âge qui ne s'était pas épilé la moustache depuis longtemps. Elle accueillit Guzmán, appuyée sur son balai, cigarette à la bouche, le filtre taché de rouge à lèvres.

— Le magasin d'antiquités d'à côté, vous savez s'il est fermé ? On sonne et ça ne répond pas.

— Dámaso ferme à cinq heures. Il ne reviendra pas avant lundi.

En parlant, la fumée s'échappait entre ses dents.

Guzmán fit mine d'être contrarié.

— Dommage, je lui ai apporté quelque chose qui l'intéresse beaucoup. Vous savez où il habite ?

La concierge lui lança un regard méfiant. Instinctivement, elle redressa les épaules et mâchonna le filtre de sa cigarette. Elle se mit à énumérer ses tâches d'une voix outrée : laver l'escalier, sortir les poubelles, accueillir les employés du gaz qui venaient vérifier l'installation… Comment voulait-il qu'elle soit au courant du domicile des commerçants de la rue ? Et l'aurait-elle su, pourquoi le lui aurait-elle dit ? Les concierges avaient peut-être la réputation de trop parler, mais, dit-elle en pointant le doigt sur sa poitrine d'un air emphatique, elle n'était pas comme celles qui passaient leurs journées à lire *Lecturas* ou *Hola* derrière le comptoir. Elle travaillait.

Guzmán sourit. En songeant qu'il aurait été facile d'étrangler ce volatile d'une seule main. Mais il avait compris ce qu'elle voulait.

— Je comprends. Je reviendrai lundi à l'ouverture de son magasin.

Il repartit avec une sensation de soulagement. Il alla s'asseoir à une terrasse d'où il avait vue sur la loge de l'immeuble et le magasin d'antiquités adjacent. Il n'avait plus qu'à attendre.

Son café était encore intact quand il vit la concierge sortir et s'éloigner, laissant le sillage de la fumée de sa cigarette. Guzmán revint dans l'immeuble et poussa la porte. La loge était vide, il n'y avait que l'odeur douceâtre de ses cigarettes et les voix qui résonnaient dans la cage d'ascenseur. On entendait de la musique, une chanson de Lucho Gatica que Guzmán reconnut : *Avec toi au loin*.

Pas un instant de la journée
Je ne peux m'écarter de toi.

Cette musique le réconcilia avec le monde pendant une minute.

La pièce de la concierge avait son rideau ouvert. Sur le comptoir, le journal avait disparu, mais il y avait un mot écrit d'une écriture enfantine sur une feuille quadrillée. *Je reviens dans cinq minutes*. Et pour monter la garde, elle avait laissé son balai contre le mur. Guzmán glissa la main sous le rideau et ouvrit le loquet. Sur un panneau de liège étaient accrochés les doubles de toutes les clés de l'immeuble. Pour faciliter le travail, elles avaient une étiquette indiquant l'étage correspondant. Il prit celle qui disait *Magasin de Dámaso*.

La porte annexe de la boutique d'antiquités était à côté de l'ascenseur. Une fois à l'intérieur, il tâta le mur et trouva un interrupteur et un tube fluorescent s'alluma. Sur la droite, la porte d'accès à la boutique. Sur la gauche, un escalier qui donnait sur une porte close. Guzmán décida de chercher de ce côté.

L'espace était grand, partout des tableaux, des cartons de livres, des pendules, des meubles, des commodes, des chaises, des tapisseries et autres objets non identifiés.

Guzmán fouilla un bon moment, sans trop savoir ce qu'il cherchait. Il savait par expérience que les gens ont deux raisons de mentir : pour cacher quelque chose ou pour l'inventer. Dans le cas de Dámaso, il était clair qu'il cachait quelque chose. Tout le problème était de savoir quoi.

Ce qu'il voyait ne semblait pas très intéressant. Des objets. Un fouillis muet, qui ne répondait à aucune de ses questions. Déçu, il s'assit sur une vieille malle ornée de motifs floraux et de ferrures et regarda autour de lui sans se presser. Parfois, il faut cesser de regarder pour voir, renoncer à chercher et donner une chance au hasard. Dans un coin, un ensemble de meubles retint son attention, en raison de sa disposition. À première vue, l'entrepôt semblait en désordre, mais il n'en était rien. Les objets étaient regroupés par affinité, époque, style ou spécificité.

D'un côté se trouvaient les objets les plus anciens et des meubles de style napoléonien ; d'un autre, des pièces plus baroques ; en face, des objets des années 1970 ou 1980. Mais devant lui, entre des rangées de tableaux et de portemanteaux, de miroirs et de peintures représentant des scènes de chasse, il y avait une énorme table en marbre travertin dont les pieds froissaient un tapis imitation peau de tigre, comme si on l'avait déplacée sans précaution.

Guzmán écarta les objets qui le gênaient pour y regarder de plus près. Sous le tapis, on voyait la fente d'une trappe. Il dut mobiliser toutes ses forces pour déplacer la table. Ce qui était dissimulé là-dessous, Dámaso ne pouvait y accéder sans aide, la table pesait trop lourd pour une personne si âgée. Et à en juger par les toiles d'araignée qui s'allongèrent comme un chewing-gum quand il attira la trappe vers lui, il y avait longtemps qu'elle n'avait pas été utilisée.

L'ouverture était un carré d'environ un mètre et demi de côté, qui plongeait dans le noir : on ne voyait ni le fond ni les contours, sauf l'amorce d'une échelle. On aurait dit l'accès d'un refuge souterrain. Il s'agissait peut-être d'une partie de l'entrepôt que Dámaso n'utilisait plus depuis des années.

En tâtonnant dans l'obscurité à l'aide d'un briquet, Guzmán trouva un interrupteur. Il l'actionna et on entendit un bourdonnement électrique.

Guzmán laissa échapper un sifflement de surprise.

Ce n'était pas un entrepôt, ni un garage, ni une réserve à outils. Les murs étaient isolés – un revêtement de fibres naturelles – et l'éclairage au plafond était tamisé, de petits halogènes orientables. Au milieu de la pièce, deux douzaines de fauteuils rouges pliants et confortables, et en face un immense écran avec un rétroprojecteur et un lecteur de DVD. Il était dans une salle de projection privée. Le vieux lui avait donc menti, et il voyait la nature de son mensonge : cela ressemblait au club de cinéphiles dont lui avait parlé la veuve Olsen.

Dans une vitrine, on voyait un modèle presque semblable au premier projecteur sorti des usines Lumière en 1895. À côté, une boîte en métal contenant quelques bandes projetées pour la première fois à Lyon cette même année, des saynètes qui duraient à peine dix minutes, *Le Jardinier*, *L'Arroseur*, *L'Usine Lumière*. Cela devait valoir une fortune. Le vieux était peut-être méfiant par nature et préférait garder le secret sur ce lieu, par crainte des voleurs. C'était sûrement un rendez-vous de collectionneurs triés sur le volet, des sybarites qui se régalaient en privé de ces merveilles. Rien d'extraordinaire à ce que des riches paient une somme astronomique pour savourer ces œuvres d'art en privé. C'étaient souvent des anonymes qui envoyaient un employé dans les ventes pour ne pas se montrer ; il y avait même eu des cas, plus ou moins commentés dans les médias, de personnages très haut placés qui avaient acheté des œuvres volées dans les musées ou ailleurs, pour le plaisir de posséder ce dont ils avaient envie. Ça faisait peut-être bander ces capricieux, se dit Guzmán en parcourant lentement la salle. Posséder ce que plus personne ne pourrait posséder. Peut-être.

Mais quelque chose ne cadrait toujours pas. Il ne savait pas de quoi il s'agissait, mais c'était là, sous ses yeux, attendant qu'il assemble le puzzle, un défi.

Le Bosch lui avait toujours conseillé d'être patient quand il abordait un *dossier*. À la DINA, c'était ainsi qu'on appelait les cas ou les enquêtes. Quand les dossiers arrivaient entre ses mains, il ne s'agissait plus de chercher une vérité cachée. Ils n'avaient pas besoin de preuves, de suivre une piste ou de jouer les policiers, les détectives de roman. Ils n'avaient pas de temps à perdre. Ils avaient des dossiers à résoudre : obtenir des aveux, des noms, des dates et des adresses. Aveux signés. À la DINA, il n'y avait jamais d'innocents. Jamais. Tous étaient coupables, même si on ne les accusait formellement de rien. Ils n'entraient pas dans les cachots de la Moneda pour attendre un procès équitable ou une absolution improbable. Quand on tombait entre les mains du Bosch et de l'équipe qui menait les interrogatoires (ils n'aimaient pas dire bourreau ou tortionnaire, c'était minimiser l'importance de leur travail), on s'avouait coupable. Pour clore le dossier et l'archiver. Et pourtant, il fallait encore être patient : modérer l'usage de la force, maîtriser la mise en scène de la terreur, être aimable ou brutal, chercher le point faible du prisonnier, pendant des jours et des nuits, des semaines ou des mois (personne n'avait tenu plus de trois mois).

C'était parfois une peur enfantine (il avait peur des chiens depuis que tout petit il avait vu son frère mis en pièces par une meute de molosses alors qu'ils fouillaient dans la montagne de décombres de la décharge sud de Santiago), parfois un fils, l'épouse ou l'époux, le père ou la mère. Parfois un orgueil blessé, la vanité, la peur, la trahison ou la délation des camarades. Ou bien l'humiliation sexuelle, une carence affective, n'importe quoi… Et quand les enquêteurs découvraient ce point faible, quand ils pressentaient cette brèche, alors ils se lançaient sur elle sans pitié et pénétraient jusqu'au fond de l'âme de l'interrogé. Ils lui soutiraient tout, le vidaient et envoyaient son corps, la dépouille, à la mort et à la fosse commune.

— Qu'est-ce que tu caches ici, vieux salaud ? Qu'est-ce que tu me caches ?

Le moment était venu de changer d'attitude, se dit Guzmán. L'Espagne n'était peut-être pas le Chili à l'époque implacable de la dictature de Pinochet, ce n'était même pas l'Espagne du GAL et de la lutte contre l'ETA. Mais les hommes étaient les mêmes, ils réagissaient aux mêmes stimulants. Il avait conservé des contacts, des gens qui lui étaient redevables, qui le redoutaient, peu d'entre eux se souvenaient de lui avec estime. Il n'était sans doute pas un policier orthodoxe, ni un enquêteur normal. Il n'était pas M. Propre, ni l'inspecteur Harry. Il détestait ce genre de clichés. Guzmán était différent. On n'avait encore jamais vu quelqu'un comme lui ici. Et il était furieux et vexé de sentir qu'il ne maîtrisait pas tout. Il allait donc y porter remède.

À la différence de la première fois, Guzmán eut l'impression que la maison de la veuve Olsen était vulgaire, que la mer était trop loin et que le soleil qui rôtissait la façade chaulée n'était que la vision anticipée du désert que deviendrait ce lotissement. Il n'y avait pas trace des beaux enfants rubiconds de la publicité d'Ikea, et on n'entendait plus les aboiements hystériques du yorkshire. Tout était silencieux.

Guzmán passa par le jardin. La veuve Olsen lisait un magazine de mode, sur le canapé. Il attira son attention en frappant à la fenêtre.

Elle redressa la tête et eut un air crispé en le reconnaissant. Elle se leva à contrecœur et ouvrit la baie.

— Que voulez-vous encore ?

Elle regardait Guzmán, l'air de lui dire qu'elle n'aurait pas dû le recevoir la première fois.

Guzmán s'avoua qu'elle avait de très jolis yeux.

C'étaient eux, sans doute, qui avaient séduit Magnus Olsen, peut-être lors d'une de ces fêtes élitistes dans une ambassade, où toute personne qui franchit le cordon rouge se sait élue. La veuve cultivait peut-être ce regard devant sa glace depuis des années, attendant le moment, l'occasion de fuir son quartier des faubourgs de Stockholm, où sa beauté ne servait qu'à encourager la grossièreté des paysans arméniens et turcs qui la voyaient passer comme une extraterrestre, comme un diamant tombé dans une porcherie.

— J'ai pensé que notre conversation n'était pas finie.

Elle se détourna d'un air las, l'air de dire que les gens ne se contentent jamais de ce qu'ils ont, qu'ils en veulent toujours plus.

Elle était jolie, dans son chemisier de grand couturier et dans son pantalon moulant. Peut-être avait-elle dû emprunter pour acheter sa première robe, qui sait ce qu'elle avait dû faire pour payer ce déguisement. Elle avait sans doute caché les battements de son cœur quand elle s'était vue dans un palais versaillais avec fresques aux murs et au plafond, entourée de lustres en cristal qui reflétaient abondamment l'éclat de ses bijoux en toc. La première fois, elle avait sûrement réprimé un tremblement de la main quand un serveur lui proposa une coupe de champagne, et elle s'obligea à boire lentement, comme si elle l'avait fait toute sa vie. Des fêtes où les putains de luxe étaient archi-sophistiquées, à l'affût d'une retraite dorée.

— Vous ne pouvez donc pas me laisser tranquille ?

Elle regardait Guzmán avec un profond mépris d'elle-même : toute une vie à ravaler des humiliations, comme un singe dressé portant un collier en diamants, toujours au bout de la laisse que tient le maître, un trophée à étaler devant les amis et les ennemis, un bien interchangeable : "Mets cette robe décolletée, le ministre adore tes seins", "Souris à ce banquier. Il veut juste que tu le suces sur la banquette arrière de sa Mercedes. Il dépend de lui qu'on obtienne un prêt d'un million."

Ces regards orphelins d'illusions qui tant de fois, en tant d'endroits, avaient vainement essayé d'émouvoir Guzmán.

— Le jour où votre mari s'est suicidé, que s'est-il passé ?

— C'est quel genre, cette question ? demanda-t-elle.

Elle passait à l'offensive.

— Le genre de question qui attend une réponse. Je peux la monnayer, ou je peux passer quelques appels pour que les amis qui mettent en pièces ce qui reste du patrimoine d'Olsen découvrent que cette maison est au nom de sa veuve. Côté construction, c'est un peu tard, mais ils pourraient toujours récupérer quelques milliers d'euros s'ils t'expulsaient. Crois-moi, les banques ne sont guère plus compréhensives que ne l'était ton époux, et tu ne les attendriras pas en brandissant ces deux angelots blonds qui sont dehors. Un chèque avec quelques zéros, ou un ordre d'expulsion, à toi de choisir.

La veuve Olsen ne cacha pas le sentiment de dégoût et de mépris que Guzmán lui inspirait. Il supporta son regard stoïquement et elle comprit que l'orgueil n'avait aucun poids quand on n'était pas en position d'exiger. Elle passa l'ongle de son index sur la ride qui lui traversait le front et prit dans son sac un paquet de cigarettes. Guzmán entrevit un objet métallique, cela ressemblait à un pistolet. La veuve avait peut-être ouvert son sac pour prendre une cigarette, mais peut-être aussi pour qu'il voie l'arme, en guise d'avertissement, laissant entendre qu'elle savait et pouvait se défendre. Guzmán ne se laissa pas impressionner. Pour intimider quelqu'un, il ne suffit pas de le menacer. Il faut instaurer la possibilité d'un danger réel.

— Les derniers temps, on se voyait à peine. Tout le monde est persuadé que je suis repartie à Stockholm, mais je ne peux y retourner. L'entreprise de mon mari m'a utilisée comme prête-nom dans certaines affaires et la police m'arrêterait dès que j'aurais remis le pied sur le territoire de la couronne. Pour cette raison et pour beaucoup d'autres, je le détestais. On dormait rarement ensemble et je passais beaucoup plus de temps ici que dans notre appartement à Madrid.

— Mais la nuit où il s'est suicidé, vous étiez ensemble, à Madrid.

— Il m'a appelée la veille. Il voulait nous voir, les enfants et moi, mais il n'a pas dit pourquoi. Il ne donnait jamais d'explications, il espérait uniquement que ses ordres seraient vivement exécutés, sans protestation. Je me suis donc rendue avec les enfants à l'appartement de la rue Serrano. Il avait déjà des problèmes avec son entreprise en Suède, contrôles fiscaux, accusations d'escroquerie et détournements de fond, et je m'étais habituée à le voir vieilli, taciturne, irascible. Il se détruisait à toute vitesse, lui qui avait toujours été fier d'être sorti du caniveau par son propre génie, d'avoir triplé sa fortune en quelques années, il voyait maintenant tout lui échapper. Et il ne le supportait pas. Mais ce jour-là, quand il a ouvert la porte et nous a reçus, on aurait dit un autre homme ; pas vraiment celui que j'avais connu, mais un vague reflet. Il était euphorique, sûr de lui, le regard vorace habituel. Il m'a dit qu'il avait trouvé le moyen de sortir de ses ennuis financiers et judiciaires. "Un atout maître est tombé entre mes mains !" Voilà ce qu'il m'a dit. Il m'a promis qu'il redeviendrait celui qu'il était au bon vieux temps, mais que nous ne pourrions jamais retourner en Suède ; on recommencerait ici, ensuite à Tarragone et après Málaga, Murcie… Il allait ressortir son empire du néant. Je l'ai cru, conclut-elle avec ironie. Je ne pouvais pas faire autrement.

— Et cet *atout maître*, il t'a dit ce que c'était ?

Elle le regarda comme si on venait de la découvrir dans un terrain vague, entre deux feux, sans refuge pour se cacher.

— Non. Il ne me disait jamais rien, c'était d'ailleurs aussi bien, je ne voulais pas connaître ses magouilles.

La réponse était aussi prévisible que décourageante. Mais Guzmán n'était pas venu là pour poser des questions auxquelles on ne répondrait pas. Il n'en était qu'aux travaux d'approche. La vraie raison de sa visite était de lever un doute d'un autre type.

— Quand ton mari s'est pendu, quelle est la première chose que tu as vue ?

Guzmán ne la quittait pas des yeux, se demandant quel degré de sincérité il pouvait attendre d'elle. La veuve dut lire dans ses pensées, car elle eut un sourire mauvais.

— Son corps suspendu à la poutre maîtresse du salon et la flaque d'excréments. Son pantalon gouttait. La merde tombait à ses pieds. Je ne sais pas pourquoi il était pieds nus. Il avait enlevé ses chaussettes et ses chaussures, pas ses vêtements, sauf sa ceinture, qu'il avait utilisée pour se pendre.

Guzmán réfléchit. Il aurait aimé voir le cadavre d'Olsen avant que la police et le médecin légiste le décrochent. Les gens s'imaginent que c'est facile de se suicider, mais ils se trompent. Sinon, beaucoup s'empresseraient de passer l'éponge. Et se pendre est une manœuvre qui semble simple, mais il n'en est rien. On peut se briser le cou, et alors tout va bien, c'est rapide et on ne sent presque rien, à peine un craquement qu'on n'a pas le temps de comprendre. Mais si on calcule mal le poids, la solidité, la hauteur, on risque d'étouffer et d'agoniser interminablement.

Il avait vu un prisonnier se pendre dans sa cellule. Et cet homme avait utilisé un drap, mais il avait fait le nœud de travers. Pendant plusieurs minutes, il s'était débattu dans le vide, à quelques centimètres du sol. Guzmán le regardait, se dérobant à ses gestes désespérés pour s'accrocher à lui, implorant du regard une aide que Guzmán n'avait pas l'intention de lui accorder. Il aurait pu le soulever par les genoux, ce prisonnier ne pesait pas lourd, mais il aurait été pire d'intervenir. Cet homme avait décidé de mettre fin à ses jours, et Guzmán n'avait pas le droit de l'en empêcher, l'autre le lui aurait reproché par la suite, passé l'instant de terreur, quand les séances de torture et d'interrogatoires auraient repris. Il n'avait que la peur à vaincre, cet instant de terreur absolue devant la mort. Ensuite, il n'avait plus qu'à se laisser partir. Guzmán pensait qu'il ne fallait pas interférer sur le destin.

— Ton mari pesait cent, cent dix kilos. La ceinture devait être d'une qualité exceptionnelle pour supporter son poids. Et très bien fixée à la poutre. Il a dû se débattre avec frénésie pour s'en libérer quand il a senti qu'il manquait d'air.

— Qu'est-ce que tu insinues ?

— Qu'il ne s'est peut-être pas suicidé.

— C'est pourtant la conclusion du rapport de la police. Tu devrais y jeter un coup d'œil avant d'avancer ce genre de spéculations.

— Je l'ai fait. Entre le moment où tu l'as trouvé et ton appel d'urgence, il s'est écoulé plus d'une demi-heure. Il est aussi précisé que l'appartement était en ordre, aucune trace de vol ou de lutte, mais la femme de ménage qui venait trois fois par semaine chez ton mari a déclaré qu'elle avait trouvé les tiroirs et les armoires sens dessus dessous.

La veuve Olsen détourna les yeux. Ces yeux si jolis et si morts. "Quelle pitié !" se dit Guzmán. Une seconde, il se rappela ceux de Candela, la première fois qu'elle lui demanda s'il allait la tuer.

— J'ai rangé l'appartement, les tiroirs, la commode, avant d'appeler la police.

Le souvenir de Candela s'estompa.

— Pourquoi ?

— Mon mari gardait toujours une importante somme d'argent et des bijoux, qu'il consacrait à son harem de petites putes. Il aimait les filles, plus elles étaient jeunes et mieux c'était, et il avait de l'argent de côté pour satisfaire ses caprices. Je ne voulais pas qu'une fois répertoriés les biens, les avocats remettent ces deux trésors à ses créanciers, j'ai donc cherché partout, et j'ai finalement trouvé le pactole. Une grosse somme, assez pour recommencer ailleurs. Tout a été si rapide, et j'ai pensé mille choses à la fois : que j'avais manipulé les preuves, que mes empreintes seraient partout, que si on me trouvait avec l'argent on m'obligerait à le rendre ou, dans le pire des cas, que je serais suspecte ou complice d'un assassinat.

— Tu te rappelles autre chose ?

La femme réfléchit. Elle semblait hésiter et le regardait avec méfiance.

— Tu as dit que tu voulais bien payer pour mes réponses… Ce chèque, quel est son montant ?

Guzmán lança un regard résigné à la ronde.

— Il sera sans doute suffisant pour redonner un coup de peinture et poser les appliques qui manquent. Moins que ce que te coûteraient les honoraires d'un avocat, mais en tout cas je me déciderai peut-être à ne pas te dénoncer à la police pour avoir fait une fausse déposition et avoir volé des biens sous scellés.

Guzmán ne savait pas comment on disait “fils de pute” en suédois. Mais il pensa que c’était exactement ce qu’elle grommelait entre ses dents.

— Pendant que je fouillais l’appartement, quelqu’un a téléphoné. Je n’ai pas décroché, j’ai laissé le répondeur s’en charger. C’était une voix masculine, un homme apparemment très âgé qui avait l’air très en colère. Il a parlé d’un enregistrement et a exigé de Magnus qu’il le lui donne.

Le regard de Guzmán brilla comme le reflet d’une lame sur une surface obscure et lisse. Il se demanda à qui pouvait appartenir cette voix.

— Ce n’est pas non plus dans le rapport de police. Tu trouves que ce n’est pas important ?

— Je t’ai déjà dit que je ne voulais rien savoir de ses magouilles, et je n’ai pas changé d’avis. J’ai effacé le message. C’est suffisant ?

— Encore une chose. La dernière. La première fois que nous nous sommes vus, je t’ai dit que je travaillais pour un certain Arthur Fernández. Tu as dit que tu n’avais jamais entendu parler de lui, et j’ai failli te croire. Je reconnais que tu t’y entends pour maîtriser tes réactions, tu as de l’expérience dans ce domaine. Mais tu m’as menti. C’est un battement de paupières qui t’a dénoncée, figure-toi, comme lorsqu’on est surpris par un coup de vent au moment où on ouvre une fenêtre.

La veuve Olsen se leva brusquement. Elle regarda Guzmán, comme s’il était temps de prendre une décision et d’assumer ses erreurs.

— Ah, merde, je ne sais même pas ce que tu cherches ! Mais on arrête tout. Paie-moi si tu veux pour ce que je t’ai dit, ou dénonce-moi, je m’en fous, maintenant. Barre-toi et ne remets plus les pieds ici.

Guzmán évalua d'un regard d'expert la détermination de la femme. Il revit Candela dans la salle d'interrogatoire la première fois, debout, les mains attachées dans le dos, devant lui : "Tu peux me briser le dos si tu veux. Mais tu ne tireras rien de moi." À l'époque, Guzmán ne le savait pas, mais c'était le début de son seul échec et de sa seule victoire dans la vie. Ce qu'elle avait en elle – l'envie de vivre, ses espérances –, jamais il n'avait pu le lui arracher.

Avant de partir, il donna à la veuve Olsen un chèque beaucoup plus généreux qu'il n'aurait été nécessaire pour qu'elle en soit reconnaissante. En fin de compte, c'était Arthur qui finançait, et il éprouvait une grande satisfaction à être généreux avec l'argent des autres.

— Tant que ça ? Pourquoi ? demanda-t-elle étonnée.

Guzmán la regarda avec une certaine estime. Il avait un faible pour les survivants. Et pour cette femme, à quoi bon le nier.

— J'espère que cet argent t'incitera à partir en voyage à l'autre bout du monde. Alors, tu pourras peut-être repartir à zéro sans que personne ne te traite comme sa mascotte.

Quatre jours plus tard, Guzmán avait l'impression que l'extérieur se maintenait à une distance respectueuse et variable, en fonction de la rapidité avec laquelle il se déplaçait. Il sentait qu'il était un petit pion dans un grand ensemble et que quelqu'un observait sa vie minuscule. La réalité était un jeu de poupées russes qui pouvait ne jamais finir.

Il s'attarda à écouter un guitariste, un jeune à l'air fatigué qui jouait merveilleusement bien. Dans l'étui de sa guitare ouvert à ses pieds, quelques pièces et des CD qu'il avait enregistrés lui-même. S'il avait été un virtuose qui aurait touché des millions en donnant des concerts sur les grandes scènes du monde, les gens n'auraient pas moins passé leur chemin sans se donner la peine de l'écouter.

— L'art ne peut pas changer l'âme de la brute, car la brute humaine est devenue sourde et aveugle et n'a même plus à perdre son âme, murmura-t-il en déposant quelques pièces dans l'étui du musicien.

Cette réflexion n'était pas de lui, mais de Candela.

Au loin, il voyait l'édifice imposant de chaux et de granite du palais de Oriente. Les touristes se prenaient en photo derrière la grille qui entourait la place d'armes, tandis que la garde royale procédait à la traditionnelle relève. Derrière, il y avait les jardins d'hiver du Campo del Moro, d'où on avait une belle vue sur le palais et sur le cours du Manzanares. Les allées arborées annonçaient l'inévitable printemps. Ce matin-là, le soleil n'était pas encore étouffant. Les paons déployaient leur plumage comme des arcs-en-ciel sans être gênés par les promeneurs. Certains s'arrêtaient et les photographiaient.

Mais pas Dámaso. Il ne donnait pas non plus à manger aux pigeons qui s'abreuvaient à la fontaine de Las Conchas, et pourtant il avait un sac de mie de pain qu'il avait acheté au kiosque de l'entrée est.

Guzmán le suivait à distance. S'il ne s'était pas retourné continuellement, Dámaso aurait ressemblé à ce qu'il était. À un vénérable retraité, traînant ses guêtres un dimanche en se laissant porter par sa mélancolie et en donnant de la nourriture aux pigeons. Même ses vêtements contribuaient à son air anodin : chemise claire boutonnée jusqu'au cou, gilet tricoté, pantalon gris, ceinture serrée trop haut, chaussures à semelle de crêpe, lunettes suspendues à un cordon sur la poitrine, cheveux bien peignés, blancs, clairsemés, les pattes bien droites, le menton bien rasé. L'image d'un respectable grand-père, peut-être un peu grognon, solitaire, mais en tout cas inoffensif.

On pouvait penser, en le voyant entrer dans les toilettes publiques près de la Caverne, qu'il avait des problèmes de prostate, qu'il allait aux WC quatre, cinq ou six fois par heure pour lâcher quelques gouttes rougeâtres qui le faisaient gémir. Une bonne âme lui aurait recommandé de fumer moins. Il avait du mal à respirer en montant les marches des toilettes, comme si ses poumons étaient un soufflet crevé plein de fuites. Ceux qui lui cédaient le passage dans l'escalier avec un sourire aimable pensaient sans doute aussi (le dimanche matin, la prétention d'être aimable était à fleur de peau) que le jeune homme qui le suivait, un adolescent de moins de quinze ans, un boutonneux à lunettes issu d'une bande dessinée, était son petit-fils. Mais un simple coup d'œil aurait montré que c'était impossible. Le garçon était trop brun, les cheveux trop frisés, et son nez n'avait rien à voir avec celui de Dámaso. Mais les gens n'ont pas ce genre d'idées quand ils croisent des inconnus. Ils n'imaginent pas leurs vies, ils ne se posent pas de questions. D'ailleurs, pourquoi s'en poseraient-ils ?

Guzmán s'en posait, lui. Et il ne les laissait jamais s'enliser dans des points de suspension. Les gens ne l'intéressaient pas. Seul l'intéressait le sujet de ses questions.

Il avait pu vérifier certaines choses sur l'antiquaire. Les gens sont peu soucieux de leur passé, surtout s'ils se croient à l'abri. Il avait suffi de quelques appels à d'anciens collègues, des connaissances d'une autre époque, d'un pays très différent de celui de maintenant. Ses anciens collègues de la police espagnole, qui ne se gênaient pas pour faire appel à lui par le passé dans la lutte de la fin des années 1980 contre les réfugiés de l'ETA au Chili, se montraient maintenant évasifs. Ils lui avaient vertement signifié qu'ils ne voulaient plus être mêlés à ses histoires. Ils étaient devenus commissaires, chefs, sous-préfets, ils avaient beaucoup à perdre et tenaient à conserver ce qu'ils avaient. Ils se retranchaient derrière des excuses minables, invoquaient leur famille et leur carrière en phrases coupables, "ce qu'on a fait dans ces années-là n'était pas bien", pour dissimuler leur peur. Aucun de ces connards qui lui raccrochaient au nez n'avait perdu plus que lui, néanmoins il se montra condescendant et compréhensif.

Il ne voulait pas les déranger, il ne revenait pas du passé pour crever leur bulle minable. Il voulait juste quelques informations sur un type pas clair. "Et pourquoi tu veux savoir ça ? lui demandait-on avec méfiance. Il vaut mieux que tu l'ignores et que tu continues ta comédie, mon vieux." Affaires personnelles. Maintenant, il travaillait pour son compte. La plupart d'entre eux savaient qu'il avait été viré de la DINA à cause de cette prof de musique, ils pouvaient même croire qu'on ne l'avait pas exclu de la police de Pinochet avec une simple tape sur l'épaule. Ils ne voulaient pas savoir les détails et détournaient les yeux avec horreur quand ils voyaient sa main atrophiée. Tu devrais voir ce qu'il y a derrière ma fermeture Éclair, pensait Guzmán.

Il avait fini par rassembler assez d'informations sur ce vénérable retraité qui maintenant se dirigeait vers la sortie des jardins, suivi de près par cet adolescent.

Si les gens avaient été plus observateurs, ils se seraient demandé pourquoi, après avoir acheté ce sac de nourriture pour pigeons, Dámaso le jetait maintenant dans une poubelle pour que ces rats des airs le dépècent. Quelqu'un aurait pu remarquer la main du vieillard quand il passa la main autour de la taille de l'enfant et laissa retomber ses doigts un peu trop près de ses fesses. Guzmán ignorait s'il était marié ou veuf, s'il avait des enfants ou des petits-enfants, s'il envisageait de se retirer dans une petite maison de la montagne quand il fermerait sa boutique d'antiquités. Mais il savait que Dámaso Berenguer n'était pas seulement antiquaire, au moins une fois dans sa vie il avait fait du marché noir, de la fausse monnaie, du blanchiment d'argent, et il avait été pédéraste.

Ce n'est que sur ce dernier point qu'il avait eu des démêlés avec la justice dans les années 1990. Des clients l'avaient surpris dans les toilettes d'un bar avec un petit jeune qui, comme celui qui montait maintenant dans sa voiture, une Seat garée devant la grille, avait l'air d'être son petit-fils, sauf qu'il avait son pantalon baissé et que Dámaso lui bouffait le cul, purement et simplement. Si la police ne l'avait pas sorti de là en jouant des poings et de la matraque, les clients l'auraient écorché vif. Il fut condamné à six mois de prison, qui furent commués en amende.

En suivant la voiture de Dámaso qui se dirigeait vers la zone industrielle est de Madrid, il pensait aux étoiles du désert d'Atacama, à la peau douce de Candela, un peu aigre à cause de la sueur et du manque d'hygiène, à leurs conversations sur le grabat du cachot où il était supposé l'interroger et non en tomber amoureux. "Tu as des enfants ?" "Non, pour quoi faire ? Je ne veux pas les voir souffrir dans ce monde de merde." Elle prononçait souvent ce mot, merde, et au fil des années Guzmán se rendrait compte qu'il avait attrapé la même manie, qu'il avait la merde collée à la bouche comme à ses chaussures.

Puis il pensa, au moment où Dámaso tournait sans mettre son clignotant en direction de la zone industrielle Las Cárdenas, au Bosch et à ses hommes : malgré les chienneries qu'ils lui avaient infligées cette nuit-là, son chef n'avait pas voulu le tuer. Il aurait dû. Aujourd'hui, il serait encore vivant et il n'aurait pas une veuve et trois orphelins à Santiago. Il aurait vu arriver la démocratie et un juge espagnol qui aurait essayé de coincer Pinochet, ce vieux dictateur traversant la moitié du monde en feignant d'être pathétiquement sénile et malade. Il ne faut jamais faire les choses à moitié, lui disait toujours le Bosch. Et il avait raison.

Il le comprit la nuit où Guzmán débarqua chez lui et lui explosa la tête avec un fusil à chevrotines.

La voiture de Dámaso, une Seat bleue avec un autocollant sur la lunette arrière qui proclamait *Viens à Cuenca*, se gara devant un hangar. Derrière la clôture, un chien enchaîné à un poteau en ciment aboyait en montrant les crocs, jaunes et pointus. Le vieux et le jeune descendirent de la voiture et entrèrent. Dámaso avait la clé. Le chien aboya encore plus fort, tirant sauvagement sur sa chaîne pour essayer de les atteindre. Les chiens terrifiaient Guzmán, le paralysaient presque. Il dut rassembler tout son courage pour se dominer, au bout de quelques minutes il se décida à quitter sa voiture et à sauter la clôture que Dámaso avait refermée à clé. Il s'approcha de l'entrée en se collant au mur opposé au chien, qui faisait des efforts frénétiques pour se libérer.

Le hangar était presque vide. Il servait d'entrepôt, quelques palettes chargées de rouleaux de cuivre étaient remisées dans un coin. Appuyé contre le mur, un grand panneau disait "À VENDRE" et donnait le numéro de téléphone d'une agence. Un pont roulant suivait la toiture de bout en bout. Une pince de grandes dimensions pendait au bout d'une chaîne à gros maillons. Tout était crasseux et poussiéreux. À droite, un escalier accédait à une mezzanine, un module en préfabriqué où devaient se trouver les bureaux quand l'entreprise était en activité. À travers les vitres dépolies, on distinguait les silhouettes de Dámaso et du garçon.

Guzmán imaginait ce qu'il allait trouver, pendant qu'il montait l'escalier métallique, sans chercher à être silencieux. Imaginer, c'est anticiper l'avenir, lointain et immédiat. La scène qu'il allait découvrir ne le préoccupait pas. Ce qui se passerait ensuite non plus. Il le savait parfaitement. L'avenir, c'était lui qui l'inventait.

La porte en contreplaqué était en mauvais état. Elle était fendue et avait un trou, peut-être causé par un coup de poing, comme si quelqu'un avait voulu soulager sa rage. Peut-être un ouvrier, renvoyé du jour au lendemain sans ménagement. Ou une proie que Dámaso avait amenée ici un jour.

Le vieux et le jeune étaient collés l'un à l'autre pour avoir un maximum d'intimité, même si avant l'irruption de Guzmán (car c'était bien d'une irruption qu'il s'agissait) ils étaient seuls et n'avaient pas besoin de se cacher ni d'avoir honte. Sauf peut-être d'eux-mêmes. Ils le regardèrent avec surprise, et il trouva leur regard à la fois comique et tragique. Le garçon n'osait pas bouger. Il s'écarta du vieux de quelques centimètres, découvrant sa main droite qui tenait le pénis tristement en érection de Dámaso. Pendant quelques dixièmes de seconde, il resta accroché à lui, comme s'il craignait de tomber dans le vide. De son côté, le vieux tenta vaguement de remonter sa fermeture Éclair. Dans la poche arrière de son pantalon dépassait le bout d'un mouchoir. Il pensait sans doute l'utiliser par la suite pour s'essuyer.

— Barre-toi, gamin, ordonna Guzmán.

Celui-ci hésita, quêta auprès de Dámaso un soutien, une raison de ne pas obéir, mais le vieux était pâle comme la mort et avait les yeux baissés. Finalement, le jeune sortit en prenant bien soin de ne pas effleurer Guzmán, dont le corps obstruait presque toute l'entrée. On l'entendit dévaler l'escalier.

Dámaso n'offrit aucune résistance, il n'essaya même pas de se justifier. Il ne posa aucune question, ne dit pas un mot.

Ce qui n'empêcha pas Guzmán de sortir de sa poche une matraque télescopique, il fouetta l'air pour la déplier et frappa le vieux à la carotide, entre la mâchoire et la clavicule. Le coup fut si violent que Dámaso s'effondra comme un sac de pommes de terre, sans connaissance. Guzmán aurait pu ne pas le frapper, mais il n'éprouva aucun remords. Dans son échelle de valeurs – un escalier en colimaçon qui montait et descendait à sa convenance –, ce qu'il avait vu ne méritait aucune indulgence.

Il entrouvrit les yeux et les referma aussitôt. La lumière le blessait. Il sentait une odeur de linge mouillé, une veste en cuir sur le dossier d'une chaise, il percevait même le goutte-à-goutte d'un parapluie et un bruit amorti de tambour très au-dessus de sa tête. Il pleuvait sans doute ; il entendit la voix de Guzmán près de son visage. L'haleine était douce, chewing-gum aux fruits. À la fraise, peut-être.

— Comment ça va ?

Dámaso voulut se redresser, mais la douleur au cou l'en empêcha.

— Tout doux, ne bouge pas ou tu vas avoir mal, lui souffla Guzmán en lui touchant la poitrine.

Dámaso se tâta la tête. Il avait l'arcade sourcilière légèrement fendue et quelques bleus. Le pire, c'étaient le vrombissement dans son cerveau et une forte contraction du cou. Son cœur battait à tout rompre.

— Tu es encore groggy, expliqua Guzmán.

Il s'approcha par-derrière et lui tapota amicalement l'épaule. Dámaso vit sa main brûlée et le petit doigt amputé. Guzmán avait l'air réellement soulagé qu'il ne soit rien arrivé de grave. Son regard était direct, pur, sans arrière-pensée, et il avait un large sourire, comme les enfants au défilé des Rois mages. Il y avait pourtant quelque chose de ténébreux dans sa façon de gonfler sa poitrine quand il respirait.

Ils étaient au sous-sol où Dámaso avait dissimulé sa petite filmothèque. Son cœur se serra quand il vit Guzmán fouiller dans les bandes et les pellicules sans précaution. Cet imbécile n'était pas conscient de la valeur de ce qu'il maltraitait. Demander ce qu'ils faisaient là et comment ils y étaient arrivés n'avait pas de sens. Il posa pourtant la question.

— Tu n'as pas le droit de faire ça. Ma vie ne regarde que moi. Si tu veux me dénoncer, vas-y. Mais tu ne peux pas faire ça, répéta-t-il.

Guzmán approuva. C'était vrai, il n'avait pas le droit de faire *ça* (il n'avait encore rien fait). Mais cela ne changeait rien. Le droit de faire ou de ne pas faire telle chose, le juste, l'injuste, légal ou pas… Des mots, des concepts qui ne servaient pas à grand-chose, en l'occurrence. Il traîna une chaise et s'assit face à lui, les bras appuyés sur le dossier. Il ne dit rien pendant une longue minute, se contentant de l'observer attentivement. Il voulait lui insuffler l'anxiété de l'attente. "Et maintenant, que va-t-il se passer ?"

— Tu as monté un sacré bazar, là-dessous. C'est plus secret qu'un abri antinucléaire. Et tout ça pour voir des films de Charlie Chaplin avec tes petits copains ? Franchement, c'est difficile à croire. Surtout quand on connaît tes antécédents.

— Ça ne te regarde pas. Ici, on ne fait rien d'illégal.

— Vraiment ? Alors pourquoi m'as-tu menti ?

Dámaso ravala sa salive. Si ce type avait été de la police, il aurait pu s'en sortir. Mais ce n'était pas le cas, et cela le terrifiait.

— Les gens qui viennent souhaitent garder l'anonymat. Je ne sais pas qui tu es ni ce que tu cherches, mais tu commets une grave erreur. Tu vas te mettre dans de beaux draps.

Dámaso voulait paraître sûr de lui, mais sa voix tremblait. Sa résistance s'effondra quand Guzmán tendit le bras, cette chair atrophiée et cette peau fripée, et lui ôta ses lunettes. Sans ses verres, Dámaso avait des yeux de souris.

— Détends-toi, vieux. Je veux juste qu'on parle, on peut essayer d'être civilisés.

— Que veux-tu ? De l'argent ? Tu es un maître chanteur ? Alors tu es tombé sur un os : je n'ai pas un rond.

— Ne sois pas idiot. Je ne suis pas ici pour parler de tes perversions ; tu peux enfiler qui tu veux, je m'en fous. J'ai des questions, je veux des réponses. C'est tout, facile si tu te laisses aller. Je n'aime pas voir souffrir autrui sans nécessité. Je vieillis, tu sais, je me ramollis.

— De quelles questions s'agit-il ?

— La première : le jour où Magnus Olsen s'est suicidé, il a reçu un appel qui a été enregistré sur le répondeur. C'est toi qui l'as appelé ?

— Je t'ai déjà dit que je connais à peine Olsen. Je ne l'ai pas appelé.

Guzmán se raidit. Dámaso ne vit pas venir le coup de poing qui lui fendit la lèvre et le fit vaciller sur sa chaise, mais Guzmán le retint par le bras. Étrangement, il fit ce geste sans violence, avec délicatesse, comme s'il avait affaire à un pauvre vieillard qui était tombé dans la rue et qu'une âme charitable aidait à se relever. L'effet fut déconcertant.

— Tu ne me facilites pas les choses, Dámaso. Là, on est dans une impasse. Ne t'inquiète pas de ce que tu crois que je sais, n'essaie pas d'évaluer ce que tu peux dire et jusqu'où, ou ce que j'attends que tu me dises. C'est une erreur courante. Crois-moi, j'ai de l'expérience. Concentre-toi sur ce que tu sais et lâche le morceau, délivre-toi de ce poids, sinon je serai obligé de te l'arracher. Cette voix sur le répondeur, c'était la tienne ?

Dámaso acquiesça lentement.

— Voilà qui est mieux… Maintenant, parle-moi de l'enregistrement que tu lui réclamais dans cet appel. Quand je pense au gamin qui te tenait la bite, tout à l'heure, je n'ai pas l'impression qu'il s'agissait d'un film de Harold Lloyd. Je n'ai pas raison ?

Dámaso ne quittait pas des yeux le poing de Guzmán. Il sentait le goût du sang glisser sur ses gencives, pénétrer entre ses dents et lui envahir le gosier.

— Je rassemble des films *spéciaux*. Des choses commandées par certains clients. Des pièces uniques qu'on ne trouve nulle part ailleurs. Rien d'illégal, je le répète. Mais tu commets un délit très grave. Magnus Olsen était membre du club, je lui ai prêté un film très ancien et il ne me l'avait toujours pas rendu, alors je le lui ai réclamé. C'est tout.

— Tu mens.

— Je te jure que c'est la vérité.

On ne pouvait pas dire qu'il ne lui avait pas donné sa chance. Ce que le Bosch lui avait appris était juste, se dit Guzmán : il faut donner à ceux qu'on interroge une chance de se comporter lâchement, de se trahir eux-mêmes, de trahir leur famille, leurs amis, leur drapeau, leur hymne et leur patrie, leurs idéaux. Il faut leur donner une chance de se donner intimement, sans témoins, et les convaincre que c'est bien, que la douleur est un calvaire inutile quand tout est perdu d'avance.

Une fois cette chance donnée, il fallait les massacrer et les mettre en miettes.

Guzmán se leva lentement et s'approcha d'une armoire métallique à porte coulissante. Sur une demi-douzaine d'étagères s'alignaient des bobines et des pellicules classées par ordre alphabétique et par dates. Il aimait le cinéma, surtout le cinéma américain des années 1980 et 1990. Il n'était pas très exigeant : Kevin Costner, Tom Cruise, Michael Douglas. Les gens disaient que ce cinéma était bassement commercial. Mais lui, il aimait aller au cinéma et manger du pop-corn. Il l'avait dit une fois à Candela, dans sa cellule, après avoir embrassé ses lèvres à peine cicatrisées des premiers coups qu'elle avait reçus en entrant au cachot. Elle ne s'était pas avouée vaincue. Lui, si.

Elle avait éclaté de rire quand il lui avoua qu'il adorait *Waterworld* et *Top Gun*. Le rire de Candela était aussi large que sa bouche, avec les dents de devant un peu séparées. Il avait toujours imaginé ce genre de rire chez l'héroïne de *Marelle*, et il ne savait pas pourquoi. Candela riait sans bruit pour que les geôliers ne l'entendent pas et ne viennent pas la frustrer de ces quelques gouttes de joie. Guzmán avait été vexé qu'on se moque de ses goûts cinématographiques, mais il n'avait pas cessé de sourire. Ni de penser qu'elle riait comme l'héroïne du roman de Cortázar.

— Tu veux parler de ces films ? demanda-t-il à Dámaso. Il tenait entre les mains une bobine originale de *J'accuse*.

Guzmán ne le savait pas, mais cette pellicule avait une valeur inestimable. On y trouvait, outre le film, les séquences refusées par le metteur en scène Abel Gance. Guzmán ignorait que ce film datait de 1919, mais en voyant l'expression craintive de Dámaso, qui se tortillait sur sa chaise en tendant les bras sans oser se lever, il sut qu'il avait mis dans le mille.

— Prends soin de ces bobines, je t'en prie. Elles sont très fragiles.

"Les enfants sont fragiles, les espérances sont fragiles, les nuages sont en coton. La vie est un équilibre fragile qui se casse facilement, les livres se brûlent, les mots aussi", se dit Guzmán. Il ouvrit la boîte et mit la pellicule en pièces. Vinrent ensuite *La Roue* et *Napoléon*, de Gance aussi. Sans le moindre scrupule, il détruisit en une minute les films qui avaient placé le cinéma français au sommet avant le cinéma parlant.

Dans un sursaut d'audace, de désespoir et de stupidité (les piliers du courage), Dámaso sauta de sa chaise et tenta de l'arrêter en multipliant les supplications et les larmes. Il assistait à la fin de son monde et cependant n'éprouvait rien devant la perte de l'innocence d'un enfant.

— Arrête, de grâce, arrête. C'est une perte irréparable, implorait Dámaso, en essayant de lui prendre une bobine des mains.

Guzmán le regarda avec mépris. Ses yeux descendirent sur le vieillard comme la brume des montagnes.

Le grand-père du Bosch était italien, un fasciste convaincu, mais plus favorable à Hitler qu'à Mussolini, qu'il avait toujours accusé d'être trop italien. Il préférait l'efficacité objective allemande. Ce vieillard d'aspect vénérable lui expliqua un jour que son chef des Waffen SS pleurait en écoutant Wagner, tandis que ses hommes excitaient les chiens contre les files bigarrées de juifs qui s'entassaient à la gare en attendant d'être envoyés en camp de concentration. Et à ce souvenir, le vieillard versait des larmes.

Il repoussa Dámaso d'un coup de pied dans l'estomac. L'antiquaire ouvrit la bouche comme un poisson à l'agonie.

— Je peux continuer, et je ne vais pas m'en priver. Je vais brûler cet endroit et toi avec si tu continues à me faire perdre mon temps et ma patience.

Dámaso cracha un caillot. Il avait du mal à reprendre son souffle.

— Quel film réclamais-tu à Olsen ? Ne te retiens pas, réponds à la question. Je ne vais pas te juger. C'est une simple curiosité. Peu importent les raisons, nous en avons tous une, pour agir.

À cet instant, Guzmán faillit lui arracher la langue avec des tenailles. Mais il s'abstint et resta tout sourire. Ce connard ne lui servirait à rien s'il était muet.

— Tu as une belle collection, vieux. Je parie que tu as passé la moitié de ta vie à réunir tout ça. Et tu vois comme c'est facile de dissiper l'effort de toutes ces années.

Dámaso ferma les yeux. On entendait sa respiration rauque. Il était par terre, sur le côté, en position fœtale. La bave et le sang avaient créé une petite flaque sous sa bouche. Et une tache plus sombre s'élargit sous son pantalon. Il avait fait sous lui. Il tendit la main et montra l'écran.

— Derrière, c'est une fausse cloison, dit-il avec difficulté.

À première vue, derrière l'écran, il n'y avait qu'un mur bas, mais en le tâtant il constata que c'était une simple cloison en placo. Sur la droite, à cinquante centimètres du sol, il y avait une fente. Guzmán poussa : la cloison céda et un coffre-fort encastré apparut. Très sophistiqué, à double accès de sécurité et code digital.

— Qu'est-ce que tu caches ici, le virus Ebola ?

Le vieux sortit une clé de sa poche, l'autre était cachée sous une boîte de prises de courant. Il les introduisit et les actionna en même temps. Puis il pianota un code de trois lettres et quatre chiffres et le coffre s'ouvrit.

— Tu ne sais pas ce que tu risques, murmura-t-il en essuyant sa bouche du revers de la main.

Guzmán écarta brutalement Dámaso. Il n'avait jamais eu peur de franchir une porte ouverte, il ne s'était jamais demandé ce qu'il trouverait de l'autre côté. Rien ne pouvait être pire que ce qu'on laissait derrière soi.

Il trouva plusieurs douzaines d'étuis noirs qui ressemblaient à des livres. Sur l'étiquette, une date et deux lettres séparées par un point. Guzmán était sûr que c'était l'écriture de Dámaso et que les lettres étaient des initiales. Il ouvrit quelques étuis ; ils contenaient tous un CD portant les mêmes initiales et les mêmes dates.

— De quoi s'agit-il ?

— De films pornos, très explicites.

Guzmán comprit.

— Je parie que ce sont les membres de ton club de cinéphiles. Et je mettrais au feu ma main saine qu'on les voit dans des postures compromettantes. C'est quel style ? Pédophilie, zoophilie, sadomaso ?

L'antiquaire le regarda d'un air affligé. Guzmán secoua la tête avec une feinte complaisance. Tout a déjà été inventé, se dit-il, à force d'être répétées, les perversions deviennent ennuyeuses. Les riches ne savent même pas être originaux, quand ils décident de se comporter comme d'authentiques dégénérés. Je les imagine, ici, assis côte à côte dans les fauteuils, regardant l'écran, fumant leur cigare et se masturbant mutuellement, ricanant, échangeant des commentaires vulgaires. Mais peut-être donnaient-ils à la chose une allure plus intellectuelle ? Parlaient-ils cadrage, lumière, interprétation ?

— J'imagine qu'on te payait des fortunes pour visionner tes films. Il doit s'agir de gens très riches.

Dámaso lui lança un regard menaçant.

— Ils ne voyaient pas seulement des films. Certains ont payé très cher pour y participer. Des gens que tu ne peux même pas imaginer, et qui feront tout ce qu'il faut pour que cela ne soit pas révélé.

Guzmán observa posément le vieillard. Il comprenait que d'autres hommes puissent être paniqués devant ce regard aussi enflammé que vide. Mais il était insensible à cette pression. Guzmán vivait de la violence et dans la violence, c'était son seul paysage. Il n'y avait rien que Dámaso ou ses puissants amis puissent encore lui infliger ou lui voler.

— C'est ce qui est arrivé à Magnus Olsen ? Vous l'avez tué ?

— Je ne sais pas de quoi tu me parles.

Guzmán aspira lourdement. Sa patience était à bout. Il dégrafa lentement sa ceinture, une ceinture en cuir avec une grosse boucle. Il la saisit par les extrémités en l'entourant plusieurs fois autour de ses doigts et la fit claquer. Avant que le vieux ait compris ce qui lui arrivait, Guzmán avait passé la ceinture autour de son cou et serrait fortement.

— Quand l'air vient à manquer, c'est horrible, lui souffla-t-il à l'oreille, attirant la nuque du vieux contre son épaule et l'étranglant méthodiquement. Le vieillard grognait et tentait en vain de se libérer de cette pression. Les poumons enflent démesurément, cherchent un interstice, une bulle pour pomper encore de l'oxygène. Tu peux mourir à tout instant, mais ton cerveau fonctionne. Tu es capable de répondre à des questions. Il suffit de relâcher la pression et de laisser entrer un peu d'air, assez pour articuler la réponse. Je pense que c'est ce qui est arrivé à Olsen, sauf que son tortionnaire a mal calculé son coup et l'a étouffé. Ensuite il a maladroitement déguisé sa mort en suicide. Mais la police l'a cru. La police croit n'importe quoi, du moment que c'est plausible.

Guzmán relâcha la pression. Le vieux toussa et ouvrit avidement la bouche pour remplir ses poumons. Il avait les larmes aux yeux et crachait sans arrêt.

— Les tueurs que tu as envoyés étaient tellement incompétents qu'ils n'ont pas effacé le message.

Dámaso se massa le cou, sa peau flasque avait pris un ton rosâtre qui allait bientôt virer au violet. Il avait les yeux exorbités, comme un crapaud écrasé par les roues d'un camion. Mais il refusait de parler. Ou alors il avait la glotte coincée. Guzmán secoua la tête, résigné. Il ouvrit son couteau à cran d'arrêt. La lame aussi fine qu'un stylet était braquée sur le visage du vieux comme un doigt menaçant.

— Tu ne vas pas tenir, vieux. Tu ne vas pas résister deux minutes à ce qui t'attend. Et tout ça pour quoi ? Tu finiras par me dire ce que je veux savoir et tu mourras ici, seul, comme un chien, dans tes propres excréments.

Dámaso se protégea le visage derrière ses mains.

— Olsen nous a fait gagner beaucoup d'argent, c'est vrai. Et lui aussi en a gagné, et a noué des relations décisives pour ses affaires. Il avait accès au coffre-fort, aux livres où on notait les vraies coordonnées des clients, qui figurent toujours sur les enregistrements sous un pseudonyme pour des raisons évidentes. On s'est aperçu trop tard qu'il nous volait du matériel. Il copiait les enregistrements et faisait chanter les propriétaires. Certains l'ont payé, d'autres lui ont accordé une place de choix dans leurs combines, mais il est allé trop loin. Il a mal calculé sa dernière extorsion. J'ai voulu le raisonner quand j'ai compris son manège, voilà pourquoi je l'ai appelé. Mais c'était trop tard. Je ne connais pas les détails de ce qui s'est passé, mais je suis sûr d'une chose : je ne l'ai pas tué, et aucun membre du club n'a commandité sa mort ; la plupart d'entre eux n'étaient même pas au courant de ses chantages. S'ils l'avaient soupçonné, même ma sécurité aurait été compromise, tu comprends ?

Guzmán examina le coffre-fort.

— Quels enregistrements a-t-il copiés ?

— Sans doute des douzaines. Je ne l'ai jamais su avec précision. Après sa mort, le club s'est dissous et tout le matériel a été détruit.

Guzmán haussa un sourcil, incrédule, et montra les bandes dans le coffre-fort.

— Ce sont les plus importantes, les plus compromettantes. Je ne les ai jamais utilisées, mais les personnes qu'on y voit doivent croire le contraire. Sinon, je serais mort depuis longtemps. Elles me garantissent une retraite paisible.

— La dernière pellicule qu'Olsen a volée… Elle faisait partie de ta collection *top* ?

Dámaso pâlit encore plus, si c'était possible. Des veines bleutées apparaissaient sous ses yeux, comme des racines ne sachant pas où se poser. Guzmán écouta distraitement l'affirmation hésitante de ses lèvres.

— Qui était compromis ? Je parie que tu as des sauvegardes planquées quelque part.

Pour la première fois, Dámaso reprit le contrôle de la situation. Il laissa échapper un petit rire qui grandit en intensité et devint un éclat de rire sec, malveillant, immonde.

— Tu n'as aucune idée de ce que tu cherches, n'est-ce pas ? Ton intuition t'a amené jusqu'ici, mais maintenant tu ressembles à un aveugle qui a perdu sa canne.

Guzmán bondit sur le vieillard, le saisit à la gorge et le frappa brutalement au visage, deux, trois fois, jusqu'à ce qu'il entende craquer la cloison nasale.

Quand il relâcha le vieux, celui-ci ne riait plus.

— Tu vas tout raconter à cet aveugle. Tu vas être mon phare et peut-être, quand j'en aurai fini avec toi, je laisserai ton cœur battre dans cette poitrine de porc.

En sortant du magasin, Guzmán était en sueur. Il reprit son souffle et essuya sa chemise éclaboussée de sang avec son mouchoir. Son instinct lui soufflait de prendre un taxi et d'aller directement à l'aéroport sans passer par l'hôtel, d'oublier l'argent que Diana lui avait promis et qu'Arthur devait lui verser. Il pouvait s'envoler pour Santiago, Buenos Aires, Lima ou tout autre endroit, et se cacher pendant quelques mois.

Mais Guzmán n'écoutait son instinct que lorsqu'il servait ses desseins. Tout petit déjà, il répugnait à laisser les mots croisés sans les finir, les devinettes sans les résoudre. Mais ce qui l'emmerdait le plus, à l'école, dans la rue, c'était que quelqu'un puisse le prendre pour un idiot et se moquer de lui sans avoir à en payer les conséquences.

Il héla un taxi, mais ne lui donna pas l'adresse de l'aéroport.

15

Le directeur de la banque salua Arthur avec une onction servile. Comme si Arthur n'avait pas remis les pieds ici depuis trois longues années, comme si le directeur ignorait la cause de son absence. Arthur demanda à voir son coffre et qu'on le laisse seul.

Il y conservait des choses qui ne devaient pas être associées à son nom, faux passeports de diverses nationalités, impossibles à détecter sans un contrôle poussé, devises en dollars, euros et yuans qui ne figuraient pas sur les livres comptables, comptes dans des endroits qui toléraient la fraude et l'évasion fiscales, informations concernant l'espionnage industriel, les entreprises satellites, les plans financiers et fiscaux que Diana avait organisés pour lui pendant des années, si complexes qu'aucun inspecteur des fraudes ne pouvait s'y retrouver. Il y avait aussi un pistolet HK semi-automatique et deux chargeurs pleins, pour lequel il n'avait pas de licence.

Il prit une enveloppe au fond de la boîte, qui contenait un CD. Il le soupesa et ses doigts tremblèrent, comme s'il était plus lourd qu'une enclume et qu'il avait du mal à le tenir.

De retour à son bureau, il s'assit devant l'écran de son ordinateur. Les images brillaient dans l'obscurité, reflétant des silhouettes sur le visage attentif d'Arthur.

Au début, on voyait un mur en briques. À hauteur du sol, il y avait un cercle de suie et les restes d'objets qui avaient brûlé peu de temps auparavant, peut-être deux chaises cassées, une étagère et deux portes noircies et fumantes. Difficile de deviner tous les détails, l'enregistrement n'était pas très bon, la caméra bougeait trop et ne s'attardait pas. L'ombre de celui qui filmait se projetait sur le mur. On entendait sa respiration et un bruit sourd au-dessus de sa tête, comme s'il pleuvait. L'odeur devait être nauséabonde, car on voyait une main porter un mouchoir à sa bouche. Par terre, des seringues et une cuiller noircie.

Sur la droite, un type torse nu, fripé, cheveux poivre et sel, visage masqué, qui traînait des pieds. Il s'approchait d'une radiocassette et la mettait en marche.

— C'est cette musique que tu aimes ?

La voix gutturale avait un accent difficile à identifier.

Who can say where the road goes,
Where the day flows ?
Only time...
and who can say if your love grows,
as your heart chose ?
Only time...

La caméra opérait alors un renversement complet. Celui qui dirigeait cette sinistre chorégraphie restait dans la pénombre et fumait une cigarette dont l'incandescence brillait dans l'obscurité. D'un geste il indiquait à la caméra de se placer. Personne ne parlait. On n'entendait que la musique, la pluie et le son râpeux de la main sur la caméra quand elle effleurait le micro.

La caméra cadra un angle.

Arthur appuya sur pause.

C'était elle. Sa fille. Aroha. Elle souriait à l'objectif et lui adressait un salut de la main, comme dans un film de famille.

Arthur se pencha, les pieds bien à plat sur le sol, toute la pièce semblait s'être volatilisée. Il scruta le visage de sa fille, son profil imparfait sur le grain de l'image mal cadrée et mal éclairée. Il y avait à peine quelques mois qu'elle était revenue de l'internat de Genève et il semblait que tout allait mieux. Elle avait repris ses études, semblait mener une vie rangée, des cours au lycée français, des sorties équestres, des amis dans le quartier ; la vie tranquille et typique d'une fille de riche. Il reconnaissait chacune de ses taches de rousseur sous les yeux et sur les ailes de son nez qui s'élargissait quand elle riait. Là, elle ne riait plus.

Il remit en marche l'enregistrement.

Le cadrage se resserra sur le visage d'Aroha. Elle était hâve et avait les cheveux sales. La caméra si près d'elle la gênait, elle se protégeait derrière la paume de sa main, mais ça ne suffisait pas et elle reculait à quatre pattes, comme un bébé, déconcertée. Ses mouvements étaient lents, maladroits, léthargiques. Sa braguette était ouverte, on voyait le triangle de sa culotte et sous son T-shirt on devinait les bretelles du soutien-gorge noir. Elle avait perdu une espadrille, ou bien elle l'avait enlevée et ne parvenait pas à la remettre.

— Allons, arrête avec cette merde.

Sa voix était pâteuse, comme un chewing-gum qui reste collé à la semelle de la chaussure et qui s'étire, s'étire et devient filament, enchevêtrement, tordu et incompréhensible. Elle était shootée. Elle s'était peut-être piquée à l'aine, d'où la fermeture Éclair qui bâillait, ou sous la plante des pieds, d'où la perte de la chaussure. N'importe quel endroit invraisemblable pour cacher la trace de l'aiguille à ses parents.

— Dis quelque chose à la caméra, siffla la voix derrière l'objectif.

— Que veux-tu que je dise ?

— Que tu vas être en retard pour ton cours d'équitation, répondit quelqu'un qui émergeait lentement de la pénombre et se plantait devant elle.

Il avait aussi un passe-montagne sur la tête.

— J'en ai marre de ces conneries. Je veux rentrer chez moi, lança Aroha effrayée en se traînant dans un coin poussiéreux.

— Pas encore. On va d'abord s'amuser. Comme les autres fois.

Aroha était une cible mobile. La caméra la montrait, rampant ou le dos collé au mur. Puis un cadrage différent, un mouvement brusque et involontaire de l'enregistrement. L'image s'éteignit.

Quand elle reprit, on voyait une partie de l'armature d'un lit. Aroha y était maintenant attachée par des fils de fer tressés aux mains et aux pieds. Son corps nu décrivait une courbe de côté, mais elle ne résistait pas, ne se débattait pas pour se libérer des attaches. Elle avait une expression relâchée et ses membres brillaient sous l'éclairage de la caméra. Ses extrémités semblaient laquées, elles avaient la texture d'une poupée en porcelaine, irréelle. Le type au torse velu était à genoux devant Aroha à hauteur de sa tête et caressait ses cheveux en sueur avec une tendresse déconcertante. Arthur aurait juré que ses doigts tremblaient en caressant le profil de sa joue. Mais c'était peut-être dû aux mouvements du caméraman. Il regardait furtivement l'objectif, comme s'il attendait un ordre.

— Vas-y, ordonna la voix du cagoulé, hors champ.

Le type monta sur elle et simula un coït. Au début, Aroha semblait simplement dégoûtée, elle regardait la caméra et balbutiait des mots incompréhensibles, sa voix était pâteuse, comme le chuchotement liquide d'une fontaine, d'un robinet qui goutte. Elle avait les pupilles éteintes, mais peu à peu cette confusion ou cette gêne basculait dans une acceptation résignée. À l'évidence, Aroha était déjà passée par là plusieurs fois, et pas de façon involontaire.

Mais cette fois, c'était trop.

L'autre cagoulé écarta le vieux.

— Pas comme ça. Je vais te montrer.

Il ouvrit la fermeture de son jean déchiré de luxe et se pencha entre les jambes de la fille, pendant qu'avec la main droite, une main aux doigts fins et délicats, il lui envoyait une gifle terrible.

En voyant son air stupéfait, Arthur sentit sa gorge se sécher, comme s'il avait avalé une énorme libellule qui battait des ailes dans sa trachée.

— Il faut y mettre de la violence. Si tu veux que ça ait l'air réel, il faut que ce soit réel.

Dans un éclair de lucidité, Aroha comprit ce qui l'attendait. Elle secoua énergiquement la tête, en proie à un désespoir froid, passif, résigné, drogué.

— Arrête, arrête ! Tu me fais mal.

Mais il ne s'arrêta pas. Il prit un bâton, genre matraque de la police. Aroha ouvrit la bouche toute grande et hurla de toutes ses forces quand elle le sentit dans son vagin.

— Ferme les yeux, murmura Arthur, la voix brisée et les yeux baignés de larmes.

C'était absurde ; tout ce qu'il voyait était déjà arrivé, mais en revoyant le CD c'était comme si cela arrivait de nouveau, et il souhaitait qu'Aroha ferme les yeux ; ainsi, tout passerait et serait oublié. Y compris cette horrible souffrance.

Et la musique était assourdissante, étouffant les hurlements de sa fille, tandis que le dos du cagoulé masquait le champ de l'objectif :

Qui peut dire où mène le chemin,
jusqu'où s'écoule le jour ?
Le temps, et lui seul.
Et qui peut prétendre que son amour s'accroît,
Dans les proportions que son cœur a voulues ?
Le temps, et lui seul.

Arthur éteignit l'ordinateur mais ses yeux restaient fixés sur l'écran. Il y avait un délire enfiévré dans son regard. L'épouvante affleurait à ses lèvres, ouvertes de façon incongrue, prêtes à crier mais pétrifiées dans ce cri muet. Deux grosses larmes, rondes et parfaites, glissaient sur ses joues. Il mit du temps à repérer l'ombre qui se projetait sur l'écran de l'ordinateur. Elle ne provenait pas de l'intérieur, elle arrivait derrière lui. Il tourna lentement la tête et vit Guzmán. L'éclairage d'une lampe découpait sa silhouette. Il ne lui demanda pas depuis combien de temps il regardait.

Depuis trop longtemps, bien sûr.

Ils se regardèrent pendant quelques secondes. Guzmán s'approcha de la grande baie vitrée du bureau d'où on voyait tout Madrid. Les gens tout en bas, très loin, avaient l'air d'automates qui ne pouvaient décider par eux-mêmes où aller et quoi faire. Les tracés bruns de la rue contrastaient avec les nuages vineux, orangés et citron qui descendaient sur les terrasses des gratte-ciel.

La silhouette d'Arthur, toujours assis à son bureau, se réfléchissait dans les vitrages et se mêlait à la sienne. Ils ne seraient plus jamais aussi proches l'un de l'autre, se dit Guzmán, et il ne pouvait dire qu'il ne le regrettait pas. Deux ombres dans un même reflet.

— J'avais un instructeur pour les interrogatoires, à la DINA, un professionnel qui m'avait pris en affection, allez savoir pourquoi, les sentiments des types dans notre genre sont bizarres. Un de ses principes était qu'il existe une forme d'intelligence qui passe par une ignorance feinte. Il faut partir de zéro, nous disait-il, ne rien considérer comme acquis, effacer ce que tu crois savoir pour arriver à ce que tu as besoin de savoir. Autrement, les idées préconçues deviennent des pièges qui nous détournent de l'évidence. S'il me voyait maintenant, à l'endroit où toi et moi nous nous trouvons, cet instructeur me passerait un savon, à cause de ma stupidité. Et je ne pourrais pas lui en vouloir.

Guzmán regarda Arthur discrètement. Il n'était pas très frais, il imaginait l'effet dévastateur que causait sur lui le visionnage de l'enregistrement où sa fille était violée. Il se demanda combien de fois il l'avait regardé, quelle sorte de torture il s'infligeait en le visionnant.

— Tu ne crois pas que tu aurais dû me parler de cette vidéo ?

Arthur regardait dans le vide, les lèvres frémissantes, entrouvertes, les yeux brillants. Guzmán s'approcha d'un ensemble de figurines en porcelaine représentant des musiciens et il en caressa les formes.

— C'est Olsen, n'est-ce pas ? Il a voulu te faire chanter. Et tu l'as tué.

Arthur le regarda avec un sarcasme plein de haine.

— Pour un type intelligent, tu es vraiment à côté de la plaque.

Magnus Olsen n'était personne dans la vie d'Arthur, jusqu'à ce jour anodin et pluvieux de la fin de l'an 2000. Il se rappelait avoir serré sa main molle quand la filiale américaine cherchait un financement par le biais des entreprises à risque du consortium qu'Olsen représentait. Il avait un regard de chien fuyant et transpirait comme s'il avait peur qu'on le surprenne en plein mensonge. C'était un type étonnamment vulgaire, qui n'avait d'autre attrait que sa montre en or et une ravissante épouse.

Olsen passa toute la réunion à le regarder, on aurait dit qu'il avait une phlébite. Arthur n'avait pas oublié l'image de sa cravate qui glissait maladroitement sur sa chemise ouverte, ni son haleine chargée de whisky de malt. À un moment donné, Olsen l'entraîna à l'écart. Il parlait un espagnol laborieux, retenant chaque syllabe avant de la lâcher dans un gargouillis. Il commença par demander poliment des nouvelles d'Aroha. La question gêna Arthur, mais ne le surprit pas. Les disparitions réitérées de sa fille et ses problèmes étaient connus de tous, et pas seulement de la presse à sensation, des milieux d'affaires aussi. Arthur pensa qu'Olsen voulait se faire bien voir, gagner sa confiance pour de futures affaires, aussi s'en débarrassa-t-il en quatre mots plus ou moins aimables.

— J'ai cru comprendre que ta fille a disparu il y a une semaine.

— La police s'en occupe.

— Espérons que c'est une simple escapade.

Deux jours plus tard, Olsen l'appela au bureau. Il semblait agité et il insista pour le rencontrer dans un endroit discret. Arthur essaya de s'en débarrasser, mais Olsen s'imposa sèchement. Il dit qu'il avait des informations très importantes et fiables sur l'endroit où était Aroha. Et avant de raccrocher, il précisa qu'il ne fallait prévenir la police sous aucun prétexte.

Arthur ne dit rien à Andrea, il ne voulait pas l'inquiéter. Son épouse ne quittait pour ainsi dire pas le lit et se bourrait de cachets, suspendue au téléphone. Par ailleurs, il en avait assez des fausses pistes, des gens qui appelaient dans l'espoir de toucher de l'argent en échange de quelques indices, toujours faux.

Mais il en parla à Diana, qui logeait à l'époque dans un appartement du quartier de Salamanca, où il la retrouvait en cachette.

— Tu devrais aller voir la police, lui conseilla-t-elle. Je connais Olsen, il va sûrement essayer de te fourrer dans un coup tordu.

Mais Arthur ne l'écouta pas.

Ils se donnèrent rendez-vous en banlieue, sur la route d'Estrémadure. Olsen l'attendait dans sa voiture, derrière une station-service. Les camions garés en batterie le dissimulaient, mais il n'avait pas l'air rassuré. Avant d'ouvrir la portière pour accueillir Arthur, il s'assura que personne ne les voyait. Il avait l'air d'un parano, les nerfs à vif, et de toute évidence il n'avait pas fermé l'œil.

— Alors, qu'as-tu à me raconter ?

Olsen se lança dans une histoire de dettes, de menaces de prison, de créanciers qui lui rendaient la vie impossible. Arthur connaissait cette histoire en partie, la presse financière en avait parlé. Pendant des semaines on avait publié des détails vrais ou supposés, les réactions de sa femme et de ses enfants, le scandale dans l'entreprise, et un tas de potins sur sa vie privée qui semblait être beaucoup plus trouble qu'elle ne le paraissait. Des centaines d'investisseurs avaient fait confiance à Magnus Olsen, et des centaines de milliers à *son* entreprise, ils lui avaient confié leur patrimoine et remis leur avenir et celui de leur famille entre ses mains, et il les avait grugés. Le marché s'effondra et ruina beaucoup de gens.

Mais cela n'intéressait pas beaucoup Arthur. Pendant dix minutes, il écouta les lamentations d'Olsen, ses excuses farfelues et ses projets délirants pour se remettre à flot. Quand il dit qu'il avait besoin d'argent, de beaucoup d'argent, Arthur comprit qu'il avait perdu son temps en venant à ce rendez-vous. Il pensa que cet escroc voulait aussi le prendre dans ses filets.

— Si tu as des problèmes de financement, tu devrais en parler à Diana ou à ma secrétaire, Rueda. Organise une réunion, et ne me fais pas perdre mon temps.

Il allait descendre de voiture, mais Olsen le retint par le bras.

— Je sais où est ta fille, dit-il en dernier recours en le regardant dans les yeux avec un éclair de folie furieuse.

Arthur le regarda comme s'il n'avait pas compris. Olsen se frotta les mains comme s'il avait une poussée d'urticaire. Il avait le visage tout rouge et une auréole d'humidité se dessinait sur sa chemise, à hauteur du cou et des aisselles.

— Ta fille court un grave danger, Arthur. Et je peux t'aider ; je sais où elle est, mais demain on l'aura peut-être déjà transférée ailleurs.

Arthur serra les dents, l'attrapa par le revers de sa veste et le secoua violemment, exigeant des précisions.

— Que veux-tu dire ?

Olsen affirma qu'en le rencontrant il se mettait en danger, et sa famille aussi, mais qu'il avait besoin d'argent, de beaucoup d'argent, répéta-t-il.

— Appelle-moi demain, et prépare le transfert. Je t'enverrai un code et un numéro de compte. Quand j'aurai reçu confirmation du versement, tu recevras les coordonnées de l'endroit où est ta fille par courrier électronique à partir d'un cybercafé. Et on ne se reverra plus jamais.

C'était un chantage dans les règles de l'art, Arthur le comprit soudain et cessa de le secouer.

— Mais tu es devenu fou !

— J'ai bien peur que non, Arthur.

Arthur sentit qu'un nuage embuait son regard et une brûlure remonta de son estomac comme une gerbe de feu. Hors de lui, il frappa violemment Olsen au visage.

— Tu es un fils de pute ! Tu vas me dire immédiatement où est ma fille ou je t'arrache l'âme par petits bouts.

Olsen essaya de parer les coups, ouvrit la portière et sortit à moitié. Arthur lui avait fendu la lèvre et sa chemise était tachée de sang.

— Arrête, arrête tout de suite si tu veux revoir ta fille, bafouilla-t-il.

Un éclair de lucidité apaisa la colère d'Arthur. Il brûlait d'envie de mettre en pièces ce sale porc mais il comprit que pour le moment il était entre ses mains. Il tenta de se calmer.

— Je vais aller voir la police.

Olsen essayait de rajuster sa tenue. Il ouvrit la boîte à gants et prit un paquet de mouchoirs en papier.

— Garde-t'en bien. Les gens qui détiennent ta fille le sauront aussitôt et se débarrasseront d'elle sans laisser de traces. Et on ne la retrouvera jamais. Crois-moi, je sais de quoi je parle, dit-il en essuyant le sang sur sa lèvre en grimaçant.

— On l'a enlevée ? Qu'avez-vous fait de ma fille ?

Arthur implorait. Mais Olsen resta inflexible. Devant cette manifestation de faiblesse, il esquissa un sourire de satisfaction.

— Demain. Rappelle-toi. Et maintenant, sors de ma voiture.

Et il démarra.

Rentré chez lui, Arthur envisagea toutes les possibilités. Sa première idée fut de prévenir la police. Mais il la repoussa. C'était la première piste fiable depuis des semaines pour localiser Aroha, et il n'allait pas la laisser échapper. Il alla tirer à la banque une partie de l'argent qu'Olsen exigeait et glissa dans sa ceinture le pistolet HK pour lequel il n'avait pas de licence. Il lui soutirerait des informations par tous les moyens. Si pour cela il devait lui arracher la peau bout par bout ou lui trouer la moitié du corps, il n'hésiterait pas.

Le lendemain matin, Arthur s'assit devant le téléphone et attendit, mais Olsen n'appela pas. Arthur attendit des heures, jusqu'au crépuscule. Comprenant qu'il n'appellerait pas, il décida de rentrer chez lui et au volant il entendit l'information à la radio : Marcus Olsen s'était suicidé. Son épouse et ses enfants l'avaient trouvé pendu au salon.

Arthur se gara et donna de grands coups de poing dans son volant en jurant. Sa seule chance de retrouver Aroha venait de s'envoler.

— Deux semaines plus tard, j'ai reçu une enveloppe. Elle n'avait rien de particulier, ni timbre ni adresse d'expéditeur, juste mon nom écrit en lettres d'imprimerie. À l'intérieur, il y avait un étui en plastique transparent avec un compact-disc. Accompagné d'un mot.

Arthur montra à Guzmán la note manuscrite :

Cet enregistrement a été fait par Magnus Olsen, c'est lui qui est derrière la caméra. Si quelqu'un savait où est votre fille, c'est forcément lui ou une des deux autres personnes qu'on voit apparaître. Je regrette de ne pouvoir vous aider davantage. J'espère qu'il n'est pas trop tard.

— Je n'ai donc pas tué Magnus Olsen. Et ce n'est pas lui qui m'a donné le CD. Pendant quatre ans, j'ai essayé d'identifier l'expéditeur, mais en pure perte. Passer ces trois dernières années derrière les barreaux ne m'a pas facilité les choses. Voilà pourquoi Diana t'a engagé.

— Pourquoi ne pas me l'avoir dit plus tôt ?

Arthur serra les poings et les dents. Un dixième de seconde. Mais il retrouva aussitôt son masque légèrement mélancolique.

— Après avoir visionné l'enregistrement, j'ai compris que ce serait impossible. La mort d'Olsen invalidait définitivement cette possibilité. Je serais devenu automatiquement un suspect. Et surtout Andrea aurait fini par découvrir ce qu'on avait fait à Aroha, et cela l'aurait achevée. Voilà pourquoi j'ai caché l'existence de ce CD pendant toutes ces années.

Guzmán se versa un whisky de sa propre autorité, en secouant la tête.

— Allons, ce n'était pas la seule raison, hein ? Il y en a une autre, plus puissante.

Guzmán l'avait compris en voyant l'enregistrement. Dámaso avait refusé de toutes ses forces de lui dire où il le cachait. De toutes ses forces, jusqu'à épuisement. Au début, Guzmán avait cru que la résistance obstinée du vieux se devait à ce qu'il apparaissait sur l'enregistrement, où il faisait semblant de violer la mineure. Mais en visionnant les scènes, il s'était rendu compte que le vieux cachait autre chose.

— Quand tu m'as engagé, tu savais déjà qui étaient les trois types qu'on voit sur les images.

Il regarda Arthur, derrière son bureau, calme, silencieux, contemplant le mur. Ses cheveux roux retombaient en désordre sur son front et il respirait doucement, comme les moribonds avant de s'éteindre.

Il avait mis des semaines à les identifier. Il avait visionné ce terrible enregistrement sans arrêt, épiant le moindre indice, tout ce qui pourrait lui donner des informations sur le lieu, les personnes qui apparaissaient à côté de sa fille. Il en avait conclu que cela n'avait rien eu de brutal ni d'inattendu, ni chaotique ni violent, malgré les apparences, il avait sous les yeux une mise en scène, avec une intention artistique. C'était répugnant, mais il convenait de l'appeler ainsi : cela n'avait rien à voir avec une simple vidéo pornographique de pédérastie, ce n'était pas non plus un film *snuff* bourré de détails sanglants. C'était beaucoup plus. En un sens, c'était un testament, une déclaration d'intention, la vision terrible du monde d'une personne qui, obligée de conserver l'anonymat, cherchait néanmoins une forme de reconnaissance. C'était l'œuvre d'un expert qui connaissait de l'intérieur le monde de l'image.

Il visionna le film des dizaines de fois, et finit par découvrir quelque chose ; à un moment donné, quand le supplice d'Aroha devenait plus dur, elle regardait un des cagoulés dans les yeux et murmurait quelques mots en implorant. Elle le connaissait. Elle avait confiance en lui.

Arthur lut une douzaine de fois cette supplique jusqu'à ce qu'il puisse la déchiffrer :

Je veux retourner chez ma mère. Ian, je t'en prie. Je veux retourner chez ma mère.

— Par la suite, j'ai appris qu'Aroha s'était retrouvée dans l'internat de Genève avec ce Ian. Son père était Ian Mackenzie, le réalisateur. Sa mère était aussi une artiste, une violoniste très connue.

Il trouva son adresse et se rendit chez lui, à l'extérieur de Madrid, dans une résidence de luxe. Il ne put pénétrer dans la résidence, à cause des contrôles de sécurité. Mais une femme un peu hommasse, qui déclara être la gouvernante, le rejoignit dans la guérite des gardiens. Cette femme lui annonça que madame n'était pas en Espagne, qu'elle faisait une tournée en Europe avec l'Orchestre de Budapest, et ne reviendrait pas avant six mois ou même un an.

Il était déçu, mais pas vaincu. Il ne commit pas l'erreur de poser des questions sur l'enfant. Les jours suivants, il rassembla tous les renseignements possibles sur celui-ci : où il suivait ses cours d'art cinématographique, quels amis il fréquentait, où il allait, quand, avec qui.

Un soir, il suivit Ian jusqu'à une zone forestière, à l'extérieur de Madrid. C'était un endroit poussiéreux et sale où le week-end les familles de banlieue venaient pique-niquer, chargées de glacières, de bouteilles d'eau, de chaises pliantes, de jeux de cartes et de couvertures pour s'offrir une sieste peu confortable sous les pins après s'être gavées de tête, d'oreille ou de joue de porc. Quand le soir tombait sur les tours KIO illuminées, les familles cédaient la pinède aux prostituées sénégalaises, aux prostitués adolescents d'origine maghrébine ou roumaine, aux petits dealers et à une farandole de noctambules paumés. Dans la nuit, une longue file de phares défilait devant cette foire de la misère et participait à ce festival du vice.

Ian évoluait avec naturel dans cette ambiance. Parfois, il bavardait avec une prostituée sur le retour en baissant la vitre de sa voiture, ou bien il achetait de la drogue à un trafiquant qu'il saluait amicalement. Une fois, Arthur le vit sortir des buissons en remontant son pantalon. Le jeune homme avait le visage égratigné et un air de satisfaction indicible. Il remonta dans sa voiture en sifflotant, alluma une cigarette et pendant une minute écouta la mélodie qui sortait de son autoradio.

Après son départ, Arthur descendit voir ce qu'il y avait derrière les buissons. Il trouva une fille, d'à peine treize ou quatorze ans, un peu plus jeune qu'Aroha, assise, les jambes repliées sous ses bras pleins de griffures. La tête entre les genoux, elle pleurait comme une gamine, ce qu'elle était. Son chemisier ouvert couleur os et le pantalon en cuir moulant la déguisaient en personne adulte, comme son maquillage outrancier, que les larmes avaient déformé. L'illusion était entretenue par le rembourrage du soutien-gorge qui gisait sur le sol, par les chaussures dont le talon était cassé.

Arthur lui demanda ce qui lui était arrivé. La fille releva la tête et le regarda comme si sa question était grotesque. Un faux cil s'était décollé de sa paupière et pendait au bord de son œil droit, tandis que le gauche était fermé par un bleu qui ne cessait d'enfler.

La fille essuya sa morve, renifla et dit que tout allait bien. Arthur menaça d'appeler la police et une ambulance. Elle refusa tout net : Ian était son fiancé. Il l'obligeait à faire des choses bizarres, comme de se laisser faire par des étrangers pendant qu'il la filmait en cachette. Mais elle se prêtait à ses jeux parce qu'elle l'aimait.

— L'aimer ? Comment peux-tu dire une chose pareille ? Quel âge as-tu ? Quatorze ans ? Quinze ans ?

Était-ce aussi ce qu'il avait infligé à sa fille ? Ce voleur d'enfances lui avait-il fait croire qu'il l'aimait ?

— Laisse-moi au moins te ramener chez toi. Tes parents doivent s'inquiéter.

La fille semblait moins assurée. Comme si une moitié d'elle-même luttait contre l'autre. D'un côté, celle qui voulait redevenir une fillette dans les bras de sa famille, de l'autre celle qui préférait se perdre dans les tentacules d'un monstre destructeur. Finalement, elle fit une grimace, comme lorsque Aroha mordait dans les pommes caramélisées de la foire de San Isidro parce qu'elle n'avait pas la patience de les ramollir en les léchant.

— Si tu veux, je peux te sucer, et tu oublies que tu m'as vue.

Arthur n'oublierait jamais le regard de haine de cette gamine quand malgré ses cris et ses gesticulations il la poussa dans le commissariat voisin.

Et il décida que c'en était assez.

Le lendemain matin, il tombait des trombes d'eau. Par la fenêtre du bar où il était assis, Arthur voyait, diluées par la pluie, la boutique de vêtements du carrefour et la rue. Il repensait à la scène de la veille au soir, la gamine et son cil tombé, son visage creusé et son regard de haine, et les images se mêlaient à l'enregistrement d'Aroha. Sa tête allait éclater et il sentait sa poitrine tellement opprimée qu'il avait du mal à respirer.

Quand il vit Ian sortir de la boutique du carrefour, il posa un billet sur la table et sortit. Le jeune homme avançait dans sa direction sans se douter de rien, il se protégeait de la pluie sous la capuche d'un jogging militaire et portait un sac en cuir en bandoulière. Il avait l'air d'un brave garçon, ordinaire. Mais ce salaud à l'air innocent et insouciant détenait sa fille.

— Je sais qui tu es, dit-il en lui barrant la route, la main sur sa poitrine.

Ian le regarda, étonné. Pas surpris, hésitant ou apeuré. Juste étonné, comme si cette main sur sa poitrine était une drôle de bestiole, un insecte tombé d'un toit sur son jogging.

— Je suis le père d'Aroha. J'ai vu l'enregistrement. Et tu vas me dire tout de suite où elle est.

De près, son regard était liquide, ambigu, inclassable.

— Je ne vois pas de quoi vous parlez.

Aucune altération de ses muscles, de ses traits, pas même un frémissement. Rien, sauf un battement de paupières à cause des gouttes de pluie qui s'accrochaient aux cils et aux sourcils.

Arthur reprit son souffle. "Respire. Respire. Maîtrise-toi ou tu vas tout perdre." Si Ian avait eu un jour un cœur, il était mort et enterré. Voilà ce que disait son regard, quand il se tourna vers la chaussée et le regarda de nouveau.

— Je ne connais aucune Aroha.

Arthur défit les nœuds qui jugulaient sa rage. Il l'agrippa par le cou et le plaqua contre le volet d'un commerce. Le choc fit tomber une masse d'eau accumulée sur la bâche.

— Je vais te tuer sur place, bâtard, si tu ne me dis pas où elle est.

Ian n'était nullement intimidé. Il le regardait dans les yeux. Et Arthur sentit le contact froid dans le cou du canon d'un petit revolver 22 long rifle. Il entendit tout près de son oreille Ian qui l'armait.

— Lâche-moi, dit-il sans perdre son calme.

Arthur relâcha la pression, et Ian s'écarta, sans cesser de brandir son arme. Il lança un coup d'œil à droite et à gauche, comme un boxeur, et remit l'arme dans la poche de son jogging.

— Tu croyais me surprendre ? Je sais que tu me suis depuis plusieurs jours. Tu as posé des questions sur moi, sur ma mère, sur mon père. Tu as même remis à la police une de mes gonzesses. Je m'en fous, elle a encore fugué et elle court vers moi, comme toutes les autres… Comme ta fille.

— Je te tuerai, fumier. Je te le promets.

Ian éclata de rire. De façon innocente, franche, comme un enfant baigné d'eau bénite.

— Elle est peut-être morte et enterrée. Alors, tu ne retrouveras jamais son corps et ne sauras jamais où la pleurer. Ou bien elle est vivante et elle se demande s'il vaut mieux une vie avec vous ou avec ce que je lui offre. Tu vas devoir vivre avec ça.

— Je t'arracherai ce sourire de la figure. Je sais comment m'y prendre pour que ce soit long et douloureux.

— Peut-être, reconnut Ian.

Il avait un regard froid et distant, comme le reflet d'un fleuve gelé. Et il s'éloigna, comme si de rien n'était, comme s'il avait seulement été sottement bousculé par un passant.

Arthur se retrouva au milieu du trottoir, sous la pluie, les yeux fixés sur son dos, sur son jogging camouflage et son sac en bandoulière collé au corps. Il le vit se mêler aux gens, se fondre dans l'anonymat, sans histoire qui puisse intéresser quiconque. Quand il réagit, il était trempé. Les gouttes s'écrasaient sur ses cheveux roux, maintenant couleur terre, et se dispersaient en mille particules. Les gens le regardaient comme s'il était fou.

Il se mit en route, lentement, comme si on lui avait inoculé un venin paralysant qui avait engourdi ses jambes. Comme s'il était dans un rêve poisseux. Il remonta dans sa voiture et regarda la pluie tambouriner le pare-brise pendant plusieurs minutes. Sous son siège, il avait une fiasque dorée, un cadeau des employés de son entreprise quand il avait eu quarante ans. Il y avait quatorze ans qu'il n'avait plus avalé une goutte d'alcool. Il n'avait jamais pensé qu'il la rouvrirait. Mais maintenant, elle était sous son siège et il avait l'intention de la vider.

Il but une longue gorgée, à s'en couper le souffle. La gorge en feu, il toussa et recracha une partie de l'alcool sur ses vêtements.

Il voulait mourir. Non, pas exactement. Avachi sur son siège, il avait du mal à vivre. Il se demanda ce qu'il allait raconter à Andrea, à la police. Il se demanda pourquoi sa vie s'était enfoncée dans la merde. Il était lâche. Un lâche incapable d'assumer la responsabilité de ses actes. Il avait toujours été ainsi. Il avait toujours choisi quoi faire, qui aimer, comment vivre, avec qui. Il avait gâché sa carrière de poète, son couple, et il avait perdu sa fille. Aroha le détestait ; elle le détestait pour tout le mal qu'il faisait à Andrea et à elle-même.

Elle était trop intelligente, trop sensible pour ne pas se rendre compte du genre d'homme qu'était son père. Un lâche. Et elle ne le supportait pas, d'où ses fugues, ses scandales, son échec scolaire, pour le punir, pour lui infliger un peu du mal qu'il infligeait aux autres. Ah, il avait bien compris la leçon, murmurait-il en laissant échapper quelques larmes. Il voulait le lui dire, se planter devant elle et lui demander pardon. "Pardonne-moi, ma fille. Reviens à la maison."

Le ciel claqua : un violent coup de tonnerre. Arthur actionna la clé de contact et les essuie-glaces se mirent en mouvement. Au même instant, il vit Ian de l'autre côté de la rue, attendant au feu devant une boutique de robes de mariée. Il le vit à travers un rai d'humidité sur la vitre. Sa tête sous la capuche du jogging. Si le pare-brise avait tardé à ouvrir ce sillon, s'il ne l'avait pas actionné au même moment, il ne l'aurait pas vu. Mais il était là, devant lui. Et le destin l'appelait.

Son esprit se brouilla, il était ivre, c'est ce qu'il devait dire, lui conseilla Diana quand il l'appela quelques heures plus tard du commissariat où on l'avait emmené.

Ne dis rien avant l'arrivée des avocats, je m'occupe de tout.

Diana s'occupait toujours de tout, comme elle l'avait fait quatorze ans plus tôt, et beaucoup d'autres fois, chaque fois qu'il avait des problèmes à cause de l'alcool. Elle ramassait la merde qu'il semait.

Guzmán contourna le bureau et s'arrêta devant une étagère pleine d'ouvrages sur le droit commercial et les regarda, les mains dans le dos. Il gagnait du temps en accumulant les signes d'interrogation.

— Tu t'en es bien sorti. Homicide par imprudence et taux d'alcoolémie élevé. Circonstances atténuantes. Elle est maligne, cette Diana. Quatre ou cinq ans au lieu de quinze, pas mal. Mais tu as commis une grosse maladresse. Ton égoïsme, ton ego de vieux beau, a été blessé par l'impassibilité d'un gamin, et tu as fermé l'unique porte qui pouvait te conduire à ta fille.

— Ce n'était pas la seule porte. Restait le troisième homme, le cagoulé au torse nu.

— Dámaso ? Bien sûr ! Il m'a parlé du club de cinéphiles dont il était membre, avec Olsen. Grâce à ce dernier, il a obtenu de sir Ian Mackenzie, le célèbre réalisateur, qu'il leur offre de belles conférences, accompagné souvent de son jeune fils si prometteur. Quelques mois avant la disparition d'Aroha, Ian Mackenzie cessa de fréquenter le club. Ses engagements le menaient en Australie où il devait tourner un nouveau film. À cette époque, Olsen était assidu chez lui. Avant de partir en voyage, le père du jeune homme alla voir Dámaso. Une rencontre discrète. Il lui expliqua que dès son enfance Ian avait été diagnostiqué comme victime d'une maladie mentale. Il ne dit pas le genre de dysfonctionnement dont il souffrait. Il mentionna seulement avec inquiétude que depuis l'âge de treize ans il prenait des neuroleptiques et avait été interné plusieurs fois, toujours de façon très discrète, dans des centres de santé mentale en Suisse ou en Angleterre. D'un naturel indolent, le garçon se montrait pourtant enthousiaste dès qu'il était question de cinéma. Son esprit était obsédé par cette activité, et, d'après le père, il y excellait. Cela l'occupait et le maintenait à l'écart de ces zones d'ombre tellement inquiétantes. Ian Mackenzie demanda donc au vieil homme d'introduire le jeune dans le groupe le plus privé des membres, et d'entretenir son intérêt. Dámaso s'en occupa. Comme on le lui avait demandé.

Guzmán était songeur, et se tapotait les lèvres du bout de l'index.

— Amusant ! En voulant protéger son fils, le père le jeta directement dans la gueule du loup. Celui qui écrit nos scénarios, là-haut, a un sens de l'humour plutôt tordu.

Quelques mois plus tard, le jeune Ian découvrit la nature des activités d'Olsen et du vieux : le club de cinéphiles était en réalité une couverture, il dissimulait quelque chose de beaucoup plus grave. Mais il ne les menaça pas d'aller les dénoncer à la police ou de casser leur affaire… Au lieu de cela, il exigea qu'on le laisse participer ! Il voulait *expérimenter*, c'est le mot qu'il avait utilisé. Peu après, il apparut avec Aroha.

— Ils semblaient très liés, vous voyez ce que je veux dire. Au début, le vieux et Olsen ne lui accordèrent pas beaucoup d'importance. La fille était comme les autres, Ian était un jeune homme de belle allure qui savait se débrouiller pour mettre dans ses *tournages* de petites putes adolescentes qui faisaient ce qu'il leur demandait, de jeunes drogués, des gamins des rues. Mais Aroha était particulière : bien élevée, cultivée, avec une pointe d'insolence. À l'évidence, elle était amoureuse de Ian… Et aux yeux de tous elle jouait dangereusement avec le monde des drogues. Dámaso n'y accorda pas d'importance jusqu'au jour où il vit la photographie d'Aroha dans le journal ; alors, il comprit que cette fille de bonne famille avait fait une fugue. Il prit peur et appela Olsen. Ils avaient un gros problème sur les bras et ils devaient le *résoudre*.

Guzmán s'interrompit et posa un regard de marbre sur Arthur, qui le lui rendit d'un air interrogateur.

— Qu'ont-ils fait de ma fille ?

— Dámaso n'en sait rien. Croyez-moi, s'il le savait, il me l'aurait dit. Mais je commence à avoir des soupçons sur l'identité de celui qui vous a envoyé ce CD. Vous devriez sans doute tirer plus énergiquement sur certains fils.

— Arrête tes conneries. Je veux savoir où est Aroha ! Ce qu'on a fait d'elle !

Guzmán examina sa propre main comme s'il s'agissait d'une mascotte, d'un vilain roquet qu'on a fini par prendre en affection. Il n'avait pas l'air d'écouter Arthur.

— Regarde ça. Regarde bien. Avant, c'était une main, une main normale. Maintenant, c'est un amas de chair replié sur lui-même, des bouts inutiles de derme, d'épidermes, de terminaisons nerveuses atrophiées et d'articulations détruites – Arthur contempla cette masse informe sans grand intérêt. Il existe des prothèses et des implants étonnamment fiables, un matériau nouveau qui s'emboîte à la perfection dans le vide laissé par les pièces perdues. C'est un traitement chirurgical très efficace, mais hors de prix, tu vois ce que je dois faire si je veux avoir une main et une fiction de bite à me tripoter avec cette fausse main ? Évidemment, je pourrais acheter un truc en toc, mais ça me choque. Ça me choque de ne pas avoir une main aussi parfaite que la tienne, ni un pénis digne de ce nom, tu vois ce que je veux dire ? Vous avez du pot, vous qui montrez au monde des dentitions impeccables… Mais une chose est sûre, tout ça, le luxe, les tableaux, les dents parfaites, ce ne sont que des guenilles pour se déguiser. Un soupir te donne tout, le suivant te le reprend, et le cycle peut se répéter autant que le voudra le caprice des dieux.

— Pourquoi ne dis-tu pas ce que tu veux me dire ?

— C'est bien ce que je fais, mais tu n'écoutes pas. L'apparition de cet enregistrement change tout. Si la police le trouvait, cela prouverait que tu as assassiné Ian – il parlait avec calme, épiant à travers l'étroite vitrine de ses paupières le tremblement délateur et pétri de peur d'Arthur. Si tu es réglo avec moi, on peut arriver à un accord, toi et moi, sans que personne d'autre n'ait à s'en mêler.

— Que veux-tu ? Encore de l'argent ? Ramène-la-moi et je te donnerai ce que tu voudras… tout ce que tu voudras.

Guzmán sourit.

— Bien sûr que tu me le donneras, Arthur. Bien sûr.

16

Ils n'auraient pas dû être là, c'était dangereux et ils le savaient. Mais le besoin d'être ensemble les rendait imprudents. La lumière blafarde de l'ampoule du mur en briques dessinait la misère de la ruelle comme un coup de crayon, qui aurait dessiné les gouttières ruisselantes, les flaques crasseuses, les zones d'ombre, derrière le restaurant de Chang.

Mei avait un regard perdu. Personne ne pouvait résister à ce regard.

— Je n'aurais jamais pensé que c'était comme ça, murmura-t-elle.

— De quoi parles-tu ? lui demanda Who en caressant une mèche de cheveux qui s'échappait du foulard qu'elle portait.

Mei travaillait dans l'atelier clandestin de Chang qui emballait des plats cuisinés. Le vieux n'assurait pas ses employés, il les forçait à dormir sur des matelas à côté des machines de conditionnement et ne payait pas de salaire, mais il obligeait Mei à dissimuler sa belle chevelure noire dans une charlotte en plastique. Le monde pouvait être grotesque.

— Je parle de tout, dit-elle en contemplant ses mains, abîmées par les plastiques et les conservateurs.

Elle releva ses yeux en amande et esquissa un sourire. Elle avait des lèvres fines. La première fois que M. Who avait vu cette bouche, il avait pensé qu'elle était faite pour chanter des chansons tristes. Quand on la poussa dans le conteneur d'un cargo à destination d'un port espagnol, pendant toute la traversée elle consola des dizaines de personnes qui, comme elle, voyageaient cachées et effrayées, certaines de leur propre initiative, d'autres sous la contrainte, elle leur racontait que l'Espagne était un endroit superbe où l'air était pur et les gens souriants. Cette fable en calma beaucoup, et tous, même elle, ne demandaient qu'à le croire.

Mais elle n'avait pas trouvé la porte d'accès du paradis.

Malgré tout, elle n'avait pas le droit de se plaindre. Elle travaillait vingt heures par jour, mangeait et faisait ses besoins dans l'atelier clandestin, et elle ne pourrait jamais rembourser à Chang ni aux hommes qui l'avaient amenée en Europe la dette qu'elle avait contractée auprès d'eux. Elle ne voulait pas inquiéter Who, mais elle soupçonnait qu'on allait bientôt la transférer dans une autre ville, elle avait entendu parler d'un endroit sur la côte d'Andalousie où Chang et ses associés montaient des lupanars clandestins ; ils avaient déjà emmené les plus jeunes et les plus jolies et même si personne ne savait où, ils s'en doutaient tous.

Pourtant, elle ne voulait pas se plaindre. Sa mère disait qu'elle était la plus forte de tous ses enfants, la plus grande et la seule en qui elle pouvait avoir confiance. "Quand tout s'effondrera, lui disait-elle, tu resteras debout, tu seras le pilier de notre maison." Née sous le signe de *Ma*, elle était cheval. Depuis toute petite, elle était de nature optimiste et gaie, elle affrontait toujours les problèmes avec enthousiasme, ce qui la rendait populaire. Même si elle n'éprouvait plus ce goût du voyage, de l'aventure et de la découverte, elle parvenait encore à insuffler un peu d'espoir à ses compagnes d'infortune. Elle devait être forte quand les autres montraient des signes de faiblesse. Un proverbe de sa terre disait que *le malade guérit, sauf si la chance se détourne de lui*. Elle croyait à la chance, toujours, en toutes circonstances. La chance que l'on se forge.

En outre, il y avait M. Who. Ce que disaient les vieux était peut-être vrai, que l'amour commence par les yeux et finit avec l'habitude, mais elle refusait de le croire. Les vieux s'endurcissent à force de défaites, et Mei ne se lassait pas de contempler ce visage penché à quelques centimètres de son haleine. Avant de le rencontrer, elle n'avait plus foi en l'avenir, seulement dans le pas suivant, dans la commande suivante, dans l'heure suivante. Mais un an plus tard, elle aimait à l'écouter quand il promettait qu'il allait la sortir de cette cage, qu'il épargnait pour acheter de nouveaux passeports et retourner en Chine, ensemble, pour recommencer leur vie, fonder une famille, peut-être un commerce. Who avait un projet, il en avait toujours, et il était facile de croire à ses rêves. Car il était sincère, même s'il rêvait.

Who s'appliquait et lui demandait tous les jours de chanter, de lui parler de son pays, de ses amis. Il voulait s'enraciner, se rapprocher de tout ce qu'elle représentait et qu'il aspirait à être. Mei était gentille avec lui, elle ne lui parlait pas de cette contradiction : se retrouver en Espagne dans l'espoir d'un paradis futur qui, elle le comprenait maintenant, n'avait jamais existé ; exactement le paradis que Who s'inventait pour la Chine, le même mirage. Mais leurs rêves les rapprochaient, et elle avait besoin d'espoir. Mentir, ce n'est pas toujours faire une entorse à la vérité, c'est juste s'accrocher à la part de réalité nécessaire pour ne pas couler. Mei nourrissait le monde imaginaire chinois de Who et acceptait en échange de croire que ce garçon d'une beauté sans pareille et aux tenues un peu bizarres, doux et sensible, pouvait l'arracher aux griffes de Chang.

Ce soir-là, Mei avait décidé d'avancer un peu plus dans sa folle rêverie. À la tombée du soir, le vieux Chang avait surgi dans le sous-sol et leur avait ordonné de se disperser.

Les descentes de police arrivaient de temps en temps, à la recherche de travailleurs clandestins, mais Chang avait sans doute soudoyé quelqu'un, car on le prévenait toujours. La cinquantaine de femmes de l'atelier disparaissait et il ne restait sur la chaîne qu'une demi-douzaine d'entre elles, qui avaient leurs papiers en règle. Quelques heures plus tard, tout redevenait normal. Mais ce soir-là, les policiers prirent les choses au sérieux. Ils fouillèrent l'atelier à fond, trouvèrent les seaux d'excréments, les matelas roulés sous les tables de travail et les reliefs de repas précipitamment abandonnés. Ils embarquèrent Chang ; dans quelques heures, ses avocats le sortiraient de là et il reviendrait, mais en attendant, Mei jouissait de quelques instants de liberté qu'elle voulait partager avec Who.

— Nous pourrions en profiter pour nous enfuir, dit M. Who avec une ardeur qui montrait qu'il ne croyait pas à ce qu'il disait, pas encore.

Mei posa un doigt sur ses lèvres. Son ongle était cassé, l'émail craquelé, son contact âpre et l'eau n'avait jamais pu débarrasser sa peau de cette odeur. Mais c'était son doigt, un doigt qui caressait le profil de la bouche de M. Who comme un fil de soie aussi doux que les lacets des chaussures de danse de sa mère.

— Les rêves qu'on s'interdit font du mal, dit-elle en souriant.

Who saisit ce doigt et le serra dans sa main. Mei ne savait pas grand-chose de lui, juste ce qu'elle avait besoin de savoir. Who préférait, il ne voulait pas la mettre en danger, et surtout pas l'effrayer en lui décrivant ses activités et ses projets.

— Chang ne reviendra pas ce soir, au moins. Nous avons ceci, ajouta Mei en se collant au torse nu du garçon.

En la serrant contre lui, il sentit ses côtes sous son ample robe et le tablier qu'elle avait gardé. Il sentit son petit cœur prêt à s'échapper, comme si la poitrine de Who était un mur et le cœur de Mei un bélier qui devait l'abattre. Elle reprit tout bas, la voix étouffée contre la veste de Who :

— Je veux que ce soit aujourd'hui. Maintenant, avec toi.

Mei n'avait jamais fait l'amour et personne ne l'avait vue toute nue ; même dans l'intimité impossible de l'atelier, elle se débrouillait pour sa toilette et ses besoins avec une pudeur qui était le dernier rempart contre l'animalité à laquelle cette promiscuité poussait les ouvrières. Mais elle avait entendu parler de Chang, et elle savait que son tour viendrait. On allait l'emmener, la donner à un inconnu ; Chang et ses hommes la violeraient sans doute en groupe, la forceraient à se droguer et la soumettraient à toute sorte de brutalités et d'outrages. Ils lui enlèveraient le peu qui lui restait, sa dignité, et la videraient de toute substance ; aussi voulait-elle s'accorder ce dernier acte de liberté. Elle voulait connaître, au moins une fois, ce qu'on ressentait quand on vous aimait avec tendresse, lentement, avec amour.

Elle n'aurait jamais imaginé que cela pouvait être aussi beau. Mei tendait les veines de sa gorge et ouvrait grande la bouche comme aurait crié un muet. M. Who regardait ses yeux mi-clos en la pénétrant avec une douceur surgie d'un recoin caché et longtemps oublié. Mei était son miroir où il pouvait se blottir et tomber, tomber de plus en plus dans ce regard sans crainte, un salut possible, une justice poétique. Soudain, il se sentait perdu et maladroit, ses doigts tremblaient, hors de tout contrôle ; lui, un professionnel du sexe et des perversions, découvrait que la vie dépasse l'expérience vécue, que tout recommence, qu'on renaît chaque fois qu'on rencontre une frontière inexplorée. Et Mei était son Nouveau Monde.

Elle vit affleurer un éclat proche des larmes dans les yeux de Who ; elle n'avait pas d'expérience, et comme elle ressentait aussi cette jouissance suprême qui l'approchait de l'abîme des pleurs, elle crut que c'était le langage de l'amour et caressa les paupières de Who pour le consoler, lui dire qu'elle était là, avec lui. Qu'ils étaient aussi réels que les choses impossibles.

Leur orgasme les plongea dans une étrange perplexité. Bien après, ils étaient encore l'un dans l'autre, immobiles, incapables de rompre le lien invisible qui les unissait. Ils restaient silencieux, jambes entrelacées. Who caressait la mosaïque rougeoyante qu'était devenue la peau délicate de Mei, en dépit de ses précautions quand il la caressait et l'embrassait, et elle explorait les formes de la poitrine tatouée de Who.

— Ton cœur bat très vite. Un besoin impérieux d'aller quelque part ? lui demanda-t-elle avec un joli sourire, lavé de toute culpabilité et de toute crainte.

Elle voulait ouvrir ce chemin de complicités qui survient après l'intimité physique, ce plaisir de pouvoir dire et entendre des choses qui n'appartiennent aux amants qu'après le coït, des choses et des gestes qu'en d'autres circonstances Mei n'aurait jamais osé faire.

L'humeur de M. Who s'était assombrie. Il était toujours contre elle et souhaitait y rester le plus longtemps possible. Mais les bruits de la rue, les voix de son esprit le traînaient par les cheveux vers l'autre réalité, restée à l'extérieur de cette chambre. Il étreignit Mei et ses jambes enlacèrent ses hanches. Mei se contorsionna et s'abandonna pour être en fusion avec lui. Elle sentait le doute à l'intérieur de Who, elle entendait presque ses pensées, qui ne présageaient rien de bon.

— Que se passe-t-il ? demanda-t-elle avec une ombre d'inquiétude.

Elle avait entendu dire que certains hommes s'éloignent de façon intolérable dans les minutes qui suivent le coït. Et elle ne voulait pas que Who soit l'un d'eux.

M. Who cherchait les mots précis pour exprimer ce qu'il ressentait.

— Que penserais-tu si tu découvrais que je ne suis pas ce que je suis ?

Soudain, la voix de Who devint solennelle. Appuyée sur son coude, Mei le regarda avec attention.

— Je dirais que je suis folle, car cela signifierait que ce qui vient de se passer n'est jamais arrivé, et que ce que j'ai ressenti n'a jamais existé. Si tu n'es pas celui qui est avec moi maintenant, tu es un fantôme. Donc je suis folle et je délire.

Who n'était pas encore habitué aux facultés déductives de Mei, il avait encore du mal à comprendre l'ingénuité de sa vision des évidences.

— Je veux dire que je suis aussi d'autres personnes. Il y en a d'autres, en moi, et tu n'aimerais pas les connaître toutes.

— Ouvrons les portes que nous voulons, et laissons peu à peu entrer la lumière, dit-elle, conciliatrice.

— Tu as toujours un avis sur tout ? demanda Who, un peu agacé.

— Non, pas toujours, mais cela n'empêche pas d'exister.

Elle n'était pas idiote, elle savait ce que Who voulait dire, mais elle ne voulait pas l'entendre. Elle le connaissait à peine, ils se voyaient toujours de façon furtive, volant du temps au temps, disant des choses de façon abrupte alors qu'elles auraient dû être dites avec patience. Ce soir-là, c'était la première fois qu'ils avaient pu partager quelques heures, un lit et l'intimité de leur corps. Et même si Mei n'avait pas d'expérience, elle était consciente qu'elle n'était pas la première femme que Who aimait, en dépit de sa retenue, comme s'il était un danseur étoile ayant oublié les pas fondamentaux, son apprentissage, et qui s'efforçait de les reconstituer avec elle. Il n'avait pas voulu l'impressionner ni l'effrayer. Mais il l'effrayait maintenant, avec ses questions.

— Que ferais-tu si tu pouvais panser une douleur en provoquant celle d'un autre ?

Il y a des questions qu'on lance comme des appâts. Mais pas celle-ci.

Mei frémit. Elle ne voulait pas savoir ce qu'il y avait derrière toutes ces portes, tant qu'elle ne serait pas convaincue de pouvoir supporter ou au moins comprendre ce qu'elle y trouverait.

— Je ne vois pas très bien ce que tu essaies de me dire – elle réfléchit quelques secondes –, mais il n'a jamais été prouvé que le transfert de malheurs soigne le mal causé, je veux dire le mal d'origine. Il finit simplement par devenir une chaîne d'erreurs et de souffrances qui éloigne de cette origine, mais ne conduit pas à la fin de cette douleur.

M. Who comprit qu'il ne devait pas aller plus loin. Elle le lui demandait, et le besoin d'être sincère n'exigeait pas qu'elle le comprenne, il s'agissait pour lui de se débarrasser d'un poids trop lourd. Ce n'était pas juste.

— Je ne sais pas pourquoi je t'ai dit tout ça, dit-il après un bref soupir.

— Bien sûr que si, mais pour le moment c'est sans importance, répondit-elle en fermant les yeux un instant – ses sourcils minuscules donnaient une impression de langueur à son regard. Mei s'assit sur le lit et rassembla ses affaires. Maintenant, je dois retourner à l'atelier, sinon les hommes de Chang vont avoir des soupçons. Et on t'appelle sur ton portable.

M. Who prit son téléphone dans la poche de son tablier. C'était le numéro d'une cliente. Il se doutait de ce qu'elle allait dire. Il ne prit pas l'appel.

— Rien d'important.

Mei caressa la joue de Who. Il lui mentait encore, mais elle sentait qu'une fois de plus ses mensonges étaient une sorte de bouclier qu'il tissait pour la protéger. Tant que les mensonges se reflètent sur le visage du menteur, ce dernier n'est pas perdu, car il n'est pas encore un hypocrite. Et l'expression de Who était aussi transparente que celle d'un enfant.

— Laissons les impostures aux imposteurs, d'accord ?

M. Who voulut répondre mais elle l'en empêcha en scellant ses lèvres d'un baiser.

— Je ne sais pas ce qui te tourmente. Mais je sais qu'on ne peut avancer en regardant derrière soi.

En rentrant chez lui, M. Who devait forcément affronter le regard tourmenté de sa mère. Depuis qu'il lui avait raconté qu'il avait retrouvé Eduardo et qu'il voulait le tuer, ils n'étaient pas revenus sur le sujet, comme si l'affaire était entendue. Mais à l'heure du dîner, elle poussait son fauteuil jusqu'à la table et le regardait couper sa viande panée, assaisonner sa salade. Elle ne disait rien, et son silence soulignait le bruit des couverts. Un silence plein d'attente, un regard impératif qui, tous les soirs, quand Who posait la vaisselle sale dans l'évier et lui souhaitait bonne nuit, devenait une déception. "Quand vas-tu le faire ?" C'était ce que lui demandait sa mère sans bouger un muscle de son visage.

Mais tous les soirs il rentrait les mains vides. Et propres.

— Il y a une femme, et une fillette. Ils l'aiment. Ils forment une famille.

Ils étaient à la cuisine, ils avaient fini de dîner et il restait quelques miettes et l'auréole humide d'un verre sur la toile cirée. Who avait parlé sans réfléchir, en ramassant les miettes et en passant un chiffon sur la table. Pour éviter le regard de sa mère, il se tourna vers la télévision. Une publicité pour un détergent. Propre comme un sou neuf. La peau de Mei l'était aussi. Ses yeux aussi. Il aurait aimé s'y réfugier et ne pas avoir à affronter seul ceux de sa *marâtre*.

Quand d'une façon inconsciente il voulait prendre ses distances avec Maribel, il ne la voyait pas comme sa mère ; au moins sur ce point, le poison que Chang tentait de lui administrer avec ses lavages de cerveau avait de l'effet. Quand Teo le frappait, pas souvent, c'est vrai, mais il lui était arrivé de lui flanquer une gifle qui ressemblait d'ailleurs plus à un défoulement qu'à un châtiment, il pensait aussi à lui comme à son *parâtre*. Comme à un truc bizarre qui de temps en temps affleure sous l'ongle. Un bout de peau qui se détache de la chair, gênant, et qui démange jusqu'à ce qu'on l'ait arraché.

— Que veux-tu dire par là ?

Ce n'était pas une question, mais un abordage. "Ose dire ce que tu penses, dis que tu hésites, que tu es indécis. Dis-moi dans les yeux que tu ne vas pas venger la mort de *mon* époux."

Who regarda Maribel. Lui donner son prénom l'éloignait aussi de son corps penché en avant, dans l'expectative, les coudes appuyés sur les bras métalliques du fauteuil roulant. Comme si elle pouvait se lever, sauter sur lui. Il la regarda en évitant cette pression, il prit son temps pour enlever les miettes de pain restées accrochées au chiffon. Une pub de déodorant à la télévision. Naturel. Le seul naturel, c'est la peau, parfois quand elle transpire. Parfois quand elle a de la peine. Parfois quand elle meurt.

— Je dis que quatorze années se sont écoulées et que les gens changent.

Il ne dit pas qu'il était amoureux d'une ouvrière clandestine.

Il ne dit pas qu'il avait peur d'aller en prison, qu'il était jeune, qu'il avait un avenir, n'importe lequel, loin de cette maison qui l'avait rendu aussi invalide. Il ne dit pas non plus à Maribel qu'il l'aimait, qu'il l'aimerait toujours, où qu'il aille, comme il n'avait jamais pu aimer Teo. Qu'un jour elle serait grand-mère, et qu'il lui enverrait des photographies et des cartes postales de sa nouvelle maison, de son nouveau commerce, de ses petits-enfants qui auraient du sang espagnol et chinois. Qu'il leur apprendrait les chansons qu'elle lui chantait quand il était petit, qu'il leur interdirait de fumer, même pas du tabac chinois. Qu'ils n'auraient jamais à s'humilier pour manger.

Cela n'aurait servi à rien, il le comprit aussitôt. Ses mots, ses raisons, auraient rebondi contre le regard muré de Maribel. Il ne voulait pas lui dire tout cela, il avait trop peur de rouvrir une blessure, d'entendre et voir que sa mère se moquait du bonheur de son fils (étrangement, Who ne s'était jamais traité lui-même de *fillâtre*). Elle ne pensait qu'à sa propre douleur. Et à ce dieu insatiable qui exigeait tous les sacrifices, à commencer par celui des espérances de Who.

Il se borna à faire tomber les miettes dans l'évier, mais cette fois Maribel ne lui reprocha pas de le boucher, ne lui dit pas d'utiliser la poubelle qui servait à ça. Quand Who se retourna, elle avait quitté la cuisine. Il l'entendit entrer dans la chambre de Teo. Une minute plus tard, il entendit les roues du fauteuil rouler sur le parquet et revenir. D'un mouvement énergique, elle contourna la table et s'arrêta à un centimètre de lui. Elle avait une boîte en fer sur les genoux, vert olive et rectangulaire. Elle la posa sur le marbre.

— Ouvre-la, ordonna-t-elle.

Pas besoin. Who savait ce qu'elle contenait. Il avait entendu cette histoire des centaines, des milliers de fois. Ce qui n'empêcha pas Maribel de la raconter une fois de plus en ouvrant cette boîte. Elle avait du mal à parler, sous le coup d'une émotion aussi vive que déchirante.

— Tu étais encore un enfant, et Teodoro était fasciné par les monnaies, les timbres, les billets. Il disait que l'argent se salit en passant de main en main, mais quand il sort du circuit qui l'infecte, il devient un bel objet qui symbolise l'effort des êtres humains au cours de l'Histoire pour quantifier les choses, pour leur donner une forme concrète, pour vaincre l'arbitraire du simple échange. Ce genre de pièce, de billet, explique en partie nos efforts pour nous civiliser. Il se plaisait à imaginer leur odeur à la sortie des presses, toutes les poches dans lesquelles ils avaient voyagé, les lieux qu'ils avaient visités, ce qu'ils avaient acheté et vendu, combien de vies ils avaient arrangées ou détruites, les malheurs ou les bonheurs qu'ils avaient causés. Il possédait une des plus belles collections de ce pays, il avait passé sa vie à la rassembler, mais il lui manquait exactement ces pièces, qui l'avaient obsédé toute sa vie. Les trouver était son rêve, sa passion. Un homme sans rêve ni passion est un linceul, qu'importe s'il s'agit de timbres ou de canettes de bière. Quand on a une obsession, on n'est jamais en repos, même si les autres trouvent cela absurde. Teo mit des années à trouver les pièces contenues dans cette boîte, il dépensa tellement d'argent qu'il faillit nous ruiner, et tant d'énergie qu'il faillit tomber malade. Tu devrais le savoir, tu devrais te rappeler son visage ce matin-là, quand enfin le marché avait été conclu. C'était l'homme le plus heureux de la terre, fier et heureux de vivre. Je ne l'avais jamais vu ainsi, planant au-dessus de nous. Je crois que c'est l'instant où je l'ai le plus aimé… et à cet instant précis, cet homme qui s'est présenté chez moi il y a quelques semaines, comme si rien ne s'était passé, cet homme à qui tu donnes le droit de changer, me l'a enlevé. J'ai senti son sang m'asperger le visage, j'ai vu les pièces tomber de ses mains !… Je n'ai pas pu réagir. J'ai quand même été capable de m'interposer entre toi et la balle qui t'aurait tué et qui a brisé ma vie à jamais. Je me suis perdue pour te sauver. Tu me le dois. Tu me dois la vie de cet assassin.

— Au risque de ruiner la mienne ?

Maribel ne répondit pas. Elle le regarda fixement. Et la blessure que Who ne voulait pas rouvrir se mit à saigner.

Parfois, Sara haïssait sa mère, parfois même elle haïssait le monde entier. Sauf Eduardo. Il était à l'abri de cette sensation un peu abstraite qui, tout bien pesé, n'était pas de la haine à proprement parler, mais plutôt un malaise croissant quand elle était avec d'autres personnes, une sorte d'inquiétude toujours à fleur de peau, comme l'eau qui s'écoulait dans le tuyau quand elle tirait la chaîne. Parfois, ce ronron plaintif prenait de l'ampleur dans sa tête et occupait toutes ses pensées. Elle ne savait pas pourquoi, et aucune télécommande ne déclenchait ce dispositif. Mais il se déclenchait, et elle ne pouvait l'empêcher. Elle essayait alors de se rassurer (elle avait maintenant un allié, son chat de la chance, elle le serrait très fort dans ses bras, lui parlait et lui chantait des chansons en feignant de ne pas entendre ce vrombissement de mouches coincées dans son pavillon auriculaire).

Elle ne trouvait que des comparaisons pour décrire ce qui lui arrivait, et le docteur lui disait que c'était très bien, les images qu'elle inventait autour de ses sensations aidaient les autres à mieux la comprendre. Donc, cette sensation dans l'oreille était… "Comme quand on attrape une mouche sous un verre et qu'on l'entend se cogner contre les parois ?" lui insinua Eduardo, quand elle voulut lui expliquer qu'elle ne lui avait pas donné un coup de pied dans son genou malade par méchanceté, mais parce qu'elle entendait *ça* dans sa tête. Et c'était exactement cela. Voilà pourquoi Eduardo était différent, parce qu'il était comme elle.

Avant de s'échapper de la maison, elle avait vu sa mère assise près de la fenêtre, tête droite et épaules raides. Elle fumait dans sa chambre et la fumée lui déformait le visage, ou le modelait à neuf, en lui donnant un air plaintif. C'était la posture qu'elle adoptait quand quelque chose l'attristait. Et si elle fumait à côté du lit, cela signifiait qu'elle allait bientôt fondre en larmes, qu'elle boirait, et que les pleurs deviendraient une lave épaisse, poisseuse et brûlante. Quand elle voyait sa mère ainsi, la rumeur de la rage de Sara grandissait, et les mouches se mettaient à voler trop près de son oreille. Alors, elle éprouvait l'envie irrésistible de s'échapper, de se cacher sous un banc dans la rue, comme maintenant, repliée sur ses genoux, pressant son chat contre elle et cachant sa tête sous ses mains, en attendant que le bruit cesse. Elle ne s'enfuyait pas pour punir sa mère, ni par méchanceté. "Non, bien sûr que non. C'est juste que tu as besoin de courir, de crier, sinon tout se casserait à l'intérieur !" Oui, Eduardo la comprenait. Parfois, des années auparavant, lui aussi avait besoin de ça, avait-il avoué.

Maintenant, elle allait mieux. C'était la vérité. Elle n'avait plus besoin de se cacher, le sol était sale, il y avait des mégots et des écorces de graines de tournesol qui se coinçaient dans les chaussettes et lui pinçaient les chevilles. Elle pouvait retourner à la maison, elle connaissait le chemin, elle s'était juste éloignée de quelques rues. Elle secouerait la poussière, lisserait ses cheveux et rentrerait tranquillement. Non, elle ne voulait pas de l'hôpital, tout allait bien, maintenant, c'était juste un petit avertissement à sa mère pour qu'elle renonce à pleurer. Quand elle était triste, elle la haïssait un peu plus. Ce qu'elle ne voulait pas. Voilà aussi pourquoi elle aimait bien Eduardo. Parce que sa mère ressemblait à une fleur dans une fleur quand il rôdait autour d'elle. Parce qu'elle la voyait se poudrer et rire nerveusement quand elle faisait tomber son poudrier. Eduardo chassait les tristesses ; les siennes et celles des autres, il les gardait pour lui. Voilà pourquoi il avait toujours les épaules un peu en avant, comme s'il portait un lourd sac en toile de jute rempli des chagrins d'autrui.

— Je ne me suis pas enfuie par méchanceté, dit-elle à son chat en agitant sa patte en plastique de haut en bas comme s'ils jouaient tous les deux au yoyo.

Mais elle ne pouvait pas mentir à son chat, elle dut donc lui boucher les yeux avec la main parce qu'elle avait un peu honte.

Parfois, on se sauve pour être rattrapé. Et elle aimait savoir que sa mère et Eduardo la cherchaient à cet instant précis. Ensemble. Elle les laisserait encore chercher un petit peu avant de se laisser attraper.

— Joli chat.

La voix n'avait pas de visage, juste des pieds. Ou plutôt une paire de bottines à large semelle et à clous dorés devant son visage. Sara regarda par les interstices des planches du banc. Des yeux la regardaient et le ciel était au-dessus d'eux. Un joli ciel, mauve et orangé.

— Je peux te voir. Et ton chat aussi.

Mue par la curiosité, elle pointa le nez comme une souris qui hume l'horizon avant de s'aventurer hors de son trou.

— Ce n'est pas n'importe quel chat. Il s'appelle Maneki.

— C'est bien ce que je pensais.

L'inconnu s'était accroupi, et les yeux et la voix eurent soudain un visage. Un visage qui plut à Sara. Certains visages lui plaisaient, d'autres non. Celui-ci était à son goût. Inquiets, ses yeux s'arrêtèrent sur le paquet qu'il portait sous le bras. Elle aimait les paquets. Ils renferment des choses que tout le monde n'est peut-être pas autorisé à voir.

— Tu devrais sortir de là-dessous. Les vermisseaux rampent par terre, mais les papillons volent. Et la pluie s'est arrêtée, tes ailes ne risquent plus rien.

Sara sourit. Comment pouvait-il savoir qu'elle cachait des ailes invisibles qui se brisaient quand il pleuvait ? Elle accepta la main qu'il lui tendait et sortit de son refuge, sous le banc.

— Voilà, c'est beaucoup mieux. Je m'appelle Who. Je crois que ton chat et moi sommes de vieilles connaissances.

— Comment est-ce possible ? Je ne le laisse jamais sortir seul.

— Tu sais que les chats sont des esprits libres. Quand tu dors, il peut sauter par la fenêtre pour patrouiller dans le quartier. On s'est peut-être croisés un soir dans la rue.

Il était impossible que Maneki se sauve la nuit, car Sara se mettait à genoux sur le lit et le surveillait attentivement ; elle lui donnait des ordres par la pensée (les chats ont une grande capacité télépathique). Parfois, Maneki obéissait, levait la patte ou battait lentement des cils, mais pas toujours (il affichait ainsi son indépendance). Sara n'avait jamais raconté cela à sa mère, qui aurait dit que c'étaient des inventions. Mais Eduardo la croyait, même s'il avait conseillé de ne pas en parler : "Tout le monde n'est pas préparé à certaines choses. Les gens croient ce qu'ils veulent bien croire, et ce qu'ils croient finit par devenir pour eux *la réalité et la vérité*." Sara avait compris ce qu'Eduardo voulait lui dire. Si elle racontait que son chat porte-bonheur prenait vie quand elle le lui demandait sans prononcer un mot ou qu'elle avait des ailes invisibles que la pluie abîmait, ou que des mouches transparentes lui vrombissaient dans l'oreille, les autres la regarderaient d'un air ébahi et la prendraient pour une sotte ou une folle, ou pire encore ils l'accuseraient de ne pas vivre dans la réalité et de ne pas accepter la vérité.

— Pourquoi te caches-tu sous un banc ? Pourquoi pas derrière un arbre ou sous un porche ?

Sara toisa Who, une tache sombre qui portait une tache toute blanche, les cheveux en désordre et les ongles peints en noir. Il avait une voix enfantine, comme si l'enfant qui vivait en lui n'avait pas grandi en même temps que son corps. Elle vivait le même genre de chose : son esprit grandissait trop vite et le corps ne pouvait suivre, aussi n'était-elle pas une fille de treize ans, en dépit des apparences, ce qui était un problème pour s'imposer dans le monde des adultes, trop enclins à se fier aux apparences. Pour cette raison aussi, elle appréciait beaucoup Eduardo : il voyait ce qu'il fallait voir et ne se perdait pas dans le paysage. Eduardo la prenait au sérieux.

— Parce qu'ils ne me retrouveraient pas. Et je veux qu'ils me retrouvent.

— Ça va être rapide, cette fois ? La nuit va bientôt tomber.

Sara haussa les épaules.

— Tu m'as bien trouvée, toi.

— Mais je ne te cherchais pas. Enfin, pas toi… Ça doit avoir un sens.

Les dernières lueurs du soir après la pluie éclairaient directement le visage de Sara. Elle mit la main en visière pour mieux voir. Elle pensa un instant au pot en laiton sans fleurs que sa mère avait posé sur la commode de l'entrée ; un pot très moche, à son avis. Un pot sans fleurs. Elle pensa à lui sans savoir pourquoi. De temps en temps, elle pensait à des choses qui n'avaient aucun sens, sans raison apparente, l'image accaparait sa pensée, tout simplement. Elle ne sut pas davantage pourquoi l'image de ce pot si moche la rendait soudain si triste. Il lui arrivait aussi de sombrer dans la tristesse ; elle marchait dans la rue en donnant la main à sa mère et en chantant une chanson qu'elle avait entendue à la radio, mais elle croisait une personne âgée, ou une femme qui avait une ombre de moustache, ou un chien à l'oreille déchirée, ou la bâche décolorée d'un glacier, et la chanson s'envolait, se cachait au fond d'elle, et Sara était taciturne et triste.

Soudain, en voyant M. Who, ou plus exactement en le voyant changer son paquet de main, elle pensa au pot, à sa maison, et sa musique partit ailleurs. Un pot sans fleurs. Un pot en laiton.

— Tu peux me rendre un service ? lui demanda M. Who. Tu pourrais remettre ce paquet à Eduardo ? Dis-lui que c'est de la part de Teodoro López Egea.

Sara prit le paquet. Elle aimait bien avoir une mission.

— Et maintenant, tu ferais mieux de rentrer. Je crois que c'est ce que te dit ton chat.

Sara écarquilla les yeux.

— Toi aussi, tu entends Maneki ?

M. Who sourit.

— Je t'ai dit qu'on s'est déjà croisés dans le quartier.

17

Martina marquait les jours d'un trait rouge et indiquait les événements à venir avec des cercles de couleur (vert pour les visites, jaune pour les jours fériés, bleu pour le dernier jeudi du mois… pourquoi Eduardo était-il dans un cercle bleu et pas dans un vert, comme les autres ? Le vert est la couleur de l'espérance. Le bleu est la couleur de la nostalgie, du ciel, de l'impossible). Au poignet de Martina, sa montre ajoutait des secondes aux minutes. 10 h 45. 10 h 46. 10 h 47… Et il était toujours silencieux.

Il avait dit quelque chose à 10 h 44. Elle avait retenu l'heure, car en parlant il ne quittait pas des yeux cette montre-bracelet carrée, petite, dorée, de femme. Ses yeux allèrent de la montre à la fine peluche décolorée de l'avant-bras de la doctoresse, et s'arrêtèrent sur une petite marque sur sa peau, un grain de beauté pas plus grand qu'une lentille. Il imagina qu'elle devait en avoir d'autres sur le corps. Un corps de petits grains qu'elle devait protéger avec une crème solaire quand elle allait à la plage.

La doctoresse avait noté la phrase sur son carnet à spirale. Elle était là, il ne pouvait pas nier son existence : "Je les ai tués. Mais un seul est mort." Pour lui donner plus d'emphase, elle l'avait soulignée de deux traits qui avaient traversé la feuille.

— Je suis allé la voir chez elle, ajouta-t-il à 10 h 48, comme si cette phrase était incomplète et réclamait sa fin.

En dehors d'eux, du bureau et du calendrier, de l'heure et de la phrase notée sur le carnet, le monde était plus lumineux, plus simple et plus supportable. Le dernier front d'orages printaniers s'éloignait sous forme de courbe hérissée de pics sur la carte de l'Europe, en direction de la mer qui digère tout. Le soleil resplendissait, mais la moiteur qui colle les vêtements au corps n'était pas encore là ; pas d'embouteillages interminables d'expatriés qui fuient Madrid, chargés de valises, espérant découvrir un paradis économique. La ville était accueillante en ce mois de mai, elle se laissait aimer. La doctoresse pensait peut-être à son appartement de la côte, aux peintres qui devaient rafraîchir les murs et effacer la rouille des balustrades des balcons, à des projets, faisant un décompte des jours marqués au rouge, pour s'échapper à son tour. Ce qui expliquerait la distance qu'Eduardo remarquait dans son attitude circonspecte, comme si cette phrase écrite était un problème insoluble d'algèbre et l'éclat de ses yeux une lueur de rêve absent.

Pour quelle raison était-il allé voir Maribel ? Il ne le savait pas. C'était la vérité. Pendant presque quatorze ans, il n'en avait pas éprouvé le besoin, sauf de rares fois, quand ses cauchemars étaient si violents qu'ils ressemblaient à des messages codés de sa culpabilité, exprimés dans une langue qu'il ne comprenait pas. C'est quand on a cédé à une impulsion qu'on essaie de la rationaliser. En réalité, arrivé devant son porche, il monta, sonna, sans réfléchir, sans rien attendre. Il sentait seulement qu'il devait être là.

Martina nota quelque chose en marge de la feuille, au-dessus de la phrase soulignée, un commentaire d'une toute petite écriture qu'Eduardo ne pouvait pas lire. Il avait croisé les bras, il se protégeait de la solitude. “Ne fais pas cela”, reprochait-il souvent à Tania quand il lui parlait et que sa fille adoptait cette attitude défensive, comme si en serrant les mains sous les aisselles elle bouclait une carapace sur laquelle les mots rebondissaient et retombaient à ses pieds, exsangues. Il avait beau s'égosiller, tant que Tania avait les bras croisés, il ne pouvait se faire entendre.

— Quelle impression avez-vous ressentie en revoyant Maribel après toutes ces années ?

Juste après avoir sonné, Eduardo faillit dévaler l'escalier précipitamment. Et quand la porte s'ouvrit, il aurait voulu être invisible. Il vit une femme dans un fauteuil roulant, les jambes enveloppées dans une couverture écossaise, vêtue d'un kimono en soie artificielle. Ses cheveux presque blancs étaient rassemblés en chignon très serré.

Se souvenait-elle de lui ? Oui, elle ne l'avait pas oublié.

— C'est un grand pas, Eduardo. Le pardon guérit les plaies, mais ne vous attendez pas à ce que les choses soient soudain comme vous les rêvez. Elles ont besoin de temps.

Il croyait entendre une bonne sœur, terrée dans son cloître, communiquant avec le monde par un tourniquet par lequel passaient les comprimés, les ordonnances et les conseils inutiles. Il ne manquait plus que le signe de croix. Dans la liturgie de la doctoresse, l'équivalent était l'ordonnance de neuroleptiques qu'elle donnait sans qu'il ait à la demander.

Eduardo regarda ses ongles vernis couleur chair au bord de la feuille. “Nous avançons ? Dans quelle direction ? Le pardon de qui ?”

— Vous voulez me demander quelque chose ?

Il y a des mondes incompatibles, qui se tournent le dos. Il attrapa les ordonnances.

— Non, docteur.

— Bien, nous nous reverrons donc en juin.

“Peut-être, se dit Eduardo. Peut-être.”

Il décida de marcher. Ce n'était pas un jour à aller s'enterrer dans le métro. Il n'était pas gai, mais il acheta des fleurs, sans écouter les conseils de la fleuriste. N'importe quoi, avait-il dit. La réponse vexa la fille, qui disposa comme un cow-boy les ciseaux qui dépassaient de son tablier en cuir. Elle ôta un de ses gants verts et montra quelques bouquets fraîchement arrosés sur le comptoir : marguerites, roses, verveine… Eduardo acquiesça, comme si toutes lui convenaient. Il voulait juste égayer le pot en laiton sans fleurs qui attristait tant Sara. Finalement, il prit des marguerites, blanches et lilas. Les bleues étaient trop chères. Avec ces fleurs dans la rue, par cette matinée ensoleillée, il avait l'air d'un amoureux, si ce n'est le mouvement éteint qui les tenait : on aurait dit qu'il promenait un caniche qui flairait tous les pipis à chaque réverbère. Eduardo ressemblait à un amoureux éconduit. Pour cette raison sans doute quelques personnes, surtout des femmes, le regardaient avec compassion.

À l'angle de la rue León, un tumulte barrait le passage. On entendait des sirènes de pompiers et une épaisse fumée s'élevait au-dessus du pâté de maisons. Le vent soulevait des cendres et une forte odeur de bois et de plastique. Eduardo se fraya un passage entre les curieux et vit des voitures de police et des ambulances sur le trottoir, en face d'un magasin d'antiquités. Un pompier défonçait la porte en bois à la pioche et un autre cassait la vitrine. La police municipale écartait les badauds et le SAMU tendait un drap en guise de rideau pour protéger l'intimité du lieu et permettre aux médecins de travailler tranquillement.

Derrière ce paravent en toile, on entendait des cris pressants. Par en dessous, Eduardo vit une jambe qui pendait d'un brancard. La jambe appartenait à un corps à vif sans visage d'où fusait encore un murmure de vie. Pendant quelques minutes, un médecin et son auxiliaire lui massèrent le cœur avec frénésie. On apporta un masque à oxygène. D'où il était, Eduardo ne pouvait voir comment le brûlé réagissait, mais ce traitement avait dû lui casser plusieurs côtes. Deux infirmiers et deux pompiers, le visage et le casque couverts de suie, transportèrent le brancard dans l'ambulance la plus proche. La police dégagea la rue et les hurlements de la sirène s'éloignèrent à contresens.

Les pompiers arrosèrent la boutique de mousse et d'eau. La police délogeait les habitants de l'immeuble voisin et les poussait vers la zone de sécurité. Certains protestaient (il y en a qui protestent quand on veut les protéger), d'autres pleuraient, se chargeaient d'une cage avec une perruche, prenaient un chat dans les bras, un chien qui aboyait, affolé par le bruit des sirènes qui vrillaient son sens de l'ouïe très développé. Des gens parlaient avec les policiers, lesquels prenaient des notes. L'incendie, qui s'était sans doute déclenché au soussol, avait dévasté une grande partie du magasin. Les flammes avaient dévoré une accumulation de vieux vêtements, de meubles et de tableaux avec une voracité qui avait épargné peu d'objets, que les pompiers sortaient par la porte et les fenêtres cassées : une sculpture en bronze de Marc Aurèle au visage noirci, un crucifix baroque roussi, des cuillers, des assiettes, des verres, un fauteuil Louis XIV. De l'extérieur, cette activité évoquait le saccage d'une maison à l'époque troublée d'une révolution.

Au bout d'un quart d'heure, le feu se calma et les amateurs de catastrophes s'en désintéressèrent. Quelques récalcitrants restèrent, ceux qui prenaient un plaisir secret au malheur d'autrui. La masse compacte des curieux se dispersa et quand les pompiers auraient fini leur travail, il ne resterait qu'une tache noire sur la façade et le cordon de sécurité de la police municipale. La ville était habituée à tout.

Eduardo s'écarta pour continuer son chemin. Ses vêtements étaient imprégnés de fumée et ses marguerites semblaient plus tristes et plus désespérées. C'est alors qu'il vit Ibrahim, parmi les rares qui s'attardaient derrière la barrière, et sa tête dépassait. Impassible, il contemplait la scène, et remarqua Eduardo en tournant la tête. Ils échangèrent un regard. Eduardo allait le saluer, mais il arrêta son bras à mi-chemin. Comme s'il ne l'avait pas vu, Ibrahim recula et s'éloigna dans la direction opposée.

Toutes les radios parlaient déjà de l'incendie. Assise dans l'entrée, à côté de ses magazines de mode, Graciela écoutait son transistor, le regard absent, une cigarette à demi consumée entre les doigts. On disait à l'antenne qu'il fallait déplorer le décès de Dámaso Berenguer, âgé de soixante-douze ans, propriétaire du magasin d'antiquités depuis plus de quarante ans, sans famille. Dámaso était décédé avant d'arriver au service des grands brûlés de l'hôpital de la Paz, en raison de la gravité de ses brûlures et de l'inhalation des gaz, mais on attendait les conclusions de l'autopsie.

— Ça s'est passé à côté. J'ai rapporté l'incendie dans mes vêtements, dit Eduardo en guise de bonjour, et il posa les fleurs sur le comptoir d'accueil, à côté d'un paquet enveloppé dans du papier kraft. C'est pour ton pot vide. Je crois qu'elles vont plaire à Sara.

Graciela glissa un regard sur les fleurs sans leur accorder d'attention. Elle fumait d'un air détendu, mais elle serrait trop fort sa cigarette en aspirant les bouffées et expulsait aussitôt la fumée par le nez.

— Tu savais que je paie pour baiser ? Enfin, ça m'est arrivé au moins une fois.

Cette question inopinée qui contenait sa réponse frappa Eduardo de plein fouet.

— Franchement, ce n'est pas le genre de choses que j'ai besoin de savoir.

Graciela écrasa sa cigarette dans le cendrier, comme si elle la noyait dans un tonneau rempli d'eau.

— C'est vrai, j'avais oublié, tu n'as pas besoin de moi, ni de ma fille. En réalité, rien ne t'intéresse, ni personne.

Eduardo était déconcerté par cette hostilité inattendue. Graciela prit le paquet posé sur le comptoir et le soupesa.

— Mais voilà quelque chose qui t'intéresse. Figure-toi que le type qui encaisse mon fric pour me bourrer le cul te connaît. Il sait où tu habites, comment tu t'appelles, et bien sûr il sait ce que ma fille et moi éprouvons pour toi. Je doute qu'il sache ce que tu éprouves pour nous, mais en fin de compte c'est logique, tu ne le sais pas toi-même.

Eduardo ne répondit pas. Sa langue était restée collée au palais. Il avait les yeux fixés sur le col du chemisier beige à manches longues que portait Graciela. Entre les deux pointes du col, un scapulaire se balançait sur sa respiration agitée. On devinait le relief d'un sein sous les boutons en ivoire qui montaient et descendaient. D'un seul sein.

Eduardo regarda les marguerites. Sara avait raison : les pots vides rendent tristes.

Et il regarda Graciela sans honte ni culpabilité. “Le pardon aide”, lui avait dit Martina. Mais elle n'y connaissait rien, elle était comme une nonne derrière son tourniquet. Tout ce qu'il éprouvait, c'était une profonde tristesse, et il ne pouvait même pas affirmer qu'il en était la cause. Il pensait à Sara et à Graciela, aux personnes qui, comme elles, s'inventaient des héros, capables de leur tendre la main pour les empêcher de tomber. Peut-être existaient-ils, mais il n'en était pas un. Il n'avait pas cette prétention.

— J'ai essayé de te l'expliquer plusieurs fois, Graciela. Je ne suis pas ce que tu crois. Tu as inventé que j'étais un compagnon pour toi, un père pour Sara. Mais cet homme n'existe que dans ta tête.

— Je ne m'appelle pas Graciela !... Le cri couvrit le bruit de la radio et la rendit muette pendant quelques instants, comme si ses mots l'avaient trahie, mais elle se reprit : Ne me parle pas de ce que j'invente, de ce que je sens, de ce que je crois. Tu ne sais rien. Tu es tellement aveugle...

Ils s'entre-regardèrent. Elle avait les lèvres qui tremblaient et ses larmes transformaient ses iris en miroirs luminescents qui reflétaient la silhouette floue d'Eduardo.

— Je ne veux pas vous mettre en danger, Sara et toi. Je vais rassembler mes affaires et te payer ce que je te dois encore pour le mois. Je partirai demain.

Graciela secoua la tête, sans colère cette fois, comme la queue d'un orage qui s'éloigne en grondant vers les montagnes. Avec ce halo de tristesse qui persiste dans le paysage trempé, sans soleil.

— Tu n'as toujours rien compris, n'est-ce pas ? Elle lui tendit le paquet qu'elle n'avait pas lâché. Ce type a demandé à Sara de te donner ça, de la part de Teodoro López Egea.

Eduardo examina le paquet, se demandant peut-être comment l'ouvrir. Quand il releva la tête, Graciela regardait par la porte entrebâillée de l'appartement. Sara était sur le seuil, un pied dans une chaussette rose brodée d'éléphants bleus. La moitié de son visage était cachée derrière la porte. On voyait aussi la moitié de son chat. Le demi-regard de son seul œil visible était fixé sur lui. Quelque chose était différent chez elle. Les mots qu'on surprend changent la perception de ce qu'on voit. Ni Graciela ni Eduardo ne savaient ce que Sara avait entendu.

— Retourne dans ta chambre, ma fille, dit Graciela en montrant l'appartement d'un geste péremptoire, comme un blessé qui prend ses viscères à pleines mains après avoir marché sur une mine, pour retenir l'hémorragie.

Avant de disparaître derrière sa fille, Graciela se retourna vers Eduardo.

— Trouve la solution, quelle qu'elle soit.

Eduardo approuva. Il aurait voulu lui rappeler de ne pas oublier de mettre les fleurs dans le pot. Cela aurait atténué la tristesse de Sara.

Le paquet contenait deux billets très anciens de cent pesetas avec le sphinx de Goya, et un de mille avec le portrait de Luis Vives ; il dénombra aussi plusieurs billets de vingt-cinq pesetas avec le portrait de Flórez Estrada. Au total, mille trois cents pesetas en billets émis en 1944 et 1947. À première vue, ces billets n'avaient rien de particulier, anciens, périmés, ils avaient peut-être une valeur pour les collectionneurs. Mais en les examinant à contre-jour, il remarqua des taches minuscules en forme d'aspersion sèche. Il y avait un mot sur un post-it : une adresse et une heure. Il ouvrit son réfrigérateur et trouva une bouteille de vin rouge qui tombait à pic. Il remplit un verre et le but d'un trait. Il recommença jusqu'à ce que ses mains cessent de trembler.

"Le châtiment n'a pas de sens si tu ne sais pas pourquoi tu es châtié." Pendant treize longues années d'incarcération, tous les efforts des psychiatres et des fonctionnaires qui l'avaient interrogé visaient à lui expliquer cette vérité. Et la doctoresse Martina avait la même prétention quand elle déclarait vouloir l'aider à se *réinsérer*. Drôle de mot, il signifiait qu'à un moment donné il avait fait partie de l'engrenage auquel tous se soumettent, qu'avant de voir mourir Elena et Tania, il avait été le petit pignon d'un mécanisme qui fonctionnait sans trop de frictions. Avec la disparition de sa famille, le pignon s'était cassé et avait déclenché une série de pannes, d'autres décès, d'autres souffrances, aussi inutiles que la sienne. Il n'avait pas voulu faire confiance à la loi, et c'était impardonnable. Plus encore que la tragédie qu'il avait déclenchée chez Teo, Maribel et son fils, des pignons sans importance pour un mécanisme comme lui, en fin de compte. "Nous ne pouvons pas tolérer que chacun se fasse justice dans son coin, par ses propres moyens. Cela sèmerait le chaos, et la machine tout entière n'aurait plus de raison d'être", l'avait sermonné Martina.

Un fou tue sans raison, ou avec les siennes, incompréhensibles pour les autres. Mais il n'était pas un de ces psychopathes qui avaient partagé sa vie pendant treize ans à Huesca. Eduardo avait agi par *impulsion*. Encore un mot que la doctoresse adorait écrire sur son carnet. On pouvait le guérir, affirmait-elle. On pouvait le réparer, le réinsérer. Il n'avait qu'à baisser la tête, oublier le passé, accepter le pardon.

Mais la doctoresse se trompait.

Il était sept heures du matin et le parc était désert. Le gardien qui ouvrit la grille s'étira les muscles comme un grand lion après la sieste. Il dévisagea M. Who et son esprit engourdi par un sommeil agité dans sa guérite de surveillance ne distingua pas s'il s'agissait d'un homme ou d'une femme. M. Who se dirigea sans hâte vers le palais de Cristal, croisant les premiers visiteurs en tenue de sport qui faisaient du footing dans le parc du Retiro. Viendraient ensuite ceux qui sortaient leur chien, avec un petit sac pour récupérer les excréments, les vendeurs dans les kiosques, les camions de livraison et la patrouille montée de la police municipale.

Le lac artificiel ressemblait à une lagune galloise. Une légère brume flottait sur sa surface verdâtre.

Eduardo attendait, assis sur un banc de l'extrémité sud. Il avait le regard vide. Il se frottait machinalement les poignets, l'un après l'autre, comme si on venait de lui ôter les menottes. Who l'observa un long moment, avec un mélange de déception et de ressentiment. Il avait tant attendu cet instant, il l'avait si bien préparé, qu'il avait maintenant l'impression que cet homme abattu en gabardine couleur chair n'était pas à la hauteur de ce qu'il en attendait. Il était aussi furieux de ne pouvoir dire qu'il le haïssait comme il le méritait. Who avait haï toute sa vie une ombre, et il avait l'impression qu'elle n'appartenait pas à cet homme.

Eduardo entendit des pas sur sa droite et se retourna. En voyant Who, la peau de son double menton naissant rougit. Il ne sut s'il devait se lever ou rester assis et se retrouva à mi-chemin, le derrière au bord du siège et un bras fléchi vers le dossier. "C'est donc toi." Ses lèvres n'avaient pas bougé, c'est son regard qui avait parlé. Rien de vraiment surprenant. Quand Graciela lui avait décrit Who, "on ne dirait ni un homme ni une femme, une sorte de ligne invisible le partage en deux", Eduardo s'était rappelé cette rencontre, quelques mois auparavant, dans le métro, en sortant du parc du Retiro, avec ce jeune homme qui avait oublié le chat chinois. Il se rappela l'inquiétante sensation qu'il le connaissait, que cette rencontre n'avait pas été le fruit du hasard. Tout ce qu'il trouva à dire fut :

— Tu as grandi.

C'était une phrase idiote, vu les circonstances, comme si un lien familial les unissait vaguement, un oncle qui retrouve son neveu quatorze ans plus tard et découvre que le morveux est maintenant un homme accompli.

Who s'assit à côté de lui. Ce matin-là, il portait un trois-quarts noir de mi-saison, le col relevé. Il mit les mains dans les poches, rentra le menton et remonta les épaules, et regarda fixement la brume au-dessus de l'eau qui perdait de sa consistance. À travers les lambeaux, on voyait à la surface de l'eau les bulles d'air et les vaguelettes qui dénonçaient la présence des poissons.

— Je me demandais si tu viendrais, dit Who en lui lançant un regard torve, mais j'étais sûr que oui. En réalité, j'ai l'impression de te connaître depuis que j'ai neuf ans. J'ai rêvé de toi toutes les nuits.

L'atmosphère qui l'enveloppait était triste, pas menaçante. Une tonalité triste qui s'éloignait de la douleur qui la causait, une douleur lointaine figée comme une maladie incurable qu'il avait appris à supporter.

Eduardo sortit de sa poche les billets que Who lui avait fait parvenir par l'intermédiaire de Graciela. Ils étaient soigneusement repliés en liasse qu'il posa sur le banc, entre eux deux.

— Ce n'était pas nécessaire de menacer Graciela ou Sara. Je suis allé voir ta mère, et je savais que tôt ou tard tu réapparaîtrais. De toute façon, j'aurais répondu à ton appel. J'accepte tout, j'en ai assez de ce poids.

Who essaya d'évaluer la sincérité d'Eduardo, mais en vain. Ce dernier savait-il que Who était là pour le tuer, qu'il cachait au fond de sa poche un petit revolver 22 long rifle, et qu'il avait l'intention de l'utiliser ? Sans doute. Il n'avait pas peur, mais pas parce qu'il espérait le faire changer d'avis. Au fond, il semblait souhaiter le contraire.

— Je n'avais pas l'intention de leur nuire. Je ne suis pas comme ça. Pas comme toi. Il se leva, regarda l'étang, secoua la tête et la tourna vers Eduardo. As-tu déjà ressenti l'impression d'être un arbre sans racines ? Je me sens ainsi depuis que j'ai l'usage de la raison.

Eduardo se détourna du soleil qui se reflétait dans les yeux de Who. La rancœur qu'on y lisait rappelait une luciole prisonnière d'un verre en cristal sombre. Il observa les algues qui flottaient sous la pellicule verdâtre de l'étang, ondulant comme des serpentins près du cyprès où étaient gravés son nom et celui d'Elena. Il faillit dire au jeune homme qu'il le comprenait, qu'on n'est rien si on n'a pas une terre où prendre racine. Sa terre était sa famille, et sans elle Eduardo n'était qu'un tronc pourri de l'intérieur, attendant qu'un orage le coupe en deux.

Il comprit l'intention de Who : il la devina au mouvement de sa main dans la poche du trois-quarts. Il vit la crosse en bois que le jeune homme saisissait. "Vas-y, se dit-il, finissons-en." Mais il se tassa instinctivement. Personne ne veut mourir, même ceux qui le veulent.

— Allons faire un tour, dit Who. Ce n'était pas un ordre, mais l'acceptation d'une chose qui semblait inévitable pour tous les deux.

Eduardo approuva, se leva et regarda la forme de l'arme dans la poche de Who. Il n'y avait personne en vue. Sur le sentier en terre battue qu'ils venaient de croiser, on voyait au loin quelques personnes qui couraient. Personne ne viendrait à son secours.

— Tu vas me tirer dans le dos ?

Who ne répondit pas. Il esquissa un sourire tiède qui semblait étranger à son humeur, comme si ses lèvres s'étaient habituées à tracer cette vague courbe en toutes circonstances. Un coup de vent secoua ses cheveux noirs, recouvrant ce sourire comme un nuage. D'un geste du menton, il indiqua à Eduardo d'avancer.

Eduardo marcha, un pas, deux, étrangement il n'avait pas mal à son genou, il n'avait mal nulle part. Il regardait par terre, ses chaussures aux pointes usées, les fourmis qui bâtissaient les cônes de leurs fourmilières, une feuille sèche et errante qui voletait sans boussole, une crotte de chien desséchée.

— Je t'ai épié pendant des mois. Tu n'as pas l'air d'un psychopathe, ni d'un dément… Alors, pourquoi as-tu fait ça ?

— Ton père a causé l'accident qui a tué ma famille. Il a laissé mourir ma fille, qui aurait maintenant quelques années de plus que toi. Il l'a laissée se vider de son sang au bord du ruisseau.

Il n'entendait plus les pas de Who sur le gravier et regarda derrière lui. Who s'était arrêté. Il avait un air déconcerté, complètement égaré, et un court instant, dans la brume des souvenirs vécus et réinventés, Eduardo vit le petit garçon terrorisé, avec son bonnet et son écharpe, qu'il avait failli tuer. Alors, il comprit que le jeune homme ne savait rien. Que personne ne lui avait expliqué le mobile de son acte.

— Tu mens. Teo n'aurait jamais fait une chose pareille.

Eduardo se retourna complètement. Il avait de la peine pour ce roseau solitaire, aussi égaré que lui, seul et blessé par ce qui n'aurait jamais dû arriver.

— Tu mens, répéta Who, et sa voix retentissait comme un cri au milieu d'une tempête.

Mais Eduardo ne mentait pas :

— Quand Olga m'a donné le numéro d'immatriculation de la voiture de ton père et me l'a décrite, je suis devenu fou, j'étais en proie à une fureur et une colère irrésistibles. Je ne cherche pas à me justifier ni à obtenir le pardon de ta mère ou de toi-même. Je voudrais juste que tu comprennes.

Les paroles d'Eduardo rebondissaient sur la silhouette immobile de Who, véritable statue de sel, corps déserté qui n'avait plus que ses vêtements et une chair sans âme. On ne peut demander à quelqu'un de comprendre l'incompréhensible, ou de porter le poids de cette incompréhension.

— Quand est-il arrivé, cet accident ?

— Au matin du 16 août 1991, sur la route de Tolède. Nous revenions de vacances, Elena et Tania dormaient, et le 4x4 de ton père nous a percutés et éjectés.

Who regardait au loin, comme si son esprit se frayait un chemin à travers les voiles du temps, cherchant l'enfant qui avait le mal de mer sur un ferry et qui, cet été-là, dans une île, avait passé son temps à sauter le mur d'une propriété tandis que les cigales chantaient dans un pré desséché et qu'au loin on voyait la mer, plus lointaine et plus bleue quand il la contemplait du haut d'un monticule, pendant que Teo et Maribel vivaient leur seconde lune de miel dans la maison, tous volets fermés, et qu'un chien noir aboyait en poursuivant les papillons.

Maribel conservait tous les objets qui rappelaient ces vacances inattendues. Les billets du ferry et de l'avion, les entrées d'un musée d'Histoire marine où ils avaient passé un après-midi agréable. Il y avait des photographies, le collier de perles aux couleurs criardes que Teo avait acheté à un vendeur ambulant, un Allemand à l'air de hippy qui se serait trompé d'époque, pour l'offrir à Maribel. Il lui restait le goût de framboise de deux boules de glace dans un petit pot, sa blessure à la tête en tombant d'un pin parce qu'il voulait imiter les écureuils. Mais surtout, il avait la certitude que ce voyage proposé soudain par Teo avait refermé des blessures entre ses parents adoptifs. Pour preuve leurs gémissements étouffés derrière la porte de la chambre, imprégnés des odeurs de térébenthine et de fleurs sauvages.

— Le 16 août 1991, nous n'étions plus à Madrid. On est arrivés dans l'île le 12 août, et on y est restés jusqu'au 22. Six jours après cet accident.

Un vol de pigeons gris à pointes blanches passa devant eux. Ils poursuivaient un moineau qui emportait une mie de pain dans son petit bec. Finalement, le moineau lâcha son butin et les pigeons le laissèrent tranquille mais affamé. C'est la vie, semblaient dire ses petits yeux mats en regardant derrière une touffe de chèvrefeuille les pigeons s'engager dans une bagarre de pigeons pour la miette du moineau.

La main que Who cachait dans sa poche, crispée sur la crosse froide du revolver, se détendit et sortit au grand jour, en forme d'interrogation.

— Ce n'est pas possible, Olga m'a dit que… Elle l'a parfaitement décrite, elle m'a donné le numéro d'immatriculation…

Eduardo balbutiait comme un ivrogne dont les idées se mélangent sous son front et les mots s'entrechoquent au bout de sa langue. Il regardait Who, les yeux écarquillés, comme si ce dernier était un imposteur, un magicien qui l'avait surpris avec un tour de magie et se demandait où était le truc, qu'il n'avait pas vu.

La main de Who referma l'interrogation par un signe d'exclamation. Un poing serré qui, de façon inattendue, s'écrasa sur la joue d'Eduardo qui tomba, plus sous l'effet de la surprise que de la violence du coup. Who l'empêcha de se relever. Quand Eduardo s'appuya sur le coude pour se redresser, il lui lança un violent coup de pied dans les côtes.

— Pourquoi inventes-tu cette histoire?! Ça ne te suffit pas de m'avoir pourri l'existence? Tu te fous de moi, en me faisant croire que tu as tué mon père et mis ma mère sur un fauteuil roulant uniquement parce qu'on te l'a dit. Tu n'as même pas cherché à vérifier?

La main avait retrouvé le contact rassurant du revolver, qu'elle ne cachait plus. Eduardo voyait le canon de l'arme entre ses deux yeux, ce qui l'obligeait à loucher, comme s'ils étaient en métal et étaient attirés par cet aimant.

Eduardo baissa les paupières et serra les dents. Il entendit le mécanisme d'armement du percuteur et sentit que l'orifice du canon cherchait sa place au milieu de son front, comme un doigt qui cherchait à lui trouer la peau pétrie de peur, afin de trouver le point névralgique de ses pensées. Pourquoi Olga lui avait-elle menti? Ou alors c'était Who le menteur? Pourquoi avait-il cru ce qu'elle disait à l'époque, et pourquoi croyait-il maintenant ce jeune homme?

Tous les pourquoi s'envolèrent quand il entendit le coup sec du chien sur le percuteur. Une, deux, trois fois de suite, le même son claquant dans le vide quand le barillet tournait. Il n'y eut pas de détonation, ni de douleur brûlante et soudaine, ni d'odeur de poudre, tout ce que normalement on doit ressentir quand on reçoit une balle dans la tête.

Eduardo ouvrit les yeux en tremblant. Who le regardait, le transperçait de ce regard qui bouillait de douleur, de désespoir. Ses yeux pleuraient des fleuves de lave et les larmes glissaient sur ses joues et les creusaient comme de l'acide.

Il avait vidé le barillet par terre.

18

Les yeux d'Arthur étaient flous. Quand on les regardait à contre-jour, ils prenaient un ton verdâtre. Olga suivit du doigt le contour de ses pupilles et sentit sous la peinture la froideur d'un fleuve sur un fond de pierres moussues. Elle écarta la main, effrayée. Mais les yeux du portrait la suivaient. Eduardo avait fait du beau travail, en à peine quatre mois il avait réussi ce que voulait Gloria, une radiographie de l'intérieur de l'homme qui avait tué son fils. Ses traits décrivaient ce que personne d'autre n'aurait été capable de réussir en si peu de temps. Et pourtant, quand Eduardo avait remis la toile à Olga trois jours auparavant, il ne semblait ni ravi ni satisfait du résultat.

— Il est fini. Mais il est incomplet, inachevé, avait-il reconnu avec résignation.

Maintenant, en voyant le regard furieux d'Arthur, une fureur venue de ses profondeurs, Olga croyait comprendre ce qu'Eduardo avait voulu dire. À un moment donné de ces quelques semaines de pose, le modèle avait changé et le résultat était contradictoire, décevant. Quand Arthur avait découvert que ce portrait était destiné à Gloria, son état d'esprit était devenu une sorte d'accusation sourde qui palpitait sous chaque trait de sa physionomie. Mais ce n'était pas seulement Arthur qui avait changé. Olga avait trouvé Eduardo différent, plus abattu et plus vide, comme si ce travail avait consumé toute l'énergie qui lui restait, comme s'il sentait aussi qu'il avait échoué et qu'en dépit de toutes les esquisses, il n'atteindrait jamais l'objectif qu'il avait en tête, l'œuvre qu'il avait conçue.

Eduardo lui avait demandé de remettre le tableau à Gloria. Il ne voulait pas la revoir, il ne voulait plus rien savoir de ce travail, ni d'Arthur, ni de personne. En quittant l'appartement d'Olga, il faillit oublier le chèque qui lui revenait et quand celle-ci le rappela, il regarda ce bout de papier comme s'il était sale. Olga pensa une seconde qu'il allait le déchirer, mais il le plia en deux et le glissa lentement dans sa poche.

— Je ne vais plus jamais peindre de portrait, Olga. J'abandonne. Graciela et Sara quittent Madrid. Ses parents ont une petite maison dans un village de la Costa Brava et Graciela m'a demandé de les accompagner. Je vais peut-être accepter l'invitation.

C'était trois jours auparavant. Le portrait était toujours dans le studio d'Olga. Elle n'avait pas encore eu le courage de le détacher du cadre et de l'emballer pour l'envoyer à Gloria. Et malgré les multiples excuses qu'elle se donnait, en réalité Olga avait peur, une peur abstraite, mais croissante. Elle ne savait pas comment cela arriverait, mais elle était sûre que ce portrait était la clé qui ouvrirait les portes qu'elle avait réussi à maintenir fermées pendant quatorze années. Elle se demandait s'il ne valait pas mieux le détruire, et elle-même faillit passer à l'acte en s'emparant de ciseaux dont la pointe frôla la bouche charnue et profilée d'Arthur. Mais le portrait avait retenu sa main. “Garde-toi bien de faire une chose pareille !” avait dit le visage anguleux aux ombres pastel. Et elle s'en était bien gardée.

“Tout cela était absurde”, se dit-elle ce matin-là : elle sirotait un café en peignoir, assise devant le chevalet. C'était une peinture inquiétante, pas un objet vivant. Arthur ne savait pas qui elle était, et pourtant son portrait la suivait partout dans l'appartement, et Gloria était simplement une cliente farfelue, sûrement dérangée par la mort de son fils, son divorce, et parce que les plus belles années de sa carrière étaient derrière elle. Quant à Eduardo, il ne se doutait de rien, elle le connaissait bien mieux qu'il ne le croyait. Peut-être que cette idée absurde de partir avec sa propriétaire et sa fille malade était la meilleure solution pour tous. Ces derniers temps, quand elle le voyait, Olga avait l'envie absurde de lui dire toute la vérité. La vérité. À ce mot, elle se mit à secouer la tête à droite et à gauche. Elle se tâta le ventre par-dessus son peignoir en satin, comme si la signification de ce concept était imprimée dans la cicatrice minuscule située à quelques centimètres au-dessus du pubis. La vérité, c'est qu'elle ne pouvait plus avoir d'enfants. Qu'elle était seule, qu'elle se sentait sale et coupable, et qu'elle avait beau s'inquiéter pour Eduardo, tenter un impossible exercice de compensation, elle ne pouvait revenir en arrière.

Elle avait à peine seize ans. Une excuse suffisante. L'adolescence est un purgatoire dont on ne sort pas toujours indemne, et le destin se détermine dans les décisions urgentes auxquelles une fille n'est pas toujours préparée : le ciel ou l'enfer, sous toutes les formes, où que ce soit. Pour elle, la pièce était retombée du mauvais côté. Elle était tombée amoureuse de l'homme dont il ne fallait pas (elle ne cessait de se demander si elle recommencerait aujourd'hui, et la réponse – sans doute un "non" – la tourmentait, car cela signifiait qu'elle avait détruit sa vie et celle d'Eduardo pour une chose qui finalement n'en avait pas valu la peine), et cette rencontre avait tracé son destin.

Après cet homme, après être tombée enceinte, la femme qu'elle aurait pu être avait disparu. Cette Olga qui prenait un café amer et fumait, les genoux relevés sur le canapé devant le portrait d'Arthur, était un masque qui se décomposait à toute vitesse. Certains soirs, elle rentrait ivre après avoir goûté les lèvres d'un inconnu dans une discothèque. Alors, elle se regardait dans le miroir et voyait ses taches de rouge à lèvres, ses cheveux en bataille et son Rimmel qui coulait sous les paupières. Elle cherchait son regard et ne voyait que de l'obscurité. Voilà la vérité. Elle était cela. Raconter à Eduardo ce qu'elle avait fait n'y changerait rien.

— Tu devrais brûler ce portrait. En réalité, c'était à moi de le détruire.

Olga sursauta et se retourna. Eduardo était sur le seuil, les clés de l'appartement dans la main.

— Je ne t'ai pas entendu entrer, dit-elle.

Mais une question n'était pas posée : "Que fais-tu ici ?"

Eduardo fit tinter les clés comme une clochette. Olga avait oublié qu'elle lui avait donné un double, mais il ne l'avait encore jamais utilisé. Il contourna le canapé sans quitter le portrait des yeux et s'approcha.

— J'avais le vague espoir de ne pas te trouver, de ne pas avoir à affronter ça, dit-il calmement, comme s'il parlait au portrait d'Arthur.

Mais c'était à elle qu'il parlait, même s'il ne la regardait pas. Elle ne voyait que sa nuque, marquée d'une ride profonde à hauteur du col de chemise. Ce pli avait un air sévère.

— De quoi parles-tu ? demanda Olga.

Elle était mal à l'aise et eut soudain très froid aux pieds. De jolis pieds aux ongles vernis.

Eduardo haussa les épaules, comme s'il était déçu du portrait. La ride de la nuque se tordit comme une grimace moqueuse quand il se retourna vers Olga. Jusqu'alors, elle n'avait pas remarqué l'œil droit au beurre noir et sa lèvre inférieure enflée.

— Que t'est-il arrivé ? demanda-t-elle en sautant du canapé comme mue par un ressort.

Elle voulut tâter les blessures du visage d'Eduardo, mais celui-ci se détourna.

Ce n'étaient pas les blessures qui lui faisaient mal.

— Il y a quelque chose que je veux te montrer, il vaudrait mieux que tu t'habilles. On ne va pas loin, juste un petit tour.

Les points de suspension à la fin des mots, Eduardo n'avait pas l'intention de les élucider à sa place.

— Pourquoi tant de mystère ?

Eduardo resta impassible, plus mort que de coutume, la bouche entrouverte, montrant ses gencives et sa langue fendue.

— Habille-toi, Olga.

Ce n'était pas une simple suggestion.

À la sortie de Madrid, Eduardo prit la route de Barcelone. Olga regardait de temps en temps par la fenêtre, pour échapper mentalement à l'espace confiné de l'automobile. Elle tenait des propos sans consistance avec une nervosité qui trahissait son malaise face au silence d'Eduardo.

— Où allons-nous ?

Eduardo lui dit qu'elle allait bientôt le savoir. Pour empêcher les protestations d'Olga, il mit la radio plus fort. Aux informations, on parlait encore de l'incendie de la rue León. Apparemment, de nouvelles pistes découvertes par la police laissaient entendre qu'il ne s'agissait pas d'un incendie accidentel, mais d'une tentative de masquer l'assassinat du propriétaire de la boutique d'antiquités, lequel, d'après le rapport du médecin légiste, semblait avoir été sauvagement torturé avant d'être brûlé. La police interrogeait des témoins, dont la concierge de l'immeuble voisin, et elle affirmait avoir des renseignements fiables sur son auteur possible. Eduardo pensa au regard d'Ibrahim et à son attitude étrange quand il l'avait reconnu.

— Tu veux bien que je mette autre chose ? C'était une question de pure forme qu'Olga posa en même temps qu'elle changeait de station. Des classiques des années 1980. *La Rue de l'Oubli*, de Los Secretos :

Dans la rue de l'Oubli errent ton ombre et la mienne,
Chacune sur son trottoir, des choses de la vie...

Eduardo se crispa sur le volant.

— Enlève cette chanson, s'il te plaît.

— Pourquoi ?

C'était la chanson préférée d'Elena, elle ne cessait de la fredonner.

— Enlève-la.

Olga éteignit la radio et le dévisagea, visiblement mécontente.

— Que t'arrive-t-il, Eduardo ? Tu es vraiment bizarre.

Eduardo regarda dans le rétroviseur, puis devant lui. Ils avaient dépassé les dernières maisons.

— Un peu de patience, murmura-t-il comme s'il se parlait à lui-même.

Il y avait de moins en moins de circulation et sans s'en rendre compte Eduardo conduisait trop vite, comme s'il avait besoin d'en finir. Les champs teintaient le paysage, lui donnant une dimension plus humaine et plus sereine. La route à quatre voies passa à deux voies étroites, sur les bas-côtés les mauvaises herbes poussaient sur les talus, avertissant qu'au moindre relâchement des efforts humains, elles allaient coloniser tout l'espace qui leur revenait de droit. Le ciel était du métal pur, dégagé, Eduardo dut baisser le pare-soleil et Olga mit ses grandes lunettes noires. Entre eux deux, il n'y avait que le rugissement de l'air pénétrant par les fenêtres à demi baissées et le bruit des pneus sur la route de plus en plus étroite. À un moment donné, on sentit une forte odeur de cuir et d'encre, et au loin apparurent un petit village et quelques hangars.

Olga se redressa sur son siège, soudain raidie.

Eduardo s'engagea sur une petite route secondaire et s'arrêta dans un virage sur la droite, au bord du filet d'eau qui coulait parallèlement. À l'endroit précis où, quatorze ans plus tôt, sa voiture avait été précipitée dans le ruisseau. Il coupa le moteur et posa les mains sur ses cuisses. Inconsciemment, il caressa son genou droit à travers le pantalon, comme si en revenant sur le théâtre des événements sa vieille blessure s'était rouverte pour respirer.

On entendait le courant paisible, le vent berçait les ajoncs de la rive et des fleurs sauvages poussaient au bord de l'eau. Des oiseaux noirs allaient et venaient, des hirondelles ou des martinets, il ne pouvait pas les reconnaître de si loin. Au-dessus de leurs têtes, très loin de tout, l'éclat métallique d'un avion transperçait l'espace et laissait un sillage de boucles blanches, comme une météorite.

— Pourquoi m'as-tu amenée ici ? demanda Olga, nerveuse.

Eduardo, en revanche, avait l'air détendu.

— Où était-ce ? Où as-tu vu la voiture de ce type ? Où est-il descendu ?

— Je ne m'en souviens pas exactement. C'était il y a quatorze ans.

Eduardo lui lança un regard froid. Lui, au contraire, se rappelait tous les détails de l'accident, il n'avait pu les oublier. Ils étaient devenus de plus en plus nets à mesure que le temps passait.

— Quand tu m'as demandé de peindre ce tableau, tu m'as posé une question à laquelle je n'ai su répondre. Tu m'as demandé pourquoi je n'étais pas allé voir la police le jour où tu es venue me voir chez moi, pourquoi je ne lui ai pas raconté ce que tu m'as dit sur le chauffard qui avait tué Elena et Tania. Maintenant, j'ai la réponse, mais toi tu l'avais déjà, il y a quatorze ans.

Olga frissonna. Il savait. Eduardo savait.

— Tu m'as menti. Tu n'étais jamais venue ici, n'est-ce pas ? Tu n'as pas vu l'accident, il n'y avait ni voiture, ni homme, ni plaque d'immatriculation. Tu as tout inventé. Tu savais que je tuerais cet homme et tu m'as manipulé pour m'inciter à le faire. J'ai été ton bras exécuteur… Et la seule chose qui me vient à l'esprit, la seule chose à laquelle je pense depuis hier, c'est pourquoi, pourquoi as-tu fait cela ?

Olga enleva ses lunettes de soleil et replia délicatement les branches. Son regard tremblait. Elle pensa à l'image du crucifix d'argent que sa mère portait toujours autour du cou, à son balancement quand elle se penchait pour la prendre dans ses bras et l'aider à traverser le ruisseau.

— Je connais cet endroit mieux que tout autre, sur ce point je ne t'ai pas menti. Sur l'autre rive, derrière ces roseaux, un petit chemin mène à une ferme. Quand j'étais petite, nous l'appelions la Maison des Chagrins, parce qu'elle était habitée par un homme solitaire et amer dont la femme était partie avec un vendeur d'aspirateurs de Zamora. Les enfants sont cruels ; nous y allions par le sentier et nous jetions des pierres aux fenêtres jusqu'à ce que l'homme montre son nez. Alors, on lui criait qu'il était cocu, et d'autres horreurs dans ce genre. Nous restions à distance, prêts à détaler s'il voulait nous poursuivre. Ce qu'il ne fit jamais. Un jour, la garde civile est venue le décrocher. Il s'était pendu à un figuier. Avec ses lunettes, elle indiqua l'est : Là, il y avait autrefois un grenier et une étable pour les bêtes de ferme et les mules. Quand je sortais de l'école, ma mère me prenait dans ses bras pour aller donner à manger aux chèvres et aux poules. J'avais une affection particulière pour un canard marron que j'avais vu naître et que j'avais nourri moi-même. Un jour, les gamins de l'école jouaient aux cow-boys et aux Indiens dans la cour. Ceux qui jouaient les Indiens avaient de jolies flèches taillées dans des roseaux ; les pointes étaient des capsules de Coca-Cola aplaties avec une pierre, très effilées. Un de ces Indiens transperça mon canard. Je l'enterrai, pas très loin de ces cailloux… Voilà la géographie de mon enfance. Je pensais que je serais toujours heureuse, ici. Mais j'ai compris que je ne le serais jamais.

Une frange de lumière entrait par la fenêtre de la voiture et coupait les traits d'Olga en deux : une partie brillait comme de la cire et l'autre se brouillait, cachée dans l'ombre.

— Je savais que c'était une erreur de te proposer de peindre ce portrait… Je le savais, et pourtant je n'ai pas cherché à m'y opposer, ajouta-t-elle en balançant ses lunettes devant ses lèvres.

Cette nuit-là, la veille de l'accident, elle crut mourir. La chaleur était suffocante et moite, elle ne pouvait fermer l'œil, même avec la fenêtre ouverte. De plus, elle avait eu une nouvelle hémorragie, la troisième en deux semaines depuis son avortement. Hémorragie était un trop gros mot pour désigner les gouttes de sang qui avaient traversé sa culotte et taché le matelas. Mais ces gouttes signifiaient que ça allait mal, très mal, dans son corps. Elle avait des douleurs au ventre et de la fièvre ; elle préféra ne pas dîner, pour que sa mère ne se doute de rien. Mais c'était peine perdue.

Ce soir-là, elles se disputèrent pour un rien, une querelle absurde à propos de la télévision. Chacune voulait voir une émission différente et sa mère trancha avec une virulence démesurée en éteignant le poste de façon si brusque qu'elle faillit faire tomber l'appareil. Puis elle la traita de capricieuse, de mal élevée et d'ingrate. Des imprécations qui lui sortaient des tripes, poings serrés, yeux exorbités. Soudain, comme si elle ne pouvait plus contenir sa colère, elle lui flanqua une gifle.

— Elle me regarda avec une haine déroutante. Je ne pus lire à l'intérieur de ce regard, car le mien était également trouble. Moi aussi, je la haïssais. Parce qu'elle avait amené Teo à la maison, parce qu'elle n'avait pas vu le jeu de séduction qu'il déployait sous son propre nez pour que je tombe amoureuse de lui. Je haïssais ma mère de tolérer une chose pareille, de ne pas empêcher qu'une fille mal élevée dans mon genre se lance dans un jeu trop compliqué et se retrouve prisonnière de ses filets. J'étais jalouse d'elle, à en être malade, et je considérais que c'était de sa faute si cet homme m'avait abandonnée, s'il était sorti de nos vies pour me laisser dans ce vide. Mais surtout, je la haïssais et l'accusais d'avoir réduit mes ovaires à un désert où plus rien ne germerait désormais. Ça s'était passé sous ses yeux sans qu'elle lève le petit doigt. Incroyable ! Pour ne pas perdre Teo, elle avait feint d'être aveugle et sourde, elle s'était humiliée et avait préféré le partager avec moi, et me partager avec lui. Mais en définitive elle nous avait perdus tous les deux. Et quand elle me donna cette gifle, toute la haine qu'elle avait pour moi devint ce que j'éprouvais déjà pour elle. Et je la lui rendis, je la traitai de traînée, de mauvaise mère, de fille de pute… Je souhaitai qu'elle meure, qu'elle soit foudroyée sur place.

— L'homme qui t'a séduite et t'a mise enceinte est l'homme que j'ai tué.

Olga confirma. De grosses larmes dévalaient le ravin de ses yeux, longeaient la paupière et tombaient en filets de Rimmel sur son nez et sa bouche sans qu'elle cherche à les sécher. Elle prit une cigarette et son briquet dans son sac avec des gestes saccadés. Elle eut du mal à l'allumer et barbouilla le filtre de salive.

— Tu ne peux imaginer à quel point je l'ai haï, chaque fois que j'avais mal et me rappelais ce sous-sol où on m'avait fait avorter, chaque fois que j'entendais ma mère pleurer à cause de lui et que je la voyais regarder une photo d'eux deux, ça me retournait l'estomac.

Elle pensait à son torse nu, le week-end où il la déflora. Elle le voyait après qu'il lui eut fait l'amour, il avait gardé son pantalon, ceinture dégrafée et braguette ouverte, sa touffe de poils frisés arrivait à un doigt en dessous du nombril. Elle voyait le regard de Teo qui une heure auparavant était heureux et qui, après être allé se doucher, était confus et fuyant. Olga ne comprenait pas, elle s'était sentie stupide devant ce regard qui la repoussait et elle se demanda si elle avait fait quelque chose de mal, si elle ne s'était pas comportée en femme adulte, en amante, comme sa mère.

Elle avait encore honte de l'humiliation ressentie quand elle s'était mise à genoux devant son sexe pour lui faire une fellation et qu'il l'avait repoussée d'un geste las. Alors, elle comprit qu'elle ne serait jamais heureuse, ce fut une révélation et elle eut envie de pleurer, de s'habiller et de s'enfuir loin. Mais il la retint, lui demanda pardon, dit qu'il était nerveux, trouva mille justifications quand une seule aurait suffi, car Olga voulait le croire, éteindre sa petite voix intérieure qui la mettait en garde.

À certains moments, le mensonge avait des accents de vérité. La nuit où ils dansèrent nus sur le rivage, le murmure de la mer, la lune, la bouteille de vin à demi enterrée dans le sable, les chandelles qu'ils ne parvenaient pas à garder allumées, leurs rires. Le romantisme est une parure bon marché, facile à tailler, et elle aimait s'en revêtir, mais Teo parlait peu, et jamais d'un avenir commun ou possible. Elle s'y résignait avec impatience.

Jusqu'au jour où surgit Maribel, son épouse. Alors, elle cessa de croire.

— Je ne pourrai jamais effacer cette scène de mon esprit. La joie de la maison, notre joie, nus tous les deux dans le lit, l'immense bonheur que je ressentais, cette fois, car j'allais lui annoncer que j'étais enceinte. C'est alors qu'elle a surgi dans la chambre, elle portait une robe à bretelles, vaporeuse et blanche, très belle, qui laissait deviner le profil de ses jambes et de ses hanches à contre-jour devant la fenêtre. Elle portait des pendants en forme de fleur fermée, dorés comme le collier qui brillait sur sa poitrine palpitante. Elle tenait un sac de voyage couleur café à deux mains d'où dépassait un livre, je ne me rappelle pas lequel. Elle était calme, impassible, perchée sur ses chaussures à talons. Elle ne dit rien tant qu'on ne remarqua pas sa présence. C'est Teo qui la vit le premier, j'étais à califourchon sur lui et je le chatouillais, en me disant : "Tu lui annonces maintenant, et il va te serrer dans ses bras."

Cette naïveté la mortifiait et elle s'en voulait. En voyant son épouse, Teo repoussa violemment Olga, il s'en débarrassa comme on écarte les draps quand on se réveille en retard. Et tout son bonheur s'envola soudain, aspiré par le regard de cette femme qui était un trou noir dans son univers. Leur univers à eux deux. Elle souffrit de le voir supplier presque à genoux, balbutier des excuses en s'accrochant à ses jambes qu'on entrevoyait sous cette si jolie robe à bretelles (maintenant, elle se rappelait le détail des deux boutons de nacre qui attachaient les bretelles au haut de la robe), traitant Olga comme si elle n'existait pas, comme si elle n'avait jamais existé, déplorant son existence. La maudissant.

Olga se blottit dans un coin du lit, sous le drap qui sentait encore le sperme chaud de celui qui maintenant la repoussait. Mais il n'y avait pas moyen de se protéger du regard de cette femme au corps si bien fait, si ferme, si beau qu'elle avait l'impression d'être une vulgaire moins que rien. "Sale petite pute, tu lui as fait croire qu'il peut encore être jeune, lui disait ce regard. Tu n'es qu'une tache, une faute qu'il saura racheter. Et je lui pardonnerai, même si je ne le lui pardonne jamais, parce que je l'aime, parce que c'est mon homme, parce que je suis sa femme. Parce que tu n'es rien, tu n'es personne. Tu n'existes pas."

Maribel ordonna à Teo de récupérer ses affaires. Elle ne voulait pas passer une minute de plus dans cette chambre. Il obéit comme un chien-chien à sa mémère, honteux et zélé. Il se rhabilla maladroitement, cherchant sa chemise dans les draps froissés et dans les dessous d'Olga, et quand celle-ci voulut dire un mot, manifester sa présence, elle l'assassina du regard.

"Je suis enceinte !" Elle commença par le dire tout bas, les mots avaient du mal à sortir, elle manquait d'air. Il ne l'écoutait pas et continuait de s'habiller en hâte, boutonnant sa chemise de travers. Alors, Olga le cria, hurla en réalité : "Je suis enceinte !" Cette fois, on ne pouvait pas ne pas avoir entendu : Teo ne savait où poser son regard fuyant, et Maribel laissa échapper un gémissement en même temps que son sac lui échappait des mains et que le livre tombait, grand ouvert. Un silence malsain s'instaura.

Maribel réagit la première. Elle tourna les jambes de côté avec élégance pour qu'on ne voie pas sa culotte en se baissant, ramassa délicatement le livre, secoua la poussière collée à la couverture, la poussière invisible et gênante que le vent apportait de la plage, et elle se redressa avec la même dignité, étirant sa robe, lissant une ride fictive. "Je t'attends dehors", dit-elle d'une voix neutre à un Teo abattu qui regardait la chaussure qu'il avait récupérée en se demandant à quel pied elle correspondait.

"Je t'attends dehors" signifiait attendre de l'autre côté de cet instant, retarder volontairement les aiguilles de la pendule de quelques minutes pour le recommencer sans être obligée de le revivre, pas de cette façon. C'était sa façon de dire "il ne s'est rien passé", "cela n'a aucun rapport avec nos vies. Nous ne sommes pas responsables. Tu n'es qu'une petite pute en chaleur, une idiote qui n'a pas pris les précautions élémentaires, et maintenant tu vas devoir affronter cela seule. Nous, nous sommes *dehors*."

— Je n'ai jamais revu Teo, il ne répondait pas à mes appels et un jour j'ai entendu un message automatique m'annonçant que le numéro de téléphone que j'appelais n'existait plus. Je ne savais pas où il habitait, il ne me l'avait jamais dit, mais je me rappelais le numéro de sa plaque d'immatriculation. Tu as pu vérifier par toi-même qu'il est facile d'obtenir des renseignements personnels en consultant les archives de la sécurité routière. J'ai donc rôdé dans son quartier comme une folle. Je le voyais travailler dans sa boutique de timbres et de numismatique, à l'étage en dessous de celui où sa femme avait son école de danse. Sur le trottoir, je passais mes après-midi à la regarder à travers les baies, dans son maillot noir, avec ses élèves qui lui obéissaient sagement. On aurait dit un cygne suivi de ses poussins, éthéré, élégant.

Je me demandais pourquoi ils continuaient leur vie comme si je n'existais pas. Je les imaginais, le soir, se disputer, crier, s'insulter à cause de moi, de notre bébé qui n'était pas encore né et ne naîtrait jamais. Je rêvais que Maribel lui refusait sa place à ses côtés, qu'elle l'obligeait à dormir comme un chien au pied du lit, qu'elle lui jetait les restes de sa nourriture par terre. J'imaginais Teo tourmenté par le châtiment et la culpabilité, se demandant au moins ce que j'étais devenue, et que je lui manquais.

Penser à ce genre de choses, les imaginer, ne me donnait pas la paix, mais au moins je me consolais comme l'alcool console, tant qu'il ne nous tue pas. Penser au malheur de ceux qui avaient fait mon malheur l'atténuait. Mais je n'eus même pas cette consolation. Jour après jour, je les voyais sortir de l'immeuble, encadrant l'enfant qu'ils avaient adopté, qui n'était *pas* le fils de Teo, qu'il ne voulait *pas*. Et pourtant cet enfant, entre eux deux, leur donnant la main, était le maillon qui les avait rapprochés.

Eduardo ne disait rien, ne bougeait pas. Aussi immobile que s'il avait déserté son corps pour aller ailleurs. Mais il regardait toujours droit devant lui, le ruisseau. De temps en temps, ses paupières battaient lentement et séchaient l'humidité de ses yeux.

— Et tu as décidé de te venger.

Sa voix résonna comme s'il parlait derrière un mur creux.

Olga secoua la tête. Les choses n'étaient pas si simples, et pourtant elles l'étaient. La vengeance exigeait un effort et une planification dont elle ne se sentait pas capable. C'est le hasard qui lui en fournit l'occasion.

— Un jour, je t'ai vu aux urgences. J'étais allée à l'hôpital parce que l'hémorragie et mes souffrances allaient avoir ma peau. J'attendais seule qu'on s'occupe de moi, car ma mère avait refusé de m'accompagner. Sur le brancard, j'entendais des infirmières parler de ce qui t'était arrivé, que ton épouse et ta fille étaient mortes et que toi, si tu refusais de vivre, tu ne t'en sortirais jamais. J'ai passé une nuit horrible dans le couloir, mais sans savoir pourquoi je ne cessais de penser à toi et à ta famille. Je pouvais comprendre que tu refuses de manger et de prendre tes médicaments. Tu étais aussi malheureux que moi. J'estimais que ta haine pour celui qui t'avait fait cela était aussi grande que celle que j'avais accumulée contre le monde en général, et en particulier contre Teo et son épouse. Comme si nous n'avions droit à rien. Le lendemain, on m'a laissée repartir et je suis passée devant ta chambre. Je t'ai vu par la porte entrouverte, mais je n'ai pas osé entrer. Tu étais couché, une perfusion dans le bras, et tu regardais par la fenêtre, le visage tuméfié. À côté de toi, assis sur une chaise inconfortable, ton père te parlait, mais tu ne l'écoutais pas. Tu étais détruit, et si terrible que cela te paraisse, cela m'a réconfortée, je me sentais moins seule… Au magasin de fleurs de l'entrée, j'ai acheté un bouquet et demandé qu'on te le monte.

Elle fit une pause pour reprendre son souffle et s'éclaircir les idées. Eduardo la laissait prendre son temps.

— Des mois plus tard, j'ai dû aller régler des papiers au commissariat. J'étais à Madrid et je me suis rendue au bureau de la Puerta del Sol. Je ne t'avais pas oublié, mais je ne pensais pas souvent à toi. Peu à peu, tout se diluait, à mesure que la douleur physique s'estompait. J'apprenais à supporter ma vie, les disputes ou le silence accusateur de ma mère, j'ai même flirté avec un garçon d'un village voisin. J'ai renoncé à rôder autour de chez Teo et j'ai pensé que cette histoire deviendrait un passé qui serait bâillonné au fond de mon cœur. Pendant que j'attendais qu'on s'occupe de moi dans un bureau, j'ai lu distraitement les documents punaisés sur un panneau en liège. Il y avait des photos de disparus, de délinquants en rupture de ban, des trucs de ce genre. Mais un avis a retenu mon attention. La police lançait un appel à témoins pour éclaircir un double homicide *involontaire* (je me rappelle ce mot, sans savoir alors ce qu'il signifiait) : il s'agissait de ton épouse et de ta fille, de ton accident. On donnait une vague description de la voiture qui aurait pu être à l'origine de l'accident, quelques lettres possibles du numéro d'immatriculation, modèle 4x4. En entrant dans la pièce, le fonctionnaire me demanda si j'allais bien, car je devais être toute pâle. Je me suis débattue avec moi-même, j'ai voulu lui dire quelque chose. Mais impossible de prononcer un mot.

Comme si la simple force de volonté suffisait, Olga avait cru qu'elle pourrait refaire sa vie jusqu'au moment où elle avait lu cet appel. Recommencer, reprendre des études à Madrid, tomber amoureuse d'un homme qui accepterait de ne pas avoir d'enfants. Mais la volonté ne suffit pas toujours pour modifier un destin. Elle sortit du commissariat encore bouleversée par ce faux pas dans ses projets d'oubli, se demandant si la vie envoie réellement des signes, qu'on ne voit pas forcément et qu'on ne sait pas toujours interpréter. Et la réponse, affirmative, lui vint sous la forme d'un salut. "Comment vas-tu, Olga ?"

— Sur le coup, je ne l'ai pas reconnu. Il avait un visage plus bronzé, plus rond, il avait grossi et s'était laissé pousser la barbe, mal taillée, semée de poils blancs. Mais c'était lui, Teo. Dans la main droite, il tenait des sacs remplis de paquets, Noël était proche, et il donnait la main gauche à son fils, un joli gamin que je n'ai pas bien vu, parce qu'il était à moitié enfoui dans un bonnet de laine et une écharpe. L'enfant regardait une vitrine sans faire attention à moi et Teo souriait : "Quelle surprise de te voir ! Tu m'as l'air en forme." "Oui, ça va", murmura Olga d'une voix rauque.

Elle manquait d'air et ordonna énergiquement à son cœur de se remettre en marche. Teo la dévisageait, à mi-chemin entre l'ironie et la légèreté. Il ne cessait de sourire et elle se demandait pourquoi. Il parlait comme s'il ne voulait pas lui laisser la possibilité de gâcher un scénario pensé à l'avance. Il dit que tout allait bien, *moyennement*, précisa-t-il avec une fausse nostalgie. Il avança la main droite, celle qui tenait les cadeaux de Noël, et lui caressa une mèche de cheveux. Tout allait bien, oui, mais elle lui manquait. "Tu vois ce que je veux dire."

Olga ne voyait pas, ne voulait pas voir. Et comme si elle était encore la fille sotte et naïve qu'il fréquentait quelques mois auparavant, Teo lui souffla à l'oreille qu'ils pourraient reprendre leurs affaires, se revoir de temps en temps pour "s'amuser", mais, précisa-t-il avec un léger reproche, ils devraient être plus discrets et prendre des mesures pour éviter les accidents.

Olga le regarda comme on regarde un monstre bicéphale, avec une tête horrible et l'autre grotesque. "Tu es un enfoiré de merde", répondit-elle. Teo prit un air ahuri, l'air d'un enfant à qui on enlève au dernier moment un jouet qu'il croyait avoir.

— J'ai passé une nuit blanche à revivre cette rencontre, ses mots, son regard, le contact de ses doigts dans mes cheveux, son haleine sur ma joue. J'ai vomi, pleuré toutes les larmes de mon corps, juré, et peu à peu s'est insinuée l'idée que je pourrais lui faire du mal, un mal aussi terrible que celui que je ressentais, aussi humiliant et radical. Je savais que Teo avait un 4×4 de couleur foncée, et au moins une des lettres était celle de la voiture qui avait tué ta famille. Ce n'était pas prémédité, ça m'est venu d'un coup, comme lorsqu'on résout un problème sur lequel on est penché depuis longtemps et que soudain les pièces s'emboîtent sans effort, toutes seules… Le lendemain matin, je suis passée te voir chez toi – Olga regarda le ruisseau, la prairie desséchée en pente, les roseaux sur l'autre rive. Je ne savais pas que tu allais le tuer.

Eduardo la regarda avec une dureté extrême. Il s'était mis à transpirer, comme si la lutte qui se livrait en lui chassait la chaleur qui l'embrasait.

— Vraiment ? Et tu t'attendais à quoi ?

— À rien. Je ne pensais à rien, je ne me suis même pas demandé si la mort de Teo pouvait être une possibilité. Je voulais juste lui pourrir la vie, montrer au monde entier le porc qu'il était, montrer sa comédie de vie parfaite. Je n'ai pas pensé aux conséquences que cela aurait sur toi.

Eduardo regarda la portière du côté d'Olga, et le capitonnage marron sale. La main d'Olga reposait sur le bord de la fenêtre. Cette main, autrefois fine, avait voulu lui toucher l'entrejambe au pénitencier. Ils étaient dans une pièce où il était permis aux prisonniers et à leurs visiteurs de se toucher physiquement, sans l'obstacle d'un double vitrage sale où les empreintes se cherchent à travers les reliefs créés par cet écran transparent. Assis à la table, l'un près de l'autre, Olga glissa sa main vers la braguette d'Eduardo et posa la main sur son pénis, comme si c'était un papillon fragile. "Je peux te consoler, si tu veux. Je te dois au moins ça." Il se laissa consoler. Et cette nuit-là, il pleura jusqu'à épuisement des larmes.

— Tu n'as pas pensé aux conséquences. Mais il y en a toujours, et peu importe si on y pense. Elles sont là.

Le regard d'Eduardo s'était déporté sur la gauche, sur un point entre le bord du ruisseau et une pinède. Olga suivit ce regard. Un jeune homme approchait. Dans les cauchemars d'Eduardo, ce jeune homme était un homme qui sortait du bois à demi nu, poursuivi par des chiens féroces. Mais ce matin-là, on n'entendait pas d'aboiements et il n'y avait pas de panique dans la démarche de cette apparition. Il se dirigeait vers la voiture avec l'assurance de l'inévitable.

— Qui est-ce ?

Eduardo eut un regard presque apitoyé sur Olga. Le passé, l'avenir… Comment savoir ? Il ne parvenait pas à la détester, en dépit de ce qu'elle avait fait. Mais pas davantage à lui pardonner. Martina se trompait. Le pardon n'était pas un chemin pour lui.

— C'est le fils de Teo.

Olga le regarda avec inquiétude.

— Pourquoi est-il ici ?

"Il referme un cercle", pensa Eduardo.

— Tu ne peux pas me laisser avec lui.

Si, il le pouvait.

M. Who s'arrêta devant la portière ouverte. Il avança le bras et tira le corps d'Olga à l'extérieur. Elle s'accrocha à la carrosserie pour la forme, une marionnette brisée qui appelait Eduardo à grands cris.

Eduardo démarra et s'éloigna lentement en s'obligeant à ne pas regarder dans le rétroviseur.

19

Arthur entra dans le café, en face du palais de Justice. Il était dix heures du matin et le comptoir était encombré de juges, d'avocats, de procureurs et de policiers en civil. Des fonctionnaires qui répandaient la justice des hommes, mais qui prenaient aussi un café, grignotaient des tapas et lisaient les journaux sportifs. Certains aussi allaient aux toilettes et oubliaient de refermer leur braguette ou de remettre le pan de leur blouse à l'intérieur de la jupe. D'autres avaient des taches sur leur veste ou l'air d'avoir passé une mauvaise nuit, ils racontaient des blagues d'un goût douteux et laissaient échapper des rires peu seigneuriaux. Arthur connaissait quelques visages, se rappelait certains noms, donnait quelques poignées de main molles, saluait d'un geste aimable, mais surtout se sentait mal à l'aise. Il n'aimait pas ces gens.

Ibrahim était entré derrière lui et son apparence peu amène, édulcorée par un costume sombre assez présentable, attira l'attention de ceux qui étaient près de l'entrée. On le regarda avec méfiance, et même avec une franche aversion. Il ignora ces réactions, et son sourire de défi tendit la cicatrice de son visage.

Ils reconnurent le dos d'Ordóñez à une table.

— Bonjour, directeur, dit Arthur.

Ordóñez leva le nez de son journal. À défaut de nouvelles plus intéressantes, les médias s'intéressaient toujours à l'incendie homicide de la rue León. L'article que lisait Ordóñez s'étalait sur une double page, sous un titre qui rappelait celui d'un roman western de Marcial Lafuente Estefanía : *Sur les pas de l'assassin*. Une photo du suspect illustrait l'article. Arthur ne sourcilla pas en reconnaissant Guzmán. C'était une photo de passeport, assez ancienne, avec une légende qui donnait ses différentes identités et ses antécédents, ex-agent de la DINA et mercenaire au plus offrant. Ibrahim la vit aussi avant que le directeur referme le journal et les invite à sa table. Il échangea un bref regard avec Arthur mais ne dit rien.

— Vous avez l'intention de me ramener dans votre prison, directeur ? demanda Arthur à Ordóñez en s'asseyant à côté de lui.

Ibrahim s'assit en face, de là il pouvait contrôler l'entrée en restant dos au mur. Manies de prisonniers, se dit le directeur.

— Pourquoi cette question, Arthur ? Vous êtes dans le pétrin ?

C'était une question qui se voulait drôle, et Ordóñez y ajouta son sourire de cadre supérieur italien. Il portait un costume impeccable, dans les tons doux, assorti à sa cravate à rayures et à sa chemise. On n'aurait pas dit un directeur de prison, mais le dirigeant d'une multinationale.

— Vous n'êtes pas du genre à appeler vos ex-pensionnaires pour partager un petit-déjeuner avec eux, répondit Arthur.

Il avait renchéri sur le ton badin de son interlocuteur, mais en montrant combien ils étaient loin l'un de l'autre. Ordóñez était peut-être Dieu, à Meco, mais à l'extérieur la balance avait un autre équilibre.

Ordóñez rajusta sous sa veste les poignets de sa chemise ornés de boutons de manchette et se racla la gorge. Il lança un coup d'œil à la ronde, se demandant ce que pensaient ceux qui le voyaient en compagnie d'Arthur, et surtout d'Ibrahim.

— J'ai une réunion dans le bureau du juge Gutiérrez dans vingt minutes – il parlait comme si une rencontre privée avec le juge Gutiérrez le mettait au niveau des fonctionnaires dignes d'être enviés, mais ni Arthur ni Ibrahim ne réagirent comme il l'avait prévu, en sorte qu'il passa la main sur ses cheveux gominés et peignés en arrière. J'ai pensé que nous pourrions bavarder quelques minutes.

— Je vous écoute.

— L'Arménien s'est évadé hier pendant son transfèrement. Il a tué un garde civil et en a blessé un autre. Jusqu'à présent, nous avons réussi à étouffer l'affaire, mais la presse ne va pas tarder à le savoir. Je voulais te l'apprendre moi-même. Il a juré de t'avoir, Arthur – il regarda Ibrahim pendant quelques secondes. À Meco, cet homme ne lui avait jamais causé de problèmes, mais c'était le genre de prisonnier qui rend nerveux n'importe quel fonctionnaire. Et je ne crois pas qu'Ibrahim suffira pour l'arrêter.

Arthur accueillit la nouvelle avec flegme. Ibrahim n'avait pas l'air de se sentir concerné.

— Je vous remercie de cette attention, monsieur le directeur. Mais vous ne m'avez pas appelé uniquement pour cela – Arthur haussa les épaules. Je sais que je ne suis pas dans vos petits papiers, et votre zèle m'étonne.

En regardant attentivement Arthur, Ordóñez se rendit compte que celui-ci n'avait pas peur, qu'il était seulement fatigué, usé par une tension continuelle, comme un soldat au fond de la tranchée, qui attend sous les bombes et les balles l'ordre libérateur et dramatique de se lancer à découvert sur l'ennemi.

— Il y a autre chose, en effet. J'ai vu les enregistrements de l'accident, le jour où tu as écrasé le gamin et la fille de l'Arménien. Tu ne le sais peut-être pas, mais à ce carrefour il y a une caméra de surveillance sur la façade d'un marchand de tissus. La police locale l'utilise pour sanctionner les infractions des piétons, ou les conducteurs qui ne les laissent pas traverser… C'est bizarre, pendant le procès personne n'a remarqué les images qui auraient pu éclairer certains points obscurs. Il est vrai que la caméra n'est pas braquée sur la circulation, mais, comme je l'ai dit, sur le passage piétonnier.

— Je ne vois pas où vous voulez en venir, monsieur le directeur. C'était un accident, j'ai été condamné et j'ai bénéficié d'une remise de peine. Et voilà que maintenant vous rouvrez l'enquête ? Vous vous êtes sans doute trompé de profession.

Ordóñez fit la sourde oreille. Il prit sa mallette à ses pieds et l'ouvrit sur ses genoux.

— Voici la séquence captée par les caméras, juste avant et après l'accident, dit-il en posant sur la table une demi-douzaine de photogrammes plutôt flous.

On ne voyait rien qui n'ait déjà été examiné par la justice. Sur les premières, on voyait Ian et Rebeca, parmi d'autres personnes qui attendaient avant de traverser. Ensuite on voyait le capot de la voiture d'Arthur, l'affolement des gens, la fillette propulsée sur la droite et le garçon entraîné par la voiture avant de s'écraser contre une façade.

— Regarde bien ces trois-là, dit Ordóñez en écartant les autres. Ici, on voit Ian qui regarde devant lui, et à côté de lui, même si c'est difficile à voir à cause des têtes qui la masquent, il y a Rebeca. Sur cette autre, la suivante, Ian tourne la tête vers la fille et lui parle. Elle fait un mouvement brusque, comme si elle voulait se débarrasser de quelque chose. Regarde bien. Ian la tient fermement par le bras et la fillette veut se dégager. Et sur cette troisième photo, juste avant qu'apparaisse ta voiture dans le champ, Rebeca essaie de s'enfuir, de reculer, et Ian l'attrape par les cheveux. Je pense qu'ils se connaissaient. Ian et la fillette. Ils n'étaient pas là, ensemble, par hasard, et bien sûr, si on se fie à ce que laissent entendre ces images, c'était contre la volonté de la fillette.

— Et quel rapport avec moi ?

— J'ai vérifié que ce matin-là Rebeca était allée normalement à son école. Sa mère ne lui avait donné aucune consigne particulière, mais dans la matinée, quelqu'un est passé la chercher. D'après le surveillant, il s'agissait de quelqu'un de la famille, mais il n'en avait pas la preuve. De fait, quand on a annoncé à la mère la mort de sa fille, elle a dit que c'était impossible, car sa fille était à l'école, à plusieurs centaines de mètres du lieu de l'accident. Rebeca n'aurait jamais dû être là. Nous pourrions supposer, juste supposer, que cette personne non identifiée qui s'était fait passer pour un membre de la famille de Rebeca était en réalité Ian. En ce cas, pourquoi aller la chercher à l'école ? Où pensait-il l'emmener, que comptait-il faire d'elle ?

Arthur avait adopté l'attitude du joueur de poker.

— Je ne vois toujours pas le rapport avec moi.

— Là, il y a quelque chose qui ne colle pas, trop de hasards. Je connais l'histoire de la disparition de ta fille, Arthur, et voici mon avis : il existe un lien entre sa disparition, la mort de Ian et ces photographies. Le juge Gutiérrez est un ami, je vais lui décrire mes doutes et lui demander d'intervenir pour rouvrir une enquête sur cette affaire. Il y a quelque chose de grave, de beaucoup plus grave, je le sais. Si je ne me trompe pas, on prouvera que tu n'as pas tué Ian par accident, mais que c'était un homicide volontaire. Alors, finie ta remise de peine. Je voulais te prévenir, au cas où tu aurais quelque chose à me dire. Si tu sais quelque chose sur le passé de Ian, c'est le moment de m'en parler.

La montre en acier d'Ordóñez brillait sous les lustres.

— Vingt minutes se sont écoulées, monsieur le directeur. Si vous ne voulez pas être discourtois avec votre ami magistrat, vous devriez vous dépêcher.

Ordóñez regarda sa montre et fronça les sourcils.

— Garde les photos, j'ai des doubles. Quand tu rencontreras l'Arménien, tu seras peut-être plus enclin à lui donner des explications – il se leva et regarda Ibrahim avec curiosité. Quant à toi, je ne sais pas quel est ton rôle dans tout cela, mais à moins que tu ne sois dans le coup, à ta place je chercherais un autre boulot si tu ne veux pas être éclaboussé par la merde.

Une fois qu'ils furent seuls, Arthur revint aux photographies et les examina à loisir, il n'avait plus cette expression d'indifférence qu'il s'était imposée en présence d'Ordóñez. Ses yeux trahissaient l'étonnement et une ombre d'obscurité lui tordait la bouche.

— Que se passe-t-il ? lui demanda Ibrahim – il n'était pas inquiet, il voulait seulement savoir à quoi s'en tenir. Il n'avait pas envie de retourner en prison, précisément maintenant. Tout ce qu'Ordóñez a dit, cela veut dire quoi ?

Arthur eut du mal à reprendre pied. Il avait les yeux dans le vague.

— Ordóñez fait des spéculations, dit-il sans conviction. Il me déteste, je suis un poisson qui lui a glissé entre les doigts. Il est convaincu que je suis coupable et que je dois payer mes dettes.

Ibrahim examina une des photographies qu'Arthur tenait entre ses doigts.

— Tu as tué ce garçon exprès ?

Arthur ne répondit pas tout de suite. Pas par des mots. Un regard trouble et glissant suffit, presque transparent.

Ibrahim respira un grand coup et exhala l'air lentement, par le nez.

— Tout ce temps tu m'as menti, tu m'as répété mille fois que c'était un malheureux accident.

— Je ne pouvais le raconter à personne… Si tu avais vu ce que ce salaud a fait à Aroha…

Ibrahim gratta sa cicatrice. Elle le démangeait parfois

comme si elle allait se rouvrir. “Qui t’a trahi une fois le fera deux fois, et autant qu’il le pourra. Les traîtres n’ont ni honneur, ni code, ni respect. C’est pourquoi il faut les éradiquer, ils sont comme une tumeur qui menace de produire des métastases. Ils apportent la peur, la faiblesse, le mensonge.” C’est ce qu’avait écrit son père avant d’être assassiné, et son frère aîné tous les soirs lui lisait cette même lettre, ces mêmes mots sous les draps, à la lueur d’une lampe : “Nous ne pouvons être les amis de celui qui par nature nous considère comme inférieurs ; le chien n’est pas le meilleur ami de l’homme, c’est son meilleur et plus fidèle esclave. C’est ainsi que nous voient les Européens, c’est ce qu’ils attendent de nous ; pas d’amitié, pas de collaboration, pas de loyauté, mais une obéissance aveugle et une gratitude d’esclave pour les miettes qu’ils nous laissent. C’est pourquoi contre eux c’est une lutte à mort.”

— Tout cela a-t-il un rapport avec l’incendie du magasin d’antiquités ? J’ai vu la photographie dans le journal. Le type qu’on accuse est celui que tu as engagé pour retrouver Aroha.

— Guzmán n’a pas tué ce vieil homme.

— Alors, qui ? Et pourquoi on te retrouve toujours au milieu de tout ?

Arthur s’ébouriffa rageusement. Cette chevelure rousse qui paraissait prendre feu sous les rayons du soleil.

Ibrahim ferma les yeux. Il était sur une place, non loin d’Alger. Il y avait beaucoup de gens autour d’un spectacle qui faisait hurler et crier la foule. C’était au début de l’année 1963. En jouant des coudes et en se faufilant entre les jambes qui empestaient la sueur et l’urine sèche, Ibrahim arriva au premier rang. On fouettait trois hommes attachés, le dos nu, à des poteaux de châtiment. C’étaient des ex-soldats de l’armée auxiliaire française, originaires d’Algérie, qui avaient pris les armes au service de la France. Et la France était partie, la queue entre les jambes, les abandonnant à leur sort comme des milliers d'autres qui étaient massacrés à travers tout le pays.

Ces malheureux ne se plaignaient même plus, en dépit de la rigueur du châtiment. Vient un moment où il est inutile de se plaindre ou d'implorer la clémence. Ils avaient le dos à vif, la peau se séparait du corps comme une pelure d'oignon à chaque coup. Quelqu'un dans la foule sortit une machette et grava dans leur chair le mot "esclaves". Tout le monde applaudit ce trait d'esprit quand l'artiste salua en brandissant sa machette, tandis que le sang coulait sur ses avant-bras. Ibrahim ne rit pas. Son estomac se souleva et il vomit, sous la moquerie et les ricanements de l'assistance. Qui ne pouvait pas comprendre que la blessure mal recousue qui traversait son visage, encore ouverte, avait été faite par quelqu'un qui possédait ce genre de machette. Une machette de parachutiste qui marquait ses propres frères.

Quand il rouvrit les yeux, Arthur était toujours là. "Ça aurait pu être toi, ou ton père, ou ton frère, ou ta mère. Les hommes aux cheveux de feu et au regard trouble, qui n'avaient pu s'enfuir à temps. Ça aurait pu être toi, l'homme qui souffrait le martyre, et moi qui te marquais avec la machette de ton père."

— Dis-moi au moins une chose. Dis-moi que ça en valait la peine.

Arthur le saisit par le bras. Ibrahim ressentit de nouveau l'envie de vomir de cet enfant, mais il se domina.

— Écoute, Ibrahim, je suis près de retrouver Aroha, plus près que je ne l'ai jamais été depuis quatre ans. Je veux la récupérer, et je ferai tout ce qu'il faudra pour la retrouver, *n'importe quoi*. Toi, charge-toi de protéger Andrea. Je ne veux pas que l'Arménien, ce dégénéré, ait l'idée de s'approcher d'elle. Le reste, je m'en charge. Tout cela va bientôt finir.

Va bientôt finir. C'est ce qu'avait dit Ibrahim en ce début d'année 1963 à l'homme roué de coups qui était le plus proche de lui. Il s'était approché et le lui avait murmuré à l'oreille. Mais l'homme ne pouvait l'entendre, il était déjà mort.

Ibrahim continuait de rendre visite à Andrea et sa présence était devenue habituelle. Il n'avait plus besoin d'inventer des excuses, de feindre qu'il était envoyé par Arthur pour lui tenir compagnie et lui redonner espoir.

Au crépuscule, ils faisaient de longues promenades dans les forêts voisines de la résidence. On les voyait ensemble, assis contre une clôture, bavardant avec animation au milieu des chênes-lièges, ou marchant dans une prairie jaunie côte à côte, en silence. Ces premières marches devinrent vite une habitude et Andrea les attendait avec une secrète impatience. L'arrivée d'Ibrahim cassait le rythme indolent de son existence. De cette façon, tous deux se donnaient l'occasion de se redécouvrir, de se réinventer à leur gré.

Ibrahim lui parlait de la poésie et de la philosophie soufies, de la musique dont son père était un virtuose ; il racontait comment un homme comme lui, confronté bec et ongles à la vie, pouvait cependant se sentir si proche de l'immortalité à certains moments.

Andrea n'en perdait pas une miette, mais de temps en temps il remarquait qu'elle avait l'esprit ailleurs. Quand Ibrahim essayait d'orienter la conversation sur le passé qu'elle avait vécu, elle lui lançait un regard qui était une sorte de barrière, de verrou inviolable ; mais son sourire devenait de moins en moins distant, et son mur perdait de sa consistance.

Ce matin-là, ils se lancèrent dans une sorte d'envolée dialectique endiablée, dans un français truffé de mots arabes. Quand ils se livraient à ces duels, car c'était bien de cela qu'il s'agissait, ils découvraient chez l'autre un semblable drôle et sagace, ils avaient le mot et l'esprit alertes, ils éclataient de rire, lâchaient leur phrase ou leur tirade et l'autre répliquait avec la même vivacité. Une infirmière jouait le rôle d'arbitre, mais comme elle ignorait les règles du jeu, elle se contentait de sourire sottement en les regardant alternativement.

— Que vous dites-vous ? demanda-t-elle à Ibrahim.

— Rien que d'autres n'aient dit avant nous. Un jeu que nos professeurs encourageaient, à côté de la mosquée, pour développer le sens de la dialectique. On se lance des vers. Andrea utilise Rimbaud et moi je réplique en berbère avec un poème kabyle. Elle me nomme Verlaine et je riposte avec Nouara. Elle me tend un piège avec Baudelaire et je lui renvoie un direct avec Farid Ferragui. On s'amuse.

Ibrahim avait apporté un petit cadeau à Andrea. Une pochette en cuir, qui contenait un petit livre à couverture pleine peau, une compilation de plus d'une cinquantaine de poèmes kabyles.

— C'est mon père qui les a écrits dans sa jeunesse. C'était un grand poète, comme le sont certains hommes qui vivent dans le désespoir.

S'il s'attendait à une réaction attendrie ou enthousiaste, il en fut pour ses frais. Andrea contemplait le recueil d'un air timide.

— Je ne sais presque plus lire le kabyle, et je me souviens à peine de l'arabe classique.

Le large sourire d'Ibrahim découvrait sa dentition ravagée.

— Tu vas pouvoir dépoussiérer les vieilles chansons de ton enfance. C'est la poésie qui permet de rester serein, et elle nous donne l'espoir qu'un jour se réveillera l'enfant qui un jour habitait notre corps.

Andrea regarda Ibrahim, surprise par la candeur de cette voix, par la paix de ce regard, qui contrastait avec son corps taillé à la serpe et son visage défiguré. Cette cicatrice d'Ibrahim était un aimant puissant, mais elle n'osait lui demander comment et quand on la lui avait faite.

— Ma fille n'a jamais voulu apprendre la langue dans laquelle son père et sa mère sont tombés amoureux. Elle ne voulait rien savoir de l'Algérie, du passé, de l'histoire. J'imagine parfois que, quand elle reviendra dans mes bras, quand je pourrai la serrer contre ma poitrine, elle me demandera que je lui apprenne de vieilles chansons de la Kabylie, que je lui parle de ses ruelles, de ses odeurs. Alors j'ouvre les yeux, je me réveille ici, et je sais que je ne pourrai plus rien lui apprendre, parce que j'ai tout oublié.

Ibrahim lui caressa les cheveux presque sans oser la toucher. Une telle tendresse dans une main comme la sienne était étonnante.

— Les enfants apprennent toujours trop tard les leçons que les mères veulent leur enseigner. Elle reviendra auprès de toi, et tu te rappelleras chaque pas de ton enfance, et tu la revivras avec elle.

C'était difficile de ne pas le croire. En écoutant Ibrahim, sa conviction qu'elle retrouverait sa fille tôt ou tard se renforçait de jour en jour. L'optimisme d'Ibrahim lui redonnait lentement un état d'âme qui la rapprochait de la vie. Ce n'était pas une simple progression linéaire ; surtout le soir, quand il s'en allait et que l'obscurité envahissait tout, elle devenait taciturne, maussade et triste. Dans ces moments de noirceur et de désespoir, elle essayait de se leurrer en disant qu'elle voulait juste un peu de paix, une certitude. Elle refusait de croire que sa fille était morte. Son corps n'avait pas été retrouvé au bout de quatre années, et si elle n'avait pas franchi la porte de la folie, si elle s'accrochait encore bec et ongles au chambranle pour rester du côté de la sagesse, c'était parce que cette tragédie, cette ignorance, maintenait en vie la faible illusion qu'elle était toujours vivante, quelque part.

— Je te promets que d'une façon ou une autre nous allons la retrouver, lui affirmait Ibrahim.

Elle pressait sa main et lui disait qu'elle le croyait. Qu'elle le croyait avec toute la foi d'une mère qui pleure sa fille.

— La vie est injuste, elle se comporte comme les tricheurs. Elle te met tout à portée de la main, te fait croire que le bonheur n'est pas une ambition démesurée, et quand tu joues avec elle, en toute confiance, elle rafle tout à la première levée, elle ne t'a rien laissé, mais elle t'interdit de quitter la table, elle t'oblige à rester, à jouer cette partie que tu ne pourras de toute façon jamais gagner.

Ibrahim était troublé, incapable de soutenir le regard d'Andrea.

— La vie n'a pas été pour moi non plus ce que j'en attendais, lui avoua-t-il dans un élan de franchise dont elle ne pouvait comprendre les sous-entendus.

— Qui étais-tu, avant d'être ça ?

"Avant d'être cette cicatrice", disaient ses yeux.

Il la regarda avec tendresse.

"Cette cicatrice, c'est toi", se dit-il en silence.

Il avait parcouru un long et pénible chemin pour arriver là où il ne s'y attendait pas. Mais il savait que c'était là, et pas ailleurs, qu'il devait être. Auprès d'elle.

— J'ai besoin de te poser une question, Andrea. J'en ai besoin car beaucoup de choses dépendent de ta réponse.

Andrea le regarda avec anxiété. Et appréhension.

— Aimes-tu encore Arthur ?

Andrea ne broncha pas. Puis elle battit des paupières comme si un grain de poussière la gênait et elle recula.

— C'est sans intérêt.

— Bien sûr que si. Quoi d'autre pourrait être plus important ?

Le nez d'Andrea vibra en chassant l'air qu'elle retenait.

Fut un temps où Arthur avait un tel prestige à ses yeux que chaque affront qu'il lui infligeait la mortifiait de façon insupportable. Mais à l'époque elle supportait ses infidélités, ses sautes d'humeur et ses terreurs nocturnes comme une façon de payer ses caresses, ses mots encore capables d'écrire des univers d'une beauté immense. Quand Arthur la prenait dans ses bras, Andrea sentait qu'il était habité par le désespoir, comme si elle était la seule certitude inébranlable de sa vie. Ce qui la rendait heureuse, unique et spéciale. Mais il y avait longtemps qu'elle n'avait plus ressenti cela.

Son couple s'orienta inexorablement vers le confort de la sécurité, l'antichambre de la mort de toutes les passions. Elle se rendit compte que lorsqu'ils faisaient l'amour, de moins en moins souvent et de façon tellement bureaucratique, Arthur se comportait avec elle comme un étranger en visite. Son regard devint distant, ses compliments et ses phrases magiques n'avaient plus les accents de la vérité, ils avaient perdu leur pouvoir thaumaturgique (voilà le véritable amour : le triomphe de la mystique) et étaient devenus des formules apprises par cœur, comme celles d'un officiant.

À la même époque, peu avant la naissance d'Aroha, elle découvrit qu'il était amoureux d'une certaine Diana, qui dirigeait la succursale de son entreprise à Chicago. Il avait déjà couché avec d'autres femmes, mais cette belle Noire, ambitieuse et présente, était différente. Cette femme changea Arthur du tout au tout, le dépouilla de ses rêves de poète et en fit un homme plein de désirs plus concrets : voitures, argent, actions, influences et jeux de pouvoir. Il réserva les miettes à Andrea : le succédané d'un homme qui voulait la persuader qu'il n'avait pas changé. Un corps sans âme.

Un soir, Arthur rentra bouleversé. Andrea l'avait attendu, car elle avait une chose importante à lui dire, mais il ne la vit même pas en entrant. Il était trempé et ses chaussures étaient tachées de boue. Il alla directement au garage et revint quelques minutes plus tard avec un sac-poubelle industriel. En voyant Andrea dans le salon, il sursauta.

— Tu es là depuis quand, à m'espionner ? lança-t-il exaspéré.

Andrea était furieuse. L'espionner ? Était-il devenu fou ? Elle n'avait pas dormi de la nuit, attendant son retour, gaie au début, puis triste et en colère, dans cet ordre, à mesure que l'heure avançait, et voilà qu'il la traitait comme une étrangère dans sa propre maison.

— Nous devons parler, dit-elle en glissant un regard sur le sac qu'Arthur tenait. Il avait les clés de la voiture dans l'autre main. Tu comptes repartir ?

— Ce n'est pas le moment, Andrea.

Il avait bu, et avait peut-être aussi pris d'autres substances. Il avait les pupilles dilatées et ne cessait de se passer la langue sur les lèvres. Il répandait une odeur de lupanar.

Cette odeur heurta profondément Andrea, comme le regard d'incompréhension qu'il eut quand elle lui dit :

— Aroha a passé une mauvaise nuit, les coliques l'ont empêchée de dormir. Nous devons l'emmener à l'hôpital.

— Et que veux-tu que j'y fasse ? Elle a quatre mois, pour l'amour de Dieu, c'est normal qu'elle en ait.

Quelque chose survint à ce moment-là, un choc brutal entre ce qu'ils étaient tous les deux. Le chaos éclata d'une manière invraisemblable, Andrea se mit à crier et à l'insulter de façon insensée, les reproches accumulés jaillirent de sa bouche comme un torrent, mêlant vexations ridicules et blessures profondes avec une virulence exaspérée.

— Je n'en peux plus. Je prends la petite et nous partons.

Arthur la regarda avec une haine retournée contre lui, contre elle, contre tout, qu'il n'avait jamais connue. Dans la pièce du haut, on entendait les pleurs d'Aroha.

— Fais ce que tu voudras, lui cria-t-il.

Il s'en alla en claquant la porte et Andrea resta au milieu du salon, contemplant les morceaux de verre d'un vase qu'il avait jeté avant de sortir.

Arthur rentra au petit matin. Andrea l'entendit pousser la porte de la chambre, se déshabiller, suspendre ses vêtements, s'asseoir à côté d'elle dans le lit et soupirer. Il la regardait, elle le sentait mais feignait de dormir. Elle se laissa attirer contre lui jusqu'à ce que leurs corps s'emboîtent, elle le laissa pleurer, le menton sur son épaule, et les larmes glissèrent le long de son bras jusqu'à sa chemise de nuit. Elle l'entendit lui demander pardon, la journée avait été terrible pour lui, il promit de changer et de redevenir ce qu'il était auparavant.

Elle l'écouta et accepta ses excuses. Mais au fond d'elle-même, en cette nuit qui remontait à quatorze années auparavant, Andrea cessa d'aimer Arthur.

La réception battait son plein. Les serveurs passaient d'un groupe à l'autre, faisant des prouesses en zigzaguant entre les invités avec leurs plateaux de jambon et de canapés au saumon et au fromage. Deux bars avaient été installés sur la terrasse de l'hôtel, l'un près de la piscine et l'autre près de la balustrade qui donnait sur le quartier ancien de Madrid. Le secrétaire d'État à la Culture faisait un discours sous un chapiteau monté au milieu de la terrasse. Personne ne l'écoutait, mais il semblait s'en moquer. Il souriait aux caméras, comme un petit acteur de second plan.

Arthur leva la tête. Eduardo avait surgi sur sa droite. Il avait un air lamentable.

— Que fais-tu ici ?

Eduardo lâcha un ricanement typique de l'ivrogne qui contrôle son éthylisme. Il vida son verre d'un trait sous le regard horrifié de ceux qui savaient que ce vin coûtait trois cents euros la bouteille et il en demanda un autre à un serveur.

— À la réception, j'ai vu Ibrahim. Je lui ai dit qu'il fallait que je te parle de toute urgence, et il m'a accompagné jusqu'aux ascenseurs. Sa cicatrice est un vrai laissez-passer de VIP. À l'accueil, l'hôtesse n'a pas osé protester.

— Tu ne devrais pas être ici. Surtout dans cet état.

Eduardo lança un coup d'œil à la ronde avec une expression amusée.

— Pourquoi ? Je suis le portraitiste officiel du roi. Et ici c'est ta cour, n'est-ce pas ? Juges, hommes politiques, chefs d'entreprise, écrivains, acteurs, avocats… Je parie qu'ils te doivent tous quelque chose, une faveur. Ils ont peut-être peur de toi, je parie même que beaucoup te méprisent. Tu n'es pas de leur monde, mais tu peux les acheter. Ils t'appartiennent. N'est-il pas normal que tu exposes à tes esclaves, à tes laquais, le catalogue de bouffons qui te divertit ?

Eduardo haussait le ton assez pour attirer l'attention. Arthur lui lança un regard furibond, l'attrapa discrètement par le coude et l'attira dans un angle de la terrasse.

Sous la lumière mouchetée du crépuscule, les tuiles des vieilles maisons du quartier de la maison d'Autriche brillaient comme s'il venait de pleuvoir. Sur la terrasse, on avait allumé les lumières suspendues par des fils invisibles, comme dans une fête populaire. On entendait au loin les cloches du couvent des Clarisses. En fermant les yeux, on pouvait se croire dans un petit village de la Manche. Sous le chapiteau, la musique de Schubert succéda aux discours. Le contraste était presque comique.

— Tu es devenu fou ? Il rime à quoi, ce petit numéro ?

Avec le talent qui n'appartient qu'aux mimes, le visage d'Eduardo se transforma, abandonnant cette imitation d'ivrogne insolent. Il s'approcha d'Arthur pour scruter son visage comme s'il était myope et avait oublié ses lunettes. Il avait passé tant d'heures à essayer de déchiffrer cette expression, qu'il la connaissait comme si elle était son propre reflet. Mais il comprenait maintenant ce que Gloria avait voulu dire quand il lui avait présenté les premières esquisses à Barcelone : il n'avait pas su capter l'essentiel, la véritable nature d'Arthur.

— Si je devais refaire un portrait de toi, tu serais quelqu'un de complètement nouveau.

Arthur soutint son regard, impassible, conscient des douzaines d'invités qui l'observaient du coin de l'œil. Mais sous son masque, Eduardo sentait une colère latente et un mépris qui suppurait à la commissure des lèvres.

— Que veux-tu encore ? Tu as mon portrait, tu peux le porter à Gloria et lui dire quel genre de monstre je suis, remplis-lui les oreilles de ce qu'elle voudra entendre.

Eduardo prit un autre verre et le vida d'un trait.

Arthur était un comédien, comme Gloria, comme Olga, comme lui-même, figé dans des souvenirs où se mêlaient le vrai et le faux. Ils vivaient tous sur des impostures, se remplissaient d'absences pour dissimuler leur vide, de la même façon que ces femmes parées de bijoux de luxe qui cachaient leur médiocrité, dramatiquement évidente quand elles glissaient l'ongle du petit doigt entre les dents pour y déloger une miette, ou quand ce haut fonctionnaire frôlait discrètement le sein d'une serveuse éplorée, à l'écart des caméras, quand les faux rires étaient en quête d'une personnalité à courtiser. Tout cela était un mensonge plein de lézardes que personne ne voulait voir. Car les lézardes, c'étaient eux. Eux tous.

— Je viens de découvrir que j'ai tué un homme innocent, quatorze ans après. J'ai tué la mauvaise personne – les mots qu'il prononçait étaient lourds, comme s'il devait vomir des pierres. Je suis une foutue merde, une sale blague.

L'homme qui habitait le corps d'Arthur émigra à cet instant, loin, dans un lieu où le regard d'Eduardo ne pouvait le rattraper.

— Personne n'est innocent, Eduardo. Je pensais que tu l'avais compris.

Eduardo traînait sur chaque mot qu'il prononçait.

— Exactement, personne. Ce qui m'amène à une conclusion terrible : celui qui a tué ma famille se balade et se fout de moi.

Le regard d'Arthur le transperça comme un poignard.

— Et alors ? Tu le tuerais encore une fois, tu te vengerais ? On a commis assez de conneries dans la vie.

Eduardo détourna les yeux. Arthur avait sans doute raison.

— Si au moins je pouvais savoir que sa vie n'a pas été meilleure que la mienne…

Arthur lui lança un regard de pitié, qui signifiait que rien ne sert de découvrir des vérités si on ne peut rien en faire.

Le petit hôtel de banlieue n'existait plus. Le paysage avait radicalement changé. Et ce changement lui donna la mesure de changements plus profonds et plus personnels. Arthur n'y était pas revenu depuis quatorze ans et en descendant de voiture il ressentit cette transformation inévitable qui nous confronte à la dernière étape de notre vie.

Il eut du mal à reconnaître les ruines de l'édifice envahi par des buissons si hauts qu'ils empêchaient de voir l'ancien mur de pierre qui entourait la propriété. Une partie du toit à deux versants s'était effondrée, comme si un obus était tombé dessus, et les belles tuiles arabes avaient perdu leur éclat originel, colonisées par la mousse. La plupart des fenêtres étaient murées et le rez-de-chaussée servait de support aux graffitis. Dans un coin, une pancarte rouillée annonçait que l'immeuble était à vendre. Les numéros de téléphone de l'agence étaient presque illisibles. Le tracé de la route avait été modifié et celle-ci passait maintenant derrière l'hôtel. On entendait le grondement importun et continuel de la circulation des gros camions. On avait aussi construit une station-service avec une boutique.

Cet endroit avait été son paradis. La parenthèse de chaque week-end inscrite dans sa routine pendant des années. Les rideaux bercés par l'air discret de la campagne, les fleurs fraîches sur le rebord, le grand lit tolédan au chevet en bois sombre, les corbeilles de fruits frais, la salle à manger coquette où une demi-douzaine de couples, souvent les mêmes, complices et tapis dans leurs secrets, se saluaient sans rien se dire, unis par des regards d'une gaieté résignée, partageant la même clandestinité à la fois coupable et effervescente.

— Je parie qu'à Chicago ce genre d'endroit n'existe pas, disait-il à Diana en lui prenant la main, protégé par les massifs taillés dans des formes baroques, animales et florales, savourant le silence interrompu par les nichées d'oiseaux difficiles à identifier dans les hautes branches. Elle, habillée simplement, jean et haut à bretelles, sans bijoux ni chaussures élégantes, en tennis, se laissait porter par cette invention, lui souriait et le prenait par la taille sans aucune crainte, appuyait sa tête d'ébène sur sa poitrine et l'embrassait dans le cou en laissant une trace de salive tiède sur sa peau.

Ils se retrouvaient là tous les week-ends. Quarante-huit heures volées au temps après avoir donné de laborieux alibis à Andrea, ce qui l'avait transformé en menteur expert et convaincant. Du moins le croyait-il. Quelques heures, suffisamment pour entretenir le masque d'être unique et différent, à l'abri de la vulgarité quotidienne.

Mais le temps que s'inventent et s'offrent les amants devenait gourmand. Cette fiction parfaite en voulait toujours plus, plus de temps, plus de jours, plus d'intensité. Vint le moment où ce qu'ils s'offraient en secret ne suffit plus. Il y a toujours quelqu'un qui est prêt à perdre le paradis, à manger la pomme avec la promesse d'une chose qui, même imparfaite, est plus réelle. Cette fois, c'est Diana qui en voulut davantage. Elle exigeait la légitimité de la lumière, elle voulait connaître les défaites d'un couple ordinaire, supporter l'usure de la vie à deux, des choses non dites qu'on veut imposer à l'autre pour ne pas succomber, elle voulait savourer dans sa chair la lente érosion du quotidien. Elle ne se satisfaisait plus du mirage sucré qu'Arthur avait créé pour elle.

— Je veux te voir malade, faible, vulnérable. Je veux te voir absent, en colère, distrait, connaître ton égoïsme, ton côté enfantin, je veux te voir pleurer. Et je veux être à tes côtés. Je ne veux plus aimer une fiction. Je veux t'aimer en chair et en os.

C'était le sujet de leur dispute la dernière fois qu'ils se retrouvèrent dans cet hôtel. Il y avait quatorze ans. Cette nuit fatidique qui avait commencé bien avant, dans l'après-midi, sous les feuilles pointues d'un palmier, pendant que Diana se plaignait amèrement et se traitait de "catin". Il faisait une chaleur de chocolat épais, sans l'humidité de la mer, avec la lourdeur des cailloux et le tracé des ruisseaux à sec, la terre de l'étang craquelée, les grosses mouches vrombissant et tournant autour des massifs de fleurs.

C'était la faute d'Arthur. Il n'aurait pas dû céder à l'envoûtement insinuant de l'intimité, à sa propre invention. Ils avaient fait l'amour debout, contre les portes d'une armoire qui avait imprimé sur leur peau en sueur les reliefs et les nœuds du bois. Et ils s'étaient étendus nus sur le sol carrelé.

Cette chimère de croire qu'on habite l'univers lui fit commettre une maladresse : il dit ce qu'il pensait quand elle le lui demanda. "Je pense à toi, c'est merveilleux, je suis aux anges." Il aurait dû dire quelque chose de ce genre, quelque chose que les oreilles de Diana étaient prêtes à entendre, car c'était inscrit dans le scénario prévu pour ces week-ends. Mais ce qu'il déclara fut bien pire : il dit la vérité.

— Je pensais à une pension de la rue El-Mansour, dans le port d'Alger. Elle avait le même genre de ventilateur, mais l'air qu'il brassait était différent, salé, presque liquide, il accrochait à la peau des odeurs d'algues, d'huile et de graisse des amarres. La lumière avait aussi un autre ton, elle errait sur les meubles comme la main d'un géant inspectant ses biens. À la fenêtre, on entendait la rumeur de la mer, les klaxons des camions sur les quais, les cris des dockers, les rires des enfants (tu devrais entendre le rire d'un enfant algérien, il ne ressemble à aucune autre musique au monde). Je pensais que, dans cette chambre, mon cœur battait aussi plus fort, parce qu'il était plus jeune, plus impétueux, plus naïf. Je pensais à Andrea, étendue contre moi, nous étions collés et collants, comme des bonbons trop sucés et près de fondre… Je pensais au chemin qui m'a conduit de cette chambre-là à celle-ci.

Il pensait aussi abandonner cette aventure avec Diana, avec toutes les Dianas de sa vie, rompre ces week-ends entre parenthèses, rentrer chez lui et embrasser Andrea.

Il pensait qu'auparavant il s'arrêterait pour lui acheter des fleurs. Et quelque chose aussi pour Aroha. Peut-être une de ces petites lampes qui ont des dessins d'oursons.

Ce bébé s'était interposé entre eux comme un mur qui s'élevait pierre à pierre. Il le pensa la première fois qu'il la vit à la maternité, pendant que le médecin nouait son cordon ombilical. Inexplicablement, Arthur frissonna, plus de peur que de joie. Il se demanda quel était ce petit morceau de peau incarnée qui braillait, considérant que le monde lui appartenait, le réclamant à bras ouverts. Quelle drôle de chose – il ne voyait pas d'autre mot –, ce bout de vie qui tenait dans les mains gantées comme on tient un bol rempli d'eau. "Elle est à toi", lui dit le médecin en la lui tendant comme une offrande, comme un cadeau. Et ce pouvoir l'effraya.

Il ne put s'empêcher de penser à son père, le lieutenant parachutiste en grand uniforme, avec ses décorations, grand, fort, roux, le tatouage de son unité dans le cou, marque indélébile de ses priorités affectives. *La Patrie avant tout.* Était-ce le cas ? Était-il comme son père, ou n'en avait-il gardé que la carcasse ?

Il ne pouvait éviter cette association pernicieuse et maladive. Chaque fois qu'il voyait Andrea donner son mamelon rosé à une bouche qui n'était pas la sienne, mais à celle de cette créature, il avait l'impression d'être un intrus. Il osait à peine toucher cette petite fille qui le regardait sans le voir, cherchant sa voix comme le font les aveugles avec leurs yeux erratiques, fronçant son petit nez quand il s'approchait du berceau parce qu'elle reconnaissait son odeur. À croire qu'il ne voulait pas la salir, qu'il ne voulait pas admettre que l'égoïsme luttait de toutes ses forces avec la tendresse à chaque minute depuis qu'elle était venue au monde, et qu'il n'avait pas encore décidé de quel côté la balance allait pencher.

Il pensait à tout cela en contemplant les ailes du ventilateur qui tournaient lentement et que Diana lui caressait la poitrine. Et il le lui dit.

— Notre histoire, c'est fini.

Mais rien ne finit jamais. En tout cas pas quand nous l'avons décidé, et jamais comme nous l'avions prévu. La vie lui avait déjà appris cette leçon grâce à son cousin français, et dans le bureau de Cochard, et le long de sa carrière qui l'avait amené là où il était, régnant sur une énorme montagne de venin. Mais ce soir-là, il ne voulut pas entendre cette voix pernicieuse, nuisible et moqueuse. Au petit matin, tandis qu'il s'habillait avec une précipitation soudaine, comme si le temps qu'Andrea lui avait accordé pour les récupérer avant de les perdre complètement était déjà très entamé, Arthur se sentit capable de forcer les limites prescrites par le destin.

La route rétrécissait, et il vit les balises et les barrières de travaux qui coupaient la voie unique. À droite, une route secondaire traversait un village désert et se poursuivait sur une centaine de mètres, parallèle à un ruisseau qu'il ne voyait pas mais qu'il entendait en contrebas. Il prit ce raccourci sans ralentir ni s'arrêter à un stop à peine visible entre les buissons.

Et il percuta une voiture qui allait dans le même sens.

Il heurta violemment le volant et la ceinture de sécurité l'empêcha d'être projeté contre le pare-brise. Il perdit connaissance pendant quelques secondes et quand il reprit ses esprits il se demanda ce qui lui était arrivé. S'il n'y avait pas eu l'autre véhicule, en bas, sur le toit, les roues tournant dans le vide, il aurait pu croire qu'il avait rêvé. Il sortit de la voiture en titubant et s'approcha du bord de la route.

Sur la droite, le ruisseau. De l'autre côté, un corps allongé, les jambes dans l'eau. Arthur dévala le talus, trébucha, tomba et se releva, comme mû par un ressort. Il se précipita vers ce corps. La fille respirait encore, mais elle partait aussi vite que le sang qu'elle perdait. Elle mourait par les oreilles et la bouche, par le nez.

— Ne bouge pas. Je vais demander de l'aide.

Comme si ce corps brisé pouvait aller quelque part. Il alla chercher son téléphone dans la voiture. Pas de réseau. “Réfléchis, Arthur, réfléchis.” Mais il ne pouvait interrompre le vertige de ses pensées ni les cris qui résonnaient dans sa tête. Ils parlaient tous à la fois, ils voulaient tous s'imposer. Il se rappela les travaux avant la déviation. Il y avait sûrement des gens qui y travaillaient, qui sauraient quoi faire, appeler une ambulance.

Il démarra, accéléra. Le chemin était trop étroit pour faire demi-tour, il irait un peu plus loin, jusqu'à ce qu'il puisse revenir. On croit toujours qu'on va trouver un endroit où reculer.

Cinquante mètres plus loin, la voie s'élargissait. Arthur s'arrêta. "Que vas-tu faire ? Ils sont morts, lui disaient ses yeux dans le rétroviseur. Tu les as tués. Mais c'était un accident. Tu vas tout gâcher, au mauvais moment."

Plusieurs kilomètres après, Arthur entra dans un bar d'une station-service. L'employé fit à peine attention à lui quand il demanda le téléphone d'une voix nerveuse.

Arthur n'appela pas la police. Cette idée ne l'avait même pas effleuré. Il composa le numéro de Diana et lui raconta tout d'une voix entrecoupée par les sanglots. Non, personne ne l'avait vu. Oui, il était presque sûr qu'ils étaient morts. Il n'avait laissé aucune trace de son véhicule.

— Alors, il ne s'est rien passé, dit Diana froidement.

Quel soulagement ! Il ne s'est rien passé. Tout peut revenir en arrière, il suffit d'effacer. C'est ce qu'il voulait entendre. Ce qu'il voulait croire. Elle se chargerait de tout. Comme d'habitude. Cette fois comme les précédentes.

20

Étendu sur son lit, l'Arménien resta pendant quelques secondes l'esprit dans le vide. Il aimait cette heure silencieuse où le jour nouveau promettait des moments différents ; des moments qui en définitive seraient toujours les mêmes, il le savait, mais en ouvrant les yeux sur cette ligne rougeâtre à l'horizon, il croyait voir un mystère à dévoiler. Il soupira, jouissant de cette sensation fugace de tranquillité, de la pureté du silence et du bonheur du calme. La marijuana engourdissait son esprit pendant qu'il entonnait le refrain de *Highway Star*, de Deep Purple :

Nobody gonna take my head I got speed inside my brain.

Il ne savait pas pourquoi il avait ouvert les yeux avec cette chanson dans la tête, même s'il se réveillait toujours en sifflotant un air. Une habitude qui remontait à des années.

Par terre, un préservatif et un cendrier plein de mégots sur une flaque de bière. Au pied du lit en désordre gisaient son pantalon, un faux passeport de Bosnie-Herzégovine et un sac de sport avec des vêtements de rechange et quelques milliers d'euros dans le double fond, qui rejoindraient l'histoire dans quelques heures, il allait se perdre dans les frontières floues de l'ancienne Yougoslavie, une terre promise pour des hommes dans son genre, pour lui qui avait connu les maisons de redressement et les prisons depuis qu'il avait l'âge de raison ; c'était son milieu naturel, l'odeur de désinfectant, les peintures grossières des bâtiments, le contact peu cordial avec les gardiens et la peur déguisée en insolence face aux détenus.

Mais il se sentait vieux et fatigué, les jeunes qui arrivaient en prison avaient d'autres codes, sans loyauté ni respect, à la moindre occasion ils essayaient de le détrôner, son pouvoir n'était plus omniprésent et tôt ou tard il succomberait. Il n'avait pas l'intention de se laisser faire ; quand on a été empereur, on ne peut se satisfaire d'une condition de roitelet. Après son évasion, après avoir poignardé un garde civil, il mettait fin à une vie carcérale de légende. Et cette légende devait rester intacte aux yeux des autres. Il ne retournerait jamais dans une prison espagnole. Jamais.

— Il faut que ça s'arrête, dit la femme étendue à côté de lui.

Elle fumait aussi de la marijuana, la main posée sur un ventre moins lisse qu'il ne l'était dans ses souvenirs. Il ne se rappelait pas non plus ce bouquet de rides tombant de ses paupières, ni les crevasses minuscules sur sa lèvre supérieure. Ses yeux avaient la couleur de l'herbe en automne. Elle n'était pas belle mais cela ne l'empêchait pas de la trouver désirable. Elle s'appelait Azucena et avait au doigt une alliance en or blanc gravée au nom véritable de l'Arménien, celui qu'il ne révélait à personne et que ceux qui le connaissaient n'osaient prononcer en sa présence.

— Ça va s'arrêter bientôt. Dans deux jours, des collègues qui font passer des putes et des esclaves vont m'emmener à Sarajevo. Ils me doivent quelques services. Et après, je ne sais pas. La Turquie, l'Iran, l'Afghanistan ? Il y a beaucoup de solutions pour quelqu'un comme moi. Mais je vais d'abord m'occuper du fils de pute qui a tué notre fille.

— Peu importe où tu iras, Eladio, ni ce que tu feras. Rebeca ne va pas revenir, et tu ne cesseras jamais de fuir, jamais. Tu as perdu toutes tes années à ça, et tu vas me perdre de la même façon. À force de fuir ta propre vie.

L'Arménien sentit qu'il sombrait. Il ne voulait pas penser à la réalité. Il ne voulait pas répondre aux doigts de cette femme aussi seule que lui, qui cherchait les siens pour les entrelacer.

Azucena était assistante sociale. Ils s'étaient connus en prison un an avant d'avoir Rebeca, qu'il ne voyait qu'une fois par an, pour son anniversaire, car il n'aimait pas que sa femme l'amène aux visites, la prison n'était pas un lieu pour une fillette destinée à devenir une princesse. Il ne voulait pas qu'en grandissant elle garde le souvenir d'un père derrière les barreaux, mais il avait toujours une photo d'elle dans son portefeuille, qu'il montrait à tout le monde quand il était de bonne humeur.

Il la changeait régulièrement pour s'adapter à l'évolution de la petite ; il avait lu des livres de pédagogie et faisait croire à ses auditeurs qu'il était un bon père, soucieux de son éducation ; dans son for intérieur, il avait inventé la fiction d'une famille normale, où il s'appliquerait à inculquer à sa fille la maxime qui guidait sa propre vie : "N'attaque personne, mais si on te cherche, on te trouvera." Il aplanirait le chemin, écartant les dangers, la protégeant et lui apprenant à montrer les dents et à mordre s'il le fallait. Il rêvait de la voir un jour à l'université où il n'avait pu aller, pour devenir une avocate prestigieuse, il ironisait même sur un avenir où sa fille revêtue de la robe de magistrat occuperait les plus hauts postes, pourquoi pas le Tribunal suprême. Se mentir est une façon de survivre aux déceptions. Et pendant six ans, l'âge atteint par sa fille, cette fiction l'avait soutenu.

Azucena agrafait son soutien-gorge, assise sur le lit. Ses cheveux ébouriffés recouvraient son visage fatigué.

— Tu devrais te livrer. J'ai encore des amis dans l'administration pénitentiaire. Ils pourraient nous aider.

— Je ne vais pas me livrer, Azucena. Ôte-toi cette idée de la tête.

— Mais que vas-tu devenir, après avoir tué cet homme ? Combien d'autres devront tomber pour que tu cesses de te haïr et de haïr tout le monde ?

Quand il n'y a plus d'espoir, il faut en inventer un. Sinon, on peut toujours vivre dans la haine. Faire de la vengeance un moteur infatigable, qui vous oblige à rester en alerte, un objectif qui vous pousse quand vous n'avez plus le goût à rien. Tuer Arthur était devenu son unique objectif.

— Laisse ce discours de bonne sœur aux nouveaux détenus. Avec moi, ça ne prend pas. Je suis une pierre, à l'intérieur.

Azucena lui lança un regard las qui laissait présager l'inévitable.

— Je ne peux pas continuer comme ça. J'ai besoin d'aller de l'avant. Nous l'avons enterrée il y a quatre ans. Mais tu ne l'as pas laissée partir. Tu t'accroches à nous deux pour ne pas couler, mais tu m'enfonces avec toi.

L'Arménien observa Azucena avec indifférence. Elle aussi, il l'avait perdue. Tant pis, il avait toujours été seul.

— Je ferai ce que j'ai à faire, et je m'en irai pour de bon, ne t'inquiète pas. Tu n'entendras plus jamais parler de moi.

Ibrahim ne broncha pas quand il découvrit l'Arménien à quelques centimètres derrière lui. Depuis qu'Ordóñez les avait prévenus, il savait que c'était une question de temps, mais qu'il apparaîtrait. Il était escorté par un géant d'une trentaine d'années. Le mastodonte avait la boule à zéro, sauf une crête de cheveux frisés et noirs qui lui donnait l'air féroce d'un Mohican.

Ses yeux occupaient tout son visage. Grands, saillants, vitreux, pupilles dilatées, sorte de trou noir en perpétuelle expansion. Il venait de prendre une ligne de coke. Ses paupières étaient figées, comme si on les avait cousues aux sourcils larges et épais. Il avait les bras tatoués, pas un centimètre de libre.

— Pourrions-nous parler pacifiquement, pour une fois ? lui demanda l'Arménien.

Ibrahim dévisagea le géant et évalua ses chances. Il aurait du mal à en venir à bout, et il n'était pas sûr d'y parvenir sans y laisser des plumes. Il n'avait pas le choix. Il glissa la main dans la poche de son pantalon et le géant grogna comme un chien hargneux. Ibrahim sortit quelques pièces et les laissa tomber sur le comptoir où il buvait sa bière. Il ouvrit les mains en signe de paix et l'Arménien tira sur la laisse de son molosse pour le rassurer.

— Sortons.

Le gorille se posta à droite de l'Arménien, surveillant alternativement le voisinage et Ibrahim.

— Les plaisirs les plus simples sont ceux qu'on regrette quand on les perd, tu ne crois pas ? J'avais oublié qu'il est si agréable de se promener dans le centre de Madrid.

— Comment as-tu réussi à t'évader ?

L'Arménien releva sa chemise et lui montra une vilaine blessure à l'arme blanche, à hauteur du foie. Les points n'étaient pas encore cicatrisés. C'était récent.

— Si tu te blesses, ces fils de pute s'occupent de toi. Ils ne peuvent pas te laisser saigner comme un porc, c'est contre leurs principes. Et plus profonde est la plaie, plus ils s'occupent de toi. Tu savais que les mystiques du Moyen Âge recouraient à la lacération pour attirer l'attention de Dieu ? Saigner, c'est très bon, ça purifie. J'ai provoqué une bagarre, on m'a blessé et il a fallu me transférer à l'hôpital. Humala et ses collègues ont fait le reste, ils me devaient quelques services, sourit-il en montrant le géant.

— Tu veux quoi ?

— Repartir à zéro, tu comprends ? Ce n'est pas qu'on décide d'être un enfoiré ou un fils de pute sans âme, c'est simplement que les événements s'enchaînent et on se laisse porter.

L'Arménien posa sur Ibrahim ses yeux énormes qui occupaient tout son visage, comme s'il attendait une réaction de sa part. Mais Ibrahim était perplexe et indécis.

— Parfois, je parle trop ; non que j'aie beaucoup à dire, mais le silence me dérange, tu sais.

Pour une fois, Ibrahim fut d'accord. Il n'était jamais à l'aise s'il fallait trop parler.

— Allons, arrête de tourner autour du pot et dis-moi ce que tu as à me dire.

L'Arménien pointa son doigt sur lui et esquissa un sourire complice. Il avait de petites dents bien écartées, comme une scie.

— J'ai entendu dire que ton patron a engagé un type assez sinistre, un professionnel qui fourre son nez partout en posant des questions sur sa fille. Un type rapide et direct, d'après ce qu'on m'a raconté. Son intérêt me touche. Mais ça ne va pas m'empêcher de lui arracher les tripes, à ce salaud. Il a tué ma fille. Il peut toujours essayer d'interposer une armée entre lui et moi. Arthur est un homme mort. Rien n'y personne ne va l'empêcher, je voulais que tu le saches.

Ibrahim releva la tête calmement et contempla les rides de son adversaire. Comme les autres, ce vieux lutteur commençait à se faner et ne voulait pas reconnaître qu'il avait fait son temps. Il pensa aux photographies qu'Ordóñez leur avait montrées, où on voyait Ian avec Rebeca.

— Pourquoi me dis-tu cela ? La mort de ta fille était un accident, Arthur était ivre, il n'était pas conscient de ses gestes et crois-moi, s'il y a quelque chose qu'il regrette, c'est bien la mort de cette enfant.

— Ça, je m'en fous, l'interrompit l'Arménien avec emphase. Ivre ou sobre, c'est pareil. Tu comprends, je ne suis pas de ces obsédés qui traversent le monde en prenant des cuites pour un oui ou pour un non. Je fais marcher ma tête, et il pointa le doigt sur sa tempe comme s'il voulait se faire sauter la cervelle. Je me connais et je sais ce que je fais, je ne dis pas que c'est bien, mais c'est comme ça. Et toi ?

— Quoi, moi ?

— Tu me plais, Ibrahim. En fait, je t'admire. Il y a des années qu'on se croise dans nos prisons, et je ne t'ai jamais vu t'écarter de toi-même. Tout le monde te redoute, mais surtout te respecte. Moi aussi. Je connais ton passé, ces histoires qu'on raconte, quand tu étais avec les fondamentalistes. Tu as des scrupules, malgré tout – il faillit toucher la cicatrice en dents de scie qui balafrait le visage d'Ibrahim, mais le regard de ce dernier le retint juste à temps. Voilà pourquoi je ne comprends pas pourquoi tu protèges Arthur.

— Je ne sais pas ce que tu crois savoir, mais tu me parles de la préhistoire. En tout cas, ce ne sont pas tes oignons.

L'Arménien croyait avoir un don, celui de voir ce que les autres cachent. Les gens sont manipulables, il leur donnait ce dont ils avaient besoin et prenait ce qu'il voulait. Les personnes *honnêtes* se servaient de types dans son genre pour satisfaire leurs perversions, histoire de mettre un peu de danger dans leur existence gavée et morne. Toutes ces dames pomponnées qu'il voyait dans les boutiques de la rue Serrano, au volant de leur grosse cylindrée, avec un mari chauve, vieux et ventripotent, pourri de fric, toutes rêvaient d'une bite dans leur cul, d'une ligne de coke, d'un spectacle de lutte clandestine, d'un tripot ou d'une orgie. La perversion n'était acceptable pour ces gens que comme un jeu, un peu de douleur, quelques gouttes de sang, un gros mot chuchoté à l'oreille, mais si on leur montrait la bête, ils chiaient dans leur froc. Pourtant, Ibrahim n'était pas comme lui, ni comme eux. L'Arménien était déconcerté de ne pas savoir qui il était, quelles étaient ses faiblesses, comment le coincer. Pourquoi ne parvenait-il pas à lui inspirer cette terreur qui subjuguait les autres ?

— D'accord, tu dois avoir tes raisons pour protéger ce fils de pute. J'espère qu'elles sont assez fortes, parce que je vais l'attraper, lui et tous ceux qui me barreront la route, et je n'aimerais pas que tu sois l'un d'eux. Au contraire, j'espérais te convaincre de m'aider. Je veux que tu me livres Arthur. Voilà pourquoi nous discutons, et c'est la seule raison pour laquelle mon ami tatoué ne t'a pas encore mangé le foie tout cru. Il posa ses grands yeux aqueux sur Ibrahim – on aurait dit un squale prêt à attaquer. Je sais que la femme d'Arthur est internée dans une résidence de la banlieue de Madrid. J'ai vu que tu lui rendais visite, je ne sais pas pourquoi, mais je devine que cette femme t'importe plus que de raison.

Le visage d'Ibrahim s'assombrit. L'Arménien put presque entendre le frottement de ses dents quand il serra la mâchoire.

— Si tu t'approches d'Andrea, je ne te laisserai pas un os entier dans tout le corps.

— Détends-toi, je ne lui veux aucun mal, sauf si tu m'y obliges. Tu ne vas pas la protéger éternellement. Andrea – c'est bien ainsi qu'elle s'appelle ? – n'a qu'une seule idée en tête, savoir où est sa fille, Aroha. Le type qu'Arthur a engagé est peut-être très bon, j'ai entendu des horreurs à son propos, mais tu peux me croire, il ne la retrouvera jamais. Si tu veux des informations sur les jolies filles qui disparaissent, j'ai de bons amis qui pourraient t'aider. Un échange d'informations. C'est tout ce que je te demande. Ça, ou ça – il montra Humala, le géant tatoué qui lui adressait un regard glacé et un sourire canin. Réfléchis, Ibrahim. Ma proposition ne tiendra pas longtemps, je suis pressé d'en finir avec cette affaire et de disparaître.

Le père d'Ibrahim lui avait appris que le *tasawwuf* est le fil invisible qui permet aux hommes de communiquer avec Dieu et qui explique sa relation avec toute la Création. Comme les notes qui sortaient de son *ney* quand il se sentait perdu. Les mots ne pouvaient exprimer cela, mais quand il se sentait perdu et triste, il cherchait dans son roseau le souvenir des paroles de Mustafa al-Alawi : "Il existe chez l'être humain un morceau spécial : s'il est sain, tout en lui est sain, et s'il est corrompu, tout en lui est corrompu. Et cet organe, c'est le cœur." Son père lui disait qu'il avait le cœur d'un mystique guerrier, et qu'il souffrait parce qu'il connaissait sa propre nature. Les propos de ce vieillard le rattrapaient maintenant, mêlés aux notes du *ney*, il le revoyait dans son corps maigre, amalgame d'air plus que de chair. "Je prie pour toi, disait-il des yeux, cherchant un chemin que nul ne pouvait trouver. Je prie pour ton cœur obscur et lumineux. Pour que tu sortes victorieux de cette lutte, car tout homme a besoin de trouver son destin et ne pas errer sans but dans la vie."

Il pensait maintenant à la tombe de son père, ce petit tas de pierres où poussaient les fleurs sauvages fouettées par le vent chaud, la queue du sirocco, en haut de la colline. Sous les nuages de plomb qui rapprochaient le ciel de la terre. Un ciel et une terre hors de l'Histoire, du temps. Il rêvait de cette solitude intemporelle, aussi simple qu'un brin d'herbe dans le creux de la main, que le vent emportait en le faisant tournoyer comme une libellule ivre.

L'Algérie l'accompagnait partout. Une Algérie douloureuse et tachée de sang : le premier homme qu'il tua en lui tirant dans le dos devant le monument aux

Martyrs, la bombe qui explosa près de la rue Hadj-Omar, à côté du petit palais ottoman que les Français avaient utilisé comme mairie, les tirs sur les touristes devant le musée du Bardo, les passages à tabac des mouchards à l'hippodrome pendant que du coin de l'œil il guettait où en étaient ses paris sur les courses de chevaux. Et chaque fois qu'il commettait un attentat ou un délit, il sentait son cœur se pourrir, mais il ne pouvait se débarrasser de cette couche de haine qui l'atrophiait, paroles et pensées étaient impuissantes à le guérir.

Chez chaque homme ou femme qu'il attaquait, il voyait le visage roux et rayonnant de Luis Fernández, il voyait sa mère maintenue par ses sbires, il sentait sa chair s'ouvrir sous la lame aiguisée de sa machette. Et sa pensée se voilait, le poussant à être ce qu'on attendait de lui : un sicaire, un assassin, un dégénéré, un sectaire rétrograde… Il n'y avait que de cette façon qu'il voyait la clarté chez ses victimes. Ces dernières croyaient savoir qui les tuait et pourquoi.

Mille vies s'étaient écoulées. Les drapeaux ne flottaient plus nulle part, les hymnes ne l'émouvaient plus, il ne cherchait plus Dieu. Il n'attendait plus rien des hommes, ni de lui-même, et le souvenir des enseignements de son père était de la poussière sèche entre ses doigts, une tristesse dans son miroir. Et son visage ne cessait de le hanter.

Seul le *ney* lui apportait le repos.

Quand il le sortit de l'étui en cuir et le montra à Andrea, le *ney* ressemblait exactement à ce qu'il était, une branche sèche avec six trous alignés et un pour le pouce, à l'opposé. Un humble instrument de berger, dont l'origine remontait aux débuts de l'homme. Ibrahim l'encouragea à l'essayer. Il lui montra comment placer ses doigts en lui expliquant qu'ils avaient la possibilité de varier d'un ton. Il fallait souffler en oblique en plaçant l'extrémité entre les dents, en dirigeant l'air avec la langue.

Andrea fit plusieurs tentatives sans parvenir à émettre un son. Têtu comme une mule qui refuse de reconnaître son cavalier, l'instrument refusait de *bouger*.

Ibrahim sourit. Jouer de cet instrument semblait simple, mais il fallait une vie entière pour en dominer la technique. Il pouvait parcourir les trois octaves sur des tons différents, profonds et graves qui, quand il reprit la flûte, surgirent comme par magie sans aucune difficulté.

Andrea sentit son cœur se serrer, surprise par cette lamentation qui semblait jaillir non pas de l'instrument mais du musicien. À mesure que les notes s'enchaînaient, elles créaient un manteau de pourpre autour d'Ibrahim comme autour d'un ange errant, à mi-chemin vers nulle part. Ces sons l'apaisaient et la poussaient vers un recoin paisible où s'évaporaient toute fatigue et tout chagrin. Même le périmètre abrupt de la cicatrice semblait adoucir ses arêtes. Peu à peu, elle se rendit compte qu'Ibrahim lui *parlait*.

Il lui disait des choses qui ne pouvaient être exprimées par des mots, et elle comprenait. Elle le comprenait. Il lui racontait un long voyage où les paradis et les enfers se confondaient, où les souvenirs et les désirs étaient semblables. Sans la regarder ni la toucher, concentré sur les sons et non sur ses doigts, Ibrahim la prenait dans ses bras et l'emmenait dans un pré où on voyait au loin la mer sableuse du Sahara, ses dunes mouvantes bercées par le vent qui allait de la Méditerranée à la mer Rouge, un continent aride, aussi sec que la cicatrice qui déformait son expression. Qu'elle était belle !

Il lui parla de l'amour qu'un homme peut ressentir.

— Arrête, je t'en prie, le supplia Andrea en pressant son ventre entre ses mains, comme si les souvenirs l'avaient mise enceinte et qu'ils étaient sur le point de naître et donnaient des coups de pied, réclamaient sa présence.

Mais Ibrahim ne s'arrêta pas. C'était impossible, car cette musique n'était pas la sienne, elle ne sortait pas de ses poumons et n'était pas traduite par le *ney*. La musique était *samâa*, le langage du temps, de la mémoire, le son de la compréhension et de l'acceptation. Il ne pouvait interrompre ce fil tissé d'air, seulement y accéder, être le pont entre leurs âmes perdues dans un temps immémorial, qui dansaient comme des derviches, tournaient sur elles-mêmes à l'infini, créaient une spirale qui les transporterait vers ce qu'ils étaient réellement, dépouillés de ce qui les emprisonnait. Les notes devinrent cris ; des cris issus de ses blessures. Andrea pouvait l'entendre hurler, supplier, maudire et prier, elle entendait qu'on le torturait et elle avait beau se boucher les oreilles, la douleur était toujours là, gémissante ; enfin ces sons se calmèrent, s'éloignèrent comme les croassements d'oiseaux migrateurs pour devenir plus doux, plus fluides.

Quand Ibrahim arrêta de jouer, parce que l'air de ses poumons n'avait plus rien à dire, il était épuisé. Ils avaient perdu la notion du temps. La nuit tombait et la chambre d'Andrea rétrécissait à mesure que l'envahissait la faible obscurité qui se faufilait par la fenêtre. Au loin, on distinguait le profil des montagnes et la forêt proche. Les étoiles s'allumaient. Une longue mèche retombait entre les sourcils d'Ibrahim et caressait son nez, de petites gouttes de sueur sillonnaient son front, inondant ses rides, et sa lèvre inférieure tremblait. Il n'osait regarder Andrea, assise devant lui, au bord du lit, les mains sur les genoux. Pendant quelques secondes, Ibrahim resta immobile, la tête vide. Il avait besoin de se remplir, après s'être ainsi vidé. Il reprit sa respiration, jouissant de la fugace sensation de tranquillité, de la pureté du silence et du bonheur du calme, conscient qu'en ouvrant les yeux il devrait la regarder, sachant à l'avance les questions qu'il trouverait dans ses pupilles.

Andrea se leva et s'approcha de la fenêtre avec la discrétion d'une ombre aux pieds nus. Ses doigts étaient bercés par la douce oscillation du rideau transparent.

— Qui es-tu? Pourquoi es-tu entré dans ma vie? demanda-t-elle à l'horizon.

Et à l'horizon, il y avait Ibrahim.

Ibrahim détourna les yeux et tomba sur le portrait d'Aroha, qu'Andrea avait placé au chevet du lit. Elle était une fillette qui ne savait rien de ce qui lui arriverait dans trois, quatre ou cinq ans. Elle avait cette innocence arrogante de ceux qui n'ont peur de rien parce qu'ils ne savent rien. "J'aurais pu être ton père", pensa-t-il. Et cette pensée envahit ses autres pensées comme une tache d'huile. Quand Andrea avait quitté l'Algérie, pendant quelques années il avait continué d'aller sur un lopin de terre, non loin d'Annaba, il s'asseyait sur les pierres et imaginait à quoi ressemblerait la maison qu'il construirait pour eux, pour les enfants qu'ils auraient, ce genre de choses qui servent d'armature pour un avenir sans fissures. Il se sentait si sûr de lui qu'il n'envisageait même pas que les choses puissent se passer autrement. Il était différent des autres, depuis tout petit.

Les habitants d'Annaba étaient taciturnes, pessimistes et leur âme était abîmée par le travail et les souffrances, mais Ibrahim ne leur ressemblait pas. Là où d'autres voyaient souffrances et douleur, il voyait une raison de concevoir une vie meilleure ; il prévoyait longtemps à l'avance ce qu'il cultiverait, comment il labourerait la terre, où il achèterait le bétail, où il construirait la grange, il apportait même des magazines où on montrait de gros tracteurs importés d'Amérique qui pourraient l'aider à rendre la ferme plus productive. Au cours de ces années, il se voyait travailler du lever au coucher du soleil, ferme et fort, convaincu que chaque coup de houe imaginé le rapprochait un peu plus de son rêve. Il se jura de ne jamais se résigner à son sort, de ne jamais se plier au destin contraire.

Mais le temps passa, ce lopin fut vendu à des investisseurs égyptiens qui construisirent des appartements bon marché, et il oublia ses serments, il les enterra sous le béton et les briques.

— Je connais un homme qui peut nous aider à découvrir où est ta fille. Il ne s'agit pas de Guzmán.

Ces mots ravivèrent les braises, au fond des yeux d'Andrea. En même temps, elle sentit le froid envahir son corps.

— Quel homme ?

Ibrahim lui parla de l'Arménien. De sa fille de six ans qui était morte dans l'accident, du genre d'homme que c'était.

— Mais le prix qu'il demande est très élevé…

— Je n'ai pas d'argent, mais si tu en parles à Arthur, il paiera ce qu'on lui demandera.

Ibrahim la détrompa :

— Il ne demande pas d'argent. Il veut que je lui livre Arthur.

Le froid qu'Andrea éprouvait en elle tourna en glace.

— Vas-y.

On aurait dit que ce n'était plus sa voix.

Ibrahim la regarda, perplexe. Une perplexité qui n'était qu'en partie sincère. Pourquoi faisait-il peser sur elle le poids d'une décision qu'il avait déjà prise ? Que cherchait-il, à la légitimer, à la partager pour créer un lien plus solide ? Parfois, l'amour rend mesquin celui qui aime et l'être aimé devient l'objet des persécutions les plus cachées.

Andrea regardait ailleurs, comme si elle entendait par les yeux et refusait d'écouter. Les engrenages de son esprit étaient bloqués, comme si les propos d'Ibrahim étaient un bâton qui les empêchait de tourner.

Ibrahim insista. Il avait besoin d'être sûr qu'elle comprenait ce qu'il demandait. Il ne le ferait pas pour lui-même, mais pour et par *elle*.

— C'est vraiment ce que tu veux ?

Andrea se pressa le cou, comme s'il était plein de trous par où s'échappait la raison.

— Je veux récupérer ma fille.

21

La grille était ouverte et une fourgonnette de location se trouvait sur l'esplanade, portières ouvertes à l'arrière. Deux ouvriers chargeaient des cartons. Bras croisés, la veuve Olsen supervisait l'opération. Elle était pressée d'en finir. À côté de la fourgonnette, les enfants étaient assis dans la voiture et entre eux on voyait la tête du yorkshire.

— Ainsi donc, tu t'en vas.

La veuve Olsen sursauta au son de cette voix. En voyant Guzmán, l'épaule appuyée contre un pin, elle éprouva une lourde déception.

— Encore toi ? Nous avions passé un accord. Tu avais dit que tu ne me dérangerais plus.

Le regard de Guzmán s'arrêta sur la voiture chargée de valises, avec les enfants et le chien sur la banquette arrière.

— La situation a un peu changé.

La veuve Olsen se tâta le cou, comme si elle prenait son pouls. Guzmán la trouva plutôt diminuée. Elle avait maigri, sa tenue était négligée, même son chignon. On aurait dit une femme vulgaire, comme si elle se cachait derrière ce déguisement pour passer inaperçue. Si quelqu'un avait affirmé que cette femme avait été la coqueluche de toutes les fêtes et réceptions du beau monde, on ne l'aurait pas cru.

Elle s'écarta de la fourgonnette pour que les ouvriers ne puissent pas l'entendre.

— Je t’ai dit tout ce que je savais. Tu ne peux pas me laisser tranquille ?

Guzmán alluma une cigarette.

— En réalité, tu ne m’as pas dit tout ce que tu savais, voilà pourquoi je suis ici. Il me semble que notre conversation n’est pas finie.

La veuve Olsen lança un regard de bête traquée. Pensant peut-être qu’il n’y avait pas d’échappatoire possible, elle se résigna et proposa de rentrer. Elle ne voulait pas inquiéter les enfants. Guzmán la suivit, sous l’œil attentif d’un des ouvriers, qui avait l’impression d’avoir déjà vu ce visage quelque part.

Le salon était presque vide. Il y avait des emballages contre un mur, des couvertures et un diable ; par terre, les marques des pieds de la table, d’un fauteuil et d’un meuble, étaient plus claires. Les foyers qu’on abandonne précipitamment laissent un arrière-goût de tempête, de désastre.

La veuve Olsen plongea les mains dans les poches d’un jean serré et se planta devant Guzmán, mâchoires serrées.

— J’ai lu le journal et j’ai regardé les informations. Si quelqu’un te reconnaît et te voit parler avec moi, j’aurai des ennuis, et j’ai eu ma dose.

Guzmán aussi lisait les journaux et écoutait la radio. Il savait qu’il était accusé d’être à l’origine de l’incendie de la boutique d’antiquités de Dámaso. Il avait dû quitter Madrid précipitamment et il ne passait jamais plus de deux nuits de suite au même endroit. Pourtant, il n’avait l’air ni angoissé ni soucieux. En un sens, il espérait même que cela déclencherait une réaction. On lui avait tendu un piège. Il pouvait soupçonner Arthur, les collègues de la police qu’il avait contactés pour leur demander un coup de main et qui voyaient en lui une menace surgie du passé, ou même un membre du club que dirigeait le vieil homme. Dámaso l’avait prévenu. S’il remuait ce guêpier, ils allaient s'énerver, les guêpes réagiraient et selon toute apparence certaines d'entre elles étaient très, très haut placées.

Ça lui était déjà arrivé. Il avait orchestré par le passé des campagnes de diffamation contre des personnes dont il voulait se débarrasser, des opposants au régime, des hommes d'affaires dont les intérêts heurtaient les ambitions de la Junte militaire. Préparer une inculpation n'était pas difficile, forger de fausses preuves, placer des indices adaptés, transmettre de fausses informations à la presse et servir la soupe à l'opinion publique, devenue favorable à la capture d'un faux coupable. Les prisons et les cimetières étaient pleins d'innocents qui n'en avaient pas l'air. La technique était si vieille, si grossière, que c'en était ennuyeux.

— Je n'ai pas tué Dámaso ; je l'aurais fait sans remords, si cela s'était avéré nécessaire. Je l'ai un peu bousculé et il m'a avoué tout ce que je voulais savoir – il se moquait bien de savoir si elle le croyait ; il savait maîtriser ce genre de situation, mais il ne supportait pas de laisser en plan ce qu'il avait commencé. On veut me coller le cadavre sur le dos, ce qui m'oblige à précipiter mon départ. Mais je vais d'abord finir ce que j'ai commencé.

— Je n'ai plus rien à voir avec tout ça. Je veux partir avec mes enfants et oublier toute cette saloperie.

Guzmán sourit et observa la veuve Olsen avec une curiosité sincère. Il y a vraiment des gens comme ça, se dit-il. Qui croient qu'ils peuvent s'affranchir à leur guise des actes qu'ils commettent sans en affronter les conséquences, l'esprit dégagé.

— Arthur Fernández a reçu un enregistrement quelques jours avant la mort de ton mari. Sur ces images, on voyait Olsen, Ian et Dámaso torturer sa fille. L'enregistrement était accompagné d'un mot d'excuse, comme si celui qui l'envoyait voulait se débarrasser du poids de la responsabilité de ce qu'on voyait – il observa la réaction de la veuve, le serrement d'estomac inconscient et l'accélération de sa poitrine sous le chemisier décolleté en V. Tu as dit que tu ne savais rien d'un quelconque enregistrement, que tu n'avais aucune idée de ce que faisait ton mari. Mais tu as menti. Tu as retrouvé ce film, et tu l'as envoyé à Arthur de façon anonyme.

La veuve Olsen regarda le plafond sillonné de lézardes qu'elle n'aurait plus à entretenir. Elle reprit son souffle, chercha un répit impossible. Quand son regard redescendit sur Guzmán, elle n'était plus la même. Petite, coupable, dépassée par une attitude qu'elle n'avait jamais vraiment comprise : la méchanceté humaine.

— Je ne le savais pas, souffla-t-elle comme si une mouche verte se débattait pour s'échapper.

Et elle se caressa les épaules, cherchant un abri dans ses propres bras.

Elle avait trouvé cet enregistrement par hasard, en fouillant hâtivement les armoires, les tiroirs, cherchant à deviner où Olsen cachait l'argent, les bijoux, les documents de valeur qui lui appartenaient, car elle les avait gagnés au cours de toutes ces années, à force de supporter le poids de cet homme qui, pendu à une poutre, semblait néanmoins ne rien peser du tout. Il était dissimulé sous le marbre de la cuisine, elle s'en rendit compte en l'effleurant par hasard et en voyant qu'il bougeait. Sur le moment, elle ne comprit pas, mais elle supposa que ce devait être important pour qu'Olsen l'ait caché ainsi, et elle le glissa dans son sac.

Elle visionna l'enregistrement quelques jours plus tard. Elle vomit plusieurs fois, incrédule, horrifiée qu'Olsen ait pu prendre part à ces agissements. Il avait des enfants, à peine plus jeunes que cette gamine. Elle savait que c'était un porc, qu'il la trompait avec des putes très jeunes, elle le savait, parce que sa propre chair avait subi beaucoup de ses perversions… Mais cela, c'était monstrueux, même pour un monstre comme lui. Sa première réaction fut de se débarrasser de cet enregistrement, elle le jeta à la poubelle et l'y laissa plusieurs jours. Mais elle n'osa pas aller la vider dans le conteneur. Naturellement, elle ne voulait pas non plus prévenir la police. Elle savait que cela signifiait qu'elle serait impliquée. Soudain, la mort d'Olsen prenait une nouvelle dimension. Cet enregistrement était si compromettant pour tant de gens qu'elle n'eut aucun mal à imaginer que son mari ne s'était pas suicidé. Si ceux qui l'avaient assassiné découvraient que ce DVD était entre ses mains, elle devinait le danger que courrait sa famille.

Elle comprit qu'elle devait veiller à l'avenir de ses enfants, qu'elle devait les protéger et se protéger elle-même. En fin de compte, son seul délit était d'avoir couché avec ce bâtard, elle n'était pas responsable de cette monstruosité, en outre elle n'aurait jamais pu l'empêcher. Mais elle se leurrait, et elle en était consciente. Toutes les nuits, les images de ce film lui revenaient, se répétaient jusque dans les moindres détails et lui soulevaient l'estomac. Elle allait à la cuisine, reprenait l'enregistrement, le regardait, le rejetait dans la poubelle… Elle finit par décider que sa dignité lui imposait un geste de courage. Envoyer cette chose à Arthur.

Guzmán s'était assis sur des cartons de livres prêts à être chargés. Il suivait du regard les allées et venues de la veuve Olsen, qui s'arrêtait, parlait entre deux sanglots et reprenait son monologue truffé de justifications, de plaintes, de lamentations et de gestes exaspérés. Le catalogue des raisons pour lesquelles on renonce à ce qu'on doit faire était aussi étendu que le cynisme des êtres humains. Si elle voulait qu'il la comprenne ou l'excuse, elle se trompait d'adresse. Guzmán ne la jugeait pas, mais ne pouvait pas non plus lui accorder le pardon qu'elle sollicitait du regard. Il n'était pas curé, et on ne parlait pas avec Dieu.

Ce qui l'intéressait était très différent. Sur l'enregistrement, il y avait quatre personnes : Aroha, la fille d'Arthur qui avait disparu à cette époque-là ; Dámaso, qu'on l'accusait d'avoir tué ; Magnus Olsen, dont l'assassinat avait sans doute été maquillé en suicide, et là, la liste des suspects était égale au nombre de victimes de ses tentatives de chantage. Il restait Ian. À l'exception peut-être d'Aroha, ils étaient tous morts, de façon faussement accidentelle ou volontaire. Guzmán pressentait que l'auteur de ces meurtres était le fil conducteur qui devait le mener jusqu'à Aroha, c'est pourquoi il écartait Arthur. Il ne pouvait avoir tendu le piège de l'incendie, car Guzmán était l'ultime possibilité qu'il avait de retrouver sa fille en vie.

Dans ses dernières années, le Bosch avait été victime d'un glaucome pernicieux qui l'empêchait de distinguer autre chose que des ombres et des points lumineux. Il portait des lunettes d'écaille avec de vrais culs de bouteille pour lire. Mais quand il voulait examiner quelque chose avec attention, il chaussait ses lunettes en position de visière sur ses sourcils épais et ses petits yeux troubles se concentraient sur l'objet comme le zoom d'une caméra. Il disait qu'ainsi il voyait l'évidence beaucoup plus nettement. Sans être gêné par les verres grossissants.

Maintenant, Guzmán avait cette même sensation. Il voyait beaucoup mieux sans accessoires ou artifices.

— J'ai une dernière question : As-tu fait une copie de cet enregistrement ? L'as-tu envoyé à quelqu'un d'autre ?

La veuve Olsen cessa ses va-et-vient. Elle se mordilla la lèvre, le regard s'évadant par la fenêtre. Les ouvriers avaient presque fini et les enfants s'impatientaient dans la voiture. Elle regarda Guzmán, acquiesça et par un gros effort de volonté hocha la tête en guise d'affirmation.

Une demi-heure plus tard, Guzmán accompagna la veuve Olsen jusqu'à sa voiture. Les ouvriers avaient fini de charger et ils attendaient dans la fourgonnette, moteur au ralenti. Le chauffeur lança un regard inquisiteur et fit un commentaire à son collègue. Guzmán s'en rendit compte, mais les ignora. Son visage était devenu trop connu. La veuve Olsen se mit au volant et ordonna aux enfants de se calmer. Le chien aboyait à la fenêtre. Ils se regardèrent, mais ils n'avaient plus rien à se dire. La veuve Olsen démarra et la voiture s'éloigna lentement, suivie par la fourgonnette.

Guzmán se retrouva seul, sur l'esplanade, devant la maison. Le vent fouettait l'affiche de l'agence immobilière qui annonçait que la propriété était à vendre. Les jouets des enfants, un tricycle, un ballon de football dégonflé et un panier au filet déchiré donnaient l'impression d'une désertion. Guzmán remit ses lunettes de soleil pendant que la veuve Olsen s'éloignait avec sa famille et son déménagement, le peu qui lui restait. Il lui souhaita bonne chance, du fond du cœur. Où qu'elle aille, elle en aurait besoin.

Il marcha sans se presser jusqu'à sa voiture et s'y assit pendant quelques minutes, le temps de classer ses idées. Tout avait un sens, se dit-il, un sens logique qui, loin de le réconcilier avec le genre humain, confirmait ce que l'expérience amère lui avait enseigné.

— La bonté est une vue de l'esprit, dit-il en crachant par la fenêtre.

Il ouvrit la boîte à gants et prit le portable. Il composa le numéro d'Arthur et attendit. C'était le répondeur. Guzmán sourit avec cynisme. Arthur aussi lâchait les amarres. Guzmán se retrouvait seul, encerclé, mais il s'en moquait. Les chiens deviennent plus féroces quand ils n'ont plus d'échappatoire. Et lui, il était le pire de tous les chiens, un chien des rues.

— C'est moi, dit-il dans le répondeur. Je sais qui détient ta fille. Appelle-moi. Je crois que l'heure est venue de signer un pacte.

Deux jours plus tard, Guzmán fumait une cigarette chilienne (il ne lui en restait presque plus, mais il pensait être parti avant de les avoir finies. Son vol pour Santiago, avec escale alibi à Buenos Aires, partait dans moins de vingt-quatre heures). Sur le bureau d'Arthur, le journal du jour, ouvert à la page des faits divers.

Sur la route d'Alicante à Valence, on signalait un accident, une seule voiture impliquée qui, pour des raisons inconnues, s'était renversée et avait pris feu. La conductrice était morte carbonisée, mais n'avait pas encore pu être identifiée. La police avait découvert à quelques mètres de là deux jeunes enfants et un chien, derrière la barrière de protection. Quoique terrifiés, ils semblaient indemnes. Les circonstances étaient des plus étranges et une enquête avait été ouverte. Guzmán savait que, d'une façon ou d'une autre, les recherches remonteraient jusqu'à lui. On trouverait des empreintes ou des indices qui, quelle que soit la personne qui était derrière ces meurtres – celui de Dámaso et maintenant celui de la veuve Olsen –, permettraient opportunément de l'incriminer. Le cercle se refermait inexorablement sur lui.

— Tu ne manques pas de couilles de te présenter dans mon bureau, lui reprocha Arthur en lui montrant l'article dans le journal.

Ce matin-là, il ne s'était pas rasé et avait une sale mine. Comme s'il avait dormi sur place. Il avait les yeux bouffis et sa cravate flottait sur le col déboutonné de sa chemise.

Guzmán sourit. S'il lui manquait quelque chose, c'était bien les couilles.

— Je ne vais pas rester longtemps. Juste assez pour finir ce que j'ai commencé et toucher mes honoraires. Quelqu'un se donne beaucoup de mal pour me faire passer pour un assassin : d'abord de Dámaso, maintenant de la veuve Olsen. Quelqu'un qui a cependant assez de scrupules pour sauver le chien et les enfants.

— Pourquoi tu me regardes comme ça ? Je n'avais aucune raison d'en vouloir à cette femme.

Guzmán approuva.

— C'est vrai... En réalité, tu devrais même lui manifester ta reconnaissance.

— Je ne vois pas pourquoi.

Guzmán écrasa sa cigarette dans un cendrier en cristal vert en exhalant la fumée par le nez.

— L'épouse de Magnus Olsen est le correspondant anonyme qui t'a envoyé l'enregistrement où on voit Aroha.

Il laissa à Arthur le temps d'encaisser la surprise, en épiant chacune de ses réactions. Son ahurissement semblait sincère.

— Elle ne savait pas ce que faisait son mari, mais elle l'a découvert. Elle a trouvé l'enregistrement après le suicide. En voyant de quoi il retournait, elle a compris que les personnes impliquées dans ce genre d'histoires étaient haut placées et qu'elles feraient n'importe quoi pour préserver leur image. Voilà pourquoi elle n'a pas eu le courage d'avertir la police.

Il montra le journal, sur le bureau.

— Elle craignait pour sa vie et celle de ses enfants, et les faits ont fini par lui donner raison, au moins en partie. Pourtant, elle n'a pas oublié cette histoire, comme l'aurait fait n'importe qui dans sa situation. Cette fille était réglo, tu comprends ? Pas comme toi ou moi. Chaque fois qu'elle regardait l'enregistrement, elle se rappelait qu'elle était mère, qu'elle aussi avait des enfants, qu'eux aussi étaient en danger. Voilà pourquoi elle te l'a envoyé. Elle espérait que tu aurais le pouvoir d'arrêter cette folie. Mais tu n'as pas mis un terme à cette folie comme elle l'espérait, au contraire tu t'es laissé emporter par ce siphon irrésistible.

Arthur prit le journal et observa la photographie qui accompagnait l'article. La voiture renversée, le cordon de sécurité de la police et la couverture thermique qui recouvrait le corps sans vie de la veuve Olsen.

— C'est une histoire de fou ! murmura-t-il.

— En effet, mais tu n'es pas le seul à t'être laissé piéger. La veuve a envoyé une copie, anonymement aussi, à quelqu'un d'autre.

Arthur haussa les sourcils, soudain anxieux.

— Je pense que c'est cette autre personne qui a liquidé Dámaso, d'abord, et Mme Olsen ensuite. Chaque pas que j'ai fait en direction de ta fille a été effacé par cette personne. Elle veut se débarrasser de moi et refermer toutes les portes qui me conduiraient jusqu'à Aroha. Et on dirait qu'elle a les moyens d'y parvenir… Cette personne est la seule qui puisse nous dire où est ta fille.

— Qui est-ce ? À qui d'autre a-t-elle envoyé un enregistrement ?

Guzmán écarta les bras, comme s'il trouvait épuisant de dire l'évidence :

— Il s'agit de Gloria A. Tagger. Magnus Olsen était un ami de la famille depuis qu'il l'avait aidée à récupérer *L'Espagnol*, le précieux violon des Tagger. Il les recevait, ils passaient le week-end ensemble et il connaissait le caractère difficile de leur fils. Quand l'épouse d'Olsen a vu l'enregistrement, elle a aussitôt reconnu Ian. Et elle s'est arrangée pour le porter à la connaissance de sa mère.

Guzmán s'assura qu'Arthur l'écoutait.

— Avant que tu tues son fils en simulant un accident, Gloria savait déjà ce que Ian avait fait. J'ignore si elle envisageait de réagir. Savait-elle qu'Aroha était ta fille ? Et si elle le savait, à quel moment l'avait-elle appris ? Nous devrions lui poser la question. Tu ne crois pas ?… J'ai l'impression que cette histoire est comme le sparte noué en tresse : plus on l'arrose, plus il durcit et s'enroule sur lui-même.

Le hall central de la gare d'Atocha débordait d'animation. La voûte filtrait la lumière et la lançait en cataractes de tons orangés sur la cime des arbres de la serre. Des enfants s'amusaient à remuer avec un bâton la couche de mousse de la mare aux tortues pour les attirer à la surface ; il y en avait tant qu'ils ne pouvaient les compter. Les voix métalliques des haut-parleurs annonçant l'arrivée ou le départ d'un train se mêlaient sans heurt aux bruits des chaussures sur les pavés, aux conversations et aux appels téléphoniques. Des musiciens ambulants circulaient entre les kiosques à journaux et les tables des terrasses en jouant médiocrement de l'accordéon et de la guitare.

Il aurait fallu que Gloria soit aveugle pour ne pas voir Arthur, posté au pied de l'escalier roulant. En le reconnaissant parmi la foule, elle s'immobilisa, puis recula vers les voyageurs qui descendaient de son train, à l'image des animaux les plus faibles qui se protègent en se mettant au milieu de la débandade. Mais le flot humain la poussait en avant. Quand elle comprit qu'il n'y avait pas d'autre solution, elle avança vers lui, tête haute et démarche ferme, le défiant de se mettre en travers de sa route.

Arthur aussi la regardait, prévoyant sa colère. Autour d'eux, les gens allaient et venaient, s'interposaient dans leur champ de vision, disparaissaient au milieu des passagers du quai et émergeaient soudain, inamovibles.

C'est Guzmán qui l'intercepta. Il l'attrapa fermement par le coude et l'attira contre lui. Ils étaient au milieu du passage et gênaient la circulation.

— Il faut qu'on se parle, mademoiselle Tagger.

Gloria ne reconnut pas tout de suite le journaliste qui l'avait interviewée lors de son gala d'adieu. Elle lança un regard foudroyant à Arthur et à Guzmán, se demandant quel rapport il y avait entre eux deux.

— Lâche-moi, ordonna-t-elle.

Guzmán obéit avec un demi-sourire. Il aimait les femmes qui avaient du caractère.

— Pas de scène, ça ne servirait à rien.

Et il l'amena devant Arthur, qui prit la parole :

— Je sais tout. Guzmán l'a découvert.

Gloria se retourna, furieuse.

— Tu sais quoi ? Que c'était moi qui avais commandé ton portrait à Eduardo ! Je me moque bien de tout ça, maintenant.

Arthur secoua la tête. Eduardo et son maudit portrait, c'était une chiure de mouche pour lui. Il se moquait aussi des folles motivations de Gloria pour avoir son portrait. Elle pouvait le brûler, le déchirer ou le suspendre à un mur de sa maison et cracher dessus tous les matins de ce qui lui restait à vivre, si c'était ce qu'elle voulait.

— Où est ma fille, Gloria ?

Gloria A. Tagger crut qu'il avait perdu la tête. Elle espérait que Guzmán confirmerait qu'il était vraiment fou, mais Guzmán était impassible et la pressait de répondre à la question d'Arthur.

— Pourquoi cette question ? Comment veux-tu que je le sache ? Elle est peut-être en enfer, et elle t'attend derrière la porte.

Les yeux d'Arthur brillèrent de colère. Il aurait pu la frapper sur place, jusqu'à épuisement. Guzmán prit les devants :

— Je sais que l'épouse de Magnus Olsen vous a envoyé un enregistrement quelques mois avant la mort de Ian ; juste après qu'on a retrouvé Olsen pendu dans le salon de son appartement.

— Ça, c'est la meilleure ! Je connaissais la femme d'Olsen et son mari, mais je n'ai jamais été son amie, et elle ne m'a jamais envoyé d'enregistrement.

— C'est elle-même qui me l'a dit, insista Guzmán sans perdre patience.

— Elle ment.

— Elle disait la vérité.

— Comment peux-tu en être aussi sûr ?

— Parce qu'elle est morte. On l'a assassinée parce qu'elle me l'a dit.

Comme si la mort était la preuve irréfutable de cette vérité, Gloria se tut. Et pourtant, elle n'avait jamais reçu cet enregistrement.

Guzmán scruta intensément ce silence et l'ombre d'un doute l'effleura. Il était convaincu que la femme d'Olsen lui avait dit la vérité, mais il avait l'impression que Gloria ne mentait pas.

— Sur cet enregistrement, on voit ensemble Ian et la fille d'Arthur, précisa-t-il, ignorant Arthur à côté d'eux, les nerfs à vif.

Gloria était bouche bée.

— Mais c'est ridicule ! Mon fils et ta fille ? dit-elle en regardant Arthur, comme si on essayait de la convaincre que le globe terrestre n'était pas rond. Quelle est cette plaisanterie ?

Arthur aiguisa son regard et plongea dans celui de Gloria. Il glissa un coup d'œil du côté de Guzmán. Ou bien elle mentait très bien, ou Guzmán était dans l'erreur.

— Tu sais parfaitement qu'ils se connaissaient. Ils étaient ensemble à l'internat de Genève. Ce n'est pas une plaisanterie. Moi aussi, j'ai reçu une copie de cet enregistrement. Je l'ai visionné des dizaines de fois toutes ces années. Je peux te décrire chaque détail, chaque son et chaque image de ce que ton fils a fait à Aroha.

Gloria agita les mains devant son visage. Elle ne comprenait pas ce qu'on essayait de lui dire. C'était inacceptable. Impossible. Arthur la prit par le bras, elle n'avait plus de forces, et il attira son visage à deux centimètres de sa bouche. La rage qui l'habitait malmenait son désespoir et son incompréhension.

— Pendant trente-cinq minutes et quinze secondes exactement, ton fils a torturé ma fille, il a abusé d'elle, a introduit une barre de fer dans son vagin et a *montré* à Olsen et à Dámaso comment lui faire du mal pour que les images soient plus *dramatiques*.

Gloria regardait sans comprendre ces yeux qui flamboyaient, qui l'accusaient. C'était trop, elle ne pouvait digérer une telle monstruosité.

— Tu mens ! D'abord tu tues mon fils et maintenant tu veux m'empoisonner avec ces sornettes ! cria-t-elle en se dégageant violemment de l'emprise d'Arthur.

Le cri de Gloria alerta les gens qui passaient devant eux pour prendre l'escalier. Certains la regardèrent avec inquiétude. La folie effraie tellement qu'on croit encore qu'elle est contagieuse, comme la lèpre. À cet instant, Gloria semblait avoir besoin d'une camisole de force. Le visage altéré, la bouche tombante, elle respirait avec l'avidité d'un asthmatique, agitant les mains et essayant d'écarter une bestiole répugnante. Une bestiole qu'elle était la seule à voir.

La rage d'Arthur fondait comme neige au soleil et laissait place à un tapis de doutes, d'incompréhension. La réaction de Gloria l'impressionnait autant que l'étonnement de Guzmán, qui avait les sourcils froncés, comme un scientifique qui étudie un rat blanc dans son éprouvette et s'étonne que le résultat de son expérience ne soit pas celui auquel il s'attendait. Mais il avait vu l'enregistrement et avait parlé avec Ian en personne. Il se rappelait sa réaction froide et cynique, l'assurance qu'il avait montrée, sachant qu'il était bien protégé et que rien ne pouvait lui arriver. Non, il était impossible qu'elle ignore qu'elle avait engendré un monstre.

— Je lui ai parlé. Avant de le renverser, dit-il à voix basse, presque en un murmure, incrédule. Je voulais juste qu'il me dise où était Aroha, ce qu'il avait fait d'elle. Je ne pensais qu'à ça. Mais il me regardait comme si j'étais fou. Pire : comme si j'étais un bouffon amusant. Oui, ma souffrance, mon impuissance et ma colère l'amusaient.

Gloria ne voulait rien entendre. Mais Arthur était lancé.

— Ce n'était pas un accident, tu comprends ? Je l'ai vu qui attendait au feu, avec d'autres. Il souriait et avait l'air d'un gentil garçon qui avait toute la vie devant lui. Toute la vie devant lui pour continuer de répandre le mal avec sa gueule d'ange. J'ai démarré et je me suis lancé sur cette abomination sans réfléchir. Et je l'ai tué. Comme ces insectes que nous piétinons rageusement et qui bougent encore les pattes en se moquant de notre acharnement.

Le train pour Saragosse allait partir, quai 2. Le train en provenance de Barcelone était attendu au quai 5. Les humidificateurs de la serre étendaient leur manteau de rosée et dans la mare les tortues essayaient d'échapper au harcèlement des collégiens. Les musiciens roumains emportaient leur musique ailleurs. Et au milieu de l'escalier, ces trois personnes, deux hommes et une femme, étaient dans une bulle de silence, étrangers à tout ce qui n'était pas leur souffrance.

— Je te tuerai pour ça ! Je jure devant Dieu que je ne prendrai pas de repos tant que je ne t'aurai pas vu mort ! dit lentement Gloria en scrutant le visage déformé d'Arthur.

Guzmán les observait. Il ne se laissait pas emporter par les émotions qui entraînaient Arthur et Gloria dans une lutte sans fin où aucun des deux ne pouvait gagner. Son travail était ailleurs. Il avait besoin de savoir qui avait tué Olsen, Dámaso et surtout la veuve d'Olsen. C'était étrange, mais cette femme si différente de lui, si éloignée de son monde, lui avait parfois rappelé Candela. Peut-être parce qu'elle s'accrochait jusqu'à l'absurde à la vie comme la professeur de musique. Peut-être parce que ses yeux noirs avaient aussi ces petites taches vertes qui, quand on les regardait, ressemblaient à un univers en expansion. Peut-être pensait-il simplement qu'une personne au moins méritait un avenir meilleur que le leur.

Son compteur égrenait les minutes, il savait que le plus raisonnable était d'encaisser ses honoraires et de se tirer, il s'était beaucoup trop exposé dans cette affaire, son visage était dans tous les journaux et les témoins qui pouvaient l'associer à tous ces morts se multipliaient. Il était le bouc émissaire idéal, et beaucoup de ceux qu'il avait dérangés en frappant à leur porte le livreraient volontiers sur l'autel des sacrifices. Mais il était toujours là, dans la plus grande et la plus fréquentée des gares d'Espagne, exposé aux regards de toute personne un peu curieuse et douée du sens de l'observation. Une patrouille de police pouvait surgir à tout instant. Avec ses antécédents, personne ne le croirait. Et il était là, prêt à remonter jusqu'à la personne qui avait tissé cette toile d'araignée pour l'attraper à son propre jeu.

Il se faisait vieux, sans doute. Le cynisme n'était probablement plus assez solide pour le maintenir à l'écart des joies et des malheurs des autres. “Toujours arrive le moment de la culpabilité, du remords, même pour nous, lui disait le Bosch, c'est alors qu'il faut renoncer et vivre le restant de nos jours avec les cauchemars.” Pour Guzmán, ce moment était sûrement arrivé.

— Il reste encore un point à éclaircir : si la femme d'Olsen vous a envoyé cet enregistrement et que vous ne l'avez jamais reçu, alors qui l'a reçu ?

22

Dolores, la gouvernante, était à la cuisine. Elle préparait un déjeuner à base d'œufs au plat et de bacon. De mauvaise humeur, elle grommelait des mots qu'Eduardo ne comprenait pas, comme si ce déjeuner était un imprévu qui l'obligeait à modifier sa routine quotidienne.

— Madame n'est pas là, dit-elle en saupoudrant un peu de sel sur les jaunes d'œuf.

Sur sa chaise, Eduardo observait ses allées et venues, le tube à dessins posé par terre entre ses genoux. Si Gloria n'était pas là, pourquoi la gouvernante l'avait-elle appelé pour lui demander de venir ?

— Quelqu'un veut vous voir, avait-elle dit en s'essuyant les mains dans une serviette – elle disposa le déjeuner sur un plateau et s'assura que tout était en ordre. Il vous attend dans la partie arrière du jardin. Je vous accompagne.

Le soleil tombait en oblique sur une gloriette en fer forgé. Le jardin proliférait au hasard, personne n'imposait sa discipline aux plates-bandes où poussaient des coquelicots et des baies sauvages. Assis devant une table ronde en fer forgé peinte en blanc et écaillée, un homme large d'épaules en manches de chemise observait avec une grimace de désapprobation les feuilles mortes et les insectes parasitant un rosier qui grimpait le long des volets. Quand il entendit les pas d'Eduardo et de la gouvernante, il tourna la tête et ce léger dégoût se transforma en curiosité cordiale. Dans un mouvement juvénile qui ne cadrait pas avec son air d'homme tranquille et mûr, il sauta les deux marches de la tonnelle et prit le plateau qu'apportait la gouvernante.

— Au moins, certaines choses n'ont pas changé. Tes déjeuners sont formidables, dit-il avec un franc sourire.

La gouvernante sourit timidement. Ce n'étaient que deux œufs au plat avec des tranches de bacon et une tomate coupée en deux arrosée d'un filet d'huile d'olive. Quelles cochonneries mangeait-on dans ces terres australiennes ?!

— Voici Eduardo, monsieur. Le portraitiste que vous vouliez rencontrer.

— Dolores, vous ne renoncerez donc jamais à cette façon de vous exprimer quand vous me parlez, n'est-ce pas ? C'est tellement difficile de m'appeler Ian, tout simplement ? Ça m'aiderait à ne pas me prendre pour un Windsor chaque fois que je vous demande quelque chose – il se tourna vers Eduardo et lui tendit sa main libre. Nous nous rencontrons enfin. Je suis Ian Mackenzie.

Eduardo s'en doutait. Il y a toujours une empreinte commune indélébile entre les parents et les enfants. Si Ian fils avait pu atteindre l'âge de son père, quarante-cinq ans, il aurait sans doute aussi pris cet air un peu aristocratique empreint de cette gaieté insouciante, un mélange un peu diffus de gentleman anglais et d'acteur californien au creux de la vague.

Ils s'assirent à l'ombre mouchetée de la tonnelle. Ian croisa les doigts au-dessus du plateau, les coudes sur la table. L'espace d'un instant, Eduardo crut qu'il allait réciter une prière.

— Ainsi donc, tu es le portraitiste engagé par Gloria… Quelle folie, je parie que tu n'as jamais eu ce genre de commande. Je ne sais pas à quoi elle pensait quand elle t'a appelé, ni ce qu'elle voulait vraiment. En réalité, je n'ai jamais très bien su ce qu'elle pense. Gloria est une femme spéciale, tu as dû t'en rendre compte.

Eduardo n'aimait pas la désinvolture avec laquelle il parlait de Gloria. Ils se connaissaient depuis à peine cinq minutes et il s'exprimait sans la moindre pudeur. Ou bien Eduardo était choqué par le culot avec lequel l'autre prenait possession de l'espace, par sa familiarité avec la gouvernante et sa fausse flatterie – il n'avait pas encore goûté au déjeuner –, par son indifférence à voir les mouches se poser sur les jaunes d'œuf ; il était choqué par son teint bronzé, son sourire de commande, son aplomb. Il répugnait à l'imaginer au lit avec Gloria, à imaginer ses doigts velus touchant cette peau qu'il n'avait savourée qu'une seule fois en se sachant le destinataire d'une aumône. Oui, il était jaloux. Et il savait que c'était absurde.

— Je croyais que vous aviez divorcé, dit-il avec un naturel apparent, en chassant une mouche poisseuse qui tournait autour du plateau.

— En effet. Mais cela ne nous a pas empêchés d'atteindre un certain degré d'entente. Je vis en Australie, où je me suis installé définitivement peu après la mort de Ian, mais j'aime bien revenir ici de temps en temps, prendre un peu de repos ; en fin de compte, c'est moi qui ai acheté cette maison. Je fais partie d'elle et elle fait partie de moi.

Il avait adopté un ton hésitant, car il regardait le jardin à l'abandon, l'herbe envahissante, les fleurs malades. Si cela avait été un rêve pour lui, c'était devenu une caricature pitoyable. Ses yeux revinrent sur Eduardo.

— Nous aurions pu être heureux ici, tous les trois. J'ai parfois cru qu'on y serait arrivés. Mais les choses ne se passent jamais comme on le voudrait ; ce n'est pas comme au cinéma, on ne peut pas choisir le cadrage idéal ni diriger les acteurs, ni contrôler les entrées et les sorties, la lumière, le son. On ne peut ni couper ni coller pour que tout se passe comme on l'a imaginé.

Ian s'était assis de côté sur la chaise, jambes croisées. Il sortit un paquet de cigarettes australiennes, le posa sur la table sans l'ouvrir et le tripota pendant quelques secondes.

— Tu as couché avec elle? demanda-t-il à brûle-pourpoint – il aurait eu le même ton pour lui demander s'il avait mal aux dents. Je pense que oui. Gloria a cette capacité de se rendre irrésistible quand elle l'a décidé.

Eduardo sentit qu'il avait rougi jusqu'aux oreilles. Il toussa timidement, mal à l'aise et agacé par le regard sarcastique de Ian.

— Tu n'as qu'à le lui demander.

— Elle ne me répondrait pas. En réalité, la réponse ne m'intéresse pas.

— Alors, pourquoi cette question?

— Parce que depuis que tu es là tu brûles d'envie de me l'avouer. Je suppose qu'elle ne t'a pas dit du bien de moi, et du moment où tu as fait l'amour avec elle, tu me considères comme un intrus. Gloria est très douée aussi pour amener les gens à croire ce qui l'arrange. C'est une adorable manipulatrice. En tout cas elle l'était, jusqu'à la mort de Ian.

Il parlait d'elle comme si c'était un sujet lointain dont il ne pouvait se détacher. Une fatalité dont Eduardo était exclu. Qu'il se le tienne pour dit.

— J'aimerais voir le portrait de ce type, si tu veux bien. Simple curiosité.

Eduardo ne refusa pas. Il ouvrit le tube et écarta le plateau de repas froid pour étaler le portrait d'Arthur.

Il l'avait récupéré le matin même dans l'appartement d'Olga. Il se demanda ce qu'elle était devenue. Il avait essayé d'arracher à M. Who la promesse qu'il ne lui ferait pas de mal, mais le jeune homme n'avait eu qu'un geste ambigu qui pouvait s'interpréter de différentes façons. Il l'avait livrée sans se préoccuper de son sort, mais il ne pouvait se cacher une culpabilité aigre-douce.

Ian contempla le portrait pendant quelques minutes, penché comme un maréchal examinant la carte des opérations en temps de guerre. Il le parcourait de haut en bas et de droite à gauche, posément. Ses yeux brillaient, mais Eduardo ne savait pas si c'était de l'admiration pour son talent ou pour les sentiments contradictoires, car il avait sous les yeux le visage de l'homme qui avait tué son fils et mis son mariage à l'agonie. Après l'avoir bien regardé, il claqua la langue avec une pointe de déception.

— Un homme ordinaire qui fait irruption dans ton monde comme une boule de feu et le détruit entièrement.

— Je t'assure qu'Arthur n'est pas un homme ordinaire, sous aucun aspect.

Ian ouvrit les mains comme s'il devait annoncer une évidence.

— Peut-être nourrissait-il un fantasme. Même à distance, je n'ai pas vécu un seul jour sans essayer d'imaginer cet homme et de chercher à quoi il pensait, s'il ressentait ce que je ressens – il s'approcha de la treille, regarda les pucerons qui montaient le long du rosier... Ou ce que tu peux ressentir. Ça a dû être pénible de passer des heures sur le portrait de l'homme qui a tué ta famille.

Eduardo enroulait la toile soigneusement. Soudain, ses mains s'immobilisèrent.

— Qu'est-ce que c'est que cette ânerie ?

— Tu ne le savais pas ?

— Qu'est-ce que je dois savoir ?

Ian passa le doigt sur une feuille du rosier, imprégnée d'une substance collante. Il l'essuya avec son pouce ; il avait maintenant deux doigts tachés. Il se dit qu'il fallait tailler ce rosier, mais se demanda si cela sauverait la plante. Elle était trop malade. Il valait mieux l'arracher et en planter une autre. C'était plus simple qu'avec les personnes. Il s'approcha de la prise d'eau qui gouttait et se rinça les doigts. Puis il les flaira.

— Arthur Fernández est l'homme qui a tué ta femme et ta fille. Ce n'était pas la première fois qu'il était compromis dans un accident mortel. Voilà pourquoi Gloria t'a engagé. Autrement dit, Arthur est le pont qui relie nos deux rives.

Eduardo eut l'impression que sa tête allait exploser.

— C'est une invention.

— Pas du tout. Ce portrait est le vase communicant entre ton malheur et le nôtre. Gloria était au courant de tout depuis le début. Avant de t'engager, elle avait mené son enquête.

La police aurait peut-être pu arrêter Arthur Fernández. Après l'accident, cet agent qui était venu le voir à l'hôpital s'était donné beaucoup de mal en dépit de sa résignation apparente. Cet agent avait été suspendu, puis licencié, quelques mois plus tard, pour une affaire pas claire où il avait été accusé d'un délit dont il s'était toujours proclamé innocent. Mais auparavant, il avait découvert des indices qui le ramenaient tous à Arthur. Ces détails en eux-mêmes pouvaient paraître sans rapport entre eux, mais ils formaient un puzzle qui, aux yeux de ce fonctionnaire zélé, avait un sens : des factures d'un petit hôtel sur la route de Tolède la veille de l'accident, un reçu d'essence dans un lieu écarté où le propriétaire se rappelait avoir vu quelqu'un téléphoner, très nerveux, dont la description correspondait à celle d'Arthur.

Mais peu après Eduardo tua Teodoro dans une rue de Madrid, au moment où cet agent persévérant était mis en cause pour une autre affaire et écarté de l'enquête. La police trouva chez Eduardo le numéro d'immatriculation de Teo noté sur un bout de papier, et découvrit qu'il avait consulté les archives de la Direction générale du trafic. Le véhicule de Teo correspondait à la marque et au modèle de celui qui avait pris la fuite. Un expert déclara même que le 4x4 avait un coup sur le pare-chocs qui avait été réparé récemment. Pour les nouveaux enquêteurs, l'affaire était claire : bien qu'Eduardo n'ait jamais avoué les raisons pour lesquelles il s'en était pris à Teo et à sa famille, ils étaient persuadés que Teo était l'homme qui avait causé l'accident et qu'Eduardo avait fait justice lui-même.

La cause était entendue. On oublia définitivement Arthur Fernández. Et Eduardo Quintana. Les routes étaient pleines d'indésirables qui causaient des accidents et prenaient la fuite. On les retrouvait parfois, mais pas toujours. Les peines prononcées pour homicide par imprudence et refus d'assistance ne justifiaient pas les enquêtes de longue durée. Mais un assassinat en plein jour au cœur de Madrid créait un émoi social que l'État ne pouvait et ne devait accepter. Aussi Eduardo fut-il enfermé pendant treize ans et on n'en parla plus.

Mais pour Gloria, rien n'était fini. Quelques mois après la mort de Ian, elle se mit à enquêter sur la vie d'Arthur. Il ne s'agissait pas seulement de trouver des preuves qui l'incriminent. La police l'avait arrêté en flagrant délit et il n'avait pu se prétendre innocent. C'était beaucoup plus, elle voulait tout savoir sur son passé, sa famille, absolument tout. C'était devenu une obsession. Au cours de ces quatre années, elle avait dépensé une bonne partie de son patrimoine à payer des détectives souvent sans scrupule qui la trompaient et lui soutiraient de l'argent, et elle s'était ruinée. Ian essaya de la convaincre qu'elle commettait une folie insensée. Mais elle ne l'écouta pas ; elle n'écoutait personne. Elle avait même bradé une grande partie de son passé : la vente de son violon au ministère de la Culture répondait au besoin caché de trouver de l'argent.

Un jour arriva chez elle un petit bonhomme, vieillissant et malade. Il avait sous le bras un dossier poussiéreux attaché par un élastique regorgeant de papiers et de photographies. Il fumait comme un pompier et parlait si bas qu'on l'entendait à peine. Il était obsédé par le fait qu'on le surveillait, et il ne tenait pas en place. Il souffrait du *mal de l'écrivain* et sa paupière droite s'ouvrait et se refermait de façon compulsive. Son discours était incohérent mais quand il abordait le contenu de ce dossier qu'il protégeait comme Gollum protégeait son anneau, il était prodigieux. Ce petit homme contrefait était l'ex-agent qui s'était occupé de l'affaire d'Eduardo, au début. Comme Gloria, mais pour des raisons bien différentes, il était obsédé par Arthur Fernández.

Pour la police, cette affaire était résolue et il y avait prescription, mais pas pour lui. Il se sentait la victime d'une conspiration qui voulait l'écarter de l'affaire d'Eduardo. Il jura à Gloria que cette affaire lui avait valu son expulsion du corps de la police et six ans de prison à Guadalajara, une machination ourdie contre lui après qu'il eut désobéi aux ordres répétés d'arrêter de *casser les couilles*, dit-il textuellement. À plusieurs reprises il avait demandé la révision de son procès, mais personne ne l'avait écouté. Les preuves contre lui étaient évidentes, aussi fut-il bien obligé de s'enfoncer dans le puits du désespoir anonyme où tombent les malheureux écrasés par les engrenages du pouvoir. Sans rémission. À sa sortie de prison, il vivota comme détective privé à la petite semaine. C'est ainsi qu'il avait appris que Gloria posait des questions sur le passé d'Arthur Fernández.

Ému, il lui montra le fruit de toutes ces années passées à chercher des indices et des preuves contre cet homme qui était maintenant mille fois plus riche et plus puissant que quatorze ans auparavant, alors que lui était mille fois plus insignifiant.

— Mais les minuscules virus finissent par avoir la peau des géants. Je me plais à penser que je suis comme ce rhume mal soigné qui finit par devenir une pneumonie fatale, affirmait-il en ricanant comme un illuminé.

Il avait apporté à Gloria des factures des entreprises d'Arthur signées par quelqu'un de sa filiale à Chicago au nom de membres de sa famille au deuxième ou troisième degré, et des rapports d'agents qui d'une façon ou d'une autre étaient mêlés à l'enquête au début. Il découvrit aussi que quelques mois après qu'Eduardo eut été admis à l'asile psychiatrique, la voiture d'Arthur, un 4x4 noir, avait été réparée chez un carrossier de Pau, une petite ville du Béarn, en France ; on avait repassé la voiture au marbre après un fort choc frontal et changé l'aile droite. Ensuite on l'avait repeinte d'une couleur différente et vendue au nom de l'entreprise. Ce petit homme lui montra des documents qui prouvaient que le véhicule avait été exporté avec de faux papiers.

— Eduardo s'est planté, dit-il en se grattant la tête comme s'il avait des poux (il en avait peut-être). Il a tué la mauvaise personne. Cet Arthur est un foutu salopard.

Gloria vérifia tout ce que cet homme lui avait dit. Elle alla même voir l'endroit où Arthur aurait passé la nuit, la veille, avec quelqu'un, mais cet hôtel n'existait plus. En revanche, elle retrouva la station-service où il avait fait le plein et parla avec le patron du café, qui confirma les propos de l'ex-agent. Ce matin-là, un homme qui ressemblait beaucoup à Arthur était entré et avait téléphoné.

De retour à Madrid, elle voulut reprendre contact avec l'ex-agent, mais celui-ci avait disparu de la circulation. Elle ne le sut jamais, mais ce petit homme s'appelait Alberto Antequera, il avait quarante-six ans et était originaire de Vilafranca de los Barros, dans la province de Badajoz. Quand il fut exclu de la police et condamné à six ans de prison, il terminait sa vingtième année de service, sans une seule tache dans son dossier. Il avait deux enfants, Alberto, huit ans, et Fátima, cinq. Sa femme, Rosa, supporta l'emprisonnement de son mari, mais pas sa détérioration mentale. Elle finit par le quitter et obtint du juge une mesure d'éloignement. Alberto ne les revit jamais.

Dans les bas-fonds où il opérait depuis sa sortie de prison, on l'appelait Saint-Guy en raison de sa tremblote. Certains l'estimaient et lui donnaient de petits boulots en souvenir du bon vieux temps, mais la plupart le méprisaient ou l'ignoraient. Deux semaines après qu'il eut contacté Gloria, on le retrouva poignardé sur le pont de Vallecas. Un mois plus tard, les auteurs supposés du crime étaient arrêtés. Deux mineurs bourrés de coke jusqu'aux yeux qui avaient voulu lui voler sa montre.

Grâce à cette personne dont Gloria ne connaîtrait jamais la vie en détail, elle découvrit l'existence d'un certain Eduardo Quintana.

Elle le contacta par l'intermédiaire de sa galeriste, Olga. Elle avait appris qu'il venait de sortir de l'asile et qu'il réalisait des portraits en série pour des centres commerciaux, qu'il vivait dans le quartier de Lavapiés et que tous les matins il avait rendez-vous avec ses fantômes au Retiro, près du palais de Cristal. Elle le suivit et l'épia pendant plusieurs jours : il dessinait dans son cahier ou buvait comme un trou dans les bars du voisinage. Elle voulait être sûre qu'il était aussi anéanti qu'elle, et qu'il accepterait le travail qu'elle lui proposerait. Peut-être espérait-elle, en son for intérieur, rencontrer l'âme sœur. Rassembler à deux assez de courage pour refaire ce qu'Eduardo avait fait quatorze ans plus tôt. Mais cette fois avec la bonne personne. Celle qui avait brisé leur vie.

Ian regarda Eduardo avec pitié.

— Tu le savais, d'une façon ou d'une autre. Il n'y a pas de hasard dans cette vie, mais parfois on préfère ne rien savoir.

Eduardo repensa à chacune des occasions où il s'était retrouvé avec Gloria. Il s'était douté qu'elle jouait avec lui, qu'il était pour elle le premier pion sur la ligne d'attaque, qu'il était destiné à ouvrir la brèche dans la défense ennemie avant d'être sacrifié. Ian avait raison ; il l'avait tout le temps su, mais il n'avait pas voulu le voir, s'accrochant à elle pour respirer un peu mieux. Juste un peu mieux.

Ian fit un arrêt sur image. Il caressa sans le toucher le profil de son fils. Un enfant de six ou sept ans au regard profond, un peu triste, déconcerté. Son visage couvert de taches de rousseur avait un air naïf, avec sa raie sur le côté et sa mèche collée au front. Comme s'il pensait que rien ne pourrait jamais lui arriver, que son père serait toujours là pour le protéger.

C'était Noël, chez ses grands-parents paternels, au pays de Galles. Son fils avait six ou sept ans. Il y avait une rivière, à sec en été, bien au-dessus du village, il ne restait sous le pont qu'un chaos de galets brisés, d'ordures et de branches pourries. C'était uniquement au printemps, et pendant deux semaines en mai au maximum, qu'on pouvait pêcher autre chose qu'un rat mort. Pourtant, son fils adorait cet endroit. Tout jeune, il avait déjà des attitudes d'homme fatigué, marchant sous les acacias à la recherche des recoins d'un passé qu'il n'avait pas encore vécu.

En fin de journée, le temps changeait souvent. Il crachinait toujours au pays de Galles, un fin rideau de pluie aussi sale et gris que le ciel, secoué par des rafales qui trempaient les lessives. Cette terre était idéale pour les nostalgies. L'idéal pour un musicien. Mais Ian fils ne voulait pas être musicien. La seule chose qui l'intéressait, c'était de passer ce pont au-dessus de la rivière en regardant la pointe de ses chaussures, plongé dans des pensées très éloignées de l'endroit où il se trouvait. Parfois, il relevait la tête, surpris, comme si soudain ses pas l'avaient amené à son insu devant la façade de la maison de ses grands-parents paternels, envahie par une extraordinaire vigne vierge, une frondaison de petites incertitudes rougeâtres où une goutte de pluie était suspendue à chaque feuille.

Ian s'amusait avec M. Mathew, son grand-père, mais leurs caractères étaient diamétralement opposés. Le vieux se moquait éperdument que son petit-fils soit à moitié juif du côté de sa mère. C'était un géant cocasse qui se vantait sans raison d'avoir du sang normand, maure ou autre, selon son degré d'ébriété. Il était aussi drôle et insolent que son fils, et même s'il estimait son petit-fils et sa bru, il les trouvait trop taciturnes. Il se vantait de ne pas chercher à comprendre la vie, mais seulement de la vivre.

Quand il était jeune, il jouait de la harpe et avec un ensemble allait de hameau en hameau à la saison des grandes fêtes de la vallée. À Pembroke, il rencontra celle qui serait son épouse pendant plus de cinquante ans, Mery, une grosse femme solide qui avait les fondations d'une église romane, et qu'on voyait sur l'image à la balustrade du balcon, en peignoir et en pantoufles, fumant lentement, moderne et énergique pour l'époque et pour son entourage, le regard perdu dans les champs qui s'étalaient de l'autre côté de la rivière, où on voyait dépasser entre les sillons, par endroits, le dos et les reins d'un paysan.

Son fils avait le gène mélancolique de la grand-mère, le même regard profond et inquiétant. Mery écoutait toujours la même musique, un nocturne de Chopin pour violon et piano que Mathew détestait. Le vieux disait qu'avec une mélodie aussi triste et dramatique, on s'attendait à voir un malheur s'abattre sur cette maison. Au contraire, le cœur du petit-fils palpitait d'allégresse quand il s'approchait de la poignée de l'entrée et sentait dans sa main le contact du bois, juste avant que les portes s'ouvrent et qu'apparaisse sa grand-mère, enveloppée d'odeurs de farine et de légumes frais, qui le grondait avec sa voix de souris enfantine : “Tu vas encore courir à la rivière avec ce froid ? Tu ne sais pas qu’elle est pleine de morts qui cherchent un corps pour s’abriter, insensé !” Ensuite elle asseyait l’enfant sur ses genoux et lui soufflait à l’oreille cette même musique, lui racontait à la lueur d’un feu déclinant de sombres histoires d’*animes*, ces êtres mythologiques des forêts, de sorcières et de magiciens que l’enfant buvait, le regard extasié.

La vieille maison des grands-parents paternels n’existait plus. Le temps l’avait emportée et avait enterré la silhouette de Mery. Une nuit, on la retrouva morte, à la surface de la rivière glacée. Il neigeait et elle était sur le dos, en chemise de nuit, pieds nus, les mains tendues et les yeux ouverts sur le firmament. On ne sut jamais comment elle était arrivée là, dans la rivière, en pleine nuit. Et pourquoi son visage exprimait cette horreur qui pétrifiait ses pupilles et sa bouche dans un silence de terrible agonie. Mathew perdit toute sa joie, il la noya dans le brandy et refusa désormais qu’on touche un seul clou de la maison, et elle resta dans l’état où elle était quand Mery s’en était allée, jusqu’à sa mort, quelques années plus tard, emporté par la cirrhose.

Les ruines de cet endroit dégageaient des odeurs d’humidité et de tristesse. Mais la rivière était toujours là, attendant Ian tous les matins. Pendant des années. C’est vers cette époque que les problèmes apparurent. Ian en était toujours la cause. Les disputes étaient déjà enragées, et le sujet récurrent était toujours le caractère du garçon. Ian était un garçon inquiet, en cela elle était d’accord avec son époux. Mais Ian père exagérait : elle pouvait contrôler ses sautes d’humeur, comprendre son caractère labyrinthique et introverti, sensible à l’extrême. Il ne pouvait en être autrement, avec un père réalisateur et une mère violoniste ; ils passaient plus de temps dans les avions que sur la terre ferme. L’enfant, à sa façon, les punissait de leurs absences répétées. C’était tout. Bien sûr, elle aurait bien aimé qu'il poursuive ses études musicales, mais ce n'était pas la musique qui l'intéressait, pas au point d'y consacrer tous ses efforts. Mais le cinéma non plus, ce qui contrariait le père.

Ian se rappelait la dernière fois qu'ils étaient allés à la maison de la rivière. Ce jour-là, son fils courait sur la rive avec une vieille caméra, filmant tout ce qu'il voulait. Parfois il cadrait son père et lui demandait de dire quelques mots. Ian se tournait alors vers l'objectif, cigarette aux lèvres.

— Arrête ça, un peu de respect. C'est là que ta grand-mère est morte, les morts l'ont emportée.

Ce soir-là, le couple vit Ian par la fenêtre de leur chambre. Il était complètement nu et se dirigeait vers la rivière, sous un ciel constellé d'étoiles, par une température de plusieurs degrés en dessous de zéro. Il avait neigé toute la journée et les traces étaient profondes dans le chemin. Ian père dévala l'escalier et retrouva son fils, couché dans le lit de la rivière, la moitié supérieure du corps sur la surface gelée. La couche de glace grinçait et se crevassait comme le visage d'un vieillard. Ian père, voyant que la glace risquait de se briser, se précipita et le ramena sans ménagement.

— Tu es fou ! Qu'est-ce que tu veux ? Te noyer ?

Ian regarda son père comme s'il était stupide ou aveugle.

— Je veux juste regarder, regarder jusqu'à ce que je puisse voir.

Il disait ces mots en regardant le fond de la rivière qui se reflétait dans ses yeux. Ou bien c'était son regard qui reflétait la glace. Le regard froid de sa grand-mère. Le même regard figé.

Ils retournèrent dans la maison du pays de Galles quelques mois après la mort de Ian à Madrid. Gloria et son mari allaient divorcer. La dernière image qu'il conservait de ce lieu était celle de son père écrasant sa cigarette sur la balustrade du pont. Ensuite il avançait sur les planches humides, comme si le chagrin qui enrobait son corps désemparé était la meilleure des armures. La brume s'effilochait entre les ajoncs et les chênes, rampait sur la surface lisse de la rivière qui sentait le limon, et se cachait à la naissance des piliers du pont. Au-dessus des échafaudages pointait la silhouette de la maison, dont la moitié supérieure reflétait déjà la lumière du jour.

— Promets-moi que tu prendras toujours soin d'elle. Que tu la protégeras d'elle-même et des fantômes qui la hantent.

Ian n'avait pas encore trente ans. Et cet homme qui lui parlait, derrière ses épais sourcils blancs et sa barbe parfaitement taillée, l'intimidait. Ian venait de se marier et il n'était pas encore habitué au contact avec son alliance. Il n'avait jamais pensé qu'il se marierait si tôt et qu'il attendrait déjà un bébé.

Il prenait un café trop froid avec l'homme qui était maintenant son beau-père. C'était la première fois qu'ils se parlaient en tête à tête. En réalité, c'était la première fois qu'ils se parlaient. Et il sentait tout le poids de ce regard puissant et inquisiteur.

Il promit, sans vraiment comprendre ce que ce vieillard voulait dire.

Maintenant, il se rappelait les propos de son beau-père. Et il les comprenait.

Il s'était marié en croyant savoir le nécessaire : qu'il l'aimait, qu'elle avait un caractère aussi indépendant que le sien, qu'elle était passionnée au lit et tendre dans la vie quotidienne, que jamais elle ne s'habituerait au climat du pays de Galles et que jamais son père ne s'entendrait avec elle (du côté de sa mère, il avait des doutes), mais qu'elle accepterait quand même de passer du temps dans la maison du pont, et qu'elle ferait bonne figure quand son beau-père ivre commencerait à débloquer sur ses origines et ses histoires de clans. Il s'était marié en sachant que ce fils qu'ils attendaient les unirait et les fondrait en un bloc d'acier inaltérable. Quoi qu'il arrive. Il sut que jamais il n'y aurait d'autres femmes dans sa vie, finis pour lui les flirts avec les actrices en quête d'un rôle, les nuits d'orgie avec les copains de tournage, les slips sur le réfrigérateur, la poubelle pas vidée, les chemises froissées et les matchs de foot. Il avait renoncé à tout ce qui avait été sa vie et qui lui paraissait ridicule depuis qu'il la connaissait. Convaincu. Heureux.

Mais tout cela ne suffisait pas, pour rester ensemble toute une vie. Alors, il ne connaissait pas le passé des Tagger, cette photographie du bisaïeul Ulrick en uniforme prussien, la culpabilité héritée d'un juif cryptonazi qui rôdait toujours autour de la table quand il y avait un repas de famille. Ian ne comprenait pas pourquoi elle s'obstinait à conserver dans la chambre le portrait de cet homme qu'on détestait tellement, et pourquoi parfois il la surprenait à contempler ce portrait avec un certain mysticisme dans le regard, le caressant comme s'il représentait un amant toujours regretté. À d'autres moments, elle se fâchait intérieurement quand on disait que son fils Ian était le portrait craché du bisaïeul.

Ce qui était le cas. Même si elle reconnaissait chez son fils sa ressemblance avec la famille Mackenzie, comme si cela pouvait le mettre à l'abri. Mais il fallait bien avouer que ce garçon était un Tagger cent pour cent. Elle ne voulait pas le reconnaître et il n'y pouvait rien. Mais il respectait la promesse faite à son beau-père.

Il protégerait Gloria quoi qu'il arrive. D'elle-même s'il le fallait.

23

Comme s'il avait senti la présence obscure qui venait d'entrer dans la chambre, Ian arrêta la vidéo.

— Que fais-tu ici ?

Ian entendit la voix de Gloria exploser contre sa nuque. Elle n'était ni surprise ni contente de le voir. Il se leva et la salua en levant son verre de whisky.

— J'avais quelques bricoles à résoudre ici, et je suis passé voir comment ça allait. Rien d'extraordinaire. C'est toujours ma maison – "Tu restes une promesse non tenue", pensa-t-il. Je me rappelais le bon vieux temps, l'époque où nous avions récupéré *L'Espagnol*. Quel dommage que ton père n'ait pas vu cet instant ! – Il accompagna son commentaire d'un sourire aigre-doux qu'il noya dans une gorgée de whisky. Je retourne à Sydney demain, ajouta-t-il comme pour la rassurer, la prévenir de ne pas gâcher ces quelques heures ensemble par des disputes et des reproches. Mais le démon qui sommeille au fond de tous les Gallois avait écrit un autre scénario : "On dirait que tu te débrouilles assez bien pour que je ne te manque pas – et son verre rendit hommage au portrait encadré à côté de la fenêtre. Aujourd'hui, j'ai rencontré ton portraitiste. Il semblerait que ses services incluent quelques extras, en plus de la peinture. Mais prends garde : le pauvre homme est tombé amoureux de toi. Autant introduire un scorpion dans ton lit. Il faut savoir maîtriser la situation pour qu'il ne te refile pas son venin au moment de t'embrasser."

Gloria s'arrêta à mi-chemin entre Ian et le portrait d'Arthur. Elle les regarda alternativement, comme si c'était un miroir et son reflet.

— Je veux le voir, dit-elle d'une voix éteinte.

— De quoi parles-tu ? demanda Ian d'un air détendu.

Dolores avait la manie (devenue une vertu) d'être rangée et méticuleuse. Ses parents lui avaient appris que le riche soupçonne toujours le serviteur, il le soupçonne de détourner de l'argent et de la nourriture, de ne pas remplir ses obligations, de traiter les messages qu'on lui confie avec négligence. Pour survivre dans une bonne maison (c'était l'ambition suprême, l'Eldorado auquel les personnes comme Dolores aspiraient), il était essentiel d'avoir toujours un bon alibi à opposer aux accusations des patrons. Quand ce matin-là Gloria lui demanda où était ce paquet reçu quatre ans plus tôt, la logique aurait été de dire qu'elle ne s'en souvenait pas, et personne n'aurait pu le lui reprocher. Mais Dolores monta dans sa petite chambre mansardée, fouilla dans les papiers qu'elle rangeait dans une boîte à chaussures et finit par retrouver l'accusé de réception. Elle le montra à Gloria, toute fière. La signature en bas à droite était celle de M. Ian. "Si tu l'as perdu, je n'y suis pour rien", disait son regard de domestique efficace.

— L'enregistrement qu'a envoyé la veuve de Magnus Olsen. On peut appeler Dolores ; elle affirme qu'elle te l'a donné.

Ian Mackenzie n'avait pas besoin qu'on lui mette une preuve sous le nez. Il se rappelait parfaitement le jour et l'heure où la gouvernante lui avait remis cette enveloppe sans nom d'expéditeur. Il était seul à la maison, Gloria et son fils étaient allés à Madrid, et il travaillait sur un scénario qui ne lui plaisait guère. Depuis que la reine lui avait remis la médaille des Arts, sa réputation de réalisateur avait grandi autant que le nombre d'arrivistes, et beaucoup de désespérés lui envoyaient n'importe quoi en espérant obtenir son aide. Dans des circonstances normales, cet enregistrement aurait rejoint la pile de DVD, de dossiers et de scénarios qu'il recevait régulièrement. Mais ce matin-là, Ian ne parvenait pas à se concentrer sur son travail. La mort d'Olsen tourbillonnait dans sa tête. Les médias donnaient la même version que la police. Magnus s'était suicidé, car il avait craqué après sa banqueroute et ses démêlés avec la justice. L'affaire n'irait donc pas plus loin. Mais ça ne le rassurait pas.

Il pouvait encore profiter de quelques jours avant de retourner en Australie pour la dernière partie d'un tournage qui exigeait de lui un gros effort mental, qu'il était loin de pouvoir fournir. Il dormait à peine, ses disputes avec Gloria étaient de plus en plus violentes et le sujet toujours le même : son fils Ian. Il fallait reprendre les tournages, se mettre derrière la caméra, monter dans un car et sillonner le désert australien. Au moins, là-bas, il pouvait croire que sa vie était toujours la même.

Il mit le DVD et alluma la télévision, prêt à s'accorder dix minutes de distraction, un whisky à la main.

Rien ne lui annonça ce qu'il allait voir. Après, c'était trop tard.

En réalité, Magnus Olsen ne lui avait jamais plu. Une des raisons était sans doute sa façon désagréable, presque féodale, de traiter sa belle épouse. Il la possédait comme un nouveau riche, sans vraiment l'apprécier. Cette femme était un mets trop exquis pour la bouche de requin de ce Suédois. Il la traitait comme si elle était une poule de luxe, il lui pelotait le cul sans vergogne en présence d'autres personnes et la tenait par la taille comme s'il empoignait un pichet de bière. Elle lui faisait pitié, et il éprouvait aussi des désirs, des fantasmes qu'il se permettait parfois de soulager en solitaire, dans la salle de bains.

En tout cas, Olsen était une porte à laquelle des types dans son genre avaient besoin de frapper pour financer leurs films. Le mensonge que Magnus avait inventé n'avait pas trop de failles, il paraissait solidement installé dans l'abondance et de plus, par chance, c'était un cinéphile dont les vastes connaissances l'étonnèrent. Olsen l'admirait, pas seulement parce qu'il était mythomane, mais parce qu'il appréciait sincèrement son œuvre, ce qui forcément encouragea Ian à surmonter ses réticences à son égard. Les démarches d'Olsen pour récupérer le violon des Tagger mirent fin aux doutes initiaux et lui ouvrirent définitivement les portes de sa maison. Ian accepta de donner deux ou trois conférences au club de Dámaso, proposa de solliciter d'autres réalisateurs, acteurs et personnalités de ce petit monde. Ce groupe était trié sur le volet, des gens qui possédaient pouvoir et argent, assez pour ne pas laisser ses projets capoter devant des obstacles financiers ou bureaucratiques. La fréquentation de ces gens lui donnait un chèque en blanc.

C'était enivrant.

De plus, son fils participait aussi à ces séances nocturnes au club. Il l'observait devant le projecteur quand on passait un film de Harold Lloyd, et il se rendait compte que le garçon dévorait des yeux chaque détail. Il posait des questions surprenantes pour un néophyte, faisait des commentaires judicieux et pour la première fois sortait de son mutisme et quittait cet air taciturne et renfermé qu'il avait depuis sa naissance. Il semblait plus heureux, plus présent.

Depuis tout petit, il était évident qu'il ne serait jamais comme les autres, il émanait de lui quelque chose d'imprécis qui confinait à la cruauté, comme lorsqu'il avait attaché un chiot à un poteau avec du fil de fer barbelé et pendant des heures avait regardé l'animal se lacérer le cou pour se libérer. En même temps, il savait analyser ce que son regard vif voyait avec un naturel déconcertant chez quelqu'un de si jeune, comme le jour où, devant un arbre mort, il s'était tourné vers son père et lui avait dit que les choses naissent pour mourir sans que cela soit un drame. Il avait sept ans.

Ian et Gloria se livraient une lutte sordide et secrète pour canaliser les forces contradictoires de leur fils. À leur insu, ils déversaient sur lui leurs craintes et leurs espoirs : cet enfant était leur champ de bataille. Mackenzie espérait bien qu'il marcherait sur ses traces et trouverait dans le cinéma un moyen d'extérioriser ce qui le tourmentait ; les meilleurs génies ont souvent frôlé la folie, et son fils avait un potentiel énorme, si le génie s'imposait. Gloria avait tout misé sur la musique ; elle lui imposait une discipline avec le violon et le piano, assurait que la musique créait des espaces nouveaux dans le cerveau, des associations neuronales que son fils avait besoin de remplir dans l'ordre et l'harmonie.

Quand Ian refusait un cours avec sa mère pour aller voir un film muet au club de Dámaso en compagnie de Magnus, Mackenzie se réjouissait de cette petite victoire sur sa femme.

— J'ai mis du temps à comprendre ce qui se passait, reconnut-il – il se frotta le visage comme s'il se le rinçait. Quand Olsen m'a appelé, je me rappelle cette conversation comme une hallucination, je refusais de le croire. Mon cerveau ne pouvait l'admettre. J'étais assis dans ma chambre d'hôtel, le combiné à la main, et je croyais à une plaisanterie. Ce fils de pute m'a raconté ce que Ian faisait au club, les choses terribles auxquelles il participait.

"Personne ne l'oblige à faire des choses pareilles, tu peux me croire. Ça sort de ses entrailles." À des milliers de kilomètres, Olsen l'appelait à Sydney pour lui dire que son fils était un génie pervers et tordu. “J’ai les preuves. Tu ferais donc mieux de venir. On a besoin de discuter et de se mettre d’accord. Je n’aime pas ça, Ian ; je t’admire sincèrement. Mais ma vie se barre en couilles et j’ai besoin de liquide.”

— Il me faisait chanter. Il a menacé de t’envoyer les preuves. J’ai cru devenir fou, je ne pouvais penser ni réagir. J’ai pris le premier avion et j’ai débarqué chez lui.

— Pourquoi ne m’en as-tu pas parlé ?

Elle ne cherchait pas à le consoler, elle ne lui disait pas non plus qu’ensemble ils auraient pu affronter le problème, avertir la police, interner leur fils si nécessaire. Non, elle lui reprochait de l’avoir tenue à l’écart, de s’être tu pendant toutes ces années. Dans sa voix vibrait un mépris absolu, dépourvu de toute autre émotion.

“Promets-le-moi.”

Il le lui avait promis. Qu’il protégerait Gloria de tout et de tous. D’elle-même aussi. L’œil que son beau-père fixait sur lui avait un nuage transparent dans la pupille, il devenait aveugle. Mais il était encore capable de jauger les capacités de Ian Mackenzie, le mari de sa fille. Il se rappelait le sourire triste et tragique de son beau-père, ce vieux bonhomme plein d’histoires de juifs et de guerres, d’exil et de violons, de tombes secrètes. Un sourire aux dents inégales (il n’avait jamais voulu utiliser ni dentier ni implants), sales, dévastées à force de mâcher tant de vie.

Ils ne se dirent rien d’autre. Ils n’abordèrent plus jamais ce sujet.

Quand Ian descendit de l’avion qui le ramenait d’Australie, engourdi par le manque de sommeil, décoiffé, des cernes violacés sous les paupières, il savait où aller.

Magnus Olsen ne l’attendait pas si vite. Il était sept heures du matin et derrière la porte il entendit la télévision. Les informations. Dans le monde, il se passait des choses, mais il s'en moquait. Olsen ouvrit, à moitié vêtu, la chemise déboutonnée et la ceinture pendante. On voyait son ventre velu, son nombril, telle une araignée enroulée dans un nid de poils noirs et frisés, ses petits mamelons pointus sur une poitrine pendante. Un porc. Il avait l'air surpris, pas effrayé. L'air de dire : "Pourquoi tant de hâte, on a le temps."

Ian savait comment s'y prendre. Il ne le frappa pas, mais il se maîtrisait tellement qu'il avait une crampe dans le cou. Il ne dit rien. Il regarda ce corps et se demanda combien il devait peser. Cent dix, cent vingt kilos. Un tas de graisse, pensa-t-il. Une boule de suif qui écrasait son bonheur. Magnus l'invita à entrer. Il était encore pieds nus et laissait de petites empreintes sur le parquet. Il y avait du café, des tartines à peine mordues sur une soucoupe, et une cigarette fumante dans un cendrier qu'il aurait fallu vider. La télévision au fond, des vêtements éparpillés sur le canapé. Un parfum de putain bon marché. La seule fenêtre sur la rue donnait sur l'immeuble d'en face. Loin de là. Une épaisse poutre en bois traversait la pièce et divisait le faux plafond en deux. Elle pouvait supporter un tel poids.

— Je sais que tu penses que je suis un pourri. La voix d'Olsen était respectueuse et polie. Mais son regard était trouble et concupiscent. Comprends bien que je ne veux pas nuire à ta famille ni à toi-même ; mais mes affaires ne tournent pas rond et j'ai besoin d'argent.

Il agitait ses grosses mains (celles qui pressaient sans pudeur les fesses de son épouse) comme s'il caressait un ballon imaginaire. Il parlait, se justifiait, feignait d'être au bord d'une crise de nerfs. Ian ne l'écoutait pas. Il n'avait pas besoin de ce prologue.

— Je vais te payer, mais je veux d'abord voir cet enregistrement, dit-il sèchement.

Magnus Olsen avait l'expression de ces gens qui vivent dans la méfiance et le mensonge. C'était un bon joueur de poker, et un bon joueur ne montre jamais les as qu'il a dans sa main si ce n'est pas nécessaire.

— Il n'est pas ici, évidemment. Je ne suis pas un imbécile. Il est à l'abri, ne t'inquiète pas. Quand tu me paieras, je te l'enverrai. C'est le procédé habituel.

Ah, il l'avait déjà fait avec d'autres. Pour lui, c'était un "procédé habituel". Encourager les faiblesses d'autrui et les mettre à profit. Ian changea de stratégie. Il le menaça d'aller voir la police. Olsen eut un ricanement ironique. Tous deux savaient qu'il s'en garderait bien.

Olsen devenait une épée de Damoclès suspendue au-dessus de leurs têtes. Ian pouvait payer, mais il n'aurait pas la garantie de récupérer l'enregistrement, Olsen avait peut-être fait des copies pour lui soutirer encore de l'argent à l'avenir. Il comprit qu'il devait se débarrasser de ce parasite.

Ce fut aussi rapide que violent. Silencieux, et c'est ce silence qui accentua la sensation d'irréalité pendant qu'il se précipitait sur lui par surprise et le plaquait au sol d'un coup de pied dans le plexus. Sans réfléchir, mû par son instinct, Ian lui arracha sa ceinture et la lui enroula autour du cou. Olsen se débattit en gesticulant et en frappant à tort et à travers, mais les coups n'atteignirent Ian qu'aux épaules. Ce gros bonhomme se battait avec sauvagerie, les yeux exorbités. Mais Ian l'étranglait avec une froide détermination qui l'étonna lui-même.

Tuer quelqu'un avait été facile. Longtemps, il fut troublé par cette découverte. La nuit, de retour en Australie, il revivait cette scène, la séquence des mouvements prévus et exécutés avec une logique impeccable. Il voyait les yeux d'Olsen qui passaient du désarroi à la colère, puis à la peur, et qui finissaient par supplier. Il sentait sous ses doigts la pression de la ceinture, le grincement du cuir se tordant sur la trachée de Magnus, le choc de ses talons sur le parquet et le gargouillis de l'air s'échappant de ses poumons.

— Je n'ai pas trouvé l'enregistrement. Je crois qu'il ne voulait surtout pas me le donner, d'ailleurs je n'avais pas le temps de le chercher. Je l'ai suspendu à la poutre, attaché à la ceinture et l'ai laissé en l'air.

Gloria regardait cet homme qui avait été son mari, le père de son fils, et elle ne le reconnaissait pas. Elle ne pouvait l'imaginer commettre un tel forfait. Il était trop beau, trop gai. Il était un génie. Pas un assassin. Ses mains, ses yeux et son corps étaient doués pour créer des choses, des images, pas pour les détruire.

— L'enregistrement est arrivé quelques mois plus tard. Toi et moi étions déjà trop loin l'un de l'autre. Je ne pouvais rien t'expliquer, tu n'aurais pas compris, ajouta Ian d'une voix brisée.

Gloria ferma les yeux et les frotta si fort qu'on aurait cru qu'elle voulait les enfoncer pour ne plus voir. Elle s'assit, toute tremblante, releva la tête et vit devant elle le portrait d'Arthur. Elle éprouva une amertume infinie en contemplant ce visage à l'expression figée. Comme elle haïssait cet homme ! Comme elle haïssait tout le monde !

Maintenant, certaines choses s'éclairaient. Quand Ian était revenu d'Australie, quelques semaines après la mort d'Olsen, il était absent et irritable, et même s'il attribuait son humeur à la fatigue du tournage et aux difficultés financières, Gloria se dit, pauvre naïve, que son mari avait une idylle, alors qu'il était en pleine crise de conscience. Elle se rappela une soirée horrible, la pire de toutes. Elle répétait et relisait des partitions. Dolores tricotait, dans un fauteuil, elle aimait tricoter des vêtements qu'elle offrait ensuite à des gens qui ne les mettaient jamais.

Elle entendit des cris dans le bureau à l'étage supérieur, son mari semblait hors de lui, il jurait et hurlait des insultes en anglais qui résonnaient dans toute la maison. On entendait la voix de son fils, mais elle était couverte par celle du père. Ils se battaient.

— Je vais voir ce qui se passe, dit Dolores en relevant la tête et en la penchant de côté, comme pour aiguiser son ouïe.

Gloria s'était levée.

— Non. J'y vais.

Elle monta et se figea en entrant dans la pièce. Son époux avait coincé son fils entre le bureau et le canapé. Il levait les bras et on ne pouvait savoir s'il allait l'embrasser ou l'étrangler. Mais le visage décomposé du garçon et le regard enragé du père montraient clairement ses intentions.

Son fils avait la lèvre en sang et un bleu sur la joue. Et quelques gouttes rouges sur son col de chemise, des gouttes dont ils n'étaient pas conscients, mais qui attirèrent le regard de Gloria. Incrédule, elle alla de l'un à l'autre, mais aucun des deux ne répondit à son interrogation. Son fils se dégagea des bras de Ian et sortit du bureau, après s'être arrêté sur le seuil et avoir lancé à ses parents un regard de haine infinie.

— C'est vous qui avez fait de moi ce que je suis. Crevez donc !

Gloria voulut le retenir, mais son fils l'en dissuada sèchement :

— Ne me touche pas, sale pute juive. Je ne remettrai jamais les pieds dans cette maison. Tant qu'il sera ici, oublie-moi.

Ces mots inattendus au creux de l'estomac, des mots qui frappent, qui blessent et qui tuent, parce qu'ils proviennent de l'amour de votre vie. La pire des trahisons, la pire des morts pour une mère, c'est le mépris de son fils. Un mépris incompréhensible.

Ian claqua la porte et fit trembler l'encadrement, mais ses paroles avaient déjà cloué Gloria au sol. Elle regardait ses pieds, se demandant pourquoi ils soutenaient son corps. Elle releva lentement les yeux vers son époux, à l'autre bout de la pièce. Ian lui tournait le dos, un dos surmonté de larges épaules et de gros biceps, qui pouvaient supporter en silence ce qui venait de se passer. Il avait appuyé le front et les mains contre le mur. Comme s'il était coincé et essayait de le repousser pour trouver une issue.

— Qu'as-tu fait à mon fils ?

Il se retourna lentement, sans la regarder. À ce moment-là, il n'aurait pu cacher la tragédie qu'il n'avait plus les moyens d'arrêter.

— Une dispute entre nous. Tu sais ce que c'est, ça lui passera.

Qu'il parle pour lui. Elle n'était pas près d'oublier cette scène.

— Tu l'as frappé.

Ian ravala sa salive, comme s'il avait avalé du pain sans mâcher. Pain amer.

Il n'avait jamais porté la main sur son fils. Et il n'avait jamais tué personne. “Il y a toujours une première fois. Ensuite, c'est plus facile.”

— Il a besoin d'aide, Gloria. Notre fils *ne va pas bien*.

Elle ne l'écoutait pas.

— Tu lui as fendu la lèvre ?

Ian était désespéré. Il s'avança, il avait des mots sur le bout de la langue. Mais au dernier moment ceux-ci reculèrent et se remirent à danser à l'intérieur de lui.

— J'ai fait ce que j'avais à faire – ses narines enflaient sous l'effet d'une respiration heurtée. Il ne savait ni pleurer ni crier. Il secoua la tête avec résignation. Tu ne le comprends pas. Il faut placer Ian quelque part. Le sortir d'ici.

Le sortir de sa propre vie, aurait-il dû dire. De son cerveau malade, de son cœur pourri.

— Je veux que tu quittes cette maison, répondit Gloria.

Aveugle. Elle était aveugle. S'il lui en avait parlé à ce moment-là, s'il lui avait tout raconté, elle aurait trouvé un moyen d'arranger les choses, elle aurait su comment réagir. Ian serait vivant et ce portrait nauséabond ne serait pas là.

Elle se moquait bien de ce que son fils avait fait.

— Je veux le voir – son corps était toujours là, mais elle était déjà ailleurs, en un lieu où l'on pouvait freiner les pensées pour éviter la folie. J'ai besoin de le voir pour savoir que c'est vrai.

— Tu n'as pas besoin de voir la vérité pour la reconnaître, dit Ian. Je l'ai détruit.

Il mentait, mais il ne la laisserait jamais voir ce dont le fruit de son ventre était capable. Jamais.

— Il existe un autre enregistrement. Peut-être même plusieurs.

Ian se tourna vers cette voix nouvelle qui entrait. Gloria se tassa sur elle-même, mais elle n'était pas surprise.

Elle savait qu'il était là.

Guzmán avait tout écouté derrière la porte. Il avait permis à Gloria de parler à son mari, comme lorsque avant d'interroger un détenu on l'autorisait à rencontrer un membre de la famille, en espérant que le suspect avouerait sans qu'il soit nécessaire de le torturer. Ça ne marchait presque jamais, mais il se sentait meilleur s'il essayait. Après…

— Je suppose que tu sais qui je suis…

Ian le reconnut aussitôt, bien qu'ils ne se soient jamais parlé ni vus de si près. Pendant ces quatre mois, Ian avait été une ombre qui passait derrière ce mercenaire pour effacer les traces de ce qu'il découvrait. Guzmán s'approcha du portrait d'Arthur. Il avait l'impression de voir un tourbillon intérieur, ces portraits de mystiques du Moyen Âge dans lesquels on ne savait pas où finissait l'extase et où commençait la folie, et vice-versa.

— … Et pourquoi je suis venu.

Ian acquiesça. Pourtant, les choses n'auraient jamais dû se passer de cette façon. Après avoir tué Olsen, il avait pensé que l'affaire était enterrée. Un matin, il reçut l'appel d'une personne aux manières exquises qui voulait lui parler, en tête à tête. Cette personne lui donna rendez-vous sur la terrasse d'un hôtel de luxe du centre de Madrid, en plein jour. C'était un homme d'âge moyen, élégant et distingué. Il portait un costume italien et des boutons de manchette en or assortis à son épingle de cravate. Ses yeux sombres pétillaient d'intelligence et ses sourcils discrètement épilés dessinaient un arc parfait. Il ne donna pas son nom, mais déclara qu'il agissait comme intermédiaire d'un groupe qui, pour des raisons évidentes, ne pouvait apparaître en public. Pour des raisons évidentes, répéta-t-il deux fois. On aurait dit deux honnêtes individus civilisés prenant un café en discutant des termes d'une transaction commerciale. Cet homme distingué (outrageusement parfumé, et qui demanda à Ian de ne pas fumer quand ce dernier voulut allumer une cigarette) dit qu'il était au courant de la situation de Ian, et il ajouta, en déchirant la pochette de sucre dont il versa la moitié dans la tasse, qu'Olsen ne s'était pas suicidé. "Nous savons que vous l'avez tué. Mais cela ne doit pas vous inquiéter. Cet homme était devenu un vrai casse-tête pour quelques-uns de mes clients. La solution était une question de temps et en un sens vous avez droit à notre reconnaissance."

Ils se chargeraient d'éviter à Ian – et à son fils – des problèmes avec la police. Bien entendu, les activités du club avaient été suspendues (il n'avait pas dit "arrêtées"). En revanche, il était prié d'oublier ce qu'il savait. "*Quid pro quo*, dit-il avec un petit sourire des plus académiques. Retournez en Australie, continuez votre travail qui est, m'a-t-on dit, remarquable. Vous avez des admirateurs influents qui sauront à l'avenir vous fournir le financement nécessaire.” L’autre versant de cet accord, il valait mieux ne pas en parler. Pour des raisons évidentes, répéta-t-il. Inutile de les énumérer, mais un suicide pouvait demain devenir un assassinat. On pouvait découvrir des preuves qui accuseraient son fils de viol, et ce garçon ne supporterait pas la prison. “Les générations d’aujourd’hui ne sont plus comme les nôtres.” Sans oublier, si on étalait cette histoire au grand jour, les conséquences sur Gloria, pas sur sa carrière, mais sur son esprit. “Entre nous, les riches détestent avoir à donner des explications. La responsabilité de leurs actes les rapproche du commun des mortels. Et ils n’ont pas l’intention de se rabaisser… Pour des raisons évidentes.”

— Ça n’aurait pas dû se passer comme ça. *Ils* ont dit qu’ils s’occuperaient de tout.

— Mais c’est alors qu’Arthur a fait son apparition et qu’il a introduit une variable dans la partie qu’aucun de vous n’avait prévue. Pourtant, n’était-il pas évident que ce père n’allait pas rester les bras croisés pendant que sa fille disparaissait ?

Gloria se balançait doucement sur sa chaise, un mouchoir serré entre ses doigts. Elle avait cette mine qu’ont les gens qui viennent de vomir. Décomposée. Ses yeux étaient de nacre. Ils ne laissaient pas passer la lumière, ne la renvoyaient pas non plus.

— Arthur a reçu une copie de cet enregistrement et il a vu ce que Ian avait infligé à sa fille… Ce n’était pas un accident. Il l’a écrasé volontairement… Et tu le savais, dit-elle en regardant son époux.

Maintenant, elle comprenait, oui, et elle ne voulait pas comprendre, pas savoir que le désespoir de son mari, quand elle lui avait annoncé la nouvelle au téléphone, était beaucoup plus déchirant que le sien. Parce qu’il cumulait le silence, la culpabilité et le remords. Elle reprit :

— C’était toi le responsable.

Ian ne se défendit pas. Il avait introduit Ian dans la gueule du loup, aveugle, incapable de voir qu'il ouvrait toutes grandes les portes de la fatalité. À quoi bon se dire que la nature de son fils était maladive et que tôt ou tard ce mal des Tagger trouverait un endroit où germer.

— Tu as tué Dámaso, puis l'épouse d'Olsen. Tu pensais que je serais inculpé, comme après la mort de Dámaso... Mais tu as laissé les enfants en vie. Cela t'honore, mais c'était une erreur. Les enfants parlent, ils ont de la mémoire, ils aiment les uniformes de la police, ils se sentent importants. Je crois que tu vas bientôt recevoir la visite de deux agents.

Ian ne répondit pas. Il s'approcha de Gloria et s'accroupit devant elle, cherchant son regard.

— Je ne t'ai pas dit que j'étais revenu, parce que je ne voulais pas te mêler à tout ça. Je voulais te tenir à l'écart. Mais quand je t'ai appelée et que tu m'as raconté que tu avais engagé Eduardo, le type dont le policier t'avait parlé, pour réaliser le portrait d'Arthur, je me suis senti impuissant. J'étais prisonnier d'une pince qui conduisait implacablement à la situation d'aujourd'hui. J'ai essayé de te convaincre de t'éloigner, mais tu es têtue. Tu agis toujours à ta guise. Alors j'ai compris que c'était à moi de régler cette histoire. Éliminer Olsen ne suffisait pas. D'autres personnes savaient ce dont Ian était capable, elles pouvaient ressurgir à l'infini, nous menacer encore, nous faire chanter. Mais je ne pouvais pas accepter qu'on détruise l'image de notre fils que tu as construite. C'était la seule chose qui te restait, à laquelle tu t'accrochais. Et je n'allais pas laisser d'autres te la voler. Elle, au moins, tu devais la garder. J'ai tué ces gens, c'est vrai. Mais ils étaient déjà morts, condamnés par ces autres personnes qui ne voudraient pas les laisser vivre, après qu'Arthur s'était mis à remuer la merde.

Gloria se détourna avec dégoût. Elle ne supportait plus la présence de Ian, ni son contact, ni son odeur. Ce que son fils avait fait, elle s'en moquait. Il était la chair de ses entrailles, elle aurait agi comme son mari : elle aurait menti, trahi, assassiné, mais pas pour protéger un souvenir ou une idée. Pour lui sauver la vie. Son regard s'attarda sur le portrait d'Arthur et soudain elle se pencha sur le gobelet de crayons posé sur le bureau, s'empara des ciseaux et avant que Ian ou Guzmán aient pu réagir elle se précipita sur la toile et la lacéra une, deux, trois, quatre fois en poussant des hurlements animaux.

Les deux hommes la regardèrent sans intervenir, jusqu'à ce que Gloria, épuisée, lâche les ciseaux. Au moment de quitter la pièce, elle dit laconiquement à Ian Mackenzie :

— À cause de ça, je ne te pardonnerai jamais.

Guzmán ramassa les ciseaux. Ils étaient pointus. Il regarda sans émotion le tableau lacéré où on voyait encore émerger un demi-œil d'Arthur.

— Tu me fais pitié, Ian. Je te le dis sincèrement. À vouloir tout conserver à n'importe quel prix, tu as tout perdu.

Ian lui lança un regard furibond. Il pouvait se précipiter sur Guzmán et même lui arracher ses ciseaux. Mais il aurait du mal à le vaincre. Lisant dans sa pensée, Guzmán eut une moue de reproche et lui montra le pistolet Glock qu'il avait à la ceinture.

— Tu n'aurais pas dû tuer la veuve de Magnus. Elle n'était responsable de rien. Elle voulait juste vous aider et oublier, continuer sa vie.

— Personne ne peut continuer sa vie après avoir mis le nez dans un truc pareil.

Le visage de Guzmán se durcit. Il alla tourner la clé dans la serrure de la porte du bureau.

— Exactement, ce qui m'amène au sujet qui me concerne. Qu'on en finisse, un avion m'attend. Nous allons donc nous passer du protocole habituel – sans avertissement préalable, il dégaina et tira à bout portant sur le genou de Ian. Où est la fille d'Arthur ? Où l'as-tu cachée ? J'ai douze balles dans le chargeur. Et je vais les utiliser l'une après l'autre tant que tu ne me l'auras pas dit. La main, le coude, le pied, l'épaule… Fais le compte…

Ce jour-là, Dolores arriva en fin d'après-midi, comme tous les mardis, son jour de congé. L'autobus qui l'avait amenée au lotissement était presque vide. Un de ces jours, on va fermer la ligne, lui avait dit le chauffeur. "Les riches ne supportent pas les transports publics. C'est trop démocratique. Horreur, ça pue l'humanité !" Et que deviendrait-elle, si on lui enlevait le seul autobus qui la déposait près de chez elle ? "Ma foi, vous n'avez qu'à devenir riche, Dolores !" lui avait répondu le chauffeur en riant.

La première chose qui l'étonna, et qu'elle raconterait à la police, ce fut de voir la porte du bureau de M. Ian fermée à clé de l'extérieur. La clé était toujours à l'intérieur. Elle frappa mais n'osa pas entrer.

La deuxième chose surprenante, celle qui provoqua son évanouissement et sa bosse sur le front quand elle avait heurté la cuvette des toilettes (voilà pourquoi, se justifierait-elle plus tard, elle avait mis si longtemps à appeler la police : "Je me suis évanouie au moins un quart d'heure, et je me suis réveillée parce que l'eau de la baignoire m'a trempé le visage et m'a ranimée"), ce fut de trouver le sol inondé sous la porte de la chambre de Mme Tagger. Quand elle ouvrit, elle la trouva nue, la tête et la moitié du corps dans la baignoire, les bras pendant au-dessus du carrelage.

Gloria avait imaginé pour sa fin une apothéose dramatique. Elle s'était noyée dans la baignoire en la remplissant d'eau tiède et de sels de bain. Auparavant, elle avait mis un nocturne de Chopin, en souvenir de la grand-mère paternelle de son fils. À côté de la baignoire, il y avait une bouteille de bon vin débouchée et les restes d'un joint. Elle avait pris le temps de plier ses vêtements. Au cas où elle aurait eu un remords au dernier moment, elle avait d'abord avalé la boîte entière d'un puissant somnifère. Elle n'avait même pas éclaboussé, ne s'était même pas débattue.

24

Situé dans une rue étroite et pentue, la bâche relevée, sans autre signe distinctif qu'une petite plaque à côté de la porte, *Chez Farida* était un petit recoin d'Algérie sur la place Tirso de Molina. L'établissement avait une décoration typique, les clients occupaient des tables basses et des bancs garnis de coussins aux couleurs vives. De temps en temps, la patronne invitait des artistes algériens à exposer leurs œuvres sur les murs couleur chaudron. Ibrahim y allait quelquefois pour apaiser sa nostalgie avec la cuisine *machwi*, portions économiques de grillades, de croquettes de patates et de desserts au miel. Ce midi, il n'y avait pas beaucoup de monde. La fille qui servait le salua avec familiarité et lui indiqua une table d'où on entendait la cuisinière s'affairer au milieu des casseroles en accompagnant d'une voix gaie la musique chaabi qui sortait des haut-parleurs, pas trop forte. On sentait les émanations de menthe et d'épices. Il manquait l'air de la mer, mais s'il fermait les yeux et se tassait dans son coin, Ibrahim pouvait imaginer qu'il était de retour chez lui.

Arthur arriva dix minutes plus tard. Lui aussi aimait la cuisine traditionnelle et l'ambiance recueillie de ce restaurant. Ils se retrouvaient là de temps en temps et s'y attardaient longtemps après le dîner. Mais ce jour-là, Arthur était de mauvaise humeur et pressé. Il repoussa la carte et commanda une bière pression en se laissant tomber comme une masse sur le banc.

— Pourquoi cette urgence ?

Ibrahim accompagnait le rythme de la musique qui provenait de la cuisine en tapotant la nappe, et il regardait les photographies noir et blanc accrochées au mur. Des portraits de paysans, des gens maltraités par la vie et dont la souffrance accrochée aux regards fuyants fixait l'observateur, franchement accusatrice. Des têtes de vieux paysans hirsutes, de femmes avec une ombre de moustache surmontant un sourire fripé, des enfants heureux aux dentitions ébréchées sautant en petite tenue d'un rocher dans la mer. Ces instantanés hors du temps d'un artiste anonyme qui espérait pouvoir vendre une photographie, avec la fallacieuse conviction que l'exposition de la souffrance pouvait intéresser quelqu'un, contrastaient vivement avec les visages réels des rares clients. De jeunes Algériens qui fumaient du tabac blond, en T-shirt du Real Madrid et jeans flottants, des couples qui partageaient une brochette d'agneau avec des enfants irrespectueux s'abreuvant de Coca-Cola. La réalité a toujours deux faces, pensa Ibrahim. Et la nostalgie était la moins concrète.

— Où est enterré ton père ? demanda-t-il soudain à Arthur.

Ce dernier haussa un sourcil.

— Dans la fosse commune du cimetière d'un petit village, du côté de Málaga, où il a été tué. Ma mère n'avait pas d'argent pour exhumer le cadavre. Et je n'ai pas voulu le faire. À quoi bon ?

— Tu y vas quelquefois ?

— Non. Pourquoi ces questions ?

Ibrahim montra une photographie accrochée au mur, sur la droite de la table où ils étaient installés. C'était une image étrange, où les gris imprimaient une tension extraordinaire au paysage dans lequel, au sommet d'une colline, la silhouette d'un berger berbère enveloppé dans une couverture élimée se découpait sur les nuages très bas. Le berger et son chien tournaient le dos à l'objectif et contemplaient le désert qui s'ouvrait devant eux.

— Ce sont les collines du djebel Adjdir. C'est là qu'est enterré mon père. On ne le voit pas, mais au-delà du désert, dans la direction que regarde ce berger, il y a la mer. J'aime à penser que mon père regarde par ici, que ses yeux suivent mes déplacements.

Arthur regarda la photographie sans manifester d'intérêt. En général, Ibrahim ne se laissait pas aller à la nostalgie.

— Tu savais que mon père a milité dans les rangs du FLN. Il a participé très activement à notre guerre d'indépendance. Pendant des années, on a dû garder secret l'endroit où il était enterré. Les autorités n'aimaient pas les martyrs et ne voulaient pas que sa tombe devienne un lieu de pèlerinage. Ils auraient exhumé le cadavre et l'auraient envoyé dans une fosse commune. Mais le temps a réussi là où ils avaient échoué : plus personne ne veut se rappeler cette époque ni ses protagonistes. Il n'y a ni pèlerins ni fleurs, plus personne ne laisse de promesses ou de demandes griffonnées sur un papier glissé sous une pierre. Les héros d'alors mettent en relief la médiocrité de ceux d'aujourd'hui – il regarda Arthur avec la sensation du temps suspendu, comme s'il n'était plus assis à cette table. Je quitte Madrid. Je veux passer mes dernières années à Alger.

Arthur était vraiment surpris.

— Tu ne peux pas partir, tu es en liberté conditionnelle, et si tu ne te présentes plus au tribunal tous les quinze jours, tu seras considéré comme un évadé.

— Je n'ai pas l'intention de revenir.

— Tu n'as pas de passeport, on t'arrêtera à la frontière.

Ibrahim sourit. Paperasses, murs. Des inventions qui ne peuvent arrêter le vent. Les gens entraient dans le restaurant et en sortaient, allaient et venaient, traînant leur vie derrière eux. Ils ne le savaient pas, mais ils étaient libres.

— Je me débrouillerai.

Arthur était déconcerté par cet air énigmatique.

— Et que vas-tu faire, reprendre le trafic d'armes, la drogue, les bagarres ? Tu n'es plus tout jeune, et cette terre est dure avec les faibles.

Ibrahim acquiesça en tâtant la cicatrice sur sa joue. Il n'était plus le même. Les blessures se referment. Avec le temps, la patience, la volonté.

— Je voulais te dire autre chose. J'ai demandé à Andrea de partir avec moi.

Arthur eut un ricanement nerveux.

— Qu'est-ce que c'est que cette bêtise ?

Ibrahim prit son temps et lui raconta tout.

— Je suis amoureux d'Andrea depuis l'enfance, bien avant que tu la rencontres. C'est la seule raison pour laquelle tu es resté en vie toutes ces années en prison.

C'était un gamin sale, maladroit et en guenilles, dévorant ses journées dans son quartier, entre la peur et le désir d'être ce qu'il était, un enfant de douze ans aux yeux chassieux, enivré par le désespoir de vivre. Il jouait déjà du *ney* et prétendait connaître les secrets du *sema*, la danse sacrée des derviches. Il parlait, regardait, riait et embrassait sans complexe les filles qui se laissaient faire. Il aimait surtout cette fille timide et insignifiante qui vivait à Bab-el-Oued. Ils se baignaient nus sur la plage et c'est dans l'eau qu'ils commencèrent les caresses, un jeu aquatique au début, et soudain plus tendre, maladroit et direct. C'est là, sous une barque, qu'il l'embrassa avec l'expérience qu'il croyait avoir, mais elle se mit à cracher en disant qu'elle n'aimait pas du tout qu'on lui mette la langue dans la bouche. Vinrent ensuite les excursions en banlieue, en train jusqu'à Hydra, les couchers de soleil dans la fontaine, où ils se rafraîchissaient et se débarrassaient du sel marin. Et les soirées sur la terrasse qui donnait sur la côte, le retour à Alger avec les sous-vêtements trempés dans un sac en plastique, elle honteuse, lui triomphant, pour ce baiser dérobé avec la langue.

— Je suis tombé amoureux de la fille du patron de la librairie *Paris*. Je compte l'épouser et aller en France.

— Ce libraire pourri ? C'est un collabo, un mouchard de la police qui en plus refile des informations à l'OAS. C'est un bourreau ! lui cria son frère hors de lui.

Quel était le sens de ce mot, *bourreau*, pour un enfant de douze ans ? Quelle ampleur et quelle profondeur pouvaient avoir dans son jeune cerveau le concept de mort ? Oui, son père était mort, et lui-même était habitué aux fusillades nocturnes, à voir son frère aîné rentrer en pleine nuit taché d'un sang qui n'était pas toujours le sien. Il vivait au milieu de la violence et pouvait crier comme les autres les slogans anti-européens que répétaient les leaders de la lutte, il connaissait par cœur le nouvel hymne de la nouvelle Algérie, écrit par Moufdi Zakaria :

Nous sommes des soldats pour la vérité.

Et alors ? Son seul souhait était de voir arriver le vendredi pour courir sur la plage et se baigner nu avec Andrea. Il voyait dans les yeux de son frère et dans le silence douloureux de sa mère qu'il était un mauvais musulman, un mauvais fils, un mauvais frère et un mauvais patriote. Mais pour Ibrahim, le monde, ce monde de fous, pouvait bien aller en enfer. Lui, il était heureux.

— Ça m'est égal, je veux partir avec elle et…

La première gifle lui fendit la lèvre inférieure. La deuxième lui écrasa le nez.

— Tu es un *traître* à ton sang et à ta patrie ! lui cracha son frère entre les dents, brandissant comme une menace le poing qui venait de le frapper.

Ibrahim vit les gouttes de sang tomber dans la paume de sa main et lança un regard rageur à son frère. Il se sentait trompé, trahi, oui, par son propre sang.

— Va dans ta chambre, Ibrahim ! dit sa mère d'une voix tremblante.

Ibrahim s'était ratatiné comme s'il voulait devenir invisible.

— Mais…

— Va dans ta chambre !

Il se sentait malheureux, et il ne comprenait pas pourquoi. Comment pouvait-on être aussi furieux qu'il ait envie d'être heureux ? L'enfance d'Ibrahim était le lent écoulement du temps, les bruits amortis de la rue et le passage des voitures, qui effrayaient son frère aîné si elles s'arrêtaient plus que nécessaire devant la porte, "Ibrahim, va voir qui c'est !" soufflait-il, toujours prêt à s'enfuir par les cours intérieures. L'attente tendue, une peur qui s'était emparée de tous depuis que les terroristes de l'OAS avaient exécuté son père. Maintenant, c'était son frère aîné qui avait repris le flambeau. Et quand il tomberait, ce serait Ibrahim qui devrait continuer la lutte. En attendant, on écoutait à toute heure les allocutions de Boudiaf ou de Ben Bella, les héros de la bataille d'Alger où son père avait combattu les parachutistes du général Jacques Massu. Mais lui, il ne voulait pas être un martyr de la patrie, comme son père et son frère. Il voulait vivre avec Andrea.

C'est alors qu'il entendit un grincement de pneus dans la rue. Une voiture noire, tous phares éteints. Trois hommes en descendirent. Les voitures noires qui surgissaient dans la nuit tous phares éteints étaient de mauvais augure. Soudain, les voisins avaient éteint leurs lumières aux fenêtres.

On venait chez eux. Ibrahim courut prévenir sa mère et son frère. Mais il arriva au moment où la porte de la rue, une simple planche d'aggloméré, volait en éclats. En un clin d'œil, son frère sauta par la lucarne qui donnait sur la cour arrière, sans prendre le temps de remettre sa chemise. En sautant, il perdit une sandale que sa mère ramassa en se tournant vers les trois hommes, la brandissant comme lorsque Ibrahim allait recevoir une bonne raclée pour une raison qui l'avait mise hors d'elle, ce qui était assez fréquent. Mais cette fois un des hommes la lui arracha sans difficulté et lui envoya un coup de pied dans l'estomac qui la fit tomber avec un gémissement sourd.

Les deux autres intrus étaient trop gros pour passer par la lucarne et ils perdirent un temps précieux. Le troisième resta avec sa mère et lui. Un bel homme, grand, le teint olivâtre imposé par les longs séjours dans le désert. Roux. Il avait un tatouage, des ailes traversées par un poignard sur un côté de son cou épais, de lutteur. Et une phrase : *La Patrie avant tout*. Quand il s'avança vers sa mère, encore à terre, Ibrahim s'interposa sur son chemin en criant comme un roquet. L'homme ne l'avait pas encore remarqué et il fut un instant déconcerté. Mais il se reprit, eut un air de dégoût profond et sa grosse main, calleuse et velue, emprisonna violemment le visage d'Ibrahim, qui décolla du sol et fut projeté contre le mur comme un pantin. Une, deux, trois fois. Jusqu'à ce qu'il perde connaissance.

Quand il rouvrit les yeux, son T-shirt était maculé de sang. Sa mère avait un œil violet et sa robe déchirée, elle cachait pudiquement un sein obscur et sec, mais elle restait hautaine, souriait presque et le regardait avec amour. Elle lui disait d'être fort. Que tout passe, même le plus horrible.

Ceux qui étaient partis à la poursuite de son frère étaient en nage et frustrés. L'un d'eux brandissait un revolver calibre 38, il dit qu'il avait tiré sur lui, mais qu'il n'était pas sûr de l'avoir touché. Son frère connaissait bien le labyrinthe de ruelles, placettes sans issue et murs du quartier, il ne s'était pas laissé rejoindre, il était malin et rapide. Le jeune Ibrahim se réjouit de savoir que ces connards n'avaient pas pu lui mettre le grappin dessus.

Il ne s'attendait pas à ce que cela aggrave la situation pour sa mère et lui.

L'homme au tatouage dans le cou avança d'un pas.

— Qu'est-ce qui t'amuse ? demanda-t-il en attrapant Ibrahim à la gorge et en le secouant comme s'il voulait lui arracher la tête. Il lui prit le menton et le dévisagea avec ironie. Ibrahim tourna la tête brutalement et parvint à se débarrasser de cette main qui avait les doigts glacés. Mais le rouquin resserra son emprise, l'obligeant à montrer ses dents. Des dents qui étaient alors jolies, pleines d'histoires et de chansons.

— Où est ton frère, mon joli ? Il ne doit pas être loin, enterré sous un tas de merde, caché comme un rat. Si tu cries assez fort, si je te fais crier, tu crois qu'il va sortir de sa planque, ou qu'il te laissera souffrir ? Et si je commençais par ta mère, qu'en penses-tu ? Tu aimes ta mère, tu lui demanderas de se livrer ?

Ibrahim ne répondit pas. La main qui le bâillonnait l'en empêchait. Sans savoir ce qui lui arrivait, il mordit de toutes ses forces cette énorme main velue qui sentait la poudre, le tabac et le cirage des bottes militaires. Il mordit jusqu'à sentir le sang sur ses lèvres.

Le rouquin poussa un cri et écrasa son poing sur la figure d'Ibrahim, mais le gamin ne lâchait pas prise, tel un chien accroché à sa proie. Alors, l'homme sortit une machette de sa gaine accrochée à la cheville. C'était une arme de grande dimension, une lame en dents de scie à la pointe recourbée. Le pommeau avait une boule d'acier avec une boussole. Ibrahim sentit l'impact de ce pommeau, qui lui dévasta les dents. Hors de lui, le rouquin se redressa en se tenant la main. Son compère donna un coup de pied au petit Ibrahim, qui sentit la merde de chien collée à la semelle de la botte. L'homme au tatouage se laissa tomber de tout son poids sur sa poitrine, tandis que l'autre lui tenait les mains et le troisième maintenait sa mère à distance en la frappant.

C'est là que mourut l'enfant qu'il aurait pu être, ce soir-là, tandis que deux étrangers l'immobilisaient au sol et que la pointe effilée d'une machette déchirait les muscles de son visage et fendait sa peau. Là, au milieu des hurlements, sous les flots de sang qui voilaient sa pupille dilatée, voyant sans comprendre la masse chancelante de sa mère, qui ne criait plus. Qui le regardait simplement avec un amour infini, se dépouillant d'elle-même, comme si elle voulait absorber toute la douleur de son fils, pas seulement celle qu'il éprouvait, mais aussi celles qui l'attendaient.

Enfants mutilés qui deviennent des hommes incomplets, incapables de rien éprouver, vivant les succédanés de l'amour, de la passion, de la joie. Des instants fugaces de bonheur qui ne tiennent qu'à un fil, sans jamais savoir quand se rouvrira la blessure pour respirer, dans un cauchemar, un regard, un souvenir surgi au hasard.

Ibrahim regarda Arthur.

— Voilà pourquoi il faudrait détruire les voleurs d'enfance. Parce que c'est le pire des crimes qu'on puisse commettre contre un être humain : lui voler l'espoir, détruire son âme. C'est ce qu'a fait ton père, le lieutenant Luis Fernández.

Arthur était bouche bée, pétrifié. Il regardait Ibrahim, le fouillait du regard, surpris et effrayé.

— Ce n'est pas vrai, dit-il d'une voix décomposée.

Ibrahim lui montra sa cicatrice.

— En voici la preuve.

Arthur secoua la tête.

— Ça n'a ni queue ni tête, ça n'a pas de sens.

Ça avait tout le sens qu'a le hasard, cette forme de justice.

— Tu te rappelles la première fois que je t'ai vu dans la cellule ? J'ai cru voir ton père. Tu es son portrait incarné. Et quand tu m'as raconté ton histoire, j'ai compris que tu étais le fils de ce lieutenant qui avait brisé ma vie. Je t'aurais tué sur place, mais tu as sorti cette carte postale de ton voyage de noces et tu l'as collée au mur. Tu as souri et tu m'as dit le nom de ta femme. Alors, j'ai compris qu'Allah est sage et que chaque chemin, si long soit-il, mène toujours quelque part. Tu me l'as rendue.

Ibrahim se leva et le regarda froidement.

— L'Arménien est dehors. C'est moi qui l'ai prévenu que tu serais là.

Arthur se pencha, tassé et tendu. L'Arménien était dans l'entrée, le dos contre la porte, et derrière lui on voyait la tête rase d'un géant avec un tatouage dans le cou. Furieux, Arthur se tourna vers Ibrahim.

— Tu ne peux pas me châtier pour une faute que je n'ai pas commise. Je ne suis pas mon père ; je serais incapable d'agir comme il a agi.

— Bien sûr que si. Nous sommes tous notre père. Je te regarde et je le vois, et mon sang se met à bouillir. Le même regard, les cheveux roux, cette façon de tordre la bouche. Tu ne peux y échapper.

Arthur se leva.

— Tu n'as pas le droit de me juger !

Ibrahim le retint par le bras.

— Tu peux essayer de fuir, mais en ce cas Andrea ne saura jamais ce qui est vraiment arrivé à Aroha. L'Arménien connaît des gens qui sont dans le monde de la délinquance liée à la traite des personnes. Personne ne disparaît sans laisser des traces qu'ils ne puissent retrouver. J'ai passé un accord avec lui : ta vie en échange de l'information qui nous dira où est ta fille.

Arthur fronça les sourcils. Il était tout pâle. Il lança un regard de haine à Ibrahim.

— Qui es-tu pour monnayer ma vie ? Guzmán va retrouver Aroha, je n'ai pas besoin de l'Arménien pour ça.

Ibrahim ne perdit pas contenance. Il lâcha le bras d'Arthur et ouvrit les mains pour lui montrer qu'il n'avait pas l'intention de se mettre en travers de son chemin.

— La décision t'appartient. Porte de devant ou porte de derrière.

Arthur tourna ses yeux noyés d'effroi vers la porte. L'Arménien s'approchait, les mains dans les poches, sans se presser.

— C'est toi, ou c'est Aroha, répéta Ibrahim.

Arthur choisit la porte de derrière. La peur la poussa vers la cuisine. Le géant à la tête rase s'élança sur ses traces. On entendit un fracas d'assiettes tombant par terre et les cris de la cuisinière demandant ce que signifiait cette cavalcade.

— Pourquoi l'as-tu prévenu ? Ce n'est pas ce qui était convenu, dit l'Arménien à Ibrahim, mi-furieux mi-souriant.

Les habitués lancèrent des regards méfiants. Cet homme n'était pas des leurs, il détonnait comme une tache noire sur une chemise blanche.

Ibrahim regarda la photographie du berger et son chien, fixée au mur.

— Nous avons tous le droit de nous prouver ce que nous sommes vraiment. Maintenant, Arthur sait exactement de quoi il est fait. De toute façon, il ne va pas aller bien loin. Je sais exactement où il compte se diriger.

L'Arménien le regarda avec curiosité, et même un brin d'envie et d'admiration.

— C'est donc vrai, tu as des principes – il parlait comme si Ibrahim était un lépreux qui affrontait sa maladie avec dignité. Il sortit un papier de sa poche et le lui donna. Une adresse et des coordonnées cartographiques. C'est là que tu trouveras la fille.

Ibrahim lut le papier.
— Vivante ?
L'Arménien fit une grimace qui ne signifiait rien.
— Peut-être. Il y a certaines choses qu'il vaut mieux ne pas demander avec trop d'insistance. J'ai réglé trop de dettes pour obtenir ce papier… Il y a des domaines où même des gens comme toi et moi ne doivent pas fourrer le nez. Tu devrais t'en aller, maintenant, Ibrahim. Retourne dans ton village et ne regarde pas derrière toi. C'est mon conseil.
Ibrahim mit l'adresse dans sa poche. Les seuls conseils qu'il avait écoutés dans sa vie étaient ceux d'un homme qui était enterré sur une colline déserte, à côté de son père.
— Je vais te dire où va Arthur.

Depuis son plus jeune âge, Aroha mettait longtemps à se réveiller. Le matin, elle était très paresseuse, elle restait longtemps au lit à bâiller et à s'étirer, et si sa mère n'y prenait pas garde, elle se rendormait comme si rien de ce qui se passait en dehors de sa chambre ne l'intéressait. Fâchée et lasse de l'appeler, Andrea demandait à Arthur de la sortir des draps. Il entrait dans la chambre sans allumer, passait la main dans ses cheveux et l'embrassait sur le front en lui parlant tout bas jusqu'à ce que, peu à peu, elle sorte de sa torpeur. Il était le seul à avoir assez de patience pour obliger sa fille à se lever sans râler et sans arriver en retard à l'école. Aroha préférait aussi qu'il l'emmène et peu lui importait qu'il la tienne par la main jusqu'à l'entrée du collège. Ses copines l'attendaient sur les marches en grignotant des graines de tournesol. Un tourbillon d'uniformes scolaires (polo rouge avec l'emblème du collège brodé d'or, jupe à carreaux et chaussettes grises jusqu'au genou), qui s'agitait comme un nid de guêpes pour voir Arthur remettre son cartable à sa fille et lui donner une accolade d'ours en enfouissant dans ses bras son petit corps dont on ne voyait plus que le sommet du crâne.

— Mes copines disent que tu es vachement chouette.

Elle prononçait ces mots avec un bonbon à la fraise dans la bouche et son appareil dentaire transformait son sourire en supplice métallique.

La voix de sa fille lui parvenait de très loin : "Tu es le meilleur papa du monde." "Du monde ?" "Du monde entier et d'une partie de l'univers." "C'est déjà mieux." Oui, quand elle était petite, il était un héros.

Mais à un moment donné, elle se débrouilla toute seule, elle se leva avant que le réveil sonne ou qu'Andrea l'appelle. Petits changements, comme lorsqu'il lui demandait de bavarder un moment et qu'elle trouvait toujours le moyen d'y couper, avant de s'enfermer dans le bureau d'Arthur pour téléphoner et partager avec un inconnu (qui ?) les confidences dont le père était maintenant exclu. Des choses qui au début semblaient des défaites supportables, des changements que connaissent les enfants quand ils grandissent et prennent leurs distances, se disait Arthur. Il n'aurait pas dû accepter ce détachement grandissant sans se battre. Il aurait dû tenir compte des signaux d'alarme qui s'étaient accumulés ce dernier été : "J'ai besoin d'argent." Il lui en donnait, en échange d'une bribe de conversation, d'une caresse ou d'un baiser hâtif. Il achetait sa tendresse, de plus en plus rare et de plus en plus chère. "Les études, ça va ?" "Très bien." "Que lis-tu en ce moment ?" "Ça et ça. Tu me donnes de l'argent ?" S'il lui posait trop de questions, elle s'énervait, aussi renonça-t-il à en poser. "Au moins, arrange-toi pour ne pas redoubler." "Mais oui, tu es pénible ! Alors, tu me le donnes, cet argent ?" "Pourquoi cette somme ?" "Une sortie entre copines à Valence, un week-end de cheval dans la montagne, un nouveau lecteur de CD." Et il le donnait.

Peu à peu, à l'adolescence, apparurent les vrais problèmes. Les fugues, les appels à la police, les petits copains indésirables trop âgés, toujours trop âgés, la révolte continuelle, les affrontements, les engueulades, les claquements de porte et les premiers symptômes de son flirt avec les drogues. Les visites inutiles au psychologue, les exclusions des collèges.

Il l'avait soudain perdue, à son insu. Elle n'était plus sa fille, elle ne lui appartenait plus. Et il se mit à voir les reproches et les accusations dans son regard. Elle se rendait compte de quelle sorte d'homme était son père, de ses infidélités, des absences prolongées qu'il essayait de compenser par des choses qui pouvaient s'acheter.

Il n'était pas à la maison le jour où Aroha disparut. Il ne la vit pas se laver les dents (délivrées maintenant de leur corset métallique), se coiffer et sortir pour ne plus revenir. Il y avait une autre femme dans le miroir qu'il regardait à ce moment-là, dans une chambre d'hôtel. Un corps nu et luisant qui lui souriait dans le reflet et qui s'offrait à lui. Tandis que sa fille marchait vers sa perdition, il baisait une maîtresse qu'il n'aimerait jamais autant qu'il aimait Andrea et sa fille. Et cela le torturait. Alors, pourquoi balancer sa vie par-dessus bord, en toute conscience ? Il ne le saurait jamais, la réponse était peut-être dans cette voix intérieure qui l'accusait d'être un imposteur chaque fois qu'il se rapprochait du bonheur. Peut-être ne méritait-il pas d'être heureux.

Il n'était pas tard, se dit-il en clignant des yeux parce qu'il avait le soleil en face. Il descendit de la voiture, convaincu qu'Andrea l'aimait encore, il ne pouvait pas croire ce qu'avait dit Ibrahim. Elle ne le trahirait pas. Il avait juste besoin de la voir encore une fois, de la regarder dans les yeux pour mesurer combien elle tenait encore à lui.

Ils pouvaient changer, les gens changent. Guzmán avait enfin retrouvé les traces d'Aroha, ils n'avaient absolument pas besoin de l'Arménien. Ils s'en iraient tous les trois, recommenceraient à zéro, cette fois pour de vrai.

Le regard enfiévré, l'esprit assailli par mille pensées, il traversa le parking de la résidence, mais remarqua trop tard les deux silhouettes derrière les voitures.

L'Arménien vint au-devant de lui pendant que son chien de chasse lui coupait toute retraite. Arthur se rendit compte qu'il ne pouvait leur échapper.

— Tu n'as pas besoin de faire ça, dit-il sans perdre de vue le géant qui tournait autour de lui comme un loup à l'affût. Je peux te payer ce que tu voudras si tu nous laisses partir. Dis le prix, quel qu'il soit.

Dans les yeux de l'Arménien brillait un éclat de torche au fond d'une caverne.

— Combien vaut la vie d'une fille ? Combien as-tu payé pour récupérer la tienne ?

Profitant d'un moment d'inattention d'Arthur, le géant sauta sur lui. Arthur esquiva son poing qui lui frôla l'oreille avec le vrombissement d'un express. Instinctivement, il riposta par un violent coup de coude qui lui éclata le nez. Le géant porta les mains à son visage avec un grognement animal, mais il resta sur ses pieds. Arthur voulut profiter de son avantage pour le renverser, mais le molosse se reprit avec rage et l'attrapa d'une main à la gorge, et leva l'autre poing pour lui asséner le coup fatal.

— Pas ici, ordonna l'Arménien.

Le géant interrompit son geste, tremblant de colère. Il hésita quelques secondes et finalement baissa le bras.

— En voiture ! ajouta l'Arménien.

Il ne savait pas où il était. Sans doute quelque part dans la sierra. Loin de Madrid. Où qu'il regarde, il ne voyait que des pinèdes et une petite route qui serpentait et allait se perdre derrière une colline. La nuit tombait. Les premières étoiles oscillaient sur la ligne diffuse du crépuscule. Un vent chaud caressait les hautes herbes, aux pieds d'Arthur. On lui avait ôté ses chaussures et ses chaussettes et il était attaché à un rocher. Les arêtes coupaient l'intérieur de ses bras, le forçant à se pencher en avant pour soulager la pression. L'Arménien était assis sur une vieille souche. Il suçait un épi et fredonnait une chanson tout bas, les yeux mi-clos, en marquant le rythme d'un léger balancement du corps. Quelques mètres plus loin, le géant urinait sur un buisson. Son nez était gros comme une patate et il avait le visage couvert de sang séché.

L'Arménien haussa les sourcils et cracha son brin d'herbe.

— Quand j'étais petit, les gens venaient ici passer la journée en famille, loin de la ville. Mon père entassait les chaises pliantes et une table de camping dans sa Fiat 600. Ma mère achetait de la tête de cochon, les oreilles, la queue et on faisait des repas formidables. À l'époque, personne ne pensait aux incendies, tout le monde allumait un feu et on ne demandait pas d'autorisation à la mairie. Les choses étaient plus simples. Après manger, mes parents étalaient une couverture à l'ombre pour une petite sieste pendant que je partais en exploration. Cette souche était un pin magnifique, gigantesque. Il paraît qu'on peut lire l'âge d'un arbre en comptant les anneaux du tronc. Et celui-ci était très vieux. Je me rappelle qu'un jour j'ai essayé de monter à la plus haute branche, mais je suis tombé et je me suis fendu le crâne. Mes parents dormaient et ils s'en sont aperçus quand ils ont vu que je saignais. On m'a mis cinq points de suture aux urgences, et au retour mon père a passé son temps à me donner des baffes parce que je lui avais gâché sa journée à la campagne, et ma mère a pleuré pendant tout le voyage – il ricana comme si ce souvenir lui paraissait tragiquement drôle et il regarda Arthur d'un air intrigué. Je parie que tu n'es jamais monté à un arbre.

Lentement, l'obscurité enveloppait le paysage d'un voile d'ombres. Tout restait sur place et en même temps tout s'en allait. L'Arménien soupira en regardant l'horizon injecté de sang.

— J'ai souvent imaginé que j'étais un homme comme les autres. Que ma fille grimpait à cet arbre et que je la surveillais d'en bas, les bras prêts à la recevoir si elle tombait. C'est sans doute ridicule, ce qu'un homme imagine quand il a passé la moitié de sa vie en prison, ce qu'il espère faire quand il sera libre. Mais plus personne n'allume des feux, c'est interdit, l'arbre a été coupé depuis belle lurette, et cet endroit est devenu un dépotoir où s'entassent préservatifs, boîtes de conserve et mégots, et où les putes et les junkies s'offrent une journée à la campagne… Et je n'ai plus de fille qui m'inquiéterait si elle tombait et se blessait – il regarda Arthur avec tristesse et hésita, pour constater l'effet de ses paroles. Quand le verre de l'amertume est plein, le cœur ne souffre plus, car il ne sent plus rien. J'ai cessé de me torturer en pensant à ce qui n'a pas été et ne sera jamais ; j'ai oublié les questions auxquelles personne ne peut répondre, parce qu'il n'y a pas de réponse, parce qu'il n'existe pas un seul dieu qui puisse me consoler. À cet égard, la seule chose qui m'a apaisé ces quatre dernières années, c'était la certitude qu'un jour nous serions ici, toi et moi, de cette façon, et qu'avant de te tuer, je te tiendrais précisément ces propos.

Il fit un signe à son sbire et le géant rapporta de la voiture un sac de sport d'où dépassaient une scie et le manche d'une hache.

L'Arménien se leva et se retroussa les manches. Il lui montra une machette aiguisée de survie avec une grimace qui assombrissait son visage. L'Arménien avait juré qu'il se vengerait et il devait tenir parole. Il s'était forgé une réputation qu'il devait entretenir, car les hommes comme lui dépendaient entièrement de ce respect gagné avec leur sang pour survivre. Voilà pourquoi la mort d'Arthur devait rester dans les mémoires pendant des années ; les prisonniers en parleraient dans leurs conciliabules, dans les cours des prisons, leurs gardiens frissonneraient en écoutant les détails, les nouveaux auraient à peine mis un pied dans leur cellule qu'ils sauraient déjà qui était l'Arménien.

— Je vais t'écorcher comme on épluche une orange, avec une machette comme celle qu'a utilisée ton père pour défigurer Ibrahim ; ensuite, mon ami te découpera en morceaux et je disperserai tes restes sur plusieurs kilomètres à la ronde dans ces montagnes pour que les bestioles te bouffent. Mais je crois que je garderai ton cœur et que je le donnerai à ta femme pour qu'elle le voie avant que je lui arrache les yeux et que je la tue aussi. J'ai promis à Ibrahim que je ne lui ferais pas de mal, mais nous savons tous les deux que je ne peux tenir cette promesse. Il ne restera rien de toi, Arthur, ni de ce que tu as été et créé dans cette vie. Tu n'auras jamais existé, ni toi ni les tiens. Mais le plus important, c'est que tu mourras sans savoir ce que ta fille est devenue ; sans savoir si tout le mal que tu as fait, la souffrance que tu as semée, ont servi à quelque chose.

25

Le mois de mai s'éloignait et laissait ses odeurs d'orage. Dans la mare, près de la maison, les crapauds braquaient sur elle leurs yeux exorbités. Olga posa sa valise sans se décider à pousser la porte. Revenir était une défaite, elle le sentait. Les pierres de la façade l'accueillirent avec une mine brutale, les mauvaises herbes qui poussaient dans un pot abandonné la saluèrent avec ironie. Elle avait cru qu'elle pouvait vaincre, ne plus jamais revenir, forcer les frontières de son destin et s'enfuir. Mais elle revenait. Et sa valise à roulettes annonçait qu'elle revenait pour rester.

Elle poussa la porte et entra dans cette atmosphère calme qu'elle reconnut avec douleur. Il n'y avait presque pas de changement. Les mêmes meubles, mais disposés autrement, les mêmes tableaux aux murs, la même poussière et le même calme. Au fond, on entendait la télévision. Trop fort, comme pour remplir de bruit le silence étouffant.

Sa mère était devant la glace ovale. Elle coiffait sa longue chevelure gris sale, assise sur une chaise en osier. Ses cheveux plats retombaient sur ses épaules, sa peau blafarde était semée de grains de beauté, et elle était torse nu, les seins secs, fripés, tombant vers le nombril, oscillant comme des pendules en suivant le mouvement des bras.

— Salut, maman.

La vieille dame s'immobilisa et regarda Olga dans le miroir. Ses yeux sans couleur, éteints, brillèrent un instant sous ses paupières et elle reprit son brossage avec ardeur. Comme si quatorze ans ne s'étaient pas écoulés. Olga lui ôta la brosse des mains et prit la relève, comme lorsqu'elle était petite et que sa mère montrait comment ne pas lui tirer les cheveux. Olga la regarda dans le reflet. Elles se ressemblaient trop pour imaginer qu'elles pouvaient avoir des vies différentes. Unies par un lien invisible. Elle appartenait à cette obscurité, à cette odeur, à cette tristesse absente où les mouches voletaient au-dessus d'une corbeille de fruits qui pourrissaient et au-dessus des amants que sa mère avait eus et qui figuraient sur une galerie de portraits posée sur la commode. Une galerie d'échecs et de mirages, de fausses fuites et de promesses qu'aucun n'avait tenues. Et parmi eux, dans un coin, il y avait aussi Teo.

— Tu ne peux pas rester ici. Tu n'es pas la bienvenue.

Olga n'avait pas le courage de l'affronter ni de lui raconter toute la vérité. La vérité était une rancœur qui se retournait contre elle. Sa mère l'accusait d'avoir gâché sa chance d'être heureuse avec le seul homme qui l'avait aimée. Mais elle se trompait, Teo n'avait jamais aimé personne, à part lui.

À la télévision, on parlait d'Arthur. Les morts fleurissaient comme des coquelicots dans les champs de blé. Comme des taches rouges. Un juge du tribunal de la province avait ouvert une enquête, qui liait les morts de Gloria et de son époux à celle d'Arthur. L'affaire était confidentielle, mais des indiscrétions laissaient entendre un scandale de grande envergure, avec tous les ingrédients d'un roman noir : prostitution de mineures, drogues, vidéos pornographiques et assassinats.

— J'ai juste besoin de deux jours pour y voir clair. Ensuite, je m'en irai et tu ne me reverras plus jamais.

Elle monta dans son ancienne chambre et trouva son matelas sans draps ni oreillers. Le bureau était couvert de poussière et en ouvrant un tiroir elle trouva une souris qui avait fait son nid dans ses cahiers d'écolière. Les toiles d'araignée étaient comme un linceul dans cette atmosphère. Personne n'avait mis les pieds dans cette chambre depuis son départ. Elle ouvrit sa valise et regarda le dossier qui était au milieu de ses chemises. Après avoir appris le suicide de Gloria, Eduardo n'avait pas voulu la revoir ni lui parler après que Who l'avait laissée repartir. Il n'avait pas non plus accepté le solde qui correspondait à la commande.

L'un après l'autre, Olga punaisa ces dessins au mur et s'assit sur le lit. Ils formaient une séquence unique où les tracés gagnaient en force et en consistance, comme si chaque trait arrachait les pelures d'oignon pour atteindre le cœur. Et là, au centre, la séquence s'arrêtait. Incapable d'aller plus loin. Cette autopsie d'un cadavre avait pris tout son sens ; elle avait vu à la télévision les images du corps d'Arthur écorché et mutilé de façon horrible. Mais ce qui avait surtout retenu son attention, c'était l'obstination des assassins à le défigurer, on aurait dit qu'ils avaient voulu effacer son visage, détruire le réseau de vie et d'émotions qui se superposaient dans le travail d'Eduardo. Sans ces yeux qui regardaient avec une pointe d'obscurité, sans sa bouche droite et son nez un peu tordu, Arthur n'était plus rien.

Sa mère entra sans frapper. La porte n'était pas fermée à clé. Son regard se posa sur les dessins accrochés au mur. Elle les regarda avec étonnement, car ils ne lui disaient rien. Elle ne les aimait pas, ou elle désapprouvait peut-être qu'ils soient ainsi exposés. Elle regarda Olga, assise sur le lit, sa valise pas défaite, les genoux serrés qui coinçaient ses mains. On aurait dit une collégienne. Sa mère eut peut-être un léger frémissement de culpabilité, de nostalgie et d'amour. Mais si c'était le cas, c'était trop profond pour que cela remonte à la surface.

— Dans quel imbroglio t'es-tu fourrée ?

Sa voix était méfiante. Dans quel imbroglio m'as-tu fourrée, voulait-elle dire.

Olga releva la tête et la regarda avec tristesse. Parfois, on veut aimer quelqu'un et on ne sait comment l'atteindre. On accumule tant de ratés qu'on finit par perdre le chemin et il est impossible de retrouver la bonne direction.

— En bas, il y a deux policiers qui veulent te parler.

Olga soupira et se secoua. Parfois, on est bien obligé d'admettre que les choses ne peuvent pas être autrement. Tout le reste, balivernes. Chimères. Cette certitude la soulagea, pour la première fois depuis longtemps. Cesser de lutter contre l'impossible la libéra. Elle descendit l'escalier sans ce poids sur les épaules et salua les policiers.

Ils voulaient l'interroger sur Gloria et l'assassinat de son mari. Ils avaient trouvé les restes lacérés du portrait d'Arthur et ils savaient qu'elle avait servi d'intermédiaire entre cette famille et Eduardo. Ils ne l'accusaient de rien, déclara l'un d'eux, ils *savaient* qu'elle était innocente.

Olga sourit avec tristesse. Innocente. Lavée de toute faute, bienheureuse comme un nouveau-né. Elle vit en bas de l'escalier sa mère en chemise de nuit, les cheveux mouillés, en chaussettes noires, les bras croisés sur la poitrine. Elle était enveloppée d'une douce pénombre et la regardait en silence. Un silence chargé de reproches et de mépris. Sans appel.

Quand Who l'emmena dans une maison abandonnée, Olga pensa qu'il allait la tuer. Au lieu de cela, il l'enferma en mettant un cadenas à l'extérieur. Au bout de deux jours et deux nuits, elle crut qu'il la laisserait mourir de faim et de soif, qu'il voulait peut-être la rendre folle.

Olga passait des heures assise au même endroit, les coudes sur les genoux, songeuse, regardant la porte, attentive au moindre son et à la plus légère modification de la tonalité de la lumière qui se glissait par en dessous. Au début, la terreur ne lui laissait pas le temps de penser et l'empêchait de dormir. Mais peu à peu elle se rappela des détails qu'elle avait oubliés, de moments qui n'avaient jamais eu une grosse importance mais qui revenaient, la faisaient sourire et même rire aux éclats, ou la plongeaient dans des sanglots désespérés, calmes ou nostalgiques. Comme si l'obscurité et l'impossibilité de trop bouger l'obligeaient à mieux voir et à économiser ses forces, elle était maintenant capable de distinguer nettement la silhouette de Teo, comme s'il était assis devant elle, son fantôme, lui reprochant d'un regard condescendant ce qu'elle lui avait fait. Cela la rendait folle de rage. Car ce fantôme qui tripotait les branches de ses lunettes à monture métallique ne se sentait pas coupable, et l'accusait, elle.

Au matin du troisième jour, elle entendit les pneus d'une voiture qui freinait de l'autre côté de la grille. Abasourdie et affolée, Olga se traîna à quatre pattes jusqu'à la porte et regarda par une fente.

Elle vit une silhouette féminine. Pas très nette, à cause de la poussière sur la voiture, mais la femme descendit la vitre de deux doigts et apparurent derrière ce balcon des yeux noirs en amande qui regardaient dans sa direction, qui savaient qu'elle était là, épiant derrière la porte. Olga recula, repoussée par l'intensité de ce regard. Elle entendit la portière de la voiture se refermer et le crissement des pas sur le sol terreux, la grille rouillée s'ouvrir, le grincement du cadenas tomber avec la chaîne. La porte s'ouvrit, la lumière extérieure illumina l'obscurité et aveugla Olga.

Elle mit quelques secondes à la repérer :

— Rassure-toi, je ne te veux pas de mal. Je m'appelle Mei.

Elle tendit la main en lui disant de la suivre.

Olga la suivit jusqu'à la voiture d'un pas hésitant, mettant sa main en visière pour se protéger de l'éclat du soleil.

Mei ouvrit une bouteille d'eau et lui en proposa avec un regard qui oscillait entre la compassion et une curiosité inquiète. Olga but comme un chameau désespéré. L'eau ruisselait dans son cou, traçant des sillons dans la crasse que sa peau avait accumulée pendant deux jours et deux nuits, à force de dormir à même le sol dans cette porcherie.

— Lentement…

Sa voix était belle et inspirait la paix.

Olga but plus lentement. Puis elle accepta le sandwich que la fille lui donna en tout petits morceaux. Olga mangea, mais elle n'avait pas vraiment faim. Son estomac était noué. En mâchant le jambon, elle regardait Mei qui, les yeux fixés sur la route, lui accordait parfois un regard. Elles avaient pris la route de retour sur Madrid.

— Que vas-tu faire de moi ? demanda-t-elle à ces yeux froncés plongés dans des pensées qui l'excluaient.

— Rien, répondit la fille. Détends-toi. Il n'y a plus rien à craindre.

Olga regarda cette main étrange qui l'apaisait. Elle la crut.

— Repose-toi, dit cette femme.

Olga essaya de fermer les yeux, mais c'était impossible. Son cœur battait à tout rompre. Elle fut rassurée, sans savoir pourquoi, quand elles arrivèrent dans les faubourgs de Madrid. Et elle se rendit compte que ces rues lui étaient de plus en plus familières. On la ramenait chez elle.

Quand Mei gara sa voiture devant son porche et lui demanda de descendre, elle hésita, déconcertée. La fille qui pendant tout le trajet n'avait cessé de la regarder avec une tendresse curieuse l'encouragea d'un large sourire.

— Bonne chance. Maintenant, c'est à toi de récupérer les débris de ta vie et d'en faire quelque chose de neuf.

Olga la regarda sans comprendre ce qu'elle voulait dire.

— Où est M. Who ?

La fille lui caressa la joue affectueusement.

— Maintenant, plus personne ne peut te nuire.

Mei démarra et s'éloigna. La circulation de Madrid ne tarda pas à l'engloutir.

Olga ne la vit pas fondre en larmes.

Trois heures plus tôt, Mei était comme morte. Les hommes autour d'elle fumaient leur cigarette en l'ignorant, en rallumaient d'autres avec leur mégot. Sur la table en verre il y avait des canettes de bière, des restes de cocaïne et des miettes de pizza, en plus d'un cendrier débordant. La main de Chang appuyée sur son épaule l'immobilisait sur la chaise.

— Allons, petite, goûte ! disait-il en lui montrant la poudre blanche sur la table.

Et Mei refusait. Comme elle refusait le tripotage du vieux Chang qui lui pressurait un sein avec une telle force qu'elle avait l'impression qu'il voulait le lui arracher.

— Elle est vierge ? demanda un des hommes.

Chang éclata de rire.

— Tu es vierge, Mei ? Te reste-t-il au moins un trou intact ?

Les hommes la regardaient avec avidité. Ils l'avaient achetée comme on achète du bétail. Elle était bien obligée de céder à leur sale bouche, à leurs mains frémissantes d'impatience. Ils l'utiliseraient comme ils avaient utilisé les autres ouvrières de Chang, et l'emmèneraient ensuite dans un bordel d'une ville quelconque où ils l'obligeraient à se prostituer à toute heure jusqu'à épuisement, et quand elle ne leur servirait plus à rien, elle finirait ses jours, malade et phtisique, au fond d'une ruelle où elle fouillerait les ordures pour subsister.

Elle ne le supporterait pas. Elle savait qu'à la première occasion elle s'ôterait la vie. Elle éprouvait un mélange de crainte et de triste désespoir à la perspective de mourir, alors qu'elle avait à peine vingt et un ans, alors qu'elle avait enfin trouvé le sens de son voyage dans l'existence. Elle s'était éprise du seul homme qui lui était destiné. Mais tout avait fini avant d'avoir commencé, et elle trouvait cela cruel. Pourquoi lui avait-on accordé le droit de le connaître si elle ne pouvait même pas profiter de lui ? Pourquoi existait-il des gens comme Chang, quelles sortes de blessures avait-il reçues pour devenir ce monstre insensible ? On la traîna sur un divan, on l'étendit et on l'obligea à se déshabiller. Comme elle résistait, on la frappa et on lui déchira ses vêtements. Ses mains essayaient de protéger sa poitrine et son pubis de leurs regards qui la poignardaient en ricanant. Elle avait l'impression que le monde continuait de tourner à l'extérieur, mais qu'elle était irrémédiablement coincée dans cet instant. Elle chercha refuge dans la nostalgie, dans les moments, rares, où elle avait été réellement heureuse et libre. Elle pensa au regard de Who, à son sourire, à ses promesses. Elle pensa à une journée à la campagne sous le soleil qui baignait son visage et à l'odeur de l'herbe balayée par une douce bruine qui collait ses vêtements au corps et plaquait sa frange sur son front. Elle se rappela les mains de Who prenant avec vénération son visage entre ses doigts. Et elle ferma les yeux.

La première chose qui frappa Who en entrant dans la pièce, ce fut l'odeur infecte. Le type posté à l'entrée l'avait accueilli avec un regard d'envie. “À l'intérieur, ils prennent leur pied, les salauds. Tu as de la chance que Chang t'accorde une telle faveur.” Who lui aurait bien arraché ce sourire de chien dressé à coups de pied.

Ça sentait la sueur et les épaules luisantes d'une demi-douzaine de types formaient un demi-cercle autour du divan. Derrière la muraille de chair, il vit la peau blanchâtre d'une femme et un mamelon rosâtre. Son cœur se serra.

— Voilà enfin notre amant parfait !

Chang était drogué, comme les autres. Il avait le visage empourpré et les pupilles dilatées. Sur son torse nu, le tatouage décoloré d'un dragon qui plantait ses griffes dans un serpent qui occupait toute sa poitrine et une partie de son ventre. Sa braguette était ouverte.

— Viens, disciple, approche, l'encouragea-t-il au milieu des rires en lui tapotant le dos et en le poussant vers le divan. Nous voulons une démonstration en direct. Je veux que tu nous apprennes à faire l'amour. N'est-ce pas ton rôle auprès de tes clientes ? Messieurs, apprenez que mon gars ne baise jamais ! Il se contente d'être un artiste avec sa bite privilégiée !

Who sentit qu'il mourait mille fois, que son corps se disloquait, que sa cervelle explosait, quand il découvrit le corps de Mei. Elle était un paysage désolé, un pré de belles fleurs piétinées sans compassion. Elle tournait sa tête honteuse contre le cuir du dossier. Elle était comme morte.

— Qu'as-tu fait ? murmura Who en regardant Chang avec haine, incapable de maîtriser le tremblement de ses mains, et en effleurant l'épaule pleine d'égratignures de Mei.

Le vieux esquissa un sourire de vieux faune pervers.

— Rien encore, juste quelques gifles et un petit échauffement. Nous t'attendions – il regarda Who avec malice. Tu croyais vraiment que tu pourrais me berner ? Je sais tout, petit. Je sais que tu as économisé pour acheter deux passeports, et que l'un d'eux est pour cette grue. Je sais aussi que tu l'as baisée dans mon dos, ce que je pourrais tolérer, mais pas que tu sois tombé amoureux d'elle et que tu veuilles me quitter. Tu ne partiras pas tant que je ne l'aurai pas décidé, tu es mon plus bel investissement, bite en or. Et maintenant, je vais te donner une leçon que tu n'oublieras pas. Tu vas baiser cette chienne devant nous et ensuite je l'enverrai dans un bordel pour qu'on lui enlève jusqu'à l'envie de respirer.

Who eut l'impression qu'un tremblement de terre ébranlait tout l'édifice, que le plafond s'écroulait sur la pièce et que le sol se dérobait sous ses pieds. Après avoir entendu Chang et vu Mei lui cacher son regard plein de honte, une seule idée lui occupait l'esprit. Séparer la tête des épaules de Chang.

Il ne sentait pas les coups qu'il recevait pour lui faire lâcher prise, comme si on tapait sur un sac de sable mouillé. Il tenait la tête de Chang et il ne la lâchait pas, serrant les dents de toutes ses forces. Il voulait lui arracher les yeux, les crever, les piétiner comme les œufs d'un serpent venimeux. Il sentit une douleur au côté droit et vit le gorille de l'entrée, il n'avait plus son sourire aimable et envieux, il tenait un poignard effilé qu'heureusement il n'avait pas enfoncé jusqu'à la garde. Ce fut néanmoins suffisant pour l'obliger à relâcher Chang, qui tomba à genoux, rouge comme une tomate et toussant parce qu'il avait la gorge obstruée. Inconscient du danger, Who se précipita sur l'homme au poignard. Il n'existait plus rien ni personne, hormis son désir de détruire tout ce qui se mettait sur son passage. Personne ne peut lutter contre cette détermination suicidaire, même s'il est grassement payé pour cela. Personne ne peut vaincre le désespoir. Who arracha son poignard au mercenaire et le lui enfonça dans l'épaule jusqu'à la garde. L'autre poussa un cri et son bras retomba, inerte. Who retira la lame, se tourna vers les autres et les mit au défi de l'attaquer. Ils s'en gardèrent bien. La victoire était trop chère, pour le moment. S'il voulait cette grue, il n'avait qu'à se la garder. Ils attendraient patiemment, pas loin, pour régler leurs comptes. L'un après l'autre, ils quittèrent le bureau. Les deux derniers emportèrent le blessé. Who savait que, dans moins de cinq minutes, les hommes de Chang qui étaient dans le restaurant rappliqueraient. Il posa un regard animal sur ce dernier, toujours à terre, le corps appuyé sur son coude, vomissant salive et alcool. Sans réfléchir, Who lui planta le poignard dans la nuque. Avec la rage de toutes les offenses subies, de tous les mensonges et de toutes les déceptions supportées pendant ces années où il lui était arrivé de penser que cet homme aurait pu être son admirable et véritable père. Aucune compassion.

Il prit une couverture sur le canapé et en couvrit Mei, paralysée de peur, qui le regardait comme si elle ne l'avait jamais vu. Who ne perdit pas de temps à lui donner des explications.

— Par l'escalier de secours, lui dit-il, et, la devançant, il ouvrit la fenêtre.

Ils avaient réussi à s'éloigner suffisamment de Madrid pour se sentir à l'abri. La blessure avait un sale aspect. Il fallait la suturer. Mais il avait la tête ailleurs. Il ne pouvait penser à rien. Il dut arrêter la voiture sur le bas-côté. Ses mains tremblaient et il avait les nerfs à vif. Ils étaient au bord d'un champ, les épis verts étaient tournés vers le soleil, et les coquelicots se frayaient un chemin çà et là, taches de couleur sur la monotonie. Les systèmes d'arrosage sifflaient et dansaient en lançant des tourbillons d'eau qui aspergeaient la carrosserie. Au loin, un chien aboyait et on distinguait la silhouette d'un homme penché sur un sillon. Au-delà, on voyait le ciel. On passe d'un instant au suivant sans pouvoir marquer une pause.

— On t'a fait du mal ?

Mei dit non d'un bref mouvement de la tête et souleva la chemise de Who pour examiner sa blessure. “Rien de grave", dit-elle soulagée, comme si elle s'y connaissait en blessures. En réalité, oui, elle s'y connaissait. Elle avait un regard triste, humilié. Le plus douloureux, c'était cette incompréhension de la méchanceté humaine.

— Il faut trouver un médecin pour soigner ça.

— On aura tout le temps, dit Who en ouvrant la boîte à gants. Il lui montra les passeports flambant neufs et les billets d'avion.

— Pékin ?

Il la regarda comme s'il ne comprenait pas son étonnement.

— Je ne vois pas quelle autre destination ?

Elle regarda sa photographie sur le faux passeport. Elle avait l'impression qu'il s'agissait d'une autre femme. C'était aussi une autre qui avait passé des mois enfermée dans un atelier clandestin, qui avait failli être vendue comme une chèvre, qui avait les ongles de Chang incrustés dans un sein. Aucune de ces femmes n'était Mei, c'était ce qu'elle ressentait, ces expériences n'étaient pas les siennes, elles n'avaient pas réussi à la contaminer ni à l'effacer entièrement. Elle avança la main et mêla ses doigts à ceux de Who. Elle le suivrait n'importe où. Parce qu'elle sentait qu'elle ne pouvait rien faire d'autre.

Parce qu'elle ne souhaitait que cela.

Alors, il se mit à parler. Lentement, les mots choisissaient leur forme à leur guise, et il les prononçait sans les censurer. Il raconta tout, sans rien cacher. Il parla de Maribel et de Teo, d'Eduardo et d'Olga. Il expliqua qu'il avait enfermé celle-ci dans une maisonnette, parce qu'il ne savait pas que faire d'elle, persuadé que le sort ou le hasard décideraient pour lui. Il parla si longtemps qu'à la fin sa bouche semblait avoir mâché tout le désert du monde, il avait la langue pâteuse et les lèvres crevassées. Et pendant tout ce temps, il ne regarda pas Mei une seule fois. Il ne quittait pas des yeux les épis et les coquelicots, l'homme qui s'agitait au loin, ombre de lui-même.

Il y eut un long silence. Nécessaire.

Mei le prit par le menton et l'obligea à la regarder. Elle cherchait dans les yeux de Who ce qui restait à dire, ce qui n'avait pas besoin d'être dit, mais qu'elle avait besoin de comprendre. Et ce qu'elle vit lui suffit.

— Il faut retourner la chercher.

Who dit qu'il était dangereux de faire demi-tour. Ils étaient sûrement recherchés, ils devaient fuir, maintenant. Quelqu'un la trouverait bien, entendrait ses cris. Elle n'était pas très loin de la route. Ils ne pouvaient pas prendre ce risque. Mei lui caressa la joue.

— Nous devons la rendre à la vie. C'est à elle de décider.

M. Who démarra. Ils parcoururent à peine deux cents mètres.

La première balle brisa la lunette arrière. D'autres suivirent, comme une ribambelle de pétards. La voiture fit brusquement un écart et s'encastra dans un réverbère.

— Cours ! cria Who.

Il sauta de la voiture, armé d'un couteau, et s'élança dans la direction opposée à Mei, cherchant à attirer les agresseurs sur lui. On entendit des cris. Des coups de feu. Quand Mei se retourna, elle vit M. Who qui se battait contre les hommes de Chang. L'un d'eux lui tira dans le dos, à bout portant. Le corps de M. Who fut projeté en avant.

Comme s'il pouvait voler.

La veille au soir, il n'avait pas encore décidé du sort d'Olga. Il regardait la clé du cadenas de la maisonnette, irrésolu. Il avait des pensées et des sentiments contradictoires. Il se demandait encore pourquoi il avait laissé la vie sauve à Eduardo, et la seule réponse qui lui venait à l'esprit était qu'il ne voulait pas le tuer. Et qu'il n'avait pas envie non plus, malgré tout, de faire du mal à Olga. Elle lui avait raconté les détails de sa liaison avec Teo, l'enfant qu'elle avait perdu, l'impossibilité d'en avoir d'autres. Il comprenait la haine qu'elle avait accumulée. Et au plus profond de son être il ressentit un mépris croissant pour Teo. Mais il avait aussi l'impression qu'Olga lui mentait, que cet homme dont il se souvenait, son père, ne pouvait avoir eu un tel comportement. Il avait besoin de retrouver sa sérénité.

Il dit tout à Maribel. Il fallait qu'elle lui trouve une solution, qu'elle lui dise qu'Olga avait tout inventé. Ou au moins qu'elle ignorait tout de cette histoire. Mais contrairement à son attente, Maribel ne parut pas affectée le moins du monde.

Horrifié, M. Who découvrit que sa mère était au courant de tout. Qu'elle l'avait toujours été. Et qu'elle s'en moquait.

— Tu ne peux pas comprendre. L'amour est au-dessus de tout.

Who ne réagit pas, et son regard décrivit un arc, en quête d'un lieu où échapper au mépris de sa mère, à cette sensation de désarroi absolu qui montait de ses tripes.

— Olga était encore une gamine. Elle est tombée amoureuse de l'amant de sa mère ! Teo couchait avec les deux, il l'a séduite parce qu'il avait presque trente ans de plus qu'elle, il l'a mise enceinte et s'est désintéressé d'elle et de son véritable fils. Pendant ce temps, il jouait avec nous la comédie de la famille heureuse. Je ne comprends pas, dit-il, la tête près d'éclater, comment peux-tu pardonner une chose pareille ? Il est allé me chercher en Chine parce que tu ne pouvais pas avoir d'enfants, mais pour lui je n'ai jamais été autre chose qu'une mascotte pour te satisfaire ; ensuite, il a un enfant de sa propre chair et il l'oublie comme s'il s'agissait d'une charogne insupportable. Et tu veux que je sacrifie ma vie pour le venger ? Tu te moques donc à ce point de ce qui peut m'arriver, Maribel ?

Maribel était furieuse. Elle tapait avec virulence sur son fauteuil roulant. Elle lui montra le sac de la sonde qui contenait son urine.

— Ils m'ont fait ça, tu comprends ? Eux, Eduardo et cette traînée, ils m'ont enchaînée pour toujours à ce foutu sac d'urine. Ils ont tué l'homme que j'aimais. Et cette balle qui m'a cassé le dos t'aurait tué si je ne m'étais pas interposée sur sa trajectoire – elle le regarda et secoua la tête avec un mépris profond qui atteignait les limites de la démence. Ah, si cette balle ne m'avait pas atteinte ! Si au moins elle t'avait tué !

Who resta silencieux un bon moment avant de répondre.

— Je m'en vais, Maribel. Je ne peux pas rester ici. Non, je ne vais pas tuer Eduardo, ni Olga. Eux, au fond, ils sont aussi victimes que toi et moi.

Maribel cria, l'injuria. Mais il ne l'écoutait plus, sa voix devint inaudible quand il sortit de la maison.

La dernière chose qu'il entendit sortir de sa bouche, c'était le mot *lâche*.

26

Guzmán se frotta les yeux. La nuit avait été longue et il n'avait pu fermer l'œil. Il reposa le journal du matin sur le siège d'à côté et regarda ses doigts. Il avait encore de la terre humide sous les ongles. Le savon n'avait pas tout enlevé. Il releva la tête et observa les pistes à travers le grand vitrage du terminal. La passerelle s'approchait de son avion. Le panneau lumineux des départs annonçait son vol, mais rien ne pressait. Il pouvait attendre qu'embarquent d'abord les familles avec enfants, puis les passagers prioritaires. Il n'y en avait pas beaucoup, environ deux douzaines. L'Amérique restait un continent très éloigné, en dépit des efforts de Christophe Colomb. Il se dit que, dans quelques minutes, tout serait terminé. Pas question de s'énerver et de tout gâcher au dernier moment. Les grandes entreprises échouent souvent à cause d'un détail mineur : s'affoler en montrant ses papiers à l'enregistrement, répondre au regard de prétendu défi de l'agent de sécurité au portique détecteur, trop penser. L'idéal est d'agir avec naturel. Même si tu viens de tuer un homme et qu'on t'accuse de deux autres assassinats. Pas question de sourire aux hôtesses de l'air ni de donner trop d'explications sur les bagages. Un homme d'affaires fatigué par une trop longue nuit, accablé de responsabilités. Voilà à quoi il ressemblait. Sauf la terre sous les ongles.

Il mit les mains dans les poches et ferma les yeux en se demandant ce que devenait l'Algérien au visage balafré.

S'il avait tenu parole ou s'il s'était dédit après s'être débarrassé de lui. Il avait l'intuition qu'on pouvait lui faire confiance. Cette étrange sorte d'hommes à principes qu'on rencontrait parfois dans les bas-fonds. Ses principes, bien sûr.

Après avoir descendu Ian d'une balle dans la tête, il contempla la tache épaisse qui s'étalait autour de lui. Le visage de côté et les yeux ouverts, il ressemblait à un herbivore s'abreuvant de son propre sang convoité par les prédateurs. Il ne comprenait pas pourquoi il continuait de le regarder. Il avait vu tout ce qu'il fallait voir et entendu ce qu'il fallait entendre. Mais il persistait à observer, songeur, l'élargissement lent et poisseux de cette tache. Il se demandait pourquoi il l'avait tué, ce n'était pas nécessaire. Il n'éprouvait aucune culpabilité, mais il était perplexe devant sa réaction. "Tu perds les pédales. Tout ça pour une femme que tu ne connais pas, que tu ne regarderais même pas hors d'ici", lui avait reproché le Bosch un soir, un peu avant Atacama, quand Guzmán lui avait avoué que le regard de Candela le dominait par amour. Son mentor avait peut-être raison, encore une fois : Candela ne l'aimait pas, elle le redoutait et s'accrochait à l'espoir d'un sentiment qui pourrait la sortir des cachots de la DINA. La veuve Olsen l'aurait méprisé en toute autre circonstance, mais elle avait bien été obligée de se confier à lui. "Il ne t'arrivera rien", lui avait promis Guzmán, et elle l'avait cru parce qu'elle n'avait pas le choix. Mais elle était morte. Toutes les deux étaient mortes.

Il prit note des dernières paroles de Ian Mackenzie et quitta la pièce en la fermant de l'extérieur et en laissant la clé dans la serrure. Dans l'escalier, il trouva Gloria assise sur une marche, la tête contre le mur, elle se balançait, les poings dans son gilet. À en juger par son visage, elle avait perdu la tête, on aurait dit une folle.

— Je veux voir Arthur mort. Je te paierai le double, le triple de ce qu'il t'aurait payé, dit-elle dans un murmure presque inaudible.

— Ce n'est plus possible, Gloria. Mon travail est fini.

Elle releva la tête vers lui. Elle avait les yeux et le nez rouges. Elle avait dû entendre les coups de feu et les cris d'agonie de son époux. Elle était restée derrière la porte et n'avait rien fait pour l'en empêcher, à part se griffer les mains jusqu'au sang.

— Je te donnerai ce que tu voudras. Tu ne sais pas ce que c'est que de perdre un fils. Peu importe ce qu'il a fait ou ce qu'il a été. Il était le mien.

Guzmán secoua la tête, s'assit à côté d'elle et la regarda avec une expression qui n'était pas encore de l'estime, mais déjà de la compréhension.

— Tu aurais dû m'engager à la place de ce peintre pédé. Maintenant, tu as deux cadavres, un dans ta tête, l'autre dans cette pièce, et un portrait raté. À mon avis, si tu veux supporter tout ça, c'est foutu – il écarta une mèche de son visage livide en sueur et l'embrassa sur le front. C'est trop tard, Gloria.

Il téléphona à Arthur pour lui donner l'adresse où ils devaient se retrouver, mais ce dernier ne décrocha pas. Il laissa un message avec les coordonnées et lui donna rendez-vous une heure plus tard. Il imagina son visage, devina les mots qu'il allait entendre, ses gestes impatients, prêt à se conformer à ce qu'il allait dire ou décider. Maintenant, Guzmán était vraiment curieux de trouver Aroha, de la voir enfin de près.

Ce n'était pas très loin. Une vingtaine de minutes en voiture de Madrid par la nationale 5 en direction de Badajoz. Elle avait toujours été là, à un jet de pierre, au bout des doigts. Une distance pourtant infranchissable.

— Quand je l'ai mise dans le coffre arrière, elle

respirait encore. Elle était salement shootée et avait de vilaines blessures. Mais elle était vivante, lui avait dit Ian.

Sur la droite, il y avait des préfabriqués à l'intérieur d'un parking de caravanes abandonnées, vieilles et rouillées, décolorées, les pneus à plat. Les chats somnolaient sous les carcasses, et les hautes herbes cachaient presque l'affiche qui annonçait *Terrain à vendre*. Le grillage de l'enceinte était plein de trous et avait cédé en plusieurs endroits. Sur la gauche s'étendait un terrain vague couvert de chardons et d'une surface cimentée qui avait encore les marques d'un terrain de basket-ball. Il ne restait qu'un seul panier, cloué à un panneau en bois, qui servait de poste d'observation à un chardonneret. Plus loin, le toit effondré d'une petite maison sans fenêtres ni porte, qui avait été le vestiaire.

La route nationale était à une centaine de mètres. Les voitures étaient passées à toute vitesse, sans s'arrêter, pendant quatre ans, à toute heure du jour ou de la nuit, sans que personne soupçonne ce que cachait cet endroit. Guzmán descendit de sa voiture, s'appuya sur le capot et alluma la dernière cigarette de sa marque préférée. Il jeta le paquet vide à ses pieds et essaya d'identifier l'endroit où Ian Mackenzie avait sorti Aroha du coffre.

— Je n'avais pas l'intention de lui faire du mal. Je voulais l'éloigner de l'endroit où Ian la cachait et la droguait. Un lieu infect, pire que tout ce que tu pourrais imaginer. Je ne voulais pas que la police la trouve dans cet environnement. Cela aurait signifié la fin pour mon fils.

Guzmán avait beaucoup d'imagination. Et en matière de lieux infects il croyait tout savoir. Il aurait dû emmener Ian visiter les cachots de la DINA, ou les sous-sols de la Direction générale de la police en Espagne, quelques années plus tôt.

Il essaya d'imaginer le fil des événements. Il devait faire nuit. Quatre ans auparavant, ce lieu était en activité dans la journée, la boutique de vente de caravanes n'avait pas encore fait faillite et la zone sportive devait être occupée par des jeunes du lotissement voisin qui arrivaient sur le terrain de basket en minibus. Ian s'assura sans doute qu'il n'y avait personne dans le voisinage avant d'ouvrir le coffre. Aroha était abrutie par les drogues, mais pas au point de ne pas voir que les choses ne tournaient pas rond. Elle dut crier et se débattre, pour échapper à cet inconnu.

C'est alors que Ian Mackenzie la frappa à la tête avec la pelle.

— Je voulais juste l'assommer, l'empêcher de crier.

Il mentait. Dès le premier instant, il avait eu l'idée de la tuer et d'enterrer le corps dans un endroit où personne ne le retrouverait. Le seul souci de Ian était d'effacer toute trace qui pourrait associer sa famille au club de cinéphiles. C'était la raison pour laquelle il avait amené Aroha dans un endroit aussi écarté. Pour l'assassiner.

Guzmán regarda l'heure à sa montre. Arthur était en retard. C'était peut-être mieux ainsi. Il inspecta les lieux en évitant les crottes de chiens, les préservatifs et les excréments humains, près d'un papier journal jauni, les seringues, le cadavre sans yeux d'un chat crevé, le crâne lisse et les dents effilées. Les dents sont la dernière chose que perd un cadavre. Trop dures pour les vers. Un vol de tourterelles s'envola bruyamment, laissant un sillage de plumes sur le toit effondré de la maison. De l'extérieur, on devinait un vieux matelas dans un coin, des cartons de jus de fruits et un caddie plein de ferraille volée. Il y avait des restes de nourriture, mais on ne voyait personne. Celui qui vivait là s'était peut-être caché en l'entendant arriver. Ou bien il ne revenait que le soir pour dormir.

Il entendit un moteur. Il se retourna en pensant qu'Arthur arrivait enfin, mais ce n'était pas sa voiture qui se gara à côté de la sienne. Pendant quelques secondes, le conducteur, caché à l'intérieur, moteur au ralenti, l'observa.

Ibrahim coupa le contact et examina avec méfiance la silhouette qui se dirigeait vers la maisonnette.

— Ne bouge pas, dit-il à Andrea en ouvrant la portière.

— Qui est-ce? demanda-t-elle dans un soupir qui s'acheva en gémissement.

— Guzmán. L'homme que ton époux a engagé – il aurait dû conjuguer le verbe au passé – pour retrouver Aroha.

Andrea se mordit les lèvres.

— Alors, c'est vrai? Elle est ici?

Ibrahim reprit son souffle. Tout le corps contracté, il avait encore un peu d'espoir. La dernière fois qu'on l'avait vue, c'était là. Elle était vivante, lui avait assuré l'Arménien. Cela signifiait que personne ne l'avait vue morte.

— Je ne sais pas, je reviens tout de suite.

Il ne le lui avait pas encore dit. Que la police avait trouvé le corps de son époux dans la sierra, terriblement mutilé. Il ne savait comment le lui annoncer. Accepter en théorie l'idée d'une mort, l'admettre comme un événement lointain, c'était une chose, mais c'en était une autre de voir les conséquences réelles et concrètes d'une décision prise à distance. Il n'avait pas dit non plus à Andrea qu'il avait caché à l'Arménien une information qui aurait peut-être sauvé la vie d'Arthur : il n'avait pas mentionné les photographies qu'Ordóñez leur avait montrées au café avant de rencontrer son ami le juge ; des photographies qui prouvaient que Ian avait enlevé la petite et que si Arthur ne les avait pas écrasés, elle aurait subi le même sort qu'Aroha. Paradoxalement, cette mort accidentelle avait épargné beaucoup de souffrances à la fille de l'Arménien. Une telle idée était une illusion, il le savait. Mais l'esprit de l'Arménien était un labyrinthe où la logique et le bon sens s'égaraient. Ce détail l'aurait peut-être rendu plus clément. Ibrahim ignorait si Arthur le lui avait dit, s'il avait imploré sa compassion pendant qu'il l'écorchait vif. En tout cas, s'il l'avait fait, cela n'avait servi à rien.

Ibrahim avançait lentement vers Guzmán, conscient de mettre les pieds sur un terrain miné. Le mercenaire savait sans doute déjà ce qui était arrivé à Arthur, il s'en moquait sûrement, mais il ignorait son degré de loyauté, comment il pouvait réagir. Il l'avait entrevu deux fois, mais il savait reconnaître les hommes vraiment dangereux, et Guzmán en était un. En sorte qu'il marchait avec précaution, prêt à se battre. Il avait plu et la terre était recouverte d'une boue qui se collait à ses semelles. "Arrête-toi", lui disaient ses pieds. Mais sa volonté le poussait à faire un pas après l'autre.

Guzmán avait le visage congestionné, pas rasé. Normal chez quelqu'un qui voyageait en classe économique, prêt à supporter les turbulences de l'avion à la queue de l'appareil. Mais avec une place en première, près de la porte de la cabine, son aspect était surprenant.

— Tout va bien, monsieur ?

L'hôtesse de l'air était jolie, on aurait dit une top-modèle qui aurait échoué avant d'atteindre la dernière marche de la passerelle. Rien à voir avec les filles *low cost*.

"Ce dont j'ai besoin, tu ne peux pas me le donner", pensa Guzmán avec un sourire qui aurait dû la faire fuir.

— Tout va bien, merci. Un vol me rend toujours nerveux.

— Rassurez-vous, monsieur. Nous décollons dans quelques minutes et vous verrez que nous aurons un vol tranquille.

Quand une jolie fille vous console, vous êtes enclin à croire à ses mensonges.

Il regarda par le hublot, les employés au sol chargeaient les dernières valises sur le tapis roulant de la soute. On entendait le rotor des moteurs qui chauffait.

Un jour idéal, un ciel dégagé. Il se demanda où irait Ibrahim, que ferait-il, avec Andrea, quand le médecin légiste aurait confirmé que les restes trouvés appartenaient (quel mot !) à Aroha. Il regarda ses ongles qui l'avaient touchée, un fémur jaunâtre au milieu des restes décomposés de ses vêtements. C'était la première fois de sa vie qu'il regrettait de toucher un os humain.

Il regarda Ibrahim approcher. Il avait une démarche légère et ferme à la fois, un guerrier de l'ancien temps, se dit-il. Un homme sans maître. Il essaya de se rappeler combien de fois il l'avait vu près d'Arthur, dansant autour de lui comme une ombre discrète. Deux ou trois fois, peut-être. Ils avaient échangé deux ou trois mots monocordes, des saluts pleins de méfiance. Non, ce n'était pas de la méfiance, mais plutôt de la prévention. Deux chiens qui se flairaient, le dos hérissé, et qui préféraient rester à distance, chacun sur son trottoir et levant la patte.

— C'est Arthur qui t'envoie ?

Ibrahim s'arrêta à quelques mètres. De près, il était beaucoup plus redoutable, pensa Guzmán. Il se demanda combien de temps il lui aurait fallu pour faire craquer quelqu'un dans son genre en salle d'interrogatoire. "Ça, c'est un os dur à ronger, aurait dit le Bosch. Le genre de types qui serrent les dents pendant que le courant étincelle dans leurs couilles sans pousser un gémissement, ceux-là mêmes qui vous regardent dans les yeux et vous déshabillent du regard : Moi, on ne me la fait pas !"

— Arthur ne viendra pas. Ni maintenant ni jamais. Il est mort.

Guzmán encaissa la nouvelle en bon boxeur. À peine un clignement de paupières et une crispation de la mâchoire. La nouvelle ne l'étonna qu'à moitié. Vu la situation, cela n'avait plus beaucoup d'importance. Il avait son argent dans la voiture, assez pour laisser tomber ces contrats merdiques.

— Tu ne devrais pas rester là, ajouta Ibrahim, comme pour dire que cette histoire n'appartenait qu'à eux, à Ibrahim et à la femme qui, refusant de suivre son conseil, était sortie de la voiture et les observait, derrière la portière ouverte.

Guzmán lui lança un coup d'œil.

— C'est sa femme ? Tu lui as dit que la fille est enterrée ici ?

Ibrahim se retourna et l'inquiétude se dessina sur son visage.

— Ce n'est pas sûr qu'elle soit morte.

Guzmán haussa les épaules. Il observa la cicatrice d'Ibrahim, les points de suture mal cousus qui lui avaient laissé cette trace sinistre. Il avait dû passer des mois sans pouvoir parler ni manger aucun aliment solide, en attendant la cicatrisation.

— Il n'est pas sûr que Dieu existe, ni que mon implant d'un nouveau pénis fonctionne. Mais toi et moi savons bien que s'il y a une certitude ici et maintenant, c'est que sous nos pieds pullulent des millions de vers qui ont bouffé le cadavre de cette gamine. La question est : Cela vaut-il la peine de signer le certificat de décès ? Avons-nous besoin de l'exhumer et de voir de nos propres yeux ce que nous savons déjà ? Il vaudrait peut-être mieux que tu dises à sa mère que tu n'as rien trouvé, que sa fille n'est pas là, pour lui redonner l'espoir qu'elle est peut-être ailleurs.

Ibrahim se tourna vers la maisonnette en ruine et regarda sous ses pieds, comme si se concrétisait l'image d'un million de vers qui se contorsionnaient à quelques centimètres sous terre.

— Ce n'est plus ton affaire. Tu as touché ton fric et la police te recherche. Je ne comprends pas pourquoi tu es encore ici. Tu devrais filer.

Guzmán ne comprenait pas non plus. La nuit tombait et son avion décollerait avec ou sans lui. Le plus prudent aurait été de se cacher dans un motel quelconque et attendre l'heure du départ. Arriver à l'aéroport juste à temps, passer les contrôles et monter dans cet avion sans s'exposer plus que nécessaire. Mais il était là, cherchant encore quelque chose, et il ne savait pas quoi.

— Je n'aime pas faire les choses à moitié.

Ce n'était peut-être pas ce qu'il pensait, ni ce qu'Ibrahim espérait entendre.

Ibrahim le dévisagea sans comprendre, cherchant une motivation qui lui échappait, redoutant un piège. Il connaissait les types comme Guzmán. Il y en avait partout, à toutes les époques. Ils parlaient toutes les langues. Les bourreaux se ressemblaient tous. Capables de balafrer le visage d'un enfant à coups de machette ; mais jamais il ne les avait imaginés prêts à risquer leur peau pour retrouver le corps enterré d'une gamine.

— J'ai une pelle dans la voiture, je vais la chercher, dit Guzmán en lisant dans ses pensées. Finissons-en.

Le temps a des amplitudes variées. Cette idée le traversa quand l'avion enfin se dirigea vers la piste d'envol. Il était confortablement installé, avec sa ceinture de sécurité, regardant passer lentement les bâtiments de l'aéroport, les hangars, la tour de contrôle, les autres avions stationnés en batterie comme dans un centre commercial. En même temps, il voyait encore la terre retournée qui s'entassait à côté du trou à mesure qu'ils creusaient. Une autre partie de lui regardait le firmament d'Atacama, cherchant les étoiles pendant que ses testicules fondaient sous la flamme d'un chalumeau. Il était assis sur une pierre, devant une flaque d'eau, dans une rue non goudronnée, regardant l'amerrissage d'un cerf-volant, se demandant pourquoi il ne parvenait jamais à l'élever au-dessus des antennes et du linge qui sèche, sur les terrasses de Santiago du Chili. Il embrassait une femme sur la bouche, Candela. Il était vivant et il était mort. Et tout cela arrivait en même temps ici et maintenant.

— Qui t'a fait cela sur le visage ?

Ils creusaient à tour de rôle. C'était maintenant le tour d'Ibrahim. Il avait enlevé sa chemise il avait le torse couvert de sueur et de terre. Il creusait avec application.

— La vie, dit-il sans lâcher sa pelle.

Andrea était derrière eux. Il n'avait pas été possible de la convaincre de rester dans la voiture. Elle voulait être là, tout voir de ses propres yeux. Ibrahim la regarda discrètement. À travers la sueur qui perlait à ses sourcils, Guzmán découvrit un regard vieux que lui aussi avait eu autrefois.

— La vie, murmura-t-il, répétant les mots d'Ibrahim en caressant la peau inutile de sa main atrophiée. La vie qui avait un nom de femme. À moi, je vais continuer, dit-il en prenant la relève dans la tranchée.

Dans l'air, il n'y a pas de plans. Tout est suspendu. Les nuages qui se superposent en couches de densités différentes contribuent à cette idée nonchalante selon laquelle tout est possible et rien n'est important. Guzmán sentait que les choses les plus lourdes perdaient leur consistance quand on surfait dans les nuages. Loin du sol, de la terre humide et des vers qui se tordaient, coupés en deux par un coup de pelle. On pouvait difficilement trouver un fémur dans les nuages, à dix mille mètres d'altitude.

La jolie hôtesse de l'air venait d'annoncer qu'on avait atteint la vitesse et l'altitude de croisière. Il était ravi de l'information, pourtant il avait envie de la supplier de voler encore plus haut et plus vite.

La pelle toucha une chose solide et fermement enracinée dans le sol. Guzmán s'agenouilla et fouilla délicatement, comme un sapeur ou un paléontologue sur le point de découvrir un fossile très ancien. Il écarta les couches de terre à mains nues et découvrit un bout d'os jaunâtre et solide. Il s'y entendait en anatomie, des notions de base acquises par l'expérience. Le fémur est l'os le plus long et le plus résistant du corps humain, et chez les femmes il présente un angle d'inclinaison plus prononcé que chez les hommes, pour mieux s'adapter au bassin.

Ibrahim descendit dans la tranchée et se mit aussi à gratter. Peu à peu émergèrent les restes de ce qui avait été Aroha Fernández. Inévitablement, à mesure qu'on exhumait les restes au milieu des vêtements décomposés, Guzmán pensait au squelette du chat sur lequel il avait marché à quelques mètres de là. La cage thoracique dont il ne subsistait que quelques côtes, les métacarpiens, un tibia, le crâne, la mâchoire inférieure détachée et pleine de terre noire. Nous ne sommes plus rien quand disparaît ce qui nous construit, les organes. Plus de pensées, plus d'émotions. Un déguisement lugubre. Le vestige muet d'une chose qui fut et ne sera plus. Il était étonné du besoin des êtres humains de vénérer les ossements, les tombes, les cimetières, les religions. Alors qu'il avait sous les yeux la preuve formelle de la seule vérité qu'il ait lue dans la Bible. "Nous sommes poussière. Et nous retournerons à la poussière." C'était sans doute pour cette raison qu'il n'allait jamais rendre visite à ses morts. Parce qu'ils n'étaient plus là.

— Il vaudrait mieux ne plus toucher à rien. Le médecin légiste doit venir certifier l'identité, dit Ibrahim en essuyant la sueur mêlée de poussière sur son visage.

Guzmán contempla les cavités obscures des orbites ; à l'emplacement des yeux, il n'y avait plus que des monticules de terre grumeleuse. Quelle certification fallait-il ? C'était forcément Aroha ! En tout cas, sa mission était finie. Il l'avait retrouvée.

— Que va-t-il se passer, maintenant ? demanda-t-il au ciel, en regardant les oiseaux (des hirondelles ?) qui voletaient follement en s'offrant un banquet d'insectes.

Ibrahim haussa les épaules en regardant les vestiges des vêtements d'Aroha.

— La police voudra savoir comment nous avons retrouvé le cadavre. Elle posera des questions et inévitablement ton nom sera prononcé. Tu devrais t'en aller, maintenant. Je lui mentirai pour te laisser quelques heures d'avance. Mais elle va te rechercher.

Andrea s'était approchée du trou. Elle regarda l'abîme et l'abîme la regarda, deux obscurités qui nouaient un dialogue muet. Les deux hommes se redressèrent et la laissèrent dans l'intimité de ce regard qui se perdait sans mots dans la dépouille de sa fille.

Il imagina les restes d'Aroha, nettoyés, lavés, débarrassés de la terre et du tissu, configurant un squelette sur la surface métallique et brillante d'un brancard à la morgue. Un puzzle méthodiquement reconstitué par les médecins légistes, ici une rotule, là une phalange. Les vêtements seraient conservés dans un sac en plastique réservé aux preuves, et les ornements qu'elle portait au moment d'être enterrée, des pendants en or avec une perle, un collier d'olivine, une bague en argent. Quand tout serait fini, on rendrait ses affaires à Andrea pour qu'elle les conserve ou les enterre avec les restes que le carbone et les épreuves d'ADN certifiaient, avec quatre-vingt-seize pour cent de certitude, comme ayant appartenu à Aroha Fernández. Sur le rapport, on n'écrirait pas que c'était Aroha, ils reconnaissaient au moins que ces os n'étaient pas elle, seulement qu'ils lui avaient appartenu. Elle les avait eus dès sa naissance, ils avaient grandi sous sa peau année après année, et ils auraient dû croître en volume et en taille pendant quelques années de plus.

Le squelette nous appartient, en effet. Une chose que même les vers qui naissent de notre propre putréfaction ne peuvent nous ravir. Il reste le témoin de nos luttes pendant des centaines, des milliers d'années.

Quatre-vingt-seize pour cent de certitude. C'était beaucoup, mais pas absolu. Comme si la science voulait laisser une infime possibilité aux chimères. Si vous voulez croire, croyez. C'est votre affaire, disait le rapport.

Trop de morts, se dit Guzmán. Il réfléchissait à sa vie quand l'avion atterrit à l'aéroport de Buenos Aires. Il entendit des applaudissements derrière le rideau. Nous sommes arrivés, sains et saufs. Soulagement général. Le type important du siège voisin applaudissait aussi, comme un enfant, même s'il dit qu'il aurait bien aimé rester vivre *là-haut*. On dit beaucoup de choses pour rien dans les moments d'euphorie. Mais ensuite, on quitte la médiocrité. C'est plus sûr d'avoir les pieds sur terre. D'être noyé dans la foule.

Il pleuvait et le personnel au sol s'activait sous des capelines fluorescentes. Les feux de position, bleus et jaunes, émettaient des éclairs déformés. Dehors, il devait faire froid.

La jolie hôtesse à la toque sur le côté s'était recoiffée, remaquillée et avait rajusté son foulard. Elle était prête pour la revue, fraîche comme une rose. Elle s'approcha de lui avec un sourire de pub, rassurant. Mais elle avait un tremblement à la commissure des lèvres. Une mauvaise actrice.

— Excusez-moi, monsieur. Il paraît qu'il y a un petit problème avec vos papiers. Il faut que vous attendiez que tous les passagers soient descendus. Des messieurs du gouvernement veulent procéder à quelques vérifications. Rien de sérieux, une routine ennuyeuse, mais obligatoire.

Guzmán sourit, surtout pour soulager la tension de cette pauvre fille. On ne devrait pas lui confier ce genre de mission. Donner de mauvaises nouvelles, maintenir le calme quand l'avion va s'écraser et exiger d'elles, à part des jambes et des dents impeccables, un courage feuilletonesque hors de toute logique.

— Je comprends.

Ces messieurs du gouvernement étaient des agents de la police fédérale. Ils avaient un mandat d'arrêt. Il n'avait pas besoin de leur demander une justification, mais il exigea quand même de la voir. La démocratie est une grande invention, pensa-t-il avec ironie : même les types comme lui avaient des droits et pouvaient exiger de la police qu'elle s'identifie sans qu'on lui casse la figure, ce qui se serait passé sans aucun doute aux temps de la Junte militaire.

— Merci d'avoir pris notre vol, monsieur. Nous espérons vous revoir bientôt à bord, lui dit-elle quand il passa, menotté et encadré par les deux agents.

Le monde était une bouffonnerie. Il valait mieux le prendre comme tel.

Pendant qu'ils attendaient l'arrivée du fourgon de police, un agent alluma une cigarette. La marque préférée de Guzmán.

— Excusez-moi, vous ne pourriez pas m'en proposer une ?

ÉPILOGUE

Sur le journal du matin de ce 12 juillet 2005, Martina avait posé une tasse d'infusion à moitié vide (qui sentait la camomille). Finalement, le juge avait sorti l'artillerie lourde : on le voyait dans tous les médias. Des chefs d'entreprise, des banquiers, deux hauts fonctionnaires de la police et au moins un sportif de haut niveau étaient tombés en cascade. On attendait des arrestations encore plus fracassantes. Ce que l'on appelait déjà, nouvelles à sensation obligent, l'affaire du club de cinéma, allait devenir le feuilleton de l'été.

Martina avait les yeux cernés. Elle avait maigri, mais son regard restait clair. Cette fois, elle n'avait pas ouvert son carnet de notes, il était devant elle, serré entre ses mains, comme si elle refusait de céder à la tentation de l'ouvrir.

— Je suppose que je te dois des excuses.

Eduardo la regarda sans rien dire. Elle espérait peut-être qu'il l'empêcherait de parler, mais le silence l'obligea à continuer.

— Who m'a volé le dossier contenant tes coordonnées. Sur le moment, je ne m'en suis pas aperçue et je n'ai pas eu le courage de te prévenir. C'était tellement embarrassant que je n'ai pas pu surmonter ma honte. On va m'accuser de négligence, mais ce n'est pas le pire. Le pire, c'est que maintenant tout le monde sait que je couche avec des hommes, et que je les paie pour ça.

— Cela ne regarde personne, à part toi, dit Eduardo – il le pensait sincèrement. Personne n'a à juger la façon dont les autres conjuguent leur solitude.

— Que vas-tu faire, maintenant ? lui demanda la doctoresse.

Eduardo ne le savait pas. Il se sentait vide, plus vide que jamais, la cinquième roue du carrosse dans une histoire où les uns et les autres s'étaient servis de sa douleur pour cautériser leurs propres blessures. Quand tout ce tourbillon serait calmé, quand le bruit serait retombé, il serait toujours assis sur son lit, à écouter les disques de son père, à regarder par la fenêtre de son appartement le square d'en face, sans rien pour remplir les heures d'absence.

— Je vais peut-être me remettre à la peinture. Des choses qui m'intéressent, des visages anonymes, des sensations qui flottent dans le paysage… Ou je m'enfermerai chez moi. Franchement, je ne sais pas.

— Et la proposition de ta propriétaire ? Si mes souvenirs sont bons, elle t'a proposé de quitter Madrid avec elle et sa fille… Peut-être qu'ailleurs ce sera plus facile de recommencer.

Eduardo remarqua la tentative des doigts de la doctoresse de franchir la distance qui les séparait et de toucher sa main. Le consoler. Il retira la sienne et croisa les bras, refusant cette invite.

— C'est impossible.

En réalité, ça l'avait toujours été.

Eduardo releva la tête. Hier, c'était aujourd'hui. 10 h 35. Ses espérances étaient parties depuis une heure trente-cinq. Le temps transperçait son esprit et s'évaporait par tous les pores de sa peau. Il les avait entendues quitter l'appartement, poser les valises, fermer à clé. Sara bavardait, excitée à l'idée du voyage. Graciela ne disait rien. Elle regardait sans doute la porte d'Eduardo, espérant le voir apparaître avec un sac de voyage et un sourire confiant. Mais il n'avait même pas eu le courage de sortir leur dire au revoir. Il était resté derrière la porte, à les regarder descendre à travers le judas, et le silence était retombé.

— Je peux fumer?

Martina ne s'y opposa pas. Elle ouvrit le tiroir supérieur de son bureau et prit deux cigarettes. Elle lui en offrit une et alluma la sienne en contemplant la flammèche.

— Je vais te signer un certificat de bonne santé. Ça n'a plus de sens que tu viennes tous les mois.

Soudain, Eduardo eut l'envie péremptoire de rester assis auprès d'elle. Martina était la seule réalité qui lui restait, avec les disques de son père. Il se rendit compte avec angoisse qu'en dehors de ce bureau rien ni personne ne l'attendait.

— J'ai toujours des cauchemars, mais plus espacés.

Martina se lissa les cheveux et laissa tomber sa cendre dans un cendrier plein de trombones.

— Voilà qui est bien, dit-elle, le regard errant au-delà de la fenêtre.

Tu n'es plus mon problème, voulait-elle dire.

— Ça veut dire quoi, à ton avis?

— Pardon?

— Que j'aie moins de cauchemars. Ta théorie du pardon fonctionne peut-être. Who m'aurait délivré de ce poids inconscient. Tu ne crois pas?

Ah non, elle ne le croyait pas.

— C'est possible. En tout cas, tout est terminé.

Martina tourna lentement la tête et regarda l'heure à la pendule. Ensuite elle regarda autour d'elle, gênée, comme si elle cherchait quelqu'un d'autre. Elle semblait distraite.

— Tu attends un patient?

Martina respira avec soulagement.

— Oui, exactement. Désolée. Je suis un peu pressée.

— Je comprends.

Ils se quittèrent sur une poignée de main molle et détestable. Après tout ce temps passé ensemble, se dit bêtement Eduardo. Voilà comment finissent les choses.

"Tu bois trop, ces derniers temps."

Il entendait la voix d'Elena pendant qu'il attirait l'attention du garçon, indiquant avec le doigt jusqu'où remplir le verre de Glencadam.

— C'est assez.

— C'est plus qu'assez, précisa le serveur avec un sourire malicieux.

Il avala la première gorgée en sentant sur son visage l'agréable chaleur du soleil au-dessus des édifices. Il reposa son verre sur la table de la terrasse et écouta les cris des enfants qui gambadaient, regarda les vendeurs de ballons et de bonbons, et les mimes déguisés qui attiraient par leurs gesticulations muettes l'attention d'un groupe de touristes. Une belle journée de juin. Son regard s'attarda sur les deux chaises vides à sa table. Il vit Tania retourner de mauvaise humeur les pommes de terre épicées avec la fourchette en plastique et souffler dans sa paille pour faire des bulles dans son Coca-Cola. Elle devait penser à mille choses, des histoires de préadolescentes qui le dépassaient. Sur l'autre chaise, Elena rejetait la tête en arrière et fermait les yeux derrière ses lunettes de soleil. Elle adorait prendre le soleil, cela lui détendait le visage et la ravissait. Ils feraient peut-être l'amour en rentrant, après le vermouth. L'été, les couleurs, la vitalité, la chaleur, elle trouvait tout cela excitant.

C'était cela, le bonheur. De petits moments où se décidaient les grandes choses. Une bière, une place.

Le téléphone sonna dans sa poche. Olga. Il y avait un message sur le répondeur.

“Tu ne me pardonneras jamais ?”

Il effaça le message. Il allait remettre le téléphone dans sa poche, mais il fit mieux, il effaça le numéro d’Olga. Pour toujours. Le meilleur pardon, le seul qu’il pouvait accorder, c’était l’oubli.

Il avait besoin de marcher. En se levant, il crut que son genou allait céder sous le poids de son corps. Le garçon qui l’avait servi l’observait. Il souriait. Les ivrognes attirent les sourires avant d’être des perturbateurs. Mais il n’était pas ivre. Juste infirme. Et il voulait oublier. Il traversa la place sans prêter attention aux élancements du genou. Il sentit une goutte de sueur glisser dans son dos jusqu’au coccyx. Il devenait trop conscient de lui-même. Il devait trouver une pharmacie et faire exécuter les ordonnances qu’il avait dans sa poche.

Un peintre ambulant étalait ses tableaux. Pas mauvais, pas bons non plus, pensa Eduardo en lançant un coup d’œil au passage, sans s’arrêter.

— Tu veux un portrait, mon ami ?

Surtout pas. Mais il lui glissa dans la main le dernier billet qui lui restait. Il avait de la chance, ce peintre.

— Il faut être attentif aux carrefours, on a vite fait de se perdre.

Le peintre au béret se gratta le front à la pointe de son pinceau.

— Ça veut dire quoi ?

Eduardo haussa les épaules.

— Ça veut dire que la vie peut emprunter des chemins étranges et que…

Il ne trouvait pas les mots pour finir sa phrase. Ils étaient là, tout prêts. Mais ils s’étaient soudain évaporés, et son esprit se remplit d’une vibration qui emporta tout ce qui n’était pas cette douleur très aiguë qui lui parcourut le dos. Cela dura une fraction de seconde, mais on aurait dit qu’on ouvrait une porte et que tout s’engouffrait en lui d’un coup : le regard exorbité du peintre, ses tableaux médiocres, les bruits de la ville, les pas des gens, les bruits de la circulation, les battements d'ailes des pigeons.

Et cette porte se referma aussi vite qu'elle s'était ouverte et il ne sentit plus rien, à part un froid intense.

De l'autre côté de l'horizon, Sara contemplait le coucher du soleil. La torpeur des vagues enfonçait ses pieds nus dans le sable et se retirait. À quelques mètres, sa mère se promenait sur le rivage, tenant un homme par la taille. Cet homme lui plaisait, ne posait pas des questions idiotes, était aimable avec sa mère et avait une odeur agréable.

— Qu'en penses-tu ? demanda-t-elle à son chat en plastique.

Le chat lui tendait la main au bout de son bras rigide. Ses yeux de jouet reflétaient la petite île, un rocher qui s'avançait de quelques mètres dans la mer étale, où nichaient les mouettes.

— Je suis de ton avis, répondit le chat sans bouger les moustaches.

— Ce n'est pas Eduardo.

— Tout juste, confirma le chat.

Sara chercha une branche sèche parmi les débris rejetés par la marée et écrivit sur la rive, en grosses lettres, comme si elle espérait que quelqu'un dans le ciel lirait le message : E-D-U-A-R-D-O.

— Tu crois qu'il le verra ?

Le chat haussa les épaules. Il n'était qu'un jouet inarticulé.

— Qui sait ?

Une vague plus énergique que les autres allongea sa langue d'écume, lécha les lettres et les effaça.

Sara devint toute triste.

— Ce n'est qu'un nom, la rassura le chat.

Sara posa le jouet par terre, recula de trois pas et le récrivit, plus grand et plus appuyé.

— Tu ne peux pas comprendre. Tu n'es qu'un jouet qui parle.

Le chat sourit sans remuer les moustaches. Sara avait raison ; il ne pouvait pas comprendre les êtres humains.

BABEL NOIR

Extrait du catalogue

72. STIEG LARSSON
Millénium III – La reine dans le palais des courants d'air

73. VÍCTOR DEL ÁRBOL
La Tristesse du Samouraï

74. PETER MAY
L'Homme de Lewis

75. YISHAÏ SARID
Le Poète de Gaza

76. DAN WADDELL
Depuis le temps de vos pères

77. XAVIER-MARIE BONNOT
Le Pays oublié du temps

78. CARLOS SALEM
Je reste roi d'Espagne

79. JEAN-PAUL JODY
Parcours santé

80. CORNELIA READ
L'École des dingues

81. PETER GUTTRIDGE
Promenade du crime

82. OLIVIER BARDE-CABUÇON
Casanova et la femme sans visage

83. LEIF DAVIDSEN
À la recherche d'Hemingway

84. LARS KEPLER
L'Hypnotiseur

85. CAMILLA LÄCKBERG
Le Prédicateur

86. RYAN DAVID JAHN
De bons voisins

87. MONICA KRISTENSEN
Le Sixième Homme

88. CHRISTOPHE ESTRADA
Hilarion

89. COLIN NIEL
Les Hamacs de carton

90. LOUISE PENNY
Sous la glace

91. DMITRI STAKHOV
Le Retoucheur

92. CAMILLA LÄCKBERG
Le Tailleur de pierre

93. JULIA LATYNINA
Caucase Circus

94. KJELL ERIKSSON
Le Cri de l'engoulevent

95. JEAN-FRANÇOIS VILAR
Bastille Tango

96. JAN COSTIN WAGNER
Le Silence

97. KEIGO HIGASHINO
Un café maison

98. LOTTE ET SØREN HAMMER
Le Prix à payer

99. NELE NEUHAUS
Blanche-Neige doit mourir

100. CLARO
Les Souffrances du jeune ver de terre

101. PETER MAY
Le Braconnier du lac perdu

102. LARS KEPLER
Le Pacte

103. KYLIE FITZPATRICK
Une fibre meurtrière

104. WALTER MOSLEY
Le Vertige de la chute

105. OLIVIER BARDE-CABUÇON
Messe noire

106. DAVID BELL
Fleur de cimetière

107. SHAUGHNESSY BISHOP-STALL
Mille petites falaises

108. PERCIVAL EVERETT
Montée aux enfers

109. INDREK HARGLA
L'Énigme de Saint-Olav

110. LUIZ ALFREDO GARCIA-ROZA
L'Étrange Cas du Dr Nesse

111. CAMILLA LÄCKBERG
L'Oiseau de mauvais augure

112. LOUISE PENNY
Le Mois le plus cruel

113. RYAN DAVID JAHN
Emergency 911

114. TOVE ALSTERDAL
Femmes sur la plage

115. MONICA KRISTENSEN
Opération Fritham

116. PETER GUTTRIDGE
Le Dernier Roi de Brighton

117. ERIK AXL SUND
Persona

118. ALEX BERG
Zone de non-droit

119. URBAN WAITE
La Terreur de vivre

120. JOSÉ CARLOS SOMOZA
L'Appât

121. CAMILLA LÄCKBERG
L'Enfant allemand

122. JULIA LATYNINA
Gangrène

123. LARS KEPLER
Incurables

124. NELE NEUHAUS
Vent de sang

125. WALTER MOSLEY
Les Griffes du passé

126. CARLOS SALEM
Un jambon calibre 45

127. MARTTI LINNA
Le Royaume des perches

128. KEIGO HIGASHINO
La Prophétie de l'abeille

129. ANDREA MARIA SCHENKEL
Un tueur à Munich

130. JAN COSTIN WAGNER
L'Hiver des lions

131. INDREK HARGLA
Le Spectre de la rue du Puits

132. ERIK AXL SUND
Trauma

133. CAMILLA LÄCKBERG
La Sirène

134. SÉBASTIEN RUTÉS
Mélancolie des corbeaux

135. LOTTE ET SØREN HAMMER
Le Cercle des cœurs solitaires

136. COLIN NIEL
Ce qui reste en forêt

137. BRUCE DESILVA
Pyromanie

138. LOUISE PENNY
Défense de tuer

139. ROGER ALAN SKIPPER
Le Baptême de Billy Bean

140. JOSÉ LUIS MUÑOZ
Babylone Vegas

141. PETER MAY
Scène de crime virtuelle

142. ERIK AXL SUND
Catharsis

OUVRAGE RÉALISÉ
PAR CURSIVES À PARIS
REPRODUIT ET ACHEVÉ D'IMPRIMER
EN SEPTEMBRE 2015
PAR NORMANDIE ROTO IMPRESSION S.A.S.
À LONRAI
POUR LE COMPTE DES ÉDITIONS
ACTES SUD
LE MÉJAN
PLACE NINA-BERBEROVA
13200 ARLES

DÉPÔT LÉGAL
1re ÉDITION : OCTOBRE 2015
N° impr. : 1503460
(Imprimé en France)